HEYNE <

Das Buch

Warum ausgerechnet Dublin? Als die ehrgeizige Londoner Moderedakteurin Lisa anstatt zu den Laufstegen New Yorks in die irische Hauptstadt versetzt wird, ist sie tief gekränkt. Was soll eine Frau ihres Formats in diesem Provinzkaff, wo man weder von Mode noch von Sushi die geringste Ahnung hat? Doch Lisa ist entschlossen zu zeigen, was sie kann, und stellt sich der Herausforderung, in kürzester Zeit ein neues Frauenmagazin aus dem Boden zu stampfen. Ihre Wut über die »Strafversetzung« lässt sie an ihren neuen Mitarbeitern aus, die nicht viel zu lachen haben. Besonders die schüchterne Ashling leidet, bemüht sich aber dennoch unverdrossen um die Gunst ihrer Chefin. Ashling ahnt, dass hinter Lisas harter Schale ein weicher Kern, ein Mensch voller Sehnsüchte steckt. Und auch Lisa wird im Laufe der Zeit klar, dass sie Freunde braucht, um in ihrem unfreiwilligen Exil überleben zu können.

»Keyes' Romane sind spritzig geschrieben, mit Gefühl, viel Witz und tollen Plots.«

COSMOPOLITAN

Die Autorin

Marian Keyes, geboren 1963, wuchs in Irland auf und lebte nach ihrem Jurastudium lange Zeit in London. Seit ihrer Rückkehr nach Dublin widmet sie sich der Schriftstellerei. Mit ihrem ersten Roman *Wassermelone* gelang ihr ein phänomenaler Erfolg. Seither hat sie sich als Bestsellerautorin für Frauenromane etabliert.

Im Heyne Verlag erscheinen:

Wassermelone, Lucy Sullivan wird heiraten, Rachel im Wunderland, Pusteblume, Unter der Decke und *Auszeit für Engel.*

MARIAN KEYES

Sushi für Anfänger

Roman

Aus dem Englischen
von Susanne Höbel

WILHELM HEYNE VERLAG
MÜNCHEN

Titel der Originalausgabe
SUSHI FOR BEGINNERS

Umwelthinweis:
Dieses Buch wurde auf
chlor- und säurefreiem Papier gedruckt.

Taschenbuchausgabe 10/2005

Printed in Germany 2005
Umschlagillustration und Umschlaggestaltung:
Hauptmann und Kompanie Werbeagentur,
München – Zürich
Druck und Bindung: GGP Media GmbH, Pößneck
www.heyne.de

ISBN: 3-453-72043-1

Prolog

»Verdammt«, dachte sie, »ich glaube, das hier ist ein Nervenzusammenbruch.«

Sie sah sich im Bett um, in dem sie hingestreckt war. Ihr kraftloser Körper war längst fällig für ein Bad, die Bettwäsche hätte längst gewechselt werden müssen. Feuchte, zusammengeknüllte Taschentücher lagen auf der Bettdecke verstreut. Auf der Kommode verstaubte unangetastet ein Vorrat an Schokolade. Mehrere Zeitschriften, auf die sie sich nicht hatte konzentrieren können, lagen über den Fußboden verteilt. Der Fernseher in der Ecke strahlte unbarmherzig sein Tagesprogramm direkt in ihr Bett aus. Stimmt, es sah nach Nervenzusammenbruch aus.

Aber irgendwas war nicht richtig. Was war es?

»Ich hatte immer gedacht ...«, versuchte sie. »Also, ich hatte mir immer vorgestellt ...«

Und dann wusste sie es. »Ich hatte immer gedacht, es würde schöner sein ...«

1

Seit Wochen lag etwas in der Luft bei der Zeitschrift *Femme*; es war ein Gefühl, als säßen sie auf einer Zeitbombe. Und als durchsickerte, dass Calvin Carter, der amerikanische Geschäftsführer des Konzerns, in den oberen Etagen auf der Suche nach den Herrentoiletten gesichtet worden war, wurden die wildesten Spekulationen angestellt. Anscheinend war er gerade direkt aus der New Yorker Zentrale in London angekommen.

Es ist so weit. Vor Aufregung ballte Lisa die Hände zu Fäusten. *Endlich, endlich ist es so weit!*

Eine Weile später kam der Anruf. Würde Lisa kurz nach oben kommen, zu einem Gespräch mit Calvin Carter und Barry Hollingsworth, dem britischen Geschäftsführer?

Lisa knallte den Hörer auf die Gabel. »Und ob ich komme«, brüllte sie.

Ihre Kollegen sahen kaum hoch. Dass irgendjemand den Hörer aufknallte und dann etwas brüllte, passierte in der Redaktion dauernd. Außerdem standen sie unter Zeitdruck – wenn sie das laufende Heft bis zum Abend nicht unter Dach und Fach hatten, könnten sie ihren Termin beim Drucker nicht einhalten, und dann würde sie *Marie-Claire,* ihre Erzrivalin, wieder einmal ausstechen. Aber was kümmerte sie das schon, dachte Lisa, als sie zum Aufzug marschierte, ab morgen würde sie sowieso nicht mehr hier arbeiten. Ab morgen hätte sie einen viel besseren Job, woanders.

Vor dem Geschäftszimmer ließ man Lisa fünfundzwanzig Minuten warten. Schließlich waren Barry und Calvin wichtige Männer.

»Sollen wir sie reinlassen?«, fragte Barry, als er fand, sie hätten jetzt lange genug Däumchen gedreht.

»Es sind erst zwanzig Minuten vergangen, seit wir sie gerufen haben«, sagte Calvin pikiert. Anscheinend war Barry Hollingsworth nicht bewusst, wie wichtig er, Calvin Carter, tatsächlich war.

»Sorry, ich dachte, es wär länger her. Vielleicht kannst du mir noch mal zeigen, wie ich meinen Abschlag verbessern kann.«

»Klar. Also, Kopf nach unten und still halten. Still, habe ich gesagt! Füße fest auf dem Boden, linker Arm gerade, und ausholen!«

Als Lisa endlich vorgelassen wurde, saßen Barry und Calvin hinter einem ungefähr ein Kilometer langen Tisch aus Walnussholz. Ihre Mienen waren ernst und machtvoll.

»Setzen Sie sich, Lisa«, sagte Calvin mit einem eleganten Nicken seines silbermelierten Hauptes.

Lisa setzte sich. Sie strich sich ihr karamellfarbenes Haar zurück, so dass die kostenlosen honigfarbenen Strähnchen vorteilhaft blinkten. *Kostenlos,* weil sie den Coiffeur in der Rubrik »Tipps und Trends« immer wieder empfahl.

Sie lehnte sich zurück und verschränkte anmutig die Füße in den Patrick-Cox-Schuhen.

Die Schuhe waren eine Nummer zu klein – wie oft hatte sie schon das Pressebüro von Patrick Cox gebeten, Schuhgröße neununddreißig zu schicken, und trotzdem schickten sie jedesmal Größe achtunddreißig. Aber kostenlose Patrick-Cox-Schuhe waren eben kostenlose Patrick-Cox-Schuhe. Was spielte es da für eine Rolle, dass ihre Füße höllische Qualen litten?

»Danke, dass Sie gekommen sind«, sagte Calvin mit einem Lächeln. Lisa fand es richtig, das Lächeln zu erwidern. Ein Lächeln war eine Ware wie alles andere auch. Man tauschte es nur gegen etwas anderes Nützliches, und sie fand, in dem Fall lohnte es sich. Schließlich passierte es nicht alle Tage, dass ein Mädel nach New York beordert wurde, um dort stellvertretende Chefredakteurin der Zeitschrift *Manhattan* zu werden. Also zog sie die

Mundwinkel nach oben und zeigte ihre kleinen weißen Zähne. (Deren weißes Strahlen sie der Rembrandt-Zahnpasta zu verdanken hatte, einem Geschenk für ein Leserpreisausschreiben, für das Lisa in ihrem eigenen Badezimmer beste Verwendung gefunden hatte.)

»Bei *Femme* sind Sie seit –« Calvin warf einen Blick auf die zusammengehefteten Blätter vor sich auf dem Tisch. »Seit vier Jahren?«

»Nächsten Monat sind es vier«, sagte Lisa mit einer perfekt getroffenen Mischung aus Bescheidenheit und Selbstbewusstsein.

»Und seit fast zwei Jahren sind Sie Chefredakteurin?«

»Eine wunderbare Zeit«, sagte Lisa bestätigend und widerstand dem Drang, sich einen Finger in den Hals zu stecken und zu würgen.

»Und Sie sind erst neunundzwanzig«, sagte Calvin staunend. »Nun, Sie wissen ja, wir bei Randolph Media belohnen harte Arbeit.«

Lisa bedachte diese offensichtliche Lüge mit einem bezaubernden Lächeln. Wie viele andere Firmen in der westlichen Welt belohnte Randolph Media harte Arbeit mit schlechter Bezahlung, einem ständig wachsenden Arbeitspensum, Herabstufungen und Kündigungen aus heiterem Himmel, die mit Rationalisierungsmaßnahmen begründet wurden.

Aber in Lisas Fall war es anders. Sie hatte bei *Femme* Lehrgeld bezahlt und Opfer gebracht, die sie anfangs nicht für möglich gehalten hatte: In der Regel fing sie um halb acht morgens an und arbeitete zwölf, dreizehn, vierzehn Stunden am Tag, und wenn sie endlich den Computer abschaltete, ging sie zu Presseterminen. Oft kam sie am Samstag, manchmal am Sonntag ins Büro, und sogar an den Feiertagen. Den Pförtnern war sie ein Dorn im Auge, denn wenn Lisa ins Büro kommen wollte, musste einer von ihnen da sein und ihr aufschließen, und das bedeutete, dass sie ihren samstäglichen Fußballnachmittag oder den Familienausflug nach Brent Cross versäumten.

»Bei Randolph Media hat sich eine freie Stelle ergeben
Calvin mit wichtiger Miene. »Es wäre eine wunderbare H
forderung für Sie, Lisa.«

Ich weiß, dachte sie gereizt. Komm endlich zur Sache.

»Es würde einen Umzug ins Ausland bedeuten, was manchmal ein Problem für den Partner sein kann.«

»Ich bin ungebunden.« Lisa klang barsch.

Barry hob überrascht die Augenbrauen. Ihm fielen die zehn Pfund ein, mit denen er sich vor einigen Jahren an einem Hochzeitsgeschenk beteiligt hatte. Er hätte schwören mögen, es war für Lisa gewesen, aber vielleicht irrte er sich, vielleicht war er nicht so gut im Bilde, wie er glaubte ...

»Wir suchen eine Chefredakteurin für eine neue Zeitschrift«, fuhr Calvin fort.

Eine neue Zeitschrift? Das brachte Lisa aus dem Konzept. *Manhattan* gab es seit siebzig Jahren.

Während sie dabei war, diese Nachricht zu verdauen, kam Calvin mit dem Hammer: »Es würde bedeuten, dass Sie nach Dublin umsiedeln müssten.«

Der Schock löste ein feines Summen in ihrem Kopf aus, als hätte sie Druck auf den Ohren. Ein benommenes, verschwommenes Gefühl von Unwirklichkeit. Das Einzige, was sie wirklich spürte, war der Schmerz ihrer eingequetschten Zehen.

»Dublin?«, hörte sie sich mit belegter Stimme fragen. Vielleicht ... vielleicht meinten sie Dublin im Staat New York.

»Dublin in Irland«, sagte Calvin Carter wie in einem langen Tunnel, in dem seine Stimme widerhallte, und zerstörte ihr letztes Fünkchen Hoffnung.

Es kann nicht sein, dass mir das passiert.

»Irland?«

»Eine kleine, regenreiche Insel jenseits der Irischen See«, erklärte Barry freundlich.

»Wo die Menschen viel trinken?«

»Und die ganze Zeit reden. Genau da. Aufstrebende Wirtschaft, großer Anteil junger Leute – Marktanalysen zeigen uns, dass die Zeit reif ist für eine kesse Frauenzeitschrift. Und wir wollen, dass Sie sie für uns ins Leben rufen, Lisa.«

Die beiden sahen sie erwartungsvoll an. Sie wusste, dass man üblicherweise stotternd und unter Tränen seine Dankbarkeit für das in einen gesetzte Vertrauen äußerte und die Hoffnung zum Ausdruck brachte, dass man es nicht enttäuschen werde.

»Oh, ehm … danke.«

»Unser irisches Portfolio kann sich sehen lassen«, prahlte Calvin. »Auf unserer Publikationsliste stehen *Hibernian Bride, Celtic Health, Gaelic Interiors, Irish Gardening, The Catholic Judger* –«

»Nein, um den *Catholic Judger* steht es ziemlich schlecht«, unterbrach Barry ihn. »Die Verkaufszahlen sind im Keller.«

»*Gaelic Knitting.*« Calvin ließ sich von schlechten Nachrichten nicht ablenken. »*Celtic Car, Spud* – das ist unsere Gourmet-Zeitschrift –, *DIY Irish-Style* und *The Hip Hib.*«

»*The Hip Hip*?«, brachte Lisa mühsam hervor. Am besten, sie sprach normal weiter.

»*Hip* Hib«, wiederholte Barry richtig. »Abkürzung für *Hip Hibernian.* Zeitschrift für junge Männer. Mischung zwischen *Loaded* und *Arena.* Sie sollen das Gegenstück für Frauen machen.«

»Wie soll sie heißen?«

»Wir dachten an *Colleen.* Jung, frech, aktuell, sexy, so haben wir uns das vorgestellt. Besonders sexy, Lisa! Und nicht zu anspruchsvoll. Deprimierende Reportagen über die Beschneidung bei Frauen und die Unterdrückung der Frau in Afghanistan können Sie vergessen. Das ist nicht unsere Zielgruppe.«

»Sie wollen ein Blatt für Dumme?«

»Sie sagen es.« Calvin strahlte.

»Aber ich war noch nie in Irland. Ich weiß nichts über Irland.«

»Genau!« Calvin stimmte ihr zu. »Deswegen wollen wir Sie. Keine vorgefassten Meinungen, einfach ein frischer, ehrlicher Ansatz. Das gleiche Gehalt. Großzügige Umzugspauschale, Montag in zwei Wochen fangen Sie an.«

»*In zwei Wochen*? Aber da bleibt mir gar keine Zeit …«

»Ich habe gehört, Sie können wunderbar organisieren«, sagte

Calvin mit einem Funkeln in den Augen. »Ich lasse mich gern von Ihnen beeindrucken. Sonst noch Fragen?«

Sie konnte sich nicht bremsen. Normalerweise lächelte sie auch dann noch, wenn sich der Strick um ihren Hals festzog, weil sie das große Ziel vor Augen hatte, aber jetzt stand sie unter Schock.

»Was ist mit der Position der stellvertretenden Chefredakteurin von *Manhattan*?«

Barry und Calvin sahen sich an.

»Tia Silvano vom *New Yorker* ist die erfolgreiche Kandidatin«, sagte Calvin genervt.

Lisa nickte. Sie hatte das Gefühl, für sie sei das Ende der Welt gekommen. Steif stand sie auf.

»Bis wann muss ich mich entscheiden?«, fragte sie.

Wieder wechselten Barry und Calvin Blicke.

Schließlich war es Calvin, der das Wort ergriff. »Wir haben Ihre Stelle hier schon neu besetzt.«

Als Lisa klar wurde, dass sie vor vollendeten Tatsachen stand, bewegte sich plötzlich alles wie in Zeitlupe. Ihr war jede Entscheidung genommen. Erstarrt in einem stummen Aufschrei stand sie da und begriff allmählich, dass ihr keine andere Wahl blieb, als aus dem Raum zu humpeln.

»Lust auf eine Runde Golf?«, fragte Barry, als Lisa gegangen war.

»Lust schon, aber leider keine Zeit. Muss nach Dublin und die anderen Stellen besetzen.«

»Wer ist der Geschäftsführer für Irland?«, fragte Barry.

Calvin runzelte die Stirn. Barry müsste das eigentlich wissen. »Ein Typ namens Jack Devine.«

»Ach, der. Ein Einzelgänger, wie?«

»Soweit ich weiß, nicht.« Calvin hatte nichts für Rebellen übrig. »Ich hoffe nicht.«

Lisa versuchte die Situation schönzureden. Sie würde sich ihre Enttäuschung nicht eingestehen. Nicht nach allem, was sie geopfert hatte.

Aber aus einem Kieselstein lässt sich kein Diamant schleifen. Dublin war nicht New York, wie man es auch drehen und wenden mochte. Und die »großzügige« Umzugspauschale war rechtlich anfechtbar. Und was noch schlimmer war, sie würde ihr Mobiltelefon aufgeben müssen. Ihr *Mobiltelefon!* Als würde ihr ein Bein amputiert!

Von ihren Kolleginnen war keine besonders niedergeschmettert, dass sie ging. Sie hatte nie eine Mitarbeiterin zu einer Patrick-Cox-Präsentation gehen lassen, auch nicht eine von denen mit Schuhgröße achtunddreißig. Und weil sie gehässige und unwahre Bemerkungen über andere so freizügig verbreitet hatte, nannte man sie auch Lästerlisa. Trotzdem wurde die Belegschaft von *Femme* an Lisas letztem Tag zu dem üblichen Abschiedsfest im Konferenzzimmer zusammengetrommelt, bei dem lauwarmer, auch als Terpentinersatz geeigneter Weißwein in Plastikbechern, ein Tablett mit mürben Salzringen und Chips und ein – sich nicht bewahrheitendes – Gerücht, dass Cocktail-Würstchen auf dem Weg seien, die Runde machten.

Als alle ihren dritten Becher Wein in Händen hielten und folglich einigermaßen fröhlich waren, wurde um Ruhe gebeten, und Barry Hollingsworth hielt seine Standardrede, dankte Lisa für ihre Mitarbeit und wünschte ihr alles Gute. Man war sich einig, dass es eine schöne Ansprache gewesen war, schon deshalb, weil er sich Lisas Namen gemerkt hatte. Beim letzten Mal hatte er alle mit einer zwanzigminütigen Rede zu Tränen gerührt und einer Heather für ihre einzigartigen Talente und gute Mitarbeit gedankt, während Fiona, die verabschiedet wurde, dabeistand und vor Verlegenheit fast im Erdboden versunken wäre.

Dann wurde Lisa ein Marks & Spencer-Gutschein im Wert von zwanzig Pfund überreicht und eine Karte, auf der ein großes Flusspferd abgebildet war und in erhabenen Buchstaben zu lesen stand: »Wir werden dich vermissen«. Ally Benn, Lisas Stellvertreterin, hatte das Abschiedsgeschenk sorgfältig ausgesucht. Lange hatte sie darüber nachgedacht, was Lisa am meisten ärgern würde, und kam dann auf die Idee, dass ein M&S-Gutschein

besonders geeignet wäre. (Ally Benn hatte genau Schuhgröße achtunddreißig.)

»Auf Lisa!«, rief Barry abschließend. Inzwischen waren alle angeheitert und ausgelassen, sie hoben ihre Plastikbecher, schwappten Weißwein und Korkenstückchen über ihre Kleidung und riefen: »Auf Lisa!«, während sie kicherten und sich gegenseitig mit den Ellbogen in die Rippen stießen.

Lisa blieb nicht länger als unbedingt nötig. Seit langem hatte sie die Abschiedszeremonie herbeigesehnt, allerdings hatte sie sich vorgestellt, sie würde auf einer Welle des Ruhms davonsegeln, auf dem Weg nach New York. Stattdessen wurde sie ausrangiert, nach Irland geschickt, was das Sibirien in der Welt der Zeitschriften war. Es war ein einziger Albtraum.

»Ich muss gehen«, sagte sie zu den Frauen, ungefähr zwölf an der Zahl, die in den letzten zwei Jahren für sie gearbeitet hatten. »Ich muss noch packen.«

»Klar«, sagten sie, und in ihrem berauschten Zustand überschütteten sie sie lautstark mit guten Wünschen. »Viel Glück, alles Gute, viel Spaß in Irland, pass auf dich auf, arbeite nicht zu viel …«

Als Lisa an der Tür war, kreischte Ally: »Du wirst uns fehlen.«

Lisa nickte angespannt und schloss die Tür hinter sich.

»Wie ein Loch im Zahn«, sagte Ally, und dann, ohne Luft zu holen: »Ist noch Wein da?«

Sie blieben, bis der letzte Tropfen Wein getrunken, der letzte Krümel Salzgebäck mit angeleckten Finger von dem Tablett gegessen war, dann sahen sie sich gegenseitig an und fragten sich in gefährlich unternehmungslustiger Stimmung: »Und was jetzt?«

Sie schwärmten über Soho aus, rauschten durch die Bars und läuteten mit großen Mengen von Tequila das Angestellten-Wochenende ein. Die kleine Sharif Mumtaz (Assistentin im Unterhaltungsressort) wurde in dem Getümmel von den anderen getrennt; sie lernte einen netten Mann kennen, der sie nach Hause begleitete und den sie neun Monate später heiratete. Jemand bestellte eine Flasche Sekt für Jeanie Geoffrey (Mode-

Assistentin) und erklärte, sie sei eine Göttin. Gabbi Henderson (Kosmetik und Gesundheit) wurde die Handtasche gestohlen. Und Ally Benn (die neu gekürte Chefredakteurin) kletterte in einem ziemlich vollen Pub in der Wardour Street auf den Tisch und tanzte wie eine Verrückte, bis sie runterfiel und sich mehrere Knochenbrüche am rechten Fuß zuzog.

Mit anderen Worten, es war ein toller Abend.

2

»Ted, du kommst genau richtig!« Ashling riss die Tür weit auf und rief ausnahmsweise einmal nicht entsetzt: »O Mist, es ist Ted.«

»Wirklich?« Ted betrat argwöhnisch Ashlings Wohnung. Normalerweise wurde er nicht so herzlich empfangen.

»Du musst mir sagen, welches Jackett an mir am besten aussieht.«

»Ich werde mir Mühe geben.« Die Anspannung in Teds magerem, dunklem Gesicht wuchs. »Aber ich bin ein Mann, das darfst du nicht vergessen.«

Kein richtiger, dachte Ashling mit Bedauern. Was für eine Enttäuschung war es doch gewesen, als sich herausstellte, dass der neue Inhaber der Wohnung über ihr, der Ashling auf der Stelle zu seiner besten Freundin erkoren hatte, nicht ein attraktiver, großer, Herzklopfen verursachender Mann gewesen war, sondern der kleine, drahtige Ted Mullins, ein bedürftiger Beamter, der sich als Entertainer versuchte und Besitzer eines Fahrrads war.

»Erst mal das schwarze hier.« Ashling zog das Jackett über ihre weiße »Vorstellungs«-Bluse und die schwarzen Wunderhosen, in denen man im Handumdrehen fünf Kilo schlanker aussah.

»Was gibt es denn für einen Anlass?« Ted ließ sich auf einem Stuhl nieder und schlang sich um die Streben. Er bestand aus lauter Kanten und Ellbogen und spitzen Schultern und knochigen Knien, wie ein Strichmännchen.

»Vorstellungsgespräch. Halb neun heute morgen.«

»Schon wieder! Wofür diesmal?«

Ashling hatte sich in den letzten zwei Wochen für verschiedene Stellen beworben, darunter ein Job auf einer Wild-West-Ranch in Mullingar und als Empfangsdame in einer Werbefirma.

»Stellvertretende Chefredakteurin bei einer neuen Zeitschrift. *Colleen* soll sie heißen.«

»Was? Eine richtige Stelle?« Teds melancholisches Gesicht hellte sich auf. »Hab sowieso nie verstanden, warum du dich für die anderen Jobs beworben hast – für die bist du doch viel zu qualifiziert.«

»Aber ich habe kein gutes Selbstwertgefühl«, erinnerte Ashling ihn mit einem strahlenden Lächeln.

»Meins ist noch schlechter«, parierte Ted, entschlossen, sich nicht ausstechen zu lassen. »Aber bei einer Frauenzeitschrift«, sagte er sinnend. »Wenn du den Job kriegst, kannst du den Leuten von *Woman's Place* sagen, sie sollen sich ihre Zeitschrift sonstwohin stecken. Rache ist ein Gericht, das eiskalt serviert werden sollte!«

Er warf den Kopf zurück und lachte laut und übertrieben wie Vincent Price. Es klang wie ein Wiehern.

»Rache ist überhaupt kein Gericht«, fuhr Ashling dazwischen. »Es ist ein Gefühl. Oder so etwas Ähnliches. Am besten, man beachtet es gar nicht.«

»Aber so, wie die dich behandelt haben«, sagte Ted staunend. »Du konntest doch nichts dafür, dass das Sofa von dieser Frau hinüber war.«

Ashling hatte viele Jahre lang – länger, als ihr lieb war – bei *Woman's Place*, einer Nicht-Hochglanz-Wochenzeitschrift, gearbeitet. Sie war sowohl die Redakteurin für Unterhaltung, Mode, Gesundheit, Kosmetik, Wohnen und Kochen gewesen als auch zuständig für Leserbriefe, als Textchefin und für die spirituelle Betreuung, alles in Personalunion. Allerdings war es nicht so schwierig, wie es klang, denn *Woman's Place* wurde nach einer strengen und hinlänglich erprobten Formel gestaltet.

In jeder Ausgabe gab es ein Strickmuster – meistens war es eine Hülle für eine Toilettenpapierrolle in der Form einer Südstaatenschönheit. Dann war da die Seite mit Rezepten, in denen gezeigt wurde, wie man billige Fleischprodukte zu köstlichen Gerichten verarbeiten konnte. In jeder Ausgabe gab es eine Kurzgeschichte; sie handelte immer von einem Jungen und seiner Großmutter, die sich am Anfang spinnefeind sind und am Ende dicke Freunde werden. Dann natürlich die obligatorische Problemseite, typischerweise mit einem Brief, in dem sich jemand über die vorlaute Schwiegertochter beklagte. Auf den Seiten zwei und drei wurden witzige, von den Lesern eingeschickte Geschichtchen abgedruckt, zum Beispiel über ihre Enkelkinder und die niedlichen Sachen, die sie gemacht oder gesagt hatten. Die letzte Seite der Zeitschrift war einem Brief voller frommer Plattitüden vorbehalten, angeblich von einem Geistlichen verfasst, aber normalerweise von Ashling eine Viertelstunde, bevor die Ausgabe in den Satz ging, zusammengeschmiert.

Und dann gab es die Tipps für die Leser. Und einer von denen hatte zu Ashlings Sturz geführt.

Normalerweise wurden Tipps von Leserinnen eingesandt und auf diesem Weg an die Leserschaft weitergegeben. Es ging immer darum, wie man mehr für sein Geld oder Dinge umsonst bekommen konnte. Die Grundannahme war, dass man nichts zu kaufen brauchte, weil man alles aus den Dingen, die man schon im Haus hatte, selbst machen konnte. Zitronensaft war ein wichtiger Bestandteil dabei.

Warum sollte man beispielsweise ein teures Shampoo kaufen, wenn man sich aus Zitronensaft und Spülmittel eins herstellen konnte? Und wenn man Strähnchen haben wollte, brauchte man sich nur den Saft von zwei Zitronen über das Haar zu gießen und sich in die Sonne zu setzen. Ungefähr ein Jahr lang.

Und wie bekam man Preiselbeerflecken aus einem beigefarbenen Sofabezug wieder heraus? Mit einer Mischung aus Zitronensaft und Essig, ganz einfach. Oder doch nicht so einfach. Bei dem Sofa von Mrs. Anna O'Sullivan aus Waterford County klappte es jedenfalls nicht. Es ging ganz furchtbar schief – der Fleck wurde immer größer, und selbst der Fleckenteufel konnte nichts mehr ausrichten. Und obwohl Mrs. O'Sullivan das Zimmer großzügig mit einem Piniennadelspray ausgesprüht hatte, stank es penetrant nach Essig. Mrs. O'Sullivan war gut katholisch und glaubte an Vergeltung. Sie drohte mit einer Klage.

Als Sally Healy, die Chefredakteurin von *Woman's Place*, Nachforschungen anstellte, gab Ashling zu, dass sie den Tipp selbst erfunden hatte, denn in der Woche waren nicht genügend Lesertipps eingegangen.

»Ich dachte, das glaubt sowieso niemand«, verteidigte Ashling sich mit leiser Stimme.

»Ich bin überrascht«, sagte Sally. »Du hast mir immer erzählt, dass du keine Fantasie hast. Der Brief von Father Bennett zählt nicht; ich weiß, dass du ihn aus dem *Catholic Judger* abschreibst, der übrigens – wenn du das vorerst für dich behalten könntest – im Begriff ist einzugehen.«

»Es tut mir Leid, Sally, es wird nicht wieder vorkommen.«

»Mir tut es auch Leid, Ashling. Ich werde dir kündigen müssen.«

»Weil ich einen Fehler gemacht habe? Das glaube ich nicht.«

Damit hatte sie Recht. Der tatsächliche Grund war der, dass die Geschäftsleitung von *Woman's Place* über die sinkenden Verkaufszahlen besorgt war und fand, dass die Zeitschrift keinen Pep mehr hatte. Jetzt wurde ein Sündenbock gesucht. Ashlings Missgeschick hätte zu keinem besseren Zeitpunkt passieren können. Man konnte sie einfach entlassen, ohne ihr eine Abfindung zahlen zu müssen.

Sally Healy nahm das sehr schwer. Ashling war die zuverlässigste und fleißigste Mitarbeiterin, die man sich wünschen konnte. Sie hielt die ganze Produktion in Gang, während Sally spät zur Arbeit kam, früh wieder ging und jeden Dienstag und Donnerstag Nachmittag verschwand, um ihre Tochter vom Ballett und ihre Söhne vom Rugby abzuholen. Aber die Geschäftsleitung hatte ihr zu verstehen gegeben, dass entweder Ashling oder Sally selbst gehen müsste.

Als Zugeständnis nach all den Jahren der treuen Mitarbeit

erlaubte man Ashling, so lange zu bleiben, bis sie eine neue Stelle gefunden hatte. Was hoffentlich bald der Fall sein würde.

»Und?« Ashling strich das Jackett glatt und wandte sich zu Ted um.

»Gut.« Ted hob die knochigen Schultern und ließ sie wieder sinken.

»Oder ist dieses hier besser?« Ashling zog ein zweites Jackett an, das in Teds Augen haargenau so aussah wie das erste.

»Gut«, sagte er wieder.

»Welches soll ich anziehen?«

»Eins von beiden.«

»Welches betont meine Taille mehr?«

Ted wand sich. »Fang nicht wieder damit an. Du hast eine Macke, was deine Taille angeht.«

»Ich habe weder eine Taille noch eine Macke.«

»Warum kannst du nicht dauernd von deinem dicken Po reden, wie andere Frauen auch?«

Ashling hatte so gut wie keine Taille, aber wie immer bei schlechten Nachrichten, die einen selbst betrafen, war sie die Letzte, die es mitkriegte. Erst als sie fünfzehn war und ihre beste Freundin seufzend sagte: »Du hast es gut, du hast keine Taille. Meine ist so schmal, dass mein Po schrecklich dick aussieht«, hatte sie die schockierende Entdeckung gemacht.

Während alle anderen Mädchen ihre Teenager-Jahre vor dem Spiegel verbrachten und verzweifelt festzustellen versuchten, ob eine Brust größer war als die andere, fiel Ashlings Blick eine Stufe tiefer. Schließlich hatte sie sich einen Hula-Hoop-Reifen gekauft und im Garten damit geübt. Zwei Monate ließ sie den Reifen rotieren, Tag und Nacht, die Zunge voller Konzentration im Mundwinkel, und alle Mütter aus den angrenzenden Gärten standen an der Hecke, die Arme verschränkt, und nickten sich wissend zu. »Die wird sich noch in ein frühes Grab hula-hoopsen.«

Natürlich bewirkte das unaufhörliche Drehen des Reifens gar nichts. Auch jetzt, sechzehn Jahre später, hatte Ashlings Silhouette keine besondere Einbuchtung in der Mitte.

»Keine Taille zu haben ist nicht das Schlimmste, was einem passieren kann«, sagte Ted ermutigend vom Rande des Geschehens.

»Das stimmt«, sagte Ashling mit beunruhigendem Frohmut. »Man könnte auch hässliche Beine haben. Und wie es der Zufall so will, habe ich welche.«

»Das stimmt nicht.«

»Doch, ich habe sie von meiner Mutter geerbt. Aber wenn ich sonst nichts von ihr geerbt habe«, fuhr Ashling fröhlich fort, »dann komme ich gar nicht so schlecht weg.«

»Als ich gestern mit meiner Freundin im Bett lag…« – Ted wollte unbedingt das Thema wechseln – »… habe ich ihr erzählt, dass die Erde flach ist.«

»Was für eine Freundin? Und was soll das mit der Erde?«

»Nein, so geht das nicht«, murmelte Ted vor sich hin. »Als ich gestern mit meiner Freundin im Bett *log*…, habe ich ihr erzählt, dass die Erde flach ist. Trara!«

»Ha ha, sehr gut«, sagte Ashling ohne Überzeugung. Das Schlimmste daran, Teds beste Freundin zu sein, war die Tatsache, dass sie als Testperson für seine neuen Witze herhalten musste. »Darf ich dir einen Vorschlag machen? Wie wär's mit: Als ich gestern mit meiner Freundin im Bett log, habe ich ihr gesagt, ich würde sie immer lieben und nie verlassen… Trara«, sagte sie trocken.

»Ich bin spät dran«, sagte Ted. »Soll ich dich mitnehmen?«

Oft nahm er sie auf dem Gepäckträger seines Fahrrads mit, wenn er zu seiner Arbeit bei der Landwirtschaftsbehörde fuhr.

»Nein, danke. Ich muss in die andere Richtung.«

»Viel Glück bei dem Vorstellungsgespräch! Ich guck heute Abend mal vorbei.«

»Daran zweifle ich keinen Moment«, sagte Ashling, mehr zu sich selbst.

»He! Was ist mit deiner Ohrenentzündung?«

»Ist besser geworden. Ich kann mir wieder selbst die Haare waschen.«

3

Ashling entschied sich dann doch für das Jackett Nummer Eins. Sie hätte schwören mögen, dass damit eine kleine Einbuchtung ungefähr in der Mitte zwischen ihren Brüsten und ihren Hüften zu erkennen war, und das war ein guter Grund. Nachdem sie lange unschlüssig war, wie sie sich schminken sollte, beschloss sie, Zurückhaltung walten zu lassen, damit man sie nicht für oberflächlich hielt. Doch damit sie nicht zu fade wirkte, holte sie noch die schwarz-weiße Handtasche aus Pferdeleder aus dem Schrank. Dann rieb sie ihren Glück bringenden Buddha, steckte sich den Glück bringenden Kieselstein in die Tasche und ließ ihren Blick einen Moment lang bedauernd auf ihrer Glück bringenden roten Mütze weilen. Aber wie viel Glück konnte ihr eine rote Bommelmütze wohl bringen, wenn sie sie bei einem Vorstellungsgespräch trug? Außerdem brauchte sie sie nicht – in ihrem Horoskop stand, dass heute ein guter Tag für sie sein würde. Und das Engelorakel bestätigte das.

Als sie aus dem Haus kam, musste sie über einen Mann steigen, der tief und fest in dem Eingang zu ihrem Haus schlief. Dann schlug sie den Weg zu dem Dubliner Büro von Randolph Media ein, ging festen Schrittes durch den stockenden Verkehr der Dubliner Innenstadt und wiederholte immer wieder leise im Kopf, wie Louise L. Hay es empfahl: *Ich kriege diese Stelle, ich kriege diese Stelle, ich kriege diese Stelle …*

Und wenn nicht? fragte sie sich dazwischen.

Na, dann eben nicht, na, dann eben nicht, na, dann eben nicht …

Obwohl sie sich nichts anmerken ließ, war sie von den Entwicklungen nach der Sache mit Mrs. O'Sullivans Sofa ziemlich niedergeschmettert. So niedergeschmettert, dass sie eine Ohrenentzündung bekommen hatte, die sich immer dann meldete, wenn sie unter Stress stand.

Gekündigt zu werden war peinlich unerwachsen und passierte nicht einunddreißigjährigen Wohnungsbesitzerinnen. Eigentlich müsste sie dieserlei Dinge längst hinter sich gelassen haben.

Damit ihr Leben nicht auseinanderbröckelte, hatte sie sich mit Leidenschaft auf die Jobsuche geworfen und sich für alles beworben, was nur annähernd in Frage kam. Nein, sie war nicht in der Lage, ein junges Pferd mit einem Lasso einzufangen, hatte sie ehrlich Auskunft gegeben, als sie sich auf der Wild-West-Ranch in Mullingar vorstellte – sie hatte angenommen, die Stelle sei im Verwaltungsbereich –, aber sie war *bereit, es zu lernen*.

Bei jedem Vorstellungsgespräch wiederholte sie, dass sie *bereit sei zu lernen*. Aber von allen Stellen, für die sie sich beworben hatte, war die bei *Colleen* die Einzige, die sie wirklich und unbedingt haben wollte. Sie liebte die Arbeit bei einer Zeitschrift, und Stellenangebote in Zeitschriftenverlagen waren in Irland eine Seltenheit. Und für Ashling war es besonders schwer, da sie keine richtige Journalistin war; sie konnte einfach gut organisieren und hatte einen guten Blick für das Detail.

Die Zeitschriftenredaktion von Randolph Media war im dritten Stock des Bürogebäudes am Kai untergebracht. Ashling hatte herausgefunden, dass Randolph Media auch den kleinen, aber expandierenden Fernsehsender Channel 9 und einen Radiosender besaß, die anscheinend ihre Büros nicht im selben Gebäude hatten.

Ashling kam aus dem Aufzug und begab sich in Richtung Empfang. Auf dem Flur herrschte reges Treiben; überall liefen Menschen herum und trugen Ordner und Manuskripte hierhin und dorthin. Ashling spürte eine intensive Erregung, die fast in Übelkeit umschlug. Unmittelbar vor dem Empfangstisch stand ein großer Mann mit unordentlichem Haar und war tief in ein Gespräch mit einer zierlichen asiatischen Frau verwickelt. Sie redeten in gedämpftem Ton, aber ihrer Körpersprache entnahm Ashling, dass sie sich am liebsten angeschrien hätten. Ashling eilte weiter. Sie mochte keinen Streit, nicht einmal den Streit anderer.

Als sie das Mädchen am Empfang sah, wurde ihr klar, wie sehr sie sich in der Frage des Make-ups geirrt hatte. Mit ihrem leuchtenden, feucht-lüsternen Look bekannte sich Trix – so stand es auf dem Namensschild – deutlich zu der Mehr-ist-mehr-Schminkschule. Ihre Augenbrauen waren so gut wie völlig ausgezupft, ihr Lippenkonturenstift war so dick aufgetragen, dass man denken konnte, sie habe einen Schnurrbart, und ihr blondes Haar war mit Dutzenden von winzigen glitzernden und gleichmäßig verteilten Schmetterlingsspangen zu kleinen Büscheln zusammengefasst. Dafür musste sie drei Stunden eher aufgestanden sein, dachte Ashling beeindruckt.

»Hallo«, sagte Trix mit kehliger Stimme, die klang, als rauchte sie vierzig Zigaretten täglich, was sie übrigens auch tat.

»Ich habe ein Vorstellungsgespräch um halb z-« Ashling brach ab, als sie hinter sich einen empörten Aufschrei vernahm.

Sie warf einen Blick über die Schulter und sah, wie der Mann mit den unordentlichen Haaren sich den Finger hielt.

»Du hast mich gebissen!«, rief er. »Mai, ich blute!«

»Hoffentlich wirkt deine Tetanusimpfung noch.« Die Asiatin lachte höhnisch.

Trix schnalzte mit der Zunge, verdrehte die Augen und murmelte: »Diese Kampfhähne, immer das Gleiche.« Dann sagte sie zu Ashling: »Setzen Sie sich doch. Ich sage Calvin Bescheid, dass Sie da sind.«

Sie verschwand hinter einer Schwingtür, und Ashling ließ sich auf ein Sofa sinken, neben dem auf einem Couchtisch die verschiedenen Zeitschriften ausgebreitet lagen. Allein bei dem Anblick spielten ihre Nerven verrückt, so sehr wollte sie diesen Job. Ihr Herz klopfte, ihr Magen krampfte sich zusammen. Geistesabwesend drehte sie den Glück bringenden Kieselstein zwischen Daumen und Zeigefinger. Trotz ihrer Nervosität kriegte sie vage mit, dass der Mann mit dem angebissenen Finger die Tür der Herrentoilette hinter sich zuschlug und die kleine Asiatin zum Aufzug marschierte, wobei ihr langes schwarzes Haar wie ein Vorhang hin und her schwang.

»Mr. Carter sagt, Sie sollen reinkommen.« Trix stand vor ihr und konnte ihre Überraschung nicht verhehlen. Seit zwei Tagen wurde sie von nervösen Bewerberinnen belästigt, die man bis zu zweieinhalb Stunden bei ihrem Schreibtisch warten ließ – eine lange Zeit, in der Trix nicht mit ihren Freundinnen und jungen Männern telefonieren konnte und sich stattdessen die ängstlichen Fragen der Bewerberinnen, wie ihre Chancen stünden, anhören musste. Und dabei wusste sie haargenau, dass Calvin Carter und Jack Devine die ganze Zeit im Besprechungszimmer Rommé spielten.

Aber Calvin Carter war von Jack Devine im Stich gelassen worden und langweilte sich. Da konnte er ebenso gut jemanden zum Gespräch bitten.

»Kommen Sie!«, sagte er kurz, als Ashling schüchtern an seine Tür klopfte.

Er warf einen Blick auf die dunkelhaarige Frau in dem schwarzen Hosenanzug und entschied sich spontan gegen sie. Sie war einfach nicht aufsehenerregend genug für *Colleen*. Er verstand nicht viel von Haaren, aber sein Gefühl sagte ihm, dass Frauen normalerweise raffiniertere Frisuren hatten als diese. Sollte es nicht eher so aussehen, als wäre etwas damit gemacht worden? Es konnte doch nicht einfach bis zu den Schultern hängen und braun sein, oder? Und eine gesunde Farbe im Gesicht ist genau passend für ein Milchmädchen, aber wenn man sich Hoffnung auf die Position der stellvertretenden Chefredakteurin einer sexy Frauenzeitschrift machte …?

»Setzen Sie sich.« Es war wohl besser, er würde sich fünf Minuten lang an die Spielregeln halten.

Atemlos und von dem innigen Wunsch erfüllt, einen guten Eindruck zu machen, setzte Ashling sich auf den einzigen Stuhl weit und breit, mit Blick auf den Mann hinter dem langen Schreibtisch.

»Jack Devine, der Geschäftsführer für Irland, wird bald hier sein«, erklärte Calvin. »Keine Ahnung, wo er bleibt. Als Erstes«, fuhr er mit einem Blick auf ihren Lebenslauf fort, »sollten Sie mir mal erklären, wie man Ihren Namen ausspricht.«

»Ash-ling. Ash- wie in aschgrau und -ling als Reim auf Ding.«

»Ash-ling. Ashling. Gut, das kann ich aussprechen. Also gut, *Ashling*, Sie arbeiten seit acht Jahren bei Zeitschriften ...«

»Zeit*schrift*, um genau zu sein.« Ashling hörte ein nervöses Kichern und stellte fest, dass es von ihr kam. »Nur bei einer.«

»Und warum sind Sie bei *Woman's Place* weggegangen?«

»Ich wünsche mir eine neue Herausforderung«, sagte Ashling nervös. Den Satz hatte Sally Healy ihr eingetrichtert.

Die Tür öffnete sich, und herein kam der Mann mit dem angebissenen Finger.

»Ah, Jack.« Calvin Carter runzelte die Stirn. »Das hier ist *Ashling* Kennedy. Ash- wie in aschgrau und -ling als Reim auf Ding.«

»Und wie läuft's?« Jack war in Gedanken woanders. Er war stinksauer. Er hatte die halbe Nacht mit den Technikern vom Fernsehsender verhandelt, während er gleichzeitg einen US-Sender zu überreden versucht hatte, ihre preisgekrönte Serie nicht an RTE zu verkaufen, sondern an Channel 9. Und als hätte sein Arbeitspensum nicht ohnehin schon gigantische Ausmaße angenommen, sollte er jetzt auch noch diese dumme Zeitschrift aus dem Boden stampfen. Das Letzte, was die Welt brauchte, war eine neue Frauenzeitschrift! Aber wenn er ehrlich war, dann musste er gestehen, dass er in erster Linie wütend auf Mai war. Sie trieb ihn zum Wahnsinn! Er *hasste* sie. Er hasste sie aus tiefstem Herzen. Wie hatte er nur denken können, dass er verrückt nach ihr war! Er würde ihre Anrufe nicht beantworten. Kam gar nicht in Frage, das war das letzte Mal, das allerletzte Mal, so viel stand fest ...

Er setzte sich an den Schreibtisch und strengte sich sehr an, sich auf das Gespräch zu konzentrieren – Calvin hatte nämlich immer irgendwas im Hinterhalt. Bevor er sich's versah, würde er eine einigermaßen relevante Frage stellen müssen, dabei dachte er die ganze Zeit daran, dass er vielleicht verblutete. Oder an Tollwut sterben würde. Wie lange es wohl dauerte, bis einem der Schaum vor den Mund trat?

Er kippelte mit dem Stuhl nach hinten, hielt seinen verletzten Finger vor sich und starrte ihn an. Er konnte es nicht glauben, dass sie ihn gebissen hate. *Schon wieder.* Beim letzten Mal hatte sie versprochen … Er wickelte das Stück Klopapier fester um den Finger und sah, wie es sich rot verfärbte.

»Erzählen Sie mir, wo Ihre Stärken und Ihre Schwächen liegen«, forderte Calvin Ashling auf.

»Wenn ich ehrlich sein soll, mein größter Schwachpunkt ist das Schreiben. Titel, Bildunterschriften und kürzere Strecken fallen mir leicht, aber mit langen Artikeln habe ich nicht viel Erfahrung.«

Keine Erfahrung, wenn sie *ganz* ehrlich sein wollte.

»Meine Stärken sind Ordnungssinn, Organisationstalent und Fleiß. Ich eigne mich gut als rechte Hand des Chefs.« Mit ernster Miene brachte Ashling dieses wortgetreue Zitat von Sally Healy vor. Dann hielt sie inne und sagte: »Entschuldigung, möchten Sie ein Pflaster für Ihren Finger?«

Jack Devine sah überrascht auf. »Wer? Ich?«

»Ich sehe sonst niemanden, der blutet«, sagte Ashling und versuchte ein Lächeln.

Jack Devine schüttelte heftig den Kopf. »Nein, wieso?« Dann fügte er ein mürrisches »Danke« hinzu.

»Warum nicht?«, schaltete Calvin Carter sich ein.

»Ist schon gut.« Jack winkte mit seiner heilen Hand ab.

»Lass dir doch ein Pflaster geben«, sagte Calvin, »ist doch eine gute Idee.«

Ashling nahm ihre Handtasche auf den Schoß und fand nach nur kurzem Suchen eine Packung mit Pflastern. Sie klappte den Deckel auf, entschied sich für die richtige Größe und reichte es Jack.

»Das müsste genügen.«

Jack sah aus, als hätte er keine Ahnung, was zu tun war. Calvin Carter war auch nicht sehr hilfreich.

Ashling versagte sich einen Seufzer, stand auf, nahm Jack das Pflaster aus der Hand und riss die Folie auf.

»Strecken Sie Ihren Finger aus.«

»Jawohl, Frau Lehrerin«, sagte er sarkastisch.

Schnell und geschickt hatte sie das Pflaster um seinen verletzten Finger geklebt. Sie überraschte sich selbst, als sie unter dem Vorwand, den Sitz des Pflasters zu prüfen, den Finger fest drückte und beschämt eine Spur von Befriedigung empfand, als Jack Devine einen winzigen Moment lang zusammenzuckte.

»Was haben Sie sonst noch dabei?«, fragte Calvin Carter neugierig. »Aspirin?«

Sie nickte bedächtig. »Brauchen Sie eins?«

»Nein, danke. Kuli und Notizblock?«

Wieder nickte sie.

»Und wie sieht es mit – ich gebe zu, das geht sehr weit – einem Reisenähzeug aus?«

Einen Augenblick schwieg Ashling verlegen, dann war sie plötzlich ganz natürlich und sagte mit einem kleinen, erleichterten Lachen: »Ich habe tatsächlich eins dabei.« Sie lächelte breit.

»Sie sind sehr gut organisiert«, fuhr Jack Devine dazwischen. Es klang wie eine Beleidigung.

»Einer muss es ja sein.« Calvin Carter hatte seinen ersten Eindruck revidiert. Sie war charmant und sie trug Lippenstift, auch wenn er Spuren auf ihren Zähnen hinterließ.

»Danke, Ms. Kennedy, wir melden uns bei Ihnen.«

Ashling schüttelte beiden Männern die Hand und versäumte es nicht, Jack Devines verletzten Finger besonders fest zu drücken.

»He, die hat mir gefallen.« Calvin Carter lachte.

»Mir nicht«, sagte Jack Devine missmutig.

»Ich habe gesagt, sie hat mir gefallen«, wiederholte Calvin Carter. Er war es nicht gewöhnt, dass man ihm widersprach. »Sie ist zuverlässig und auf Draht. Gib ihr die Stelle.«

4

Clodagh wachte früh auf. Das war nichts Neues. Sie wachte immer früh auf. So war das eben, wenn man Kinder hatte. Wenn sie nicht brüllten, dass sie etwas zu essen haben wollten, zwängten sie sich zwischen sie und ihren Mann ins Bett, und wenn sie nicht bei ihnen im Bett lagen, dann standen sie am Samstag morgen um halb sieben in der Küche und klapperten Unheil verkündend mit Töpfen und Pfannen.

Heute war das Unheil verkündende Klappern mit Töpfen und Pfannen dran. Sie sollte in Kürze herausfinden, dass Craig, der fünf Jahre alt war, seiner zweieinhalbjährigen Schwester Molly zeigte, wie man Rührei machte. Aus Mehl, Wasser, Olivenöl, Ketchup, brauner Soße, Essig, Kakaopulver, Geburtstagskerzen – und natürlich Eiern, einschließlich der Schalen. Der Lärm verriet Clodagh, dass in der Küche schreckliche Dinge im Gang waren, aber sie war zu müde oder zu irgendwas, um aufzustehen und dem Treiben ein Ende zu machen.

Den Blick auf nichts Bestimmtes gerichtet, lag sie im Bett und hörte, wie Stühle über den neuen Terrakotta-Boden schleiften, wie die Hängeschränke der neuen Einbauküche geöffnet und zugeschlagen wurden und den Le-Creuset-Töpfen übel mitgespielt wurde.

Neben ihr lag Dylan im Tiefschlaf; er drehte sich um und warf einen Arm auf sie. Sie kuschelte sich an ihn und suchte Geborgenheit, erstarrte dann, wie so oft, und zog sich vorsichtig wieder zurück, als sie spürte, wie sich seine Erektion gegen ihren Bauch streckte und presste.

Keinen Sex. Das konnte sie nicht ertragen. Sie wollte Zärtlichkeit, aber immer wenn sie sich mit ihrem Körper an seinen schmiegen wollte, erregte es ihn. Besonders am Morgen. Wenn sie sich dann von ihm zurückzog, plagte sie das schlechte Gewissen, aber nicht so heftig, dass sie sich ihm wieder genähert hätte.

Abends standen seine Chancen besser, besonders wenn sie ein paar Gläschen getrunken hatte. Sie verweigerte sich nie länger als einen Monat, weil sie Angst vor dem hatte, was das für ihre Ehe bedeutete. Wenn also der Zeitpunkt näherrückte, arrangierte sie immer ein kleines Gelage und sorgte dafür, dass er alles kriegte, wobei ihre Begeisterung und Erfindungsgabe in direktem Verhältnis zu der Menge Gin standen, die sie sich einverleibt hatte.

Dylan streckte wieder den Arm nach ihr aus, aber mit einer Geschicklichkeit, die sie sich in vielen Monaten erworben hatte, entzog sie sich ihm.

Ein lautes Krachen drang in den ersten Stock.

»Räuberbande«, murmelte Dylan schläfrig. »Die bringen noch das Haus zum Einsturz.«

»Ich geh mal runter und stauch sie zusammen.« Es war besser, sie stand auf.

Als Ashling im Laufe des Vormittags eintraf, war die Rührei-Katastrophe vom Morgen lediglich eine blasse Erinnerung, verdrängt von den Ausschreitungen am Frühstückstisch.

Als Clodagh Ashling die Tür öffnete, war sie gerade in schwierige Verhandlungen mit der engelhaften, blond gelockten Molly verwickelt, bei denen es um das Tragen einer Strickjacke ging. Molly bestand darauf, eine orangefarbene Jacke zu tragen.

»Hallo, Ashling«, sagte Clodagh zerstreut, wandte sich dann wieder Molly zu und beharrte genervt: »Aber du bist zu groß für die Jacke! Die hast du als Baby angehabt. Warum ziehst du nicht diese schöne rosafarbene Strickjacke an?«

»Neiiin!« Molly versuchte sich aus dem Griff zu befreien.

»Aber dir wird sonst kalt.« Clodagh hielt Molly am Arm fest.

»Neiiin!«

»Komm mit in die Küche, Ashling.« Clodagh zerrte Molly

den Flur entlang. »CRAIG! KOMM SOFORT VON DEM KARUSSELL RUNTER!«

Der gleichfalls engelhafte, blond gelockte Craig war in den Eckschrank in der Küche geklettert und schwang auf der schwenkbaren Ablage, zwischen Tüten mit Reis und Nudeln sitzend, hin und her.

Ashling stellte den elektrischen Wasserkocher an. Ashling und Clodagh waren in unmittelbarer Nachbarschaft voneinander aufgewachsen, und seit der Zeit, als Ashling lieber bei Clodagh war als bei sich zu Hause, waren sie beste Freundinnen.

Clodagh war es gewesen, die Ashling über ihre taillenlose Figur aufgeklärt hatte. Sie hatte Ashling auch zu weiteren Einsichten über sich selbst verholfen, zum Beispiel, als sie sagte: »Du kannst so froh sein, dass du eine Persönlichkeit hast. Ich habe nur mein Aussehen.«

Nicht dass Ashling ihr das übel genommen hätte. Clodagh war nicht bösartig, einfach nur offen, und es wäre eine reine Zeitverschwendung gewesen, hätte man ihre ungewöhnliche Schönheit leugnen wollen. Mit ihrer zierlichen, wohlgeformten Figur, ihrem nordischen Teint und dem langen, goldglänzenden Haar brachte sie den Verkehr zum Erliegen. Was in Dublin allerdings nicht viel heißen wollte, denn da floss der Verkehr ohnehin nur selten.

Ashling hatte gewichtige Neuigkeiten. »Ich habe eine neue Stelle!«

»Seit wann?«

»Schon seit einer Woche«, gestand Ashling, »aber ich habe jeden Tag bis Mitternacht gearbeitet, um die Übergabe an meine Nachfolgerin bei *Woman's Place* vorzubereiten.«

»Ich hatte mich schon gewundert, dass du dich nicht gemeldet hast. Erzähl mir alles ganz genau!«

Aber jedesmal, wenn Ashling anhob, bestand Craig darauf, ihr aus einem Buch, das er verkehrt herum hielt, vorzulesen. Sobald die Aufmerksamkeit nicht auf ihn gerichtet war, lenkte er sie wieder auf sich.

»Geh raus, spielen«, schlug Clodagh vor.

»Aber es regnet.«

»Du bist Ire, du musst dich daran gewöhnen. Mach schon, raus mit dir!«

Kaum war Craig verschwunden, wollte Molly der Star sein.

»Will ich!«, sagte sie und zeigte auf Ashlings Kaffeetasse.

»Nein, das ist Ashlings Kaffee«, sagte Clodagh, »den kannst du nicht haben.«

»Meinetwegen kann sie ihn haben ...« Ashling fand, sie sollte das sagen.

»WILL ICH!«, beharrte Molly.

»Hast du was dagegen?«, fragte Clodagh. »Ich mach dir einen neuen.«

Ashling schob den Becher über den Tisch, doch Clodagh griff dazwischen, bevor Molly zupacken konnte, worauf ein großes Geheule anfing.

»Ich puste doch nur«, erklärte Clodagh. »Damit du dir nicht den Mund verbrennst.«

»WILL ICH! WILL ICH! WILL ICH!«

»Es ist zu heiß! Du verbrennst dich nur.«

»WILL ICH! WILLLL ICH!

»Also gut, hier. Langsam, dass du nichts verschüttest.«

Molly setzte die Lippen am Becherrand an, zog sie zurück und kreischte: »Heiß! AUAA!«

»Oh, verdammt«, murmelte Clodagh.

»Verdammt«, sagte Molly laut und deutlich.

»Genau«, sagte Clodagh mit einer Heftigkeit, die Ashling schockierte. »Verdammt noch mal.«

Auf Mollys Gekreisch kam Dylan in die Küche gestürzt.

»Ashling!« Er lächelte und schob sich mit seiner großen Hand das weizenblonde Haar aus der Stirn. »Du siehst fantastisch aus. Gibt's was Neues von der Jobsuche?«

»Ich habe einen!«

»Als Lassoschwingerin auf der Pferdefarm in Mullingar?«

»Bei einer Zeitschrift. Einer neuen Frauenzeitschrift.«

»Gut gemacht! Mehr Geld?«

Ashling nickte stolz. Kein enormer Gehaltssprung, aber besser als die kaum über der Armutsgrenze liegende klägliche Summe, die sie in den letzten Jahren bei *Woman's Place* bekommen hatte.

»Und keine Briefe mehr von Father Bennett, zum Glück – hast du gesehen, dass der *Catholic Judger* eingegangen ist? Es stand was in der Zeitung darüber.«

»So ist alles gut ausgegangen«, sagte Ashling strahlend. »Mrs. O'Sullivan aus Waterford war wahrscheinlich das Beste, was mir passieren konnte.«

Dylan war erfreut – dann schreckte er auf, als ein großes Getöse aus dem Garten hereindrang. Craig war von der Schaukel gefallen, und seinem Geschrei und Wehklagen nach zu urteilen hatte er sich ziemlich wehgetan. Ashling suchte schon in ihrer Handtasche nach den Notfalltropfen.

Für sich selbst.

»Gehst du mal zu ihm?«, sagte Clodagh mit einem erschöpften Blick zu Dylan. »Ich habe sie die ganze Woche. Und sag mir nur das über seine Verletzung, was ich unbedingt wissen muss.«

Dylan machte sich auf den Weg.

»Soll ich nach Craig sehen …?«, fragte Ashling. »Ich habe Heftpflaster dabei.«

»Ich habe auch welches«, sagte Clodagh genervt. »Erzähl mir doch von deiner neuen Stelle! *Bitte.*«

»Meinetwegen.« Ashling warf noch einen Blick in Richtung Garten. »Es ist eine Hochglanzzeitschrift. Viel toller als *Woman's Place.*«

Als sie zu der Stelle kam, wo Jack Devine mit der kleinen Asiatin stritt und von ihr gebissen wurde, hellte sich Clodaghs Miene auf.

»Erzähl weiter«, drängte sie mit leuchtenden Augen. »Erzähl es haarklein! Nichts hebt meine Stimmung so sehr, als von den Streitereien anderer Leute zu hören. Letzte Woche kam ich vom Fitness-Studio, und auf dem Parkplatz saßen ein Mann und eine Frau im Auto und haben sich *angebrüllt*. Ich meine, richtig gebrüllt! Obwohl die Fenster zu waren, konnte ich sie hören. Ich war den ganzen restlichen Tag in prächtiger Stimmung.«

»Ich mag das überhaupt nicht«, gab Ashling zu. »Mich macht das immer ganz fertig.«

»Aber warum denn? Oh, vielleicht wegen … ehm … dem, was du erlebt hast … Aber den meisten Menschen tut es gut. Dann haben sie das Gefühl, dass sie nicht die Einzigen sind, denen es dreckig geht.«

»Wem geht es denn dreckig?«, fragte Ashling mit besorgter Miene.

Clodagh wand sich unbehaglich. »Keinem. Aber ich bin richtig neidisch auf dich!«, rief sie plötzlich aus. »Du bist unverheiratet, hast eine neue Stelle und ein aufregendes Leben.«

Ashling war sprachlos. Aus ihrer Sicht war Clodaghs Leben das A und O. Der gut aussehende, hingebungsvolle Ehemann mit einer aufstrebenden Firma und das geschmackvoll eingerichtete Backsteinhaus in dem Schickeria-Stadtteil Donnybrook. Und den ganzen Tag nichts anderes zu tun, als Nudeln in die Mikrowelle zu schieben, sich neue Möbel für die schon perfekt ausgestatteten Zimmer auszusuchen und auf Dylan zu warten.

»Wahrscheinlich warst du gestern Abend auf der Piste«, sagte Clodagh, und es klang fast anklagend.

»Ja, schon … aber ich war nur im Sugarclub, und um zwei war ich zu Hause. *Allein*«, sagte sie sehr betont. »Clodagh, du hast alles. Zwei reizende Kinder, einen reizenden Mann …«

Ist er wirklich reizend? Überrascht musste Clodagh feststellen, dass ihr das in letzter Zeit gar nicht aufgefallen war. Und nur zögernd gab sie zu, dass Dylan für einen Mann Mitte dreißig nicht übel aussah – er hatte keinen Schmerbauch vom vielen Biergenuss wie viele seiner Altersgenossen. Er achtete darauf, wie er sich anzog – mehr als sie, wenn sie ehrlich war. Und er ging zu einem richtigen Friseur, nicht zu dem alten Barbier an der Ecke, der allen den gleichen altväterlichen Haarschnitt verpasste.

Ashling war noch nicht fertig: »… und du siehst wahnsinnig gut aus! Zwei Kinder, und du hast eine bessere Figur als ich – und ich habe keine Kinder und werde wahrscheinlich auch keine kriegen, wenn sich mein Glück bei Männern nicht bald wandelt. Hahaha.«

Ashling wartete darauf, dass Clodagh lächelte, aber die sagte nur: »Alles fühlt sich alt an. Besonders das mit Dylan.«

Ashling wollte etwas Ermunterndes sagen. »Du musst versuchen, den Zauber des Anfangs wiederaufleben zu lassen! Versuch dich zu erinnern, wie es war, als ihr euch kennen gelernt habt!«

Woher hatte sie bloß diese hohlen Phrasen? Ach ja, das hatte sie in *Woman's Place* selbst geschrieben, an eine Frau, die wahnsinnig wurde, weil ihr Mann seit neuestem pensioniert war und ihr zu Hause ständig im Weg stand.

»Ich weiß gar nicht mehr, wo wir uns kennen gelernt haben«, sagte Clodagh. »Oder, doch, natürlich weiß ich es noch. Du hast ihn zu Lochlan Hegartys Party mitgebracht, als er einundzwanzig wurde, weißt du noch? Gott, das ist eine Ewigkeit her.«

»Du musst dich bemühen, die Dinge lebendig zu halten«, zitierte Ashling weiter. »Lad ihn zu einem romantischen Abendessen ein! Vielleicht solltet ihr mal für ein Wochenende wegfahren. Ich pass auf die Kinder auf, jederzeit.« Das war ein übereiltes Versprechen, wie sie beunruhigt feststellte.

»Ich *wollte* heiraten.« Clodagh schien mit sich selbst zu sprechen. »Dylan und ich schienen füreinander gemacht.«

»Da untertreibst du aber.« Ashling erinnerte sich an die Hochspannung, die im Raum knisterte, als Dylan und Clodagh sich zum ersten Mal sahen. Dylan war in seinem Freundeskreis der attraktivste Mann, und Clodagh war zweifellos das hübscheste Mädchen in ihrem, und zwischen Gleichen besteht immer eine Anziehung. Obwohl Dylan Ashling als ihr Partner zu der Party begleitet hatte, war Ashling in dem Moment vergessen, als Dylans Blick auf Clodagh fiel. Ashling konnte es ihm nicht verübeln. Die beiden waren füreinander geschaffen, da sollte sie den Großmut haben und das anerkennen.

Clodagh lächelte etwas matt. »Eigentlich ist alles in Ordnung.

Oder es wird in Ordnung sein, wenn ich weiß, welche Farben ich für das Wohnzimmer haben will.«

»Schon wieder renovieren!« Es kam ihr wie gestern vor, dass Clodagh ihre neue Küche bekommen hatte. Und es war nicht viel länger her, dass sie das Wohnzimmer renoviert hatte.

Als Ashling am Nachmittag auf dem Weg nach Hause war, ging sie schnell in den Supermarkt, um ein paar Sachen einzukaufen.

Die Frau vor ihr in der Schlange war so atemberaubend aufgemacht, dass Ashling sich zurücklehnte, um sie besser betrachten zu können. Wie Ashling hatte sie Jogging-Hosen, Turnschuhe und eine kleine Strickjacke an, aber anders als bei Ashling sah alles sehr schick und makellos aus. So wie Sachen aussehen, bevor sie gewaschen werden und den Glanz des perfekt Neuen verlieren.

Die Turnschuhe der Frau waren pinkfarbene Nikes. Ashling hatte sie schon einmal in einer Zeitschrift gesehen, aber noch konnte man sie in Irland nicht kaufen. Der Rucksack aus pinkfarbener Fallschirmseide hatte den gleichen Farbton wie das Gel in den Absätzen der Sportschuhe.

Und ihre Haare waren fantastisch – glänzend und schwingend und voll –, so wie man es selbst nie hinbekam.

Fasziniert überprüfte Ashling den Einkaufskorb der Frau vor ihr: sieben Dosen Erdbeer-Diät-Trunk, sieben Ofenkartoffeln, sieben Äpfel und vier … fünf … sechs … *sieben* einzeln eingepackte Schokoladenriegel aus der Süßigkeitenbar. Sie lagen einzeln im Korb und sollten wohl als sieben einzelne Posten gelten.

Ashling wusste mit untrüglicher Sicherheit, dass der klägliche Inhalt des Einkaufskorbs dieser Frau ihren Lebensmittelvorrat für die Woche darstellte. Es sei denn, sie kaufte für die sieben Zwerge ein.

5

Es schüttete wie aus Kübeln, als Lisas Flugzeug am frühen Samstagnachmittag in Dublin landete. Bei ihrem Abflug in London hatte sie törichterweise angenommen, dass sie sich kaum schlechter fühlen könnte, doch als sie einen Blick auf das regennasse Dublin warf, erkannte sie das Ausmaß ihres Irrtums.

Dermot, der Taxifahrer, der sie in die Stadt brachte, machte ihren Kummer nur noch schlimmer. Er war gesprächig und liebenswürdig, und Lisa wollte keinen gesprächigen, liebenswürdigen Taxifahrer. Sie dachte sehnsüchtig daran, dass sie im Wagen eines verrückten Psychopathen im Besitz einer Schnellfeuerwaffe sitzen könnte, wenn sie nur in New York gelandet wäre.

»Haben Sie Verwandte hier?«, fragte Dermot.

»Nein.«

»Einen Freund vielleicht?«

»Nein.«

Als sie keine Auskunft über sich gab, übernahm er das Gespräch.

»Ich fahre unheimlich gern Auto«, vertraute er ihr an.

»Ach nein«, sagte Lisa unfreundlich.

»Können Sie sich vorstellen, was ich an meinen freien Tagen mache?«

Lisa beachtete ihn gar nicht.

»Ich fahre rum. Genau das mache ich. Aber nicht nur nach Wicklow, sondern richtig weit weg. Bis nach Belfast oder nach Galway, oder quer rüber nach Limerick. Einmal bin ich bis Letterkenny gekommen, das liegt in Donegal, müssen Sie wissen … Ich fahre einfach sehr gern Auto.«

Und so redete er immer weiter, während sie sich durch die nassen, schmutzigen Straßen langsam voranbewegten. Als sie bei dem Hotel in der Harcourt Street ankamen, half er ihr mit ihren Taschen und wünschte ihr einen angenehmen Aufenthalt in Irland.

Malone's Aparthotel war eine merkwürdige neue Züchtung auf dem Hotelsektor – es gab keine Bar, kein Restaurant, keinen Zimmerservice, es gab *gar nichts*, außer den dreißig Zimmern, jedes mit einer kleinen Küche. Lisas Zimmer war für vierzehn Tage gebucht, und danach, so war zu hoffen, hätte sie eine Wohnung gefunden.

Wie benommen hängte sie ein paar Sachen in den Schrank, warf einen Blick auf die graue, belebte Straße und stürzte sich dann mutig hinaus in die feuchte Stadt, in der sie fortan wohnen würde.

Jetzt, da sie angekommen war, traf sie der Schock mit unvorhergesehener Wucht. Wie hatte ihr Leben diese schreckliche Wendung nehmen können? Eigentlich hätte sie jetzt auf der Fifth Avenue flanieren sollen, statt in diesem durchweichten *Dorf* zu sitzen.

In dem Stadtführer hatte sie gelesen, dass man nur einen halben Tag brauchte, um einen Gang durch Dublin zu machen und alle wichtigen Sehenswürdigkeiten zu sehen – als wäre das etwas Gutes! Und tatsächlich, zwei Stunden reichten vollends, um die Höhepunkte – das heißt die Einkaufsmöglichkeiten – rechts und links des Liffey zu erkunden. Es war schlimmer, als sie erwartet hatte: Nirgendwo gab es La-Prairie-Produkte, Schuhe von Stephane Kélian oder Geschäfte, die Designermode von Vivienne Westwood oder Ozwald Boeteng führten.

»Es ist das letzte Loch! Ein Nest«, dachte sie leicht hysterisch, »und die Hilfiger-Modelle von vorgestern sind hier der letzte Schrei.«

Sie wollte nach Hause. Sie sehnte sich so sehr nach London, dass ihr Herz einen Sprung machte, als sie durch den Regenschleier einen Marks & Spencer entdeckte.

Normalerweise schlug sie einen großen Bogen um diese Geschäfte – die Kleider waren zu bieder und die Esswaren zu verlockend –, aber jetzt stürzte sie sich durch die Tür, als wäre sie ein verfolgter Dissident, der in einer fremden Botschaft um Asyl nachsuchte. Sie widerstand dem Drang, sich keuchend gegen die Tür zu lehnen, aber nur, weil es eine automatische Tür war. Dann tauchte sie in der Lebensmittelabteilung unter, die fensterlos war und wo sie ihren Fantasien freien Lauf lassen konnte.

Ich bin in dem Marks & Spencer in der High Street in Kensington, redete sie sich ein. *Und wenn ich hier rausgehe, gucke ich noch kurz bei Urban Outfitters rein.*

Sie lungerte vor der Obsttheke herum. *Nein,* beschloss sie, *ich habe es mir anders überlegt. Ich bin in dem am Marble Arch. Wenn ich hier fertig bin, gehe ich in die South Molton Street.*

Sie empfand es als seltsam tröstlich, dass die Palstikschalen mit Melonensalat in der Auslage vor ihr einen Teil der gleichen Diaspora bildeten wie die in London. Sie drückte die Zellophanhülle einer Schale ein und spürte – schwach, aber vorhanden – ein Gefühl der Vertrautheit.

Als sie sich etwas beruhigt hatte, ging sie in einen normalen Supermarkt und kaufte für die kommende Woche ein. Gewisse Regelmäßigkeiten würden sie vor dem Wahnsinn bewahren; zumindest hatte es ihr bisher immer geholfen. Und so machte sie sich auf den Rückweg. Sie hatte sich die Kapuze ihrer Strickjacke aufgesetzt, um ihre Haare vor dem einsetzenden Regen zu schützen. Sie packte die sieben Dosen Diätsaft aus und stellte sie ordentlich in den Küchenschrank, die Kartoffeln, die Äpfel und das Brot kamen in den kleinen Kühlschrank, und die sieben Riegel Schokolade wanderten in die Schublade.

Was jetzt? Samstagabend, und sie war allein in einer fremden Stadt. Was blieb ihr übrig, als im Zimmer zu bleiben und fern … Erst dann bemerkte sie, dass es in dem Zimmer keinen Fernseher gab.

Das war ein solcher Schlag, dass ihr die Tränen kamen. Was sollte sie jetzt tun? Die Zeitschriften, mit denen sie konkurrieren würde – *Elle, Red, New Woman, Company, Cosmo, Marie-Claire, Vogue, Tatler* sowie die irischen Zeitschriften –, hatte sie schon gelesen. Sie konnte ein Buch lesen, dachte sie. Wenn sie eins hätte. Oder eine Zeitung, nur dass Zeitungen so langweilig und deprimierend waren …

Wenigstens konnte sie ihre Kleider aufhängen. Während sich also die Straßen mit jungen Leuten füllten, die abendlichen Vergnügungen zustrebten, rauchte Lisa und strich ihre Kleider und Röcke und Jacketts glatt und hängte sie auf Bügel, legte Strickjacken und Blusen gefaltet in Schubladen, stellte Schuhe in einer ordentlichen Parade auf, hängte Handtaschen … Das Telefon klingelte und riss sie aus ihrem beruhigenden Rhythmus heraus.

»Hallo?«, sagte sie. Dann tat es ihr Leid, dass sie abgenommen hatte.

»Oliver!« *Oh, Mist.* »Woher … von wem hast du die Nummer?«

»Von deiner Mutter.«

Warum musste die sich immer einmischen?

»Wann hättest du es mir gesagt, Lisa?«

Nie, um ehrlich zu sein.

»Bald. Ich wollte erst eine eigene Wohnung haben.«

»Was hast du mit unserer Wohnung hier gemacht?«

»Habe sie untervermietet. Keine Angst, du kriegst deinen Anteil von der Miete.«

»Und warum Dublin? Ich dachte, du wolltest nach New York?«

»Das hier war der bessere Karriereschritt.«

»Himmel, du bist zäh. Na, hoffentlich wirst du glücklich«, sagte er in einem Ton, der deutlich machte, dass er das genaue Gegenteil hoffte. »Hoffentlich hat es sich alles gelohnt.«

Dann legte er auf.

Sie sah hinaus auf die Straße und auf Dublin und fing an zu zittern. Hatte es sich gelohnt? Nun, sie würde einfach dafür sorgen müssen, dass es sich gelohnt hatte. Sie würde *Colleen* zu dem größten Erfolg in der Zeitschriftengeschichte machen.

Sie nahm einen tiefen Zug aus ihrer Zigarette und wollte sie dann noch einmal anzünden, weil sie dachte, sie wäre ausgegangen. Doch die Zigarette glimmte, nur linderte sie den Schmerz nicht. Lisa brauchte etwas anderes. In der Schublade lachten die Schokoladenriegel, aber Lisa widerstand. Bloß weil sie das Gefühl hatte, in der Hölle gelandet zu sein, musste sie eintausendfünfhundert Kalorien am Tag nicht überschreiten.

Schließlich erlag sie der Versuchung doch. Zusammengerollt saß sie in einem Sessel, entfernte langsam das Papier und fuhr mit den Zähnen am Rand des Schokoladenstücks entlang, bis sie eine gerollte Raspel im Mund hatte. Und so raspelte sie das ganze Stück, bis es aufgegessen war.

Es dauerte eine Stunde.

6

Das Klirren von Flaschen an Ashlings Tür kündigte Joy an. »Ted kommt auch gleich – lass die Tür angelehnt!« Mit großem Getöse stellte Joy eine Flasche Weißwein auf Ashlings winziger Küchentheke ab.

Ashling machte sich innerlich bereit. Sie wurde nicht enttäuscht.

»Phil Collins«, sagte Joy mit einem hinterlistigen Glitzern in den Augen, »Michael Bolton oder Michael Jackson – und du *musst* mit einem von ihnen schlafen.«

Ashling schüttelte sich. »Also, auf keinen Fall Phil Collins, und auf keinen Fall Michael Jackson, und auf *gar keinen* Fall Michael Bolton.«

»Du musst dich für einen entscheiden.« Joy war mit dem Korkenzieher beschäftigt.

»Himmel.« Ashlings Gesicht drückte ihren Widerwillen aus. »Dann Phil Collins, den habe ich schon eine Weile nicht genommen. Gut, du bist dran. Benny Hill, Tom Jones oder… lass mal sehen, wer ist denn richtig widerlich? Paul Daniels.«

»Richtig Sex oder nur …«

»Richtig Sex«, sagte Ashling bestimmt.

»Dann Tom Jones«, sagte Joy seufzend und hielt Ashling ein Glas Weißwein hin. »Jetzt zeig mir, was du anziehst!«

Es war Samstagabend und Ted hatte einen Probeauftritt bei einer Comedy-Show. Er würde zum ersten Mal vor Publikum, abgesehen von Freunden und Familie, auftreten, und Ashling und Joy begleiteten ihn, um ihm Beistand zu leisten und hinterher mit zu der Party zu gehen.

Joy – deren Nachname denkwürdigerweise Ryder war – wohnte in der Wohnung unter Ashling. Sie war klein und drall, hatte lockiges Haar und war gefährlich, weil sie eine unmäßige Gier nach Alkohol, Drogen und Männern an den Tag legte und weil sie es sich außerdem zur Aufgabe gemacht hatte, Ashling als Komplizin zu gewinnen.

»Komm mit ins Schlafzimmer«, sagte Ashling, und sie quetschten sich beide durch die Tür.

»Ich ziehe diese hellen Cargo-Hosen an und ein kurzes Oberteil.« Ashling drehte sich vor dem Schrank um und trat Joy versehentlich auf den Fuß; die zuckte zurück und stieß sich den Ellbogen an dem tragbaren Fernsehgerät.

»Aua! Machen dich diese kleinen Schuhkartons nicht manchmal wahnsinnig?« Joy stöhnte und rieb sich den Ellbogen.

Ashling schüttelte den Kopf. »Ich finde es toll, in der Stadt zu wohnen; da kann man eben nicht alles haben.«

Ashling zog sich schnell für den Abend um.

»Ich würde in diesen Klamotten wie ein Michelin-Männchen aussehen«, sagte Joy mit einem schüchternen Blick der Bewunderung. »Es ist schrecklich, eine birnenförmige Figur zu haben!«

»Aber wenigstens hast du eine Taille. Eigentlich wollte ich noch was mit meinen Haaren machen ...«

Ashling hatte mehrere bunte Schmetterlingsspangen gekauft, nachdem sie gesehen hatte, wie hübsch Trix ihre Haare damit geschmückt hatte. Aber als sie zwei Haarsträhnen aus dem Gesicht nach hinten klemmte, war die Wirkung nicht die gleiche.

»Ich sehe einfach nur blöd aus!«

»Stimmt«, sagte Joy freundlich. »Glaubst du, dass Mick, der Halb-Mann-halb-Dachs-Typ, zu der Party kommt?«

»Möglich. Du hast ihn ja auf einer Party mit Ted kennen gelernt, oder? Er ist doch mit irgendwelchen Komikern befreundet.«

»Mmmmm«, nickte Joy verträumt. »Aber das ist viele Wochen her, und seitdem habe ich ihn nicht gesehen. Wohin er wohl entschwunden ist, der geheimnisumwobene Halb-Mann-halb-Dachs-Typ? Hol die Tarot-Karten, dann gucken wir schnell mal, was passieren wird.«

Sie gingen in das winzige Wohnzimmer, Joy nahm eine Karte von dem Stapel und gab sie Ashling. »Die Zehn der Schwerter. Das ist Schiete, oder?«

»Schiete«, stimmte Ashling ihr zu.

Joy nahm die Karten und blätterte sie mit dem Daumen durch, bis sie eine gefunden hatte, die ihr gefiel. »Die Königin der Stäbe, das ist schon eher was! Jetzt bist du dran.«

»Drei Kelche.« Ashling hielt die Karte hoch. »Anfänge.«

»Das heißt, du lernst auch einen Typen kennen.«

Ashling lachte.

»Es ist doch eine Ewigkeit her, dass Phelim nach Australien gegangen ist, oder?«, fragte Joy. »Zeit, dass du über ihn hinwegkommst.«

»Ich bin schon längst über ihn hinweg. Ich war doch diejenige, die Schluss gemacht hat. Weißt du das nicht mehr?«

»Nur weil er dich nicht heiraten wollte. Obwohl, das spricht für dich. Wenn mich einer nicht heiraten will, schicke ich ihn trotzdem nicht weg. Du bist sehr stark.«

»Ich würde das nicht stark nennen. Ich konnte einfach die Spannung nicht länger ertragen, dieses dauernde Warten, dass er sich entscheidet. Ich stand kurz vor dem Nervenzusammenbruch.«

Phelim war fünf Jahre lang mal mehr, mal weniger Ashlings Freund gewesen. Sie hatten gute Zeiten miteinander erlebt und nicht so gute Zeiten, weil Phelim im letzten Moment immer gekniffen hatte, wenn es darum ging, sich ganz und gar zu der Beziehung zu bekennen.

Ashling leistete ihren Beitrag zur Festigung der Beziehung, indem sie es vermied, auf die Fugen zwischen Pflastersteinen zu treten, einzelne Elstern begrüßte, Pennies von der Straße aufhob und ihr eigenes sowie Phelims Horoskop studierte. Ihre Taschen waren ausgebeult von all den Glück bringenden Kieselsteinen,

Rosenquarzen und Wundermedaillons, die sie mit sich herumtrug, und von ihrem Buddha hatte sie fast die ganze Goldfarbe abgerieben.

Jedesmal, wenn Phelim und sie wieder zusammenfanden, versiegte der Quell der Hoffnung mehr, und schließlich war Ashlings Liebe von der ganzen Unschlüssigkeit ausgebrannt. Wie jede ihrer Trennungen kam auch die endgültige ohne Bitterkeit. Ashling sagte in aller Ruhe: »Du redest dauernd davon, dass du es satt hast, hier in Dublin festzusitzen, und dass du eine Weltreise machen möchtest. Warum tust du es dann nicht? Tu es doch!«

Auch jetzt bestand noch eine schwache, aber wache Verbindung zwischen ihnen, trotz der Entfernung von zwölftausend Meilen. Im Februar war er zur Hochzeit seines Bruders nach Dublin gekommen und hatte als erstes Ashling besucht. Sie waren sich in die Arme gefallen und hatten sich minutenlang umschlungen gehalten, mit Tränen in den Augen, anscheinend von dem Rauch in der Luft.

»Arschloch«, sagte Joy energisch.

»Das stimmt nicht«, stellte Ashling richtig. »Er konnte mir nicht geben, was ich wollte, aber deswegen hasse ich ihn noch lange nicht.«

»Ich hasse alle meine Verflossenen«, prahlte Joy. »Und ich kann es kaum erwarten, dass der Halb-Mann-halb-Dachs-Typ auch mein Verflossener wird, dann müsste ich nicht mehr dauernd an ihn denken. Wenn er jetzt heute Abend da ist? Ich muss unerreichbar erscheinen. Wenn ich doch nur … nein, ein Verlobungsring ginge zu weit. Ein Knutschfleck, das wäre vielleicht was.«

»Und wo willst du den herkriegen?«

»Von dir! Hier«, sagte Joy und schob ihre Lockenpracht zur Seite. »Macht es dir was aus?«

»Allerdings!«

»Bitte.«

Und weil sie gerne hilfsbereit war, überwand Ashling ihr Zögern und setzte ihre Lippen halbherzig zu einem Knutschfleck an Joys Hals an.

Mittendrin sagte jemand: »Oh.« Sie blickten auf und erstarrten in einer sehr schuldbewussten Pose. In der Tür stand Ted. Er wirkte verstört.

»Die Tür stand offen ... ich wusste nicht ...« Dann riss er sich zusammen und sagte: »Ich hoffe, ihr werdet glücklich miteinander.«

Ashling und Joy sahen sich an und fingen lauthals an zu lachen, bis Ashling ihm aus Barmherzigkeit die Situation erklärte.

Er sah die Tarot-Karten auf dem Tisch und schnappte sie sich. »Acht Stäbe, Ashling, was bedeutet das?«

»Erfolg im Beruf«, sagte Ashling. »Dein Auftritt heute Abend wird ein durchschlagender Erfolg.«

»Ja, aber werde ich auch die Mädels im Sturm erobern?«

Für Ted gab es nur einen Grund, warum er Komiker werden wollte: Er wünschte sich eine Freundin. Er hatte gesehen, wie sich die Frauen an die Komiker heranschmissen, die in Dublin auftraten, und war der Auffassung, dass er als Komiker bessere Chancen haben würde als bei einer Partnervermittlung. Natürlich würde er niemals zu einer *richtigen* Partnervermittlung gehen, sondern immer nur zu der Ashling-Kennedy-Agentur, denn Ashling versuchte regelmäßig, Partner für ihre partnerlosen Freunde zu finden. Aber die Einzige von Ashlings Freundinnen, die Ted mochte, war Clodagh, und die war unverfügbar. Sehr unverfügbar.

»Nimm noch eine«, forderte Ashling ihn auf.

Er nahm eine Karte – es war der Gehängte.

»Heute Abend wirst du auf jeden Fall Glück haben«, versprach Ashling ihm.

»Aber das ist der Galgenmann!«

»Das macht nichts.«

Ashling wusste, dass ein Mann auf der Bühne – und er konnte potthässlich sein und auf der Gitarre rumdreschen und einen Wams und purpurfarbene Strumpfhosen tragen und erzählen, dass man erst Ewigkeiten auf einen Bus wartet, und dann kommen drei auf einmal – bei Frauen immer ankam. Selbst wenn er auf einem dreißig Zentimeter hohen staubigen Podest in einem zehn Quadratmeter großen Hinterzimmer stand, hatte er sofort eine eigentümliche, verführerische Ausstrahlung.

»Ich habe beschlossen, meinen Auftritt ein bisschen abzuändern, ihm eine surreale Note zu geben. Und was über Eulen zu machen.«

»Über Eulen?«

»Eulen haben vielen Erfolg gebracht«, verteidigte Ted sich. »Zum Beispiel Harry Hill und Kevin McAleer.«

Ach du lieber Himmel. Ashling wurde flau. »Kommt, lasst uns gehen.«

Auf dem Weg zur Tür kam es zu einem kleinen Stau, weil alle drei den Glück bringenden Buddha reiben wollten.

Die Comedy-Show fand in einem überfüllten, lauten Club statt. Ted kam erst irgendwann in der Mitte an die Reihe, und obwohl die professionellen Komiker witzig und amüsant waren, konnte Ashling sich nicht richtig daran erfreuen, weil sie so gespannt auf Teds Auftritt war.

Vielleicht würde es Ted so ergehen wie einem anderen Neuling vor ihm. Es war ein merkwürdiger, haariger Jüngling, dessen Auftritt hauptsächlich darin bestand, die Cartoon-Figuren Beavis und Butthead zu imitieren. Die Zuschauer waren gnadenlos, sie buhten und riefen: »Aufhören mit dem Scheiß«, so dass Ashling ganz schlecht wurde, wenn sie an Ted dachte.

Und dann war Ted dran. Ashling und Joy hielten sich an den Händen, wie stolze, doch aus guten Gründen besorgte Eltern. Nach wenigen Sekunden waren ihre Hände so glitschig vom Schweiß, dass sie sich loslassen mussten.

Im Licht des einzelnen Scheinwerfers sah Ted zart und verloren aus. Zerstreut rieb er sich den Bauch und hob einen Moment lang sein T-Shirt, was einen kurzen Blick auf den Gummizug seiner Calvins und seinen flachen, behaarten Bauch freigab. Ashling fand das gut. Die Mädchen würden darauf abfahren.

»Kommt eine Eule in eine Bar«, fing Ted an. Die Gesichter der

Zuhörer waren ihm aufmerksam zugewandt. »Sie bestellt einen halben Liter Milch, eine Packung Chips und zehn Zigaretten. Darauf dreht sich der Barkeeper zu seinem Freund um und sagt: ›Sieh dir das an – eine sprechende Eule!‹«

Man hörte ein verdutztes Kichern, sonst blieb es erwartungsvoll still. Die Zuhörer warteten auf die Pointe.

Angespannt fing Ted mit einem neuen Witz an. »Meine Eule hat keine Nase«, sagte er.

Alles blieb still. Ashling war im Begriff, sich ein Loch in die Handfläche zu bohren, so aufgeregt war sie.

»Meine Eule hat keine Nase«, wiederholte Ted, und in seiner Stimme schwang Verzweiflung.

Plötzlich verstand Ashling. »Wie riecht sie denn?«, rief sie mit zitternder Stimme.

»Schrecklich!«

Rundum sahen sich die Zuhörer verblüfft an. Ihre Mienen waren perplex, als wollten sie sagen: »Was soll der Quatsch …?«

Und Ted mühte sich weiter ab. »Neulich traf ich einen Freund, der sagte: ›Wer war denn die Dame, mit der ich dich neulich auf der Grafton Street gesehen habe?‹ Und ich sagte: ›Das war keine Dame, das war meine Eule!‹«

Und plötzlich begriffen die Zuhörer. Erst war es ein dünnes Lachen, dann schwoll es an und breitete sich aus, bis die Menschen sich ausschütteten vor Lachen. Allerdings musste man zugeben, dass es Samstagabend war und die Anwesenden schon ziemlich betrunken waren.

Hinter sich hörte Ashling jemanden keuchend sagen: »Der Kerl ist *fantastisch*. Komplett übergeschnappt.«

»Was ist gelb und weise?«, fragte Ted mit einem bezaubernden Lächeln.

Jetzt hatte Ted die Zuhörer in der Hand; sie hielten den Atem an und warteten auf die Pointe. Ted sah sich lächelnd im Raum um. »Euler Vanillepudding!«

Das Gelächter war ohrenbetäubend.

»Was ist grau und hat einen Rucksack?«

Eine erregte Pause.

»Eine Wandereule. In dem Fall eine graue.«

Wieder brandete das Lachen durch den Raum.

»Stellen Sie sich vor, Sie sprechen mit Bewerbern für eine Stelle.« Ted hatte sich freigeschwommen, und die Zuhörer kamen auf ihre Kosten. »Sie haben also drei Eulen vor sich und fragen jede, was die Hauptstadt von Rom ist. Die Erste sagt, sie weiß es nicht, die Zweite sagt Italien, die Dritte sagt, Rom *ist* die Hauptstadt. Welcher Eule geben Sie die Stelle?«

»Der Eule mit den größten Titten!«, rief jemand von ganz hinten im Raum, und wieder gab es tosendes Gelächter, und der Applaus klang wie ein Schwarm aufsteigender Vögel. Die Berufskomiker, die Ted nur eine Chance gegeben hatten, damit er ihnen nicht mehr auf die Nerven ging, sahen sich besorgt an.

»Holt ihn runter«, murmelte Bicycle Billy. »Der elende kleine Sack.«

»Leider muss ich gehen«, sagte Ted bedauernd, als Mark Dignan ihm mit einer Geste zu verstehen gab, dass man ihm die Kehle durchschneiden würde.

»Ooch, schade«, tönte es enttäuscht.

»Wir haben ein Monster erschaffen!«, flüsterte Bicycle Billie zu Archie Archer, dessen richtiger Name Brian O'Toole war.

»Mein Name ist Ted Mullins, der mit den ollen Witzen. Oder sollte ich sagen, mit den Eulen-Witzen?« Ted zwinkerte den Zuhörern zu. »Und ihr wart großartig!«

Unter hysterischem Gekreische, Gepfeife, Fußetrampeln und donnerndem Applaus stieg Ted von der Bühne.

Später, als sich die Zuhörer zum Ausgang durchkämpften, hörte Ashling immer wieder Kommentare über Ted.

»Was ist gelb und weise? Ich dachte, ich würde sterben vor Lachen.«

»Dieser Ted-Typ, der war klasse. Und sexy.«

»Ich fand das toll, wie er sein –«

»– sein T-Shirt hochgehoben hat? Ja, ich auch.«

»Meinst du, er hat ’ne Freundin?«

»Bestimmt.«

Die Party fand in einem modernen Wohnblock am Kai statt. Da es Mark Dignans Wohnung war und eine Menge Komiker unter den Gästen waren, hatte Ashling sich vorgestellt, sie würde sich den ganzen Abend nicht mehr einkriegen vor Lachen. Doch obwohl es in dem Raum voll und laut war, herrschte doch eine eigentümlich gedämpfte Stimmung.

»Die halten sich bedeckt, nicht dass ihnen jemand die Pointen klaut«, erklärte Joy, vielfach erprobte Teilnehmerin bei derartigen Veranstaltungen. »Ohne zahlendes Publikum bringen die keinen einzigen lustigen Satz über die Lippen, und wenn ihr Leben davon abhängt. Wo ist er denn nun?«

Joy machte sich auf die Suche nach dem Halb-Mann-halb-Dachs-Typ, und Ashling goss sich in der kleinen Küche ein Glas Weißwein ein, während sich Bicycle Billy neben ihr einen Joint drehte. Da er klein war und ein bisschen wie ein Troll aussah, brachte sie es fertig, ihn anzulächeln und zu sagen: »Sie waren sehr komisch, schönen Dank! Was Sie tun, muss Ihnen große Befriedigung verschaffen.«

»Ach, überhaupt nicht«, sagte er gereizt. »Ich schreibe einen Roman, verstehen Sie. Das ist das, was meinem Leben eigentlich einen Sinn gibt.«

»Das ist doch schön«, sagte Ashling ermutigend.

»Das ist es nicht.« Billy war sehr vehement. »Es ist sehr ehrlich, sehr deprimierend. Sehr düster. Ah, wo ist mein Feuerzeug?«

»Darf ich?« Ashling strich ein Zündholz an und half Billy, seinen Joint in Brand zu setzen. Sie hatte das Gefühl, er würde ihm guttun.

Mitten im Wohnzimmer, im Getümmel der Gäste, sah sie Ted auf einem Sessel thronen, und vor ihm standen die Mädchen ordentlich in einer Schlange an und warteten darauf, bis sie an der Reihe waren und ihre Vorzüge ins rechte Licht rücken konnten. Am Fenster stand eine versunkene Gestalt wie eine graue Säule und starrte durch einen Spalt seines langen schwarzen

Haars auf das pechschwarze Wasser des Liffey. Aha, dachte Ashling. Mick, der geheimnisumwobene Halb-Mann-halb-Dachs-Typ. Joy stand in der Nähe und war offensichtlich damit beschäftigt, ihn zu ignorieren.

Angesichts der Halb-Mann-halb-Dachs-Situation beschloss Ashling, nicht mit Joy zu sprechen. Sie stand einen Moment herum und trank ihren Wein, als ihr Blick auf Mark Dignan fiel. Da er fast zwei Meter zehn groß war und von allen Menschen, die gerade erdrosselten einmal ausgenommen, die glupschigsten Augen hatte, konnte sie auch mit ihm ein paar Worte wechseln.

Aber als sie sich bewundernd zu seinem Auftritt äußerte, wischte er ihre Worte mit einer ungelenken Handbewegung weg. »Es wird mich über Wasser halten, bis mein Roman veröffentlich wird.«

»Ach, Sie schreiben auch einen Roman. Aha… Worüber denn?«

»Er handelt von einem Mann, der die ganze Welt in all ihrer *Verderbtheit* sieht.«

Marks Augen traten noch weiter hervor. Wenn er nicht aufpasste, würden sie ihm noch aus dem Kopf fallen, dachte Ashling besorgt.

»Sehr deprimierend«, prahlte Mark. »Einfach *unglaublich* deprimierend. Er verabscheut das Leben mehr als das Leben selbst.«

Mark wurde gewahr, dass er etwas einigermaßen Geistreiches gesagt hatte, und blickte ängstlich um sich, falls ihm jemand zugehört hatte.

»Na, dann viel Glück!« *Blöder Kerl.* Ashling ging weiter und wurde von einem begeisterten jungen Mann in Beschlag genommen, der leuchtende Augen hatte und ihr erläuterte, dass Ted ein Anarcho-Komiker sei, ein ironischer postmoderner Dekonstruktivist des Genres. »Er hat den Grundwitz genommen und ihn komplett demontiert. Er stellt unsere Erwartungen von dem, was komisch ist, in Frage. Übrigens, haben Sie Lust zu tanzen?«

»Was? Hier?« Ashling war völlig aus dem Konzept gebracht. Es war schon lange her, dass ein fremder Mann sie zum Tanz aufgefordert hatte. Besonders in einem fremden Wohnzimmer. Doch als sie sich umsah, stellte sie fest, dass alle – das heißt natürlich alle Frauen – sich irgendwie zu der Musik von Fat Boy Slim verrenkten.

»Nein, danke«, entschuldigte sie sich. »Es ist noch zu früh für mich. Ich bin noch nicht enthemmt genug.«

»Na gut, dann frage ich Sie in einer Stunde noch einmal.«

»Wunderbar!«, rief sie ohne Überzeugung und musterte seine begierige Miene. Auch in einer Stunde wäre sie nicht betrunken genug. Selbst ein ganzes *Leben* würde nicht ausreichen.

Eine Weile später entdeckte sie zu ihrer Freude, dass Joy den Halb-Mann-halb-Dachs-Typen abschleckte.

Sie stand noch ein bisschen herum. Obwohl es keine besonders gelungene Party war, stellte sie überrascht fest, dass sie sich in der Menge glücklich fühlte und froh war, am Rande des Geschehens zu bleiben. Solche Zufriedenheit war selten: Normalerweise fühlte Ashling sich irgendwie nicht vollständig. Selbst wenn sie wirklich erfüllt war, fehlte etwas, fehlte in ihrem tiefsten Innern. Wie der stecknadelkopfgroße Punkt, wenn man den Fernseher am Abend ausstellte.

Aber jetzt war sie ruhig und friedlich, allein, aber nicht einsam. Auch wenn keiner der Männer, mit denen sie gesprochen hatte, ihr Typ war, kam sie sich nicht wie eine Versagerin vor, als sie beschloss, nach Hause zu gehen.

An der Tür traf sie wieder den begeisterten jungen Mann. »Sie gehen schon? Einen Moment noch!« Er kritzelte etwas auf ein Blatt Papier, das er ihr gab.

Sie wartete, bis sie draußen war, bevor sie es las: Ein Name – Marcus Valentine –, eine Telefonnummer und die Anweisung: »Bellez moi!«

Den ganzen Abend hatte sie nicht so gelacht.

Der Weg nach Hause dauerte zehn Minuten. Der Regen hatte inzwischen aufgehört. Als sie bei ihrem Haus ankam, lag ein Mann im Eingang und schlief.

Es war derselbe Mann, der vor ein paar Tagen auch da gelegen hatte. Nur dass er jünger war, als sie gedacht hatte. Er war blass und dünn und hatte sich fest in seine schmutzige, orangefarbene Wolldecke gerollt; er sah kaum älter aus als ein Kind.

Sie wühlte in ihrem Rucksack, holte eine Pfundmünze heraus und legte sie neben seinen Kopf. Aber da könnte sie gestohlen werden, dachte sie und schob das Geld unter die Wolldecke. Dann stieg sie über ihn hinweg und schloss auf.

Als sie die Tür hinter sich zuziehen wollte, hörte sie ein »Danke«, so schwach, dass sie nicht genau wusste, ob sie es sich eingebildet hatte.

Während Ted seinen großen Auftritt in der Funny Farm hatte, schloss Jack Devine die Tür zu seinem Haus in einer düsteren, dem Meer zugewandten Ecke von Ringsend auf.

»Warum hast du mich nicht angerufen?«, wollte Mai wissen. »Nie hast du Zeit für mich.« Sie schob sich an ihm vorbei und ging nach oben. Noch auf der Treppe fing sie an, sich die Hose aufzuknöpfen.

Jack sah auf das Meer hinaus, das fast schwarze Nachtwasser, das so unergründlich war wie seine Augen. Dann schloss er die Tür und folgte ihr nach oben.

Zur gleichen Zeit war Clodagh in einem hübschen edwardianischen Backsteinhaus in Donnybrook dabei, sich den vierten Gin zu Gemüte zu führen und dem Unvermeidlichen ins Gesicht zu sehen. Es war neunundzwanzig Tage her.

7

Ashling wachte am Sonntag um zwölf Uhr auf und fühlte sich ausgeruht und nur leicht verkatert. Sie legte sich aufs Sofa und rauchte mehrere Zigaretten, bis *Ein Duke kommt selten allein* zu Ende war. Dann ging sie raus, kaufte Brot, Zigaretten und Zeitungen – ein Käseblatt und eine richtige Zeitung, als Gegengewicht zu dem Käseblatt.

Nachdem sie sich mit so vielen aufgebauschten Reportagen über Ehe- und Treuebrüche vollgestopft hatte, dass ihr fast übel wurde, beschloss sie, die Wohnung aufzuräumen. Das Aufräumen bestand darin, dass sie ungefähr zwanzig schmutzige Teller und ebenso viele halbleere Wassergläser vom Schlafzimmer in die Küche trug, eine leere Häagen-Dazs-Packung aufhob, die unter die Couch gerollt war, und die Fenster öffnete. Sie weigerte sich, Staub zu wischen, aber sie versprühte Mr. Sheen im Raum, und allein bei dem Geruch fühlte sie sich tugendhaft. Sie schnüffelte an der Bettwäsche – wunderbar, eine Woche könnte sie das Bett noch lassen.

Dann guckte sie nach, ob das Kostüm, das sie hatte reinigen lassen, auch nicht gestohlen worden war, obwohl es kaum verschwinden konnte. Es hing noch im Schrank, neben einer sauberen Bluse. Morgen war der große Tag. Ein ganz großer Tag. Schließlich trat sie nicht jeden Montag eine neue Stelle an. Das letzte Mal war sogar schon acht Jahre her, und sie war schrecklich nervös. Aber auch voller Vorfreude, sagte sie sich und ignorierte ihren aufgeregten Magen.

Und jetzt? Staubsaugen, entschied sie, denn wenn man es richtig machte, war es eine sehr gute Übung für die Taille. Also holte sie den rosa-lindgrünen Dyson hervor. Sie konnte immer noch nicht glauben, dass sie so viel Geld für ein Haushaltsgerät ausgegeben hatte. Geld, das sie ebenso gut auch in Handtaschen oder Wein hätte anlegen können. Sie konnte nur die Schlussfolgerung daraus ziehen, dass sie endlich erwachsen war. Was ihr komisch vorkam, denn innerlich fühlte sie sich immer noch wie sechzehn und wusste nicht, was sie machen sollte, wenn sie von der Schule abging.

Sie schaltete den Staubsauger ein und schob ihn über den Fußboden, wobei sie sich mit viel Energie in der Taille drehte und streckte. Zum Glück dauerte die Übung nicht lange, wie ihre sehr verkaterte Nachbarin eine Treppe tiefer (Joy) erleichtert feststellte – Ashlings Wohnung war einfach winzig klein.

Aber sie liebte die Wohnung über alles. Als sie ihre Stelle verlor, war ihre größte Angst, dass sie die Ratenzahlungen nicht würde einhalten können. Sie hatte die Wohnung drei Jahre zuvor gekauft, als ihr endlich klar geworden war, dass sie und Phelim niemals gemeinsam ein Kaufangebot für ein Cottage mit Kletterrosen um die Tür unterbreiten würden. Allerdings verstand sie es auch als kleines Manöver, denn natürlich hoffte sie, dass Phelim herbeigesaust kommen würde, während sie die Zusagen für die Kredite bekam, und sich bereit erklären würde, mit ihr zusammen die übliche Vier-Zimmer-Doppelhaushälfte in einem fernen Vorort zu erwerben. Doch schweren Herzens musste sie erkennen, dass er das nicht tat, und ihr Kaufvertrag wurde abgeschlossen. Damals war es ihr wie ein Eingeständnis ihres eigenen Versagens vorgekommen.

Doch inzwischen war das anders. Diese Wohnung war ihr Hafen, ihr Nest, ihr erstes richtiges Zuhause. Seit sie siebzehn war, hatte sie in gemieteten Löchern gehaust, in anderer Leute Betten geschlafen, auf durchgesessenen Sofas gesessen, die der Vermieter wegen des günstigen Preises gekauft hatte, und nicht, weil man auf ihnen bequem sitzen konnte.

Als sie einzog, besaß sie kein einziges Möbelstück. Abgesehen von wenigen lebenswichtigen Dingen wie einem Bügeleisen, einem Stapel fadenscheiniger Handtücher, einigen nicht zusammenpassenden Laken und Kissenbezügen hatte sie nichts und musste alles neu kaufen. Und hier lag auch der Grund für einen von Ashlings seltenen Wutausbrüchen. Denn es machte sie unglaublich sauer, dass sie Monat für Monat ihr Kleidergeld für alle möglichen dummen Dinge ausgeben musste. Für Stühle, zum Beispiel.

»Aber wir können doch nicht auf dem Boden sitzen«, hatte Phelim sie angeschrien.

»Ich *weiß*«, stimmte Ashling ihm zu. »Ich hatte einfach nicht daran gedacht, dass das auf mich zukommen würde ...«

»Aber du bist doch das absolute Organisationstalent.« Er verstand das nicht. »Ich dachte, du wärst in deinem Element, wenn es um – wie heißt das noch? – Inneneinrichtung geht.«

Sie sah so verloren und traurig aus, dass Phelim ganz sanft sagte: »O Baby, ich helfe dir. Ich kaufe dir ein paar Möbel.«

»Wahrscheinlich ein Bett«, sagte Ashling voller Hohn.

»Na ja, da du es erwähnst ...« Phelim schlief sehr gern mit Ashling. Ein Bett für sie zu kaufen war sicherlich kein Fehler. »Kann ich es mir leisten?«

Ashling überlegte. Nachdem sie Phelims Geldangelegenheiten neu geordnet hatte, ging es ihm viel besser.

»Wahrscheinlich schon«, sagte sie schmollend. »Wenn du es mit Kreditkarte kaufst.«

Verbittert und missmutig beantragte sie ein Darlehen und kaufte ein Sofa, einen Tisch, einen Schrank und ein Paar Stühle. Das musste reichen, beschloss sie. Über ein Jahr lang weigerte sie sich, Jalousien zu kaufen. »Ich putze einfach die Fenster nicht«, sagte sie. »Dann kann keiner reinsehen.« Und einen Duschvorhang kaufte sie erst, als die täglichen Pfützen zu Joy hindurchsickerten.

Aber irgendwann im Lauf der Zeit hatten sich ihre Prioritäten verschoben. Obwohl sie keineswegs eine so besessene Innenarchitektin war wie Clodagh, kümmerte sie sich inzwischen gern um ihre Wohnung. So gern, dass sie nicht nur einen Satz Bettwäsche ihr eigen nannte, sondern zwei (einen im modischen Jeans-Look und einen blitzend weißen mit einem Waffelmuster-Überwurf). Erst kürzlich hatte sie vierzig Pfund für einen Spiegel ausgegeben, den sie eigentlich gar nicht brauchte und einfach nur hübsch fand. Zugegeben, sie hatte den Kauf in der prämenstruellen Phase getätigt, als sie nicht ganz klar im Kopf gewesen war, aber dennoch. Und dass sie eine Grenze überschritten hatte, war in dem Moment klar, als sie dreihundert Pfund für einen Staubsauger ausgegeben hatte.

Es klopfte an der Tür. Joy, weiß wie ein Gespenst, kam herein.

»Entschuldigung, ich habe es etwas übertrieben mit dem Saubermachen«, sagte Ashling. »Habe ich dich geweckt?«

»Das macht nichts. Ich muss sowieso nach Howth rausfahren und meine Mammy besuchen.« Joy machte ein bekümmertes Gesicht. »Ich kann nicht schon wieder absagen. Ich habe mich schon an den letzten vier Sonntagen gedrückt. Aber wie soll ich es überleben? Sie tischt bestimmt einen riesigen Sonntagsbraten auf und besteht darauf, dass ich ihn esse, und dann wird sie mich den ganzen Nachmittag lang ausfragen und versuchen rauszukriegen, ob ich glücklich bin. Du weißt ja, wie Mütter so sind.«

Ja und nein, dachte Ashling. Mit der Frage: »Bist du glücklich?« war sie vertraut, nur dass Ashling es war, die damit den Glückspegel ihrer Mutter herauszukriegen versuchte, und nicht umgekehrt.

»Wenn sie das Sonntagsessen nur zu einer zivilisierten Zeit servieren würde«, klagte Joy.

»Dienstagabend, zum Beispiel.« Ashling grinste. »Du hast Ted heute noch nicht gesehen, oder?«

»Noch nicht. Wahrscheinlich hat er gestern Abend das große Los gezogen und weigert sich jetzt, das arme Ding zu verlassen.«

»Er war wirklich erstaunlich gut in Form. Und, erzählst du mir freiwillig, wie es mit dem Halb-Mann-halb-Dachs-Typen gelaufen ist, oder muss ich dich erst in die Zange nehmen?«

Joys Miene hellte sich sofort auf. »Er war heute Nacht bei mir. Wir haben zwar nicht miteinander geschlafen, aber ich habe ihm einen geblasen, und er hat gesagt, er würde mich anrufen. Mal sehen, ob er es tut.«

»Eine Schwalbe macht noch keine Beziehung«, warnte Ashling sie mit der Weisheit der Erfahrung.

»Wem sagst du das? Gib mir mal –« Joy beugte sich zu den Tarot-Karten vor. »Mal sehen, was sie sagen. Die Herrscherin? Was heißt das?«

»Fruchtbarkeit. Pass auf, dass du schön deine Pille nimmst.«

»Himmel! Und wie ist es dir gestern ergangen? Hast du jemand Nettes kennen gelernt?«

»Nein.«

»Du musst dich mehr anstrengen! Du bist einunddreißig – die guten Männer sind bald alle vergeben.«

Ich brauche gar keine Mutter, dachte Ashling. Nicht, solange ich Joy habe.

»Und *du* bist achtundzwanzig«, gab Ashling zurück.

»Ja, und ich schlafe mit *Dutzenden* von Männern.« In sanfterem Ton fragte sie dann: »Fühlst du dich nicht manchmal einsam?«

»Ich habe gerade eine fünf Jahre lange Beziehung hinter mir. Das dauert eine Weile, bis man das überwunden hat.«

Phelim war nicht grausam gewesen, aber seine Unfähigkeit, sich zu ihr zu bekennen, hatte die Wirkung, dass Ashling mit Liebesdingen nichts zu tun haben wollte. Seit ihrer Trennung blies die Einsamkeit wie ein kalter Wind durch ihr Leben, aber sie konnte sich unmöglich mit einem neuen Mann einlassen. Allerdings hatte es auch nicht allzu viele Angebote gegeben.

»Es ist jetzt fast ein Jahr her – du hast Phelim längst überwunden. Ein neuer Job, ein neuer Anfang. Irgendwo habe ich gelesen, dass hundertfünfzig Prozent aller Menschen ihren Partner bei der Arbeit kennen lernen. Hast du bei deinem Vorstellungsgespräch irgendwelche sexy aussehenden Männer gesehen?«

Ashling dachte sofort an Jack Devine. Einer, der einem das Leben schwer machte. Der einem den letzten Nerv raubte.

»Nein.«

»Nimm eine Karte«, forderte Joy sie auf.

Ashling hob ab und hielt die Karte hoch.

»Die Acht der Schwerter. Was bedeutet das?«, fragte Joy.

»Veränderung«, sagte Ashling zögernd. »Aufruhr.«

»Gut, das ist auch längst fällig. Also, ich sollte mich auf den Weg machen. Ich reibe mal den Glück bringenden Buddha, damit ich im Bus nicht kotze. Oder besser noch«, fiel ihr da ein, »vergiss den Buddha. Kannst du mir Geld für ein Taxi leihen?«

Ashling gab Joy eine Zehn-Pfund-Note und zwei Plastiktüten mit Müll, in denen es verdächtig klirrte. »Kannst du die für mich in den Müllschlucker werfen? Danke.«

Eine Viertelmeile entfernt in Malone's Aparthotel dehnte sich der Sonntag unendlich lang vor Lisa aus. Sie hatte die irischen Sonntagszeitungen gelesen – also, zumindest die Klatschspalten. Und die waren das Letzte! Sie bestanden hauptsächlich aus Fotos von dickbäuchigen Politikern mit geplatzten Äderchen im Gesicht, die gute Laune und Geldgeschenke verbreiteten. Also, in *ihrer* Zeitschrift würden die bestimmt keinen Platz eingeräumt bekommen.

Sie zündete sich eine neue Zigarette an und schlich missgelaunt im Zimmer herum. Was machten die Menschen, wenn sie nicht arbeiteten? Sie besuchten ihre Freunde, sie gingen in den Pub oder ins Fitness-Studio oder einkaufen, sie renovierten die Wohnung oder trafen sich mit ihren Liebsten. So viel hatte sie behalten.

Sie hätte gern mit jemandem gesprochen und überlegte, ob sie Fifi anrufen sollte, mit der sie fast so etwas wie Freundschaft verband. Vor vielen Jahren waren sie bei *Sweet Sixteen* Volontärinnen gewesen. Als Lisa bei *Girl* in das Unterhaltungsressort wechselte, verschaffte sie Fifi die Stelle der Kosmetik-Redaktionsassistentin. Als Fifi die Leitung des Unterhaltungsressorts bei *Chic* übernahm, informierte sie Lisa rechtzeitig über die freie Textchef-Stelle. Als Lisa ging und stellvertretende Chefredakteurin bei *Femme* wurde, übernahm Fifi ihre Stelle bei *Chic.* Zehn Monate nachdem Lisa Chefredakteurin bei *Femme* wurde, übernahm Fifi den gleichen Posten bei *Chic.*

Fifi gegenüber konnte Lisa ihre ganzen Klagen loswerden – während alle anderen grün vor Neid waren, wusste Fifi genau, welche Niederungen und Gefahren ihre so genannten glanzvollen Jobs bargen.

Aber irgendetwas hinderte Lisa, Fifis Nummer zu wählen. Einerseits war es ihr peinlich, andererseits ärgerte sie sich auch. Obwohl sie praktisch parallele Laufbahnen hatten, war Lisa immer eine Spur voraus gewesen. Fifi hatte sich für ihre Beförderungen abrackern müssen, während Lisas Aufstieg glatt vonstatten gegangen war. Sie war fast ein Jahr vor Fifi zur Chefredakteurin gemacht worden, und obwohl *Chic* und *Femme* unmittelbar miteinander konkurrierten, lag die Auflage von *Femme* um hunderttausend höher.

Lisa hatte einfach angenommen, dass ihre Beförderung zur stellvertretenden Chefredakteurin von *Manhattan* sie so weit nach vorn katapultieren würde, dass sie unerreichbar wäre. Stattdessen war sie nach Dublin versetzt worden, und plötzlich hatte Fifi ohne eigenes Dazutun die Oberhand.

Oliver, dachte Lisa mit einem Glücksgefühl, *ich rufe Oliver an.* Aber das warme Wohlgefühl verwandelte sich sofort in Bitterkeit. Einen Moment lang war es ihr entfallen.

Ich vermisse ihn nicht, sagte sie streng zu sich selbst. *Es ist nur die Langeweile und der öde Tag.*

Am Ende rief sie ihre Mutter an – wahrscheinlich, weil es Sonntag war und von daher üblich –, aber anschließend fühlte sie sich beschissen. In erster Linie deshalb, weil ihre Mutter unbedingt wissen wollte, warum Oliver sie angerufen hatte und Lisas Nummer in Dublin erfahren wollte.

»Wir haben uns getrennt.« Lisas Magen zog sich vor Bitterkeit auf Walnussgröße zusammen. Lisa wollte nicht darüber sprechen. Und warum hatte ihre Mutter sie nicht angerufen, wenn sie in Sorge darüber war? Warum musste Lisa immer bei ihrer Mutter anrufen?

»Aber warum habt ihr euch getrennt, Liebes?«

Lisa wusste es selbst nicht genau. »So was passiert«, sagte

sie schnippisch und wollte das Thema möglichst schnell beenden.

»Warst du schon mal bei so einer Eheberatung?«, fragte Pauline zaghaft. Sie wollte sich nicht einen der zornigen Ausbrüche von ihrer Tochter einhandeln.

»Sicher.« Lisa sagte das voller Ungeduld. Sie waren einmal hingegangen, und danach hatte Lisa keine Zeit mehr gehabt.

»Werdet ihr euch scheiden lassen?«

»Das nehme ich an.« In Wahrheit wusste Lisa das nicht. Abgesehen davon, dass sie sich wutentbrannt angeschrien hatten – »Ich lasse mich von dir scheiden!« »Das kannst du nicht, denn *ich* lasse mich von *dir* scheiden!« –, war nichts entschieden worden. Seit der Trennung hatten Oliver und sie kaum miteinander gesprochen, aber unerklärlicherweise wollte sie ihrer Mutter wehtun, indem sie es sagte.

Pauline seufzte unglücklich. Lisas älterer Bruder Nigel hatte sich vor fünf Jahren scheiden lassen. Sie war spät Mutter geworden und verstand die Welt nicht, in der die Jungen lebten.

»Man sagt ja, dass zwei Drittel aller Ehen mit Scheidung enden«, sagte Pauline, und sofort wollte Lisa ihre Mutter anschreien und sagen, dass sie sich nicht scheiden lassen würde und dass sie, Pauline, eine gemeine Ziege war, weil sie es auch nur erwähnte.

Paulines Sorge um ihre Tochter rang mit ihrer Angst vor ihr. »Hatte es damit zu tun, dass du … anders …?«

»Anders, Mum?«, fragte Lisa spitz.

»Na ja, weil er … Farbiger ist?«

»Farbiger?«

»Das ist das falsche Wort«, verbesserte Pauline sich hastig und sagte dann kleinlaut: »Schwarzer?«

Lisa schnalzte mit der Zunge und seufzte laut.

»Afroamerikaner?«

»Herr im Himmel, Mum, er ist Engländer!« Lisa wusste, dass sie grausam war, aber sie konnte eine lebenslange Angewohnheit nicht einfach ablegen.

»Englischer Afroamerikaner, meinetwegen«, sagte Pauline verzweifelt. »Jedenfalls sieht er sehr nett aus.«

Pauline sagte das ziemlich oft, weil sie zeigen wollte, dass sie keine Vorurteile hatte. Obwohl ihr beinahe vor Angst das Herz stehengeblieben war, als sie Oliver das erste Mal sah. Wenn man sie nur darauf *vorbereitet* hätte, dass der Freund ihrer Tochter ein schlanker, glänzender, ein Meter achtzig großer Schwarzer war. Farbiger. Afroamerikaner, was immer der richtige Ausdruck war. Sie hatte nichts gegen ihn – es war nur so unerwartet.

Und nachdem sie sich an ihn gewöhnt hatte, sah sie nicht mehr nur seine Hautfarbe und konnte erkennen, dass er *wirklich* nett aussah. Was eine Untertreibung war.

Ein großer, ebenholzschwarzer Prinz mit glatter, schimmernder Haut, die straff über schräge Backenknochen gezogen war, mandelförmige Augen und dünne, schwingende Dreadlocks, die ihm bis zum Kinn reichten. Pauline vermutete außerdem, dass er ein prächtiges Gehänge hatte, obwohl sie diesen Gedanken niemals bewusst zulassen würde.

»Hat er eine andere Frau kennen gelernt?«

»Nein.«

»Aber er könnte jemanden kennen lernen. Ein so gut aussehender Mann wie er.«

»Ist mir recht.« Wenn sie das nur oft genug sagte, würde es schließlich der Wahrheit entsprechen.

»Wirst du nicht einsam sein?«

»Ich werde keine Zeit dazu haben«, fuhr Lisa sie an. »Ich muss mich um meine Karriere kümmern.«

»Ich weiß nicht, warum du eine Karriere brauchst. Ich hatte auch keine, und es hat mir nicht geschadet.«

»Ach ja?«, sagte Lisa heftig. »Du hättest aber eine brauchen können, nachdem Dad seine Rückenverletzung hatte und wir von seiner Behindertenrente leben mussten.«

»Aber Geld ist auch nicht alles. Wir waren doch sehr glücklich.«

»Ich nicht.«

Pauline schwieg. Lisa konnte am anderen Ende ihren Atem hören.

»Ich sollte mal auflegen«, sagte sie schließlich. »Das wird ja viel zu teuer für dich.«

»Tut mir Leid, Mum«, seufzte Lisa. »Ich wollte nicht so grob sein. Hast du das Päckchen bekommen, das ich dir geschickt habe?«

»Oh, ja«, sagte Pauline nervös. »Hautcreme und Lippenstift. Sehr schön, danke.«

»Benutzt du die Sachen auch?«

»Na jaaa«, sagte Pauline.

»Also nein«, sagte Lisa pikiert.

Lisa überschüttete ihre Mutter mit teuren Parfums und Kosmetika, die sie im Rahmen ihrer Arbeit bekam. Sie wollte ihr unbedingt ein wenig Luxus verschaffen. Aber Pauline weigerte sich, ihre Pond's-Seife und ihr Rimmel-Parfum aufzugeben. Einmal hatte sie sogar gesagt: »Oh, deine Sachen sind zu gut für mich, Liebes.«

»Sie sind überhaupt nicht zu gut für dich«, war Lisa aufgebraust.

Pauline verstand Lisas Zorn nicht. Sie wusste nur, dass sie Angst vor den Tagen hatte, wenn der Postbote anklopfte und fröhlich verkündete: »Hier ist wieder ein Paket von Ihrer Tochter in London.« Irgendwann musste Pauline dann berichten, wie ihr die Geschenke gefallen hatten.

Bei Bücherpaketen ging es ihr ganz anders. Lisa hatte ihrer Mutter immer die Rezensionsexemplare der neuesten Bücher von Catherine Cookson und Josephine Cox geschickt, weil sie fälschlicherweise annahm, dass ihre Mutter Romane, in denen ein armes Mädchen am Schluss einen reichen Mann heiratet, gern las. Aber eines Tages sagte Pauline: »Das war ja ein gutes Buch, Liebes, das von dem Gangster aus dem East End, der seine Opfer am Billardtisch festgenagelt hat.« Es stellte sich heraus, dass Lisas Sekretärin das falsche Buch für ihre Mutter eingepackt hatte, und damit eröffnete sich für Paulines Lesehunger eine ganz neue Richtung. Jetzt ergötzte sie sich an Gangster-Biographien und gnadenlosen amerikanischen Thrillern – je mehr Folterszenen desto besser –, und die Mutter einer Kollegin bekam fortan die Catherine-Cookson-Bücher.

»Wann kommst du uns mal wieder besuchen, Liebes? Es ist schon ewig her.«

»Ehm, ja«, sagte Lisa vage. »Bald, denke ich.«

Bloß nicht! Jedesmal, wenn sie in das Haus kam, in dem sie aufgewachsen war, erschien es ihr noch kleiner und armseliger. In den engen Zimmern, vollgestellt mit schäbigen, billigen Möbeln, kam sie sich mit ihren falschen Nägeln und den polierten Lederschuhen zu funkelnd und fremdartig vor, und mit Unbehagen dachte sie, dass ihre Handtasche wahrscheinlich teurer war als die Draloncouch, auf der sie saß. Und ihre Eltern traten ihrer fabelhaften Tochter mit Staunen und Ehrfurcht gegenüber, waren aber gleichzeitig nervös und befangen.

Sie hätte sich unauffälliger anziehen sollen für ihren Besuch, um die Kluft zu verringern. Aber sie brauchte die teuren Kleider und ihre Sachen wie eine Rüstung, damit sie nicht wieder eingeholt werden konnte von der Vergangenheit.

Sie verabscheute das alles, dann verabscheute sie sich selbst.

»Ihr könnt mich ja auch mal besuchen«, schlug Lisa vor. Wenn sie die halbstündige Zugfahrt von Hemel Hempstead nach London nicht schafften, würden sie wohl kaum den Flug nach Dublin bewältigen.

»Aber deinem Dad geht es doch nicht so gut und ...«

Als Clodagh am Sonntagmorgen aufwachte, hatte sie einen kleinen Kater, fühlte sich aber sonst sehr wohl. Einen Moment lang konnte sie sich an Dylan schmiegen und seine Erektion mit reinem Gewissen ignorieren.

Als Molly und Craig ins Zimmer kamen, sagte Dylan verschlafen: »Geht nach unten und macht das Geschirr kaputt, Mummy und ich wollen noch ein bisschen schmusen.«

Erstaunlicherweise zogen sie ab, und Clodagh und Dylan schlummerten eine Weile weiter.

»Du riechst so gut«, murmelte Dylan in Clodaghs Haar. »Wie Kekse. Ganz süß und … süß …«

Eine Weile später murmelte sie: »Ich gebe dir eine Million Pfund, wenn du mir Frühstück bringst.«

»Was möchtest du denn?«

»Kaffee und Obst.«

Dylan ging nach unten, und Clodagh streckte sich wie ein zufriedener Seestern quer über das Bett, bis er wiederkam, einen Becher Kaffee in der einen Hand und eine Banane in der anderen. Er hielt die Banane nach unten gerichtet zwischen seinen Lenden, und als Clodagh hinguckte, simulierte er Erregung und drehte die Banane um, so dass sie aussah wie eine Erektion. »Ach, Mrs. Kelly«, rief er. »Wie schön Sie sind!«

Clodagh lachte, spürte aber, wie die altbekannten Schuldgefühle sich schon wieder in ihr regten.

Mittags gingen sie zum Lunch in ein Restaurant, in denen man sie nicht wie Aussätzige behandelte, weil sie kleine Kinder mitbrachten. Dylan ging los, um ein Kissen für Molly zu besorgen. Clodagh entwand Molly ein Messer und sah aus dem Augenwinkel, wie Dylan angeregt mit der Bedienung sprach – einem langgliedrigen jungen Mädchen –, die angesichts eines so gut aussehenden Mannes errötete.

Der gut aussehende Mann war ihr Ehemann, dachte Clodagh, und plötzlich hatte sie das merkwürdige Gefühl, dass sie ihn kaum erkannte. Es war verwirrend, weil er ihr einerseits so vertraut und andererseits ganz fremd war.

Nähe und Vertrautheit schmälerten die Wirkung seiner sonnenblonden Haare und des Lächelns, das die Haut um seinen Mund in lauter kleine Fältchen legte, und ließen das fröhliche Leuchten seiner haselnussbraunen Augen weniger strahlend erscheinen. Clodagh war überrascht und durcheinander von seiner Schönheit.

Was hatte Ashling gestern gesagt? *Du musst den Zauber wieder aufleben lassen.*

Vor ihrem inneren Auge flackerte ein Bild auf: Stöhnend vor

Begierde und das Geschlecht vor Verlangen geschwollen ließ sie sich in den Sand sinken ... Sand? Nein, Moment mal, das war Jean-Pierre, der verführerische Franzose, bei dem ihr die Knie weich wurden und dem sie ihre Jungfräulichkeit geschenkt hatte. Gott, dachte sie seufzend, das war fantastisch gewesen! Damals, mit achtzehn, war sie an der französischen Riviera von Jugendherberge zu Jugendherberge gereist und hatte nie einen hinreißenderen Jungen gesehen. Dabei waren ihre Ansprüche sehr hoch; zum Beispiel hatte sie noch keinen der Jungen aus der Nachbarschaft geküsst. Aber als sie Jean-Pierre mit seinem dunklen, sinnlichen Blick, dem Schmollmund und dem lässigen Gallier-Gang erblickte, beschloss sie, dass er derjenige sein würde, dem sie ihre Jungfräulichkeit zum Geschenk machen würde.

Aber zurück zu Dylan und dem Zauber des Anfangs. Ach ja. Sie erinnerte sich, wie sie ihn fast unter Tränen angefleht hatte: »Ich kann nicht mehr, oh, bitte, steck ihn rein!« Sie rutschte auf dem Rücksitz des Autos nach vorn und ließ die Knie auseinanderklaffen ... Nein, halt, das war auch nicht Dylan. Das war Greg, der amerikanische Football-Spieler, der ein Stipendium für das Trinity College hatte. Leider hatte sie ihn erst drei Monate, bevor er wieder zurückging, kennen gelernt. Er war ein gut aussehender, selbstsicherer, muskulöser Kerl gewesen, und aus irgendeinem Grund hatte sie ihn unwiderstehlich gefunden.

Natürlich hatte sie die gleichen Gefühle auch für Dylan gehabt. Sie suchte ihre Lieblingserinnerung heraus und blies den Staub weg: als sie ihn das erste Mal sah. Ihre Blicke waren sich in einem menschengefüllten Raum begegnet, und bevor sie etwas über ihn erfahren hatte, wusste sie schon alles, was sie wissen musste.

Er war fünf Jahre älter als Clodagh, und neben ihm sahen die anderen jungen Männer wie pickelige, milchgesichtige Bubis aus. Er bewegte sich mit einer Sicherheit und einem weltläufigen Selbstvertrauen, und das verlieh ihm eine unglaubliche Ausstrahlung. Er lächelte, er war charmant, seine Gegenwart war wärmend, erfrischend – und aufbauend: obwohl seine Firma ganz neu gegründet war, hatte Clodagh ein eisernes Vertrauen in seine Fähigkeit, alles richtig zu machen. Und er war zum Reinbeißen süß!

Sie war zwanzig Jahre alt, von seinem blonden Charme hingerissen und schwindlig vor Glück. Er war so richtig für sie, und für sie bestand kein Zweifel daran, dass sie ihn heiraten würde.

Als ihre Eltern auf sie einredeten, dass sie zu jung sei, um sich entscheiden zu können, schlug sie ihren Rat in den Wind. Dylan war der Richtige für sie, sie war die Richtige für Dylan.

»Hier, Molly, das ist für dich!« Er kam mit dem Kissen zurück, nachdem drei Teenager sich halb überschlagen hatten, es ihm geben zu dürfen. Erst in dem Moment bemerkte Clodagh, dass Molly den Inhalt des Salzstreuers in die Zuckerdose geleert hatte.

Nach dem Lunch fuhren sie zum Strand. Es war ein sonniger, windiger Tag und gerade warm genug, dass man die Schuhe ausziehen und mit den Füßen im Wasser waten konnte. Dylan bat einen Mann, der mit seinem Hund spazierenging, ein Foto von ihnen zu machen, wie sie eng zusammengedrängt vor dem sauberen, leeren Sandstrand standen und lächelten, während der Wind ihre blonden Haare über ihre Gesichter peitschte und Clodagh ihren Rock festhielt, damit er sich nicht um ihre nassen Beine ringelte.

8

Lisa kam am nächsten Morgen um acht Uhr zur Arbeit. Am besten, man fing so an, wie man fortzufahren gedachte. Doch entrüstet stellte sie fest, dass das Gebäude verschlossen war. Sie wartete eine Weile in der feuchten Luft, dann ging sie los, um sich einen Kaffee zu holen. Auch das war nicht leicht. Es war nicht wie in London, wo die Cafés bei Tagesanbruch öffneten.

Als sie um neun Uhr aus dem Café herauskam, hatte es angefangen zu regnen. Sie hielt den Arm über ihr Haar und hastete die Straße entlang, wobei ihre zehn Zentimeter hohen Absätze auf dem schlüpfrigen Gehweg gefährlich schlitterten. Plötzlich blieb sie stehen und hörte, wie sie mit schriller Stimme einen jungen Mann anfuhr: »Regnet es denn in diesem verdammten Land *immer*?«

»Ich weiß es nicht«, sagte er nervös, »ich bin erst sechsundzwanzig.«

An der Tür zu dem Gebäude wurde Lisa von einem Mädchen namens Trix begrüßt. Trix hatte eine Gänsehaut und trug darüber ein knappes, durchsichtiges Kleid. Auf ihren schweren Plateausohlen stapfte sie von einem Fuß auf den anderen, um sich warm zu halten. Als sie Lisa sah, hellte sich ihr Gesicht bewundernd auf. Hastig trat sie ihre Zigarette aus.

»Hallo«, sagte sie mit kehliger Stimme und stieß den Rest von dem Rauch aus. »Klasse Schuhe! Ich bin Trix, Ihre Sekretärin. Bevor Sie fragen, ich heiße Patricia, aber es hat keinen Sinn, mich so zu nennen, weil ich darauf nicht höre. Alle haben mich Trixie genannt, bis die Leute zwei Häuser weiter sich einen Pudel zulegten, der auch so hieß; seitdem nenne ich mich Trix. Bisher war ich für das Telefon und die allgemeine Drecksarbeit zuständig, aber jetzt bin ich befördert worden. Das habe ich Ihnen zu verdanken. Obwohl es für mich noch keinen Ersatz gibt … Da drüben lang, da geht's zum Aufzug.«

Auf dem Weg nach oben vertraute Trix ihr an: »Ich will Ihnen sofort sagen, dass ich nicht besonders gut tippen kann. Aber ich kann fantastisch lügen, bestimmt sechzig Wörter in der Minute. Ich sage jedem, mit dem Sie nicht sprechen wollen, dass Sie eine Besprechung haben, und keiner wird das anzweifeln. Es sei denn, Sie *wollen*, dass es jemand anzweifelt. Ich kann die Leute auch gut einschüchtern.«

Lisa glaubte ihr.

Obwohl Trix erst einundzwanzig war und auf pfirsichartige Weise hübsch, hatte sie eine Zähigkeit, die Lisa erkannte. Von sich selbst, als sie noch jünger war.

Der erste Schock des Tages bestand darin, dass Randolph Media Ireland nur eine Etage einnahm – in London füllten die Büros einen zwölfgeschossigen Turm.

»Ich muss Sie zu Jack Devine bringen«, sagte Trix.

»Das ist der irische Geschäftsführer, oder?«, sagte Lisa.

»Wirklich?« Trix klang überrascht. »Ja, wahrscheinlich. Jedenfalls ist er der Boss, oder dafür hält er sich wenigstens. Ich lasse mir von ihm nichts gefallen. Sie hätten ihn mal letzte Woche sehen sollen.« Sie senkte die Stimme dramatisch. »Wie ein Bär mit einem wunden Arsch. Aber heute hat er gute Laune – das bedeutet, dass er sich mit seiner Freundin wieder versöhnt hat. Wie die beiden sich aufführen – dagegen sehen Pamela und Tommy wie die Waltons von Walton's Mountain aus.«

Weitere Schock-Erfahrungen standen für Lisa bereit – Trix führte Lisa in ein Großraumbüro mit ungefähr fünfzehn Schreibtischen. Fünfzehn Schreibtische! Wie konnte man einen Zeitschriftenkonzern von fünfzehn Schreibtischen, einem Besprechungszimmer und einer kleinen Küche aus führen?

Dann kam ihr ein schrecklicher Gedanke. »Aber … wo ist die Moderedaktion?«

»Da drüben.« Trix nickte zu einem Kleiderständer in der Ecke hinüber, an dem ein grauenvoller aprikosenfarbener Pullover – offensichtlich ein Produkt von *Gaelic Knitting* –, ein Brautjungfernkleid, ein Brautkleid mit Schleier und ein paar Männersachen hingen.

Herr im Himmel! Die Moderedaktion in *Femme* hatte ihren eigenen Raum, vollgestopft mit Kleidungsstücken aus allen Geschäften und Boutiquen der Einkaufsviertel, was bedeutet hatte, dass Lisa mehrere Jahre lang keine Kleider zu kaufen brauchte. Hier musste etwas geschehen! Sofort schossen ihr Pläne und Ideen durch den Kopf, wie sie ihre Kontakte in der Modebranche aktivieren würde – aber Trix stellte sie den beiden Mitarbeitern vor, die schon da waren. »Das sind Dervla und Kelvin! Sie arbeiten für andere Zeitschriften, sie gehören also nicht zu Ihrem Stab. Ich schon«, sagte sie stolz.

»Dervla O'Donnell – freut mich, Sie kennen zu lernen.« Eine kräftige Frau von über vierzig in einem eleganten Outfit schüttelte Lisa die Hand und lächelte. »Ich bin *Hibernian Bride, Celtic Health* und *Gaelic Interiors*.« Lisa sah auf einen Blick, dass diese Frau ein ehemaliger Hippie war.

»Und ich bin Kelvin Creedon.« Ein extrem modischer Mann mit wasserstoffblondem Haar und einer schwarzen Joe-Ninety-Brille griff nach Lisas Hand. Sie wusste auf Anhieb, dass die Brille nur Schau und das Glas Fensterglas war. Anfang zwanzig, schätzte sie. Er wirkte cool und voller jugendlicher Energie.

»Ich bin *The Hip Hib, Celtic Car, DIY Irish-Style* und *Keol,* unsere Musikzeitschrift.« Seine vielen Silberringe drückten sich schmerzhaft in Lisas Hand.

»Wie soll ich das verstehen?«, fragte Lisa verwirrt. »Sie sind der Chefredakteur von all diesen Zeitschriften?«

»Und wir machen die Recherche und schreiben die Texte.«

»Ganz *allein*?« Lisa sagte das spontan und blickte von Kelvin zu Dervla.

»Mit der gelegentlichen Unterstützung eines freien Mitarbeiters«, sagte Dervla. »Wir müssen ja nichts weiter tun, als Pressemitteilungen noch einmal durchzunudeln. Seit der *Catholic Judger* eingegangen ist, ist es nicht mehr so schlimm.« Dervla hatte Lisas geschockte Frage als Anteilnahme missverstanden. »So habe ich den Donnerstagnachmittag für was anderes.«

»Sind das wöchentliche oder monatliche Publikationen?«

Dervla und Kelvin sahen sich mit offenen Mündern an, während das Lachen jeden Moment aus ihnen herauszuplatzen drohte. Sie fanden das ungeheuer witzig.

»Monatlich!«, stöhnte Dervla in fassungsloser Erheiterung.

»Wöchentlich!« Kelvin konnte es kaum glauben.

Als Dervla Lisas gerunzelte Stirn bemerkte, hatte sie sich schnell wieder in der Gewalt. »Nein. Die meisten kommen zweimal im Jahr. Der *Catholic Judger* war wöchentlich, aber die anderen kommen im Frühjahr und im Herbst heraus. Wenn es keine Katastrophe gibt. – Erinnerst du dich noch an den Herbst 1999?«, fragte sie Kelvin. Klar erinnerte sich Kelvin, denn er lachte erneut los.

»Computervirus«, erklärte Kelvin. »Hat alles vernichtet.«

»Damals war es nicht komisch …«

Jetzt anscheinend schon.

»Hier.« Dervla führte Lisa zu einem Ständer, auf dem verschiedene Zeitschriften ausgestellt waren. Sie reichte ihr ein dünnes Heft, das sich als *Hibernian Bride,* Frühjahr 2000 herausstellte.

Das ist doch keine Zeitschrift, dachte Lisa. *Das ist eine Broschüre. Ein Flugblatt eher. Kaum mehr als eine Kurzmitteilung. Eigentlich nicht mal das.*

»Und das ist *Spud*, unsere Gourmet-Zeitschrift.« Dervla gab Lisa eine andere Broschüre. »Shauna Griffin ist verantwortlich dafür und auch für *Gaelic Knitting* und *Irish Gardening.*«

Ein weiterer Mitarbeiter war eingetroffen. Er sah so langweilig aus, dass man ihn nicht einmal als unauffällig beschreiben konnte, dachte Lisa empört: mittelgroß, beginnende Glatze, Ehering. Nicht aufsehenerregender als die Tapete. Sie brachte kaum die Energie auf, ihm guten Tag zu sagen.

»Das ist Gerry Godson, der Art-Director. Er spricht nicht viel«, sagte Trix. »Stimmt doch, Gerry, oder? Einmal zwinkern für ja und zweimal für ›Lass mich gefälligst in Ruhe‹.«

Gerry zwinkerte zweimal, ohne die Miene zu verziehen. Dann lächelte er über das ganze Gesicht, schüttelte Lisa die Hand und sagte: »Willkommen bei *Colleen*! Ich habe bei den anderen Zeitschriften mitgearbeitet, aber jetzt werde ich exklusiv Ihnen zur Verfügung stehen.«

»Und mir«, erinnerte Trix ihn. »Ich bin ihre Sekretärin, musst du wissen, und gebe die Befehle.«

»Himmel«, brummelte Gerry gutmütig.

Lisa versuchte, sich ein Lächeln abzuringen.

Trix klopfte an Jacks Tür und machte sie dann auf. Jack hob den Blick. Wenn sein Gesicht entspannt war, hatte es einen etwas traurigen, missmutigen Ausdruck, und seine beerendunklen Augen schienen ein Geheimnis zu verbergen. Als er Lisa erblickte, lächelte er sie an wie eine alte Bekannte, obwohl er sie noch nie gesehen hatte. Alles sah plötzlich heller aus.

»Lisa?« Die Art und Weise, wie er ihren Namen aussprach, weckte ein warmes Gefühl in ihr.

»Kommen Sie, setzen Sie sich!« Er kam um den Schreibtisch herum und schüttelte ihr die Hand.

Lisas bleischwere Vorahnungen wichen einen Moment lang zurück. Ihr gefiel dieser Jack, so wie er aussah. Groß? Ja. Dunkel? Ja. Gutes Gehalt? Ja. Schließlich war er der Geschäftsführer, auch wenn es nur eine irische Firma war.

Außerdem hatte er etwas Unangepasstes, was sie aufregend fand. Obwohl er einen Anzug trug, vermutete sie, dass er das nur zwangsweise tat, und sein Haar war länger, als es in London akzeptabel gewesen wäre.

Dass er eine Freundin hatte, war unerheblich. Wann war das je ein Hindernis gewesen?

»Wir freuen uns alle sehr auf *Colleen*«, sagte Jack, aber Lisa hörte den Ansatz eines Zauderns heraus. Sein Lächeln war verschwunden, und er sah wieder ernst und grüblerisch aus.

Dann fing er an, Lisa ihr »Team« zu erklären: »Sie haben also

Trix, Ihre Sekretärin, dann die stellvertretende Chefredakteurin, eine junge Frau namens Ashling. Sie scheint sehr effizient zu sein.«

»Das habe ich schon gehört«, sagte Lisa trocken. Calvin Carter hatte über sie gesagt: »Von Ihnen kommt die Vision, sie macht die Schwerarbeit.«

»Dann ist da noch Mercedes. Sie wird die Mode- und die Kosmetik-Redaktion leiten, aber sie wird sich auch an der allgemeinen redaktionellen Arbeit beteiligen. Sie war bisher bei *Ireland on Sunday* – «

»Was ist das?«

»Eine Sonntagszeitung. Dann Gerry, der Art-Director, der bisher bei den anderen Zeitschriften mitgearbeitet hat. Desgleichen Bernard, der die Verwaltung und die Buchführung für *Colleen* übernehmen wird.«

Dann hörte Jack auf zu sprechen. Lisa wartete darauf, dass er ihr von mindestens weiteren acht Team-Mitgliedern erzählen würde. Das tat er nicht.

»Ist das alles? Fünf Redaktionsmitglieder? Fünf?«, fragte sie völlig fassungslos. Bei *Femme* hatte ihre Sekretärin eine Sekretärin gehabt!

»Sie verfügen über ein großzügiges Budget für freie Mitarbeiter«, versprach Jack ihr. »Sie können also Sachen in Auftrag geben und Berater hinzuziehen, sowohl auf regelmäßiger Basis als auch für einmalige Aufträge.«

Lisa spürte, wie sich ein hysterischer Anfall in ihr anbahnte. Wie war sie nur in diese Situation geraten. *Wie?* Sie hatte einen Lebensplan gehabt. Sie hatte immer gewusst, wohin sie wollte, und war immer an ihr Ziel gelangt. Bis jetzt – jetzt war sie plötzlich und unerwartet an diesen rückständigen Ort versetzt worden.

»Wer … wer arbeitet denn an den anderen Schreibtischen?«

»Dervla, Kelvin und Shauna, die unsere anderen Zeitschriften machen. Dann sind da noch meine Sekretärin, Mrs. Morley, Margie, für die Anzeigen – sie ist fantastisch, ein echter Rottweiler! –, Lorna und Emily, auch Anzeigen, und die beiden Eugenes in der Buchhaltung.«

Lisa hielt an sich und atmete tief durch; sie widerstand dem Bedürfnis, auf die Damentoilette zu rennen und laut zu brüllen, denn in dem Moment kam Ashling, die stellvertretende Chefredakteurin, ins Büro.

»Hallo.« Ashling lächelte Jack verhalten zu.

»Hallo.« Er nickte, ohne jedoch die gleiche Wärme zu verströmen, mit der er Lisa begrüßt hatte. »Ich glaube, Sie kennen sich noch nicht. Lisa Edwards – Ashling Kennedy.«

Ashling blickte einen Moment lang verwirrt, dann strahlte sie Lisa an, voll unverhohlener Bewunderung für deren makellose Haut, das taillierte Kostüm, die glänzenden Beine in 10-Den-Strumpfhosen. »Es freut mich sehr, Sie kennen zu lernen«, sagte sie nervös. »Ich bin sehr gespannt auf diese Zeitschrift.«

Lisa ihrerseits war nicht im Geringsten von Ashling beeindruckt. Ashling hatte Unauffälligkeit zu einer Kunstform erhoben. Wir könnten alle unsere Haare, die weder gelockt noch glatt sind, einfach runterhängen lassen, wenn wir wollten, dachte Lisa hämisch. Keine von uns kommt mit frisiertem, gestyltem Haar auf die Welt – daran muss man arbeiten. Bei Trix sah man wenigstens, dass sie sich Mühe gab, auch wenn ihr Make-up etwas aufdringlich war.

Dann kam Mercedes herein, und auch bei ihr war Lisa sich nicht sicher. Sie war elegant und schweigsam, dunkel und sehnig wie Lakritz.

Der Einzige, den Lisa noch nicht kennen gelernt hatte, war Bernard, und der, so stellte sich heraus, war der Schlimmste von allen. Der rote Pullunder, den er zu Hemd und Krawatte trug, stammte offensichtlich aus der Zeit, als Pullunder das erste Mal modern waren, und mehr brauchte sie, ehrlich gesagt, nicht über ihn zu wissen.

Um zehn Uhr kam das *Colleen*-Team, Jack und seine Sekretärin, Mrs. Morley, im Besprechungszimmer zu einer Sitzung zum Kennenlernen zusammen. Lisa war überrascht, dass Mrs. Morley nicht der wohlduftende, effiziente Miss-Moneypenny-Typ war, sondern ein mopsgesichtiger Drachen um die sechzig. Später erfuhr Lisa, dass Jack sie von dem vorherigen Geschäftsführer übernommen hatte. Er hätte eine neue Sekretärin einstellen können, tat es aber aus irgendwelchen Gründen nicht, und folglich war Mrs. Morley ihm sehr gewogen. *Zu* gewogen, so die Meinung der anderen Mitarbeiter.

Mrs. Morley führte Protokoll, und Jack fasste noch einmal den Auftrag zusammen – *Colleen* sollte sexy und frech sein und sich an irische Frauen zwischen achtzehn und dreißig wenden. Die Zeitschrift sollte vorurteilslos sein, sexuelle Themen angehen und Spaß machen. Jeder sollte sich ein paar Gedanken über Reportagen machen.

»Wie wär's mit einer Serie darüber, wie eine Frau in Irland Männer kennen lernt?«, meldete Ashling sich nervös zu Wort. »Einen Monat geht sie zu einer Partnervermittlung, beim nächsten Mal surft sie im Internet, dann geht sie zum Reiten ...?«

»Keine schlechte Idee«, sagte Jack zögernd.

Ashling lächelte unsicher. Sie wusste nicht, wie lange sie mithalten konnte – Ideen zu entwickeln war nicht gerade ihre Stärke. Joy hatte diese Reportage vorgeschlagen, weil sie hoffte, sie könnte sich als Versuchskaninchen zur Verfügung stellen. »Ich bin sowieso die ganze Zeit auf der Suche nach neuen Männern«, hatte sie gesagt. »Da kann ich doch auch dafür bezahlt werden.«

»Sonst noch Einfälle?«

»Wie wär's mit einem Berühmtheiten-Brief?« war Lisas Vorschlag. »Man sucht sich eine irische Berühmtheit. Zum Beispiel ...« Dann wusste sie nicht weiter, denn sie kannte keine irischen Berühmtheiten. »Zum Beispiel ...«

»Bono«, half Ashling ihr freundlich aus. »Oder eins der Mädchen von The Corrs.«

»Genau«, sagte Lisa. »Tausend Wörter, über das Fliegen erster Klasse, Partys mit Kate Moss und Anna Friel. Frivol und prickelnd.«

»Sehr gut.« Jack war angetan. Aber Lisa war innerlich in Panik. Das Ausmaß der Aufgabe, die vor ihr lag, wurde ihr erneut bewusst. Sie sollte eine ganz neue Zeitschrift in einem ihr nicht vertrauten Land auf die Beine stellen!

»Man könnte auch einen *Nicht*-Berühmtheiten-Brief machen«, sagte Trix mit ihrer heiseren Stimme. »Ihr wisst schon, was ich meine – ich bin ein ganz normales Mädchen. Gestern Abend habe ich mich schrecklich betrunken, ich betrüge meinen Freund, ich hasse meine Arbeit, ich hätte gern mehr Geld, ich habe einen Lippenstift bei Boot's geklaut…«

Alle hatten begeistert genickt, bis das mit dem geklauten Lippenstift kam, da wurde das Nicken langsamer und hörte auf. Jede hatte so etwas gemacht, aber keine war bereit, es zuzugeben.

Trix merkte das sofort, ließ sich aber nichts anmerken. »… meine Mutter kann meinen Freund nicht ausstehen – meine beiden Freunde –, beim Haarebleichen habe ich mir die Kopfhaut verätzt, so in der Art.«

»Keine schlechte Idee«, sagte Jack. »Mercedes, fällt Ihnen auch was ein?«

Mercedes hatte die ganze Zeit Strichmännchen gezeichnet, ihre dunklen, undurchdringlichen Augen waren in die Ferne gerichtet. »Ich werde so viele irische Designer vorstellen wie möglich und von den Abschluss-Schauen der Modeschulen berichten –«

»Das ist doch furchtbar provinziell«, unterbrach Lisa sie mit beißender Stimme. »Wir müssen die internationalen Modedesigner vorstellen, wenn wir ernst genommen werden wollen.«

Keinesfalls würde sie die amateurhaften, von Mercedes' Freunden in Heimarbeit genähten Kleider tragen. Richtige Zeitschriften wie *Femme* fotografierten Modestrecken mit Klamotten, die ihnen von den Pressestellen der internationalen Modehäuser zugesandt wurden. Die Stücke waren nur Leihgaben, aber hin und wieder wurden sie nach einem Fototermin einfach »verschlampt«. Natürlich vermutete man, dass die Schuldigen die Models waren – mal ehrlich, die mussten doch ihre Heroinsucht finanzieren, oder? Und wenn das fehlende Teil in Lisas Schrank auftauchte, wussten zwar alle Bescheid, aber keine konnte etwas dagegen ausrichten. Das war eine Vergünstigung, auf die Lisa keinesfalls verzichten wollte.

Mercedes warf Lisa einen wissenden, verächtlichen Blick zu. Überrascht stellte Lisa fest, dass der Blick sie verunsicherte.

»Ist das alles?«

»Und dann könnte man…«, begann Ashling langsam und traute ihrer Stimme kaum. Fast vermutete sie, dass sie einen originellen Vorschlag unterbreiten wollte, aber sie war sich nicht sicher. »Man könnte eine regelmäßige Seite von einem Mann machen. Ich weiß, es ist eine Frauenzeitschrift, aber wir könnten eine Art Alphabet machen, wie Männer ticken. Was er wirklich meint, wenn er sagt: ›Ich ruf dich an‹. Und dann könnten wir«, sagte Ashling ganz aufgeregt, »wir könnten auch die Seite der Frau zeigen. Eine Er-und-Sie-Seite.«

Jack sah Lisa mit fragend hochgezogenen Augenbrauen an.

»Das ist doch so was von gestern«, sagte Lisa kurz.

»Wirklich?«, sagte Ashling geknickt. »Ach so.«

»Heute ist der zwölfte Mai«, sagte Jack zum Abschluss der Besprechung. »Die Geschäftsleitung will, dass die erste Ausgabe Ende August an den Zeitungsständen zu kaufen ist. Das mag denen, die von Wochenzeitschriften kommen, lang erscheinen, aber es täuscht. Es bedeutet eine Menge harte Arbeit. Aber auch Vergnügen«, fügte er hinzu, weil er wusste, dass er das sollte. Vielleicht überzeugte er die anderen, sich selbst überzeugte er nicht. »Und sollte es Probleme geben – meine Tür steht immer offen.«

»Was nichts nützt, wenn Sie nicht im Büro sind«, sagte Trix frech. »Ich meine«, fuhr sie hastig fort, als sich seine Miene verfinsterte, »dass Sie oft drüben im Fernsehstudio sind und nach dem Rechten sehen.«

»Leider«, sagte Jack an Lisa gerichtet, »ist unsere Fernseh- und Hörfunkabteilung in einem anderen Gebäude untergebracht. Aus Raumgründen ist mein Büro hier, aber ich muss einen Großteil meiner Zeit dort verbringen. Aber wenn Sie mich brauchen und ich nicht hier bin, können Sie mich jederzeit anrufen.«

»Ist in Ordnung«, sagte Lisa und nickte. »Übrigens, was für eine Auflage streben wir für *Colleen* an?«

»Dreißigtausend. Das schaffen wir vielleicht nicht gleich zu Anfang, aber nach sechs Monaten sollten wir das erreichen.«

Dreißigtausend. Lisa war ensetzt. Wenn die Auflage bei *Femme* unter dreihundertfünfzigtausend fiel, rollten die Köpfe.

Dann teilte Jack Lisa mit, welches Budget sie für freie Mitarbeiter haben würde, aber irgendwas stimmte da nicht. Anscheinend fehlte eine Null. Mindestens eine.

Und das war's. Sie entschuldigte sich höflich und ging aus dem Raum; mit traumwandlerischer Sicherheit fand sie die Damentoiletten, wo sie sich einschloss. Überrascht stellte sie fest, dass sie laut schluchzte. Sie weinte, weil sie enttäuscht war, weil sie sich gedemütigt fühlte, weil sie einsam war, und sie weinte um alles, was sie verloren hatte.

Es war schnell vorüber. Sie gehörte nicht zu denen, die viele Tränen vergossen, aber als sie aus der Kabine kam, klopfte ihr Herz, denn bei den Waschbecken stand jemand. Es war die schlichte, unauffällige Ashling. Sie hielt die Hände hinter dem Rücken. Neugierige Ziege!

»Welche Hand?«, fragte Ashling.

Lisa verstand sie nicht.

»Wähl eine Hand aus«, sagte Ashling.

Lisa hätte ihr am liebsten eine geknallt. Hier waren wohl alle verrückt.

»Rechts oder links?«, drängte Ashling.

»Links.«

Ashling zeigte Lisa, was sie in der linken Hand hatte. Ein Paket Papiertaschentücher. Dann öffnete sie die rechte Hand. Ein Flasche mit Notfalltropfen.

»Streck die Zunge raus!« Ashling tropfte zwei Tropfen auf Lisas verdutzte Zunge. »Das hilft bei Schock und Trauma. Zigarette?«

Lisa schüttelte verärgert den Kopf, dann zögerte sie und erlaubte Ashling, ihr eine Zigarette in den Mund zu stecken und anzuzünden.

»Wenn du dein Make-up auffrischen willst«, schlug Ashling vor, »kann ich dir Feuchtigkeitscreme und Mascara geben. Wahrscheinlich nicht so gut wie das, was du sonst nimmst, aber besser als nichts.«

Ashling kramte schon in ihrer Tasche.

»Hat dich jemand hier reingeschickt?« Lisa dachte an Jack Devine.

Ashling schüttelte den Kopf. »Keiner hat was gemerkt, außer mir.«

Lisa wusste nicht recht, ob sie enttäuscht sein sollte. Sie wollte nicht, dass Jack sie für einen Waschlappen hielt, aber es wäre schön gewesen zu denken, dass er sich Gedanken machte …

»Normalerweise bin ich nicht so.« Lisas Gesicht war hart. »Ich will nicht, dass jemand davon erfährt.«

»Schon vergessen.«

9

Am Ende des ersten Tages war Ashling völlig ausgelaugt. Zutiefst erleichtert, dass sie sich nicht in das Getümmel von Bus oder Dart stürzen musste, ging sie direkt nach Hause. Sie konnte sich glücklich schätzen. Wenigstens hatte sie ein Zuhause, dachte sie, Lisa musste erst noch eins finden.

Dankbar schloss Ashling ihre Wohnungstür auf, stieß die Schuhe von den Füßen und ging zum Telefon. Das rote Licht des Anrufbeantworters blinkte lustvoll und freundlich. Ashling drückte auf »Play«. Sie sehnte sich nach jemandem, mit dem sie über diesen seltsamen und schwierigen Tag sprechen konnte. Doch zu ihrer Enttäuschung war es nur eine unverständliche Mitteilung von einem gewissen Cormac, der am Freitagmorgen eine Ladung Mulch bringen wollte. Jemand hatte die falsche Nummer gewählt.

Sie warf sich bäuchlings aufs Sofa, nahm den Hörer ab und wählte Clodaghs Nummer. Doch kaum hatte sie hallo gesagt, da begann Clodagh mit einer langen Litanei über »einen Tag in der Hölle«.

Um das Geschrei im Hintergrund zu übertönen, hob Clodagh mit lauter Stimme zu ihrem Klagelied an: »Craig hat Bauchschmerzen und wollte zum Frühstück nur eine Scheibe Toast mit Erdnussbutter essen. Mittags wollte er gar nichts haben, und da hab ich gedacht, ich versuch's mal mit einem Schokoladenkeks, obwohl er immer ausrastet, wenn er Zucker isst, also habe ich ihm ein Vanillecremetörtchen gegeben, weil ich dachte, das wäre besser als Schokolade –«

»Mmhmm«, sagte Ashling und nickte verständnisvoll, während Clodaghs Stimme in dem Geheul fast unterging.

»– das hat er dann gegessen. Dann habe ich ihm noch eins gegeben, aber davon hat er nur den Zuckerguss abgeleckt. Er hat zwar kein Fieber, aber er ist blass und JETZT SEID ENDLICH STILL! LASST MICH DOCH MAL FÜNF SEKUNDEN TELEFONIEREN! BITTE! O Mann, ich halte das nicht mehr lange aus!«

Clodaghs Bitte bewirkte nur, dass das Geschrei noch lauter wurde.

»Ist das Craig?«, fragte Ashling. Das mussten schon schlimme Bauchschmerzen sein. Es klang, als würde man ihm die Eingeweide herausnehmen.

»Nein, das ist Molly.«

»Was hat *sie* denn?«

Ashling verstand ein paar Wörter von Mollys Gebrüll. Anscheinend war Mummy gemein. Schlimmer noch, sie war blöd. Molly konnte Mummy überhaupt nicht leiden. Mit noch lauterer, hysterischer Stimme erklärte Molly, dass sie Mummy hasste.

»Ich habe ihre Schmusedecke in die Wäsche getan«, sagte Clodagh zur Erklärung. »Sie ist gerade in der Waschmaschine.«

»Ach du meine Güte.«

Molly rastete aus, wenn man ihr die Schmusedecke wegnahm. Die Schmusedecke war einst ein Geschirrtuch gewesen, das durch Mollys unablässiges Lutschen zu einem hässlichen, braungeränderten, formlosen Fetzen geworden war.

»Sie war so schmutzig«, sagte Clodagh voller Verzweiflung. Sie wandte sich vom Hörer weg.

»Molly«, sagte sie flehentlich, »sie war schmutzig. Igitt! Eklig. Bäh!« Ashling hörte geduldig zu, während Clodagh ihr Ekelgefühl lautmalerisch verdeutlichte. »Es war gesundheitsgefährdend, du wärst krank geworden.«

Das Jammern wurde noch ein bisschen lauter, und Clodagh sprach wieder mit Ashling. »Die alte Schnepfe im Kindergarten hat gesagt, Molly dürfe sie nicht mehr mitbringen, wenn sie nicht regelmäßig gewaschen würde. Was sollte ich da machen? Jedenfalls, ich glaube nicht, dass es der Blinddarm ist –«, Ashling brauchte einen Moment, um zu begreifen, dass es jetzt wieder um Craig ging, »– denn er hat nicht gekotzt, und in dem medizinischen Handbuch steht, das sei ein sicheres Zeichen. Aber man denkt sofort an das Schlimmste, oder?«

»Wahrscheinlich«, sagte Ashling zweifelnd.

»Masern, Windpocken, Hirnhautentzündung, Polio, Koli-Bakterien«, zählte Clodagh unglücklich auf. »Warte mal, Molly will auf meinen Schoß. Du kannst auf meinen Schoß, wenn du still bist. Bist du jetzt still? Versprichst du mir das?«

Aber Molly machte keine Versprechungen, und ein Rumpeln und Schieben deutete an, dass sie trotzdem auf Clodaghs Schoß durfte.

Zum Glück hörte das Gebrüll auf, und es war nur noch ein demonstratives Schniefen und Schluchzen zu hören.

»Und als ob ich nicht schon am Rande des Nervenzusammenbruchs wäre, ruft auch noch Dylan, der Heini, an und sagt, dass er wieder einmal später nach Hause kommt *und* dass er nächste Woche zu einer Konferenz muss, wo er über Nacht weg ist.«

»Dylan, der Heini«, sang Molly mit perfekter Aussprache. »Dylan, der Heini, Dylan, der Heini.«

»... *und* am Freitag muss er zu einem Essen nach Belfast!«

Im Hintergrund hob erneut ein Heulen an. Ein männliches Heulen. Dylan, der Heini – war er frühzeitig nach Hause gekommen und hatte mit Entsetzen gehört, dass seine Frau und seine Tochter ihn beschimpften? fragte Ashling sich. Nein, dem Wimmern und Klagen über Bauschmerzen nach zu urteilen war es Craig.

»Ich komme am Freitagabend vorbei«, bot Ashling ihr an.

»Toll, das ist – LASS DAS! LÄSST DU DAS SOFORT SEIN? Ashling, ich muss jetzt aufhören«, sagte Clodagh und legte auf. So endeten Telefongespräche mit Clodagh immer.

Ganz erschöpft sah Ashling das Telefon an. Sie *musste* mit jemandem sprechen. Zum Glück würde Ted jede Minute eintreffen. Normalerweise konnte sie ihre Uhr nach ihm stellen. Sechs Uhr dreiundfünfzig.

Aber als er um zehn nach sieben – Ashling hatte inzwischen eine Tüte Chips halb leer gegessen – immer noch nicht da war, fing sie an, sich Sorgen zu machen. Hoffentlich hatte er keinen Unfall gehabt. Er fuhr wie ein Henker Fahrrad und weigerte sich, einen Helm zu tragen. Um halb acht rief sie bei ihm an. Zu ihrer Überraschung war er doch zu Hause.

»Warum hast du nicht geklingelt?«

»Soll ich bei dir vorbeikommen?«

»Also … ja, wenn's geht. Es war heute mein erster Tag.«

»Oh, Mist, das hatte ich vergessen. Bin sofort da.«

Sekunden später stand er in der Wohnung. Er sah anders aus. Unbenennbar, aber unbestreitbar anders. Ashling hatte ihn seit Samstagabend nicht gesehen, was an sich schon eine bemerkenswerte Tatsache war, was ihr aber bei all der Aufregung über die neue Stelle erst jetzt auffiel. Irgendwie wirkte er weniger zart und auf verschmitzte Art selbstbewusster. Normalerweise warf er sich an andere heran wie eine unbremsbare Kraft, aber seine Haltung war aufrecht und federnd, und das war neu.

»Glückwunsch wegen Samstag«, sagte Ashling.

»Es könnte sein, dass ich eine neue Freundin habe«, flüsterte er ihr scheu ins Ohr. »Mindestens eine, genau genommen.«

Als Ashling ihn mit offenem Mund anstarrte, erklärte er den Sachverhalt. »Den Tag gestern habe ich mit Emma verbracht, aber morgen Abend bin ich mit Kelly verabredet.«

In dem Moment kam Joy herein. »Wenn man neben dem Topf steht, kocht das Wasser nie. Der Halb-Mann-halb-Dachs-Typ ruft mich nie an, wenn ich die ganze Zeit neben dem Telefon sitze. Also gut! Bill Gates, Rupert Murdoch oder Donald Trump – ich fand, zu Ehren deiner neuen Stelle sollte ich Industriebosse aussuchen.«

»Aber das ist doch gar nicht schwierig.« Ashling konnte kaum glauben, wie leicht sie davonkam. »Donald Trump natürlich.«

»Wirklich?« Joy war verstört. »Ich finde, er ist ein bisschen zu parfümiert und pomadisiert. Einen Mann, der mehr Zeit auf seine Frisur verwendet als ich, kann ich nicht richtig respektieren. Na ja, jedem das Seine.«

Dann griff sie in ihre Tragetasche und beförderte eine Flasche Asti Spumante zu Tage. »Für dich, alles Gute für den neuen Job!«

»Asti *Spuck*-mante«, rief Ashling. »Danke schön.«

»*Spuck*-mante?«, sagte Ted bewundernd.

»*Spuck*-mante«, bestätigte Joy, »nur das Allerbeste.«

Als sie sich hinreichend damit amüsiert hatten, »*Spuck*-mante« zu wiederholen, machte Joy große Augen und fragte in Erwartung guter Nachrichten: »Und? Wie war dein erster Tag in deinem neuen Zeitschriften-Glamour-Job?«

»Ich habe einen schönen Schreibtisch, einen schönen Apple Mac –«

»Einen netten Boss?«, fragte Joy mit einem bedeutungsvollen Blick.

Ashling versuchte, ihre Gedanken in Worte zu fassen. Lisas gepflegtes, attraktives Äußeres faszinierte sie, und dass sie sichtlich unglücklich war, machte Ashling neugierig. Sie hatte in ihr die Frau aus dem Supermarkt erkannt, die von jedem Artikel sieben Stück gekauft hatte, und auch das interessierte sie. Aber es war falsch gewesen, ihr auf die Damentoilette zu folgen. Sie hatte unbedingt helfen wollen, aber am Schluss war sie nur aufdringlich und uneinfühlsam gewesen.

»Sie ist sehr schön.« Ashling wollte ihre Gefühle nicht analysieren. »Und dünn und clever, und sie trägt fantastische Sachen.«

Ted, der frisch gebackene Frauenheld, machte große Ohren, aber Joy sagte spöttisch: »Nicht *der* Boss. Ich meine den gut aussehenden Mann, dessen Freundin ihm in den Finger gebissen hat.«

Auch über Jack Devine wollte Ashling nicht unbedingt nachdenken. Sie hatte gerade erst mit ihrer neuen Stelle angefangen, und keiner ihrer beiden Vorgesetzten schien besonders von ihr angetan zu sein

»Woher weißt du, dass er gut aussieht?«, fragte sie.

»Es hört sich danach an. Einem hässlichen Mann beißt man nicht in den Finger.«

»Das stimmt«, meldete Ted sich zu Wort. »Mir ist das noch nie passiert.«

Aber das könnte sich bald ändern, dachte Ashling.

Joy ließ nicht locker. »Dein Boss – nun sag schon!«

»Er ist, ehm, sehr ernst«, sagte Ashling schließlich.

Und dann sagte sie impulsiv: »Ich glaube, er mag mich nicht besonders.«

Danach ging es ihr sowohl besser als auch schlechter.

»Warum nicht?«, fragte Joy.

»Ja, warum denn nicht?«, fragte auch Ted. Wie konnte jemand Ashling nicht mögen?

»Ich glaube, es hat damit zu tun, dass ich ihm neulich das Pflaster gegeben habe.«

»Was ist daran auszusetzen? Du wolltest ihm doch helfen.«

»Ich hätte das besser nicht tun sollen«, sagte Ashling. »Wollen wir was zu essen bestellen?«

Sie riefen bei dem Thai-Restaurant an und bestellten, wie üblich, viel zu viel. Nachdem sie sich die Bäuche vollgeschlagen hatten, blieben immer noch jede Menge Reste.

»Wir übertreiben es immer mit dem Pad Thai«, sagte Ashling bedauernd. »Na gut, in wessen Kühlschrank bewahren wir das alles zwei Tage auf, bis es weggeschmissen wird?«

Joy und Ted sahen sich achselzuckend an und sagten: »Am besten in deinem.«

»Ich mache mir Sorgen«, verkündete Joy. »Auf meinem Glückskeks steht, ich werde eine Enttäuschung erleben. Lasst uns mal unsere Horoskope lesen.«

Danach holten sie das I Ging und spielten damit herum. Sie probierten so lange, bis sie die gewünschten Lösungen hatten. Nachdem sie vergeblich versucht hatten, im Fernsehen etwas zu finden, was sie alle sehen wollten, blickte Joy zu dem Club auf der anderen Straßenseite hinüber. Die Türsteher ließen sie umsonst rein, weil sie in der Nachbarschaft wohnten.

»Hat jemand Lust mit rüberzukommen, zum Tanzen?«, schlug sie lässig vor. *Zu* lässig.

»Nein!«, sagte Ashling, und aus Angst klang sie noch strenger. »Ich muss morgen früh gut in Form sein.«

»Ich muss auch arbeiten«, sagte Joy. »Die schnellste Bearbeitungsstelle für Versicherungsforderungen im Westen. Komm schon, nur auf ein Glas!«

»Du begreifst gar nicht, was du da sagst. Ich bin erstaunt, dass du überhaupt die Wörter über die Lippen bringst. Wenn ich mit dir ›nur auf ein Glas‹ rüberkomme, bin ich bis fünf Uhr morgens auf und tanze sturzbetrunken zu Musik von Abba und erlebe den Sonnenaufgang in einer fremden Wohnung mit wildfremden Männern, die ich nie zuvor gesehen habe und die ich auch nie wiedersehen möchte.«

»Du hast dich bisher noch nie beklagt.«

»Tut mir Leid, Joy, wahrscheinlich bin ich nur ein bisschen angespannt wegen der neuen Stelle.«

»Ich komme mit«, sagte Ted, »wenn du keine Angst hast, dass ich die Männer in die Flucht schlage.«

»Du!« Joy lachte spöttisch. »Das glaubst du doch selbst nicht.«

Es war schon nach neun, als Dylan nach Hause kam. Clodagh hatte es geschafft, Craig und Molly ins Bett zu bringen, was an ein Wunder grenzte.

»Hallo«, sagte Dylan erschöpft, ließ seine Aktentasche gegen die Wand im Flur fallen und lockerte seine Krawatte. Clodagh schluckte ihre Verärgerung über die Kratzer an der Wand, die die Taschenschnallen verursachten, herunter und rüstete sich dafür, von ihm geküsst zu werden. Ihr wäre es lieber gewesen, er würde es lassen. Es bedeutete ihr nichts, sie empfand es nur als irritierende Angewohnheit.

Sie wollte gerade anfangen, von ihrem schrecklichen Tag zu berichten, als er ihr zuvorkam und sagte: »Himmel, was war das für ein Tag! Wo sind sie?«

»Im Bett.«

»Beide?«

»Ja.«

»Sollten wir beim Vatikan anrufen und ein Wunder bekanntgeben? Ich gehe eben rauf und sehe nach ihnen – bin gleich wieder unten.«

Als er runterkam, hatte er sich umgezogen und trug jetzt Jogginghosen und ein T-Shirt.

»Irgendwas Neues?«, fragte sie, gierig auf Nachrichten aus der großen, weiten Welt.

»Nein. Gibt's was zu essen?«

Ach so, essen.

»Bei Craigs Bauchschmerzen und Mollys Wutausbrüchen …« Sie machte den Kühlschrank auf und hoffte auf Inspiration. Keine Chance. Auch die Gefriertruhe half nicht weiter. »Ich könnte Buchstabennudeln in Tomatensoße auf Toast machen.«

»Buchstabennudeln in Tomatensoße auf Toast? Zum Glück habe ich dich nicht wegen deiner Kochkünste geheiratet.« Er warf ihr ein Lächeln zu. Bildete sie sich nur ein, dass es etwas gezwungen wirkte?

»Wirklich, zum Glück«, stimmte sie ihm zu und nahm eine Dose aus dem Schrank. Sie war sich nicht sicher, ob er verärgert war oder nicht. Er bemühte sich immer, gut gelaunt zu wirken, auch wenn er innerlich raste vor Zorn. Ihr war das recht; so war das Leben leichter.

»Wie war die Arbeit?«, versuchte sie es noch einmal. »Was hat dich aufgehalten?«

Er seufzte erschöpft. »Wir haben doch diesen großen Auftrag aus Amerika, du weißt schon, oder? Der sich schon seit Ewigkeiten hinzieht?«

»Ja«, log sie und steckte zwei Scheiben Brot in den Toaster.

»Ich weiß nicht mehr, wie weit es beim letzten Mal war, als ich dir davon erzählt habe. Hatten sie schon eine Entscheidung getroffen?«

»Ich glaube, sie standen kurz davor«, wagte Clodagh einen Versuch.

»Na gut, also, nachdem sie dauernd hin und her überlegt haben, entscheiden sie sich schließlich für nur drei Sendungen. Dann wollen sie die Ware erst mal testen. Was ja, wie du weißt, eine riesige Zeitverschwendung ist. Also biete ich an, ihnen die Berichte von den Probeläufen zu schicken. Erst sagen sie, in Ordnung, das reicht ihnen. Dann überlegen sie es sich anders und schicken zwei Techniker aus ihrer Ohio-Niederlassung rüber, um Probeläufe zu machen …«

Clodagh rührte die Nudeln im Topf um und schaltete ab. Sie war enttäuscht. Was er erzählte, war extrem langweilig.

Dylan hatte die Ellbogen auf den Tisch gestützt und erzählte von Anfang bis Ende. »… Und heute nachmittag rufen sie an: Jetzt haben sie das ganze Paket von Digiware gekauft, und unseres wollen sie gar nicht mehr testen!«

In dem Moment schaltete sich Clodagh wieder ein. »Aber das ist doch großartig! Wenn sie eures nicht einmal testen wollen!«

10

Lisa versuchte, in ihrem kalten, einsamen Bett in dem trostlosen Zimmer in der Harcourt Street zu schlafen, dabei hatte sie das Gefühl, schon im Land der Träume zu sein. Und zwar mitten in einem Albtraum.

Nach dem schrecklichen Tag in dem improvisierten Büro hatte sie die ruhige Gewissheit gewonnen, dass es nicht noch schlimmer werden konnte. Das war, bevor sie sich auf den Weg machte, eine Wohnung zu suchen.

Eigentlich wollte sie einen Makler beauftragen, aber die Provisionen waren exorbitant. Ein taktvoll formuliertes Angebot, dass sie die Agentur in der neuen Zeitschrift freundlich erwähnen würde, wenn die im Gegenzug bereit wäre, ihr die Provision zu erlassen, traf auf eisige Ablehnung.

»Wir brauchen keine Werbung«, sagte die junge männliche Stimme. »Wir haben mehr Aufträge, als wir bewältigen können. Das liegt am keltischen Tiger.«

»Am keltischen *was*?«

»Am keltischen Tiger.« Der junge Mann hatte Lisas Akzent als einen nicht-irischen erkannt und erklärte: »Vielleicht erinnern Sie sich, als die Wirtschaft der asiatischen Länder – Japan und Korea – ihren Aufschwung hatte, da nannte man das den asiatischen Tiger.«

Natürlich erinnerte sich Lisa nicht daran. Wörter wie »Wirtschaft« glitten einfach an ihr ab.

Der junge Mann fuhr fort: »Und jetzt, wo die irische Wirtschaft boomt, dass es kracht, nennen wir das den irischen Tiger. Und das heißt«, sagte er so taktvoll er konnte, was nicht besonders taktvoll war: »Wir brauchen keine Gratiswerbung.«

»Verstehe«, sagte Lisa dumpf und hängte auf. »Danke für den Vortrag in Volkswirtschaft.«

Auf Ashlings Empfehlung hin kaufte Lisa sich eine Abendzeitung, überflog die Mietangebote für Wohnungen und kleine Häuser in Dublin 4, dem begehrtesten Stadtteil, und machte Termine für ein paar Besichtigungen nach Feierabend. Dann bestellte sie ein Taxi, gab Randolph Media für die Rechnung an, und ließ sich zu den Adressen fahren.

»Tut mir Leid«, sagte der Mann in der Taxizentrale, »Ihren Namen kenne ich nicht.«

»Seien Sie ganz beruhigt«, sagte Lisa verführerisch, »Sie werden ihn noch kennen lernen.«

Es war Jahre her, dass sie öffentliche Verkehrsmittel benutzt hatte – oder aus eigener Tasche für ein Taxi bezahlt hatte. Und sie hatte nicht vor, jetzt damit anzufangen.

Die erste Adresse war eine Maisonette-Wohnung in Ballsbridge. In der Zeitung hatte es sich genau richtig angehört: der richtige Preis, die richtige Postleitzahl, die richtige Ausstattung.

Und die Gegend sah auch hübsch aus, es gab viele Restaurants und Cafés, die stille Straße war von Bäumen gesäumt, die kleinen Häuser waren ordentlich und gepflegt. Als das Taxi langsam fuhr und sie nach der Nummer achtundvierzig Ausschau hielt, war dies, seit sie Jack Devine kennen gelernt hatte, der erste Moment, da sie nicht deprimiert war. Schon jetzt konnte sie sich vorstellen, hier zu wohnen.

Dann sah sie es. Es war das einzige Haus in der Straße, das aussah, als lebten Hausbesetzer darin; zerrissene Vorhänge an den Fenstern, das Gras kniehoch, ein rostiges Auto auf Betonklötzen in der Auffahrt. Sie zählte die Hausnummern durch, um sicher zu sein, welches Haus es war. Zweiundvierzig, vierundvierzig, sechsundvierzig, achtund… Na klar, die Nummer achtundvierzig war das Haus, das aussah, als würde es demnächst abgerissen.

»Oh, Scheiße«, entfuhr es ihr.

Sie hatte vergessen, dass die Wohnungssuche die reinste Hölle war, so lange war das her. Eine Reihe von Enttäuschungen, eine herber als die nächste.

»Fahren Sie weiter«, befahl sie.

»In Ordnung«, sagte der Taxifahrer. »Wohin jetzt?«

Die zweite Adresse war ein bisschen besser. Bis eine kleine braune Maus über den Küchenfußboden flitzte und mit schwingendem Schwanz unter dem Kühlschrank verschwand. Lisas Kopfhaut zog sich vor Ekel zusammen.

Und die dritte Wohnung war als »kompakt« beschrieben worden, obwohl »schuhkartongroß« präziser gewesen wäre. Es war eine Ein-Zimmer-Wohnung mit einem Badezimmer im Schrank und ohne Küche.

»Wozu brauchen Sie eine Küche, wenn ich fragen darf? Sie als berufstätige Frau, Sie haben ja doch keine Zeit zum Kochen«, sagte der wohlgenährte Vermieter. »Sie sind doch viel zu sehr beschäftigt, die Welt zu managen.«

»So kann man es auch sehen«, murmelte Lisa vor sich hin.

Niedergeschlagen ging sie zum Taxi und musste sich auf dem Weg zurück in die Harcourt Street die Geschichte des Taxifahrers anhören, der sie inzwischen als gute Freundin betrachtete.

»... und mein Ältester, der ist geschickt mit den Händen. Das ist ein ganz Lieber, der hilft, wo er kann. Wechselt Glühbirnen aus, baut Tische zusammen, mäht den Rasen, und die ganzen alten Leutchen in der Straße, die lieben ihn ...«

Der Fahrer ging ihr maßlos auf die Nerven, doch als sie aus dem Auto stieg, merkte sie, dass er ihr fehlte. Jetzt würde sie nie herausfinden, was passiert war, als er die Mädchenbande zur Rede gestellt hatte, die seine Vierzehnjährige drangsalierte.

Als sie wieder in ihrem freudlosen Zimmer war, versank sie in bodenlose Trübsal. Weil sie müde war und Hunger hatte, erschien ihr alles noch trostloser. Sie hatte das Gefühl, ein Déjàvu zu erleben; alles war wie damals, als sie achtzehn war, bei einer miserablen Zeitschrift arbeitete und kein Glück bei der Suche nach einer halbwegs anständigen Wohnung hatte. Irgendwie war sie beim Lebensspiel in eine Spirale geraten, die sie an den

Anfang zurückbeförderte. Nur dass es damals Spaß gemacht hatte.

Damals war sie verzweifelt bemüht, der Enge ihres Elternhauses zu entkommen. Seit sie dreizehn war, hatte sie immer wieder die Schule geschwänzt und war nach London gefahren, wo sie durch die Geschäfte zog und Ladendiebstähle beging. Wenn sie nach Hause kam, hatte sie beide Arme voll mit Make-up, Ohrringen, Halstüchern und Handtaschen und wurde misstrauisch von ihrer Mutter gemustert, die es aber nicht wagte, sie zur Rede zu stellen.

Mit sechzehn, sobald sie ihre O-Level-Prüfungen gemacht, aber nicht bestanden hatte, zog sie zu Hause aus und ging nach London. Sie und ihre Freundin Sandra – die bei den jungen Leuten merklich in der Achtung stieg, als sie anfing, ihren Namen mit Z zu schreiben – lernten drei schwule Jungen kennen, Charlie, Geraint und Kevin, und zogen zu ihnen in eine Wohnung, die die drei in einem Wohnsilo in Hackney besetzt hatten. Und ein wildes, ausgelassenes Leben begann.

Sie nahmen Speed, gingen montags ins Astoria, mittwochs ins Heaven, donnerstags ins Clink, sie fälschten ihre abgelaufenen Monatskarten, fuhren mit dem Nachtbus nach Hause, hörten die Cocteau Twins und Art of Noise und lernten alle möglichen Leute kennen.

Klamotten spielten eine wesentliche Rolle in ihrem Leben, und wer zuerst aufstand, nahm sich die besten. Unter der Anleitung der Jungen, die über ein enzyklopädisches Wissen über das richtige Aussehen verfügten, lernte Lisa schnell, sich mit berückender Wirkung zurechtzumachen.

Geraint bedrängte sie, auf dem Straßenmarkt in Camden ein rotes, eng anliegendes Stretchkleid zu kaufen, das am Oberschenkel geschlitzt war. Dazu trug sie rot-weiß gestreifte Strumpfhosen. Die dazugehörige Handtasche war ein weißes, kastenförmiges Ding mit einem roten Kreuz drauf. Um das Outfit zu vervollständigen, bestand Kevin darauf, ihr ein Paar Palladiums von Joseph zu klauen – kleine Segeltuchschuhe mit Gummisohlen wie Lastwagenreifen. Er schaffte es im allerletzten Moment, die Schuhe zu besorgen, denn am Tag darauf wurde er gefeuert. Als Kopfbedeckung trug Lisa eine Art Piratenhut, der über und über mit Sicherheitsnadeln besteckt war – eine Nachahmung eines John-Galliano-Designs, selbst gemacht von Kevin, der Modedesigner werden wollte. Und Charlie war für ihr Haar verantwortlich. Haarteile waren der letzte Schrei; deshalb bleichte er ihr die Haare und befestigte einen hüftlangen blonden Zopf mitten auf dem Kopf. Als sie eines Abends im Taboo waren, wurde Lisa von jemandem von I-D fotografiert. (Zwar wurde das Foto in den sechs Monaten danach, in denen sie die Zeitschrift regelmäßig kauften, nicht gebracht, aber *trotzdem*.)

In der besetzten Wohnung gab es kaum Möbel, deswegen war die Aufregung groß, als sie in einem Container einen Sessel fanden. Sie trugen ihn zu fünft nach Hause und nahmen reihum darin Platz. Auch ihren Tee mussten sie nach einem Rotationsplan trinken, da sie zusammen nur zwei Becher besaßen. Es kam ihnen jedoch nie in den Sinn, noch welche zu kaufen – es wäre nur eine schreckliche Geldverschwendung gewesen. Das wenige Geld, das sie hatten, brauchten sie, um Klamotten zu kaufen, den Eintritt für die Clubs zu bezahlen, wenn sie nicht drum herumkamen, und für Alkoholika.

Nach und nach fanden sie alle Arbeit – Charlie als Friseur, Zandra in einem Restaurant, Kevin als Verkäufer bei Comme des Garçons, Geraint als Türsteher in einem top aktuellen Club und Lisa in einem Bekleidungsgeschäft, wo sie mehr Sachen klaute als verkaufte. Sie entwickelten ein wunderbares Tauschhandelssystem: Charlie machte Lisa die Haare, sie klaute für Geraint ein Hemd, Geraint ließ sie umsonst ins Taboo. Zandra verschaffte ihnen Tequila-Drinks in ihrem Restaurant. (Hier trat noch ein Untersystem des Tauschhandels in Funktion, denn der Barkeeper erlaubte Zandra, Drinks ohne Bon auszuschenken, wenn sie als Gegenleistung zu einfachen sexuellen Handlungen bereit war.) Der Einzige, der nicht in dem Kreislauf mitmachte, war Kevin, denn er arbeitete in einem sehr teuren und minimalistischen

Geschäft, in dem der Gesamtbestand um fünfundzwanzig Prozent schrumpfen würde, wenn er nur einen einzigen Artikel klaute. Aber er hob das Image der Gruppe in dieser hektischen, Label-verherrlichenden Zeit der zweiten Hälfte der achtziger Jahre. Niemand von ihnen gab Geld fürs Essen aus – wie den Kauf von Möbeln und Teebechern betrachteten sie das als Geldverschwendung. Wenn sie hungrig waren, gingen sie geschlossen in das Restaurant, in dem Zandra arbeitete, und ließen sich beköstigen. Oder sie gingen in ihrem Supermarkt auf Lebensmittelklau. Sie schlenderten in den Gängen umher, aßen beim Gehen und stopften die Verpackung oder die Bananenschale hinten ins Regal. Manchmal nahm Lisa auch Sachen mit nach Hause. Sie mochte das Prickeln, das sie dabei verspürte.

So ging das Leben weiter, achtzehn Monate lang, bis die wunderbare Verbundenheit in Streit und Zankereien mündete. War es anfangs noch aufregend, eine Reihenfolge für die Tassenbenutzung zu haben, so erwies es sich nach einer Weile als lästig. Dann beschloss Lisas Freund, der bei einer Zeitschrift arbeitete, das Risiko einzugehen und ihr eine Stelle bei *Sweet Sixteen* zu verschaffen. Obwohl sie keinerlei Zeugnisse und kaum eine Schulbildung hatte, war sie furchterregend gewieft. Sie wusste, was in war und was passé und wen man kennen musste, und sie sah immer aufsehenerregend, atemberaubend, im Trend-der-letzten-fünf-Minuten liegend aus. Kaum war etwas in *Vogue* abgebildet, schmückte Lisa sich mit einer zum Bruchteil des Preises erstandenen Variante davon, und was das Wichtigste war, sie trug die Sachen mit *Überzeugung*. Viele Mädchen trugen Ballonröcke, weil es in war, aber es machte sie verlegen und beschämt. Lisa hingegen trug ihren mit stolzem Selbstbewusstsein.

Damals wie heute war die Zeitschrift, bei der sie arbeitete, eine Billig-Produktion, und sie hatte Mühe, eine Wohnung zu finden, die sie sich leisten konnte. Der Unterschied lag darin, dass damals auch eine miese Stelle bei einer Zeitschrift fantastisch war – überhaupt einen Zeitschriftenjob zu haben, das war es, worauf es ankam. Und eine eigene Wohnung zu suchen war ein enormer

Schritt nach vorn, nachdem sie in der besetzten Wohnung gehaust hatte. Diese Umstände musste man auskosten, sie gaben Anlass zu Stolz, sie waren nicht peinlich.

Obwohl sie immer noch einen langen Weg vor sich hatte, war ihre doch die Erfolgsstory von den fünfen aus der besetzten Wohnung in Hackney.

Und wenn man sie jetzt ansah: Charlie arbeitete in einem Salon in der Bond Street und hatte jede Menge Privatkunden, alles beängstigend reiche Frauen. Aus Zandra wurde wieder Sandra, sie zog wieder nach Hemel Hempstead, heiratete und bekam kurz hintereinander drei Kinder. Kevin war auch verheiratet – mit Sandra. Es stellte sich heraus, dass er sich als schwul ausgegeben hatte, weil das schick war. Geraint war tot. Seine HIV-Infektion wurde 1992 diagnostiziert, und drei Jahre später gab seine Lunge auf. Und Lisa, was war aus Lisa geworden? All die Jahre der harten Arbeit, und dann das hier, wieder ganz am Anfang. *Wie war das geschehen?*

In der alptraumhaften Gegenwart legte Lisa sich in ihr Hotelbett, rauchte eine Zigarette nach der anderen und wartete darauf, dass die Rohypnol-Tablette ihr vier Stunden des barmherzigen Vergessens bescheren würde. Aber die immer gleichen Gedanken gingen ihr unablässig im Kopf herum. Die vor ihr liegende enorme Aufgabe, *Colleen* aus dem Boden zu stampfen, war entmutigend, und sie hasste es, in Dublin zu sein. Aber es gab keinen Ausweg. Sie konnte nicht nach London zurück. Selbst wenn irgendwo eine Chefredakteursstelle frei wäre – und es war keine frei –, man wurde immer an den letzten Ergebnissen gemessen. Sie würde aus *Colleen* einen vollen Erfolg machen müssen, bevor jemand anders sie einstellen würde. Sie saß in der Falle.

Sie nahm die Blisterpackung mit den Rohypnol in die Hand, und plötzlich kam ihr der Gedanke an Selbstmord außerordentlich verlockend vor. Würden sechzehn Tabletten reichen, um sich umzubringen? Wahrscheinlich schon, dachte sie. Sie könnte einfach die Augen zumachen und von allem wegdriften. Sie würde auf dem Höhepunkt ihres Ruhms abdanken, solange ihr Name noch im Zusammenhang mit erfolgreichen, auflagenstarken Zeitschriften genannt wurde. Ihr Ruf wäre für alle Ewigkeit gewahrt.

Sie war schon immer eine Überlebenskünstlerin gewesen und hatte noch nie ernsthaft an Selbstmord gedacht – dass sie es jetzt tat, lag daran, dass Selbstmord ihr die beste Art zu überleben erschien.

Doch je länger sie darüber nachdachte, desto mehr schloss sie diese Möglichkeit aus: Alle würden denken, sie sei dem Druck nicht gewachsen gewesen, und würden sich die Hände reiben.

Sie wand sich, als sie sich vorstellte, wie die Zeitschriftenmacher Großbritanniens zu ihrer Beerdigung kamen und alle das Gleiche murmelten: *Es war zu viel für sie. Die Arme, sie ist daran kaputtgegangen.* In ihren eleganten schwarzen Aufzügen – für die Beerdigung müssten sie nicht einmal ihre normalen Arbeitssachen gegen andere Kleidung tauschen – würden sie sich gegenseitig ansehen und gratulieren, dass sie, weil sie lebten, noch dazugehörten. Kein Burnout-Syndrom, nicht bei uns!

Dem Tempo nicht standhalten können, das war das Schlimmste, was einem in der Zeitschriftenbranche passieren konnte. Schlimmer, als der Burger-Kultur zu verfallen und Konfektionsgröße zweiundvierzig tragen zu müssen, schlimmer auch, als der Welt zu erzählen, dass Kurzhaarschnitte modern waren, wenn alle anderen ihr Geld auf schulterlange Locken setzten.

Ausgehend von der Annahme, dass das Durchhaltevermögen eines Menschen begrenzt sei, frohlockten Zeitschriftenleute angesichts der Nachricht, dass ein Kollege »eine längere, wohlverdiente Auszeit nehmen werde« oder »mehr Zeit mit der Familie verbringen wolle«.

Ein tragischer Unfall, das war der einzige Ausweg, beschloss Lisa. Ein *spektakulärer* tragischer Unfall, präzisierte sie. Sich von einem klapprigen irischen Bus überfahren zu lassen war noch peinlicher, als sich selbst ins Jenseits zu befördern. Sie müsste schon auf einer Motorjacht über Bord gehen. Oder bei einem

Helikopter-Flug in eine exklusive entlegene Gegend in einem orangefarbenen Flammenball verbrennen.

... Sie war auf dem Weg nach Manoir aux Quatre Saisons, habe ich gehört.

Mir ist zu Ohren gekommen, es war Balmoral Castle. Auf persönliche Einladung von Sie-wissen-schon.

Aber was für ein passender Ausstieg. Großartig im Sterben wie im Leben.

Völlig verkohlt, habe ich mir sagen lassen, wie ein verbranntes Steak. Der besonders gehässige Ton von Lily Headly-Smythe, Chefredakteurin von *Panache*, unterbrach Lisas Träumerei.

... Es gibt ein Gerücht, dass Vivienne Westwood sich für ihre nächste Kollektion davon inspirieren ließ. Alle Models sollen wie Brandopfer geschminkt werden.

Mit diesen Fantasien und getröstet von Gedanken an ihren Klatschspalten-Tod schlief Lisa endlich ein.

11

Die Woche verging. Lisa bewegte sich durch ihre graugeänderten Tage wie eine Schlafwandlerin. Allerdings wie eine perfekt angezogene, ein strenges Regiment führende Schlafwandlerin.

Am Freitag hörte der Regen auf und die Sonne kam raus, was unter den Mitarbeitern für große Aufregung sorgte – sie waren wie Kinder am Weihnachtsmorgen. Als sie zur Arbeit eintrudelten, machte jeder eine Bemerkung.

»Was für ein herrlicher Tag!«

»Haben wir es nicht gut mit dem Wetter?«

»Wunderschöner Morgen!«

Bloß, weil es aufgehört hatte zu regnen, dachte Lisa voller Ingrimm.

»Erinnerst du dich noch an letzten Sommer?«, rief Kelvin quer durch das Großraumbüro zu Ashling hinüber, während seine Augen hinter der schwarzgerahmten überflüssigen Brille fröhlich blitzten.

»Und ob«, sagte Ashling. »Das war doch an einem Mittwoch, oder?«

Alle lachten. Alle, außer Lisa.

Später am Vormittag trippelte Mai anmutig in die Redaktion, bedachte alle mit einem mokanten süßen Lächeln und fragte: »Ist Jack da?«

Ein Prickeln der Erregung durchfuhr Lisa. Offensichtlich war dies Jacks Freundin, und was für eine Überraschung! Lisa hatte ein blasses, sommersprossiges irisches Mädchen erwartet, nicht diese kaffeebraune exotische Schönheit.

Ashling, die am Fotokopierer stand und eine Million Pressemitteilungen zur Verteilung an alle Modedesigner und Kosmetikhersteller in der ganzen Welt kopierte, sah ebenfalls auf. Es war die Fingerbeißerin, die mit ihrem kirschroten Mund aussah, als könnte sie kein Wässerchen trüben.

»Haben Sie einen Termin?« Mrs. Morley erhob sich zu ihrer vollen Größe von ein Meter siebenundvierzig und streckte ihre einschüchternde Oberweite vor.

»Sagen Sie ihm, Mai möchte ihn sprechen.«

Nach einem langen, harten Blick trollte Mrs. Morley sich. Während Mai wartete, zwirbelte sie ihr schweres Haar um einen schlanken Finger und sah von oben bis unten aus wie das Objekt aller erotischen Träume. Dann kam Mrs. Morley wieder. »Sie können reingehen«, sagte sie mit unverhohlener Enttäuschung.

In zitronenduftiger Stille ging Mai durch den Raum, doch kaum hatte sich die Tür hinter ihr geschlossen, als ein kollektives Ausatmen zu hören war und alle auf einmal zu reden anfingen.

»Das ist Jacks Freundin«, informierte Kelvin die Neuen – Ashling, Lisa und Mercedes. »Nichts als Ärger, wenn Sie mich fragen«, sagte Mrs. Morley grimmig.

»Da bin ich mir nicht so sicher, Mrs. Morley«, sagte Kelvin lüstern. Mit einem angewiderten Schniefen wandte sich Mrs. Morley ab.

»Sie ist halb irisch und halb vietnamesisch«, ließ der wortkarge Gerry sich vernehmen.

»Die beiden sind wie Hund und Katze«, sagte Trix erregt. »Sie ist richtig gewalttätig.«

»Das ist aber nicht ihre vietnamesische Seite«, sagte Dervla O'Donnell entschieden und freute sich, *Hibernian Bride* einen Moment lang beiseite schieben zu können. »Die Vietnamesen sind sehr sanfte und gastfreundliche Menschen. Als ich durch das Land gereist –«

»Oh, nein«, stöhnte Trix, »die Ex-Hippiebraut schwelgt in Erinnerungen. Ich sterbe vor Langeweile.«

Ashling stand immer noch am Kopierer und war mit den Pressemitteilungen beschäftigt, als das Gerät aufstöhnte, ein paarmal Klick machte und vollends verstummte. Auf dem Display erschien eine Mitteilung. »PQ03«, sagte Ashling. »Was soll das bedeuten?«

»PQ03?« Die älteren Mitarbeiter sahen sich an. »Keine Ahnung!«

»Das hatten wir noch nicht.«

»Aber freu dich, normalerweise gibt er nach zwei Kopien auf.«

»Was soll ich jetzt tun?«, fragte Ashling. »Die Pressemitteilungen müssen heute Abend mit der Post raus.«

Sie warf einen Blick zu Lisa hinüber und hoffte auf ein erlösendes Wort von ihr. Aber Lisas Gesichtsausdruck blieb glatt und verschlossen. Am Ende der ersten Woche hatte Ashling erkannt, dass Lisa eine Sklaventreiberin war und eine großartige Vision für die neue Zeitschrift verfolgte. Das war in vielerlei Hinsicht fantastisch, für Ashling jedoch weniger, weil auf ihr die Verantwortung lag, jede einzelne von Lisas Ideen im Alleingang umzusetzen.

»Hat keinen Zweck, einen von denen hier zu bitten, ihn zu reparieren«, sagte Trix und nickte spöttisch in Richtung Gerry, Bernard und Kelvin. »Die machen alles nur noch schlimmer. Jack kann ganz gut mit Maschinen umgehen. – Allerdings würde ich ihn im Moment nicht stören«, fügte sie bedeutungsvoll hinzu.

»Dann mache ich mit was anderem weiter«, sagte Ashling und ging zu ihrem Schreibtisch. Einen Moment lang war sie wie gelähmt von der sich dort türmenden Arbeit. Dann beschloss sie, mit der Aufstellung der Liste der hundert interessantesten und talentiertesten und attraktivsten Menschen in Irland weiterzumachen. Jeder hatte eine Chance, auf die Liste zu kommen, ob DJ, Friseur, Schauspieler oder Journalist. Und kaum hatte Ashling die Namen notiert, arrangierte Trix ein Frühstück, Mittagessen oder Abendessen mit ihnen für Lisa, denn Lisa machte einen Schnellkurs darin, wie man den inneren Kreis der irischen Gesellschaft, wo die Macht lag und die Dinge bewegt wurden, infiltriert.

»Bei so vielen Essenseinladungen bist du hinterher eine richtige Tonne.« Trix lachte.

Lisa lächelte spöttisch. Bloß weil man etwas bestellt hatte, musste man es noch lange nicht essen.

Im Büro summte es vor Geschäftigkeit, als sich Jacks Büro öffnete und Mai es mit raschen Schritten verließ. Alle rissen erwartungsvoll die Köpfe hoch, und sie wurden nicht enttäuscht. Mai machte einen Versuch, die Ausgangstür hinter sich zuzuschlagen, was ihr jedoch nicht gelang, weil ein Keil die Tür offenhielt, also musste sie sich damit zufriedengeben, ihr einen heftigen Tritt zu versetzen.

Sekunden später kam Jack heraus, auch er eiligen Schrittes. Sein Blick war finster, sein Gesicht umwölkt, und mit seinen langen Beinen war er im Begriff, Mai einzuholen. Aber auf halbem Weg durch die Redaktion schien er sich zu besinnen und blieb stehen. »Ach, Scheiße«, sagte er und schlug mit der Faust auf den Fotokopierer. Der gab ein Sirren von sich, machte Klick und begann, Seite um Seite auszuspucken. Er funktionierte wieder!

»Wir haben die Technologie! Jack Devine ist unsere Rettung«, sagte Ashling und fing an zu klatschen. Die anderen stimmten ein. Jack sah sich böse um, als alle ihm applaudierten, und dann, welch freudige Überraschung, fing er an zu lachen. Auf der Stelle war er wie verwandelt und sah jünger und netter aus.

»Es ist der Wahnsinn«, murmelte er.

Ashling war ganz seiner Meinung.

Jack war verunsichert. Sollte er Mai hinterhergehen oder ... Da sah er auf Ashlings Schreibtisch eine Schachtel Zigaretten, aus der eine Zigarette herausstak. Offiziell war es ein Nichtraucherbüro, aber es herrschte das allgemeine Einverständnis, dass geraucht werden durfte. Nur der langweilige Bernard rauchte nicht. Er hatte sogar Schilder um sich herum aufgestellt mit der Aufschrift: »Bitte nicht rauchen. Danke!« Und er hatte einen kleinen Ventilator.

Mit einem Hochziehen der Augenbrauen fragte Jack wortlos: »Darf ich?« und zog die Zigarette mit den Lippen heraus. Er strich ein Streichholz an, zündete die Zigarette an, löschte das Streichholz mit einer kräftigen Handbewegung und nahm einen tiefen Zug.

Ashling verfolgte jede seiner Bewegungen. Sie empfand Widerwillen, konnte jedoch den Blick nicht abwenden.

»Anscheinend bin ich mit der falschen Frau zusammen, wenn ich mit dem Rauchen aufhören will«, sagte er und ging wieder in sein Büro.

»Ich brauche eure Hilfe, Mädels«, verkündete Dervla O'Donnell mit dröhnender Stimme und schreckte die anderen hoch. Sie stand von der Modestrecke für die Herbstausgabe von *Hibernian Bride* auf, wobei ihr dreiteiliger Übergrößen-Seidenstrickanzug raschelte, und fing an, auf und ab zu gehen. »Was trägt der gutangezogene Hochzeitsgast im Herbst 2000? Was ist das Neueste, was ist im Kommen, was ist aktuell?«

»Also, wie ich sehe, liegt das Doppelkinn entschieden im Trend, meine Gute«, sagte Lisa spitz und deutete mit dem Kopf auf Dervlas Mehrfachkinn.

Ein schockiertes Einatmen ging nahtlos in Gelächter über, was Lisa freute. Sie war stolz auf ihre spitze Zunge und die Macht, die sie damit ausübte.

Dervla war starr vor Staunen, doch da ihre Kollegen lachten, versuchte auch sie, ein gutmütiges Lächeln zustande zu bringen.

»So geht's uns doch gut, oder?« Mit gespielter Munterkeit hob Jack sein Glas zu Kelvin und Gerry. »Ohne Frauen, die uns das Leben schwermachen können.«

Kelvin ließ den Blick durch den Pub schweifen. Unter den Freitagabendgästen waren nicht wenige Frauen.

»Aber keine sitzt bei uns und geht uns auf die Nerven«, präzisierte Jack.

»Ich hätte nichts dagegen, wenn Lisa dabei wäre«, sagte Kelvin. »Mein Gott, sie ist eine Schönheit.«

»Eine Wucht.« Gerry fühlte sich aufgefordert, ihm zuzustimmen.

»Ist dir schon mal aufgefallen, dass ihre Brustwarzen einem durch den Raum folgen, auch wenn sie die Augen nicht bewegt?«, fragte Kelvin.

Sowohl Gerry als auch Jack waren ein bisschen verdutzt von dieser Bemerkung.

»Mercedes ist aber auch nicht übel«, schwärmte Kelvin.

»Sie ist stumm wie ein Fisch«, sagte Gerry kurz und bündig.

Kelvin grinste Gerry an. »Ich bin auch nicht an ihrem sprühenden Witz interessiert.«

Sie lachten und stießen sich in anzüglichem Einverständnis in die Rippen.

»Schieb mal den Aschenbecher rüber, Kelvin«, unterbrach Jack. Kelvin tat, worum er gebeten worden war, worauf Jack mit einem unglücklichen Lachen sagte: »Das letzte Mal, als ich jemanden darum gebeten habe, hat sie gesagt: ›Du hast mir mein Leben kaputtgemacht, du Arsch‹.«

Gerry und Kelvin wanden sich unbehaglich. Jack zerstörte die gute Freitagabendstimmung.

»Am besten, man lässt die Finger davon«, riet Kelvin, dann machte er einen mannhaften Versuch, die Dinge in eine ungefährliche Richtung zu steuern. »Ist Ashling nicht ein Schatz?«

»Doch. Wie eine jüngere Schwester«, fand auch Gerry.

»Und hübsch«, fügte Kelvin großzügig hinzu. »Allerdings nicht so atemberaubend wie Lisa oder Mercedes.«

Beklommenheit stieg in Jack auf – in Ashlings Nähe fühlte er sich unwohl. Beinahe empfand er so etwas wie Scham, vielleicht auch nur Genervtheit.

»Ich will ja nur sagen«, nahm Jack den Faden wieder auf, »ist es nicht schön, dass wir keine Frauen bei uns haben? Und wenn ich sage, dass es ein schöner, sonniger Abend ist, dann sagt mir keiner ins Gesicht: ›Verpiss dich, du Penner! Ich bereue, dass ich dir je begegnet bin.‹«

Mit einem übertriebenen Seufzer gab Kelvin nach. »Also ist es wieder vorbei mit Mai?«

Jack nickte.

»Kannst du es nicht mal gut sein lassen?«

»Ihr streitet die ganze Zeit«, war Gerrys Analyse.

»Sie treibt mich zum Wahnsinn«, beharrte Jack frustriert. »Ihr wisst nicht, wie das ist.«

»Natürlich weiß ich das! Ich bin verheiratet«, sagte Gerry.

»So meine ich das nicht –«

»Lieben und loslassen«, sagte Kelvin mit einem lüsternen Grinsen. »Das ist mein Motto. Oder noch besser: *Nicht* lieben und loslassen.«

Und damit war das Thema Gefühle in Kelvins Augen hinreichend besprochen.

Wenn man bedachte, wie froh alle gewesen waren, als Jack anfing, Mai zu umwerben! Ein Jahr war vergangen, seit Dee, seine langjährige Freundin, ihn plötzlich verlassen hatte, und es tat gut, ihn wieder mit einer Frau zu sehen. So dachten sie zumindest am Anfang. Aber nachdem der erste Liebesrausch vorbei war – er dauerte kaum vier Tage –, schien Jack mit Mai fast so unglücklich wie nach der Trennung von Dee. Um Jack von dem Thema Frauen abzulenken, fragte Kelvin ihn: »Wie ist der Stand der neuen Auseinandersetzungen mit der Gewerkschaft im Fernsehstudio?«

»Die sind geklärt«, knurrte Jack. »Bis zum nächsten Mal.«

»Himmel. Darum beneide ich dich nicht.« Kelvin wusste, dass es für Jack ein ständiger Balanceakt war, den Forderungen der Geschäftsleitung, denen der Gewerkschaft und denen der Anzeigenkunden gerecht zu werden. Kein Wunder, dass er dauernd gestresst war.

»Und die Zuschauerzahlen steigen«, sagte Gerry.

»Wirklich?«, rief Kelvin, ohne wirklich interessiert zu sein. »Alle Achtung, Jack.« Zu Gerry sagte er: »Die nächste Runde ist deine. Hol deinem wunderbaren Chef mal ein Bier.«

Autos, dachte Kelvin. Das wäre ein gutes Gesprächsthema.

Lisa verließ am Freitagabend als Letzte die Redaktion. Die Straßen, in denen sich die Menschen drängten, glitzerten in der untergehenden Sonne. Sie schob sich durch die gut gelaunten Vergnügungssuchenden, die vor den Pubs in den Straßen um Temple Bar standen, und machte sich auf den Weg nach Christchurch. Schwache Erinnerungen stiegen in ihr hoch, an sonnige Freitagabende, als sie mit Oliver am Fluss bei Hammersmith mit einem Glas Cidre gesessen hatte, friedlich und befreit nach einer harten Woche.

War sie das wirklich gewesen?

Sie schob den Gedanken an Oliver beiseite und wandte sich anderen Dingen zu, als sie plötzlich ein Paar weiße Beine mit roten Striemen unter einem Pubtisch hervorlugen sah. Trix!

Zu Ehren des blauen Himmels und der steigenden Temperaturen hatte Trix sich in der Mittagspause auf der Damentoilette die Beine rasiert und sie mit blutigen Kratzern unbekümmert der Welt gezeigt. Ashling hatte fast alle ihre Pflaster herausrücken müssen.

Lisa eilte weiter und tat so, als hätte sie nicht gesehen, wie Ashling sie winkend einlud, sich dazuzusetzen.

Anscheinend hatte das gute Wetter auch Ashling auf die Idee gebracht, ihre Beine zu enthaaren, denn Lisa hatte gehört, wie Ashling einen Termin für eine Wachsbehandlung in der Mittagspause machte. Offenbar legte sie es nicht darauf an, eine Gratisbehandlung zu bekommen, und war bereit, wie jede normal Sterbliche den vollen Preis zu bezahlen. Aber wenn Ashling nicht so gewieft war, ihre Position als stellvertretende Chefredakteurin zu nutzen – besser gesagt, zu missbrauchen –, dann war es nicht Lisas Aufgabe, sie darüber aufzuklären.

Die Chance, dass Lisa jemandem wie Ashling Freundlichkeit entgegenbringen würde, war von Anfang an gering gewesen, aber seit Ashling sie beim Weinen ertappt und ihr mit einer gewissen Zärtlichkeit geholfen hatte, war Lisa sehr gegen sie eingenommen.

Sie war auch gegen Mercedes eingenommen, aber aus ganz anderen Gründen. Die stille, in sich ruhende Mercedes verstörte sie.

Als Ashling nach dem Gespräch mit dem Kosmetiksalon den Hörer aufgelegt hatte, brachte Lisa die ganze Belegschaft zum Lachen, indem sie sagte: »Jetzt bist du dran, Mercedes. Es sei denn, Affenbeine sind diesen Sommer der letzte Schrei.«

Mercedes warf Lisa einen bösen Blick zu, so böse, dass Lisa ihre nächste Bemerkung, dass nämlich die dunkelhäutige Mercedes der ideale Typ für Koteletten und einen Oberlippenbart war, nicht über die Lippen brachte. »He, war nur ein Witz«, sagte Lisa mit einem süffisanten Lächeln und stellte Mercedes damit nicht nur als haarig, sondern auch noch als humorlos dar.

Um sowohl Ashling als auch Mercedes das Leben schwerzumachen, war Lisa besonders reizend zu Trix. Mit dieser Methode, die sie, nach dem Motto »teile und herrsche«, auch schon früher angewandt hatte, erwarb sie sich Macht. Man erkor eine Mitarbeiterin zum Liebling, überschüttete sie mit Freundlichkeit, ließ sie dann plötzlich sitzen und schenkte einer anderen seine Gunst. Indem man das reihum machte, flößte man Liebe und Furcht ein.

Jack war davon ausgenommen; zu ihm, so nahm sie sich vor, würde sie die ganze Zeit nett sein. Er war der Einzige in ihrem Leben, der ihr Hoffnung gab. Sie hatte diskret sein Verhalten ihr gegenüber beobachtet, und es war anders als bei den anderen Frauen in der Redaktion. Auf Trix reagierte er amüsiert, zu Mercedes war er höflich, und gegen Ashling schien er eine klare Abneigung zu hegen. Doch Lisa begegnete er mit Respekt und Anteilnahme. Sogar mit Bewunderung. Und dazu hatte er auch allen Grund. Sie war in dieser Woche noch früher aufgestanden als sonst und hatte sich noch mehr Mühe mit ihrem ohnehin schon gepflegten Äußeren gegeben, indem sie mehrere hauchdünne Schichten einer Bräunungscreme auflegte, die ihrer Haut ein goldenes Leuchten verlieh.

Lisa machte sich keine Illusionen über ihr Aussehen. In ihrem natürlichen Zustand – in dem sie sich schon lange nicht mehr gezeigt hatte – war sie durchschnittlich hübsch. Doch mit großem Aufwand konnte sie sich von einer attraktiven Frau in eine atemberaubende verwandeln.

Abgesehen von der Aufmerksamkeit, die sie normalerweise ihrem Haar, ihren Nägeln, ihrer Haut, ihrem Make-up und ihrer Bekleidung widmete, nahm sie enorme Mengen an Vitaminen ein, trank sechzehn Gläser Wasser am Tag, schnupfte nur ganz selten Kokain und ließ sich alle sechs Monate Botulin in die Stirn spritzen, das die Muskeln lähmte und für ein faltenfreies Aussehen sorgte. Seit zehn Jahren war sie permanent hungrig. So hungrig, dass sie es kaum noch bemerkte. Manchmal träumte sie davon, ein dreigängiges Menü zu essen, aber die Menschen träumten ja von den merkwürdigsten Dingen!

Obwohl Lisa ein gutes Selbstbewusstsein hatte, was ihr Aussehen anging, musste sie zugeben, dass ihr der Anblick von Jacks Freundin einen kleinen Schock versetzt hatte. Sie hatte angenommen, sie würde gegen eine Irin antreten, was ein Kinderspiel gewesen wäre. Trotzdem, sie war nicht sonderlich entmutigt. Jack seiner leidenschaftlichen, exotischen Freundin zu entreißen war in ihrem gegenwärtigen Leben eine eher geringe Herausforderung.

Eine Wohnung zu finden hingegen war viel schwieriger. Jeden Tag hatte sie sich nach der Arbeit Wohnungen angesehen, doch bisher war auch nichts halbwegs Akzeptables dabei gewesen. An diesem Abend wollte sich eine Wohnung in Christchurch besichtigen, die sich gar nicht schlecht anhörte. Zwar war die Miete hoch, aber die Wohnung befand sich in einem modernen Mietkomplex und war von der Redaktion zu Fuß erreichbar. Der Nachteil war, dass sie die Wohnung würde teilen müssen, und das hatte Lisa schon lange nicht mehr gemacht, besonders nicht mit einer Frau.

Die Wohnungsbesitzerin hieß Joanne.

»Von hier aus kann man zur Arbeit laufen, und das ist fantastisch«, sagte Joanne begeistert. »Man spart ein Pfund zehn für den Bus.«

Lisa nickte.

»Das sind zwei Pfund zwanzig am Tag.«

Lisa nickte wieder.

»Und das sind elf Pfund in der Woche.«

Diesmal kam Lisas Nicken eher zögernd.

»Insgesamt sind das vierundvierzig Pfund im Monat. Über fünfhundert Pfund im Jahr. Ach ja, die Miete. Ich nehme eine Monatsmiete als Kaution, zwei Monate im Voraus, und zweihundert Pfund zur Sicherheit, falls Sie abhauen und mir eine riesige Telefonrechnung dalassen.«

»Aber –«

»Und normalerweise kriege ich von Ihnen dreißig Pfund in der Woche für Lebensmittel. Milch, Brot, Butter, diese Sachen.«

»Ich trinke keine Milch –«

»Aber für den Tee!«

»Ich trinke keinen Tee. Ich esse auch kein Brot. Und Butter nehme ich nie.« Lisa legte die Hand auf ihre schlanke Hüfte und musterte Joannes ziemlich breite. »Außerdem, wie viel Milch können Sie denn für dreißig Pfund kaufen? Sie halten mich wohl für blöd.«

Als Lisa wieder auf der Straße stand, war sie deprimiert. Sie vermisste London so sehr. Dublin und die ganze Wohnungssuche waren ihr zuwider. Sie hatte eine schöne Wohnung in Ladbroke Grove und würde alles darum geben, wenn sie da jetzt sein könnte.

Und wieder wurde sie von einem Gefühl der Erschöpfung und der Fremdheit übermannt. In London war sie fest verwoben mit dem eleganten Leben ihrer Szene, aber hier kannte sie niemanden. Und wollte auch niemanden kennen.

Sie fand die Menschen so furchtbar. Niemand kam pünktlich in diesem schrecklichen Land, und irgendjemand hatte sogar die Dreistigkeit gehabt zu sagen: »Der Mann, der die Zeit gemacht hat, hat viel davon gemacht.« Als Zeitschriftenredakteurin war es *ihr* Privileg, zu spät zu kommen.

Niedergeschlagen machte sie sich auf den Weg zu ihrem grausigen Hotel und wünschte sich, Trix hätte für heute Abend ein Essen mit einem halbwegs berühmten Menschen vereinbaren können.

Freie Zeit zu haben war ihr zuwider. Ihre Fähigkeit, damit umzugehen, war verkümmert. Aber so war es nicht immer gewesen – sie hatte zwar auch früher viel gearbeitet und wurde von ihrer Zielstrebigkeit getrieben, aber damals hatte es *mehr* in ihrem Leben gegeben. Das war, bevor sie angefangen hatte, immer über die Schulter zu blicken und hinter sich die Massen junger Frauen zu sehen, die jünger, smarter, zäher und ehrgeiziger waren als sie, woraufhin ihr Leben sich in eine einzige Tretmühle verwandelt hatte.

Am Wochenende hatte sie noch ein paar Besichtigungstermine, so würde die Zeit schnell genug vergehen. Und morgen würde sie zwei Friseure ausprobieren; bei dem einen würde sie sich die Haare tönen lassen, bei dem anderen schneiden. Der Trick bestand darin, die Friseurläden so an sich zu binden, dass sie immer einen kurzfristigen Termin bekommen konnte, wenn nicht bei dem einen, so doch bei dem anderen.

Sie schloss einen Pakt mit sich selbst. Sie würde sich ein Jahr geben, um aus diesem Witzblatt einen durchschlagenden Erfolg zu machen, dann mussten die Mächtigen bei Randolph Media einfach ihren Anteil daran erkennen und ihn honorieren. Vielleicht …

Nach drei rasch hinuntergestürzten Drinks wollte Ashling gehen, aber Trix bat sie inständig zu bleiben. »Komm schon, wir saufen uns die Hucke voll und ziehen über alle im Büro her!«

»Ich kann nicht.«

»Doch, du kannst es«, bedrängte Trix sie ernst. »Du musst es nur versuchen.«

»Das meine ich nicht.« Aber irgendwie hatte Trix Recht. Obwohl Ashling Hässliches *dachte*, sprach sie es selten aus, weil sie den nagenden Verdacht hatte, dass so etwas die Runde machen und auf sie zurückfallen würde. Allerdings hatte es keinen Zweck, das Trix zu erklären, die würde einfach nur lachen.

»Ich bin mit meiner Freundin Clodagh verabredet.«

»Sag ihr, sie soll herkommen!«

»Das geht nicht. Sie hat zwei Kinder, und ihr Mann ist in Belfast.«

Erst dann ließ Trix sie gehen.

Ashling schlängelte sich durch die Feierabendmenge und hielt ein Taxi an. Eine Viertelstunde später war sie bei Clodagh, wo sie Pizza aßen, Wein tranken und gnadenlos über Dylan herzogen.

»Mir stinkt es, wenn er zu diesen Essen und Konferenzen fährt«, beschwerte sich Clodagh. »Und ich finde, er hat viel zu viele von diesen Terminen.«

Das blieb einen Moment im Raum stehen, bis Ashling besorgt sagte: »Meinst du, er … führt was im Schilde?«

»Nein!« Clodagh kicherte. »So meine ich das nicht. Ich meine einfach nur, ich beneide ihn um seine … seine Freiheit. Ich sitze hier mit den beiden, und er ist in einem schicken Hotel und kann die Nacht ungestört schlafen und ist einfach für sich. Was würde ich nicht geben …« Sie beendete den Satz nicht.

Später, im Bett, nachdem sie ängstlich alle Türen und Fenster verriegelt hatte, dachte Clodagh über das nach, was Ashling gesagt hatte. Ob Dylan was im Schilde führte. Das würde er doch nicht tun, oder? Eine Affäre mit jemandem? Oder ab und zu eine anonyme Bettgeschichte? Schnell, leidenschaftlich und namenlos? Nein, sie wusste, dass er das nicht tun würde. Abgesehen von allem anderen würde sie ihn umbringen.

Aber irgendwie erregte sie der Gedanke, dass Dylan mit einer anderen Frau schlafen könnte. Sie dachte darüber nach und gab sich ihren Fantasien hin. Würden sie es so machen wie sie und Dylan? Oder wären sie erfindungsreicher? Wilder? Schneller? Leidenschaftlicher? Sie malte sich die Sexszenen aus, ihr Atem beschleunigte sich, und als sie so weit war, verhalf sie sich zweimal zu einem schnellen, intensiven Orgasmus. Dann schlief sie tief und zufrieden, bis sie geweckt wurde, weil Molly Pipi machen musste.

12

Ashling verbrachte den Samstagnachmittag mit einem Bummel durch die Geschäfte auf der Suche nach einem Kostüm, in dem sie schick und sexy aussehen würde. Eigentlich – dessen war sie sich jedoch nur dunkel bewusst – wollte sie so aussehen wie Lisa. Vielleicht würde das ihr Selbstvertrauen, dass sie der neuen Stelle gewachsen war, stärken und die lähmende Beklommenheit verdrängen. Doch was sie auch anprobierte, Lisas lässiger, eleganter Chic wollte sich nicht auf sie übertragen. Kurz vor Geschäftsschluss kaufte sie aus reiner Verzweiflung ein paar Sachen und machte sich müde und unzufrieden auf den Weg nach Hause.

Diesmal lag der Junge nicht vor ihrer Tür, sondern hockte auf seiner orangefarbenen Decke seitlich des Eingangs. Es war das erste Mal, dass Ashling ihn wach sah. Einige der Fußgänger warfen ihm ein Münze zu, andere streiften ihn mit Blicken, in denen sich Abscheu mit Furcht mischte, aber die meisten Leute sahen ihn tatsächlich gar nicht. Sie hatten ihn aus ihrer Wirklichkeit wegretuschiert.

Um zu ihrer Haustür zu gelangen, musste sie ganz nah an ihm vorbeigehen, war sich aber nicht sicher, welche Höflichkeitsregeln hier zur Anwendung kamen und ob sie etwas sagen sollte. Schließlich waren sie Nachbarn.

»Ehm, hallo«, murmelte sie und warf ihm einen flüchtigen Blick zu.

»Hallo«, sagte er und lächelte zu ihr rauf. Ihm fehlte ein Schneidezahn.

Als sie an ihm vorbeieilte, deutete er mit dem Kopf auf ihre glänzende Einkaufstüte. »Was Schönes gekauft?« Sie erstarrte auf halbem Weg zwischen ihm und der Tür und wollte so schnell wie möglich weg. »Ehm, nichts Besonderes. Nur ein paar Sachen fürs Büro. Was man so braucht.«

Sie hätte sich am liebsten die Zunge abgebissen. Wie sollte er wissen, was man brauchte?

»Es gibt da doch so einen Spruch.« Er kniff die Augen zusammen und dachte nach. »Man soll sich für den Job anziehen, den man gern hätte, nicht für den, den man hat, stimmt's?«

Ashling rauschte vor Verlegenheit das Blut in den Schläfen, so dass sie nicht klar denken konnte.

»Würdest du ...?« Sie ließ ihren Rucksack von der Schulter gleiten und kam nur mit Mühe an ihr Portemonnaie, weil die Tragetasche im Weg war. »Würdest du ...?«

Sie gab ihm eine Pfundmünze, die er mit einem anmutigen Nicken entgegennahm. Beschämt angesichts der Diskrepanz zwischen dem, was sie ihm gegeben hatte, und dem, was sie für eine Bluse und eine Handtasche ausgegeben hatte, die sie nicht einmal brauchte, stapfte sie die Treppe hinauf. Ich verdiene mein Geld mit harter Arbeit, dachte sie verärgert. Mit verdammt harter Arbeit, präzisierte sie, als sie an die vergangene Woche dachte. Und ich habe mir seit Ewigkeiten nichts gekauft. Außerdem ist es alles auf Kreditkarte. Und ich kann ja nichts dafür, dass er Alkoholiker ist oder heroinsüchtig. Obwohl sie fairerweise zugeben musste, dass sie keine Fahne an ihm gerochen hatte und dass er auch nicht den Eindruck machte, als stünde er unter Drogen.

Als sie sicher in ihrer Wohnung war und die Tür fest hinter sich geschlossen hatte, atmete sie auf. Ich habe Glück, dass das nicht mein Leben ist, dachte sie. Ich hätte auch auf der Straße enden können. Doch dann schalt sie sich wegen ihrer melodramatischen Gedanken. Ganz so schlimm war es für sie nie gewesen.

Sie schleuderte ihre Tasche auf den Tisch, ihre Schuhe in die Ecke und sank ermattet nieder. Und jetzt sollte sie sich in Schale werfen und mit Joy ausgehen? Wie gerne würde sie das nicht tun!

Mit Anfang dreißig erlebte man die Jugend noch einmal im Rückwärtsgang. Ihr Körper veränderte sich, und manchmal ertappte sie sich bei seltsamen, sogar beschämenden Gelüsten. Dem Wunsch, zum Beispiel, an einem Samstagabend allein zu Hause zu bleiben, in der Gesellschaft eines Videos und einer Packung Ben-und-Jerry-Popcorn.

»So lernst du nie einen Mann kennen, wenn du nicht ausgehst«, beklagte Joy sich regelmäßig.

»Ich gehe ja aus. Außerdem habe ich Ben und Jerry. Das sind die einzigen Männer, die ich brauche.«

Aber diesmal *musste* sie ausgehen. Für die erste Ausgabe von *Colleen* sollten sie und Joy in einen Salsa-Club gehen und über die Chancen berichten, dort einen Mann kennen zu lernen. Für *Woman's Place* hatte sie dergleichen nie tun müssen, und manchmal, wie zum Beispiel gerade im Moment, vermisste sie ihren alten Job sehr.

Das lag nicht nur daran, dass sie früher nie den Samstagabend für die Arbeit hatte opfern müssen, sondern auch daran, dass sie ihre Aufgaben für *Woman's Place* im Schlaf erledigen konnte, während ihr Arbeitsfeld bei *Colleen* doch ziemlich vage definiert war. Sie befürchtete, es gab nichts, wofür man sie nicht einsetzen würde, und bei dem Gedanken, dass sie eines Tages mit einer Aufgabe betraut werden würde, die sie nicht erfüllen konnte, krampfte sich ihr Magen zusammen. Ashling brauchte ein Gefühl der Sicherheit, und bei *Colleen* bestand ihre einzige Sicherheit darin, dass sie nicht wusste, was als Nächstes passieren würde. Es war nervenaufreibend!

Aufregend, verbesserte sie sich. *Und* glanzumwoben. Außerdem war es sehr lustig, mit so vielen neuen Kollegen in einem Büro zu arbeiten. Bei *Woman's Place* hatte es außer ihr nur drei Vollzeit-Mitarbeiter gegeben. Andererseits waren sie alle richtig lieb gewesen. Keine schwierigen Typen wie Lisa oder Jack Devine. Aber auch keine lustigen Typen wie Trix und Kelvin, hielt sie dagegen. Es war jetzt nicht die Zeit zu lamentieren und zu verzagen.

Sie steckte eine Tüte Popcorn in die Mikrowelle, warf sich aufs Sofa, schaltete *Blind Date* ein und betete, dass Joy nicht kommen würde. Joy war bis sechs Uhr auf gewesen und hatte mit dem Halb-Mann-halb-Dachs-Typen gespielt – vielleicht wäre sie jetzt nicht in der Verfassung auszugehen

Von wegen.

Obwohl sie nicht so gut in Form war wie sonst.

»Machst du mir einen Tee?«, fragte sie, als sie hereinkam. »Mit ganz viel Zucker.«

»So schlimm?«

»Ich hab das große Zittern. Aber es lohnt sich. Ich bin verrückt nach dem Halb-Mann-halb-Dachs-Typen, Ashling. Aber er wollte mich heute eigentlich anrufen und – o nein, die Milch schmeckt sauer. Scheiße! Ich bin bestimmt schwanger. In neun Monaten kriege ich ein Halb-Mensch-halb-Dachs-Baby.«

»Nein«, sagte Ashling, als sie die kleinen weißen Flocken in ihrer Tasse sah. »Es ist die Milch, sie ist sauer.«

Joy riss die Kühlschranktür auf und prüfte die vier Milchtüten, alle mit abgelaufenem Haltbarkeitsdatum. »Was hast du vor?«, fragte sie. »Spielst du russisches Roulette mit der Milch? Oder willst du eine Joghurtfabrik aufziehen? Hast du gegessen?«

Ashling deutete auf die halbleere Schüssel mit Popcorn.

»Du bist vielleicht 'ne Marke. In manchen Dingen bist du so gut organisiert, und in anderen ...«

»Man kann nicht alles gut können. Ich bin da sehr ausgewogen.«

»Du solltest dich mehr um dich selbst kümmern.«

»Fass dich mal an die eigene Nase!«

»Aber du kriegst Skorbut.«

»Ich nehme Vitamine. Es geht mir gut. Wo ist Ted?«

Ashling hatte Ted in den letzten Tagen kaum gesehen. Nicht nur lagen ihre Arbeitsplätze jetzt in entgegengesetzten Richtungen, so dass er sie nicht mehr auf dem Gepäckträger mitnehmen konnte, sondern er war auch damit beschäftigt, all die Mädchen zu vernaschen, die sich seit seinem erfolgreichen Auftritt für ihn interessierten. Obwohl er Ashling oft auf die Nerven gegangen war, als er dauernd in ihrer Wohnung gesessen und darüber gejammert hatte, dass er keine Freundin hatte, vermisste sie ihn jetzt und neidete ihm seine neu gefundene Unabhängigkeit.

»Du siehst ihn später noch. Wir sind zu einer Party eingeladen. Architekturstudenten. Einer von denen macht manchmal den Alleinunterhalter, es müssten also ein paar Komiker da sein. Und wo Komiker sind, treibt sich auch meistens der Halb-Mann-halb-Dachs-Typ herum!«

»Ich bin mir nicht sicher mit der Party«, meldete Ashling ihre Bedenken im Voraus an. »Besonders, wenn es Studenten sind.«

»Na, mal sehen«, sagte Joy gleich – *zu* schnell. Ashling warf ihr einen nervösen Blick zu.

»Ich kann es gar nicht glauben, dass ich mich schon wieder schminke«, sagte Joy, trug den Lippenstift schwungvoll ohne Hilfe eines Spiegels auf und presste die Lippen mit einer Routiniertheit zusammen, um die Ashling sie beneidete. »Vergiss nicht den Fotoapparat!«

Als sie auf die Straße kamen, sah Ashling sich nach dem obdachlosen Jungen um, aber er und seine orangefarbene Decke waren nirgendwo zu sehen.

»Alleinstehende Frauen und Homosexuelle.« Joy hatte die ungefähr fünfzig Menschen umfassende Menge mit einem scharfen Rundblick erfasst. »Tote Hose, aber wo wir schon hier sind, können wir uns ja auch betrinken. Wie viel hast du an Spesen?«

»Spesen?«

Joy schüttelte seufzend den Kopf.

Bevor der Club aufmachte, fand eine Tanzstunde statt. Der Tanzlehrer, »Alberto aus Kuba«, war keine große Schönheit. Bis er anfing zu tanzen. Seine Bewegungen waren elastisch und geschmeidig, anmutig und sicher, und plötzlich war er schön. Er wippte auf den Zehenspitzen, verdrehte seinen Körper, rotierte auf den Fußballen und machte die Schritte vor, die sie üben sollten.

»Was für ein Anblick«, beschwerte Joy sich verärgert.

»Schhhh!«

Ashling tanzte für ihr Leben gern. Trotz ihrer nicht vorhandenen Taille hatte sie ein gutes Rhythmusgefühl, und als die fröhliche, sonnige Musik erklang und Alberto aufforderte: »Alle mitmachen«, war sie sofort zur Stelle.

Die Schritte waren ziemlich einfach. Es kam auf die Gelenkigkeit an, mit der man sie ausführte, erkannte Ashling und war wie gebannt von Albertos geschmeidigen Hüftbewegungen.

Die meisten Teilnehmer waren plump und unbeholfen in ihren Bewegungen – Joy besonders, aufgrund von Schlafmangel und exzessivem Alkoholgenuss –, was Alberto aufrichtig bekümmerte. Ashling jedoch begriff die Schritte sehr schnell.

»War das nicht eine großartige Idee?«, sagte sie begeistert und mit glänzenden Augen zu Joy.

»Oh, hör auf!«

»Ein Lächeln für den Fotographen! Und tu so, als ob du tanzen würdest.«

Joy machte ein paar ungelenke Schritte, während Ashling einige Fotos schoss, dann übernahm Joy den Apparat.

»Versuch, ein paar Aufnahmen von den Männern zu machen, für den Artikel«, zischte Ashling ihr zu.

Nach der Tanzstunde machte der Club auf. Erfahrene Salsa- und Merengue-Tänzer kamen hereingeströmt; die Frauen trugen kurze, schwingende Röcke und hochhackige Sandalen, und die Männer wirbelten und schoben die Frauen mit unbewegten Mienen gekonnt und lässig zu der lauten Musik durch den Raum.

»Und das soll Irland sein!«, flüsterte Ashling Joy zu. »Irische Männer! Beim Tanzen! Und nicht nur das normale Rumgeschiebe nach zwölf Gläsern Guinness.«

»Richtige Männer tanzen nicht«, nörgelte Joy und wäre am liebsten gegangen.

»Diese hier schon.«

Salsa-Tanzen war eine Sache des Körperkontakts. Ashling heftete ihren Blick auf ein Paar, das eng umschlungen tanzte, als wären die beiden Körper mit Sekundenkleber verbunden. Unterhalb der Taille verschwammen die Beine in der schnellen Bewegung, doch der obere Teil war fast starr. Lende an Lende, Brust an Brust, mit seiner linken Hand hielt er ihre rechte über ihre Köpfe, und die weiche Haut ihrer Innenarme war auf der ganzen Länge aneinandergeschmiegt. Seine linke Hand lag fest in ihrem Kreuz. Während ihre Beine die komplizierten Schritte ausführten, waren ihre Blicke miteinander verschmolzen, und ihre Köpfe bewegten sich nicht.

Noch nie im Leben hatte Ashling etwas derart Erotisches gesehen. Plötzlich keimte ein Sehnen in ihr auf und war spürbar wie ein Schmerz. Von einer namenlosen Begierde erfasst, sah sie den Tänzern zu, während sie im Mund ein bittersüßes Verlangen schmeckte. Ein Verlangen wonach? Nach der harten, süßen Wärme eines männlichen Körpers?

Mag sein …

Sie schreckte aus ihren Gedanken hoch, als ein Mann sie zum Tanzen aufforderte. Er war klein und hatte eine beginnende Glatze.

»Ich habe nur eine Stunde gehabt«, sagte sie und hoffte, so zu entkommen.

Aber er versicherte ihr, er würde keine komplizierten Schritte mit ihr versuchen – und schon ging es los! Es war, als würde man mit dem Auto losbrausen, dachte Ashling. In einem Moment steht man still, im nächsten ist man in Bewegung, und das liegt nur an dem, was man mit den Füßen macht. Vorwärts und rückwärts glitten und wogten sie, er wirbelte sie von sich weg, elegant kam sie zurück in seine Arme und fiel, ohne einen Schritt auszulassen, wieder in den Rhythmus, vor und zurück, schwingend und fliegend. Sie erahnte, wie es sein könnte, wenn man die Schritte richtig gut beherrschte.

»Sehr gut«, sagte er am Ende.

»Können wir jetzt gehen?«, fragte Joy genervt, als Ashling zu ihrem Platz zurückkehrte. »Was für eine Zeitverschwendung!

Nirgendwo ein richtiger Mann. Und nur ein kurzatmiger Dickbauch zum Tanzen.«

»O bitte, nur fünf Minuten«, bettelte Joy. »Ich weiß nicht, wie die Sache mit meinem Halb-Mann-halb-Dachs-Typen steht, und er ist bestimmt hier. Bitte!«

»Fünf Minuten, Joy, ich meine das ernst, länger bleibe ich nicht.«

Wie die meisten Studentenpartys fand auch diese in dem Vorort Rathmines statt, in einem viergeschossigen Backsteinhaus aus dem 19. Jahrhundert, das in dreizehn seltsam geschnittene Wohnungen umgewandelt worden war. Es gab die üblichen hohen Räume, alte Kamine und Türen, abblätternde Farbe und einen starken Geruch nach Feuchtigkeit.

Der Erste, den Ashling beim Eintreten sah, war der begeisterte junge Mann, der ihr einen Zettel mit der Aufschrift »Bellez-moi« gegeben hatte.

»Mist«, entfuhr es ihr.

»Was?«, zischte Joy, weil sie befürchtete, Ashling habe den Halb-Mann-halb-Dachs-Typen beim Knutschen mit einer anderen Frau gesehen.

»Nichts.«

»Da drüben ist er!«, sagte Joy. Sie erspähte ihre Beute, die – ziemlich riskant in diesen billig renovierten Häusern – an der Wand lehnte. Joy machte sich los und verschwand. Ashling war plötzlich allein und warf Bellez-moi ein affektiert-entschuldigendes Lächeln zu. Statt ihn damit zu vertreiben, sah sie mit Entsetzen, dass er auf sie zukam.

»Du hast mich nicht angerufen«, sagte er.

»Mmhhm.« Sie lächelte wieder und entfernte sich.

»Warum nicht?«

Sie wollte zu einer langen Liste von Lügen ansetzen: Ich habe den Zettel verloren, ich bin taubstumm, in der Stephen's Street waren nach einem Taifun die Telefonleitungen unterbrochen …

Plötzlich wusste sie, was sie zu sagen hatte. »Ich kann kein

Französisch«, sagte sie triumphierend. Wenn das keine niet- und nagelfeste Entschuldigung war!

Er lächelte zaghaft, wie jemand, der weiß, dass er nicht erwünscht ist.

»Bestimmt bist du sehr nett und alles«, fügte sie hastig hinzu, weil sie ihm nicht wehtun wollte. »Aber ich kenne dich doch gar nicht und –«

»Und so lernst du mich auch nicht kennen, wenn du mich nicht anrufst«, sagte er freundlich.

»Ja, aber …« Dann fiel ihr etwas ein. »Ist es traditionell nicht eher so, dass der Mann die Frau um ihre Nummer bittet und sie dann anruft?«

Er hat Sommersprossen, dachte sie und überlegte, wie sie ihn loswerden könnte. Sie wollte ihre Nummer nicht einem begeisterten jungen Mann mit Sommersprossen geben. Aber er hatte schon seinen Stift gezückt und sah sie mit warmem, aufmerksamem Blick an.

Sie schluckte ihren Zorn darüber, dass sie in diese Klemme geraten war, herunter. Drückte ihn weg, vergrub ihn.

»Sechs, sieben, sieben, vier, drei, zwei –«

Sie zögerte bei der letzten Ziffer. Sollte sie »zwei« sagen, obwohl es »drei« war? Sie schwankte eine Ewigkeit.

»Drei«, sagte sie schließlich seufzend.

»Und wie heißt du?« Sein Lächeln leuchtete in dem dunklen Raum.

»Ashling.«

Wie hieß er noch? Irgendein dummer Name. Cupido, oder so was.

»… Valentine«, sagte er. »Marcus Valentine. Ich ruf dich an.«

Dies war ein Beispiel für eine Situation, in der »Ich ruf dich an« genau das bedeutete. Warum riefen die Schrecklichen immer an und die Gutaussehenden nicht?

Durch die Menge hindurch sah sie, dass Joy angeregt mit dem Halb-Mann-halb-Dachs-Typen plauderte. Gut, sie konnte also gehen. »Bis dann«, sagte sie zu Marcus.

Sie war zu alt für diese Studentenfeten. Auf dem Weg nach draußen stolperte sie fast über Ted, der mit einer knabenhaften Rothaarigen sprach. Er lächelte auf eine Weise, die Ashling nicht wiedererkannte. Es war nicht mehr die gierige Lieb-mich-Grimasse, sondern ein verhalteneres Lächeln. Sogar seine Körpersprache war eine andere. Statt sich nach vorn zu beugen, lehnte er sich zurück, so dass das Mädchen sich zu ihm beugen musste.

»Hallo.« Ashling begrüßte ihn mit einem Knuff auf den Oberarm.

»Ashling!« Erfreut versuchte er, ihr ein Bein zu stellen.

Nachdem sie sich begrüßt hatten, sagte er zu dem kleinen Rotschopf: »Suzie, das ist meine Freundin Ashling.«

Suzie nickte misstrauisch.

»Hast du was zu trinken?«, fragte Ted.

»Nein, ich bleibe nicht. Ich bin fix und fertig.«

Einen Moment lang zögerte Ted unentschlossen, bis er die beiden überraschte, indem er sagte: »Warte, ich komme mit!«

Draußen in der kalten Nachtluft sagte Ashling: »Was hast du dir dabei gedacht? Sie war scharf auf dich.«

»Man darf nicht zu interessiert erscheinen.«

Ashling spürte einen Stich. Sie und Ted hatten abwechselnd die Rolle des Weidwunden übernommen. Sein neues Selbstbewusstsein veränderte das Gleichgewicht zwischen ihnen.

»Außerdem ist sie ein Komiker-Groupie«, sagte er. »Ich werde ihr wieder über den Weg laufen.«

Samstags abends war es in Dublin aussichtslos, ein Taxi zu bekommen. Wer in einem entfernten Vorort lebte, versuchte, die Warteschlangen zu umgehen, indem er sich zu Fuß auf den Weg machte, in der Hoffnung, auf der Straße aus der Stadt raus eins der in die Stadt zurückfahrenden Taxis anzuhalten. Deswegen sahen Ashling und Ted auf dem Weg zurück in die Stadt lauter sturzbetrunkene Menschen, die ihnen entgegenwankten.

»Und wie geht es mit der neuen Arbeit?«, fragte Ted und wich einem Mann aus, der im Zickzackkurs auf ihn zusteuerte.

Ashling zögerte. »Eigentlich ist es toll. Und aufregend. Wenn ich nicht gerade Pressemitteilungen zu fotokopieren habe.«

»Hast du rausgefunden, warum die kleine Mercedes nach einem Auto benannt ist?«

»Ihre Mutter ist Spanierin. Sie ist sehr nett übrigens, wenn man mit ihr spricht«, erklärte Ashling. »Sie ist sehr still und furchtbar vornehm. Sie hat einen reichen Kerl geheiratet und bewegt sich in den entsprechenden Kreisen. Ich glaube, der Job ist nur ein Hobby für sie. Aber sie ist nett.«

»Und wie kommst du mit dem Boss-Mann zurecht, der dich nicht leiden kann?«

Ashling spürte, wie sich ihr Magen verkrampfte. »Er kann mich immer noch nicht leiden. Gestern hat er mich Little Miss Fix-it genannt, bloß weil ich ihm zwei Aspirin gegen seine Kopfschmerzen angeboten habe.«

»Der Sack. Vielleicht wart ihr in einem früheren Leben Feinde, und deswegen versteht ihr euch in diesem nicht.«

»Meinst du?«, rief Ashling. Dann sah sie Ted an, der breit grinste. »Ach so, du meinst es nicht so. Ich verstehe. Du Verzagter im Glauben. Nächstes Mal, wenn du deine Zukunft vorhergesagt haben möchtest, brauchst du gar nicht erst zu mir zu kommen.«

»'tschuldigung, Ashling«, sagte er und warf ihr vertraulich den Arm um den Hals. »Na, ich hab noch was, das wird dich aufheitern – nächsten Samstag trete ich im River Club auf. Wirst du kommen?«

»Habe ich nicht gerade gesagt, ich werde dir nicht mehr die Zukunft vorhersagen? Jetzt musst du einfach mal abwarten.«

13

Am Montag morgen trabte Craig hinter seiner Mutter her und sagte weinerlich: »Warum räumst du auf?«

Clodagh hob ein Strumpfhosenknäuel vom Boden auf und warf es in den Wäschekorb, dann machte sie sich über den Berg Klamotten auf dem Schlafzimmerstuhl her und ordnete in Windeseile Pullover in Schubladen, Bademäntel auf Bügel und alles andere – nach kurzem Zögern, es war einfach zu viel – unters Bett.

»Kommt Grandma Kelly zu Besuch?«, bedrängte Craig sie.

Er rechnete fest mit einer zustimmenden Antwort – auf einen Ausbruch dieser Art folgte in der Regel ein Besuch von Dylans Mutter.

»Nein.«

Craig blieb seiner Mutter auf den Fersen, als die sich in das vom Schlafzimmer abgehende Bad stürzte und die Toilette geräuschvoll mit der Toilettenbürste säuberte.

»Warum dann?«, ließ er nicht locker.

»Weil«, zischte sie, von der Blödheit der Frage genervt, »weil die Putzfrau kommt. – Molly, beeil dich«, brüllte sie in Richtung von Mollys Zimmer mit dem Elefantenfries, »Flor kommt gleich.«

Die Vorstellung, im Haus zu bleiben, während Flor ihre Arbeit verrichtete, war zu grässlich. Nicht nur, weil Flor unentwegt über ihre Gebärmutter reden wollte, sondern auch, weil allein ihre Anwesenheit Clodagh das schreckliche Gefühl gab, eine ausbeuterische Mittelschichtsfrau zu sein. Sie war jung und körperlich fit – das Haus von einer achtundfünfzig Jahre alten Frau mit Unterleibsproblemen putzen zu lassen war unentschuldbar.

Anfangs hatte sie versucht, dazubleiben, während Flor putzte, aber sie kam sich wie eine Ausgestoßene im eigenen Haus vor. In welches Zimmer sie auch ging, ihr schien, als würde Flor ihr jedesmal Sekunden später mit Staubsauger und Krampfadern folgen, und sie müsste sich sprachlos und stumm in die Ecke drücken.

»Ah …«, sagte sie dann mit einem unsicheren Lächeln. »Ich bin schon, eh, bin gleich weg.«

»Lassen Sie mal«, sagte Flor dann, »Sie stören mich nicht.«

Nur ein einziges Mal hatte Clodagh Flor beim Wort genommen und war sitzen geblieben und hatte, während Flor mit dem Staubsauger um sie herum saugte, ein paar Zeitschriften durchgeblättert.

Flor verlangte fünf Pfund pro Stunde. Aus Schuldgefühlen gab Clodagh ihr sechs.

Clodagh wollte Flor am liebsten gar nicht begegnen und setzte alles daran, das Haus zu verlassen, bevor Flor kam.

»Molly«, brüllte sie und raste die Treppe runter. »Beeil dich!«

In der Küche warf sie einen Blick auf die Uhr und nahm den Packen mit den Tapetenmustern. Auf die Rückseite des untersten kritzelte sie eine Notiz für Flor. Mit wenigen Strichen zeichnete sie einen Staubsauger – ein hochkant stehendes Viereck mit einer sich schlängelnden Schnur. Dann malte sie ein paar Kästchen und darüber Regentropfen. Dann malte sie zwei Pfeile – einen, der auf den Stapel Hemden auf dem Küchentisch zeigte, und einen, der auf das Staubtuch und die Möbelpolitur wies.

Flor würde also wissen, was Clodagh ihr auftrug: Sie sollte Staub saugen, die Küche wischen, die Wäsche bügeln, Staub wischen und die Möbel polieren.

Sonst noch was? Clodagh überlegte blitzschnell. Der Kater von nebenan, das war noch wichtig. Sie wollte nicht, dass Flor ihn ins Haus ließ, wie sie es in der Woche davor gemacht hatte. Tiddles Brady hatte sich so wohl gefühlt, dass er sich praktisch vor dem Fernseher räkelte, mit der Fernbedienung in der Pfote. Und als Molly und Craig ihn sahen, verliebten sie sich auf der Stelle in ihn und brüllten laut, als der Kater des Hauses verwiesen wurde. Also zeichnete Clodagh einen kleinen Kreis für den Kopf auf einem großen Kreis für den Körper und vervollständigte das Gemälde mit Ohren und Schnurrbarthaaren.

»Hol mir mal einen von deinen roten Malstiften«, sagte sie zu Molly.

Molly ging gehorsam los und kam mit einem stumpfen gelben Buntstift und einer Banane-im-Schlafrock wieder.

»Ach, ich hol ihn mir selbst. Wenn man hier was will, muss man es selbst machen.«

Clodagh murmelte vor sich hin und wühlte ärgerlich im Buntstiftkasten. Dann machte sie mit einer gewissen Genugtuung ein dickes rotes Kreuz durch die Katze. Das musste Flor doch verstehen, oder?

Nachdem Clodagh mit dem Malen fertig war, seufzte sie. Wie viel einfacher wäre es doch, wenn sie eine Putzfrau hätte, die lesen könnte!

Es hatte Wochen gedauert, bis ihr aufgefallen war, dass Flor nicht lesen konnte. Am Anfang hatte sie alle möglichen komplizierten Anweisungen für Flor aufgeschrieben und sie gebeten, bestimmte Dinge zu tun, zum Beispiel die Wäsche aus der Maschine zu nehmen, wenn der Waschvorgang beendet war, oder die Tiefkühltruhe abzutauen.

Flor erledigte die Aufträge nie, und obwohl Clodagh nachts wachlag und vor Wut nicht schlafen konnte, traute sie sich nicht, Flor zur Rede zu stellen. Trotz dieser Probleme wollte sie ihre Putzfrau nicht verlieren. Putzfrauen waren seltene Perlen, auch die schlechten.

Abgesehen davon bezweifelte Clodagh, dass sie sich in einer solchen Situation Respekt verschaffen könnte. Sie stellte sich vor, wie sie Flor mit einer Stimme, der jede Überzeugungskraft abging, zurechtwies: »Also bitte, Flor, so geht das wirklich nicht.«

Schließlich zwang sie Dylan eines Morgens, zu spät zur Arbeit zu kommen und mit Flor zu reden. Und natürlich gestand Flor Dylan, der das Einfühlungsvermögen in Person war, ihr Problem.

Dylan verstand es, mit Menschen umzugehen, und so schlug er die Lösung vor, wonach Clodagh ihre Anweisungen für Flor zeichnete.

Bei all den Schuldgefühlen und den Zeichnungen schien es fast leichter, die Hausarbeit selbst zu machen. Aber nur fast. Trotz der schwierigen Umstände genoss Clodagh den einen Morgen in der Woche, in der jeder Druck von ihr genommen war. Den Haushalt zu führen war so, als müsste sie die Brücke über den Forth anstreichen, nur noch schlimmer. Sie schaffte nie alle anfallenden Arbeiten, und kaum war etwas fertig, war es auch schon wieder fällig. Wenn der Küchenboden gewischt war – nein, gar nicht! – noch während sie ihn wischte, schlitterten die Kinder mit ihren Schuhen darüber und hinterließen breite Schmutzstreifen auf ihrem Werk. Und der Wäschekorb kam ihr vor wie das Füllhorn aus der Mythologie. Selbst wenn sie drei Maschinen gewaschen und, soweit sie wusste, jedes einzelne Kleidungsstück im Haus in der Wäsche gehabt hatte, verpuffte das gute Gefühl, etwas geschafft zu haben, in dem Moment, da sie das Schlafzimmer betrat – denn der Wäschekorb, der noch wenige Minuten zuvor leer gewesen war, hatte sich auf geheimnisvolle Weise wieder bis zum Rand gefüllt.

Wenigstens musste sie sich nicht um den Garten kümmern. Nicht, weil der gepflegt wäre. Im Gegenteil, er war eine einzige matschige Wüstenei, das Gras wuchs spärlich und war von den Kindern plattgetreten, und unter der Schaukel war ein großer kahler Fleck. Aber sie war von der Gartenarbeit befreit, bis Craig und Molly groß waren. Zum Glück. Sie hatte schreckliche Geschichten von Gärtnern aus der Hölle gehört.

Nachdem sich ihr Aufbruch immer wieder verzögert hatte – Molly wollte ihre Mütze aufsetzen, Craig musste noch einmal ins Haus, um seinen Buzz Lightyear zu holen –, scheuchte Clodagh sie in den Nissan Micra. Als sie den Schlüssel ins Zündschloss steckte, piepste Molly: »Ich muss Pipi.«

»Aber du warst doch gerade!« Clodagh war besonders genervt, weil sie Angst hatte, Flor zu begegnen.

»Muss noch mal!«

Molly hatte erst vor kurzem die Windeln abgelegt, und ihre neu erworbene Fähigkeit war immer noch sehr aufregend für sie.

»Also, dann komm!« Mit groben Handgriffen hob Clodagh Molly aus dem Kindersitz und eilte mit ihr ins Haus, wo sie die Alarmanlage, die sie eben erst eingeschaltet hatte, wieder ausschaltete.

Wie vorausgesehen, konnte Molly trotz angestrengter Miene und dem Versprechen, dass es gleich komme, kein Pipi zustande bringen. Also zurück ins Auto, und dann fuhren sie los.

Nachdem Clodagh Craig bei seiner Schule abgesetzt hatte, wusste sie nicht so recht, wohin. Normalerweise brachte sie Molly zur Kindergruppe und ging selbst für ein paar Stunden ins Fitness-Studio. Aber Molly war für eine Woche aus der Kindergruppe ausgeschlossen worden, weil sie ein anderes Kind gebissen hatte, und das Fitness-Studio hatte keine Spielgruppe für Kinder. Deshalb beschloss Clodagh, in die Stadt zu fahren und dort durch die Geschäfte zu bummeln, bis es Zeit war, nach Hause zu gehen.

Es war ein sonniger Tag, und Mutter und Tochter schlenderten die Grafton Street entlang, wo sie – auf Mollys Drängen – stehenblieben, um den Hund eines Obdachlosen zu streicheln, die Blumen an einem Blumenstand zu bewundern und zu den Klängen eines Geigenspielers zu tanzen. Die Fußgänger sahen freundlich lächelnd zu dem Kind hinunter, das mit dem rosafarbenen flauschigen Hut so niedlich aussah und sich zu der Musik bewegte.

Während sie so daherspazierten, ging Clodagh plötzlich das Herz über vor Liebe und Zärtlichkeit. Molly war so witzig, wie sie ausschritt wie eine kleine Majorin, die Brust vorgeschoben, und sich mit jedem Kind, dem sie begegneten, anfreunden wollte.

Es war nicht immer leicht, Mutter zu sein, musste Clodagh sich eingestehen, aber in Momenten wie diesem wollte sie mit niemandem auf der Welt tauschen.

Der Zeitungsverkäufer bewunderte unverhohlen die zierliche, wohlgeformte Frau mit dem kleinen Kind.

»Herald?«, fragte er hoffnungsfroh.

Clodagh sah ihn bedauernd an. »Wozu denn?«, sagte sie und erklärte dann: »Seit 1996 habe ich keine Zeit mehr, die Zeitung zu lesen.«

»Dann hat es wenig Sinn, eine zu kaufen«, stimmte der Zeitungsverkäufer ihr zu und bewunderte Clodaghs Rückenansicht, als sie weiterging.

Sie wusste, dass er ihr nachsah, und sonnte sich in der Aufmerksamkeit. Sein offener, frecher Blick weckte Erinnerungen an die Zeiten, als Männer ihr andauernd nachsahen. Es kam ihr vor, als wäre das sehr lange her, beinahe so, als wäre es einer anderen Frau passiert.

Aber was war mit ihr los? Sie war erregt, weil ein Zeitungsverkäufer ihr bewundernd nachgesehen hatte?

Du bist verheiratet, wies sie sich zurecht.

Ja, antwortete sie sich selbst, *lebendig verheiratet.*

Molly und sie verbrachten glückliche anderthalb Stunden, bis sie Stephen's Green Centre erreichten und es, nach dem Gesetz der Wahrscheinlichkeit, zu einem Streit zwischen Mutter und Tochter kommen musste. Und so war es auch: Als Clodagh sich weigerte, Molly ein zweites Eis zu kaufen, bekam Molly einen Wutausbruch, der sich gewaschen hatte. Ähnlich wie bei einem epileptischen Anfall warf sie sich auf den Boden, schlug mit dem Kopf auf die Kacheln und schrie aus vollem Hals. Clodagh versuchte, sie hochzuziehen, doch Molly wand sich wie ein Tintenfisch. »Doofe Mama!«, schrie sie, und obwohl Clodagh vor Peinlichkeit die Hitze in die Wangen schoss, zwang sie sich, ganz ruhig auf Molly einzureden und ihr zu erklären, dass sie von einem zweiten Eis Bauchweh bekommen würde, und drohte ihr an, dass sie die ganze Woche früh ins Bett gehen müsste, wenn sie sich nicht *sofort* anständig benähme.

Dutzende von Müttern mit harten Gesichtern gingen vorbei, ihre Kinder im Schlepptau, die sie ganz automatisch knufften und zerrten. »He, Jason.« Witsch! »Tamara, lass das!« Zack! »Hör auf, Zoe!« Klaps! »Wenn ich dich noch mal dabei erwische, setzt es was!« Knuff!

Mit hämischen Gesichtern lachten die Frauen über Clodaghs liberale Prinzipien. *Dieses Gör braucht eine ordentliche Tracht Prügel,* höhnten sie. *Früh ins Bett, so ein Unsinn. Ein paar hinter die Löffel, das ist die einzige Sprache, die sie verstehen.*

Clodagh und Dylan hatten beschlossen, ihre Kinder nie zu schlagen. Aber als Molly anfing, Clodagh zu treten, zerrte Clodagh das Kind vom Boden hoch und versetzte ihm ein paar Klapse auf die nackten Beine. Plötzlich hatte sie das Gefühl, ganz Dublin würde die Luft anhalten. All die hartgesichtigen Kinderschänder waren mit einem Mal verschwunden, statt dessen sah sich Clodagh lauter anschuldigenden Blicken gegenüber. Die Umstehenden sahen alle miteinander so aus, als wären sie Vertreter des Kinderschutzbundes.

Die Schamesröte stieg Clodagh ins Gesicht. Was fiel ihr nur ein, dass sie ein kleines, wehrloses Mädchen schlug? Was war mit ihr los?

»Komm jetzt!« Hastig zog sie die brüllende Molly mit sich und war entsetzt von dem Anblick ihres Handabdrucks auf der zarten Kinderhaut. Um ihre Schuld wieder gutzumachen, kaufte Clodagh Molly das Eis, das der Auslöser für den Aufruhr gewesen war, und erhoffte sich Frieden für genau die Zeit, die Molly brauchen würde, das Eis zu lutschen.

Doch dann fing das Eis an zu schmelzen und Clodagh wurde aufgefordert, das Stoffgeschäft zu verlassen, weil Molly mit ihrer Eiswaffel an einem Stoffballen entlanggefahren war und einen langen weißen Streifen hinterlassen hatte.

Der Morgen war verdorben, und als Clodagh Molly den Eisbart von Mund und Kinn wischte, konnte sie sich des Gefühls nicht erwehren, dass das Leben einst mehr gefunkelt hatte, dass es einen gelben Schein gehabt hatte. Sie war der Zukunft immer freudig entgegengeeilt, in dem Vertrauen, dass Gutes für sie bereitstand. Und bisher war sie nie enttäuscht worden.

Sie hatte nie besonders anspruchsvolle Wünsche an das Leben gehabt und immer das bekommen, was sie wollte. Auf dem

Papier war alles perfekt – sie hatte zwei gesunde Kinder, einen guten Ehemann, keine Geldsorgen.

Doch in letzter Zeit war ihr alles wie eine unsägliche Mühsal vorgekommen. Schon seit einer geraumen Weile, wenn sie ehrlich war. Sie versuchte sich zu erinnern, wann es angefangen hatte, und als es ihr nicht einfiel, brach ihr der Schweiß aus den Poren. Der Gedanke, dass sich dieses Gefühl plötzlich als dauerhaft erweisen würde, war entsetzlich.

Von Natur aus war sie ein glücklicher, unkomplizierter Mensch – da brauchte sie sich nur mit Ashling zu vergleichen, die sich wegen der kleinsten Kleinigkeit unglücklich machte.

Aber irgendetwas hatte sich verändert. Es war noch nicht so lange her, da wurde sie von Vorfreude und Optimismus getragen. Was war plötzlich anders, was war schiefgelaufen?

14

»Soll ich Diät-Lilt nehmen oder Purdeys?«, sagte Ashling sinnend. »Ich weiß nicht.«

»Entscheide dich«, drängte Trix sie, den Stift auf das Spiralheft gerichtet. »Der Laden macht sonst zu, wenn du dich nicht beeilst.«

Obwohl das *Colleen*-Team noch keine zwei Wochen zusammen arbeitete, hatten sich schon einige Rituale eingestellt. Zweimal am Tag, vormittags und nachmittags, ging jemand für die Belegschaft einkaufen. Das durfte man nicht verwechseln mit dem Lunch-Einkauf und dem Einkauf zur Kater-Linderung.

»Hoho«, machte Trix, »hier kommt Heathcliff.«

Jack Devine betrat das Büro, mit wirren Haaren und umwölktem Gesicht.

»Ich kann mich nicht entscheiden«, sagte Ashling gequält, zwischen zwei Getränken hin und her gerissen.

»Das ist ja klar«, sagte Jack gehässig und ging dabei im gleichen Tempo weiter. »Sie sind ja auch eine *Frau*!«

Er knallte die Tür hinter sich zu, und in der Redaktion wurden mitleidig die Köpfe geschüttelt.

»Der Versöhnungslunch mit Mai war wohl keiner«, sagte Kelvin und wackelte mit seinem beringten Finger.

»Der arme Mann!«, sagte Shauna Griffin mit bebender Stimme und sah von den Fahnen der Sommerausgabe von *Gaelic Knitting* auf. »So attraktiv, und doch so unnahbar, so unglücklich.«

Shauna Griffin war groß und blond und überschritt regelmäßig die empfohlene Dosis von Mills-and-Boons-Groschenromanen.

»Unglücklich?«, fragte Ashling spöttisch. »JD? Der ist doch nur schlecht gelaunt.«

»Das ist das erste Mal, dass du etwas Hässliches über jemanden gesagt hast«, rief Trix mit heiserer Stimme. »Herzlichen Glückwunsch! Ich wusste, dass du es in dir hast! Da siehst du mal, was du erreichen kannst, wenn du es nur versuchst.«

»Diät-Lilt«, sagte Ashling in einem komischen Ton. »Und eine Tüte Buttons.«

»Weiß oder braun?«

»Weiß.«

»Geld.«

Ashling händigte ihr ein Pfund aus. Trix schrieb alles auf ihre Liste und ging zum Nächsten.

»Lisa?«, fragte Trix bewundernd. »Möchtest du etwas?«

»Hhmmm?« Lisa schrak auf. Sie war tief in Gedanken gewesen. Jack hatte erfahren, dass sie noch keine Wohnung gefunden hatte, und ihr angeboten, nach der Arbeit mit ihr das Haus eines Freundes anzusehen, das der vermieten wollte. Sie hatte nun befürchtet, er würde sich beim Lunch mit Mai wieder versöhnen, aber es sah so aus, als wäre der Weg frei ...

»Zigaretten?«, schlug Trix vor. »Kaugummi ohne Zucker?«

»Ach ja, Zigaretten.«

Die Tür öffnete sich wieder, Jack erschien; er sah sehr mitgenommen aus. Trix eilte behände zu ihrem Schreibtisch, zog geübt die Schublade auf, ließ ihre Zigaretten hineinfallen und schob die Schublade wieder zu. Jack strich zwischen den Schreibtischen umher, aber alle hatten den Blick gesenkt. Wer geschickt genug war, ließ seine Zigarettenschachtel verschwinden. Auf Lisas Schreibtisch lag neben der Maus eine offene Schachtel Silk Cut, doch obwohl Jack zögerte und beinahe stehengeblieben wäre, schlich er weiter. Alle zogen den Kopf ein, wenn Jack sich ihnen näherte. Schließlich blieb Jack bei Ashlings Schreibtisch stehen, und die anderen atmeten auf. Noch mal gutgegangen.

Gegen ihren Willen hob Ashling den Blick und sah ihn an.

Ohne zu sprechen deutete er mit dem Kopf auf ihre Schachtel Malboro. Sie nickte zögernd und hasste sich für ihre Willfährigkeit. Er war so unfreundlich zu ihr, aber wenn er Zigaretten schnorrte, dann nur von ihr. Wahrscheinlich stand ihr auf der Stirn geschrieben, dass sie sich alles gefallen lassen würde.

Sein kühler Blick ruhte auf ihr, seine Lippen schlossen sich, wie jedesmal, um die Zigarette und zogen sie langsam, sachte aus der Schachtel. Mit einer hastigen Geste reichte sie ihm ihre Streichhölzer und achtete genau darauf, ihn nicht zu berühren. Ohne seinen Blick von ihr zu wenden, zündete er ein Streichholz an, hielt die Flamme an die Zigerette und schlug das Streichholz aus. Er richtete die Zigarette steil nach oben und zog tief daran. »Danke«, murmelte er.

»Wann kaufen Sie sich wieder Ihre eigenen Zigaretten?«, fragte Trix, da sie ihre gerettet hatte. »Wie man sieht, können Sie nicht aufhören. Und es ist nicht fair – Sie verdienen bestimmt haufenweise mehr als Ashling, aber Sie schnorren ständig Zigaretten von ihr.«

»Wirklich?« Er sah sie verdutzt an.

»Wirklich?«, fragte er an Ashling gewandt, die am liebsten von ihrem Stuhl geglitten wäre. »Das tut mir Leid, ich hatte es nicht bemerkt.«

»Es macht nichts«, murmelte sie.

Jack verschwand in seinem Büro, und Kelvin sagte trocken: »Jetzt ist er bestimmt total sauer auf sich, weil er die Arbeiter ausbeutet und ihre Zigaretten schnorrt. Jack Devine, der Held der Arbeiterklasse.«

»Möchtegern-Held der Arbeiterklasse würde eher stimmen«, höhnte Trix.

»Wie meint ihr das?«, fragte Ashling und konnte ihre Neugier nicht verhehlen.

»Er wäre gerne ein einfacher Arbeiter, mit einer ehrlichen Arbeit und einem ehrlichen Lohn.« Trix' Verachtung für derartig bescheidene Ziele war deutlich spürbar.

»Da gab's nur ein Problem«, erläuterte Kelvin, »er kam als Kind der Mittelschicht mit der Bürde aller möglichen Vorteile auf die Welt. Zum Beispiel die einer guten Schulbildung. Dann geben sie ihm auch noch einen M. A. in Kommunikationswissenschaften. Und dann«, er senkte die Stimme vielsagend, »dann beweist er plötzlich ausgezeichnete Qualitäten als Manager.«

»Hätte ihm fast das Herz gebrochen«, seufzte Trix. »Wahrscheinlich wird er von lauter Mittelschichts-Schuldgefühlen geplagt. Deswegen fragt er immer, ob es was zu reparieren gibt. Und deswegen hat er auch lauter Macho-Hobbys.«

»Welche Macho-Hobbys?«

»Na, zum Beispiel geht er segeln, das ist macho«, behauptete Trix.

»Aber nicht besonders typisch für die Arbeiterschicht, oder? Bier trinken, das ist nun wirklich macho«, sagte Kelvin. »Und es mit halbvietnamesischen Frauen zu treiben, das ist auch sehr machohaft.«

Ashling näherte sich vorsichtig Lisas Schreibtisch. »Ich möchte dich etwas fragen.«

»Nein, danke«, sagte Lisa und sah nicht einmal auf, »ich will heute nicht mit in den Pub kommen, nicht mit dir und Trix oder deiner Freundin Joy oder sonst jemandem. Und auch an keinem anderen Abend.«

Ein Kichern war zu hören, was Lisa freute.

»Das wollte ich auch nicht fragen.« Vor Verlegenheit verfärbte sich Ashlings Hals tiefrot. Sie hatte sich bemüht, zu einer Fremden in Dublin nett zu sein, aber so, wie Lisa es sagte, klang es, als ob Ashling sich in sie verliebt hätte. »Es hat mit der Arbeit zu tun. Wir könnten einen Kummerkasten machen, der etwas anders ist.«

»Inwiefern anders, Einstein?«

»Statt eines Psychologen lassen wie einen Hellseher die Antworten geben.«

Lisa überlegte. Keine schlechte Idee. Sehr im Sinne des Zeitgeists, wo doch jeder bestrebt war, seinem Leben eine spirituelle

Dimension zu geben. Sie glaubte nicht an dergleichen – ihrer Auffassung nach lag das Glück ganz in den Händen des Einzelnen –, aber das war kein Grund, den Massen spirituelle Lösungen vorzuenthalten. »Vielleicht.«

Die Erleichterung nahm die Schärfe aus Lisas Stichelei. Seitdem Ashling bei *Colleen* mitarbeitete, war sie ständig in Sorge, dass sie nicht genügend Ideen beitragen konnte. Dann hatte Ted vorgeschlagen, sie solle sich überlegen, was *sie* sich von einer Zeitschrift wünschen würde, und plötzlich hatten sich ihr die verschiedensten Ausblicke geöffnet. Alles, was mit Tarot, Reiki, Feng-Shui, Affirmationen, Engeln, weißer Magie und Zauberei zu tun hatte, interessierte sie.

Jacks Tür öffnete sich, alle warfen sich schützend auf ihre Zigaretten.

»Lisa?«, rief Jack. »Kann ich Sie kurz sprechen?«

»Natürlich.« Mit einer eleganten Bewegung stand sie vom Schreibtisch auf. Worüber er wohl sprechen wollte? Vielleicht würde er sie fragen, ob sie mit ihm ausgehen wolle.

Als er sie bat, die Tür zu schließen, wuchs ihre Erregung. Und verpuffte sofort, als er entschuldigend sagte: »Ich weiß gar nicht genau, wie ich anfangen soll.«

Er schwieg, sein attraktives Gesicht war bekümmert.

Lisa sagte gelassen: »Reden Sie einfach drauf los.«

»Wir kriegen nicht genug Anzeigenkunden«, sagte er dann unumwunden. »Niemand beißt an. Wir haben erst –« er konsultierte das Memo vor sich »– erst zwölf Prozent von unserer Zielvorgabe erreicht.«

Lisa zuckte panisch. Das war ihr noch nie passiert. Obwohl Modedesigner und Kosmetikfirmen immer Verträge außerhalb der Preislisten abschließen wollten, standen sie in der Zeit, als Lisa Chefredakteurin bei *Femme* war, Schlange, um ganzseitige Anzeigen zu schalten. Und wie jeder in der Zeitschriftenbranche weiß, verdient man mit Anzeigenkunden weit mehr als mit dem Verkauf der Zeitschrift an sich. So sollte es zumindest sein.

Wenn man Firmen nicht davon überzeugen kann, dass eine

bestimmte Zeitschrift das richtige Medium für ihre Werbung ist, geht die Zeitschrift unter. In Lisa machte sich die Angst breit. Wie würde sie es je überstehen, wenn sie mit dem Scheitern dieses totgeborenen Projekts in Verbindung gebracht wurde?

»Es ist noch viel Zeit«, sagte sie beschwichtigend.

Zögernd schüttelte er den Kopf. Es war nicht mehr viel Zeit, das wussten sie beide. *Colleen* war seit über einem Monat in der Vorproduktion, und die Anzeigenkunden hatten reichlich Zeit gehabt anzubeißen.

Lisa fühlte sich zutiefst gedemütigt. Sie wollte, dass dieser Mann sie respektierte und bewunderte, stattdessen dachte er jetzt sicher, sie sei eine Niete.

»Aber wissen die nicht …?« Sie konnte sich nicht zurückhalten.

»Wissen die was?«

Sie wollte den Satz umformulieren, aber das gelang ihr nicht. »Wissen die nicht, dass ich die Chefredakteurin bin?«

»Ihr Name hat natürlich großes Gewicht«, sagte Jack taktvoll, und als sie sah, wie unangenehm ihm die Situation war, war es für sie nicht mehr ganz so schmerzlich. »Aber es geht um einen neuen Markt, eine neue Leserschaft, es gibt keine Erfolgsgeschichte …«

»Ich dachte, Sie hätten gesagt, Margie sei ein Rottweiler und könne sogar den lieben Gott dazu überreden, eine Anzeige zu schalten.« Wenn man in die Enge getrieben wurde, war es ratsam, jemand anders die Schuld zu geben. Eine Empfehlung, die sich bisher in Lisas Laufbahn bestens bewährt hatte.

»Margie schafft es, von allen irischen Firmen Anzeigen zu bekommen«, erklärte Jack. »Aber London hat die internationalen Kosmetikfirmen und Modehäuser übernommen. Wo stehen wir denn? Welche Reportagen stehen bisher fest? Wir müssen London ein paar saftige Brocken hinwerfen, die sie potenziellen Anzeigenkunden zeigen können.«

Lisas Gesicht erstarrte zu einer weißen Maske, während sie fieberhaft überlegte. Reportagen! Sie war seit knapp zwei

Wochen bei dieser Zeitschrift, war ins kalte Wasser geworfen worden, und das in einem fremden Land. Sie hatte bis zur Erschöpfung gearbeitet, um die Sache in den Griff bekommen, und jetzt wollte man von ihr wissen, welche Reportagen feststanden!

»Nur so ungefähr«, sagte Jack mit herzzerreißender Freundlichkeit. »Es tut mir Leid, dass ich Sie in diese Situation bringe.«

»Wir könnten uns doch alle ins Besprechungszimmer setzen und zusammentragen, was der Stand der Dinge ist«, schlug Lisa vor; sie hatte weiche Knie bekommen. Wenn man bedachte, dass die meisten Menschen die Arbeit bei einer Zeitschrift für glanzumwoben hielten! Während es in Wirklichkeit eine Arbeit war, die einem Angst und Schrecken einjagte, schlaflose Nächte bescherte und weder Sicherheit gab noch Erholung gönnte. Allein die Anstrengung, jeden Monat die Auflagenzahlen zu erreichen! Und wenn man sich bis zum Äußersten verausgabt hatte, um zum Ziel zu gelangen, musste man sich umdrehen und von neuem anfangen. Man war nichts anderes als eine glorifizierte Verkäuferin.

In dem Versuch, schwungvoll zu wirken, rauschte sie aus Jacks Büro. Aber ihre Beine waren wacklig und auf ihrer Oberlippe zeigten sich Schweißperlen, als sie rief: »Alle ins Besprechungszimmer, sofort!«

Diejenigen, die nicht zum *Colleen*-Team gehörten, rieben sich fröhlich die Hände, weil sie nicht zusammengescheucht wurden.

»Also gut«, begann Lisa und bedachte alle mit einem furchteinflößenden Lächeln, um Zeit zu gewinnen. »Könntet ihr bitte Jack und mir berichten, was ihr in den letzten zwei Wochen gemacht habe. Ashling?«

»Ich habe Pressemitteilungen an alle Modehäuser verschickt und –«

»Pressemitteilungen?«, fragte Lisa sarkastisch. »Worauf vergeudest du dein Talent?«

Ein pflichtbewusstes Kichern von Trix, Gerry und Bernard.

»Unsere Leser sollen also zwei Pfund fünfzig bezahlen, um die

Pressemitteilungen von *Colleen* zu lesen? Ich spreche von Reportagen, Ashling, was für Reportagen hast du in Arbeit?«

Verwirrt von Lisas aggressivem Ton, berichtete Ashling über ihre Salsa-Expedition. Während sie die Stunde, den Lehrer und die anderen Tänzer beschrieb, entspannte Lisa sich etwas. Das klang gut.

Ermutigt von Lisas Nicken erzählte Ashling begeistert von dem Club nach der Tanzstunde. »Es war fantastisch. Es wurde ganz altmodisch getanzt, mit ausgeprägtem Körperkontakt. Es war –« Irgendwie zögerte sie, das Wort zu benutzen, weil Jack Devine im Raum war. In seiner Anwesenheit fühlte sie sich so unbehaglich. »Es war richtig *sexy*.«

»Und wie war das mit dem Kennenlernen?«, fragte Lisa und kam zur Sache. »Hast du jemanden kennen gelernt?«

Ashling wand sich. »Ich, ehm, ich habe einmal getanzt«, gab sie zu.

Während die anderen sich vorbeugten, um alle Einzelheiten zu erfahren, beobachtete Jack Devine sie durch halb geschlossene Lider.

»Wir haben nur getanzt«, wehrte Ashling ab. »Er hat mich nicht einmal nach meinem Namen gefragt.«

»Du hast Fotos gemacht«, sagte Lisa. Es war keine Frage.

Als Ashling nickte, fuhr Lisa fort: »Wir bringen das auf zwei Doppelseiten. Zweitausend Wörter so schnell wie möglich. Es soll locker und unterhaltsam sein.«

Ein schreckliches Gefühl der Unzulänglichkeit überkam Ashling. Wenn sie doch bloß noch bei *Woman's Place* wäre. Sie konnte nicht schreiben. Ihre Stärke lag darin, sich um die langweiligen Dinge zu kümmern; das machte sie wirklich fantastisch und das war auch der Grund, warum man sie bei *Colleen* genommen hatte.

Konnte nicht Mercedes den Artikel schreiben, oder einer der freien Mitarbeiter?

»Noch Fragen?« Lisa kniff den Mund mit einem sarkastischen Ausdruck zusammen.

»Nein«, flüsterte Ashling. Aber innerlich krampfte sich ihr alles vor Angst zusammen, angesichts der riesigen Aufgabe vor ihr. Joy würde ihr helfen müssen. Oder vielleicht Ted – er musste beim Landwirtschaftsministerium dauernd Berichte schreiben.

Der nächste Punkt war Trix' Spalte von dem Leben eines normalen Mädchens in der Stadt. In der ersten Ausgabe würde sie über die Gefahren des Fremdgehens berichten. Wie furchtbar es war, wenn man mit einem Jungen im Bett lag und dann der andere an der Tür klingelte und die Mutter ihn reinließ. Es war lustig, unmöglich und völlig wahr.

»Guter Gott, Patricia Quinn«, sagte Jack und schüttelte amüsiert den Kopf. »Was habe ich doch für ein behütetes Leben geführt.«

»Ich kann das nicht empfehlen«, rief Trix aus. »Er und meine Ma, die im Wohnzimmer sitzen und *Heartbeat* gucken, und ich im Schlafzimmer mit dem anderen, und ich kann ihn nicht rauslassen. Ich bin um zehn Jahre gealtert.«

»Dann sind Sie jetzt also was? Fünfundzwanzig?« Jacks Augen funkelten belustigt.

Ashling sah ihn irritiert und verwundert an. Warum ist er zu mir immer so scheußlich? Warum ist er nie fröhlich? Gerade als ihr bewusst wurde, dass sie vielleicht auch nicht besonders fröhlich war, bemerkte sie Lisas Gesicht. Eine Miene der glühenden Entschlossenheit und harten Bewunderung. Sie hat es auf ihn abgesehen, dachte Ashling, und ihr wurde ganz flau. Wenn es eine vermochte, Jack von der exotischen Mai fortzulocken, dann Lisa. Wie das wohl war, wenn man diese Macht hatte?

Dann beschrieb Lisa eine »Fun«-Spalte, die ihr eben erst eingefallen war: Eine Untersuchung der besten Hotelbetten in Irland, in der Sexyness nach Reinheit der Laken, Festigkeit der Matratzen, Platzangebot zum Vögeln und dem »Fessel-Faktor« bemessen werden sollte – schmiedeeiserne Bettgestelle oder die Pfosten eines Himmelbetts waren dazu am besten geeignet.

»Meine Güte, du bist dein Gewicht in Gold wert«, sagte Trix voller Bewunderung.

»Mercedes?« Lisas Stimme klang herausfordern.

»Am Freitag fahren wir nach Donegal, um Frieda Kielys Winterkollektion zu fotografieren«, sagte Mercedes selbstbewusst. »Das müsste eine Strecke von zwölf Seiten ergeben.«

Frieda Kiely war eine irische Modedesignerin, die sich im Ausland sehr gut verkaufte. Ihre Sachen waren wild und wunderschön. Sie verband groben irischen Tweed mit hauchdünnem Chiffon, glänzendes Ulster-Leinen mit Vierecken aus gehäkelter Seide, und sie bevorzugte gestrickte Ärmel, die bis auf den Boden reichten. Das Ganze hatte eine romantische und ungezähmte Wirkung. Etwas *zu* ungezähmt für Lisa. Wenn man schon so viel Geld ausgeben wollte – was sie natürlich nicht wollte –, dann gab sie den eleganten Linien von Mr. Gucci den Vorzug.

»Wie wär's mit einem Interview mit ihr?«, schlug Lisa vor.

Mercedes lachte. »O nein, sie ist komplett verrückt. Man kann aus ihr kein sinnvolles Wort herausbringen.«

»Genau«, fuhr Lisa sie scharf an, »das ist doch interessanter Lesestoff!«

»Du kennst sie nicht …«

»Wir zeigen exklusiv ihre Winterkollektion, da kann sie uns doch wenigstens erzählen, was sie zum Frühstück isst.«

»Aber –«

»Zeig mir, was du kannst«, blitzte Lisa sie an und parodierte damit Calvin Carter. Mercedes hätte das vielleicht eher gewürdigt, wenn sie das Zitat erkannt hätte. Aber so erwiderte sie Lisas Blick mit einem bösen Funkeln.

Jack wandte sich Gerry zu. »Wie weit sind wir mit dem Titelbild?«

Lisa sah aufmerksam zu. Gerry war so still, dass sie ihn gar nicht beachtete, und folglich hatte sie keine Ahnung, ob er seine Sache gut machte. Aber Gerry zog verschiedene Vorschläge für Titelbilder hervor – drei verschiedene Mädchen, zugerichtet mit einer Auswahl von Schrifttypen und Text. Die Ausstrahlung der Bilder war erstaunlich sexy und fröhlich.

»Ausgezeichnet«, sagte Jack begeistert.

Dann wandte er sich wieder Lisa zu. »Nimmt die Starkolumne Form an?«

»Ich bin noch dabei«, sagte Lisa mit einem glatten Lächeln. Bono und die Corrs hatten auf ihre Anfrage nicht reagiert. »Aber noch interessanter finde ich die Idee, obwohl wir eine Frauenzeitschrift sind und fünfundneunzig Prozent der Leser Frauen sein werden, eine Kolumne in *Colleen* zu haben, die von einem Mann geschrieben wird, und ich glaube auch, dass da ein echtes Bedürfnis besteht.«

Moment mal, dachte Ashling, ganz konsterniert, *das war meine Idee ...*

Ihr Mund ging auf und zu, während Lisa, ohne sie zu beachten, fortfuhr: »Es gibt da einen Komiker, und ich weiß aus sicherer Quelle, dass er im Begriff ist, ganz groß rauszukommen. Natürlich sagt er jetzt, dass er mit einer Frauenzeitschrift nichts im Sinn hat, aber ich werde ihn überreden.«

Du gemeine Ziege, dachte Ashling. *Du obergemeine, widerwärtige Ziege*. Erinnerte sich keiner der anderen an das Gespräch? Hatte niemand etwas bemerkt ...?

»Ich ...«, brachte Ashling mühsam hervor.

»Wie bitte?«, schoss Lisa mit furchteinflößender Miene zurück. Ihre Augen waren hart und kalt wie Murmeln.

Ashling, die sich noch nie besonders gut wehren konnte, murmelte nur: »Ach, nichts.«

»Das wird ein echter Hit«, sagte Lisa und lächelte Jack zu.

»Um wen geht es?«

»Marcus Valentine.«

»Ihnen ist es wohl ernst!« Jack war sichtlich angetan.

»W – wer?«, fragte Ashling, die einen Schock nach dem anderen erlitt.

»Marcus Valentine«, sagte Lisa ungeduldig. »Hast du von ihm gehört?«

Ashling nickte stumm. Der sommersprossige Kerl hatte nicht so ausgesehen, als würde er im nächsten Moment groß rauskommen. Lisa *musste* sich irren. Aber sie schien sich ihrer Sache so sicher …

»Er tritt am Samstagabend im River Club oder so ähnlich auf«, sagte Lisa. »Wir beide gehen hin, Ashling.«

»Im River Club?« Ashlings Stimme war fast so rauh wie die von Trix. »Am Samstagabend.«

»Jawohl.« Lisa konnte ihre Ungeduld kaum bezähmen.

»Mein Freund Ted tritt auch dort auf«, hörte Ashling sich sagen.

Lisa musterte sie kritisch. »Ach ja, dann kannst du mich ja gleich vorstellen.«

»Da trifft es sich ja gut, dass ich für Samstagabend nichts vorhabe«, sagte Ashling, die normalerweise kein heftiges Wort über die Lippen brachte.

»Allerdings«, pflichtete Lisa ihr bei.

Als sie das Besprechungszimmer verließen, trat Lisa zu Jack.

»Zufrieden?«, fragte sie ihn.

»Sie sind erstaunlich«, sagte er, schlichtweg beeindruckt. »Wirklich erstaunlich. Danke. Ich spreche mit London.«

»Wann wissen wir mehr?«

»Wahrscheinlich nicht vor nächster Woche. Machen Sie sich keine Sorgen, Sie haben ein paar großartige Ideen – ich nehme an, es geht alles klar. Passt Ihnen sechs Uhr für die Hausbesichtigung?«

Empört und wütend ob der Ungerechtigkeit ging Ashling zurück an ihren Schreibtisch. Sie würde nie wieder freundlich zu dieser Ziege sein. Und sie hatte Mitleid mit ihr gehabt, weil sie allein in einem fremden Land war. Sie hatte sich bemüht, Lisa ihre ständigen bissigen Bemerkungen zu verzeihen, und es damit erklärt, dass sie unglücklich und einsam war. Manchmal, dachte Ashling jetzt beschämt, hatte sie sich sogar hinreißen lassen mitzulachen, wenn Lisa darüber spottete, dass Dervla dick, Mercedes behaart, Shauna Griffin das Produkt von Inzest und sie selbst zaghaft und unselbstständig war. Doch jetzt konnte Lisa Edwards vor Einsamkeit umkommen – ihr, Ashling Kennedy, war das egal.

Auf ihrem Bildschirm klebte ein gelbes Post-it mit der Mitteilung, dass »Dillon« angerufen habe. Als sie den Aufkleber abzog, knisterte die Statik. Es war doch noch nicht Oktober, oder? Dylan rief Ashling zweimal im Jahr an. Einmal im Oktober und einmal im Dezember. Und fragte sie, was er Clodagh zum Geburtstag beziehungsweise zu Weihnachten schenken sollte.

Sie rief ihn an.

»Hallo, Ashling. Hast du morgen nach der Arbeit Zeit für einen Drink?«

»Leider nicht. Ich muss einen schrecklichen Artikel schreiben. Vielleicht im Laufe der Woche? Warum, was ist los?«

»Nichts. Vielleicht muss ich zu einer Konferenz fahren. Ich melde mich, wenn ich wieder da bin.«

15

»Sind Sie so weit, Lisa?«, fragte Jack, als er zehn nach sechs an ihrem Schreibtisch auftauchte.

Die Augen ihrer klatschhungrigen Kollegen folgten ihnen, als sie zu zweit die Redaktion verließen und in den Lift stiegen.

Sie saßen noch nicht richtig im Auto, da riss Jack sich schon die Krawatte vom Hals und warf sie hinter sich auf den Rücksitz. Dann öffnete er die beiden obersten Hemdknöpfe.

»Jetzt geht's mir schon besser«, seufzte er und forderte sie auf: »Und Sie auch, ziehen Sie alles aus.«

Er verstummte, und es entstand ein verlegenes Schweigen. Das Gefühl der Peinlichkeit übertrug sich auf Lisa.

»Entschuldigung«, brummelte er, »das kam ganz falsch raus.«

Nervös fuhr er sich mit der Hand durch das unordentliche Haar, so dass es vorn in seidigen Büscheln hochstand und dann in die Stirn fiel.

»Kein Problem.« Lisa lächelte höflich, aber die Haare in ihrem Nacken hatten sich aufgerichtet. Die Vorstellung, sich vor Jack in seinem Auto auszuziehen, seine dunklen Augen auf ihrem Körper zu spüren und ihre heiße Haut in die kühlen Ledersitze zu pressen, war schockierend und aufregend.

Sie biss sich mit den Zähnen auf die Unterlippe und nahm sich vor, es wahr werden zu lassen.

Nachdem eine angemessene Zeit verstrichen war, sagte Jack: »Ich kann Ihnen ein bisschen über das Haus erzählen.« Er lenkte den Wagen durch den Dubliner Abendverkehr. »Brendan hat einen Job in den Staaten. Sein Vertrag ist auf achtzehn Monate befristet, wird aber möglicherweise verlängert werden, auf jeden

Fall können Sie in der Zeit dort wohnen. Danach muss man sehen.«

Lisa setzte sich anders hin und schwieg. Für sie war das ohne Bedeutung, denn sie hatte nicht die Absicht, in anderthalb Jahren noch da zu sein.

»Das Haus ist nicht weit weg von der South Circular Road, liegt also sehr zentral«, erklärte Jack. »Die Gegend hat sich etwas Ursprüngliches erhalten. Die Yuppies haben sie noch nicht zu Tode modernisiert.«

Lisas Erwartung erhielt einen deutlichen Dämpfer. Sie wollte *unbedingt* in einer Gegend wohnen, die die Yuppies zu Tode modernisiert hatten.

»Es gibt noch so etwas wie ein Gemeinschaftsgefühl. Viele Familien leben dort.«

Lisa war an Familien nicht interessiert. Sie wollte inmitten anderer Singles leben und in ihrem Tesco-Supermarkt attraktiven Männern begegnen, die Kettle-Chips und Chardonnay einkauften.

Benommen betrachtete sie seine Hände am Steuerrad, und der Anblick seiner Bewegungen, wie sicher er den Wagen im Griff hatte, dämpfte ein wenig ihre entstehende Missgelauntheit.

Er bog von der großen Straße ab in eine kleinere, und dann in eine noch kleinere.

An den Gehweg grenzend stand ein kleines, niedriges Cottage. Lisa warf einen Blick darauf und fand es abscheulich. Sie mochte moderne, frische, luftige Räume. Dieses Haus ließ enge, dunkle Zimmer erwarten, uralte Wasserleitungen und eine unhygienische alte Küche mit einem scheußlichen Belfast-Becken aus Porzellan.

Zögernd stieg sie aus dem Auto.

Jack ging zum Haus, steckte den Schlüssel in die Tür, schloss auf und trat zur Seite, damit Lisa eintreten konnte. Er musste den Kopf einziehen, um sich nicht am Querbalken zu stoßen.

»Holzfußböden«, stellte sie fest, als sie sich umsah.

»Brendan hat sie erst vor ein paar Monaten abschleifen lassen«, sagte Jack stolz.

Sie verkniff es sich, ihn darüber aufzuklären, dass Dielenböden passé waren und Auslegeware nach dem neuesten Trend wieder sehr gefragt.

»Das Wohnzimmer«, sagte Jack und führte sie in ein kleines Zimmer mit Eschenholzboden, in dem es ein rotes Sofa, einen Fernsehapparat und einen schmiedeeisernen Kamin gab.

»Der ist so alt wie das Haus«, sagte Jack und deutete mit dem Kopf darauf.

»Aha.« Lisa verabscheute schmiedeeiserne Kamine – sie waren so *dominierend.*

»Die Küche.« Jack ging voraus. »Kühlschrank, Mikrowelle, Waschmaschine.«

Lisa sah sich um. Wenigstens gab es Einbauschränke und ein ganz normales Aluminium-Spülbecken – lieber würde sie die Gefahr, Alzheimer zu bekommen, in Kauf nehmen, als mit einem Belfast-Becken zu leben. Aber ihre Zufriedenheit währte nur kurz, denn ihr Blick fiel auf den blanken Kieferntisch mit den vier stabilen, rustikalen Stühlen. Schweren Herzens dachte sie an den mit türkisfarbenem Resopal beschichteten Esstisch auf Rollen und die Stühle mit Drahtgeflecht, die sie in ihrer Küche in Ladbroke Grove zurückgelassen hatte.

»Er hat gesagt, der Wasserboiler funktioniert nicht richtig. Ich sehe mal eben nach.« Jacks obere Hälfte verschwand in einem Schrank, während er sich die Ärmel hochrollte und seine braunen Unterarme zeigte, in denen die Muskeln spielten, sobald er die Hände bewegte.

»Geben Sie mir mal die Zange aus der Schublade da, bitte«, sagte Jack und deutete mit dem Kopf in die Richtung. Lisa fragte sich, ob er speziell für sie einen Macho-Akt inszenierte, dann fiel ihr wieder ein, dass Trix gesagt hatte, er sei ein guter Mechaniker, und spürte, wie die Erregung in ihr aufstieg. Sie hatte schon immer eine Schwäche für Männer gehabt, die geschickt mit den Händen waren. Die nach einem langen Tag, an dem sie Reparaturen ausgeführt hatten, ölbeschmiert nach Hause kamen, sich langsam den Reißverschluss ihres Overalls aufzogen und vieldeutig sagten: »Ich hab den ganzen Tag an dich gedacht, Süße.«

Außerdem hatte sie eine Schwäche für Männer mit sechsstelligen Jahresgehältern und der Macht, sie zu befördern, auch wenn sie es nicht verdient hatte. Wie schön wäre es doch, wenn man beides kombinieren könnte!

Jack klopfte und hämmerte noch eine Weile und sagte dann: »Sieht so aus, als wäre die Zeituhr hinüber. Man kriegt also heißes Wasser, kann aber die Uhr nicht einstellen. Ich kümmere mich für Sie darum. Jetzt gucken wir uns das Badezimmer an.«

Überrascht stellte sie fest, dass das Bad den Test bestand. Das Waschen wäre nicht unbedingt eine Sache, die man in Blitzgeschwindigkeit mit einem Schwamm in der einen und der Stoppuhr in der anderen Hand erledigen musste.

»Das Bad ist schön«, gab sie zu.

»Mit der Ablage bei der Badewanne, sehr nützlich«, stimmte Jack ihr zu.

»Gerade groß genug für zwei Weingläser und eine Duftkerze«, sagte Lisa mit einem Blick, der bedeutungsvoll war. Und verschwendet, denn Jack war schon voraus ins nächste Zimmer gegangen.

»Schlafzimmer«, verkündete er.

Obwohl es größer und heller war als die anderen Zimmer, herrschte auch hier das Cottage-Gefühl vor. Das zarte Muster auf den weißen Vorhängen wurde in dem zarten Muster des Bettbezugs wieder aufgenommen, und es gab eine Fülle von Kiefernholz: eine Kiefer-Bettumrandung, ein Kieferkleiderschrank, eine Kieferkommode.

Wahrscheinlich ist sogar die Matratze aus Kiefer, dachte Lisa höhnisch.

»Von hier hat man einen Blick in den Garten«, sagte Jack und zeigte aus dem Fenster auf ein kleines Viereck mit Gras, umgeben von Büschen und blühenden Pflanzen. Lisa wurde das Herz schwer. Sie hatte noch nie einen Garten gehabt, und sie wollte auch keinen. Wie jede Frau liebte auch sie Blumen, aber nur, wenn sie ihr als großer, in Zellophan gehüllter Strauß präsentiert wurden, verziert mit einer Schleife und einer Glückwunschkarte.

Lieber wäre sie tot, als sich zu Gartenarbeit herabzulassen; die Ausrüstung war fürchterlich – Hosen mit Gummizug, lachhafte Schlapphüte, alberne Spankörbe und Michael-Jackson-Handschuhe. Ein grauenhafter Stil.

Und obwohl sie den *Femme*-Leserinnen erst letzten Juli mitgeteilt hatte, dass Gartenarbeit der Sex der Zukunft sei, glaubte sie selbst kein Wort davon. Sex war Sex. Das ganze Jahr über. Er fehlte ihr.

»Er hat irgendwas von einem Kräutergarten erzählt«, sagte Jack. »Sollen wir mal nachsehen?«

Er schob den Riegel an der hinteren Tür zurück und musste wieder den Kopf einziehen, um hinaustreten zu können. Sie folgte ihm, als er aufrecht über die kleine Rasenfläche schritt, und fand ihre eigene Bewunderung irgendwie komisch. Die Vögel zwitscherten in der milden Abendluft, es roch würzig nach Gras und Erde, und einen Moment lang verabscheute sie es nicht.

»Hier drüben.« Er winkte sie zu einem Beet und ging in die Hocke. Lisa wollte sich willens zeigen und hockte sich neben ihn.

»Passen Sie auf mit Ihrem Kostüm.« Er streckte schützend den Arm aus. »Nicht, dass es schmutzig wird.«

»Und was ist mit Ihrem Anzug?«

»Das ist mir völlig gleichgültig.« Er sah sie an und lächelte mit einem unerwartet schelmischen Ausdruck. Aus der Nähe sah sie, dass eine kleine Ecke an einem seiner Vorderzähne herausgebrochen war. Das machte ihn nur noch männlicher. »Wenn er voller Grasflecken ist, muss ich ihn zur Reinigung bringen, und dann kann ich ihn morgen nicht anziehen. Wäre das nicht schrecklich?«, fragte er trocken.

Lisa lachte und beugte – aus einer Laune heraus – ihren Kopf zu ihm hinüber. Sie sah, wie sich in seinen zusammenziehenden und wieder weiter werdenen Pupillen verschiedene Ausdrücke spiegelten: Verwirrung, Interesse, *großes* Interesse, dann wieder Verwirrung und schließlich Leere. Es dauerte nicht einmal eine Sekunde. Dann wandte er sich ab und fragte: »Ist das Koriander oder Petersilie?«

Eine Strähne seines Haars ringelte sich zu einer Locke, und sie wollte sie sich um den Finger drehen.

»Was meinen Sie?«, fragte er wieder.

Sie hatte ein Gefühl, als würden sie in einem Code sprechen, und blickte auf das Blatt in seiner Hand. »Ich weiß nicht.«

Er zerrieb das Blatt zwischen Daumen und Zeigefinger und hielt es ihr unter die Nase. Ganz nah.

»Riechen Sie«, befahl er.

Sie schloss die Augen und atmete ein, versuchte, den Geruch seiner Haut einzuatmen.

»Koriander«, sagte sie triumphierend. Sie wurde mit einem Lächeln von ihm belohnt, bei dem sich seine Mundwinkel nach oben rollten …

»Und da drüben ist Basilikum, Schnittlauch und Thymian«, erklärte er. »Sie können sie zum Kochen benutzen.«

»Klar«, sagte sie mit einem Lächeln. »Oder ich streu sie mir über mein Takeaway.«

Wozu sollte sie ihm etwas vormachen? Die Zeiten, in denen sie fickbegierig ihren Liebsten bekochen wollte, waren vorbei.

»Sie kochen nicht?«

Sie schüttelte den Kopf. »Keine Zeit.«

»Das höre ich ständig«, sagte er.

»Kocht, ehm, Mai?«

Großer Fehler. Jack war plötzlich verschlossen und in sich gekehrt. »Nein«, sagte er dann knapp. »Wenigstens nicht für mich«, fügte er hinzu. »Kommen Sie, gehen wir.« Dann, als sie wieder drinnen waren, fragte er: »Wie finden Sie das Haus?«

»Es gefällt mir«, log Lisa. Es war das Beste, was sie bisher zu Gesicht bekommen hatte, aber das hieß nicht viel.

»Es hat viele Vorteile«, pflichtete Jack ihr bei. »Die Miete ist angemessen, es ist eine gute Gegend, und Sie können zu Fuß zur Arbeit gehen.«

»Genau«, sagte Lisa mit einer düsteren Miene, die ihn verwirrte. »So spare ich ein Pfund zehn pro Strecke.«

»So viel? Ich habe keine Ahnung, weil ich immer mit dem Auto fahre ...«

»Das sind zwei Pfund zwanzig am Tag.«

»Sieht ganz so aus ...«

»Elf Pfund in der Woche. Wenn man das aufs ganze Leben hochrechnet, kommt ziemlich viel zusammen.« Als Lisa sah, dass Jack eine höfliche Miene zu ihren Ausführungen machte, fing sie an zu lachen und erzählte ihm von ihrer Erfahrung mit Joanne. Dann erzählte sie ihm von den anderen schrecklichen Wohnungen, die sie besichtigt hatte. Von dem Mann in Lansdown Park, der eine Schlange als Haustier im Wohnzimmer frei herumkriechen ließ, von dem Haus in Ballsbridge, das so unordentlich war, dass man denken konnte, die Einbrecher seien gerade dagewesen.

»Nun ja, Sie können sofort einziehen«, bot Jack ihr an.

Er stand auf und fing an, mit dem Wechselgeld in seiner Hosentasche zu klimpern – ein Zeichen, das Lisa aus alten Zeiten vertraut war. So machten Männer sich Mut, um sie zu einem Drink einzuladen. Sie sah die Unentschlossenheit in seinen Augen, und in der Körperhaltung drückte sich seine Sprungbereitschaft aus.

Nun mach schon, drängte sie still.

Dann war sein Blick wieder klar, und die Spannung fiel von ihm ab. »Ich fahre Sie zurück zu Ihrem Hotel«, sagte er.

Lisa verstand. Sie spürte, dass er sich zu ihr hingezogen fühlte, und sie spürte auch seine Zurückaltung. Nicht nur arbeiteten sie zusammen, sondern er hatte auch eine Beziehung mit einer anderen Frau. Nun gut. Sie würde ihren Zauber auf ihn wirken lassen und seinen Widerstand brechen. Das würde ihr gefallen – Jack zu erobern würde sie von ihrem Kummer ablenken.

»Danke, dass Sie mir geholfen haben, eine Wohnung zu finden!« Sie lächelte Jack lieblich an.

»Es war mir ein Vergnügen«, erwiderte er. »Und melden Sie sich jederzeit, wenn Sie etwas brauchen. Ich tue alles, was ich kann, damit Ihnen der Anfang in Irland leichter fällt.«

»Danke.« Sie warf ihm wieder ein flirthaftes Lächeln zu.

»Sie sind viel zu beschäftigt und zu wichtig für *Colleen*, als dass Sie Ihre Zeit mit Wohnungsbesichtungen verschwenden sollten.«

Ach so.

Mit untergeschlagenen Beinen saß Lisa in einem Sessel, zündete sich eine Zigarette an und starrte aus dem Hotelzimmer auf die Harcourt Street. Sie spürte das Nagen leichter Schuldgefühle. So leicht, dass sie kaum bemerkbar waren, aber ihr Vorhandensein an sich war beachtenswert. Es hatte mit dieser dummen Ashling zu tun. Sie war so bemitleidenswert entsetzt gewesen, als Lisa mit ihrer, Ashlings, Idee auftrumpfte.

Aber so war das eben. Deswegen war Lisa die Chefredakteurin und Ashling machte die Drecksarbeit. Und Lisa war in absoluter Panik, sie stand am Abgrund, als Jack ihr die Situation mit den Anzeigenkunden schilderte. Mit der Angst im Nacken handelte sie immer hinterhältig und rücksichtslos.

Im Moment hatte der ursprüngliche, den Magen zu einem Knoten zusammenkrampfende Schock etwas nachgelassen. Ihr nach vorn blickender Optimismus gab ihr Hoffnung und das feste Vertrauen, dass sie so viele Anzeigenkunden finden würden, wie sie brauchten. Dennoch war es eine Tatsache, dass Lisa dafür geradestehen musste. Wenn die Zeitschrift scheiterte, dann war Lisas Leben ausgelöscht, nicht das von Ashling, so einfach war das.

Es stimmte zwar, dass alle sie für ein gemeines Luder hielten, aber sie hatten auch keine Ahnung, unter welchem Druck sie, Lisa, stand.

Mit einem langen Seufzer stieß Lisa den Rauch aus – der Gedanke an Ashlings entsetztes Gesicht ließ ihr keine Ruhe, er plagte ihr Gewissen.

Bisher war sie immer in der Lage gewesen, ihre Gefühle zu kontrollieren. Es war so leicht gewesen, sie dem höheren Ziel, ihrer Arbeit, unterzuordnen. Sie musste sich wieder in die Gewalt bekommen.

16

Täglich trafen Einladungen zu Pressevorführungen ein – alles, angefangen von neuen Lidschattenprodukten zu Geschäftseröffnungen –, die Lisa und Mercedes rücksichtslos untereinander verteilten. Als Chefredakteurin hatte Lisa die erste Wahl, aber als Mode- und Kosmetikredakteurin musste Mercedes auch zu einigen gehen dürfen. Ashling, das Aschenputtel, musste zu Hause bleiben und auf das Büro aufpassen, und Trix war viel zu weit unten in der Rangordnung und würde nie zu einem solchen Termin gehen dürfen.

»Was passiert denn da?«, fragte Trix Lisa.

»Man steht mit anderen Journalisten und ein paar berühmten Leuten rum«, sagte Lisa. »Man spricht mit den wichtigen Leuten und hört sich die Präsentation an.«

»Zu was für einer gehst du heute?«

Ein Geschäft mit dem Namen Morocco eröffnete seine erste Niederlassung in Irland. Lisa fand das völlig unwichtig; in London gab es diese Kette seit Jahren, aber der irische Franchise-Nehmer betrachtete es als großen Moment. Tara Palmer Tompkinson würde eigens aus London zu dem Empfang im Fitzwilliam Hotel kommen, dessen üppige Pracht dem Royalton abgeguckt war.

»Gibt es auch was zu essen?«, fragte Trix.

»Meistens gibt es was. Kanapees. Champagner.«

In Wahrheit hoffte Lisa aufrichtig, dass es richtiges Essen geben würde, denn sie hatte mit einer neuen Diät angefangen – statt der Sieben-Zwerge-Diät machte sie jetzt die Publicity-Diät. Das hieß, sie konnte so viel essen und trinken, wie sie wollte, *aber nur bei Publicity-Veranstaltungen*. Lisa wusste genau, wie wichtig eine schlanke Linie war, aber sie weigerte sich, wie alle anderen sklavisch eine Diät einzuhalten. Lieber baute sie in ihre Beziehung zu Nahrungsmitteln ungewöhnliche Einschränkungen und Belohnungen ein, damit die Herausforderung immer frisch und interessant blieb.

»Champagner!« Wenn Trix aufgeregt war, wurde ihre Stimme noch heiserer und klang wie die von Don Corleone.

»Vorausgesetzt, es ist keine Billigveranstaltung – und wenn es eine ist, dann macht man für das Produkt in der Zeitschrift keine Reklame, sondern schnappt sich seine Werbegeschenke und zieht ab.«

»Werbegeschenke!« Trix strahlte bei der Erwähnung von Dingen, die man umsonst bekam. Die sie nicht erst stehlen musste. »Was für Werbegeschenke denn?«

»Kommt drauf an.« Lisa kräuselte gelangweilt die Lippen. »Wenn es eine Kosmetikfirma ist, kriegt man normalerweise die ganze Palette von dem Make-up der Saison.«

Trix gab einen begeisterten Kiekser von sich.

»Bei einem Geschäft wie diesem, vielleicht eine Handtasche –«

»Eine Handtasche!« Das letzte Mal, dass sie eine Handtasche nicht bezahlt hatte, war vor *Jahren* gewesen, als die Sachen noch nicht elektronisch gesichert wurden.

»Oder ein Top.«

»O Mann«, rief Trix aufgeregt, »hast du ein Glück!«

Nach einer langen, nachdenklichen Pause schlug Trix in einem Unschuldston vor: »Eigentlich solltest du Ashling mal mitnehmen.« Nach der Pick-und-Hack-Ordnung hatte Trix erst dann eine Chance, zu einer solchen Veranstaltung zu gehen, wenn Ashling auch einmal mitgegangen war. »Sie ist schließlich stellvertretende Chefredakteurin. Sie sollte wissen, wie so was abläuft, falls du mal krank bist.«

»Aber …« Über Mercedes' Gesicht mit der glatten Olivenhaut huschte ein besorgter Ausdruck bei der Andeutung, dass jemand anders sich Zugang zu diesen heiligen Gefilden verschaffen könnte. Es gab eben nur eine begrenzte Anzahl von Gratis-Lippenstiften.

Mercedes' fühlbare Beunruhigung und ein Überbleibsel ihrer Schuldgefühle gegenüber Ashling erleichterte Lisa die Entscheidung. »Gute Idee, Trix. Meinetwegen, Ashling, du kannst heute Nachmittag mitkommen. Natürlich nur«, fügte sie hinterlistig hinzu, »wenn du Lust hast.«

Ashling hatte noch nie jemandem lange grollen können. Besonders dann nicht, wenn man etwas umsonst bekommen konnte. »Ob ich Lust hätte?«, rief sie und enttäuschte sich selbst. »Aber natürlich.«

Zum Lunch traf Lisa sich mit einer Bestseller-Autorin, die sie überreden wollte, eine regelmäßige Kolumne für *Colleen* zu schreiben. Es war ein Erfolg. Nicht nur erklärte sich die Autorin bereit, die Kolumne für ein lächerliches Honorar zu schreiben, als Gegenleistung für regelmäßige Werbung für ihre Bücher, sondern Lisa kam auch fast ungeschoren bei dem Lunch weg. Sie hatte zwar ihr Essen auf dem Teller ausgiebig hin und her geschoben, aber letztendlich hatte sie nur eine halbe Cocktail-Tomate gegessen und einen Bissen Freiland-Huhn.

Im Gefühl ihres Triumphs kam sie wieder ins Büro und war dabei, ihre Post zu sichten, als Ashling plötzlich mit Handtasche und Mantel vor ihrem Schreibtisch stand.

»Lisa«, sagte Ashling leise, »es ist halb drei, und die Einladung ist für drei Uhr. Sollten wir nicht langsam gehen?«

Lisa lachte spöttisch auf. »Regel Nummer eins – sei niemals pünktlich. Das weiß jeder! Du bist zu wichtig.«

»Wirklich?«

»Tu einfach so.« Lisa wandte sich wieder ihrem Stapel Pressemitteilungen zu. Nach einer Weile sah sie auf, weil sie Ashlings Blick auf sich geheftet spürte.

»Herr im Himmel«, rief Lisa und bereute es, Ashling eingeladen zu haben.

»Entschuldigung. Ich habe nur Angst, dass alles weg ist.«

»Was: alles weg?«

»Die Kanapees und die Werbegeschenke.«

»Ich gehe erst um drei. Du brauchst gar nicht noch mal zu fragen.«

Um Viertel nach drei griff Lisa nach ihrer Miu-Miu-Umhängetasche unter dem Schreibtisch und sagte in ungehaltenem Ton zu Ashling: »Also, dann komm!«

Die Taxifahrt durch die verstopften Straßen dauerte so lange, dass selbst Lisa anfing zu befürchten, dass die Kanapees und die Werbegeschenke weg sein könnten.

»Was ist denn jetzt?«, fragte sie gereizt, als ein Polizist seine kräftige Hand ausstreckte und sie anhielt.

»Enten«, sagte der Fahrer knapp.

Lisa fragte sich, ob »Enten« in Dublin ein Schimpfwort war, ähnlich wie »Bullen«, als Ashling ausrief: »Da, guck mal, Enten!«

Wie bitte? dachte Lisa, doch in dem Moment wanderte vor ihren verblüfften Augen eine Entenmutter mit ihren sechs Jungen quer über die Straße. Zwei Polizisten hielten den Verkehr in beide Richtungen an, damit die Entenfamilie sicher die andere Straßenseite erreichte. Lisa traute ihren Augen kaum!

»Das passiert jedes Jahr«, sagte Ashling und strahlte. »Die Enten brüten am Kanal, und wenn die Jungen groß genug sind, wandern sie auf die andere Seite zu dem See im Stephen's Green.«

»Es sind hunderte. Bringen den Verkehr glatt zum Erliegen. Es ist zum in die Luft gehen«, sagte der Taxifahrer warmherzig.

Was für eine verrückte Stadt … Lisa seufzte.

Als Lisa und Ashling vor dem Fitzwilliam Hotel ausstiegen, wehte ein kühler, frischer Wind; die Mini-Hitzewelle der vergangenen Woche war nichts weiter als eine ferne Erinnerung.

»Eine Wachsbehandlung macht noch keinen Sommer«, dachte Ashling traurig. Sie würde die Hosen wieder hervorholen, nachdem sie ihren langen Sommerrock nur einen Tag lang ausführen konnte. Dann vergaß sie das Wetter und stieß Lisa aufgeregt in die Rippen. »Guck mal! Da ist sie doch, wie heißt sie noch? Tara Palmtree Yokiemedoodle.«

Und in der Tat, es war wirklich Tara Palmtree Yokiemedoodle, die auf dem Gehweg vor dem Hotel auf und ab trippelte, während sich ein Pulk wie wild klickender Fotographen um sie herumdrängte.

»Zeig uns mal ein bisschen Bein, Tara, Schatz«, wurde sie aufgefordert.

Ashling wollte um die Menge herumgehen, aber Lisa marschierte mitten hinein in das Gedränge.

»He, wer ist die denn?«, hörte Ashling mehrere Stimmen.

Dann flötete Lisa: »Taaaraaa, Liebling, wie lange ist es her, dass wir uns gesehen haben!«, zog die widerstrebende Tara in eine Umarmung, hauchte Küsse in die Luft, und drehte sich und Tara so herum, dass sie den Fotoapparaten zugewandt waren. Die Fotographen hielten inne, ließen das Bild der Frau mit dem goldenen Teint und dem karamellfarbenen Haar, Wange an Wange mit Tara, auf sich wirken, und setzten ihr Klick-Klick-Klick mit neuem Eifer fort.

»Lisa Edwards, Chefredakteurin von *Colleen*, der neuen Frauenzeitschrift«, informierte Lisa die Fotographen und machte einen Schritt auf sie zu. »Lisa Edwards. Lisa Edwards. Ich bin eine alte Freundin von Tara.«

»Woher kennst du Tara Palmtree?«, fragte Ashling ergriffen, als Lisa zu ihr an den Rand kam, wo sie unbehelligt von den Fotographen gestanden hatte.

»Ich kenne sie gar nicht«, sagte Lisa und grinste. »Aber Regel Nummer zwei lautet: Lass dir nie eine gute Story von der Wahrheit vermasseln.«

Lisa rauschte ins Hotel, Ashling im Schlepptau. Zwei attraktive Männer kamen auf sie zu, begrüßten sie und nahmen Ashling ihr Jackett ab. Lisa weigerte sich hochmütig, ihres auch abzugeben.

»Darf ich dich kurz an Regel Nummer drei erinnern?«, murmelte Lisa etwas gereizt, als sie zu dem Empfangsraum gingen. »Wir geben *nie* unsere Jacketts ab. Du sollst den Eindruck machen, dass du sehr beschäftigt bist und nur ein paar Minuten vorbeischaust und dass sich dein eigentliches, viel interessanteres Leben woanders abspielt.«

»Entschuldigung«, sagte Ashling mit gesenktem Kopf, »das wusste ich nicht.«

Auf ging's in den Party-Raum, in dem eine durchsichtig-dünne, von Kopf bis Fuß in Morocco-Kleider gewandete Frau ihre Namen auf einer Liste abhakte und sie darum bat, sich ins Besucherbuch einzutragen.

Lisa kritzelte ein paar banale Worte auf das Blatt und gab den Stift an Ashling weiter, die strahlte und mit piepsiger Stimme fragte: »Ich auch?«

Lisa schürzte die Lippen und schüttelte warnend den Kopf. *Beruhige dich!*

»Entschuldigung«, flüsterte Ashling, schrieb dann aber in sorgfältigen Buchstaben: »Ashling Kennedy, Stellvertretende Chefredakteurin, *Colleen*.«

Lisa fuhr mit ihrem perfekt manikürten Zeigefinger an der Namensliste entlang. »Regel Nummer vier lautet, wie du ja weißt«, erklärte sie, »sieh dir die Namen an! Wer ist da?«

»Damit wir wissen, mit wem wir sprechen wollen.« Ashling hatte begriffen.

Lisa sah sie an, als wäre Ashling übergeschnappt. »Nein! Damit wir wissen, wem wir aus dem Weg gehen müssen!«

»Und wem sollten wir aus dem Weg gehen?«

Verächtlich ließ Lisa den Blick durch den Raum schweifen, in dem es von Nassauern aus der Zeitschriftenbranche nur so wimmelte. »So ungefähr jedem hier.«

Aber Ashling musste mit all dem vertraut sein. Es dämmerte Lisa, dass Ashling auch von den grundlegendsten Dingen keine Ahnung hatte. Aufs höchste alarmiert flüsterte sie: »Bist du etwa noch nie bei einer Publicity-Veranstaltung gewesen? Als du bei *Woman's Place* gearbeitet hast?«

»Wir sind nicht oft eingeladen worden«, entschuldigte Ashling sich. »Und nie zu einer so eleganten Präsentation wie dieser. Wahrscheinlich waren unsere Leser zu alt. Und *wenn* einmal ein neuer Anus-praeter-Beutel vorgestellt wurde oder ein Betreutes-Wohnen-Projekt, dann ist meistens Sally Healy gegangen.«

Ashling erwähnte allerdings nicht, dass Sally Healy eine rundliche, mütterliche Frau war, die jedem freundlich gewogen war. Sie hatte weder Lisas hartes, abweisendes Konkurrenzdenken noch ihre merkwürdigen, aggressiven Regeln.

»Siehst du den da drüben?« Ehrfürchtig deutete Ashling auf einen großen Mann, der Ähnlichkeit mit Barbies Ken aufwies. »Das ist Marty Hunter, der Fernsehsansager.«

»Den kenn ich schon«, schnaubte Lisa. »Er war gestern bei der Bailey-Präsentation und am Montag bei MaxMara.«

Daraufhin verstummte Ashling betrübt. Sie hatte sich große Hoffnungen gemacht. Sie wollte Lisa leiten und begleiten und ihr zeigen, wie nützlich sie sein konnte. Und sie hatte sich ausgemalt, dass sie sich Lisas hochgeschätzten Respekt erwerben könnte aufgrund ihrer unverzichtbaren Insider-Kenntnisse von berühmten Iren – Kenntnisse, die Lisa als Engländerin natürlich nicht haben konnte.

Aber Lisa war ihr weit voraus; sie hatte die Berühmtheiten-Situation längst im Griff und schien irritiert von Ashlings amateurhaften Hilfeversuchen.

Eine durch den Saal streifende Kellnerin blieb stehen und hielt ihnen ein Tablett entgegen. Die Speisen griffen das Thema Marokko auf: Couscous, Merguez-Würstchen, Lamm-Kanapees. Zu trinken gab es – eine Überraschung – Wodka. Nicht sehr marokkanisch, aber das störte Lisa nicht. Sie aß, so viel sie konnte, kam aber kaum dazu, richtig zuzugreifen, weil sie dauernd mit Leuten reden musste, während Ashling hinter ihr her trottete. Sprühend und charmant arbeitete Lisa sich durch den Saal. Sie gab sich ganz professionell – obwohl wenig Überraschendes dabei war.

»Immer dasselbe, immer dasselbe«, seufzte sie Richtung Ashling. »Die irische Naussaueritis – armseliges Völkchen, die meisten würden sogar zu der Eröffnung einer Dose Bohnen kommen! Womit wir auch schon bei Regel Nummer fünf wären: Nutze die Tatsache, dass du dein Jackett anhast, als Möglichkeit zur Flucht. Wenn einer zu penetrant ist, dann sagst du, du musst dein Jackett zur Garderobe bringen.«

Ein paar rehäugige Models schlenderten durch den Saal, ihre ungeformten, unentwickelten Körper in Morocco-Konfektion gekleidet. Hin und wieder manövrierte eins der PR-Mädchen ein Model in Lisas und Ashlings Blickfeld, worauf die in Bewunderung ausbrechen sollten. Ashling, mit vor Verlegenheit roten Ohren, gab sich große Mühe, aber Lisa würdigte die Models kaum eines Blickes.

»Es könnte schlimmer sein«, vertraute sie Ashling an, als wieder ein junges Mädchen seine Verrenkungen vor ihnen machte und dann weiterging. »Wenigstens zeigen sie keine Bademoden. Das gab es einmal bei einem richtigen Dinner in London – während du beim Essen warst, streckten dir sechs Mädchen ihre Pos und Titten in den Teller. Igitt.«

Dann klärte sie Ashling über das auf, was Ashling ohnehin schon zu verstehen begann: »Regel Nummer – wo sind wir jetzt? Sechs? – ist, dass es nichts umsonst gibt. Wenn du zu so einer Präsentation gehst, musst du erst alles über dich ergehen lassen. O nein, da ist dieser schleimige Typ von der Sunday Times, lass uns hier rübergehen.«

Ashling schrumpfte immer mehr zusammen angesichts Lisas enzyklopädischem Wissen über fast alle Anwesenden. Lisa war erst seit knapp zwei Wochen in Irland und hatte schon die meisten wichtigen und berühmten Menschen kennen gelernt – und abgehakt.

Mit einem aufgeklebten Lächeln im Gesicht drehte Lisa sich auf ihren Jimmy-Choo-Absätzen um. Hatte sie jemanden übersehen? Da erblickte sie einen hübschen jungen Mann, der sich unbehaglich in einem viel zu neu aussehenden Anzug wand.

»Wer ist das denn?«, fragte sie, aber Ashling wusste es auch nicht. »Dann wollen wir das mal rausfinden.«

»Wie denn?«

»Indem wir ihn fragen.« Lisa war amüsiert von Ashlings schockierter Miene.

Mit einem strahlenden Lächeln und blitzenden Augen näherte Lisa sich dem jungen Mann, und Ashling zottelte hinterher. Von nahem sah man die Pickel auf seinem Kinn.

»Lisa Edwards. *Colleen* – Frauenzeitschrift.« Sie streckte ihm ihre glatte, gebräunte Hand entgegen.

»Shane Dockery.« Gequält fuhr er sich mit dem Finger in seinen Hemdkragen.

»Von den Laddz«, ergänzte Lisa für ihn.

»Sie haben von uns gehört?«, rief er. Niemand sonst im Saal hatte eine Ahnung, wer er war.

»Na klar.« Lisa hatte eine winzige Mitteilung über die Gruppe in einer der Sonntagszeitungen gelesen und sich deren Namen, wie auch einige andere, aufgeschrieben, im Hinblick auf einen späteren Nutzen. »Sie sind die neue Boy-Group. Sie wollen erfolgreicher werden, als Take That je war.«

»Danke«, sagte er und schluckte; er hatte die Offenheit desjenigen, der noch auf den Erfolg wartet. Vielleicht hatte es sich doch gelohnt, sich in diese schrecklichen Klamotten zu quälen.

Als sie weitergingen, murmelte Lisa: »Da siehst du es. Denk dran, die anderen haben mehr Angst vor dir als du vor ihnen.«

Ashling nickte nachdenklich, und Lisa gefiel sich in der Rolle der gönnerhaften Schirmherrin, in der sie sich nach den Unmengen Wodka, die sie konsumiert hatte, umso wohler fühlte. Wo gerade von Wodka die Rede war ... Sofort tauchte eine Kellnerin an ihrem Ellbogen auf.

»Wodka ist das neue Wasser.« Lisa hob ihr Glas und trank Ashling zu.

Als Lisa genug getrunken und gegessen hatte, war es Zeit zu gehen.

»Ciao.« Lisa glitt an der Bohnenstange an der Tür vorbei.

»Danke«, sagte Ashling lächelnd. »Die Kollektion ist wunderbar, und ich bin mir sicher, *Colleen*-Leserinnen werden sich dafür begeisterrnnn!« Ashling endete ihren Satz fast mit einem Aufschrei, weil jemand sie fest in den Arm kniff. Sehr fest. Lisa.

»Danke, dass Sie gekommen sind.« Die Bohnenstange drückte

Lisa ein in Plastik verpacktes Päckchen in die Hand. »Wenn Sie bitte dieses kleine Geschenk entgegennehmen würden.«

»Oh, danke«, sagte Lisa, ohne hinzusehen, und ging weiter.

Dann wurde ein Päckchen in Ashlings begierige Hände gedrückt. Ihr Gesicht leuchtete, als sie die Fingernägel in das Plastik drückte und das Päckchen aufreißen wollte. Und wieder hätte sie fast geschrien, als sie ein zweites Mal gekniffen wurde.

»Ach so, ehm, danke.« Der intendierte lässige Klang misslang ihr.

»Mach es nicht auf«, murmelte Lisa, als sie durch die Halle gingen, um Ashlings Jackett zu holen. »Sieh es nicht einmal an! Und versprich einer PR-Frau nie, dass du was über sie in der Zeitschrift bringst. Mach dich rar!«

»Regel Nummer sieben, vermutlich«, sagte Ashling schmollend.

»Genau.«

Nachdem sie das Hotel verlassen hatten, warf Ashling Lisa einen fragenden Blick zu und sah dann auf ihr Geschenk.

»Noch nicht!«, beharrte Lisa.

»Wann denn?«

»Wenn wir um die Ecke sind. Aber nicht so schnell!«, ermahnte Lisa sie, als Ashling fast zu rennen anfing.

Kaum waren sie um die Ecke, sagte Lisa: »Jetzt!« Und sie rissen beide die Plastikverpackung auf. Es war ein T-Shirt, auf dem in großen Buchstaben Morocco quer über die Brust stand.

»Ein T-Shirt!«, schnaubte Lisa voller Verachtung.

»Ich finde es schön«, sagte Ashling. »Was machst du mit deinem?«

»Ich geh damit ins Geschäft und tausche es um gegen was Ordentliches.«

Am nächsten Tag brachten sowohl die *Irish Times* als auch der *Evening Herald* auf der ersten Seite das Bild von Taras und Lisas Umarmung.

17

Am Samstagmorgen wurde Clodagh um Viertel vor sieben von Molly geweckt. Molly stieß mit ihrem Kopf wiederholt gegen Clodaghs.

»Aufwachen, aufwachen, aufwachen«, rief sie ungeduldig. »Craig backt Kuchen.«

Kinder hatten auch ihren Nutzen, dachte Clodagh schlaftrunken und quälte sich aus dem Bett; zum Beispiel hatte sie sich seit fünf Jahren nicht den Wecker stellen müssen.

Sie hatte sich mit Ashling zum Einkaufen verabredet; Ashling wollte sich für ihren Job neu einkleiden.

»Ich finde, wir sollten früh aufbrechen«, hatte Ashling gesagt, »bevor es zu voll wird.«

»Wie früh?«

»So gegen zehn?«

»Zehn Uhr!«

»Oder elf, wenn zehn zu früh ist.«

»Zu früh? Um zehn bin ich schon studenlang wach.«

Nachdem Clodagh das Kuchengemansche weggewischt hatte, gab sie Craig ein Schälchen mit Rice Krispies, die er aber verweigerte, weil sie zu viel Milch hineingetan hatte. Also machte sie ihm ein neues Schälchen zurecht und diesmal stimmte das Verhältnis von Milch zu Rice Krispies. Dann gab sie Molly ein Schälchen mit Sugar Puffs. Als Craig Mollys Frühstück sah, schob er seine Rice Krispies von sich und erklärte, sie seien giftig. Mit lautem Löffelschlagen und viel Milchverspritzen verlangte er nach Sugar Puffs. Clodagh wischte sich einen Milchspritzer von der Wange, hob an zu einem Vortrag darüber, dass er sich entschieden habe und nun dabei bleiben müsse – und gab dann auf. Stattdessen nahm sie sein Schälchen, kippte den Inhalt in den Mülleimer und knallte den Karton mit den Sugar Puffs vor ihn auf den Tisch.

Craigs Begeisterung ließ merklich nach. Jetzt wollte er sie nicht mehr so dringend. Es war ihm zu leicht gemacht worden, es schien ihm nicht ganz richtig.

Als Clodagh sich für ihren Stadtbummel fertigmachen wollte, spürten die Kinder, dass sie etwas vorhatte. Sie klebten an ihr und ließen sie nicht los, und als Clodagh duschen wollte, bestanden beide darauf mitzukommen.

»Früher war ich es, der mit dir unter die Dusche gegangen ist«, sagte Dylan trocken, als sie wieder herauskam und sich abtrocknen wollte, während die Kinder an ihr hingen.

»Jaaa«, sagte sie nervös. Sie wollte nicht, dass er sich an ihr ausschweifendes Sexleben erinnerte. Falls er sein Geld zurückwollte. Oder schlimmer noch, falls er es wiederbeleben wollte.

»Hier, trockne sie mal ab!« Sie schob ihm Molly zu. »Ich muss mich beeilen.«

Und als Clodagh mit dem Nissan Micra rückwärts aus der Einfahrt fuhr, stand Molly an der Haustür und brüllte: »Ich will auch mit!« und weinte so herzzerreißend, dass die Nachbarn an die Fenster gestürzt kamen, um zu sehen, wer diesmal umgebracht wurde.

»Ich auch!«, stimmte Craig mit ein. »Komm wieder, Mummy, komm zurück!«

Mal hü, mal hott, dachte Clodagh, als sie in Richtung Stadt brauste. Die ganze Woche über jammerten die Kinder, dass ihre Mummy doof war und sie ihren Daddy haben wollten, und in dem Moment, da sie sich ein paar Stunden für sich gönnte, war sie der Hit der Woche und von Schuldgefühlen überflutet.

Um Viertel nach zehn trafen Ashling und Clodagh vor dem Stephen's Green Centre ein. Sie entschuldigten sich nicht fürs Zuspätkommen. Denn sie kamen nicht zu spät. Nicht nach irischen Maßstäben.

»Was hast du mit deinem Auge gemacht?«, fragte Ashling. »Du siehst aus wie der Typ in *Clockwork Orange*.«

Beunruhigt kramte Clodagh in ihrer Handtasche nach einem Spiegel. Dabei fiel eine von Mollys Spielfiguren raus.

»Hier.« Ashling hielt ihren Spiegel schon bereit.

»Das ist mein Make-up«, sagte Clodagh, als sie ihr Gesicht inspizierte. »Ich habe nur das eine Auge geschminkt. Als Craig mich beim Schminken sah, wollte er, dass ich ihn auch anmale, und danach habe ich wohl vergessen, das andere Auge zu schminken … Dylan hätte ja auch mal was sagen können, findest du nicht? Ob er mich überhaupt noch richtig ansieht?«

Als Dylans Name fiel, wurde Ashling unbehaglich. Sie würde sich am Montag nach der Arbeit auf seinen Wunsch mit ihm treffen, und irgendwie wollte sie es Clodagh nicht erzählen. Gleichzeitig mochte sie es ihr aber auch nicht verheimlichen. Aber solange sie nicht wusste, worum es ging, schien es ihr besser, nicht darüber zu sprechen. Vielleicht plante Dylan einen Überraschungsurlaub für Clodagh – es wäre nicht das erste Mal.

»Ich hab was dabei.« Ashling fischte Mascara und Lidschatten aus ihrer Handtasche.

»Deine unerschöpflichen Vorräte.« Clodagh lachte. »He! Mascara von Chanel? *Chanel*, also wirklich.«

Ashling strahlte vor Verlegenheit und Stolz. »Das hat mit meinem neuen Job zu tun. Ich habe ihn umsonst bekommen.«

Einen Moment lang konnte Clodagh sich nicht rühren. Als sie schluckte, klang es in ihren Ohren sehr laut. »Umsonst? Wie das?«

Darauf erzählte Ashling eine verworrene Geschichte von einer Frau namens Mercedes, die nach Donegal fahren musste, und einer anderen namens Lisa, die zu einem Wohltätigkeits-Lunch gegangen war, um die Highsociety von Dublin kennen zu lernen, und einer dritten namens Trix, die wie ein Spice Girl auf Freigang aussah, so dass sie, Ashling, ihre Zeitschrift *Colleen* bei der Präsentation von »Chanel Face of Autumn« vertreten musste. »Und am Schluss habe ich eine Tüte mit Werbegeschenken bekommen.«

»Das ist ja toll«, sagte Clodagh, aber es klang hohl. Sie sah Ashlings glückliches, frohes Lächeln, und natürlich *war* es auch toll. Aber wo waren die Versprechen ihres eigenen Lebens versickert?

»Komm schon, lass uns sehen, ob wir unser Plastikgeld unter die Leute bringen können«, drängte Ashling.

»Wo sollen wir anfangen?«

»Bei Jigsaw. Ich möchte nach Ersatz für meine Wunderhosen gucken, mit denen man auf der Stelle fünf Kilo schlanker aussieht; sie sind inzwischen etwas ausgebeult. Obwohl ich mir keine guten Chancen ausrechne«, sagte sie düster.

»Warum nicht? Ist dein Horoskop heute nicht so gut?«, neckte Clodagh sie.

»Es ist gar nicht so schlecht, um ehrlich zu sein, du Witzbold, aber das meine ich gar nicht. Jedesmal, wenn ich etwas finde, was mir gefällt, räumen sie es aus dem Laden, und wenn ich das nächste Mal komme, haben sie das Modell aus dem Verkehr gezogen.«

Während Ashling in einem Geschäft nach dem anderen eine enttäuschende Hose nach der anderen probierte, wanderte Clodagh durch ein fremdes Bekleidungsuniversum. Sie konnte sich nicht vorstellen, diese Sachen zu tragen.

»Guck doch nur, wie kurz diese Kleider sind!«, rief sie, dann blieb sie abrupt stehen. *Hatte sie das eben gesagt?*

»Und das sagt eine Frau, die einmal einen Kissenbezug als Kleid getragen hat.«

»Habe ich das wirklich gemacht?«

»Ach, das sind gar keine Kleider«, sagte Ashling mit einem Blick auf die Sachen, die Clodagh begutachtete. »Das sind Tuniken, die trägt man über Hosen.«

»Ich bin überhaupt nicht mehr informiert«, sagte Clodagh betreten. »Aber es passiert, ohne dass du es merkst, und plötzlich ziehst du Sachen an, auf denen man die Kotzflecken nicht so leicht sieht. Guck mich doch an«, seufzte sie und zeigte an sich in ihren schwarzen Schlaghosen und der Jeansjacke herunter.

Ashling musterte sie mit zusammengezogenen Lippen. Clodagh war vielleicht keine Modepuppe, aber Ashling würde viel darum geben, wie sie auszusehen – die kurzen, wohlgeformten Beine, die schmale Taille, die von der taillierten Jacke betont wurde, das lange, dicke Haar, das sie zusammengezwirbelt und auf dem Kopf zusammengesteckt hatte.

»Siehst du das Grün da?« Clodagh zeigte auf ein mintfarbenes Top. »Kannst du dir das in Blau vorstellen?«

»Ehm, ja«, log Ashling. Sie vermutete, es hatte mit Renovierungsideen zu tun.

»Genau in der Farbe lassen wir das Wohnzimmer tapezieren.« Clodagh strahlte. »Montag geht's los! Ich kann es kaum erwarten.«

»Schon? Das ging aber schnell. Es ist doch erst zwei Wochen her, seit du angefangen hast, dir darüber Gedanken zu machen.«

»Ich habe beschlossen, es muss sofort sein. Dieses Terrakotta geht mir auf die Nerven, und da habe ich der Firma gesagt, es sei ein Notfall.«

»Ich finde das Terrakotta schön«, erklärte Ashling. Clodagh hatte es vor nicht allzu langer Zeit auch schön gefunden.

»Es ist überhaupt nicht schön«, sagte Clodagh entschieden und wandte sich wieder den Kleidern zu. Sie wollte sich hier einen Durchblick verschaffen.

Schließlich kaufte sie ein winziges, hautenges Kleid von Oasis, das so kurz und durchsichtig war, dass selbst Trix große Augen machen würde, dachte Ashling – und es gab nicht viel, was Trix aus dem Tritt bringen würde!

»Wann hast du vor, das zu tragen?«, fragte Ashling neugierig.

»Keine Ahnung. Wenn ich Molly zur Kindergruppe bringe oder Craig zum Malen. Ich will es einfach haben, okay?« Trotzig bezahlte sie mit einer Kreditkarte, die sie als Mrs. Clodagh Kelly auswies. Ashling verspürte einen Stich – sie konnte nur annehmen, dass es Neid war. Clodagh verdiente kein eigenes Geld, aber sie hatte immer reichlich zur Verfügung.

Wäre es nicht schön, so zu leben wie sie? Und weiter ging's.

»Oh, guck mal, diese kleinen Latzhosen!«, rief Clodagh und stürzte sich in eins der schicken Kinderbekleidungsgeschäfte.

»Würde Molly darin nicht süß aussehen? Und diese Baseballmütze, die wäre doch was für Craig, oder?«

Erst als Clodagh für jedes der Kinder mehr ausgegeben hatte als für sich selbst, ließen ihre Schuldgefühle nach.

»Sollen wir irgendwo einen Kaffee trinken?«, schlug Ashling vor, als sie genug Geld ausgegeben hatten.

Clodagh zögerte. »Mir wäre ein Drink lieber.«

»Es ist erst zwölf.«

»Bestimmt machen manche schon um zehn auf.«

Ashlings Einwand bezog sich nicht darauf, aber wie auch immer.

Während also ganz Dublin sich an dem unerwartet sonnigen Samstag erfreute, Mocca latte mit doppelt entrahmter Milch trank und sich in Los Angeles wähnte, saßen Ashling und Clodagh in einem düsteren Alt-Männer-Pub, wo die anderen Gäste wie die Fleisch gewordene Warnung des Gesundheitsministeriums vor dem teuflischen Alkohol aussahen. Jedes Gesicht durchzogen mit geplatzten Äderchen.

Ashling erzählte aufgeregt von ihrem neuen Job, von den berühmten Leuten, die sie beinahe kennen gelernt hätte, von dem Gratis-T-Shirt von Morocco, und Clodaghs Stimmung sank immer tiefer, bis sie auf dem Grund ihres Gin-Tonic-Glases angekommen war. »Vielleicht sollte ich mich nach einem Job umsehen«, unterbrach sie plötzlich. »Ich hatte es immer *vor*, nachdem Craig da war.«

»Das stimmt.« Ashling wusste, dass Clodagh sich in der Defensive befand, weil sie nicht eine der Superfrauen war, die einen Vollzeitjob hatten und gleichzeitig einen Haushalt mit Kindern.

»Aber es macht einen so müde, das kannst du dir nicht vorstellen«, sagte Clodagh emphatisch. »Die Wehen und die Geburt, das ist das eine, aber niemand bereitet dich auf die schlaflosen Nächte vor. Das ist die reinste Hölle. Ich war immer müde, und wenn du aufwachst, ist es, als würdest du aus einer Narkose kommen. Ich hätte es *nie* geschafft, auch noch zu arbeiten.«

Und zum Glück war Dylans Computer-Firma so erfolgreich, dass sie es auch nicht brauchte.

»Hast du denn jetzt Zeit zu arbeiten?«, fragte Ashling.

»Ich habe sehr viel zu tun«, sagte Clodagh. »Abgesehen von den paar Stunden, die ich ins Fitness-Studio gehe, habe ich überhaupt keine Zeit für mich selbst. Obwohl ich natürlich nichts Weltbewegendes tue. Ich ziehe ihnen frische Kleider an, wenn sie sich schmutzig gemacht haben, und gucke mir ein Barney-Video nach dem anderen an. Obwohl«, sagte sie dann mit einem Glitzern in den Augen, »mit Barney ist jetzt Schluss.«

»Wie das?«

»Ich habe Molly erzählt, er ist tot.«

Ashling lachte laut.

»Dass er von einem Lastwagen überfahren worden ist«, fuhr Clodagh mit grimmiger Miene fort.

Ashlings Lachen verstummte. »Hast du das wirklich gesagt...?«

»Ja, wirklich«, sagte Clodagh spitz. »Ich hatte einfach die Nase voll von diesem Scheißkerl und den schrecklichen Gören, die dir dauernd ihre Moral unterschieben und sagen, wie du leben sollst.«

»War Molly unglücklich?«

»Sie wird es überwinden. Schlimme Sachen passieren. Hab ich Recht?«

»Aber... aber... sie ist erst zweieinhalb.«

»Ich bin auch ein Mensch«, verteidigte Clodagh sich. »Ich habe auch Rechte. Ich war im Begriff, wahnsinnig zu werden, wirklich, ich schwör's.«

Ashling war verwirrt. Aber vielleicht hatte Clodagh Recht. Von Müttern wird immer erwartet, dass sie ihre eigenen Wünsche und Bedürfnisse hintanstellen und dem Wohl der Kinder unterordnen. Vielleicht war das nicht fair.

»Manchmal frage ich mich«, seufzte Clodagh, »was das alles für einen Sinn hat. Meine Tage vergehen damit, dass ich Craig zur Schule bringe und Molly zur Kindergruppe, dass ich Molly abhole und Craig zu seiner Origami-Stunde bringe und mit Molly zur Mutter-Kind-Gruppe gehe... Ich bin doch eine Sklavin.«

»Aber Kinder großzuziehen ist die wichtigste Aufgabe, die jemand erfüllen kann«, begehrte Ashling auf.

»Aber ich unterhalte mich nie mit Erwachsenen. Außer mit anderen Müttern, und da wird immer verglichen. Du weißt, wie ich das meine – ›Mein Andrew ist nicht so weichlich wie Ihr Craig‹. Craig schlägt nie andere Kinder, und der blöde Andrew Higgins ist ein kleiner Rambo. Es ist so demütigend.«

Sie sah Ashling düster an. »In Zeitschriften lese ich Artikel über das Konkurrenzverhalten in der Arbeitswelt, aber das ist nichts verglichen mit dem, was du in einer Mutter-Kind-Gruppe erlebst.«

»Vielleicht ist es ein kleiner Trost, wenn ich dir erzähle, dass ich mir die ganze Woche mein Hirn zermartert habe, weil ich einen Artikel über die Salsa-Tanzstunde schreiben soll«, sagte Ashling. »Ich habe buchstäblich kein Auge zugetan. Solche Sorgen hast du wenigstens nicht.«

Und um Clodagh aus ihren trüben Gedanken zu helfen, sagte Ashling schließlich: »Und vor allem hast du Dylan.«

»Na ja, die Ehe ist auch nicht das Paradies.«

Ashling war nicht überzeugt. »Ich weiß, das musst du sagen. Das ist die Regel – ich habe das beobachtet. Verheiratete Frauen dürfen einfach nicht zugeben, dass sie verrückt nach ihren Ehemännern sind, es sei denn, sie sind *frisch* verheiratet. Wenn eine Gruppe verheirateter Frauen zusammensitzt, dann übertrumpfen sie sich gegenseitig mit Beschimpfungen auf ihre Männer: ›Meiner lässt immer seine schmutzigen Socken rumliegen, meiner sieht überhaupt nicht, wenn ich beim Friseur war‹. Ich glaube, es ist euch nur peinlich, dass ihr es so gut habt!«

Als sie auf die sonnenüberflutete Straße traten, hörte Ashling eine vertraute Stimme hinter sich rufen: »Salman Rushdie, Jeffrey Archer oder James Joyce?«

Es war Joy.

»Warum bist du so früh auf?«

»Ich war noch gar nicht im Bett. Hallo.« Joy nickte Clodagh

argwöhnisch zu. Clodagh und Joy mochten sich nicht besonders. Joy fand Clodagh verwöhnt, und Clodagh war eifersüchtig auf Joys Freundschaft mit Ashling.

»Also, mach schon«, drängte Joy. »Salman Rushdie, Jeffrey Archer oder James Joyce?«

»James Joyce lebendig oder im Verwesungszustand?«

»Im Verwesungszustand.«

Ashling erwog ihre Wahlmöglichkeiten, und Clodagh war anzusehen, dass sie nicht wusste, wovon die Rede war.

»James Joyce«, war Ashlings Entscheidung. »Gut, du gemeines Biest. Gerry Adams, Tony Blair oder Prince Charles?«

Joy wand sich. »O nein! Also, offensichtlich *nicht* Tony Blair. Und nicht Prince Charles. Dann bleibt ja nur Nummer eins.«

Ashling wandte sich an Clodagh. »Jetzt bist du dran.«

»Was muss ich denn machen?«

»Du denkst dir drei schreckliche Männer aus, und wir wählen den, mit dem wir schlafen wollen.«

Clodagh zögerte. »Warum macht ihr das?«

Ashling und Joy sahen sich an. Warum? Gute Frage.

»Weil … ehm … es macht Spaß.«

»Ich muss weiter«, sagte Joy und rettete die Situation. »Ich glaube, ich bin ziemlich am Ende. Bis später. Wann gehen wir in den River Club?«

»Ich habe mich mit Lisa um neun verabredet.«

»Du hast lauter Freunde, die ich nicht kenne«, sagte Clodagh und sah Joy neidisch hinterher. »Sie und diesen Ted. Ich bin lebendig begraben.«

»Warum kommst nicht mal mit? Ich frage dich andauernd.«

»Das könnte ich wirklich mal machen. Dylan kann ja zur Abwechslung mal zu Hause bleiben.«

»Oder er kommt auch mit.«

18

Ashling hatte sich geirrt – Marcus Valentine rief nicht an. Zum Glück! Sie konnte es kaum glauben.

Die ganze Woche hatte ihr Anrufbeantworter in der Wohnung gehockt und mit einer noch nicht explodierten Bombe gedroht. Wenn sie von der Arbeit nach Hause kam und das rote Licht blinkte, klopfte ihr das Herz bis zum Hals. Aber außer einer Nachricht von Cormac, dass der Container für die abgesägten Äste am Dienstag geliefert und am Freitag abgeholt werden würde, hörte sie nichts. Als sie am Samstagabend von ihrer Einkaufs-Expedition mit Clodagh nach Hause kam, wusste sie, dass sie nichts mehr zu befürchten hatte.

Doch als sie sich, anlässlich des Abends im River Club, die Fingernägel (und einen Gutteil der Finger drum herum) mit hellblauem Nagellack lackierte, fiel ihr plötzlich ein, dass Marcus sie möglicherweise unter den Zuschauern entdecken könnte. Sie hoffte nicht, sie hoffte es *inständig*. Sie hatte ihre Einkäufe auf dem Bett ausgebreitet: eine hellblaue Dreiviertel-Hose, Plateausandalen, eine weiße Wickelbluse. Vielleicht sollte sie das lieber nicht anziehen. Wäre es nicht leichtsinnig, nachdem sie so glimpflich davongekommen war, sich hübsch anzuziehen?

Aber damit würde sie sich ins eigene Fleisch schneiden. Es wären ja schließlich auch andere Menschen da.

Gegen neun kamen Ted und Joy. Joy bewunderte Ashling in ihrem scharfen pastellfarbenen Aufzug, aber Ted flüsterte aufgeregt vor sich hin: »Meine Eule hat keine Frau. Mist, das stimmt nicht! Meine Frau hat keine Nase. Nein, falsch! Mist, Mist, Mist!« Den Tränen nah, sagte er: »Wir brauchen gar nicht erst zu gehen.

Heute abend wird es ein Reinfall. Die Leute haben jetzt Erwartungen. Es war was anderes, als mich keiner kannte. Meine Eule hat keine Nase …«

Ashling gab ihm ein paar von den Notfalltropfen auf die Zunge, rieb seine Schläfen mit Lavendelöl ein und hielt ihm das Heiterkeitsgebet unter die Nase. »Lies, und wenn das nichts hilft, nehmen wir das *Desiderata.*«

»Bring mir den Glück bringenden Buddha«, sagte er, nach Luft schnappend, vom Sofa aus.

»Wie geht's dem Halb-Mann-halb-Dachs-Typen?«, fragte Ashling Joy, als sie gemeinsam die Statue zu Ted trugen.

»*Mick* geht es gut.«

Die Sache schien ernst zu sein, wenn Joy den Halb-Mann-halb-Dachs-Typen bei seinem richtigen Namen nannte. Demnächst würden sie gemeinsam die Heimwerkermärkte abklappern.

Ted ging es viel besser, nachdem er den Glück bringenden Buddha gerieben und eine trostspendende Tarotkarte aufgedeckt und Ashling ihm sein Horoskop vorgelesen hatte. (Allerdings hatte Ashling das Stier-Horoskop gelesen; das für Skorpion klang nicht so begeisternd.)

»Und ihr beiden zeigt euch heute Abend von eurer besten Seite«, sagte Ashling warnend. »Zu Lisa müsst ihr sehr nett sein.«

»Die soll sich nur nicht einbilden, dass sie von mir eine besondere Behandlung kriegt«, sagte Joy abwehrend.

»Ist sie ein ganz gemeines Biest?«, fragte Ted.

»So kann man das nicht sagen.« *Wenigstens nicht immer.* »Aber sie ist schwierig. Eine besonders schwierige Kandidatin. Kommt, wir gehen.«

Für den Abend feingemacht gingen die drei lärmend und plaudernd die Treppe hinunter. Sie fühlten sich beflügelt von dem erhebenden Samstagabend-Gefühl, dass ihre Zukunft unmittelbar bevorstünde. Der Rest ihres Lebens war im Begriff, sich ihnen zu enthüllen, und sie waren begierig vor Erwartung.

Der obdachlose Junge saß auf dem Bürgersteig, mit seiner

orangefarbenen Wolldecke, die nicht mehr sehr orangefarben war. Ashling zog den Kopf ein – jedesmal, wenn sie ihn sah, fühlte sie sich verpflichtet, ihm ein Pfund zu geben, und langsam fing sie an, sich darüber zu ärgern. Dann streifte sie ihn mit einem Blick und sah, dass er gar nicht zu ihnen hinguckte, sondern ein Buch las.

»Wartet mal, Jungs, ich muss noch eben …« Sie ging zu ihm zurück.

»Hallo!« Er sah auf, freudig überrascht, als wären sie alte Freunde und hätten sich seit Ewigkeiten nicht gesehen. »Du siehst gut aus. Gehst du aus?«

»Ehm, ja.« Sie hielt ihm eine Pfundmünze hin, die er nicht nahm.

»Wohin geht's?«

»Comedy-Show.«

»Schön«, sagte er, als ginge er dauernd zu Comedy-Shows. »Wer tritt auf?«

»Ein Marcus Valentine.«

»Er soll sehr lustig sein.« Schließlich lenkte er seinen Blick auf die Münze in ihrer Hand. »Steck die lieber weg, Ashling! Ich will nicht, dass du mir jedesmal, wenn du mich siehst, was gibst. Hinterher traust du dich nicht mehr aus deiner Wohnung.«

Ashling lachte nervös auf. In letzter Zeit hatte sie meistens, wenn sie aus dem Haus kam, darum gebetet, dass er nicht da sein möge.

»Woher weißt du, wie ich heiße?«, fragte sie und fühlte sich fast geschmeichelt.

»Weiß nicht. Vielleicht habe ich gehört, wie deine Freunde dich so genannt haben.«

Ashling verstummte, weil ihr ein merkwürdiger Gedanke gekommen war. Dann sprach sie ihn aus: »Und wie heißt du?«

»Meine Freunde nennen mich Boo«, sagte er grinsend.

»Nett, dich kennen zu lernen, Boo«, sagte sie automatisch, und bevor sie wusste, wie ihr geschah, streckte er seine schmutzige Hand aus und sie schüttelte sie.

Das aufgeschlagene, kopfüber liegende Buch in seinem Schoß war *An Encyclopaedia of Mushrooms*.

»Warum liest du *das*?«, fragte sie überrascht.

»Ich habe nichts anderes.«

Sie musste rennen, um Joy und Ted einzuholen.

»Wieder so eins von Ashlings Findelkindern«, bemerkte Ted von oben herab und hatte seine eigene Bedürftigkeit wenige Minuten zuvor komplett vergessen.

»Ach, sei still!«

Sich vorzustellen, dass er am Samstagabend auf einer kalten Straße betteln und ein Buch über Pilze lesen musste!

19

Lisa hatte gehofft, sie könnte mit Jack ein Stück weiterkommen, wenn sie ihn zu dem Abend im River Club einladen würde. Es wäre eine wunderbare Möglichkeit zu einer privaten Begegnung, getarnt als Arbeitstermin. Aber es hatte sich keine Gelegenheit ergeben, es beiläufig zu erwähnen, weil im Fersehstudio eine Krise ausgebrochen war – anscheinend passierte das andauernd – und er weder am Donnerstag noch am Freitag in die Redaktion kam, da er den Streit schlichten musste. Es bedeutete auch, dass sie auf sein Lob verzichten musste, das ihr für das Foto in der Zeitung – immerhin ein bisschen Vorab-Werbung für *Colleen* – gebührte. Sie war sauer.

Am Samstag hatte sie den Tag damit verbracht, Sachen für ihr ›neues‹ Haus zu kaufen. Sie war am Abend zuvor eingezogen und hatte das dringende Bedürfnis, die Wirkung von dem ganzen Kiefernholz ein wenig abzumildern. Allerdings waren die Geschäfte für Innenausstattung in diesem grässlichen Land so bedauernswert und deprimierend schlecht wie alles andere auch.

Niemand hatte von Rollos aus japanischem Reispapier, Duschvorhängen mit Taschen oder Türknäufen aus Glas in der Form von Blumen gehört. Sie hatte es geschafft, Ecru-Bettwäsche ausfindig zu machen, aber nicht in der richtigen Größe, und da die Ware in England bestellt werden musste, würde es ewig dauern, bis sie kam.

Als sie ›nach Hause‹ kam, musste sie eine halbe Stunde warten, bis das Wasser zum Duschen warm war. Von wegen, Jack würde die Zeituhr für sie reparieren. Männer! Sie waren doch alle gleich: große Klappe und großer Schwanz, und manchmal noch nicht mal das.

Obwohl sie nach ihrem enttäuschenden Tag bitter und verärgert war, freute sie sich dennoch darauf, den Abend auf den Spuren von Marcus Valentine zu verbringen. Wenigstens wäre es etwas Konstruktives. Seitdem die schlechte Anzeigensituation bekannt geworden war, kam es umso mehr darauf an, brillante Kolumnen für *Colleen* an Land zu ziehen.

Kurz nach neun kam sie im River Club an. Wie alles andere in Irland war auch dies eine Enttäuschung, denn der Club war kleiner und schäbiger, als sie erwartet hatte. Mit der K-Bar konnte er schon mal gar nicht mithalten.

Es war ziemlich ungewiss, ob sich die Gelegenheit zu einem Gespräch mit Marcus Valentine ergeben würde, aber für alle Fälle trug sie ihr Ich-bin-eine-ganz-normale-Frau-und-keine-furchteinflößende-Zeitschriften-Schickse-Outfit: ausgefranste Jeans mit Stickerei, Slipper-Sportschuhe, ein T-Shirt mit U-Boot-Kragen. Obwohl sie reichlich Make-up trug, war es sehr subtil und daher praktisch unsichtbar. Sie sah jung, hübsch und ansprechbar aus, als hätte sie das Erstbeste angezogen, was ihr in die Hände fiel, und nicht als hätte sie eine Stunde lang vor dem Spiegel (mit Kiefernrahmen) die Wirkung erprobt.

Sie sah sich in dem gut gefüllten Raum nach Ashling und ihren Freunden um, fand sie aber nicht; also ging sie zur Bar und bestellte sich einen Cosmopolitan. Ein Cosmopolitan war ein ultraschicker Martini-Cocktail, den man sich in der K-Bar und in Chinawhite und all den anderen topaktuellen Bars in London bestellte.

»Wie bitte?«, fragte der rundliche, rotgesichtige Barkeeper, der aus seinem Nylonhemd zu platzen drohte.

»Einen Cosmopolitan.«

»Wenn Sie die Zeitschrift wollen, dann gibt es ein Stückchen weiter einen Zeitungsladen. Wir verkaufen nur Getränke.«

Lisa überlegte, ob sie ihm erklären sollte, woraus ein Cosmopolitan besteht, dann fiel ihr ein, dass sie es selbst nicht wusste.

»Ein Glas Weißwein«, sagte sie gereizt. Womöglich hatten sie das auch nicht. Dann müsste sie dieses eklige Guinness trinken.

»Chablis oder Chardonnay?«

»Ah, ehm, Chardonnay.«

Sie zündete sich eine Zigarette an und sah sich um. Als sie die Zigarette aufgeraucht und den Wein ausgetrunken hatte, war Ashling immer noch nicht aufgetaucht.

Vielleicht ging ihre Uhr falsch. Lisas Blick wanderte zu einer Gruppe junger Männer. Sie nahm sich den attraktivsten in der Runde vor und fragte: »Wie viel Uhr ist es?«

»Zwanzig nach neun.«

»*Zwanzig nach*?« Es war später, als sie gedacht hatte.

»Hat Sie jemand versetzt?«

»Nein! Aber die Verabredung war für neun!«

Der junge Mann erkannte ihren Akzent. »Sie sind Engländerin?«

Sie nickte.

»Die kommen bald. Vor zehn sind sie allemal hier. Aber Sie müssen verstehen, bei uns ist das nur so eine Redensart, wenn wir neun Uhr sagen.«

In Lisa regte sich der blanke Zorn. Dieses beschissene Land. Sie hasste es.

»Aber wir unterhalten uns mit Ihnen, bis Ihre Freunde kommen«, bot er ihr mit einem galanten Lächeln an. Er steckte zwei Finger in den Mund und pfiff seine Freunde, die sich davongemacht hatten, wieder zurück.

»Sie brauchen ni…«, fing Lisa an.

»Das machen wir gern«, vesicherte er ihr. »Jungs«, sagte er zu seinen Freunden. »Das hier ist –« Er deutete mit der Hand auf Lisa und wartete darauf, dass sie ihren Namen sagte.

»Lisa«, sagte sie schmollend.

»Sie ist aus England. Ihre Freunde haben sich verspätet, und jetzt kommt sie sich ein bisschen verloren vor.«

»Halt dich an uns«, sagte ein kleiner, wieselartiger Jüngling. »Hol ihr was zu trinken, Declan.«

»Irische Gastfreundschaft«, murmelte Lisa verächtlich.

Die sechs jungen Männer nickten begeistert. Doch wenn sie ehrlich waren: Es hatte nichts mit der legendären irischen Gastfreundschaft zu tun und sehr viel mit Lisas karamellfarbenen Haaren, ihren schmalen Hüften und den langen braunen Beinen, die aus ihren sorgfältig ausgefransten Jeans herausragten. Wäre Lisa ein Mann, würde sie einsam und von allen ignoriert in ihr Bierglas starren.

»Ist nicht mehr nötig – hier sind sie«, sagte Lisa erleichtert, als sie Ashling zur Tür hereinkommen sah.

Als Ashling Lisa erblickte, verblasste der Glanz ihrer neuen Kleider, und sie kam sich plump und ungehobelt vor. Nervös stellte sie Joy und Ted vor und hörte dann zu ihrem Entsetzen, wie Joy sich an Lisa wandte und sagte: »Jim Davidson, Bernard Manning oder Jimmy Tarbuck – und du *musst* mit einem von ihnen schlafen.«

»Jo-oy!« Ashling stieß ihr in die Rippen. »Lisa ist meine *Chefin*!«

Aber Lisa ging sofort drauf ein, sah nachdenklich in die Ferne und sagte nach reiflicher Überlegung: »Jim Davidson. Warte mal. Des O'Connor …«

Das warf Joy ganz schön aus der Bahn.

»… Frank Carson oder … oder … Chubby Brown.« Lisa lächelte listig und kniff die Augen zu schmalen Schlitzen zusammen.

Joy grübelte einen Moment und sagte dann mit einem schweren Seufzer: »Des O'Connor, wenn's sein muss.«

Als sie sich ein paar Plätze sicherten, flüsterte Joy Ashling zu: »So schlecht ist sie doch gar nicht.«

Ted sollte als Erster auftreten, und obwohl es erst sein dritter öffentlicher Auftritt war, hatte sich schon eine kleine Fangemeinde eingestellt. Sein Gefühlsausbruch in Ashlings Wohnung war völlig überflüssig gewesen. Als er seinen Auftritt damit eröffnete, dass er in den Zuschauerraum schrie: »Meine Eule fährt nach Spanien«, rief ihm eine Gruppe von sechs studentischen Typen zu: »Sevilla?«, worauf Ted erwiderte: »Nein«, und einige Zuhörer sagten den Rest der Antwort mit ihm im Chor: »Ich hab sie geschickt.«

Ted hatte ganz viele neue Eulen-Witze, die alle wie eine Bombe einschlugen.

»Wie nennt man eine anhängliche Eule?« – »Uhu!«

»Wie nennt man eine komische Eule?« – »Kauz!«

»Wie nennt man eine Eule vor dem Traualtar?« – »Schleiereule!«

»Wie nennt man eine weinerliche Eule?« – »Eulsuse!«

»Jetzt was Politisches. Dieser Charlie Haughey – also, ich meine, wo hat der alle seine Eulen her?«

Obwohl die meisten Zuhörer sich vor Lachen krümmten, hatte Lisa Ted durchschaut. »Ich weiß, dass er dein Freund ist, aber das hier ist ein klarer Fall von des Kaisers neuem Hugo-Boss-Anzug«, sagte sie vernichtend.

»Er macht das ja nur, weil er eine Freundin finden möchte«, erklärte Ashling demütig.

»Na, dann mag es ja angehen.« Dass der Zweck die Mittel heiligte, war auch einer von Lisas Grundsätzen.

Nach Ted traten noch zwei andere Komiker auf, dann war Marcus Valentine an der Reihe. Die chemische Zusammensetzung der Luft schien sich zu verändern und aufzuladen mit einer knisternden Spannung. Als er schließlich auf die Bühne trat, wurden die Zuschauer hysterisch. Auch Ashling und Lisa waren hochgespannt, allerdings jede aus anderen Gründen.

Für einen männlichen Alleinunterhalter war Marcus Valentine eher ungewöhnlich. Seine Nummer enthielt keinerlei Anspielung auf Masturbation, Alkoholexzesse oder Ulrike Johnson. Höchst absonderlich.

Er stellte den »vom modernen Leben überwältigten Mann« dar. Der Typ, der mal eben in den Supermarkt geht, um ein Stück Butter zu holen, und ins Trudeln gerät, weil er sich nicht entscheiden kann zwischen streichfähiger Butter, Butter mit ungesättigten Fettsäuren, Butter mit mehrfach ungesättigten Fettsäuren, gesalzener Butter, ungesalzener Butter, Butter aus Magermilch, Butter aus entrahmter Milch, und Butter, die gar keine ist und nur so tut.

Er war charmant und nett, auf seine sommersprossige Art und Weise. Verwirrt und verletzbar. Und er hatte einen attraktiven Körper. Ashling registrierte all dies mit Unbehagen.

Hastig zählte sie sich all die Gründe auf, aus denen Marcus Valentine nicht in Frage kam. Erstens: seine Begeisterung. Strahlende Augen und Mangel an Zynismus waren nicht sexy. Traurig, aber wahr. Zweitens: seine Sommersprossen. Drittens: sein Interesse an ihr. Viertens: sein dummer Name.

Aber als sie zu ihm hochsah, wie er da stand mit seinen langen Beinen und der breiten Brust, merkte sie, dass sie in großer Gefahr war, gegen die Regel »Verliebe dich nie in den Mann auf der Bühne« zu verstoßen. Dazu kam die Tatsache, dass er gesagt hatte, er würde sie anrufen. Das war eine tödliche Kombination. *Ich werde nicht schwach*, sagte sie zu sich selbst, *ich werde nicht schwach …* So ähnlich, als würde man sich die Finger in die Ohren stecken und laut »Lalala, ich kann dich nicht hören« rufen.

»Schneeflocken!«, rief Marcus in den Raum; seine großen unschuldigen Augen glitten über die Köpfe. »Man sagt, es gibt keine zwei gleichen.«

Er ließ eine Pause entstehen, dann schnaubte er: »Aber woher will man das *wissen*?«

Die Leute brüllten vor Lachen, und er fragte verwirrt: »Hat man sie alle miteinander verglichen? Hat man das *überprüft*?«

Er ging zum nächsten Thema über.

»Es gab da eine junge Dame, mit der ich mich gern verabredet hätte«, erzählte Marcus den Zuhörern, die an seinen Lippen hingen.

Ob er mich meint? fragte Ashling sich.

Er ging über die Bühne und schien tief in Gedanken versunken. Das Licht der Scheinwerfer fiel auf seine straffen Oberschenkel.

»Aber das letzte Mal, als ich eine junge Dame nach ihrer Telefonnummer gefragt habe, sagte sie: ›Die steht im Telefonbuch.‹ Nur wusste ich ihren Namen nicht, und als ich sie danach fragte, sagte sie: …« Er machte eine Pause und fuhr dann mit perfektem Zeitgefühl fort: »… ›Oh, der steht auch im Telefonbuch.‹«

Lautes Lachen brach aus, ein verständnisvolles Lachen, das ausdrückte: Zum Glück geht es mir nicht allein so.

»Deswegen beschloss ich, mich ganz cool zu geben.« Er zeigte ein unbeholfenes Grinsen, und alle schmolzen dahin. »Ich dachte, ich mache es so wie Austin Powers und bitte die junge Dame, *mich* anzurufen. Also schrieb ich meinen Namen und meine Telefonnummer auf einen Zettel und überlegte, was Austin Powers wohl sagen würde.« Er schloss die Augen und legte die Fingerspitzen an die Schläfen, um zu zeigen, dass er mit Austin Powers Kontakt aufnahm.

»Und plötzlich wusste ich es. Bellez-moi!«, rief Marcus. »Genial, geschliffen, geistreich. Welche Frau würde widerstehen können? Bellez-moi!«

Ich bin berühmt. Am liebsten wäre Ashling aufgesprungen und hätte das allen zugerufen.

»Und was soll ich Ihnen sagen?« Marcus machte ein süßes, naives Gesicht und ließ den Blick über die Menge gleiten. Die Zuhörer standen in seinem Bann, sie streckten sich ihm entgegen, voller Zuneigung, während er die Stille ausdehnte und die Menschen fest im Griff seiner sommersprossigen Hand hielt. »Sie hat nicht angerufen!«

Kein Zweifel, Marcus hatte Starqualität als Verlierer-Typ.

Kaum war er von der Bühne gegangen, sprang Lisa von ihrem Platz auf. Er hatte eine Einladung zum Lunch ausgeschlagen, als Trix seinen Agenten angerufen hatte, aber Lisa hoffte, dass exzessives Schmeicheln und ihre höchsteigene Person etwas ausrichten konnten. Ashling sah, wie sie ihn am Bühnenrand abfing, und überlegte, ob sie ihr folgen sollte. Sie wollte nicht zu nah kommen, falls er sie sah. Falls er dachte …

Aber Ted wurde von seinen Fans belagert und Joy hatte gerade den Halb-Mann-halb-... hatte *Mick* im Gespräch mit einer anderen Frau gesehen und musste der Sache auf den Grund gehen. Nachdem Ashling noch eine Weile allein sitzen geblieben war, stand sie auf.

Neugierig beobachtete sie Marcus, der Lisa dabei beobachtete, wie sie ihre Show abzog. Er hatte den Kopf auf die Seite gelegt, und seine Art, die Mundwinkel fragend nach unten zu richten, war bezaubernd. Dann hörte Lisa auf zu sprechen, und er sagte etwas. Mitten in dem, was wie eine Absage aussah, blieb sein Blick an Ashling hängen, und er sprach nicht weiter.

»Hallo«, sagte er tonlos, bedachte sie mit einem strahlenden Lächeln und hielt ihre Augen mit einem warmen Blick fest. Als hätten wir eine Vereinbarung, dachte Ashling unbehaglich. Er denkt bestimmt, ich bin seinetwegen hergekommen.

Er führte die Unterhaltung fort, sah aber immer wieder zu ihr herüber, dann berührte er zum Abschied Lisas Arm und kam zu Ashling.

»Hallo mal wieder.«

»Hallo.«

»Was machst du denn hier?«

Sie zögerte einen Moment, sah dann unter ihren Wimpern hervor und sagte lächelnd: »Ich dachte, heute tritt Macy Gray auf.«

Mist! dachte sie. *Ich flirte mit ihm.*

Er lachte anerkennend. »Hat es dir gefallen?«

»Jaha.« Sie nickte und sah wieder unter ihren Wimpern hervor.

»Darf ich dich mal zu einem Drink einladen?«

Das hatte sie jetzt davon! Sie war wie ein Kaninchen, das vom Scheinwerferlicht gebannt ist und nicht wegrennen kann. Sozusagen.

Ich kann mich nicht mit ihm einlassen, bloß weil er berühmt und bewundert ist. Dann wäre ich sehr oberflächlich.

»Also gut.« Ihre Stimme hatte beschlossen, die Sache ohne Rücksicht auf sie voranzutreiben. »Ruf mich an!«

»Deine Nummer...?«

»Die hast du bereits.«

»Gib sie mir noch einmal, für alle Fälle.«

Marcus begann, sich auf übertriebene Weise von oben bis unten abzuklopfen, auf der Suche nach Papier und Bleistift. Zum Glück hatte Ashling den Inhalt eines kleinen Sekretärs in ihrer Handtasche. Sie schrieb ihre Nummer auf eine herausgerissene Seite aus einem Notizbuch.

»Das bewahre ich gut auf«, versprach er, faltete den Zettel klein zusammen und steckte ihn tief in seine Hosentasche.

»Ganz nah an meinem Herzen«, sagte er in einem Ton, in dem lauter Andeutungen mitschwangen. »Ich gehe jetzt, aber ich rufe an.«

Über sich selbst verwirrt sah Ashling ihm nach. Als sie bemerkte, dass Lisa sie amüsiert beobachtete, entschlüpfte sie zur Damentoilette. Dort wurde ihr Weg zum Waschbecken von einem jungen Mädchen blockiert, das ziemlich klein war und melancholische Augen hatte und sich ihren Lidstrich nachzog, wodurch ihr Ausdruck noch melancholischer wurde. Als Ashling den Wasserhahn aufdrehte, wandte sich das melancholische Mädchen an ihre größere Freundin, die mit Lipgloss immerzu im Kreis über ihre Lippen fuhr, und sagte: »Ob du's glaubst oder nicht, Frances, aber das war ich.«

»Was warst du?«

»Das Mädchen, dem Marcus Valentine den Zettel mit Bellez-moi gegeben hat.«

Ashling zuckte so heftig zusammen, dass sie sich Wasser auf ihre Bluse spritzte. Niemand bemerkte etwas.

Frances drehte sich langsam um und sah sie ungläubig an, während ihr Lipgloss-Stift an den Lippen festgeklebt schien. Die melancholische Freundin erklärte: »Das war letzte Weihnachten, da haben wir zwei Stunden lang nebeneinander in der Taxi-Schlange gestanden.«

»Aber warum hast das nicht gemacht mit dem Bellez?« Frances nahm den Lipgloss-Stift von ihren Lippen und schüttelte das melancholische Mädchen an den Schultern. »Er ist süß. Süß!«

»Ich dachte, das ist irgend so ein sommersprossiger Typ.«

Frances betrachtete das kleinere Mädchen lange und nachdenklich, bevor sie ihr Urteil abgab: »Weißt du was, Lisa O'Neill? Du verdienst es, unglücklich zu sein, wirklich wahr. Ich werde nie wieder Mitleid mit dir haben.«

Ashling, die sich immer noch die Hände wusch wie jemand im Endstadium eines Waschzwangs, hörte gebannt zu. Ihr Leben lang hatte sie nach ZEICHEN gesucht, und wenn dies kein ZEICHEN war, dann wusste sie nicht, was eins sein sollte. Marcus Valentine ist einen Versuch wert, war die Botschaft des himmlischen Orakels. Selbst wenn er wirklich Zettel mit Bellez-moi verteilte wie Flugblätter – sie hatte ein gutes Gefühl. Ein sehr gutes Gefühl.

Als Ashling aus der Toilette kam, war Lisa im Begriff zu gehen. Sie hatte erreicht, was sie wollte, und sah keinen Grund, in diesem abbruchreifen Club länger rumzuhängen.

»Also dann, bis Montag im Büro«, sagte Ashling unbeholfen, weil sie nicht wusste, wie kumpelhaft sie sein sollte.

Lisa schlängelte sich mit zufriedener Miene durch die Menge. Kein schlechter Abend. Marcus Valentines Auftritt hatte sie davon überzeugt, dass es lohnte, ihn zu pushen. Aber es würde nicht leicht sein. Im wirklichen Leben war er nicht halb so arglos. Im Gegenteil, er war clever – und nicht leicht festzunageln. Lisa nahm an, dass er *eigentlich* nichts dagegen hatte, eine Kolumne zu schreiben, dass er sich aber für eine seriöse Tageszeitung freihalten wollte. Um das auszuhebeln, könnte sie ihm ein paar leere Versprechungen machen, dass seine Kolumne über Randolph Media auch in anderen Publikationen verbreitet würde.

Und dazu kam als Überraschungsgeschenk, dass er anscheinend Interesse an Ashling hatte. Sie und Ashling konnten ihn von zwei Seiten in die Klemme nehmen. Die Kolumne war praktisch unter Dach und Fach.

Aber sie musste schnell handeln, bevor er Ashling wieder fallenließ. Denn fallenlassen *würde* er sie. Lisa kannte Typen wie ihn aus Erfahrung. Wenn ein nicht besonders aufsehenerregender Mann wie er zum Star aufstieg, konnte er nicht umhin, sich der außerplanmäßig auftauchenden Frauen zu bedienen.

Es könnte allerdings kompliziert werden – Ashling schien eine der beklagenswerten Frauen zu sein, die Liebeskummer schwernahmen, und was Lisa in dieser Phase, wo es hoch herging, am wenigstens gebrauchen konnte, war eine stellvertretende Chefredakteurin, die ausflippte. Warum schwache Menschen Zusammenbrüche haben mussten, war ihr schleierhaft. *Ihr* würde das *nie* passieren.

Natürlich ging sie die ganze Zeit davon aus, dass Ashling sich mit Marcus einlassen würde. Vielleicht würde sie es nicht tun, und das konnte man ihr nicht übelnehmen. In Lisas Augen war er abstoßend. Diese Sommersprossen! Und sie waren nicht weniger grotesk, bloß weil er einen Saal voller Betrunkener zum Lachen bringen konnte.

»Lisaaa! Bis bald. Mach's gut, Lisaaa!« Die jungen Männer, die sich anfangs um sie gekümmert hatten, winkten ihr zu.

»Bis bald.« Sie war überrascht, als sie merkte, dass sie lächelte.

An der Tür sah sie Joy in einem intensiven Gespräch mit einem Mann, der eine weiße Strähne in seinem langen schwarzen Haar hatte. Auf eine plötzliche Eingebung hin flüsterte Lisa ihr im Vorbeigehen zu: »Russ Abbott, Hale oder Pace. Und du *musst* mit einem schlafen.«

Joy wirbelte herum, aber Lisa war schon weg. Als sie durch die Straßen ging, wurde ihr bewusst, dass der Abend besonders gewesen war. Es hatte ... irgendwie war es ... Dann wusste sie es. Spaß! Es hatte Spaß gemacht.

20

Aber als Lisa am nächsten Morgen aufwachte, war sie übermannt von dem Gefühl, dass es unmöglich so weitergehen konnte. Aus heiterem Himmel. Noch nie hatte sie sich so hoffnungslos gefühlt. Selbst in den schrecklichen, hässlichen letzten Tagen mit Oliver war sie nie so verzweifelt gewesen – damals hatte sie sich in die Arbeit gestürzt und es als bitteren Trost empfunden, dass wenigstens ein Bereich ihres Lebens noch funktionierte.

Erschwerend kam noch hinzu, dass Lisa nicht sonderlich viel von dem Konzept der Depression hielt. Eine Depression war das, was andere kriegten, wenn ihr Leben nicht so glanzvoll verlief. Es war so etwas wie Einsamkeit. Oder Traurigkeit. Aber wenn man reichlich schicke Schuhe hatte und oft genug in tollen Restaurants aß und befördert wurde, obwohl jemand anders es mehr verdient hätte als man selbst, gab es keinen Grund, sich schlecht zu fühlen.

Das war zumindest die Theorie. Aber wie sie so im Bett lag, war sie schockiert von dem Ausmaß ihrer Depression. Sie gab den Vorhängen und dem erdrückenden Kiefernholz-Dekor die Schuld – es reichte aus, um jeden stilbewussten Menschen an den Rand des Wahnsinns zu treiben. Sie hasste die Stille jenseits des milchigen Lichts im Zimmer. *Scheißgarten*, dachte sie zornig. Was sie wollte, war das Knattern von Taxis, das Schlagen von Autotüren, die Schritte gut gekleideter Menschen auf dem Bürgersteig. Sie wollte *Leben* vor ihren Fenstern.

Sie hatte einen Kater – im Lauf des Abends hatte sie den Überblick darüber verloren, wie viel Wein sie getrunken hatte, und darauf zu achten, immer abwechselnd ein Glas Wein und ein

Glas Wasser zu trinken, brachte auch nicht so viel, wenn man bei der zwanzigsten Runde war. Schuld daran war ihrer Meinung nach Joy.

Aber der eigentliche Kater war emotionaler Art. Sie hatte ihren Spaß gehabt, und die gute Laune des Abends hatte etwas in ihr in Gang gesetzt, denn sie konnte plötzlich nicht mehr aufhören, an Oliver zu denken. Bisher war es ihr ganz gut gelungen, ihn zu verdrängen, jeden Gedanken an ihn auszublenden, und das seit – sie zählte nach – fast fünf Monaten. Ehrlich gesagt, sobald sie aufhörte, sich zu verbieten, daran zu denken, wusste sie genau, wie viele Tage es waren. Einhundertfünfundvierzig. Das Zählen ist leicht, wenn jemand den Neujahrstag für eine Trennung wählt.

Nicht, dass sie sich bemüht hätte, ihn zum Bleiben zu überreden. Dazu war sie zu stolz. *Und* zu pragmatisch, denn sie war zu dem Schluss gekommen, dass es keine Lösung für ihre Konflikte gab. In einigen Punkten wollte und konnte sie einfach nicht nachgeben.

Aber an diesem schrecklichen Morgen erinnerte sie sich nur an die guten Sachen, an die Anfangstage voller Hoffnung und aufkeimender Liebe.

Damals arbeitete sie bei *Chic,* und Oliver war Modefotograph. Modefotograph mit Zukunft. Mit elegant federnden Schritten und hüpfenden Dreadlocks kam er in ihr Büro, meistens hatte er eine riesige Fototasche über die kräftige Schulter gehängt. Selbst wenn er zu einem Termin mit der Chefredakteurin zu spät kam – dann besonders, um genau zu sein –, blieb er bei Lisa stehen, um mit ihr zu plaudern.

»Wie war New York?«, fragte sie einmal.

»Scheußlich. Ich find's furchtbar.«

»Wirklich?« Alle anderen fanden es toll, aber Oliver hielt sich nie an die gängige Meinung.

»Und hast du lauter Supermodels fotografiert, da drüben?«

»Na klar.«

»Ach ja? Dann erzähl doch mal, wie ist Naomi so?«

»Sehr locker und humorvoll.«

»Und Kate?«

»Oh, Kate ist was ganz Besonderes.«

Obwohl Lisa enttäuscht war, dass er ihr keine Insider-Geschichten über Wutausbrüche oder Heroinkonsum erzählte, war sie sehr beeindruckt von der Tatsache, dass er von niemandem beeindruckt war.

Noch bevor man ihn sah, wusste man, dass er im Büro war. Um ihn herum entstand immer Trubel – entweder beschwerte er sich, dass jemand seine Spesen nicht gezahlt hatte, oder er monierte, dass seine geliebten Fotos auf billigem Papier gedruckt worden waren, oder er plauderte einfach mit den Redaktionsmitgliedern und lachte laut.

Seine tiefe Stimme hätte schokoladenhaft verführerisch sein können, wäre sie nicht so überschwänglich gewesen. Wenn er lachte, drehten sich die Leute nach ihm um. Wenn sie nicht sowieso schon zu ihm hinsahen. Die Schönheit seines großen, kräftigen Körpers, so seltsam gepaart mit der Geschmeidigkeit seiner Bewegungen, konnte einem den Kopf verdrehen.

Wenn er ins Büro kam, betrachtete Lisa ihn diskret. »Schwarz« war das falsche Wort, dachte sie dann. Es war viel komplizierter und subtiler. Alles war so glänzend – seine Haut, seine Zähne, sein Haar. Ganz abgesehen von dem Schweiß auf der Stirn der Chefredakteurin. Worüber würde Oliver sich heute beschweren?

Obwohl er noch dabei war, sich einen Namen zu machen, war er ehrlich, eigensinnig und schwierig. Er machte sich nirgendwo lieb Kind, und wenn er sich über jemanden ärgerte, zeigte er das. Neben seiner Schönheit war es sein Selbstbewusstsein, das in Lisa den Entschluss reifen ließ, ihn zu erobern. Dass er ein aufsteigender Star war, musste dabei natürlich kein Hindernis sein.

Seit sie angefangen hatte, mit Jungen zu gehen, hatte sie sich immer von strategischen Überlegungen lenken lassen. Sie war einfach nicht eins der Mädchen, die mit einem Versicherungsangestellten ausging. Allerdings war sie auch nicht nur berechnend. Sie war nie mit einem gut situierten Mann ausgegangen, *den sie nicht mochte*. Oder doch nur selten. Aber sie musste zugeben, dass es Männer gab, die sie anmachten, die sie aber niemals ernst nehmen könnte: ein reizender, ernster Justizangestellter namens Frederick, und dann Dave, der süßeste Klempner überhaupt, und – besonders ungeeignet – ein aufregender Kleinkrimineller, der sich Baz nannte. (Das war der Name, den er Lisa sagte, aber es gab keine Garantie, dass es sein richtiger war.)

Gelegentlich gönnte sie sich einen kleinen Genuss und ließ sich mit einem dieser hinreißenden Hoffnungslosen ein, aber nie beging sie den Fehler zu denken, die Sache könnte Zukunft haben. Sie waren wie Milky Ways auf zwei Beinen – Männer, die man zwischen zwei Mahlzeiten vernaschen konnte, ohne sich den Appetit zu verderben.

Ihre *richtigen* Beziehungen hatte sie mit Männern anderen Kalibers. Mit einem dynamischen leitenden Angestellten bei einer Zeitschrift, dem sie ihren ersten Job bei *Sweet Sixteen* verdankte. Mit einem Schriftsteller, der zu der Gruppe der Zornigen Jungen Männer gehörte und sie böse sitzenließ, woraufhin sie dafür sorgte, dass seine Romane fortan vernichtende Besprechungen bekamen. (Was ihn noch zorniger machte.) Mit einem umstrittenen Musikjournalisten, dem sie verfallen war, bis er Acid Jazz entdeckte und sich einen Ziegenbart wachsen ließ.

Oliver gehörte beiden Kategorien an: Er war so schön, dass er in der ersten geführt wurde, aber talentiert und ambitioniert genug, um sich mit denen in der zweiten messen zu können.

Mit jedem Besuch, den Oliver der *Chic*-Redaktion abstattete, wurde das Band zwischen ihm und Lisa intensiver. Sie wusste, dass er sie mochte und respektierte und dass es nicht nur eine körperliche Anziehung war, die zwischen ihnen entstanden war. Damals – lang, lang ist's her – wurde sie nicht von allen, die mit ihr arbeiteten, angefeindet, aber je mehr Oliver ihr seine besondere Aufmerksamkeit zuteil werden ließ, desto mehr wurde sie die meist gehasste Kollegin der Redaktion.

Besonders, nachdem sie angefangen hatte, ihm spezielle Dienste zu erweisen. Als sie vier verschollene Diapositive für ihn wieder auffand, fuhr Oliver die anderen gutmütig an: »Hört zu, ihr lahmen Penner: Diese Lady hier ist ein Genie. Warum könnt ihr nicht so gut sein wie sie?«

Daraufhin wanderte ein angewiderter Blick von einem zum anderen wie Strom durch eine Leitung. Lisa hatte zwar die verlorenen Diapositive gefunden, aber sie hatte zwei Tage lang auch nichts anderes getan, als danach zu suchen.

Lisa war vage im Bilde, dass Oliver eine Freundin hatte, aber es war keine große Überraschung, als sich die Nachricht verbreitete, dass er wieder Single war. Sie wusste, dass sie die Nächste sein würde. Obwohl sie wie verrückt flirteten, spielten sie nicht Versteck miteinander. Ihre gegenseitige Anziehung war so offensichtlich, dass es töricht gewesen wäre, es zu leugnen.

So offensichtlich sogar, dass Flicka Dupont (Redaktionsassistentin für Unterhaltung), Edwina Harris (Volontärin in der Mode) und Marina Booth (Gesundheit und Kosmetik) sich zusammentaten und Lisa ihren Anteil eines Werbegeschenks an John-Frieda-Shampoo verweigerten, mit der Begründung, dass sie schon genügend Extras bekam.

Der ersehnte Tag brach endlich an, als Oliver unerwartet in der *Chic*-Redaktion auftauchte, auf direktem Weg zu Lisa ging und sagte: »Babe, kann ich dich am Freitag zu einem Drink einladen?«

Sie zögerte und überlegte, ob sie sich rar machen solle, dann entschied sie anders. Mit einem unsicheren Lachen sagte sie: »Okay.«

»Du wolltest es mir schwermachen, stimmt's?«, rief er.

»Na ja«, sagte sie und nickte ernst.

Beide kreischten so laut vor Lachen, dass Flicka Dupont drei Schreibtische weiter murmelte: »Also bitte!« und ihre Finger in die Ohren stecken musste, um das Klirren wegzukriegen.

Später schnaubte Flicka: »Ich beneide sie nicht.«

»Himmel, ich auch nicht«, erwiderte Edwina.

»Er ist doch ein Hallodri.«

»Eine Landplage«, stimmte Edwina ihr zu.

Sie verstummten beide.

»Aber schlafen würde ich gerne mit ihm«, gab Flicka schließlich zu.

»*Wirklich?*« Edwina war noch nie besonders scharf auf Sex gewesen.

An dem besagten Freitagabend gingen Oliver und Lisa in eine Bar. Danach lud er sie zum Essen ein, wo sie sich so gut amüsierten, dass sie anschließend in einen Club gingen und stundenlang tanzten. Um drei Uhr morgens gingen sie in seine Wohnung und hatten, endlich, atemlosen Sex, bevor sie ein paar Stunden lang in Schlaf sanken. Am nächsten Morgen erwachten sie eng umschlungen. Den Rest des Tages verbrachten sie im Bett, unterhielten sich, schlummerten ein bisschen und fielen zwischendurch leidenschaftlich übereinander her.

Am Abend erhoben sie sich befriedigt von ihrem Lager, und Oliver lud sie in ein ziemlich mieses französisches Restaurant ein, dessen einziger Vorteil darin bestand, dass es zu Fuß erreichbar war. Im Licht der roten, in Weinflaschen steckenden Kerzen schoben sie sich gegenseitig fade schmeckende Muscheln und zähen Coq au vin in den Mund. »Das Beste, was ich je gegessen habe.« Lisa leckte sich die Finger und ließ ihren Blick auf Oliver ruhen.

Auf dem Weg zurück gerieten sie in eine armenische Hochzeitsfeier, die in einem Kirchensaal in der Nähe gefeiert wurde. »Kommt, kommt«, lud ein Mann sie überschwänglich ein, als sie weitergehen wollten. »Feiert das Glück meines Sohnes mit uns!«

»Aber …«, protestierte Lisa. So konnte eine Stilbesessene nicht den Samstagabend verbringen! Wenn sie von jemandem, der sie kannte, gesehen wurde?

Aber Oliver sagte unbefangen: »Warum nicht? Komm, Lees, es macht vielleicht Spaß.«

Gläser wurden ihnen in die Hände gedrückt, und sie saßen in einer Wolke des Wohlbefinden, während um sie herum Jung und Alt in bestickten und gerüschten Bauerntrachten fremdartige polkahafte Tänze zu einer schrillen, schnellen Musik im Bazouki-Stil vollführte. Eine alte Frau mit einem Kopftuch und einem kräftigen Akzent kniff Lisa zärtlich in die Wange, sah lächelnd von Oliver zu ihr und sagte: »Verlippt. So verlippt.«

»Meint sie dich oder mich?«, fragte Lisa besorgt und wurde

sich mit einem Mal bewusst, dass sie ihre Gefühle viel zu sehr zur Schau getragen hatte.

»Du, Lady.« Die alte Frau sah sie mit einem zahnlosen Lächeln an.

»Schieb ab«, murmelte Lisa.

Oliver brach in schallendes Gelächter aus, das seinen hübschen Mund über seinen kräftigen weißen Zähne in die Breite zog.

»Empfindlich?«, neckte er sie. »Vielleicht heißt das, du liebst mich wirklich.«

»Oder vielleicht, dass du mich liebst«, erwiderte sie spitz.

»Ich habe nie gesagt, dass ich das nicht tue.«

Und obwohl Lisa normalerweise nicht zu solchen Gefühlen neigte, empfand sie dennoch, dass sie da, bei der unvorhergesehenen, surrealen, wunderschönen Hochzeitsfeier, von der Hand Gottes berührt worden waren.

Am Sonntagmorgen erwachten sie in enger Umarmung. Dann fuhr Oliver mit ihr im Auto zu dem Vergnügungspark in Alton Towers, wo sie den Tag verbrachten und sich gegenseitig zu haarsträubenden Fahrten überredeten. Obwohl Lisa nicht auf das Nemesis-Karussell gehen wollte, tat sie es doch, weil sie ihm gegenüber keine Angst zugeben wollte. Und als sie blass um die Nasenspitze wurde und ein wenig schwankte, lachte er und sagte: »Zu viel für dich, Babe?« Worauf sie antwortete, sie leide an Gleichgewichtsstörung. Oliver reizte und interessierte sie mehr als jeder andere Mann, den sie bisher kennen gelernt hatte. Er war wie sie, nur noch mehr.

Dann fuhren sie nach Hause, wo es Pizza und Bett gab. Ihre erste Verabredung dauerte sechzig Stunden und endete, als er sie am Montagmorgen zur Arbeit brachte.

Nach ihrem dritten Ausflug waren sie offiziell verliebt.

Bei ihrer vierten Verabredung beschloss Oliver, mit ihr nach Purley zu fahren und sie seinen Eltern vorzustellen. Lisa fand, dass dies ein unglaublich gutes Zeichen sei, aber es sollte sich herausstellen, dass es beinahe das Ende der Affäre gewesen wäre. Das deutete sich an, als sie ungefähr eine halbe Stunde im Auto gesessen hatten und Oliver sagte: »Ich weiß gar nicht, ob Dad schon von der Arbeit zurück sein wird.«

»Was macht er denn?« Lisa hatte bisher noch nicht gefragt; es war ihr nicht wichtig erschienen.

»Er ist Arzt.«

Arzt! Was für ein Arzt? Ein Doktor der Straßenhygiene – also ein Straßenfeger?

»Ein normaler praktischer Arzt.«

Der Schock machte sie sprachlos. Bisher hatte sie liebevoll-herablassend gedacht, dass Oliver ein Kind der Straße sei, und jetzt stellte sich heraus, dass er die ganze Zeit ein Mittelschichtskind gewesen war und *sie* das Kind der Straße.

Auf gar keinen Fall konnte sie ihn mit zu *ihren* Eltern nehmen.

Für den Rest der Fahrt hoffte und betete sie, dass seine Eltern, auch wenn der Vater Arzt war, trotzdem arm sein mögen. Aber als Oliver vor einem großen, soliden Haus hielt, mit Bleifensterrahmen, Laura-Ashley-Rollos und einem Haufen Schnickschnack auf der sichtbaren Fensterbank, war es klar, dass die Familie nicht mit jedem Penny rechnen musste.

Bevor sie losgefahren waren, hatte Lisa sich Olivers Mum als gutmütige Frau mit dicken Oberschenkeln und in Minnie-Mouse-Schuhen vorgestellt, die Red Stripe zum Frühstück trank und mit hoher Stimme lachte. So: »Hiii. Hiii. Hiii.«

Doch als die Mutter sie begrüßte, war sie wie eine Königin. Zwar ein bisschen dunkler, aber mit einem Helm voller Locken und einem adretten Kleid von Marks & Spencer, so wie es sein musste.

»Schön, Sie kennen zu lernen, meine Gute.« Ein reiner Mittelschichtsakzent. Lisas Selbstvertrauen sank noch mehr.

»Hallo, Mrs. Livingstone.«

»Nennen Sie mich Rita! Kommt doch rein. Daddy ist noch in der Praxis, aber er wird gleich hier sein.«

Sie wurden in das perfekt ausgestattete Wohnzimmer geführt, und als Lisa sah, dass die Armlehnen der Polstermöbel nicht mit Plastikschonern bedeckt waren, versetzte ihr das den endgültigen Schlag.

»Tee?«, fragte Rita fröhlich und streichelte den Golden Labrador, der seinen Kopf auf ihren Schoß gelegt hatte.

»Lapsang oder Earl Grey?«

»Ist mir beides recht«, murmelte Lisa. Warum konnte es nicht PJ Tips sein?

»Es ist ganz anders, als ich es mir vorgestellt hatte«, flüsterte Lisa Oliver spontan zu, als sie allein waren.

»Was hast du dir denn vorgestellt? Dass wir Reis und Erbsen essen und Rum trinken würden«, sagte Oliver und ahmte einen karibischen Akzent erstklassig nach, »und zu Steel Drums auf der Veranda tanzen würden?«

Genau! Nur deswegen bin ich mitgekommen.

»Da hast du dich getäuscht, meine Gute.« Er wechselte zu einem BBC-Akzent, wie er während des Krieges aus dem Radio tönte. »Denn wir sind brrritisch!«

»Der richtige Name für uns, so habe ich mir sagen lassen«, begann Rita, die mit einem Tablett mit langweiligen, ungesüßten, selbstgemachten Keksen wieder hereingekommen war, »ist ›Bounties‹. Oder ›Magnums‹.«

»Wieso?« Lisa war verwirrt.

»Außen braun, innen weiß.« Sie sah sie mit einem breiten Grinsen an. »So werden wir in unserer Familie genannt. Und man sitzt zwischen allen Stühlen, denn die weißen Nachbarn hassen uns auch! Die Leute nebenan haben mir erzählt, dass der Wert ihres Hauses um zehntausend Pfund gesunken ist, seit wir eingezogen sind.«

Und dann brach sie völlig unerwartet und im Widerspruch zu ihrer M&S-Kleidung in ein hohes, schrilles Lachen aus. »Hiii. Hiii. Hiii.« Da spürte Lisa, wie ihre Verunsicherung dahinschmolz wie der Zucker, den sie nicht in den Tee nahm. Wenn die Nachbarn sie hassten, dann war doch alles in Ordnung, oder? Dann waren sie längst nicht so furchteinflößend.

Bei ihrer fünften Verabredung sprachen Lisa und Oliver darüber zusammenzuziehen. Sie vertieften das Thema bei ihrer sechsten Verabredung. Ihre siebte Verabredung bestand darin, mit einem Lieferwagen von Battersea nach West Hampstead und zurück zu fahren, um Lisas umfangreiche Garderobe von ihrer Wohnung in seine zu transportieren. »Du musst dich von ein paar von deinen Sachen trennen, Babe«, sagte er beunruhigt. »Sonst müssen wir noch eine größere Wohnung kaufen.«

Vielleicht gab es damals schon Anzeichen, so dachte Lisa später, dass nicht alles zum Besten bestellt war. Aber damals war sie dafür blind. Nichts hatte sich je so richtig angefühlt. Sie hatte das Gefühl, dass er sie so, wie sie war, sah und akzeptierte, mit ihrem Ehrgeiz und ihrer Energie, ihren Visionen für die Zukunft und ihren Ängsten. Aus ihrer Warte waren sie sich ähnlich: jung, aufstrebend, ehrgeizig, gegen die Erwartungen erfolgreich.

Damals war das Konzept eines Seelengefährten, frisch aus L. A. importiert, sehr populär. Lisa war jetzt stolze Besitzerin eines solchen.

Kurz nachdem sie zusammengezogen waren, ging Lisa als stellvertretende Chefredakteurin zu *Femme*. Zur gleichen Zeit begann Olivers Höhenflug als Fotograph. Obwohl er auf einer persönlichen Ebene nicht immer nur beliebt war – manche fanden ihn einfach zu schwierig –, stolperten die Hochglanz-Magazine praktisch übereinander und schoben sich gegenseitig aus dem Weg, um an ihn heranzukommen. Oliver verteilte sich gleichmäßig auf alle, bis Lily Headley-Smythe ihm verprach, eins seiner Fotos für das Weihnachts-Cover von *Panache* zu benutzen, und dann einen Rückzieher machte.

»Sie hat ihr Versprechen gebrochen. Ich werde nie wieder für *Panache* oder für Lily Headley-Smythe arbeiten«, erklärte Oliver.

»Bis zum nächsten Mal.« Lisa lachte.

»Nein«, sagte er mit ernstem Gesicht. »Nie wieder.«

Und dabei blieb er, und selbst als Lily ihm einen irischen Wolfshund-Welpen als Entschuldigung schickte, änderte er seine Haltung nicht. Lisa war voller Bewunderung. Er war so willensstark, so idealistisch.

Aber das war, bevor *sie* seine Unnachgiebigkeit zu spüren bekam. Dann gefiel es ihr nicht mehr so gut.

21

Auch für Ashling war der Sonntag nicht besonders toll. Erfüllt von prickelnder Erregung bei dem Gedanken an Marcus Valentine wachte sie auf. Sie war neugierig und erwartungsvoll, sie war offen und bereit – für eine Verabredung, einen Flirt, eine Schmeichelei. *Irgendetwas …*

Den Morgen vertrödelte sie umfangen von Wärme, und all ihre positiven Fähigkeiten waren auf Empfang. Doch als der Tag verging und kein Anruf kam, gerann ihr inneres Lächeln zu einer Gereiztheit. Um die Zeit totzuschlagen und ihre überschüssige Energie abzubauen, machte sie sauber.

Nicht, dass Marcus gesagt hätte, wann er anrufen würde. Sie war weniger aus einem Gefühl der Zurückweisung enttäuscht als vielmehr aus einem Bedauern heraus, dass eine gute Gelegenheit verstrich. Denn obwohl sie nicht mit Sicherheit sagen konnte, dass sie interessiert an ihm war, vermutete sie es doch. Jedenfalls war sie entschlossen, es darauf ankommen zu lassen.

Sie war auf alles gefasst, und nun passierte nichts, und das war nicht schön.

Wenn mich einer sehen könnte, dachte sie, während sie vor lauter Frustration heftig die Badewanne schrubbte. *Das kenne ich schon. Dieses Warten, dass der Mann anruft.* Zu spät ging ihr auf, wie sehr sie die kurze Zwischenzeit genossen hatte, in der sie dem einen nicht mehr hinterhergetrauert und ihre Hoffnung noch nicht an einen neuen gehängt hatte. *Das geschieht mir recht. Warum lasse ich mich auch mit einem Mann im Rampenlicht ein?*

Wie bedauerte sie es nun, dass sie nicht auf sein Bellez-moi eingegangen war, als sie die Chance dazu hatte. Jetzt war es zu spät dazu, denn sie konnte den Zettel nicht mehr finden. Sie erinnerte sich nicht, ihn weggeworfen zu haben – und daran würde sie sich erinnern, weil sie gedacht hätte, sie sei herzlos. Aber als sie ihre Taschen und die Schubladen ihres Nachttisches durchstöberte, fand sie nichts, außer einigen Kassenzetteln, bei deren Anblick sie Schuldgefühle verspürte, und einem Flugblatt von einen Computerladen.

Also putzte sie weiter. Doch nachdem sie den Mikrowellenherd von innen ausgewischt hatte, brauchte sie etwas Aufbauendes und beschloss, einen Blick in ihre Zukunft zu werfen. Ihre Engelorakel-Karten gaben ihr keine Auskunft, also kramte sie, um den Anruf von Marcus zu beschleunigen, ihren Wunschkasten heraus. Den hatte sie seit Phelims Zeiten nicht mehr benutzt. Sie war sich im Klaren darüber, dass dies nichts Gutes verhieß.

In dem Kasten waren sechs Kerzen und auf jeder war ein Wort in erhabenen Buchstaben zu lesen – Liebe, Freundschaft, Glück, Geld, Frieden, Erfolg – und zu jeder Kerze gab es eine Streichholzschachtel. Die Kerzen mit den Wörtern Freundschaft, Geld und Erfolg waren noch nie angezündet worden, die Friedens- und die Glückskerzen waren ein paar Zentimeter abgebrannt, und die Liebeskerze war am häufigsten angesteckt worden. Sie war wie das dunkelrote Weingummi in einer buntgemischten Tüte.

Ehrfürchtig zündete Ashling die Kerze mit dem letzten Liebesstreichholz an, die dann auch ungefähr zehn Minuten lang vor sich hin brannte, bevor das Wachs aufgebraucht war und die Flamme flackerte und erlosch.

Mist, dachte Ashling, *hoffentlich ist das kein ZEICHEN.*

Am frühen Abend kam Ted hereingeschneit. Er war in das Tief gesackt, das unweigerlich auf ein großes Hoch folgte. Obwohl er viele Mädchen kennen gelernt hatte, war er von keinem recht begeistert.

»Was ist mit der Hübschen, mit der du gesprochen hast, bevor wir gegangen sind? Hast du mit ihr geschlafen?«

»Nein.«

»Ted! Das darfst du nicht sagen. Auch wenn du sie nicht gevögelt hast, musst du es sagen, ihrer Ehre wegen.«

Aber Ted fand das nicht witzig. »Sie hat gesagt, ich rieche komisch. Wie ihre Oma.«

»Manche Leute sind echt verrückt.«

»Nein, es stimmte.« Ted war verärgert. »Sie hatte Recht. Ich habe wirklich wie ihre Oma gerochen.«

Während Ashling sich noch laut wunderte, wie Ted wissen konnte, wie die Oma des Mädchens roch, fuhr Ted dazwischen und sagte vorwurfsvoll: »Und weißt du, was es meiner Meinung nach war?«

»Was?«

»Dieses Scheißzeug, das du auf mich draufgerieben hast, bevor wir gegangen sind.«

»Ach, das! Lavendelöl.« Manchmal fand Ashling, dass sie nicht richtig gewürdigt wurde.

»Das ist doch ein Omageruch, oder?« Ted ließ einfach nicht locker.

»Ich dachte, sie riechen, wenn, dann eher nach Urin.« Wenn Ashling sich schlecht behandelt fühlte, konnte sie auch scharfzüngig sein.

»Ach, sie war sowieso nichts für mich«, gestand Ted verstimmt. »Die sind alle zu jung und zu albern, und sie mögen mich aus den falschen Gründen.« Dann fragte er unvermittelt: »Deine Freundin Clodagh. Ist die noch verheiratet?«

»Ja, natürlich.«

»Ist was mit dir?«, fragte Ted. Ihm war aufgefallen, dass er nicht allein niedergeschlagen war.

Ashling wägte ab und entschied dann, nicht darüber zu jammern, dass Marcus nicht angerufen hatte. Er hatte sein Versprechen nicht gebrochen und konnte jederzeit anrufen. Deshalb sagte sie leichthin: »Nur die übliche Sonntagabend-Depression.«

Sie hatte schon oft mit Ted, Joy, Dylan – mit allen, die im Berufsleben standen – darüber gesprochen, wie einen plötzlich, so gegen fünf Uhr am Sonntag nachmittag, das Grauen packte, weil einem mit einem Schlag bewusst wurde, dass man am nächsten Morgen zur Arbeit gehen musste. Obwohl dann immer noch ein paar Stunden vom Wochenende übrig waren, war es in dem Moment vorüber, da sich diese verzweifelte Gewissheit in einem durchsetzte.

Ted warf einen Blick auf seine Uhr und schien zufrieden mit der Erklärung. »Zehn nach fünf. Auf die Minute pünktlich.«

»Mir fällt die Decke auf den Kopf. Komm, lass uns ausgehen!« Ashling hatte sich an die grundlegende Regel der Beziehungen zwischen Mann und Frau erinnert. Natürlich hatte Marcus noch nicht angerufen – sie hatte den ganzen Tag neben dem Telefon gewartet! Sie brauchte nur die Wohnung zu verlassen, und er würde die Telefondrähte heißlaufen lassen!

Bevor sie gingen, steckte sie sich zwei Bücher für Boo ein. Am Abend zuvor war sie beschämt gewesen, weil sie keinen Roman als Ersatz für seine Pilze-Enzyklopädie aus ihrer Tasche ziehen konnte, als sie ihn sah. Aber als sie *Trainspotting* einstecken wollte, war sie sich plötzlich sehr unsicher. Ob er beleidigt wäre, wenn sie ihm ein Buch über Heroinsucht gab? Ob er denken würde, das sei eine Anspielung?

Besser, sie riskierte nichts. Sie holte es also wieder heraus und steckte stattdessen *Fever Pitch* und einen Science-Fiction-Roman ein, den Phelim ihr vor zwei Jahren zum Geburtstag geschenkt hatte und den sie nie gelesen hatte. Aber auf der Straße war Boo nirgendwo zu sehen.

Ted und Ashling gingen in die Long Hall, wo sie jeder in etwas gedrückter Stimmung zwei Bier tranken, dann verzehrten sie fast schweigend eine Pizza bei Milano's und gingen nach Hause zurück. Als Ashling die Wohnungstür aufschloss, wanderte ihr Blick als Erstes zu ihrem Anrufbeantworter und dem roten Licht. Es blinkte! Sie hatte sich innerlich so sehr auf eine Enttäuschung vorbereitet, dass sie überzeugt war, sie würde sie heraufbeschwören. Nun stand sie da und sah zu, wie das Licht blinkte. Rundes rotes Licht, kein rundes rotes Licht, rundes rotes Licht, kein rundes rotes Licht … Das war eindeutig eine Nachricht. Als sie auf den Wiedergabeknopf drückte, kam ihr ein schrecklicher Gedanke. *Wenn das Cormac ist, der am Mittwoch eine Lastwagenladung Gartenpflanzen liefern will, dann schreie ich.*

Aber die Nachricht war weder von dem geheimnisvollen Gärtnereibetrieb noch von Marcus Valentine. Sie war von ihrem Vater.

Oh, Gott, ist was passiert?

Bevor seine Stimme einsetzte, hörte sie einen Moment Schweigen mit statischem Geknister und schwerem Atem. Dann sagte er zu jemandem im Zimmer: »Soll ich jetzt sprechen?«

Der andere – vermutlich Ashlings Mutter – sagte etwas, das Ashling nicht verstand, und dann sagte Mike Kennedy: »Ein paar kurze und ein langer. Gott, ich hasse diese Geräte. – Ashling, hier ist Dad. Ich komme mir ziemlich blöd vor, zu so einer Maschine zu sprechen. Wir dachten gerade, dass wir lang nichts von dir gehört haben. Geht es dir gut? Hier ist alles in Ordnung. Janet hat letzte Woche angerufen, sie musste die Katze weggeben, sie war immer auf ihr Bett gesprungen, wenn sie schlief. Und von Owen haben wir einen Brief bekommen. Er denkt, er hat einen neuen Stamm entdeckt. Nicht *ganz* neu, natürlich, aber neu für ihn. Wahrscheinlich hast du bei deiner neuen Arbeit viel zu tun, aber vergiss uns nicht, ja? Hahaha. Also, mach's gut.«

Wieder Knistern und Atmen. Dann: »Was muss ich jetzt tun? Einfach auflegen? Nirgendwo draufdrücken oder so?«

Dann war die Verbindung unterbrochen.

Schuldgefühle und Ärger wallten in Ashling auf. Marcus Valentine war völlig vergessen. Sie spürte, wie der Druck, ihren Eltern einen Besuch abzustatten, wuchs. Das Mindeste war, dass sie anrufen musste. Besonders, wenn ihre jüngere Schwester Janet es fertig brachte, den Zeitunterschied von acht Stunden zu überbrücken und von Kalifornien aus anzurufen und ihr Bruder Owen einen Brief aus dem Amazonasbecken schickte.

Sie warf einen Blick auf das Bild, das auf dem Fernseher stand. Es stand da schon so lange, dass sie es gewöhnlich nicht mehr wahrnahm. Aber der Anruf hatte sie aufgerüttelt, so dass sie es in die Hand nahm und nach Hinweisen suchte.

Die Tatsache, dass Mike Kennedy einst ein gut aussehender Mann gewesen war, frappierte sie jedesmal. Groß und unerschrocken lachte er in die Kamera, mit breiten Siebziger-Jahre-Koteletten und Nackenhaar, das sich auf seinem Hemdkragen kringelte.

Für sie war es seltsam, denn einerseits war er ihr Dad, aber andererseits sah er aus wie der Typ auf der Party, zu dem man sich unweigerlich hingezogen fühlte, vor dem man sich aber aus Selbstschutz in Acht nahm.

Mike hatte seinen Arm um Janet gelegt, die damals vier war. Sie war nach vorn gebeugt und hatte sich die Faust zwischen die Beine geschoben. Sie musste zur Toilette – das Fotografieren hatte immer diese Wirkung auf sie.

An Mike gelehnt und den dreijährigen Owen auf dem Arm war Monica in einem hautengen Polyester-Pullover. Sie lächelte glücklich und sah unvorstellbar jung aus, ihr Haar war glatt frisiert, ihr Mascara verlieh ihren Augen diesen Priscilla-Presley-Glanz. Und in der Mitte, eingeklemmt zwischen den Erwachsenen stand Ashling, sechs Jahre alt, die aus Jux schielte.

Luzifer vor dem Fall, dachte sie jedesmal, wenn sie das Bild betrachtete. Sie sahen aus wie eine perfekte, glückliche Familie. Aber oft fragte sie sich, ob damals schon der Wurm drin war.

Sie stellte das Foto wieder an seinen Platz. Ungefähr drei Wochen waren vergangen, seit sie ihre Eltern angerufen hatte. Es war nicht so, dass sie seitdem nicht daran gedacht hatte – sie dachte oft daran, aber immer fiel ihr eine Entschuldigung ein, nicht anzurufen.

Dennoch war ihr nie ganz wohl bei dem Mangel an Kommunikation. Sie wusste, dass Clodagh ihre Mutter täglich anrief. Aber Brian und Maureen Nugent waren ganz anders als Mike und Monica Kennedy. Wären Brian und Maureen ihre Eltern, vielleicht hätte sie dann einen normalen Kontakt zu ihnen.

22

Montagmorgen. Traditionell der ödeste Morgen überhaupt. (Außer wenn Montag ein Feiertag ist, dann kommt diese Auszeichnung dem Dienstag zu.) Dennoch munterte er Lisa unendlich auf. Der Gedanke, in die Redaktion zu gehen, gab ihr das Gefühl, die Dinge unter Kontrolle zu haben; wenigstens täte sie etwas, und das würde ihr guttun. Dann wollte sie duschen, aber das Wasser war eiskalt.

Aber den Gedanken, Jack Devine mit der Zeituhr für ihren Boiler zu behelligen, stellte sie zurück, als Mrs. Morley erklärte, er sei das ganze Wochenende damit beschäftigt gewesen, die Konflikte zwischen erzürnten Elektrikern und übervorteilten Kameraleuten zu schlichten. Er wirkte erschöpft und misslaunig.

Ashling kam grau und zu spät zur Arbeit und konnte sich auch nicht mit dem Tag anfreunden. Das wurde noch schlimmer, als Jack Devine seinen Kopf zur Tür herausstreckte und knapp sagte: »Miss Fix-it?«

»Mr. Devine?«

»Auf ein Wort, bitte.«

Erschrocken stand sie auf, viel zu schnell, so dass sie einen Moment warten musste, bis ihr das Blut wieder in den Kopf gestiegen war und ihr nicht mehr schwarz vor Augen war.

»Entweder du sitzt in der Scheiße oder du vögelst ihn«, flüsterte Trix fröhlich. »Was von beiden?«

Ashling war nicht in der Stimmung für Trix und ihre Scherze. Sie hatte nicht die geringste Ahnung, warum Jack Devine mit ihr sprechen wollte. Mit einem Vorgefühl für das Verhängnis ging sie in sein Büro.

»Schließen Sie die Tür«, befahl er.

Er schmeißt mich raus. Sie war zutiefst erschrocken.

Die Tür schloss sich hinter ihr mit einem Klicken, und sofort schrumpfte das Zimmer zusammen – und wurde dunkler. Diese Wirkung ging von Jack aus, mit seinem dunklen Haar, den dunklen Augen, dem dunkelblauen Anzug und der düsteren Laune. Die Sache wurde dadurch noch schlimmer, dass er nicht hinter seinem Schreibtisch saß, sondern vorne auf der Kante, so dass nur sehr wenig Platz zwischen ihnen blieb. Er bewirkte, dass sie sich sehr *unbehaglich* fühlte.

»Ich wollte Ihnen das geben, ohne dass die anderen es sehen.«

Sie hielt sich möglichst fern von ihm, obwohl es wirklich kaum Platz gab. Er streckte ihr einen Plastikbeutel entgegen, den sie stumm nahm. Benommen merkte sie, dass er etwas zu groß war für ein Kündigungsschreiben.

Sie hielt den Beutel in der Hand, und Jack sagte mit einem ungeduldigen Lächeln: »Gucken Sie doch rein!«

Das Plastik knisterte, als Ashling die Tüte aufhielt und hineinsah. Sie war überrascht, eine Stange Marlboro darin zu sehen, verziert mit einer Rosette, die schief auf der Zellophanverpackung klebte.

»Weil ich immer Ihre Zigaretten geschnorrt habe«, sagte Jack und sah sie unverwandt an.

»Das tut mir Leid«, fügte er hinzu. Es klang aber nicht so.

»Wie schön«, murmelte sie, fast sprachlos, weil sie noch einmal davongekommen war – und wegen der Rosette.

Zum ersten Mal, seit sie ihn kannte, lachte Jack Devine aus vollem Hals. Ein ehrliches, aus dem Bauch kommendes Lachen, den Kopf zurückgeworfen.

»Schön?«, rief er und seine Augen leuchteten. »Segelschiffe sind schön, drei Meter hohe Wellen sind schön. Aber Zigaretten – schön? Obwohl, vielleicht haben Sie Recht«, gab er dann zu.

»Ich dachte, Sie wollten mich feuern«, platzte sie heraus.

Sein Gesicht nahm einen überraschten Ausdruck an. »Feuern? –

Aber kleine Miss Fix-it«, sagte er dann, und seine Stimme war plötzlich ganz sanft, während seine Augen fröhlich funkelten. »Wer würde uns denn dann mit Heftpflaster, Aspirin, Regenschirmen, Sicherheitsnadeln und – wie heißt das Zeug gegen Schock? – Irgendwas-Tropfen? versorgen?«

»Notfalltropfen.« Sie hätte gut welche gebrauchen können. Auf jeden Fall musste sie hier weg. Damit sie wieder atmen konnte.

»Wovor haben Sie solche Angst?«, fragte er noch sanfter. Sie hatte das Gefühl, dass er näher an sie herankam.

»Vor nichts!« Ihre Stimme klang schrill wie die Bremsen eines Busses.

Mit verschränkten Armen betrachtete er sie. Etwas in der Art, wie seine Mundwinkel sich nach oben rollten, bewirkte, dass sie sich klein und dumm vorkam, als würde er sich über sie lustig machen. Doch im nächsten Moment schien er das Interesse verloren zu haben.

»Nun gehen Sie«, seufzte er und ging hinter seinen Schreibtisch. »Gehen Sie, aber sagen Sie nichts zu den anderen«, fügte er mit einem Nicken auf die Tüte hinzu. »Sonst wollen die auch was.«

Ashling wankte an ihren Schreibtisch zurück. Ihre Beine gehörten nicht richtig zu ihr. Sie formulierte die Schlagzeile: Schock! Jack Devine ist nicht der gemeine Kerl, wie zunächst angenommen.

Aber das Merkwürdigste war, dass Ashling ihn fast lieber mochte, wie er vorher war.

Obwohl sich später die Dinge normalisierten.

Mercedes schlich in die Redaktion, und die anderen wären fast von ihren Stühlen gefallen, als sie sahen, wie aufgewühlt – ganz untypisch für sie – sie war. Sehr aufgewühlt. Auf Lisas Anweisung hin hatte Mercedes versucht, ein Interview mit der verrückten Frieda Kiely zu machen. Und obwohl sie über das Wochenende in Donegal eine Modestrecke mit Friedas Kollektion fotografiert hatte, ließ Frieda sie anderthalb Stunden auf das Interview warten und behauptete dann steif und fest, sie habe noch nie von *Colleen* gehört.

»Wer sind Sie überhaupt?«, wollte sie wissen. »*Colleen*? Was soll das denn sein? Was ist das?«

»Sie ist verrückt. Eine alte Hexe«, zischte Mercedes und war wieder überwältigt von den ihr zugefügten Demütigungen. »Eine vollkommen übergeschnappte alte HEXE!«

»Eine prämenstruelle Psycho-Zicke aus der Hölle.« Kelvin war sehr bemüht, es Mercedes recht zu machen.

»Eine Schizo-Schnepfe«, warf Trix ein.

»Und eine abgemagerte Bohnenstange«, sagte der langweilige Bernard, der sie nie gesehen hatte, aber wie jedes Muttersöhnchen gern über andere herzog. »Da ist doch an jedem Spazierstock mehr Fleisch.«

Trix sah ihn spöttisch an. »Das ist ein Kompliment, du Knalltüte. Du hast doch keine Ahnung.«

Frieda Kiely wurde eifrig mit Beleidigungen überhäuft, nur Ashling machte nicht mit. Sie hatte gehört, dass Frieda wirklich verrückt war. Anscheinend war sie leicht schizophren und weigerte sich, ihre Medikamente zu nehmen.

»Aber«, unterbrach Ashling die Beschimpfung, weil sie das Gefühl hatte, dass einer sie verteidigen sollte. »Meint ihr nicht, wir sollten uns mal in ihre Lage versetzen, bevor wir sie so fertigmachen?«

»Genau«, sagte Jack, der aus seinem Büro gekommen war, um zu sehen, was der Anlass für den Trubel war. »Dann wären wir um vieles weiser. Gute Idee.« Er warf Ashling ein vernichtendes Lächeln zu, dann bellte er sie an: »Herr im Himmel, Ashling, benehmen Sie sich doch wie eine Erwachsene, halten Sie sich nicht an das Tempolimit!«

Lisa war amüsiert. »Und was *ist* das Tempolimit in diesem Land?«

»Siebzig auf der Autobahn«, sagte Jack und knallte die Tür von seinem Büro hinter sich zu.

Ashling hasste Jack wieder. Alles war wie zuvor.

Obwohl Marcus Valentine die Nummer der Redaktion gar nicht wissen konnte, stockte Ashling der Atem, als Trix ihr um zehn vor vier den Telefonhörer reichte und sagte: »Ein Mann für dich.«

Ashling nahm den Hörer, wartete einen Moment, um die Fassung wiederzugewinnen, und säuselte dann: »Na, hallo?«

»Ashling?« Es war Dylan, und er klang verdutzt. »Bist du erkältet?«

»Nein.« Enttäuscht sprach sie nun mit ihrer normalen Stimme. »Ich dachte, es wäre jemand anders.«

»Können wir uns heute Abend treffen? Ich kann jederzeit in die Stadt kommen, wann immer es dir passt.«

»Na klar.« So würde sie nicht zu Hause neben ihrem Telefon Wache schieben. »Komm doch gegen sechs in die Redaktion.«

Dann hörte sie schnell ihren Anrufbeantworter zu Hause ab. Es war erst eine Viertelstunde verstrichen, seit sie die letzte Fernabfrage gemacht hatte, aber man wusste ja nie.

Oder man wusste es eben doch, weil keiner angerufen hatte.

Um Viertel nach sechs erregte Dylan einiges Aufsehen, als er in einem gut geschnittenen Leinenanzug und einem blütenreinen weißen Hemd hereinkam und die blonden Haare ihm in die Stirn fielen. Als er vor Ashlings Schreibtisch Halt machte, sah er irgendwie schief aus, als hätte er sich die Schulter verrenkt.

»Hast du dich verletzt?« Sie stand auf, ging um ihn herum und entdeckte, dass der Grund für seine schiefe Haltung eine Tüte von HMV war, die er verbergen wollte.

»Dylan, ich sage keinem, dass du CDs gekauft hast.«

»Entschuldigung«, sagte er und zuckte verlegen. »Das liegt daran, dass ich in der Einöde von Sandyford arbeite. Wenn ich dann mal in die Stadt komme, flippe ich in den CD-Läden aus. Und dann kriege ich Schuldgefühle.«

»Dein Geheimnis ist bei mir sicher.«

»Neues Jackett?«, fragte Dylan, als Ashling ihre Geräte ausstellte.

»Ehrlich gesagt, ja.«

»Lass mal sehen.«

Er verlangte, dass sie still hielt,während er ihre Schultern betrachtete, nickte und sagte: »Jaha.« Ashling gab sich – jedoch vergeblich – Mühe, ihre Taille schmaler zu machen, als sein Blick an den Seitennähten entlangglitt. Er nickte wieder, sagte wieder: »Jaha«, diesmal noch mehr angetan, sah zu ihr auf und sagte: »Steht dir.« Dann lächelte er und sagte: »Steht dir richtig gut.«

»Du bist ein echter Charmeur.« Ashlings Wohlbefinden war im Laufe der Prüfung gestiegen. Dylan war immer überaus großzügig mit Komplimenten. Doch obwohl sie wusste, dass er Komplimente austeilte wie andere Schnupftabak bei einer Totenwache, war es schwierig, ihm nicht wenigstens halb zu glauben, und noch schwieriger, nicht hocherfreut zu sein.

»Du bist *gefährlich*«, sagte sie strahlend. »Lass uns gehen.« Sie drehte sich um und sah, dass Jack Devine in der Nähe stand und mit finsterer Miene in einem Ordner auf Bernards Schreibtisch blätterte. Mit einem nervösen Lächeln verabschiedete sie sich von ihm und dachte eine schreckliche Sekunde lang, dass er sie ignorieren würde. Dann stieß er laut den Atem aus und sagte: »Schönen Abend, Ashling.«

Lisa war auf der Damentoilette gewesen und hatte ihr Make-up aufgefrischt, weil sie eine Verabredung mit einem berühmten irischen Koch hatte, den sie zu überreden hoffte, regelmäßige Koch-Reportagen für *Colleen* zu schreiben. Als sie zurück ins Büro eilte, um ihr Jackett zu holen, kam sie so schnell durch die Tür, dass sie mit einem blonden Mann zusammenprallte, den sie noch nie gesehen hatte. Mit der Schulter rammte sie seine Brust und spürte einen Moment seine Körperwärme durch das dünne Hemd.

»Entschuldigung.« Er legte ihr seine großen Hände auf die Schultern. »Ist was passiert?«

»Nein, ich denke nicht.« Als sie den Kopf hob, sahen sie sich mit einem langen, interessierten Blick an.

Dann bemerkte Lisa Ashling an seiner Seite. War er ihr Freund? Nein, bestimmt nicht.

»Wer war *das* denn?«, fragte Dylan, als die Aufzugtür sich hinter ihnen geschlossen hatte.

»Du bist ein glücklich verheirateter Mann«, erinnerte Ashling ihn.

»Ich habe nur gefragt.«

»Sie heißt Lisa Edwards, sie ist meine Chefin.« Aber Ashling musste an ihr Gespräch mit Clodagh denken und all die Konferenzen, zu denen Dylan fuhr. *War er ihr treu?*

Sie sagte rasch: »Wo sollen wir hingehen?«

Er ging mit ihr ins Shelbourne, das schon brechend voll war mit Leuten aus den umliegenden Büros, die sich hier zu einem Feierabenddrink eingefunden hatten.

»Wir werden stehen müssen«, sagte Ashling. »Hier kriegen wir nie einen Sitzplatz.«

»Sag niemals nie«, sagte Dylan mit einem Zwinkern. »Warte mal kurz.«

Im nächsten Moment wandte er sich an eine Gruppe um einen Tisch, plauderte lächelnd mit ihnen und kam wieder zu Ashling. »Komm! Die gehen gerade.«

»Wieso gehen sie? Was hast du zu ihnen gesagt?«

»Nichts! Ich habe nur bemerkt, dass ihre Gläser fast leer waren.«

»Hmmm.« Dylan konnte so charmant und überzeugend sein, dass er mühelos Salz in Sibirien verkaufen würde.

»Rutsch da rein, Ashling – schönen Abend, vielen Dank!« Mit einem strahlenden Lächeln verabschiedete er sich von den Tisch-Überlassern.

Dann schlängelte er sich mit verdächtiger Behändigkeit durch die Menge zur Bar und kam gleich darauf mit den Drinks zurück. Gutes passierte Dylan einfach aus Gewohnheit, und als er ihren Gin-Tonic vor sie auf den Tisch stellte, fragte Ashling sich wie so oft, wie es wohl war, mit ihm verheiratet zu sein. Die reinste Glückseligkeit, nahm sie an.

»Erzähl mir alles, *alles* von diesem fantastischen neuen Job«, befahl Dylan ihr energisch. »Ich will es ganz genau hören.«

Ashling wurde von seiner Begeisterung angesteckt und hatte ihren Spaß daran, ihm die verschiedenen Persönlichkeiten bei *Colleen* zu schildern, wie sie interagierten – oder auch nicht, je nachdem.

Dylan lachte viel und schien sich ehrlich zu amüsieren, und Ashling war fast bereit zu glauben, sie sei eine großartige Erzählerin. Das gehörte alles zu seiner Masche, wie auch seine Bewunderung für ihr neues Jackett – er hatte die große Gabe, den Menschen zu einem Wohlgefühl zu verhelfen. Er konnte nicht anders. Dabei war er nicht unaufrichtig, das wusste Ashling. Nur ein bisschen übertrieben. Und sie wusste, dass es ein Irrtum war zu glauben, sie könne anderen Leuten die gleichen lahmen Geschichten erzählen und sich große Heiterkeitsausbrüche erhoffen.

»Du bist sehr witzig.« Er stieß sein Glas in bewunderndem Lob gegen ihres. Sein Flirtverhalten versprach mehr, als er zu geben bereit war. Aber das nahm Ashling nicht ernst. Wenigstens inzwischen nicht mehr.

»Und wie sieht es in der Computer-Branche aus?«, fragte sie schließlich.

»Himmel! Unglaublich viel los! Wir können die Aufträge nicht schnell genug erledigen.«

»Toll«, sagte Ashling und schüttelte bewundernd den Kopf. »Als ich dich kennen lernte, war es nicht sicher, ob die Firma ihr erstes Jahr überstehen würde. Und sieh dich jetzt an!«

Die Stimmung erhielt einen winzigen, kaum wahrnehmbaren Dämpfer, als sie von ihrer ersten Begegnung sprachen. Aber zum Glück waren ihre Gläser leer, und Ashling sprang auf.

»Noch mal das Gleiche?«

»Bleib sitzen, ich hole sie!«

»Nein, wirklich, ich …«

»Bleib sitzen, Ashling, ich bitte dich.«

Auch das gehörte zu Dylan. Er war jederzeit über die Maßen großzügig.

Als er mit den gefüllten Gläsern wiederkam, fragte Ashling ihn neugierig: »Hattest du einen speziellen Grund, dich mit mir zu treffen?«

»Na jaaaa«, sagte Dylan gedehnt und spielte mit dem Bierdeckel. »Doch, den hatte ich.«

Plötzlich war er nicht mehr locker und entspannt, und das war an sich schon ein alarmierendes Zeichen.

»Ist dir in letzter Zeit was aufgefallen ...?« Er brach ab.

»Aufgefallen?«

»An Clodagh?«

»Wie meinst du das?«

»Ich ...« Große, lange Pause. »... irgendwie mache ich mir Sorgen um sie. Sie scheint nie glücklich, sie ist oft gereizt mit den Kindern und manchmal sogar ... leicht irrational. Molly hat erzählt, Clodagh hätte sie geschlagen – und wir haben die Kinder nie geschlagen.«

Wieder entstand eine unbehagliche Pause, bevor Dylan fortfuhr: »Was ich jetzt sage, hört sich vielleicht komisch an, aber sie renoviert ständig das Haus. Kaum ist ein Zimmer fertig, fängt sie davon an, dass sie ein anderes Zimmer tapezieren lassen will. Und wenn ich versuche, mit ihr darüber zu sprechen, kommen wir nicht weiter. Ich weiß nicht ... ich meine, vielleicht ist sie deprimiert.«

Ashling dachte nach. Wenn sie sich besann, dann war Clodagh in letzter Zeit tatsächlich unzufrieden und ziemlich schwierig gewesen. Und es stimmte, dass sie dauernd mit Renovieren beschäftigt war. Dann hatte sie Molly erzählt, Barney sei tot, was Ashling sehr seltsam vorgekommen war. Obwohl ihr Clodaghs Rechtfertigung, auch sie habe Bedürfnisse, völlig eingeleuchtet hatte. Aber hier, in dem Kontext, den Dylan geschaffen hatte, kam es ihr wieder bedenklich vor.

»Ich weiß nicht. Vielleicht«, sagte Ashling noch tief in Gedanken. »Aber mit Kindern ist es hart. Sie ist ständig gefordert. Und du arbeitest so viel ...«

Dylan beugte sich vor und hörte Ashling so aufmerksam zu, als könne er damit ihre Worte festhalten oder sammeln. Aber als sie aufhörte zu sprechen und verstummte, sagte er: »Ich hoffe, du nimmst mir dies nicht übel, aber ich dachte, du würdest vielleicht einige der Anzeichen erkennen. Wegen deiner Mutter. Deine Mutter«, wiederholte er, als Ashling nichts sagte. »Sie litt doch unter Depressionen, oder?« Trotz Dylans sanfter Stimme reagierte Ashling nicht.

»Ich dachte, vielleicht ist Clodagh auch so …?«

Plötzlich fühlte Ashling sich zurückversetzt, in den Wahnsinn gestoßen, in die Verstörung, den allgegenwärtigen Schrecken. In ihren Ohren hallte das lang verklungene Schreien und Kreischen, und ihr Mund blieb verschlossen, in dem Wunsch, nicht darüber zu sprechen.

Bestimmt und fast ein wenig aggressiv sagte sie: »Clodagh ist nicht im Mindesten so wie meine Mutter.«

»Nein?« Dylan schöpfte Hoffnung, wollte es aber genauer wissen.

»Wenn man das Wohnzimmer renoviert, ist das kein Zeichen von Depression. Also, nicht die Art von Depression, die ich kenne. Sie weigert sich doch nicht aufzustehen, oder? Oder wünscht sich, tot zu sein?«

»Nein.« Er schüttelte den Kopf. »Überhaupt nicht. Nichts dergleichen.«

Obwohl, am Anfang war ihre Mutter auch nicht so gewesen. Es hatte allmählich angefangen. Gegen ihren Willen tauchte Ashling in die Vergangenheit ein und war wieder neun Jahre alt. Damals hatte sie zum ersten Mal gemerkt, dass irgendwas nicht stimmte. Sie machten Ferien in Kerry, als ihr Vater eines Abends den prächtigen Sonnenuntergang bewunderte: »Ein schönes Ende eines schönen Tages. Meinst du nicht, Monica?«

Den Blick nach vorn gerichtet, hatte Monica mit schwerer Stimme gesagt: »Gott sei Dank geht die Sonne unter. Ich bin froh, wenn der Tag vorbei ist.«

»Aber es war ein wunderbarer Tag«, sagte Mike. »Die Sonne hat geschienen, wir haben am Strand gespielt …«

Aber Monica sagte nur: »Ich bin froh, wenn der Tag vorbei ist.«

Ashling ließ von Janet und Owen ab, mit denen sie sich gebalgt hatte, und fühlte sich ausgeschlossen und beunruhigt. Eltern durften keine Gefühle haben, nicht solche Gefühle. Sie konnten sich beklagen, wenn man die Hausaufgaben nicht gemacht oder sein Abendessen nicht gegessen hatte, aber sie durften nicht ihre eigenen unglücklichen Gefühle haben.

Am Ende der zwei Wochen kamen sie nach Hause, und es schien, als wäre ihre Mutter in einem Moment jung, hübsch und glücklich gewesen, und im nächsten schweigsam und verschlossen, und sie hörte auf, sich die Haare zu färben. Und sie weinte. Sie weinte ständig und lautlos, und die Tränen rannen ihr über das Gesicht.

»Was ist bloß los?«, fragte Mike immer, immer wieder. »Was ist *los*?«

»Was hast du, Mum?«, fragte Ashling. »Hast du Bauchschmerzen?«

»Ich habe Seelenschmerzen«, flüsterte ihre Mutter.

»Nimm doch zwei Junior Disprins.« Ashling gab ihrer Mutter den gleichen Rat, den ihre Mutter ihr immer gab, wenn sie Schmerzen hatte.

Waren andere Menschen im Unglück, litt Monica mit ihnen. Drei volle Tage weinte sie über eine Hungersnot in Afrika. Aber als Ashling mit der guten Nachricht, die sie von Clodaghs Mutter hatte, nach Hause kam, dass »sie Nahrungsmittel einfliegen«, hatte Monica schon einen neuen Anlass: Jetzt weinte sie über einen Jungen, der in einem Pappkarton gefunden worden war. »Das arme Kind«, schluchzte sie, »das arme, wehrlose Kind.«

Während ihre Mutter weinte, lächelte ihr Dad für beide zusammen. Lächelte starr. Lächelte die ganze Zeit.

Er hatte eine wichtige Arbeit, die ihn ganz in Anspruch nahm. Das sagten die Leute immer zu Ashling: »Dein Daddy hat eine ganz wichtige Arbeit.« Er war Vertreter, und wenn er von seinen Fahrten von Limerick nach Cork und von Cavan nach Donegal erzählte, hörte sich das an wie Fiannas Abenteuer. Er war so beschäftigt und wichtig, dass er oft von montags bis freitags fort war. Darauf war Ashling stolz. Alle anderen Väter kamen abends um halb sechs nach Hause, und Ashling dachte herablassend, dass ihre Arbeit nicht so wichtig sein konnte.

Am Wochende kam ihr Dad nach Hause und lächelte und lächelte und lächelte.

»Was sollen wir heute machen?« Er klatschte in die Hände und strahlte alle an.

»Es ist mir gleichgültig«, murmelte Monica. »Ich sterbe in mir drin.«

»Na, aber, wer würde denn so was Dummes tun wollen?«, sagte er fröhlich.

Er wandte sich Ashling zu und sagte lächelnd, als wäre es ein Geheimnis: »Deine Mutter ist eine Künstlerin.«

Ihre Mutter hatte immer schon Gedichte geschrieben. Einmal, als Ashling noch ganz klein war, war eins von Monicas Gedichten sogar in einer Anthologie erschienen, und seit das Weinen angefangen hatte, schrieb Monica auch wieder viel mehr.

Ashling wusste das mit den Gedichten. Es waren schöne, gereimte Verse über Sonnenuntergänge und Blumen, meistens über Osterglocken. Aber als Ashling mit Clodagh, die sie kichernd dazu anstiftete, heimlich die neuen Gedichte las, war sie bis ins Mark erschüttert. In ihrem Schockzustand war sie für eins zutiefst dankbar – dass Clodagh nicht richtig lesen konnte.

Die Gedichte reimten sich nicht, die Verse waren alle unterschiedlich lang, aber die einzelnen Worte waren die eigentliche Ursache für ihren Kummer. Es gab keine Blumen in Monica Kennedys neuen Gedichten. Stattdessen standen da seltsame raue Begriffe, die Ashling mühsam entzifferte.

Im Schweigen festgenäht,
ist mein Blut schwarz.
Ich bin zerbrochenes Glas,
Ich bin rostende Klingen,
Ich bin die Sühne und das Verbrechen.

Wieder in die Gegenwart zurückkehrend, merkte Ashling, dass Dylan sie besorgt beobachtete. »Alles in Ordnung?«, fragte er.

Sie nickte.

»Ich dachte schon, du wärst in eine andere Sphäre entschwunden.«

»Mit mir ist nichts«, beharrte Ashling. »Clodagh hat nicht zufällig angefangen, Gedichte zu schreiben, oder?« Sie rang sich ein Lächeln ab bei der Frage.

»Clodagh! Allein der Gedanke.« Dylan schmunzelte, als ginge ihm plötzlich auf, wie töricht seine Sorge war. »Du meinst also, wenn sie anfängt, Gedichte zu schreiben, dann sollte ich anfangen, mir Sorgen zu machen?«

»Aber vorher gibt es keinen Anlass. Wahrscheinlich ist sie einfach ein bisschen erschöpft und braucht Ferien. Könnt ihr nicht was Schönes zusammen machen? Du könntest mit ihr in Urlaub fahren und sie aufheitern.« *Schon wieder Urlaub*, dachte sie zickig. Sie spürte einen Anflug von Unmut, weil Dylan *sie* fragte, wie er Clodaghs Leben noch schöner machen könnte.

»Vor August kann ich mir nicht frei nehmen«, sagte Dylan.

»Oder geh mit ihr romantisch essen.«

»Clodagh traut den Babysittern nicht.«

»Warum – was machen sie?«

Dylan lachte leicht verlegen. »Sie hat Angst, dass sie die Kinder missbrauchen. Oder sie schlagen. Ehrlich gesagt, ich denke auch manchmal daran.«

»Großer Gott, ständig wird was Neues erfunden, worüber die Menschen sich Sorgen machen können. Sucht euch jemanden, dem ihr vertraut. Zum Beispiel deine Mutter.«

»O nein!« Dylan zog bedauernd die Mundwinkel nach unten. »Das wäre keine sehr gute Idee.«

Ashling nickte. Das stimmte allerdings. Die junge Mrs. Kelly und die nicht mehr ganz so junge Mrs. Kelly waren sich nicht grün, sondern sahen eher rot, wenn es darum ging, wie man sich am besten um Dylan und seine Kinder kümmerte.

»Und Clodaghs Mutter hat schlimme Arthritis«, sagte Dylan. »Sie würde das nicht schaffen mit den Kindern.«

»Ich kann auf die beiden aufpassen, wenn du magst«, bot Ashling an.

»Am Wochenende? Ein wildes, junges Ding wie du?«

Nach einem kurzen Zögern sagte sie: »Ja.« Dann sagte sie, diesmal mit festerer, etwas trotzig klingender Stimme, erneut: »Ja.«

Wenn sie wirklich nicht erreichbar war, würden ihre Chancen steigen, dass Marcus Valentine anrief.

»Das ist ja großartig!« Dylan war neu belebt. »Danke, Ashling, du bist ein Schatz. Ich kümmere mich um einen Tisch für Samstagabend. Vielleicht kriege ich einen im L'Œuf.«

Warum nicht? dachte Ashling, gegen ihren Willen amüsiert. *Wo denn sonst?* L'Œuf war das vornehmste Restaurant in Dublin. Seine herausragende Eigenschaft bestand darin, dass es immer in Mode war – obwohl keine asiatischen Gerichte und keine moderne irische Cuisine auf der Karte standen. Es war jahrein, jahraus der Hit und das Essen war umwerfend. Die Preise allerdings auch.

»Deiner Mammy geht es doch jetzt besser, oder?«, sagte Dylan wie zur Entschuldigung, dass er das Thema angeschnitten hatte.

›Besser‹ war ein relativer Begriff, außerdem ging es nicht immer darum, aber ihm zu Gefallen nickte Ashling und sagte: »Ja, es geht ihr besser.«

»Du bist wirklich ein Schatz, Ashling«, sagte Dylan und verabschiedete sich von ihr.

Das stimmt, dachte Ashling, *ich bin ein Schatz.*

23

Zehn Minuten Fußweg von Dylan und Ashling entfernt speisten Lisa und Jasper Ffrench, der gefeierte Koch, im Clarence. Jasper hatte sich speziell dieses Lokal als Treffpunkt gewünscht, damit er das Essen als nicht annähernd so gut wie das, was er in seinem nach ihm benannten Restaurant produzierte, herunterputzen konnte. Er war ein gut aussehender und unangenehmer Mensch; zweifellos dachte er, er sei ein Genie, und war eifersüchtig auf alle anderen auf seinem Gebiet. »Amateure«, erklärte er und schwenkte sein sechstes Glas Wein, »alles Amateure und Dilettanten. Marco Pierre White – ein Amateur! Alasdair Little – ein Amateur!«

Herr im Himmel, was für ein Schwachkopf. Lisa nickte und lächelte. Wie gut, dass schwierige Männer ihre Spezialität waren. »Deswegen sind wir auf Sie zugekommen, damit Sie den Erfolg von *Colleen* mitgestalten, Jasper.«

Das stimmte nicht ganz. Sie waren auf Jasper zugekommen, weil Conrad Gallagher ihnen schon eine Absage erteilt hatte mit der Begründung, er habe zu viel zu tun.

Während Jasper bei der zweiten Flasche Wein kräftig zulangte, betörte Lisa ihn mit einem Vernetzungsentwurf. Ohne es ihm regelrecht zu versprechen, deutete sie doch an, dass eine Kolumne in *Colleen* der erste Schritt zu einer eigenen Sendung auf Channel 9, dem Fernsehsender von Randolph Media, sein könnte.

»Ich mache es!«, beschloss Jasper. »Lassen Sie mir morgen früh einen Vertrag zukommen.«

»Ich habe einen bei mir«, sagte Lisa prompt. Man soll das Eisen schmieden, solange es heiß ist.

Jasper kritzelte seine Unterschrift darauf – gerade im richtigen Moment, denn der Kellner kam, um ihre Teller abzuräumen. Wie jedesmal hatte Lisa ihr Essen auf dem Teller herumgeschoben, aber kaum etwas gegessen.

»Hat es Ihnen nicht geschmeckt?«, fragte der Kellner.

»Doch, es war köstlich, aber –«

Als Lisa Jaspers bohrenden Blick von der anderen Seite des Tisches bemerkte, verbesserte sie sich und sagte neutraler: »Es war gut.«

»Wenn es so unverschämt schlecht war wie meins, dann wundert es mich nicht, dass Sie es nicht essen konnten«, erklärte Jasper. »Blutwurst-Blinis? Das ist doch ein Witz!«

»Es tut mir Leid, das zu hören, Sir«, sagte der Kellner mit einem unbewegten Blick auf Jasper und dessen leer gegessenen Teller. Er hatte einmal für Jasper gearbeitet, den verrückten Hund. »Möchten Sie ein Dessert?«

»Nein, wir möchten keins!«, sagte Jasper erregt – zu Lisas Kummer, denn in dieser Woche machte sie eine Dessert-Diät. Natürlich kamen nur die leichteren Varianten in Frage: Obst, Sorbets, Kompott. Es war inzwischen gut zehn Jahre her, dass sie alle Schokoladendesserts aus ihrem Leben verbannt hatte.

Also gut, es war unerheblich. Sie bezahlte die Rechnung, und beide standen auf, der eine ziemlich wankend. An der Tür verabschiedeten sie sich, dann versuchte Jasper in seinem betrunkenen Zustand, sie anzugrabschen, was sie geschickt abzuwehren wusste. Gut, dass der Vertrag schon unterzeichnet war.

Als Jasper missmutig davontrottete und Lisa allein war, übermannte sie wieder ein überwältigendes Gefühl der Öde. Warum? Warum war hier alles so viel schwieriger? In London war es ihr doch gutgegangen. Auch nachdem Oliver ausgezogen war, hatte sie weitergemacht. Sie hatte ihre Sache vorangetrieben, ihre Visionen verfolgt, Dinge in Gang gesetzt, immer in der Gewissheit, dass es einen Preis für sie geben würde. Aber jemand anders hatte den Preis bekommen, und sie war in Irland, wo ihre bisher erfolgreichen Strategien nicht besonders gut zu funktionieren schienen.

Sie hatte ihre Mum am Tag zuvor nicht angerufen, obwohl es Sonntag gewesen war. Sie war zu deprimiert gewesen. Sie war nur aufgestanden, um zu dem widerlichen Geschäft an der Ecke zu gehen, wo sie eine Packung Eis und fünf Zeitungen kaufte, und als sie im Haus war, zog sie sich wieder ihren Bademantel an und verbrachte den Tag untätig in einer Wolke von Zigarettendunst. Ihr einziger Kontakt mit der Menschheit war eine Horde Achtjähriger, die den ganzen Nachmittag über ihren Ball gegen ihre Haustür kickten.

Bevor sie ein Taxi anhielt, ging sie in einen Zeitungsladen, um Zigaretten zu kaufen. Ihre Lebensgeister regten sich in dem Moment, als sie sah, dass der neue *Irish Tatler* erschienen war. *Irish Tatler* war eine der Konkurrenzzeitschriften für *Colleen,* und ihn einer vernichtenden Kritik zu unterziehen würde sie für den Rest des Abends beschäftigen. Plötzlich schien ihr der Gedanke, nach Hause zu kommen, nicht mehr so schrecklich.

»Hallo, Lisa!« Ein paar kleine Mädchen, die auf der Straße spielten, riefen ihr zu, als sie aus dem Taxi stieg. »Ein sexy Kleid hast du an.«

»Danke.«

»Was für eine Schuhgröße hast du?«

»Neununddreißig.«

Die Mädchen steckten die Köpfe zusammen. Wie groß war neununddreißig? Zu groß für sie, entschieden sie mit Bedauern.

Sie schloss auf, schleuderte ihre Tasche in die Ecke, stellte den Wasserkocher an und sah zum Anrufbeantworter hinüber. Keine Nachrichten, was nicht verwunderlich war, denn kaum jemand kannte ihre Nummer. Trotzdem fühlte sie sich wie eine Versagerin.

Sie stieß sich die hübschen Schuhe von den Füßen, warf ihr Kleid auf einen Sessel und zog sich ein paar Jogging-Hosen und ein nabelfreies T-Shirt an, als es an der Haustür klingelte. Wahrscheinlich eins der Mädchen, das fragen wollte, ob sie ihre Handtasche haben könnten, wenn Lisa sie nicht mehr wollte.

Mit einem Seufzer riss sie die Tür auf, und vor ihr auf der Schwelle, leicht gebeugt, um durch die Tür zu passen, stand Jack.

»Oh«, sagte sie wie vor den Kopf geschlagen.

Es war das erste Mal, dass sie ihn ohne Anzug sah. Sein langes, kragenloses Hemd stand bis zur Mitte der Brust offen. Nicht aus Kalkül, sondern weil die Knöpfe fehlten. Seine Khaki-Hosen sahen aus, als hätten sie in zwei Weltkriegen gedient. Das eine Hosenbein hatte einen Riss quer übers Knie, durch den eine glatte Kniescheibe und zehn Quadratzentimeter behaartes Schienbein zu sehen waren. Sein Haar war noch wilder als sonst, wie auch sein Gesicht – Jack gehörte zu den Männern, die sich zweimal am Tag rasieren mussten.

Er lehnte am Türpfosten und hielt etwas in der Hand, wie ein Polizist, der seine Dienstmarke vorzeigt. »Ich habe eine Zeituhr für Ihren Boiler.«

Es klang fast ein wenig anzüglich.

»Tut mir Leid, dass ich es nicht früher gemacht habe.« Dann zögerte er. »Ich komme hoffentlich nicht ungelegen?«

»Kommen Sie herein«, forderte sie ihn auf, »kommen Sie!«

Sie war konsterniert, denn in London kam niemand einfach so mal vorbei. Wenn sie sich mit jemandem verabreden wollte, nahm sie erst einmal ihren Palm-Computer oder ihren Terminkalender zur Hand und spielte das Ich-bin-beschäftigter-und-wichtiger-als-du-Spiel. Es war ein ausgeklügeltes Ritual mit strengen Regeln. Mindestens fünf Termine mussten vorgeschlagen und verworfen werden, bevor man sich auf einen einigen konnte.

»Nächsten Dienstag? Geht nicht, da bin ich in Mailand.«

Das ist das Stichwort für den Gesprächspartner: »Und mittwochs kann ich nicht, da habe ich immer Reiki.«

Eine mögliche Erwiderung darauf wäre: »Donnerstag ist für mich schlecht, weil da mein privater Alexander-Technik-Lehrer kommt.«

Diese Mitteilung wird übertroffen von: »Das Wochenende danach kommt nicht in Frage. Ich fahre nämlich mit Freunden in ein Cottage ins Lake District.«

Eine elegante Replik darauf wäre: »Und die Woche darauf geht bei mir nicht. Da bin ich in Los Angeles, geschäftlich.«

Hatte man endlich einen Termin gefunden, war es immer noch akzeptabel – ja, es wurde sogar erwartet –, dass man ihn am vereinbarten Tag noch umstieß, mit der Entschuldigung, Jetlag zu haben, ein Essen mit einem Kunden nicht absagen zu können oder nach Genf fahren zu müssen, um siebzig Leute zu entlassen.

Wie Sonnenbrillen von Gucci und Handtaschen von Prada war auch Zeitknappheit ein Statussymbol. Je weniger Zeit man hatte, desto wichtiger war man. Offenbar wusste Jack das nicht.

Er sah sich bewundernd um. »Sie sind seit – wie lange? – drei, vier Tagen hier, und es sieht schon hübscher aus. Das zum Beispiel.« Er deutete auf eine mit weißen Tulpen gefüllte Schale.

»Und das.« Er hatte eine Vase mit getrockneten Blumen erspäht.

Zum Glück konnte er die Tassen unter dem Bett nicht sehen, in denen sich der erste Ansatz von Schimmel zeigte, dachte Lisa. In ihren Wohnungen triumphierte immer der Stil über die Hygiene. Sie musste sich um eine Putzfrau kümmern …

»Kann ich Ihnen was zu trinken anbieten?«, fragte sie.

»Haben Sie ein Bier?«

»Ehm, nein, aber Weißwein.« Es war lächerlich, wie sehr sie sich freute, als er das Angebot annahm.

»Ich hole schnell die Sachen aus dem Auto«, sagte er, duckte sich unter dem Türrahmen hindurch und kam bald darauf mit einem blauen metallenen Werkzeugkasten wieder herein.

Mein Gott, er hatte einen Werkzeugkasten! Sie musste sich sehr beherrschen, dass sie ihn nicht anfasste und ihm die letzten Knöpfe vom Hemd riss, um seine breite, in genau dem richtigen Maße behaarte Brust zu entblößen und mit den Händen über seinen glatten Rücken zu fahren …

»Haben Sie was dagegen, wenn ich die Tür zum Garten aufmache?«, unterbrach er die Szene, die sich in ihrem Kopf abspielte.

»Ehm, nein, überhaupt nicht.« Sie folgte ihm mit den Augen, als er zur Tür ging und den Riegel zurückschob, der, seitdem er die Tür beim letzten Mal aufgemacht hatte, nicht angerührt worden war.

Eine würzige Brise strich durch die Küche und trug den kräftigen Abendgeruch des Grüns und das Gezwitscher der Vögel herein, die sich am Ende des Tages zur Ruhe begaben. Schön. Wenn man an dergleichen Dingen Gefallen fand.

»Haben Sie mal in Ihrem Garten gesessen?«, fragte Jack.

Nein. »Ja.«

»Es ist so friedlich da draußen, man merkt kaum, dass man in der Stadt ist«, sagte er mit einem Nicken nach draußen.

»Ich weiß.« *Das brauchst du mir nicht zu erzählen!*

»Dann wollen wir mal sehen.« Er musterte den Boiler. »Sieht ganz leicht aus, aber man weiß nie.«

Dann rollte er sich die Ärmel auf, zeigte die Sehnen an seinen schönen Handgelenken und machte sich an die Arbeit. Lisa setzte sich auf einen Stuhl und schlang die Arme um ein Knie. Sie genoss, fast zu sehr, die Anwesenheit eines attraktiven Mannes in ihrer Wohnung. Wie auch immer sich die Situation entwickelte, sie würde nicht über die Anzeigensituation sprechen. Es würde keine Dämpfer geben – dies war die perfekte Gelegenheit für einen Flirt.

»Erzählen Sie mir von sich«, forderte sie ihn mit selbstbewusster Koketterie auf.

»Was wollen Sie wissen?« Er klang nicht allzu höflich, während er laut scheppernd mit dem Werkzeug hantierte. Dann drehte er sich um und sagte halb empört: »Lisa, kommen Sie! Mit dieser Frage kann kein Mann was anfangen.«

»Also, dann erzählen Sie mir, wie Sie mit zweiunddreißig Geschäftsführer eines privaten Fernsehsenders, eines Radiosenders und verschiedener erfolgreicher Zeitschriften werden konnten.« Na gut, sie stellte es etwas glorreicher dar, als es war, aber Schmeichelei war ihr Geschäft.

»Es ist ein Job«, sagte Jack knapp, als dächte er, sie würde sich über ihn lustig machen. »Da, wo ich vorher war, wurde ich gefeuert, und ich musste Geld verdienen.«

Gefeuert? Das gefiel ihr gar nicht. »Warum hat man Sie gefeuert?«

»Ich hatte ein radikales Konzept vorgeschlagen, wonach die Mitarbeiter einen angemessenen Lohn und ein Mitspracherecht bei der Betriebsführung erhalten sollten. Im Gegenzug sollten die Angestellten Zugeständnisse im Bereich der Definitionen der Aufgabenfelder und bei der Überstundenregelung machen, aber die Geschäftsleitung fand, dass das linke Ideen seien, und hat mich an die Luft gesetzt.«

»Linke Ideen?« Linke waren nicht so lustig, oder? Sie zerrten einen immer auf irgendwelche Protestmärsche und hatten schreckliche Autos. Trabants und Ladas. Falls sie überhaupt ein Auto hatten. Aber Jack hatte einen BMW, oder?

»Als ich noch jünger und idealistischer war«, sagte er und vesetzte der Leitung einen mächtigen Schlag mit der Rohrzange, »hätte man mich wohl als Sozialist bezeichnet.«

»Aber jetzt nicht mehr, oder?«, fragte Lisa erschrocken.

»Nein.« Er lachte finster. »Sie klingen ja ganz entsetzt. Das habe ich aufgegeben, als ich merkte, dass die meisten Arbeiter froh und glücklich sind, wenn sie Lotto spielen oder die Aktien privatisierter Betriebe kaufen können, und dass sie sich gern selbst um ihr wirtschaftliches Wohlergehen kümmern.«

»Ganz richtig. Man muss nur genug arbeiten«, sagte Lisa sanft. Das hatte sie schließlich auch getan. Und sie kam aus der Arbeiterschicht – das heißt, wenn ihr Vater gearbeitet *hätte* – und es hatte ihr nicht geschadet.

Jack drehte sich um und lächelte vielsagend. Resigniert und traurig.

»Und wie sah Ihre berufliche Laufbahn bisher aus?«, fragte Lisa.

Jack wandte sich wieder dem Boiler zu und zählte ohne erkennbare Begeisterung auf: »Erst College und ein M. A. in Kommunikationswissenschaften, dann der für Iren obligatorische Auslandsaufenthalt. Zwei Jahre in einer Mediengruppe in New York, vier Jahre bei einer Kabelfernsehanstalt in San Francisco.

Kam gerade rechtzeitig für das Wirtschaftswunder nach Irland zurück, hatte einen Job bei einer Zeitung, wurde gefeuert, wie schon gesagt. Und vor zwei Jahren hat Calvin Carter mir den Job hier gegeben.«

»Und was machen Sie in Ihrer Freizeit?« Lisa erfreute sich an dem Anblick von Jacks Hemd, das sich über seinen Rückenmuskeln spannte, während er arbeitete.

»Zum Beispiel«, sagte sie mit einem schelmischen Lächeln, das er leider nicht sehen konnte, »spielen Sie Golf?«

»Das ist das letzte Mal, dass ich Ihren Boiler repariere«, murmelte er.

»Ich dachte mir, dass Sie nicht der Typ für Golf sind«, kicherte sie. »Also, was machen Sie?«

»Lisa, stellen Sie mir nicht solche Fragen. Jetzt weiß ich's«, sagte er und lächelte ihr über die Schulter flüchtig zu, »ich repariere Boiler. Ich klingele unangekündigt bei irgendwelchen Leuten und bestehe darauf, ihren Boiler zu reparieren. Manchmal sogar, wenn er gar nicht kaputt ist.«

Er sprach nicht weiter und konzentrierte sich darauf, eine Schraube festzudrehen. »Was sonst? Ich treffe mich mit meiner Freundin. Ich gehe segeln.«

»Auf einer Jacht?«, fragte Lisa neugierig und überging die erwähnte Freundin.

»Keine richtige Jacht. Überhaupt keine Jacht, ehrlich gesagt. Es ist ein Ein-Mann-Boot, kaum größer als ein Surfbrett. Und, warten Sie mal – ich spiele die halbe Nacht Sim City, falls das zählt.«

»Was ist das? Ein Computerspiel? Klar zählt das. Sonst noch was?«

»Ich weiß nicht. Wir gehen in den Pub oder manchmal zum Essen aus, und wir reden dauernd davon, dass wir ins Kino gehen wollen, und gehen dann doch nicht – und ich weiß nicht genau, warum nicht.«

Lisa gefiel es nicht, dass er in dem Satz von »wir« gesprochen hatte. Sie vermutete, dass damit er und Mai gemeint waren, und sie wusste nicht, was sie machten, wenn sie nicht ins Kino gingen, aber sie hatte da ihre Vermutungen.

»Ich treffe mich mit Freunden vom College, ich sehe ziemlich viel fern, aber das gehört zu meiner Arbeit.«

»Ach ja«, spottete Lisa gutmütig. Dann fiel ihr etwas ein. »Das macht Ihnen am meisten Spaß, oder? Die Arbeit beim Fernsehen.«

»Ja –« Dann sah sie, wie Jacks Muskeln sich anspannten, weil ihm bewusst wurde, mit wem er sprach. »Ehm, die Zeitschriften machen mir auch Spaß. Und die Anforderungen, die Channel 9 an mich stellt …«

»Sie hätten also auf *Colleen* und die zusätzliche Arbeit verzichten können?«, neckte Lisa ihn.

Jack wich der Frage taktvoll aus. »Für mich ist die Arbeit bei Channel 9 zur Zeit sehr lohnenswert. Nachdem wir zwei Jahre lang richtig gekämpft und uns durchgehangelt haben, können wir jetzt den Mitarbeitern gute Gehälter zahlen, die Sponsoren aus der Industrie sind zufrieden, und die Zuschauer kriegen intelligente Sendungen. Und jetzt haben wir fast den Punkt erreicht, wo wir Investoren anlocken, so dass wir noch weitere gute Sendungen in Auftrag geben können.«

»Toll«, sagte Lisa vage. Sie hatte genug über Channel 9 gehört. »Was machen Sie sonst noch?«

»Aahhhh«, machte Jack, »an den Wochenenden besuche ich meistens meine Eltern. Einfach nur für ein Stündchen. Sie sind nicht mehr so jung wie früher, deswegen kommt mir die Zeit mit ihnen kostbarer vor. Verstehen Sie, was ich meine?«

Hastig wechselte Lisa das Thema. »Gehen Sie manchmal zu Eröffnungen von Restaurants? Oder Premieren? Solche Sachen?«

»Nein«, sagte Jack knapp. »Ich hasse dergleichen. Ich bin ohne Konversationstalent auf die Welt gekommen, aber das brauche ich Ihnen ja nicht zu sagen.«

»Wie meinen Sie das?«, fragte Lisa verblüfft.

»Ach, das wissen Sie genau. Ich bin ein alter Brummbär.«

»Mir gegenüber sind Sie das nicht«, sagte Lisa, womit sie nicht sagte, dass sie seine Wutanfälle nicht bemerkt hätte.

»Ich meine es nie so«, sagte er mit einer gewissen Scheu. »Es rutscht einfach so raus … und danach tut es mir Leid.«

»Sie bellen also nur und beißen nicht, oder wie?«

Er drehte sich um. »Fertig!«, sagte er und legte die Rohrzange hin. Dann sagte er mit leiser Stimme: »So ist es nicht immer. Manchmal habe ich einen kräftigen Biss.«

Bevor sie auf diese provokative Aussage eingehen konnte, warf er die Zange und die Schraubenschlüssel lärmend in den Werkzeugkasten.

»Es ist eine Vierundzwanzig-Stunden-Uhr, geht ganz leicht einzustellen, und Sie haben jederzeit heißes Wasser. Wir sehen uns morgen, und Entschuldigung, dass ich unangemeldet vorbeigekommen bin.«

»Das macht doch n –«

Und schon war er weg, das Haus war sehr leer, und Lisa war allein – sehr allein – mit ihren Gedanken.

Oliver hatte sich für Mode und Partys, für Kunst und Musik und Clubs interessiert und wollte die richtigen Leute kennen. Jack war ein verkappter Sozialist, der auf einem Surfbrett segeln ging und kein gesellschaftliches Leben hatte, das der Rede wert wäre. Aber er war auch groß und sexy und gefährlich und roch gut, und, he, man kann eben nicht alles haben.

24

Du bist ein Schatz, Ashling, du bist ein Schatz. Dylans Worte bei ihrem Abschied gingen ihr im Kopf herum, als sie vom Shelbourne nach Hause ging. Und das hörte erst auf, als sie ins Café Moka ging und dort eine Kleinigkeit aß.

Als sie nach Hause kam, saß Boo auf den Stufen.

»Wo warst du?«, fragte sie ihn. »Ich habe dich eine ganze Weile nicht gesehen.«

Er verdrehte die Augen. »Frauen«, rief er gutmütig. »Immer wollen sie alles genau wissen.« Seine Augen leuchteten in seinem unrasierten Gesicht. »Mir war nach Tapetenwechsel«, sagte er und wedelte mit seiner schmutzigen Hand. »Ein schöner Ladeneingang in der Henry Street hat mich gelockt, also habe ich meine Mütze dort für ein paar Abende ausgelegt.«

»Du schläfst also rum«, sagte Ashling. »Typisch Mann.«

»Es war nichts Ernstes«, sagte Boo trocken. »Es war rein körperlich.«

»Gestern Abend hatte ich Bücher für dich dabei.« Ashling ärgerte sich, dass sie wieder mit leeren Händen vor ihm stand. Doch dann erinnerte sie sich an das Rezensionsexemplar von Patricia Cornwell in ihrer Tasche. Als keiner in der Redaktion es haben wollte, hatte Ashling es für Joy mitgenommen.

»Meinst du, das wär was für dich?« Unbeholfen zog sie das Buch aus der Tasche. Boos Augen leuchteten interessiert auf, dass ihr fast übel wurde. Sie hatte so viel, er hatte nichts weiter als seine orangefarbene Decke.

»Großartig«, hauchte er. »Ich pass gut drauf auf, das verspreche ich.«

»Du kannst es behalten.«

»Wieso das?«

»Ich habe es umsonst bekommen. Im Büro.«

»Cooler Job«, sagte er anerkennend. »Danke, Ashling, das finde ich sehr nett von dir.«

»Es ist doch nichts«, sagte sie steif. Die Ungerechtigkeit der Welt bedrückte sie, sie ärgerte sich über sich selbst, weil so viel in ihrer Macht stand, und war zerknirscht, weil sie so wenig ausrichtete.

Als sie den Schlüssel in die Haustür steckte, rief er: »Wie fandest du Marcus Valentine?«

»Ich weiß nicht.« Einen Moment wollte sie zu einer langen Erklärung anheben, darüber, wie sie erst nicht scharf auf ihn gewesen war, und dann doch, als sie ihn auf der Bühne gesehen hatte, und wie sehr sie darauf wartete, dass er anrufen würde, und hoffte, dass er ihr eine Nachricht auf Band gesprochen hatte, und … aber Augenblick mal.

»Komisch«, sagte sie mit einem schwachen Lächeln. »Er war echt komisch.«

Komisch war genau das richtige Wort. Erst zu sagen, er würde anrufen, und dann genau das nicht zu tun. Sie rannte die Treppe rauf, so eilig hatte sie es zu sehen, ob eine Nachricht auf dem Band war.

Als sie das rote Licht blinken sah, wurde ihr schwindlig. Sie drückte auf den Wiedergabeknopf, und als das Band sich an die richtige Stelle spulte, hastete sie durch die Wohnung, rieb den Glück bringenden Buddha, berührte den Glück bringenden Kieselstein, strich über die Glück bringende Kristallkugel und setzte sich die Glück bringende rote Pudelmütze auf. »Bitte, gütige Macht im Weltall, die ich Gott nenne«, betete sie, »lass ihn angerufen haben.«

Anscheinend gab es einige Verwirrung im Raum-Zeit-Kontinuum, denn ihr Gebet wurde erhört. Aber das *falsche* Gebet. Ein längst überholtes Gebet – denn die Botschaft war von Phelim.

Wie oft hatte Ashling in der Vergangenheit darum gebetet, dass er anrufen möge, und jetzt, da er angerufen hatte, war es zu spät.

»Hallo, Ashling«, sagte er, von einem Knistern aus Sydney begleitet. »Wie geht's dir so?« Er klang sonnig und australisch, bevor er in den Dubliner Akzent zurückfiel. »Hör zu, ich habe vergessen, meiner Mutter ein Geburtstagsgeschenk zu kaufen, und das ist ganz furchtbar. Könntest du ihr was besorgen? Du weißt viel besser, was ihr gefällt, und ich revanchiere mich bei Gelegenheit. Danke, du bist ein Schatz!«

»Arschloch«, murmelte sie vor sich hin und zog sich die rote Pudelmütze vom Kopf. Wenn sie nicht Flugschein, Visum, Pass und australische Dollar für ihn besorgt hätte, säße er immer noch da und überlegte, wie er es anstellen sollte, nach Australien zu kommen. Sie musste ihn praktisch ins Flugzeug setzen, mit einem Schild um den Hals.

Erst dann fiel ihr ihre Reaktion auf: ein völliges Ausbleiben von Übelkeit, nostalgischen oder sehnsüchtigen Gefühlen. Bisher hatte jeder Kontakt mit Phelim sie unglücklich gemacht, aber es sah so aus, als hätte ihre Überzeugungsarbeit an sich selbst inzwischen Früchte getragen. Sie hatte ihn tatsächlich überwunden.

Sie ging zum Telefon und rief Ted an: »Wenn doch der kleine Beamte kommen könnte«, sagte sie zur Begrüßung.

»Bin schon auf dem Weg.«

»Hol Joy auch.«

Wenige Augenblicke später begrüßte Ashling Ted und Joy, indem sie sagte: »Ich hab Männerprobleme.«

»Ich auch«, sagte Joy, fast ein wenig prahlerisch.

»Mit dem Halb-Mann-halb-Dachs-Typen?«

»Halb-*Arsch*-halb-Dachs, meinst du wohl«, stellte Joy richtig. »Er lässt mich am langen Arm verhungern. Aber welcher Mann macht dir Probleme, Ashling? Mr. Sexy-Jacksy von der Arbeit? Das hatte ich ja vorausgesagt, richtig?«

»Wer? Jack Devine?« Der Gedanke an die Stange Zigaretten war ihr unangenehm, also dachte sie schnell an seinen Ausspruch: ›Benehmen Sie sich doch wie eine Erwachsene, halten Sie sich nicht an das Tempolimit‹, und wusste wieder, was sie von ihm hielt. »Das Ekel?«

Joy schenkte Ted ein Hab-ich's-nicht-gesagt-Lächeln. »Die Gefühle sind offenbar heftig in Aufruhr«, sagte sie verständnisvoll.

»Es geht nicht um Jack Devine«, beharrte Ashling, »es geht um den Alleinunterhalter, diesen Marcus Valentine.«

»Wovon redest du eigentlich?«, fragte Joy mit gereizter Stimme.

Also erzählte Ashling die ganze Geschichte – dass sie Marcus auf einer Party kennen gelernt hatte und er ihr den Zettel mit ›Bellez-moi‹ gegeben hatte –

»– aber das war in seiner Show«, sagte Ted aufgeregt. »Er hat von dir gesprochen. Das ist ungeheuerlich!«

Ashling hielt die Hand hoch und forderte Ruhe. »Dann habe ich ihn am vorletzten Wochenende auf der Party in Rathmines wiedergesehen, und da war ich immer noch nicht scharf auf ihn. Aber als ich ihn am Samstag gesehen habe, da habe ich, glaube ich, angefangen, ihn zu mögen. Und er hat gesagt, er ruft mich an, aber er hat mich nicht angerufen.«

»Natürlich nicht«, rief Joy aus. »Es ist ja erst Montag.«

Bei diesen Worten trat Ashlings gesunder Menschenverstand wieder in Funktion. »Du hast natürlich vollkommen Recht! Ich mache mir, wie immer, alle möglichen Gedanken, und dabei weiß ich nicht einmal, ob ich scharf auf ihn bin. Und wenn ich mir vorstelle, dass ich gestern den ganzen Tag nervös war … Ob ich jemals lernen werde –«

»Wenn er dich überhaupt anruft, dann Dienstag oder Mittwoch«, sagte Joy voller Überzeugung.

»Woher weißt du das?«

»So steht es in ihren Regeln. Ted, merk dir das! Wenn du am Samstagabend ein Mädchen kennen lernst, darfst du nie vor Dienstag anrufen, weil du sonst zu interessiert wirkst. Wenn Dienstag oder Mittwoch kein Anruf kommt, dann kommt gar keiner.«

»Warum nicht am Donnerstag?«, fragte Ashling besorgt.

»Zu nah am Wochenende«, sagte Joy und schüttelte vielsagend den Kopf. »Dann glauben sie, du hast dir schon was vorgenommen, und sie wollen keinen Korb riskieren.«

»Stimmt übrigens, bei mir ist Samstag abend schon vergeben.« Ashling war einen Moment lang abgelenkt. »Ich habe gesagt, ich passe für Dylan und Clodagh auf die Kinder auf.«

»Kann ich mitkommen?«, fragte Ted japsend.

Joy sagte verächtlich: »Sag bloß, der ist scharf auf die Prinzessin?«

»Sie ist so schön«, sagte Ted.

»Sie ist komplett verwöhnt und –«

»Kann ich mitkommen?« Ted nahm gar keine Notiz von Joy und flehte Ashling an.

»Ted, wenn jemand für Clodagh auf die Kinder aufpasst, heißt das, dass Clodagh *nicht da ist.*« Ashling ärgerte sich über Ted, der sie praktisch darum bat, einen Flirt zwischen ihm und ihrer sehr verheirateten Freundin in die Wege zu leiten.

»Trotzdem … Kannst du sie nicht fragen, ob ich mitkommen kann? Du schaffst das nie, allein mit zwei Kindern.«

Ashling war immer noch verärgert, musste aber zugeben, dass Ted Recht hatte. Allein konnte sie gegen die geballte Macht von Molly und Craig nichts ausrichten. »Na gut, ich frage sie.« Aber wenn Clodagh wirklich so neurotisch war, was ihre Kinder anging, dann würde sie Ted niemals ins Haus lassen.

»Ich schätze mal, Marcus Valentine ruft morgen oder am Mittwoch an.« Joy hatte keine Lust mehr, über die Prinzessin zu sprechen.

»Morgen Abend bin ich nicht hier.«

»Was hast du vor?«

»Ich geh zum Salsa-Kurs.«

»Wie bitte?!«

»Mir hat es Spaß gemacht«, verteidigte Ashling sich. »Es ist ja nur für zehn Wochen. Und ich bin schrecklich außer Form.«

»Dann wirst du noch richtig dünn«, jammerte Joy.

»Natürlich nicht«, sagte Ashling ungehalten. »Ich bin seit Jahren Mitglied in einem Fitness-Studio und habe noch kein Gramm abgenommen.«

»Vielleicht würde es helfen, wenn du ab und zu hingingest«, erwiderte Joy trocken. »Nur den Monatsbeitrag bezahlen, das nützt nichts.«

»Früher bin ich gegangen«, sagte Ashling schmollend zu ihrer Verteidigung. Und es stimmte. Sie hatte hunderte von verschiedenen Sit-ups und Rumpf-Übungen gemacht, hatte sich gebeugt und gestreckt und gedehnt. Immer wieder hatte sie ihre Knie mit dem gegenüberliegenden Ellbogen berührt, bis ihr das Blut in den Kopf stieg und die Äderchen in ihren Augen platzten. Aber als ihr klar wurde, dass ihre Taille selbst dann, wenn sie sich streckte und dehnte, bis sie in ein Koma fiel, nicht schlanker werden würde, gab sie auf. Der Rest ihres Körpers war gar nicht so übel, sagte sie sich, es würde ihr also gar nichts nützen, wenn sie weiter Übungen machte.

Salsa war etwas anderes. Das machte sie nicht wegen ihrer Taille, sondern weil sie ihren Spaß hatte.

»Jetzt hast du ein Hobby«, beschuldigte Joy sie besorgt. »Du wirst noch wie die anderen komischen Leute, die Hobbys haben.«

»Es ist kein Hobby«, sagte Ashling erschrocken. »Es ist einfach nur etwas, das mir Spaß macht.«

»Und was ist deiner Meinung nach ein Hobby?«

»Wo wir gerade von Salsa sprechen«, sagte Ted. »Ich habe deinen Artikel gelesen – er ist großartig! Ich habe ein paar Änderungen vorgeschlagen, aber er ist sehr gut.«

»Wirklich?«, sagte Ashling und wagte kaum, ihm zu glauben. Sie hatte drei Abende darüber gebrütet und fand, dass er stellenweise sogar witzig war, aber sie war sich nicht sicher, ob sie sich das einbildete.

»Hat Spaß gemacht, das zu lesen. Mal was anderes, als über einem Bericht über die Bekämpfung von Brucellosen bei Milchkühen zu sitzen. Das ist schließlich nicht sehr sexy, oder?«, sagte er, eine Spur bitter. »Kein Wunder, dass Clodagh kein Interesse an mir hat. Je schneller ich ins Verteidigungsministerium versetzt werde, desto besser.«

Er versank in einem Tagtraum, in dem Maschinengewehre, gepanzerte Autos, lehmverschmierte Gesichter, komplizierte Taschenmesser und ähnliche Gegenstände einer Macho-Ausrüstung vorkamen.

»Und guck mal, was ich gemacht habe«, sagte Joy und zog ein Blatt Papier hervor. Sie hatte verschiedene Zeichnungen von Schuhsohlen gemacht, die die Schrittfolge beim Salsa illustrierten. Die Zeichnungen waren lustig, nach Comic-Manier, mit Pfeilen und gepunkteten Linien, die andeuteten, was passieren musste.

»Was für eine tolle Idee!«, rief Ashling. »Ihr seid fantastisch.« Der gefürchtete Artikel entwickelte sich zu etwas Gutem. Außer dem Bild von ihr und Joy hatte sie Gerry, den Art-Director, um ein Bild von zwei Tänzern gebeten. Er hatte ein wunderbares Foto gefunden: eine Frau, die sich in der Taille nach hinten fallen lässt, so dass ihr schwarzes Haar den Boden streift, während ein Mann sich bedeutungsvoll über sie beugt. Sehr sexy. Ashling verspürte kurzfristig ein Nachlassen des nagenden Argwohns, dass sie für den Job nicht geeignet war.

Das Telefon klingelte, und da der Anrufbeantworter eingeschaltet war, hörten alle mit gespitzten Ohren zu. Könnte es Marcus Valentine sein?

»Er ist es nicht. Glaub mir doch«, seufzte Joy verärgert. »Es ist erst Montag.«

Es war eine Frau. Clodagh.

»Still sei dein klopfendes Herz«, sagte Joy ironisch zu Ted.

Es war nur eine kurze Nachricht, doch in dem Zusammenhang mit Dylans Ängsten machte sie Ashling nervös.

»Ashling«, sagte Clodagh in das Zimmer hinein. »Kannst du mich mal anrufen? Ich möchte mit dir … über was sprechen.«

25

Als am Dienstag morgen Trix mit Glitzerteint und auf Plastik-Plateausohlenschuhen in die Redaktion kam, haftete ihr ein schwacher, aber eindeutiger Fischgeruch an. Ashling bemerkte es in dem Moment, als sie ankam, und jeder, der nach ihr kam, hob schnüffelnd die Nase, sobald er durch die Tür trat. Trix jedoch darauf anzusprechen fiel keinem leicht, so dass die Angelegenheit unerwähnt blieb, bis Kelvin ins Büro kam. Er war schließlich knapp über zwanzig und schwang gern vulgäre Reden.

»Trix, du riechst, und ich kann nur hoffen, dass es Fisch ist.«

»Es ist auch Fisch«, verteidigte Trix sich.

»Dürfen wir erfahren, warum?«

»Ich wollte einen Mann auf Rädern«, sagte Trix schmollend.

Kelvin schlug sich ein paarmal auf die Wangen. »So!«, sagte er fröhlich. »Jetzt bin ich wach, aber verstehen tue ich es immer noch nicht.«

»Ich wollte einen Mann auf Rädern«, sagte Trix erbost. »Da habe ich Paul kennen gelernt, der fährt Fisch aus und darf nach der Arbeit den Wagen benutzen.«

Es war sehr verständlich, dass die Vorstellung von Trix in ihrem glitzernden Outfit neben einem Haufen toter Fische zu großen Heiterkeitsausbrüchen führte.

»Ich sitze vorn, neben dem Fahrer. Nicht hinten bei den Fischen«, erklärte sie, wurde aber kaum gehört.

»Was ist mit deinen anderen Lovern?«, fragte Kelvin.

»Die habe ich in den Rinnstein gestoßen.«

Oh, wäre ich so knallhart wie sie, dachte Ashling und tippte eifrig. Sie war dabei, ihren Artikel einzugeben.

Als sie damit fertig war, gab sie ihn Gerry, der Joys Zeichnungen und die Fotos einscannte.

»Ich spiel mal ein bisschen rum mit verschiedenen Schriften und Farben«, sagte er. »Das dauert eine Weile. Dann zeigen wir es Lisa. Vertrau mir, ich mach es peppig!«

»Ich vertraue dir«, versprach Ashling. Gerry war eine Insel der Ruhe und Gelassenheit; nie schien er in Panik zu geraten, ganz gleich, wie obskur oder schwierig eine Bitte an ihn war.

Während sie wartete, rief sie Clodagh an.

»Du hast gesagt, du wolltest mit mir sprechen«, sagte sie angespannt.

»Das will ich auch.« Im Hintergrund herrschte die übliche Kakophonie. »Craig ist krank, und Molly ist wieder einmal aus ihrer Spielgruppe ausgeschlossen worden.«

»Was hat sie diesmal gemacht?«

»Anscheinend wollte sie Feuer legen. Aber sie ist doch nur ein kleines Mädchen, das die Welt erforscht und herausfinden möchte, wozu Streichhölzer gut sind. Was erwarten die denn?« Aus dem Hintergrund war großes Gekreisch zu hören. »Wenigstens hat sie eine gesunde Neugier. Aber ich, ich werde hier wahnsinnig, Ashling.«

Das hatte ich befürchtet.

»Und darüber will ich mit dir sprechen ... MOLLY, LEG DAS MESSER HIN! SOFORT! HINLEGEN! Craig, wenn Molly dich schlägt, dann schlag doch um Himmels willen ZURÜCK!! Du feiger Heini«, sagte Clodagh leiser. »Ich muss auflegen, Ashling, ich ruf später wieder an.«

Und Clodagh legte auf. Dylan hatte also Recht. Es war was im Busch. Ashling schluckte. So ein Mist.

Um sich abzulenken, presste sie ein paar Tasten auf ihrem Computer, und als sie sah, dass eine E-Mail für sie angekommen war, bewegten sich ihre Finger schneller. Es war ein Witz, den Joy geschickt hatte. Was ist der Unterschied zwischen einem Igel und einem BMW?

»Ich hab hier einen Witz für euch«, rief Ashling ins Büro hinein, und auf der Stelle legten alle die Arbeit nieder. Dazu brauchten sie keine besondere Aufforderung.

»Was ist der Unterschied zwischen –«

»Kenn ich«, bellte Jack Devine auf dem Weg zu seinem Büro.

»Sie wissen noch gar nicht, was kommt«, protestierte Ashling.

»Bei einem Igel ist der Arsch *draußen*.« Jack knallte die Tür zu.

»Ist das der BMW-und-Igel-Witz?«, fragte Kelvin.

Als Ashling nickte, erklärte er freundlich: »Der Witz geht seit ein paar Tagen um. Und da Jack einen BWM fährt, hat er ihn schon ziemlich oft gehört.«

»Ach so. Ich dachte schon, er hätte wieder mal Streit mit seiner Freundin gehabt.«

»Sie machen sich ja keinen Begriff, unter welchen Stress Mr. Devine steht.« Mrs. Morley hatte sich hinter ihrem Schreibtisch erhoben – obwohl sie dadurch kaum größer aussah. Ihre Stimme klang ziemlich verärgert, als sie sich schützend vor Jack stellte und sagte: »Er hat am Samstag bis zehn Uhr mit der Technikergewerkschaft verhandelt. Und heute Morgen kommen drei Vorstandsmitglieder aus London, einschließlich des Finanzdirektors, und wollen sehr ernste Dinge mit ihm besprechen, und niemand von Ihnen nimmt Anteil. Das sollten Sie aber«, fügte sie noch finsterer hinzu.

Obwohl sie im Allgemeinen als unheilbeschwörende alte Schachtel betrachtet wurde, hatten ihre Worte eine ernüchternde Wirkung. Besonders auf Lisa. Sie hatte immer noch keine Neuigkeiten, was die Anzeigenkunden anging. Ihre Nerven waren aus Stahl, aber auch für sie war dies zermürbend.

Jack kam aus seinem Büro.

»Sie haben gerade angerufen«, sagte Mrs. Morley. »In zehn Minuten sind sie hier.«

»Danke«, sagte Jack und fuhr sich zerstreut durch das wirre Haar. Er sah müde und besorgt aus, und Ashling hatte plötzlich Mitleid mit ihm. »Hätten Sie gern eine Tasse Kaffee, bevor die Besprechung anfängt?«, fragte sie teilnahmsvoll.

Er richtete seine dunklen Augen auf sie. »Nein«, sagte er unfreundlich. »Es könnte mich wach halten.«

Dann eben nicht, dachte Ashling, und all ihre Anteilnahme war verflogen.

»Ashling, guck mal eben«, forderte Gerry sie auf. Ashling eilte zu seinem Bildschirm und bewunderte das Layout des Artikels. Er ging über zwei Doppelseiten und sah bunt und lustig, interessant und informativ aus. Der Text war in Spalten untergliedert, und der Artikel als solcher wurde von dem erotischen Foto des tanzenden Paares und den langen, über den Boden streifenden Haaren der Frau dominiert.

Er machte einen Ausdruck, und Ashling brachte ihn zu Lisa, als wäre es eine Opfergabe.

Ohne etwas zu sagen, ließ Lisa ihren Blick über die Seiten gleiten. Das Schweigen dauerte so lange, dass Ashlings Aufregung verpuffte und in Sorge überging. Hatte sie es ganz falsch gemacht? Vielleicht war es gar nicht das, was Lisa sich vorgestellt hatte.

»Tippfehler hier.« Lisas Stimme war tonlos. »Hier noch einer. Und noch einer, und noch einer.«

Als sie zu Ende gelesen hatte, schob sie den Ausdruck von sich und sagte: »Gut.«

»Gut?«, fragte Ashling und wartete auf ein Wort der Anerkennung für die ganze Arbeit und Sorgfalt, die sie aufgewendet hatte.

»Ja, gut«, sagte Lisa ungeduldig. »Verbessere die Fehler und druck es noch mal.«

Ashling funkelte sie an. Sie war so enttäuscht, dass sie nicht anders konnte. Wie hätte sie auch ahnen sollen, dass dies ein äußerst hohes Lob von Lisa darstellte. Wenn die Mitarbeiter bei *Femme* sich von ihr anschreien lassen mussten: »Nimm diesen Scheiß von meinem Schreibtisch und fang noch mal von vorne an«, fassten sie es als Anerkennung auf.

Dann fiel Lisa etwas ein, und sie wechselte das Thema und fragte ganz nebenbei: »He, wer war der Typ, der gestern Abend hier war.«

»Welcher Typ?« Ashling wusste ganz genau, von wem Lisa sprach, aber der kleine, gemeine Racheakt tat ihr gut.

»Der blonde Typ, mit dem du weggegangen bist.«

»Ach, Dylan.« Mehr sagte Ashling nicht. Sie genoss die Situation.

»Und wer ist das?«, musste Lisa schließlich fragen.

»Ein alter Freund.«

»Noch zu haben?«

»Er ist mit meiner besten Freundin verheiratet. Hat dir mein Artikel gefallen?«, fragte Ashling hartnäckig.

»Ich habe doch gesagt, er ist gut.«

Als sie weitersprach, war es, als würde sie Salz in die Wunde streuen. »Ich glaube, wir machen das zu einer regelmäßigen Sparte. Denk dir einen neuen Artikel aus für das Oktoberheft. Was hast du beim ersten Treffen gesagt? Ein Besuch bei einer Partnervermittlung? Reiten? Im Internet surfen?«

Sie erinnert sich an *alles*, dachte Ashling und war unbeschreiblich bedrückt bei dem Gedanken, dass sie diese riesige Anstrengung nächsten Monat und jeden weiteren Monat machen müsste. Und nie dafür gelobt werden würde.

»Oder du könntest etwas darüber schreiben, wie man einen Mann bei einer Comedy-Show kennen lernt«, sagte Lisa mit einem anzüglichen Lächeln.

Ashling zuckte unbehaglich zusammen.

»Hat er dich angerufen?«, fragte Lisa plötzlich.

Ashling schüttelte den Kopf. Es war ihr peinlich, dass sie so eine Niete war. Hatte er Lisa angerufen? Wahrscheinlich, die hämische Ziege. Und nach einigen Sekunden des Schweigens überwältigte die Neugier sie. »Und dich?«

Sie war überrascht, als Lisa auch den Kopf schüttelte.

»Arsch«, sagte Ashling und empfand große Erleichterung.

»Arsch«, pflichtete Lisa ihr bei und kicherte.

Plötzlich kam es ihnen sehr komisch vor, dass er keine von beiden angerufen hatte.

»Männer!« Die große Anspannung, die Ashling seit Samstagabend mit sich herumtrug, machte sich in haltlosem Gekicher Luft.

»Männer«, sagte auch Lisa und lachte laut heraus.

Plötzlich erspähten sie beide Kelvin, der mitten im Büro stand, sich abwesend an den Eiern kratzte und in die Ferne starrte. Er sah so typisch *Mann* aus, dass sie sich, als ihre Blicke sich wieder trafen, vor Lachen bogen.

Lisa lachte aus vollem Herzen, und das war so belebend und befreiend, dass ihr in dem Moment bewusst wurde, wie lange es her war, dass sie richtig gelacht hatte. Einfach aus voller Kehle gelacht, ohne einen Gedanken an das Drumherum.

»Was ist?«, fragte Kelvin nervös. »Was gibt's zu lachen?«

Das reichte, um einen neuen Lachanfall auszulösen. Ihr gegenseitiges Misstrauen wurde von dem Ausbruch der Erheiterung weggewaschen, und sie waren sich – einen Moment lang wenigstens – herzlich einig.

Ihr Mund war immer noch vor Lachen in die Breite gezogen, als Lisa Ashling spontan fragte: »Ich habe eine Einladung zu einer Make-up-Show für heute Nachmittag. Hast du Lust mitzukommen?«

»Warum nicht?«, sagte Ashling sofort. Sie war dankbar, aber jetzt nicht mehr unterwürfig.

Die Make-up-Präsentation wurde von Source veranstaltet, gegenwärtig die angesagte Marke bei Supermodels und jungen, modebewussten Mädchen. Die hohen Preise hatten eine beruhigende Wirkung: Die Produkte waren rein biologisch, die Verpackungen wiederverwertbar, und die Firma machte ein großes Aufhebens darum, dass sie einen Teil der Gewinne in die Wiederaufforstung von Wäldern und die Rettung der Ozonschicht investierte. (Der Betrag belief sich auf 0,003 Prozent des Gewinns nach Abzug der Steuern und nach Ausschüttung der Dividende an die Aktionäre, was in Wahrheit ein paar hundert Pfund bedeutete; aber auch wenn die Käufer das wüssten, würden sie sich davon nicht stören lassen. Sie waren überzeugt von dem Slogan: ›Source – verantwortungsvolle Schönheit.‹)

Das Morrison Hotel, der Ort der Präsentation, war gerade weit genug von der Redaktion entfernt, dass Lisa darauf bestand, ein Taxi zu nehmen. Zu Fuß wären sie schneller gewesen, weil starker Verkehr herrschte, aber das war Lisa gleichgültig. In London war sie nie zu Fuß gegangen, und jetzt betrachtete sie es als eine Missachtung ihres Status, wenn man es von ihr erwartete.

Einer der Säle in dem Hotel war für den Tag in eine altmodische Apotheke verwandelt worden. Die Source-Damen trugen weiße Arztkittel und standen hinter Miniatur-Apothekentischen (die aus Tischlerplatte gezimmert und so behandelt worden waren, dass sie wie gealtertes Teakholz aussahen). Überall waren Apothekengläser, medizinische Tropfgläser und Tablettenbehälter aufgestellt.

»Prätentiöser Unsinn.« Lisa lachte spöttisch in Ashlings Ohr. »Und wenn sie über die neuen Produkte sprechen, klingt es, als hätten sie eine Heilmethode für Krebs entdeckt. Aber lass uns erst mal was trinken! Weizengrassaft?«, rief Lisa, als der Kellner den Inhalt seines Tabletts vorführte. »Zum Kuckuck! Was gibt es sonst noch?«

Sie winkte einen anderen Kellner herbei, der ein Tablett mit Silberbehältern trug, in denen gebogene, undurchsichtige Strohhalme steckten.

»Sauerstoff?«, sagte Lisa empört. »Das kann doch nicht Ihr Ernst sein. Bringen Sie mir ein Glas Champagner!«

»Bringen Sie zwei«, sagte Ashling nervös. Bei dem Anblick des grünen, klumpigen Weizengrassafts war ihr ganz komisch geworden, und soweit sie wusste, konnte sie Sauerstoff jederzeit bekommen.

Sie tranken jeder drei Gläser Champagner, was den Neid der anderen Besucher erregte, die zaghaft an ihrem Gratis-Saft nippten und sich Mühe gaben, ihn nicht auszuspucken. Nur Dan Heigel vom Sunday Independent, der bedenkenlos alles wenigstens einmal probierte, nahm von dem Sauerstoff, wovon ihm so schwindlig wurde, dass er sich in der Lobby hinlegen musste. Dort stiegen die Touristen über ihn hinweg und hielten ihn für das Beispiel par excellence des verkommenen, betrunkenen Iren.

»Komm«, sagte Lisa schließlich zu Ashling. »Wir sollten uns den Vortrag anhören, dann können wir uns unser Werbegeschenk abholen.«

Lisa hatte Recht gehabt, stellte Ashling fest. Caro, die die Kosmetika vorstellte, war bemerkenswert ernst und verstand keinen Spaß, wo es um die Produkte ging.

»Der Look dieser Saison ist schimmerhaft«, sagte sie und verteilte zärtlich ein bisschen Lidschatten auf ihren Handrücken.

»Das war der in der letzten Saison auch«, wandte Lisa ein.

»Aber nein. In der letzten Saison war der Look schimmer*ig*.« Sie sagte das ohne jeden Anflug von Ironie.

Lisa stieß Ashling mit spitzem Ellbogen in die Rippen, und zusammen amüsierten sie sich lautlos. Es war gut, jemanden zu haben, mit dem man bei diesen Auftritten lachen konnte, merkte Lisa.

»... wir haben neues Terrain erschlossen mit dem Lipgloss für das Jochbein, worauf wir sehr stolz sind ...«

»... Unebenheiten in der Konsistenz entstehen dadurch, dass wir, anders als die anderen Kosmetikhersteller, unseren Produkten keine tierischen Fette beisetzen. Ein kleiner Preis ...«

Endlich war die Präsentation beendet, und Caro packte die Produkte zusammen. Alles wurde in dickbauchigen Flaschen aus braunem Glas verschlossen und in einem nachgemachten Arztkoffer verstaut.

Sie gab ihn Lisa, weil die offensichtlich die Anführerin war. Als Lisa und Ashling stehen blieben, sagte Caro aufgeregt: »Nur ein Werbegeschenk pro Publikation. Es ist unsere Philosophie bei Source, Verschwendung zu vermeiden.«

Lisa und Ashling standen sich als Rivalinnen gegenüber.

»Das wusste ich«, sagte Lisa leichthin, verließ eleganten Schrittes den Saal und hielt den Koffer mit festem Griff umklammert. Besitz machte einen in neun von zehn Fällen auch zur Eigentümerin; so war es zumindest, als sie das letzte Mal im Gesetzbuch nachgesehen hatte. Sie ging ins Foyer und verlangsamte ihre Schritte nicht, als sie über Dan Heigel stieg, der dort immer noch ausgestreckt lag.

»Hübsches Höschen«, murmelte der.

»Warum müssen Sie Hosen tragen?«, fragte er eine Sekunde später, als Ashling über ihn hüpfte.

Als Lisa fand, dass sie sich weit genug vom Hotel entfernt hatten, wurde sie langsamer. Ashling holte sie ein und warf einen ängstlichen Blick auf den Geschenkekoffer.

»Kommt drauf an, was drin ist«, sagte Lisa mit schmalen Lippen. Im Moment war ihr nämlich wieder eingefallen, warum sie gern allein arbeitete. Wenn man zu zweit war, musste man Dinge teilen: Make-up, Lob, was immer.

Als Lisa den Arztkoffer öffnete, sagte sie: »Du kannst den Lidschatten haben. He, der ist schimmerhaft!«

Aber er hatte auch eine merkwürdige bräunliche Farbe, die sie beide nicht tragen würden.

»Und das Lipgloss für das Jochbein kannst du auch haben. Ich behalte die Creme fürs Dekolleté und den Lidstrich.«

»Und was ist mit dem Lippenstift?«, fragte Ashling mit einem verlangenden Blick darauf. Der Lippenstift war der eigentliche Preis, er hatte einen sehr schönen gedämpften Braunton mit einem matten Glanz.

»Den kriege ich«, sagte Lisa. »Ich bin schließlich der Boss.«

Als ob wir das nicht wüssten, dachte Ashling ärgerlich.

26

Am Dienstagabend ging Ashling zu ihrem Salsa-Kurs. Wie schon in der Woche davor kamen auf etwa zehn Frauen ein Mann. Ashling musste mit einer Frau tanzen, die sie fragte, ob Ashling oft herkomme.

»Das ist die erste Stunde«, erinnerte Ashling sie.

»Ach, natürlich, das hatte ich vergessen. Aber ist es nicht schön, ein Hobby zu haben?«

Nach der Stunde eilte Ashling erhitzt und mit roten Wangen nach Hause, um den Anrufbeantworter abzuhören, doch kaum hatte sie die Wohnung betreten, sah sie schon das traurige, blinklose rote Licht. Na gut, blieb noch Mittwochabend – es war noch nicht alles verloren.

Während sie die Küchenschränke nach etwas Essbarem durchstöberte, überlegte sie fieberhaft, ob Marcus ihre Telefonnummer verloren haben könnte. Aber nein. Er hatte sie sich tief in die Tasche gesteckt und gesagt, er würde sie nahe an seinem Herzen aufbewahren. Außerdem war es das zweite Mal gewesen, dass sie ihm ihre Telefonnummer gegeben hatte, was die Chancen, dass er sie verlor, verringerte.

Sie betrachtete ihre Ausbeute: Eine halbe Tüte etwas mürber Tortilla-Chips, eine Packung schwarzer Oliven, vier nicht mehr besonders knusprige Hob-Nob-Kekse, eine eingedellte Dose Ananas, acht Scheiben altes Brot. Ein mageres Ergebnis, morgen würde sie einkaufen gehen müssen.

Sie hatte Heißhunger auf etwas Warmes und schob zwei Scheiben Brot in den Toaster. Während sie wartete, überkam sie ein Gefühl der Frustration und Ohnmacht wegen Marcus. Weil er ein Loch in ihr Leben gerissen und der Hoffnung eine Bresche geschlagen hatte. Sie war zufrieden gewesen, bis er anfing, sie zu belästigen.

Und warum belästigte er sie eigentlich? Nachdem sie ihn auf der Bühne gesehen hatte, betrachtete sie ihn mit anderen Augen. Plötzlich war Marcus Valentine nicht mehr völlig indiskutabel und unmöglich, sondern ein erstrebenswertes Objekt, und sie war sich nicht sicher, ob sie seiner wert war.

Sie hatte eine Scheibe Toast halb verzehrt, als das Telefon klingelte, was einen enormen Adrenalin-Ausstoß verursachte. Sie wischte sich die buttrigen Krümel vom Mund, hechtete zum Telefon und nahm den Hörer ab. »Hallo?«, sagte sie in atemloser Erwartung. Die sofort verpuffte. »Ah, Clodagh, hallo.«

»Bist du zu Hause?«, fragte Clodagh.

»Ehm, was glaubst du wohl?«

»Entschuldigung. Ich meine, kann ich vorbeikommen?«

O nein. Ashlings Stimmung sank auf den Tiefpunkt. Sie sah Schwierigkeiten auf sich zukommen. Das Vorhaben, ihre Eltern anzurufen, verschob sie; es war zu viel, sie ertrug das alles nicht. »Natürlich kannst du vorbeikommen«, versicherte sie Clodagh. »Ich bleibe zu Hause.«

»Ich geh mal auf ein Stündchen zu Ashling«, rief Clodagh Dylan zu, der in dem halb tapezierten Wohnzimmer vor dem Fernseher saß.

»Wieso?«, fragte er überrascht. Es war ganz ungewöhnlich: Clodagh ging abends nur selten aus. Und nie ohne ihn.

Doch bevor er ihr weitere Fragen stellen konnte, hatte sie schon die Tür hinter sich zugeschlagen und setzte den Nissan Micra rückwärts aus der Einfahrt auf die Straße.

»Ich muss mit dir sprechen«, verkündete Clodagh, als Ashling sie in die Wohnung ließ.

»Das dachte ich mir schon«, sagte Ashling verhalten.

»Und ich möchte, dass du mir einen Gefallen tust.«

»Ich werde es versuchen.«

»He, weißt du, dass da ein Obdachloser vor deinem Haus sitzt?«, fragte Clodagh und wechselte abrupt das Thema. »Er hat hallo zu mir gesagt.«

»Das ist wahrscheinlich Boo«, sagte Ashling lässig. »Jung, braune Haare, lächelt?«

»Ja, schon ...« Clodagh wusste nicht weiter. »Kennst du ihn etwa?«

»Nicht besonders gut, aber wir reden manchmal ein paar Takte im Vorbeigehen.«

»Aber er ist wahrscheinlich drogensüchtig! Er könnte dich mit einer infizierten Nadel überfallen – das machen die nämlich. Oder in deine Wohnung einbrechen.«

»Er ist nicht drogensüchtig.«

»Woher weißt du das?«

»Er hat es mir gesagt.«

»Und du hast ihm geglaubt?«

»Wie du siehst.« Ashling war plötzlich verstimmt. »Wenn jemand betrunken oder high ist, merkt man das, wenn man mit ihm redet.«

»Wieso ist er dann obdachlos?«

»Ich habe keine Ahnung«, gab Ashling zu. Es war ihr unhöflich vorgekommen, danach zu fragen. »Aber er ist nett. Eigentlich ganz normal. Und ich könnte es sehr gut verstehen, wenn er trinken oder Drogen nehmen würde. Obdachlos zu sein muss schrecklich sein.«

Clodagh schob im Protest ihre Unterlippe vor, sie war nicht einverstanden. »Ich weiß ja nicht, wo du diese Leute aufgabelst. Aber pass bloß auf, ja? Jedenfalls, ich muss mit dir reden. Ich bin zu einer Entscheidung gekommen.«

»Nämlich?« *Wollte sie Anti-Depressiva nehmen? Oder Dylan verlassen?*

»Es ist Zeit«, sagte Clodagh und ließ sich auf dem Sofa nieder. Sie machte es sich bequem und sagte wieder: »Es ist Zeit ...«

»Wofür?« Ashling platzte fast vor Anspannung.

»... dass ich mir einen Job suche«, beendete Clodagh den Satz.

Damit hatte Ashling nicht gerechnet. Sie hatte sich auf etwas viel Hässlicheres vorbereitet. »Was? Du? Wieder arbeiten?«

»Warum nicht?« Clodagh war in der Defensive.

»Ehm, ja, natürlich. Warum nicht? Aber wie kommst du plötzlich darauf?«

»Ach, ich denke schon eine Weile darüber nach. Wahrscheinlich ist es nicht gesund, wenn ich all meine Energie in meine Kinder stecke.« Insgeheim vermutete Clodagh, dass da der Grund für das schreckliche, sie rastlos machende Gefühl der Unzufriedenheit lag. »Ich muss aus dem Haus. Muss wieder unter Erwachsene kommen.«

»Und das ist der einzige Grund, warum du mit mir sprechen wolltest?«, musste Ashling sich vergewissern.

»Was denn sonst?« Clodagh klang überrascht.

»Nichts.« Ashling hätte Dylan verprügeln können dafür, dass er diese Sorgen in ihr geschürt hatte, wo es doch auf der Hand lag, dass Clodagh einfach nur unter Langeweile litt. »An was für einen Job hast du denn gedacht?«

»Ich weiß noch nicht«, gab Clodagh zu. »Es ist mir eigentlich egal. Irgendwas.« Dann fügte sie nachdenklich hinzu: »Obwohl es natürlich schwer sein wird, sich wieder von anderen herumkommandieren zu lassen. Anderen, die nicht meine Kinder sind, meine ich.«

Während Ashling noch dabei war, ihre Stimmung der unerwarteten Wendung der Ereignisse anzupassen, fingen Clodaghs Gedanken an zu wandern. Sie las dauernd von Frauen, die ihr eigenes Unternehmen gründeten und beispielsweise aus ihren Backkünsten ein Konditorunternehmen machten. Oder ein Fitness-Studio für Frauen eröffneten. Oder ihr Töpfer-Hobby in einen florierenden Betrieb umwandelten, in dem sie mindestens sieben oder acht Angestellte beschäftigten.

Es klang immer so leicht. Die Banken liehen ihnen Geld, Schwägerinnen hüteten die Kinder, Nachbarn verwandelten ihre Garage in ein Büro, alle halfen mit. Wenn eine Überschwemmung das Café heimsuchte, kam alle Welt und die Großmutter herbei, um sauber zu machen: die Kunden, der Postbote, unschuldige Passanten und jemand, mit dem sich die Heldin überworfen hatte. (Damit war normalerweise das Ende des Zerwürfnisses beschlossen.)

Und diese fiktiven unternehmerischen Frauen angelten sich dabei auch noch einen Mann.

Aber einen Mann hast du schon, erinnerte Clodagh sich.

Ja, aber …

Konnte sie also ihr eigenes Unternehmen gründen? Was hatte sie anzubieten?

Nichts, wenn sie ehrlich war. Sie bezweifelte aufrichtig, dass jemand das essen würde, was sie gekocht hatte. Bei Craig und Molly musste sie all ihre Überzeugungskünste aufwenden, damit sie ihre Mahzeiten aßen. Und dass Menschen ihr gutes Geld dafür geben würden, in ihrem Restaurant Würstchen aus der Dose und in der Mikrowelle zubereiteten Nudeleintopf zu essen, erschien ihr unwahrscheinlich – auch wenn sie einen Gratis-Kühldienst anbot und auf alle Teller blies, bevor sie die Gerichte servierte. Und den Gästen gestattete, sich die Reste in die Haare zu reiben.

Und was ihre handwerklichen Neigungen anbelangte, nun, so würde sie lieber ein Kind gebären, als zu töpfern. Und wie man ein Fitness-Studio aufzog, wusste sie auch nicht.

Nein, es schien, als müsste Clodagh sich ihr Geld auf konventionellere Weise verdienen.

Und deshalb brauchte sie Ashling.

»Ich wollte dich fragen, ob du mir meinen Lebenslauf tippen kannst«, sagte Clodagh. »Und übrigens, ich möchte nicht, dass Dylan davon erfährt. Wenigstens jetzt noch nicht – es könnte seinen Stolz verletzen. Ich meine, wenn er nicht mehr der einzige Verdiener ist, weißt du?«

Ashling war sich dessen nicht so sicher, aber sie beschloss, nichts zu sagen.

»Gut. Was soll ich unter Hobbys schreiben? Drachenfliegen? SM?«

»Wildwasser-Kanufahren«, kicherte Clodagh. »Und Menschenopfer.«

»Und du bist dir sicher, dass es dir gutgeht?« Ashling musste noch einmal nachhaken.

»Inzwischen schon. Aber um ehrlich zu sein, eine Zeitlang war ich sehr bedrückt. Das hat mich ganz fertiggemacht.«

Vielleicht hatte Dylan doch nicht ein völlig überzogenes Bild gezeichnet, dachte Ashling. Vielleicht hatte er wirklich Grund, sich Sorgen zu machen.

»Aber jetzt weiß ich ja, was ich tun muss«, sagte Clodagh fröhlich, »und es wird sich alles zum Guten wenden.«

»He!« Plötzlich fiel ihr etwas ein. »Dylan hat gesagt, du passt am Samstag auf die Kinder auf?«

Die Maßnahme zur Aufheiterung von Clodagh sollte also trotzdem stattfinden?

»Wir gehen ins L'Œuf«, sagte Clodagh und bebte vor Freude. »Ich war seit Ewigkeiten nicht mehr aus.«

»Hör mal, was dagegen, wenn Ted mitkommt?« Hoffentlich zerschmetterte Clodagh ihr Ansinnen nicht.

»Ted? Der kleine, dunkle?« Clodagh überlegte. »Meinetwegen, warum nicht? Er sieht harmlos aus.«

27

Ashling kam früh in die Redaktion und tippte Clodaghs Lebenslauf, dann bat sie Gerry, ein hübsches Layout zu entwerfen. Als sie auf den Ausdruck wartete, kritzelte sie geistesabwesend auf ein Blatt und war schockiert, als sie las: »Ashling Valentine.« *Reiß dich zusammen!*

Sie sollte lieber arbeiten. Stattdessen wandte sie sich einer noch unangenehmeren Aufgabe zu. Sie rief ihre Eltern an. Ihr Vater war am Apparat.

»Dad, ich bin's, Ashling.«

»Ach, hallo!« Er klang hocherfreut, ihre Stimme zu hören. »Wie sieht's denn aus?«

»Oh, gut, gut. Und wie geht es euch?«

»Bestens. Wann sehen wir dich denn mal? Kannst du mal für ein Wochenende rüberkommen?«

»Im Moment geht das schlecht aus«, sagte sie und wand sich vor Schuldgefühlen. »Ich muss nämlich manchmal am Wochenende arbeiten.«

»Das ist schade. Pass auf, dass es nicht zu viel wird. Aber die Arbeit läuft gut, ja?«

»Sehr gut.«

»Warte mal, deine Mutter will noch mit dir sprechen.«

»Hör zu, Dad, ich kann nicht länger sprechen. Ich bin im Büro. Ich ruf euch mal abends an, aber ich bin froh, dass es euch gutgeht.«

Dann legte sie auf. Sie fühlte sich ein bisschen besser und ein bisschen schlechter. Einerseits erleichtert, weil sie angerufen hatte und es ein, zwei Wochen nicht zu tun brauchte, und andererseits schuldbewusst, weil sie ihren Eltern nicht geben konnte, was sie sich von ihr wünschten. Sie zündete sich eine Zigarette an und zog den Rauch tief ein.

Lisa kam zu spät zur Arbeit.

»Wo warst du?«, fragte Trix. »Wir haben alle nach dir Ausschau gehalten.«

»Du bist meine Sekretärin«, sagte Lisa ungehalten, »du müsstest das eigentlich wissen. Guck in meinen Terminkalender!«

»Oh, dein *Termin*kalender«, sagte Trix, »*natürlich*.«

Sie schlug die entsprechende Seite auf und las vor: »›Interview mit der verrückten Frieda Kiely‹. Jetzt wissen wir, wo sie war, Jungs.«

»Genau«, verkündete Lisa so laut, dass jeder, besonders Mercedes, sie hören konnte. »Ich habe Frieda Kiely heute morgen in ihrem *Atelier* besucht. Sie ist bezaubernd. Absolut bezaubernd.«

Doch tatsächlich war sie ein Albtraum gewesen. Ein grotesker Albtraum. Verschroben, überdreht und so mit sich selbst verstrickt, dass es fraglich war, ob sie sich je wieder entwirrren würde. Und vielleicht war es besser so, dachte Lisa.

Als Lisa ankam, hatte Frieda ausgestreckt auf einer Chaiselongue gelegen, bekleidet mit einem ihrer übertriebenden Tops, das Haar grau wallend bis zur Taille. Sie lehnte über einem Stapel Stoffmuster und machte sich über ein Frühstück von McDonald's her. Obwohl Lisa noch am Morgen mit Friedas Assistentin das Interview bestätigt hatte, behauptete Frieda, dass es keinerlei Verabredung gebe.

»Aber Ihre Assistentin …«

»Meine Assistentin«, unterbrach Frieda sie mit dröhnender Stimme, »ist komplett unfähig. Ich werde sie feuern. Julie, Elaine, wie Sie auch heißen – SIE SIND GEFEUERT!« Dann sagte sie gnädig: »Aber wo Sie schon mal hier sind …« Sie war in der Stimmung, sich zu amüsieren.

»Können Sie mir von sich erzählen«, fragte Lisa und versuchte, das Interview nach ihrer Vorstellung zu führen. »Wo sind Sie geboren?«

»Planet Zog, meine Gute«, schnurrte Frieda.

Lisa betrachtete sie. Sie war geneigt, ihr zu glauben.

»Vielleicht möchten Sie lieber über Ihre Kleider sprechen –«

»Kleider!«, zischte Frieda. »Das sind keine Kleider!«

Nein? Wenn es keine Kleider waren, was dann, fragte sich Lisa.

»Kunstwerke, Sie dumme Gans!«

Lisa ließ sich nicht gern als dumme Gans bezeichnen. Sie hatte alle Mühe, mit der Situation klarzukommen, aber sie musste an den Nutzen für *Colleen* denken.

»Vielleicht«, sagte sie und schluckte ihre Wut hinunter, »vielleicht können Sie mir erzählen, warum Sie so erfolgreich sind.«

»Warum? Warum?« Friedas Augen traten vor Widerwillen hervor. »Weil ich ein Genie bin, deswegen! Ich höre Stimmen.«

»Sie sollten vielleicht zum Arzt gehen«, konnte Lisa sich nicht verkneifen zu sagen.

»Ich spreche von meinen spirituellen Führern, Sie dummes Ding! Sie sagen mir, was ich kreieren soll.«

Ein rattenähnlicher Yorkshire-Terrier mit einem Miniatur-Zylinder auf dem Kopf kam, unerträglich schrill kläffend, ins Zimmer gewuselt.

»Ooooh, komm zu Mommy«, sagte Frieda und zog den Hund über Tweed-Stoffmuster und EggMcMuffin an ihren ausladenden Busen. »Das ist Schiaparelli, meine Muse. Ohne ihn würde mein Genie einfach verschwinden.«

Lisa hoffte, dass ein schrecklicher Unfall den Hund dahinraffen würde. Der Wunsch verstärkte sich, als Schiaparelli sich ihr vorstellte, indem er seine scharfen Zähne in ihre Hand versenkte.

Frieda Kiely war empört. »Ooooh, hat die böse Journalistin ihre schmutzige Hand in deinen Mund gesteckt?« Sie funkelte Lisa an. »Wenn Schiaparelli krank wird, dann zeige ich Sie an! Sie und Ihre lausige Zeitung.«

»Es ist keine Zeitung – es ist die Zeitschrift *Colleen.* Wir haben in Donegal Ihre Kollektion –«

Aber Frieda hörte nicht zu. Sie hievte sich auf einen Ellbogen und brüllte durch das Gebäude ihrer Assistentin zu. »Mädchen! Hier ist einer im Haus, der nach Kohlrübe riecht! Find ihn und schmeiß ihn raus! Ich habe schon mal gesagt, dass ich das nicht dulde.«

Die Assistentin kam aus dem Vorzimmer und sagte ruhig: »Sie bilden sich das ein – hier riecht keiner nach Kohlrübe.«

»Ich rieche es aber. Sie sind gefeuert!«, kreischte Frieda.

Lisa blickte auf ihre Hand. Der ekelhafte Hund hatte seine Zahnabdrücke auf ihrem Handrücken hinterlassen. Ihr reichte es. Auf keinen Fall würden sie ein Interview mit dieser Verrückten bringen.

Im Vorzimmer rieb die Assistentin – die übrigens Flora hieß – ihre Hand mit Arnika-Tinktur ein. Offenbar gab es das Fläschchen genau zu diesem Zweck.

»Wie oft schmeißt sie Sie raus?«, fragte Lisa.

»Unzählige Male. Sie kann schwierig sein«, sagte Flora beschwichtigend. »Aber sie ist eben ein Genie.«

»Sie ist eine verrückte Hexe.«

Flora legte den Kopf auf die Seite und dachte nach. »Ja«, sagte sie dann, »das auch.«

Lisa nahm ein Taxi zur Redaktion. Unter gar keinen Umständen würde sie Mercedes die Genugtuung geben und ihr zustimmen, dass Frieda Kiely in der Tat wahnsinnig war.

»Frieda ist eine charmante Frau«, erzählte Lisa den Mitarbeitern bei *Colleen.* »Wir sind uns richtig nahe gekommen.«

Sie versuchte Mercedes' Reaktion zu erkennen, aber deren dunkle Augen gaben nichts preis.

Eine halbe Stunde später kam Jack aus seinem Büro, marschierte direkt zu Lisas Schreibtisch und sagte: »London hat angerufen.«

Sie richtete ihre perfekt geschminkten grauen Augen auf ihn; der Kloß in ihrem Hals erlaubte ihr nicht zu sprechen. Herr im Himmel, was für ein Morgen!

Jack ließ eine wirkungsvolle Pause entstehen, bevor er langsam und in dramatischem Ton sagte: »L'Oréal … wird … in den ersten sechs Monaten … in jedem Heft … eine vierseitige Anzeige schalten!«

Er wartete einen Moment, damit sich die Nachricht setzen konnte. Dann lächelte er, und sein normalerweise bekümmertes Gesicht nahm einen glücklichen Ausdruck an. Seine Mundwinkel rollten sich nach oben, seine Lippen gaben den Vorderzahn mit der abgesprungenen Ecke frei, und seine Augen leuchteten vor Freude.

»Zu welchem Rabatt?«, murmelte Lisa mit tauben Lippen.

»Kein Rabatt. Sie zahlen nach der Preisliste. Weil wir es wert sind, haha.«

Lisa saß ganz still und betrachtete staunend sein Gesicht. Erst jetzt, da die Sache wieder ins Rollen gekommen war, spürte sie die Angst, die ihr die ganze letzte Woche im Nacken gesessen hatte, in ihrem vollen Ausmaß. Jack musste ihr nicht erklären, dass L'Oréals Vertrauen wahrscheinlich andere Kosmetikfirmen ermutigen würde nachzuziehen.

»Gut«, brachte sie schließlich hervor.

Warum erzählte er ihr das vor allen anderen? Wenn sie in seinem Büro eingesperrt wären, würde sie jetzt überglücklich die Arme um ihn werfen.

»Gut?«, sagte er und machte seine Augen vor gespieltem Erstaunen groß.

»Wir sollten feiern.« Lisa gewann langsam die Fassung wieder und spürte die Erleichterung. »Beim Lunch.«

Ihr Glücksgefühl dehnte sich weiter aus, als Jack ihr zustimmte: »Das sollten wir.«

Ihre Blicke trafen sich und drückten euphorische Erleichterung aus.

»Ich bestelle einen Tisch. Trix«, rief Lisa ganz ausgelassen, »sag bitte meinen Friseurtermin ab!«

Es war fast wie in den guten alten Zeiten.

»Wo Sie schon hier sind, Jack, werfen Sie einen Blick hierauf.« Lisa wedelte mit ein paar Fahnen vor ihm herum.

Von ihrem Schreibtisch aus sah Ashling – die *sowieso* alles mit größter Aufmerksamkeit verfolgt hatte –, dass Lisa Jack ihren Salsa-Artikel zeigte.

»Ich hab Ihnen doch gesagt, dass ich aus der Zeitschrift etwas mache«, sagte sie mit einem freudigen Lachen.

»Das ist wirklich wahr«, stimmte er ihr zu, während sein Blick über die Seiten glitt. »Das ist hervorragend.«

Ohnmächtig sah Ashling zu. Lisa war es gelungen, das ganze Lob für *ihre* Arbeit einzuheimsen. Das war nicht fair. Aber was konnte sie tun? Nichts. Sie fürchtete die Konfrontation.

Plötzlich hörte sie sich selbst ausrufen: »Freut mich, dass er Ihnen gefällt.« Ihre Stimme war unsicher. Sie wollte lässig wirken, wusste aber, dass sie verkrampft und künstlich klang.

Überrascht drehte Jack sich zu Ashling um.

»Ich habe den Artikel geschrieben«, sagte sie entschuldigend. »Es freut mich, dass er Ihnen gefällt«, fügte sie nicht sehr überzeugend hinzu.

»Und Gerry hat das Layout gemacht«, wies Lisa sie zurecht. »Und ich habe das Konzept entwickelt. Du wirst lernen müssen, dass wir hier im Team arbeiten, Ashling.«

Lisa richtete ihre für Ashling bestimmte Zurechtweisung unmittelbar an Jack.

Aber Jack betrachtete das sexy Foto, dann wanderte sein Blick von dem Foto zu Ashling und wieder zu der tanzenden Frau, und sein Ausdruck war eindeutig anzüglich. Ashling wurde bei seiner Musterung heiß und unbehaglich.

»Sieh an, sieh an.« Seine Mundwinkel rollten sich nach oben, und es sah aus, als würde er ein breites Grinsen unterdrücken. »Das ist es also, Ashling, was Sie in Ihrer Freizeit machen? Dirty Dancing?«

»Das ist nicht …«

Am liebsten hätte sie ihn geschlagen.

»Mal im Ernst, es ist ein großartiger Artikel. Das haben Sie sehr gut gemacht«, sagte Jack und ließ alle Anspielungen weg. »Meinen Sie nicht, Lisa?«

Lisa verzog den Mund, aber schließlich blieb ihr nichts anderes übrig als zu sagen: »Ja, er ist wirklich gut.«

Lisa bestellte für sich und Jack einen Tisch im Halo. Besser, sie übernahm das, denn sie hatte das Gefühl, dass sie in der Pizza Hut enden würden, wenn sie ihm die Sache überließ.

Eine halbe Stunde vorher ging sie auf die Damentoilette, um zu gewährleisten, dass sie so gut wie möglich aussah. Was für ein Glück, dass sie ihr lavendelfarbenes Kostüm von Press and Bastyan trug. Obwohl, wenn es das nicht wäre, hätte sie etwas anderes, ebenso Elegantes an. Als Redakteurin einer Zeitschrift wusste man nie, wann man plötzlich in strahlendem Glanz auftreten musste. Allzeit bereit, das war ihr Motto.

Es war ausgeschlossen, dass ihre leichten, geflochtenen Sandalen den kurzen Fußweg an den Kais entlang überstehen würden. Sie fielen ja schon fast auseinander, wenn sie nur im Büro damit herumging. Nicht, dass Lisa enttäuscht war, weil die Sandalen so unpraktisch waren – manche Schuhe existierten eben nur für das heftige, kurzlebige Aufflackern von Schönheit. Warum hätte Gott sonst Taxis erschaffen?

Sie betrachtete sich im Spiegel und war, nach schonungsloser Begutachtung, mit sich zufrieden. Ihre Augen waren (dank des weißen Lidstrichs am inneren Rand) hell und leuchtend, ihr Teint (Aveda Masque machte es möglich) zart-rosig und ihre Stirn glatt und faltenfrei (was auf die Botulin-Spritze zurückzuführen war, die sie sich hatte geben lassen, bevor sie aus London abgereist war). Sie bürstete sich die Haare, bis sie glänzten – was sie im Nu taten. Sie glänzten *immer*, dank des Conditioners, des Anti-Locken-Haarsprays und des Friseurs, bei dem sie sich die Haare föhnen ließ.

Um zehn vor eins kam das Taxi, und sie und Jack verließen zusammen die Redaktion, verfolgt von den neugierigen Blicken der gesamten Belegschaft. Lisa war aufgeregt, weil sie Jack ganz für sich hatte, und praktisch auf Tuchfühlung, und sie plante, ihn in dem engen Innenraum des Taxis »versehentlich« mit ihren nackten schlanken Beinen zu streifen. Aber kaum saßen sie im Auto, da klingelte Jacks Mobiltelefon, worauf er die Fahrt über mit dem Rechtsbeistand des Radiosenders über eine einstweilige Verfügung diskutierte, die gegen den Sender wegen eines kontroversen Interviews mit einem Bischof, der eine Affäre gehabt hatte, verhängt worden war. Die Gelegenheit zu einer flüchtigen Berührung ergab sich einfach nicht.

»Ich verstehe nicht, wo das Problem liegt«, beschwerte sich Jack bei seinem Gesprächspartner am anderen Ende der Leitung. »Heutzutage ist es außergewöhnlich, wenn man einen Bischof findet, der *keine* Affäre hatte. Eher stellt sich die Frage, warum der Mann überhaupt interviewt werden soll.«

»Wie geht es Ihnen, Lisa?«, fragte der Taxifahrer. »Haben Sie inzwischen eine Wohnung gefunden?«

Lisa beugte sich vor. Wer war dieser Mann, der über ihr Leben Bescheid wusste? Dann sah sie, dass es derselbe Taxifahrer war, der sie in ihrer ersten Woche in Dublin zu verschiedenen Wohnungsbesichtigungen gefahren hatte.

»O ja, ich habe ein kleines Haus südlich der South Circular Road gefunden«, sagte sie höflich.

»South Circular?« Er nickte zufrieden. »Einer der wenigen Teile Dublins, der nicht von Yuppies überlaufen ist.«

»Aber es ist trotzdem ganz nett da«, verteidigte Lisa die Gegend.

Dann fiel ihr ein, dass sie noch eine Frage an ihn hatte. »Was ist denn damals passiert, als Sie die Mädchenbande zur Rede gestellt haben, die Ihre vierzehnjährige Tochter drangsaliert hat? Beim letzten Mal hatten Sie keine Zeit mehr, mir das Ende zu erzählen.«

»Sie lassen sie seitdem in Ruhe«, sagte er lächelnd. »Und meine Tochter ist wie ausgewechselt.«

Als Lisa ausstieg, sagte er: »Liam ist der Name. Sie können in Zukunft nach mir fragen.«

Jack telefonierte immer noch, als sie in dem hübschen, belebten Restaurant an ihren Tisch in der Mitte des Raumes geführt wurden. Das gefiel Lisa. Jack sah zwar aus, als hätte er seinen

Anzug in einer Mülltonne gefunden, aber er sprach mit großer Autorität in sein Mobiltelefon, und das machte vieles wieder wett. Ein paar Gäste in ihrer Nähe griffen sofort nach ihren eigenen Mobiltelefonen, als sie ihn sahen, und führten völlig überflüssige Gespräche.

Nachdem Jack verprochen hatte, dass er bis fünf Uhr mit einer Lösung aufwarten würde, steckte er das Telefon ein. »Entschuldigen Sie bitte, Lisa.«

»Das macht doch nichts«, sagte sie mit einem Lächeln, das ihren neuen Source-Lippenstift besonders gut zur Geltung brachte.

Aber das Telefongespräch hatte die Leichtigkeit in Jacks Stimmung weggeblasen. Er war wieder ernst und gequält und konnte nicht zu einem Flirt überredet werden. Obwohl das nicht hieß, dass sie nicht flirten durfte.

»Auf uns«, sagte Lisa mit einem vielsagenden Lächeln und stieß mit Jack an. Dann fügte sie hinzu, um ihn zu verwirren und ihn auf Trab zu halten: »Möge *Colleen* wachsen und gedeihen.«

»Darauf trinke ich gern.« Er hob das Glas und schaffte es zu lächeln, aber offensichtlich waren seine Gedanken woanders. Am liebsten hätte er über die Arbeit gesprochen, über Leseranalysen, Druckkosten, ob man eine Bücherseite machen sollte. Außerdem schien er sich nicht recht wohl zu fühlen in dem todschicken Ambiente des Halo. Er mühte sich mit seiner Vorspeise ab, einem nur schwer zu bändigenden Endiviensalat, spießte die Blätter auf die Gabel und versuchte sie in den Mund zu schieben. »Herrgott!«, rief er plötzlich, als ein widerspenstiges Salatblatt sich wieder entfaltete und von der Gabel sprang. »Ich komme mir vor wie eine Giraffe!«

Lisa passte sich der Stimmung an. Sie sah, dass es keinen Zweck hatte, das entspannte Geplänkel von dem Abend in ihrer Küche wieder entstehen zu lassen; er war einfach nicht dazu aufgelegt. Zu viel ging ihm im Kopf herum, zu viel bedrückte ihn, und sie fühlte sich geschmeichelt, dass er überhaupt mit ihr zum Lunch gegangen war.

Und wenn er über die Arbeit sprechen wollte, dann würde sie darauf eingehen. Mit ihrer bewundernswerten Fähigkeit, die meisten Dinge zu ihrem Vorteil zu wenden, beschloss sie, dass dies ein ebenso günstiger Zeitpunkt war wie jeder andere auch, um Jack zu fragen, ob es eine Möglichkeit gäbe, eine Kolumne von Marcus Valentine an die anderen Publikationen von Randolph Media weiterzugeben.

»Hat er sich denn bereit erklärt, eine Kolumne für uns zu schreiben?«, fragte Jack, fast begeistert.

»Noch nicht ... nicht richtig.« Sie lächelte ihm selbstsicher zu. »Aber er wird es tun.«

»Ich erkundige mich danach, ob eine Weiterverbreitung möglich ist. Sie haben lauter gute Ideen«, sagte er anerkennend.

Erst als sie das Restaurant verließen, wurde Jack wieder normal. »Wie kommen Sie mit dem Boiler zurecht?«, fragte er mit einem netten Funkeln in den Augen.

»Bestens«, sagte Lisa und lächelte charmant. »Ich kann jederzeit lang und heiß duschen.« Sie sagte »lang« und »heiß« in einem langen, heißen Ton. Gedehnt, bedeutungsvoll, sinnlich.

»Gut«, sagte er, und seine Pupillen weiteten sich einen Moment interessiert. »Gut.«

Lisa war nach der Arbeit fast bei sich zu Hause angekommen, als sie einer verlebten, senfblonden Frau begegnete, die einen ausgebeulten Jogging-Anzug trug und dazu – seltsame Kombination – eine Umhängetasche von DKNY. Lisas Umhängetasche von DKNY. Zumindest hatte sie Lisa gehört, bis die sie Francine gegeben hatte, einem der kleinen Mädchen, die in der Straße wohnten. Sie hatte eine vage Ahnung, dass die Frau mit dem ausgemergelten Gesicht – hieß sie Kathy? – die Mutter des Mädchens war.

»Hallo, Lisa«, strahlte die. »Geht es Ihnen gut?«

»Ja, danke«, sagte Lisa kühl. Wieso wusste jeder in der Gegend hier, wie sie hieß?

»Ich bin auf dem Weg zur Arbeit. Dinner im Harbison. Dreißig Pfund auf die Hand und die Taxifahrt nach Hause.«

Anscheinend sprach Kathy vom Kellnern. Sie schwenkte die Zweihundert-Dollar-Handtasche in Lisas Richtung. »Ich komm zu spät. Bis bald.«

Lisa hatte plötzlich eine Eingebung.

»Ehm, Kathy – Kathy ist doch richtig, oder? Sind Sie an einem Putzjob interessiert?«

»Ich dachte schon, Sie würde mich nie ansprechen.«

»Ach? Wie meinen Sie das?«

»Na ja, Sie haben viel zu tun, wann sollen Sie da putzen?« Was Kathy wirklich meinte, war, dass Francine Lisa überredet hatte, sie ins Haus zu lassen, und zu Hause erzählt hatte, bei Lisa sähe es aus wie im Schweinestall. »Viel schlimmer als bei uns!«

Ashling hatte ihrerseits den Mittwochabend damit zugebracht, Phelims Mutter eine PortMerion-Schüssel, hübsch als Geschenk verpackt, zu bringen und damit deren Satz zu vervollständigen.

»Meine Mission ist hiermit erfüllt«, witzelte sie.

Dann musste sie viel zu lange in Mrs. Egans Küche sitzen und sich deren bekanntes Klagelied anhören. »Phelim wusste einfach nicht, was gut für ihn war. Er hätte dich heiraten sollen, Ashling.«

Sie wartete, dass Ashling ihr zustimmte, aber zum ersten Mal tat sie es nicht.

Als Ashling nach Hause kam, war keine Nachricht auf dem Anrufbeantworter. Joy und ihre blöden Regeln für Jungen!

»Es ist erst neun, du Pessimistin«, schimpfte Joy mit ihr, als sie eintraf, um mit Ashling Wache zu schieben. »Noch viel Zeit. Mach mal eine Flasche Wein auf, und ich erzähl dir all die netten Dinge, die Mick gestern Nacht zu mir gesagt hat.«

Ashling hatte alle Mühe, dem achterbahnartigen Auf und Ab der Beziehung von Joy und Mick zu folgen. Die beiden waren fast so schlimm wie Jack Devine und seine kleine fingerbeißende Freundin.

Sie holte den Korkenzieher, goss ihnen beiden ein Glas Wein ein und machte es sich bequem, um jedes Wort, das Mick je zu Joy gesagt hatte, Silbe für Silbe zu analysieren.

»… und dann hat er gesagt, ich gehöre zu den Frauen, die gern die Nächte durchmachen. Was, meinst du, hat er damit gemeint? Er meint doch bestimmt, dass ich eine Frau bin, mit der man feiert, aber nicht eine, die man heiratet, oder?«

»Vielleicht meint er einfach nur, dass du gern die Nächte durchmachst.«

Joy schüttelte energisch den Kopf. »Nein, es gibt immer einen Subtext …«

»Ted sagt, das stimmt nicht. Er sagt, wenn ein Mann etwas sagt, meint er genau das, was er sagt.«

»Was weiß der schon darüber!«

Die beiden waren so sehr damit beschäftigt, alles bis ins kleinste zu interpretieren, dass Ashling ganz vergessen hatte, worauf sie wartete, als um sieben Minuten nach zehn das Telefon klingelte.

»Geh dran«, sagte Joy und nickte in Richtung Telefon. Aber fast hatte Ashling Angst, falls er es nicht war.

»Hallo«, sagte sie zaghaft.

»Hallo, ist dort Ashling, die Schutzheilige der Komiker? Hier ist Marcus. Marcus Valentine.«

»Hallo«, sagte Ashling.

Nur mit Lippenbewegungen teilte sie Joy mit: *Er ist es,* und tupfte dann mit dem Finger auf ihr Gesicht, um die Sommersprossen anzudeuten.

»Wie hast du mich genannt?«, fragte sie mit einem Kichern.

»Schutzheilige der Komiker. Bei Ted Mullins erstem Auftritt hast du ihm ausgeholfen, erinnerst du dich? Und da habe ich gedacht, diese Frau ist die Freundin der Komiker.«

Sie überlegte – die Idee der Schutzheiligen gefiel ihr.

»Und, wie geht es dir?«, fragte er. Sie mochte seine Stimme. Man würde nie erraten, dass sie zu einem sommersprossigen Typ gehörte. »Warst du bei irgendwelchen Comedy-Shows in letzter Zeit?«

Sie kicherte wieder. »Am Samstagabend war ich bei einer.«

»Davon musst du mir ganz genau berichten«, sagte er lachend mit seiner Sommersprossen-freien Stimme.

»Kann ich machen«, hörte sie sich zur Antwort kichern. Etwas in ihr wunderte sich, was das mit dem Gekicher sollte. Sie klang wie eine Blöde.

»Wie sieht's aus mit Samstagabend? Wollen wir zusammen spielen?«, schlug er vor.

»Oh, da habe ich keine Zeit.« Aufrichtiges Bedauern schwang in ihrer Stimme. Sie überlegte, ob sie ihm erklären sollte, das sie für Clodagh und Dylan auf die Kinder aufpasste, konnte sich aber irgendwie bremsen. Es würde nichts schaden, wenn er dachte, sie hätte ein erfülltes Leben.

»Fährst du über das lange Wochenende weg?« Er klang enttäuscht.

»Nein, ich habe nur am Samstagabend was vor.«

»Und ich am Sonntag.«

Damit trat Schweigen ein, bis beide auf einmal anfingen zu sprechen.

»Hast du am Montag was vor?«, fragte er, während sie sagte: »Wie wär's denn mit Montag?«

Sie kicherte. Schon wieder.

»Hört sich so an, als hätten wir einen Plan«, sagte er. »Was meinst du, wenn ich dich Montagmorgen anrufe – nicht zu früh – und dann überlegen wir uns was?«

»Hört sich gut an!«

»Wunderbar«, sagte er mit einer warmen, viel versprechenden Stimme.

Ashling legte den Hörer auf. »Oh, mein Gott. Ich gehe am Montag mit dem sommersprossigen Marcus Valentine aus.« Sie war ganz aufgelöst vor Aufregung und Schock. »Ich hatte seit Jahren keine Verabredung mehr. Seit Phelim nicht.«

»Und? Bist du glücklich?«

Ashling nickte bedächtig. Jetzt, da er angerufen hatte, bestand wieder die Gefahr, dass er ihr nicht mehr gefiel.

»Also gut«, befahl Joy. »Jetzt müssen wir mit dir üben. Sprich mir nach: ›Oh, Marcus! Marcus!‹«

Als Ashling am nächsten Morgen zur Arbeit kam, rief Lisa sie zu sich an den Schreibtisch. »He, rate mal, wer mich gestern Abend angerufen hat.«

Ashling sah ihren kämpferischen, herausfordernden Ausdruck und das Glitzern des Triumphs in ihren grauen Augen.

»Marcus Valentine?« Wer wohl sonst?

»Ganz genau«, sagte Lisa. »Marcus Valentine.«

»Ach ja?« Ashling stemmte die Hand mit einer zanklustigen Gebärde in die Hüfte. »Mich hat er nämlich auch angerufen.«

Bei dieser Nachricht blieb Lisa der Mund offenstehen. Und sie hatte gedacht, sie wäre die Siegreiche!

»Wann triffst du dich mit ihm?«, fragte Ashling.

»Irgendwann nächste Woche.«

»Ach, wirklich? Ich gehe am Montag mit ihm aus. Das ist eher«, sagte sie noch, falls Lisa es nicht gemerkt haben sollte.

Sie und Lisa sahen sich kampfbereit an.

»Das heißt, ich gewinne!« Ashling wusste nicht, was über sie gekommen war.

Lisa war perplex und funkelte Ashling an, die sich Mühe gab, ihrer milden Miene einen entschlossenen Ausdruck zu geben. Lisa war übertrumpft worden. Und zu ihrer eigenen Überraschung fand sie es witzig.

Sie fing an zu lachen. »Gut gemacht«, sagte sie amüsiert.

Es dauerte einen Moment, bis Ashling dem Stimmungsumschwung folgte, dann fing auch sie an zu lachen. Sie benahmen sich beide grotesk!

»Mann, Lisa, wir sind nicht mal hinter dem Gleichen her«, sagte Ashling, plötzlich erkühnt. »Warum macht es dir was aus?«

»Weiß nicht«, sagte Lisa und senkte den Kopf. »Eine Frau braucht wahrscheinlich ein Hobby.«

28

In der Redaktion von Randolph Media herrschte ein vor-ferienmäßiges Getriebe. Es war der Freitag vor dem verlängerten Wochenende im Juni (was Lisa in Verwirrung gestürzt hatte, weil in England der Feiertag eine Woche früher lag); dazu kam die Nachricht, dass L'Oréal Anzeigenseiten gekauft hatte; dazu kam weiterhin, dass Jack Devine nicht im Büro war *und* dass eine Kiste Champagner eintraf, der als Preis für ein Leserinnen-Preisausschreiben gedacht war. (»In welcher Region Frankreichs wird Champagner gemacht? Antwort auf einer Postkarte an … Das Los entscheidet, der Gewinner bekommt zwölf Flaschen von dem besten …«)

Lisas Blick wanderte zu dem Champagner, auf ihre Uhr – Viertel vor vier – und zu ihren Mitarbeitern. Sie hatten in den letzten drei Wochen so viel gearbeitet, und *Colleen* nahm endlich Form an und würde nicht als Katastrophe enden. Und ihr war eingefallen, wie wichtig es war, für gute Stimmung im Team zu sorgen. Allerdings – wenn sie ehrlich war, musste sie zugeben, dass sie Lust auf ein Gläschen Sekt hatte, und vermutete, dass sie eine Meuterei provozieren würde, wenn sie sich allein eins genehmigte.

Sie räusperte sich theatralisch. »Ehm«, begann sie fröhlich. »Hätte jemand Lust auf ein Glas Champagner?«

Vielsagend neigte sie den gestylten Kopf in Richtung Kiste, und es dauerte keine Sekunde, bis alle begriffen hatten, was sie meinte.

»Aber was ist mit dem Leserinnen-Preisausschreiben?«, fragte Ashling besorgt.

»Halt, verdammt noch mal, die Klappe«, zischte Trix und wandte sich dann an Lisa. »Das ist doch eine fantastische Idee, Lisa«, schmeichelte sie ihr. »Wir feiern die L'Oréal-Anzeige, die du eingesackt hast.«

Es bedurfte keiner zweiten Aufforderung. Die Worte »*Lisa sagt, wir können den Preisausschreiben-Champagner trinken, Lisa sagt, wir können den Preisausschreiben-Champagner trinken*« gingen wie eine wispernde Brise in der Redaktion um, die Bleistifte wurden fallen gelassen, die Haltung entspannte sich. Sogar Mercedes sah fröhlich aus.

»Wir haben gar keine Gläser.« Lisa war bekümmert.

»Kein Problem.« Bevor Lisa es sich anders überlegen konnte, trug Trix schon ein Tablett mit schmutzigen Kaffeetassen zur Damentoilette. Es war das erste Mal seit einem halben Jahr, dass sie den Abwasch machte. Sie war in rekordverdächtiger Zeit wieder zurück, und es machte nichts, dass sie die Tassen nicht richtig ausgespült hatte, denn sollte es sehr schäumen, würde man das auf den Champagner zurückführen.

»Er ist nicht besonders gekühlt, fürchte ich«, sagte Lisa mit Anmut und platzierte einen angestoßenen Becher mit der Aufschrift ›Surfer machen es im Stehen‹, bis zum Rand gefüllt mit sprudelndem Champagner, in Kelvins beringte Hände.

»Wen stört das schon«, sagte Kelvin begeistert und freute sich, dass er bei der Feier mitmachen durfte, obwohl er nicht zum *Colleen*-Team gehörte. Das Trüppchen der Sekretariatsmitarbeiter stand in der Ecke zusammen und wartete, ob es auch etwas abbekam. Laute Seufzer der Erleichterung gingen durch den Raum, als Lisa eine zweite Flasche öffnete und einen Kaffeebecher mit der Aufschrift ›Kaum zu glauben, dass es keine Butter ist‹, einen weiteren mit ›Kia-Ora, alles für den Hund‹ und zwei mit ›Drin ist, was drauf steht‹ mit Champagner füllte.

»Auf Ihr Wohl, Mrs. Morley.« Lisa reichte den Becher mit ›Kaum zu glauben, dass es keine Butter ist‹ Jacks Sekretärin mit dem ausgeprägten Beschützerinstinkt.

»Prost«, murmelte Mrs. Morley misstrauisch.

Als jeder einen Becher in der Hand hatte, hob Lisa ihren und sagte: »Auf euch! Vielen Dank für die harte Arbeit, die ihr in den letzten drei Wochen geleistet habt.«

Ashling und Mercedes sahen sich einen Moment lang ungläubig an. Man hätte schwören mögen, Lisa sei schon betrunken.

Alle tranken den Champagner in kleinen Schlucken. Außer Trix; sie hatte ihren in großen Zügen geleert. Aber die anderen brauchten nicht lange, um sie einzuholen. Schweigen breitete sich aus, während Blicke zwischen dem (wie radioaktives Material knisternden und zischenden) Schaum auf dem Becherboden und den zehn vollen Flaschen hin und her wanderten.

Lisa durchbrach das Schweigen und sagte in aller Unschuld: »Sollen wir noch eine aufmachen?«, als wäre sie eben erst auf diesen Gedanken gekommen.

»Warum eigentlich nicht?« Trix verstand es sehr gut, in einem Ton der kompletten Gleichgültigkeit zu sprechen.

»Sicher, warum nicht?« Der eine Becher hatte Mrs. Morley ganz weich gestimmt.

Doch als Lisa den Drahtverschluss aufdrehte, öffnete sich die Tür, und alle sahen gespannt hoch. Mist! Es war durchaus möglich, dass Jack ausflippen würde, wenn er sie ertappte, wie sie während der Bürozeit den Preisausschreiben-Champagner süffelten.

Aber es war nicht Jack, sondern seine fingerbeißende Freundin. Sie hatte enorm hohe Absätze und winzig schmale Hüften. Noch schmaler jedoch war ihre Taille. Ashling wurde ganz elend vor Neid und Bewunderung.

Mai wusste anscheind nicht, was sie von dem ausgedehnten Schweigen im Raum und den schuldbewussten Blicken halten sollte. »Ist Jack da?«

Das Schweigen hielt an.

»Nein«, murmelte Mrs. Morley und wischte sich über den Mund, falls sie einen Champagnerbart hatte. »Er ist im Fernsehstudio und ruft die Leute dort zur Ordnung.« Dann verschränkte sie triumphierend die Arme und zeigte mit ihrer Haltung, dass es Mai war, die von Jack zur Ordnung gerufen werden sollte.

»Oh.« Mais volle Lippen drückten schmollend Enttäuschung aus. Sie wirbelte herum, so dass ihr seidenes Haar in aufreizender Fülle hin und her schwang.

»Sie können ja warten, wenn Sie möchten«, sagte Ashling unvermittelt.

Mai wirbelte wieder herum. »Wäre das erlaubt?«

»Klar! Möchten Sie nicht auch etwas trinken?« Kaum hatte Ashling die Worte ausgesprochen, als sie sich auf Lisas Zorn gefasst machte. Schlechte Idee, die Freundin des Chefs aufzufordern, bei ihrem Gelage mitzumachen. Ashling nahm an, dass sie einen Schwips hatte.

Aber statt böse zu sein, bekräftigte Lisa den Vorschlag und sagte: »Ja, trinken Sie mit uns!«

Tatsache war, dass Lisa ebenso neugierig war wie die anderen, was Mai anging. Eher noch neugieriger, wenn man es genau betrachtete.

»Prost!« Als Mai den Becher von Lisa entgegennahm, forderte Ashling sie freundlich auf: »Kommen Sie, hier ist ein Stuhl.«

Sofort fühlten sich Trix und Lisa zu Ashlings Schreibtisch hingezogen, so faszinierend fanden sie die exotische Mai.

»Ihre Handtasche gefällt mir«, sagte Lisa. »Lulu Guinness?«

Mai lachte auf, und es klang erstaunlich deftig. »Dunnes.«

»Dunnes?«

»Eine Kaufhauskette«, erklärte Ashling ernsthaft und mit roten Wangen. »Wie Marks & Spencer.«

»Nur billiger«, fügte Mai mit einem erneuten kessen Lachen hinzu. Trotz ihres Lotusblüten-Gesichts schien sie plötzlich sehr gewöhnlich.

Als Lisa die Runde machte und Champagner nachfüllte, sagte Mai mit listigem Witz: »Das ist ja eine tolle Redaktion. Gibt es so was jeden Tag?«

Darauf folgte ein Ausbruch fast hysterischen Gelächters. »Jeden Tag? Natürlich nicht! Überhaupt nicht! Bei besonderen Anlässen, vor langen Wochenenden, dann vielleicht.«

»Sie verraten Jack nichts, oder?«, fragte Trix.

Mais Augen flackerten hämisch. »Wie käme ich dazu?«

»Wo arbeiten Sie denn? Was machen Sie?«, getraute Trix sich zu fragen.

Mai warf ihre schweren Haare herum, ihre schrägen Augen nahmen einen tiefsinnigen Ausdruck an, und im Nu war sie wieder das geheimnisvolle, undurchschaubare Wesen. »Ich mache exotischen Tanz.«

Das verschlug allen Anwesenden momentan die Sprache, bevor sie obercool dazu Stellung nahmen. »Fantastisch!«, riefen sie im Chor. »Wie toll!«

»Genau das richtige Wetter dafür.« Der langweilige Bernard hatte keine Ahnung, wovon die Rede war.

»Das ist doch großartig«, brachte Lisa hervor. Sie stellte sich vor, dass Jack und Mai fantastischen Sex hatten, und war innerlich grün vor Neid.

»Was ist exotischer Tanz?«, flüsterte Mrs. Morley Kelvin zu.

»Ich glaube, dazu muss man sich, ehm, ausziehen«, flüsterte er taktvoll zurück, mit Rücksicht auf ihre Empfindlichkeit als ältere Frau.

»Ach, sie ist Bauchtänzerin! Dann schwimmt sie in Geld.« Mrs. Morley musterte Mai mit einem Anflug von Respekt.

»Nein, ich bin nicht Bauchtänzerin«, sagte Mai spöttisch und verwandelte sich wieder in einen normalen Menschen. »Das war ein Witz. Ich verkaufe Mobiltelefone, aber wegen meines Aussehens denken die Leute immer, ich bin eine Sexmieze.«

»Ist das nicht scheußlich?«, riefen sie wieder alle begeistert im Chor. »Wie gemein! Sind die Leute nicht furchtbar?«

»Habe ich das richtig verstanden, sie macht gar nicht Bauchtanz?«, fragte Mrs. Morley diskret, an Kelvin gewandt. Der schüttelte den wasserstoffblonden Kopf. Es war nicht leicht zu erkennen, wessen Enttäuschung größer war.

»Diese Tereostypisierung, ist das nicht schrecklich?«, sagte Ashling. *Ich bin beschwipst*, merkte sie.

»Finde ich auch«, sagte Mai, die sich von ihrem zweiten Becher Champagner mit Spülmittel ermuntert fühlte. »Ich bin in Dublin geboren und aufgewachsen, mein Vater ist Ire, aber weil meine Mutter Asiatin ist, behandeln mich die Männer immer so, als würde ich mich mit solchen orientalischen Tricks beim Sex auskennen. Pingpong und so was. Oder sie rufen mir auf der Straße nach: ›Geblatenel Leis‹.« Sie seufzte tief. »Beides macht mich sauer.«

Sie warf einen Blick auf Kelvin und Gerry, die sie lüstern betrachteten, dann kam sie näher an Ashling, Lisa und Trix und sagte offenherzig: »Das heißt ja nicht, dass ich das mit dem Pingpong nicht versuchen würde. Natürlich bin ich zu allem Möglichen bereit, wenn ich echt scharf auf den Typen bin.«

Wie bei Jack? wollten alle fragen, aber keine traute sich. Nicht einmal Trix.

Aber während die vollen Flaschen weniger wurden und die leeren sich häuften, lösten sich die Zungen mehr und mehr.

»Wie alt sind Sie?«, fragte Trix.

»Neunundzwanzig.«

»Und seit wann gehen Sie mit Jack?«

»Seit fast sechs Monaten.«

»Er ist manchmal ganz schön schwierig«, sagte Trix offen.

»Wem sagt ihr das! Seit *Colleen* angefangen hat, hat er dauernd schlechte Laune. Er arbeitet zu viel und macht sich zu viele Sorgen, dann geht er segeln, um sich zu entspannen, und ich sehe ihn nie. Ich glaube, ihr seid schuld an seinen Launen!«

»Das ist lustig«, rief Trix, »denn wir sind der Meinung, *Sie* sind der Grund.«

Mai rutschte plötzlich auf ihrem Stuhl hin und her.

»Entschuldigung, bringen wir Sie in Verlegenheit? Dann hören wir auf«, sagte Ashling dazwischen. Aber sie war enttäuscht, denn sie fand das Gespräch spannend.

»Nein, schon in Ordnung.« Mai grinste und rutschte weiter. »Die Unterhose hat sich verklemmt, das macht mich ganz verrückt.«

Sie war so hübsch und frech und unbefangen, dass Lisa schluckte. Sie hatte sich Jacks Interesse an ihr nicht eingebildet, davon war sie überzeugt, aber sie verstand, warum er Mai anziehend fand.

Als Jack schließlich in die Redaktion kam, hatten alle so viel intus, dass sie es gar nicht erst zu verbergen versuchten.

»Amüsieren Sie sich?«, fragte er mit einem halben Lächlen.

»'s sind doch Ferien«, sagte Mrs. Morley mit funkelndem Blick. In den letzten anderthalb Stunden hatte sie die Stadien Misstrauen, Sanftmut, Wohlgefühl und nagendes Bedauern durchlaufen und war jetzt, wie zu erwarten, bei Angriffslust angekommen.

»Da haben Sie Recht«, stimmte er ihr zu.

»Hallo, Jack«, sagte Mai mit einem zähnebleckenden Lächeln. »Ich kam gerade vorbei und dachte, ich besuche dich mal.«

Jack wirkte verlegen.

Mai folgte ihm in sein Büro und schloss die Tür fest hinter sich.

Als Trix ihren leeren Becher an die Tür hielt und dann ihr Ohr an den Becher legte, lachten die anderen. Aber der Becher war gar nicht nötig. Mais Stimme, schrill und wütend, konnte auch am entferntesten Schreibtisch vernommen werden. »Wie kannst du es wagen, mich zu ignorieren, wenn ich dich besuche …« »Wenn du glaubst, ich nehm das einfach hin …«

Von Jack hörte man kein Wort, aber anscheinend sagte er auch etwas, denn zwischen Mais Beschuldigungen waren Pausen.

»Haltet die Ausgänge frei«, sagte Kelvin und klang wie ein Flugbegleiter.

Und sie mussten nicht lange warten, bis sich die Tür zu Jacks Büro öffnete. Mai erschien, marschierte wütend durch die Redaktion zum Ausgang und verschwand. Die Luft vibrierte von ihrer Abwesenheit. Sie hatte sich von niemandem verabschiedet.

»Da die Vorführung vorbei ist, kann ich ja gehen«, verkündete Kelvin und schwang sich seinen aufblasbaren orangefarbenen Rucksack auf den Rücken.

»Vor mir liegen zweiundsiebzig Stunden köstlicher Freiheit.«

»Desgleichen hier«, sagte Trix.

»Finde ich auch.« Der langweilige Bernard hatte schon wieder nicht mitgekriegt, worum es ging.

Alle packten ihre Sachen zusammen und machten sich auf den Weg, bis nur noch Ashling und Jack da waren. Jack, weil er auf einen Anruf aus New York wartete, und Ashling, weil sie um halb sechs mit Joy verabredet war und es für sie nicht lohnte, zwischendurch nach Hause zu gehen. Während sie wartete, arbeitete sie weiter an der Database, die sie für Lisa erstellte. Wegen des Trinkgelages am Nachmittag war sie damit nicht weitergekommen.

»Hören Sie auf damit, Miss Fix-it«, knurrte Jack. »Es kommt ein langes Wochenende. Außerdem haben Sie einen in der Krone und müssen am Dienstag sowieso noch mal von vorne anfangen.«

»Sie haben Recht.« Ashling war noch nüchtern genug, um zu erkennen, dass sie betrunken war. »Ich fabriziere nur lauter Unsinn.«

»Gehen Sie nach Hause«, befahl er.

Es war ohnehin fast halb sechs. Benommen nahm sie ihre Tasche, dann fragte sie ihn zögernd: »Haben Sie was Schönes vor fürs Wochenende, JD?« Aber nur, weil sie einen Schluck getrunken hatte.

»JD?«, fragte Jack neugierg.

»Ich meine, Jack, Mr. Devine, was weiß ich.« Es war Ashling peinlich, dass ihr ihr privater Spitzname für ihn entschlüpft war. »Machen Sie was Schönes?«

Jack war verstimmt. »Weiß nicht. Am Sonntag besuche ich meine Eltern. Für den Rest kommt es aufs Wetter an. Wenn ich nicht segeln gehen kann, verschanze ich mich zu Hause und gucke mir Star-Trek-Videos an.«

»Star Trek? Na, eh, ›mögen Sie lange leben und gedeihen‹«, sagte Ashling ermunternd und versuchte den Vulcanier-Gruß mit den gespreizten Fingern.

Jack sah sie gereizt an. »Sehr unlogisch, Captain Fix-it. Es wird wohl kaum ein gedeihliches Wochenende werden.«

»Warum nicht?«

Plötzlich war er verlegen und sagte: »Es kann Ihnen nicht entgangen sein, dass meine Freundin sauer auf mich ist.«

Ashling konnte sich nicht zurückhalten. Die Worte sprudelten aus ihr hervor. Der Alkohol hatte ihr die Zunge gelöst. »Warum streiten Sie denn immer mit ihr? Sie ist so nett. Können Sie sich nicht ein bisschen mehr Mühe geben? Sie hat gesagt, Sie sehen sich nie, weil Sie immer segeln gehen. Vielleicht, wenn Sie nicht so oft ...«

Ihr wurde bewusst, dass sie die Grenze weit überschritten hatte, und wartete, dass sich Jacks Zorn über ihr entlud, aber er lachte nur, wenn auch nicht sehr freundlich.

Zu spät ging Ashling auf, dass jede Geschichte immer zwei Seiten hatte. »Oder stimmt das nicht?«

Jack wartete einen Moment, dann sagte er: »Ich werde nichts Übles über jemanden sagen, der nicht da ist, um sich zu verteidigen.«

»Heißt das, Sie gehen nicht segeln?«

»Doch.«

»Aber ...« Plötzlich dachte Ashling, sie hätte vielleicht verstanden. »Sagt sie, Sie sollen ruhig gehen, und ist hinterher sauer?«

Nach einem Moment des Schweigens gab Jack zögernd zu: »So ähnlich.«

»Aber Sie müssen das so sehen«, erklärte Ashling. »Sie sagt zwar, dass sie nichts dagegen hat, aber sie meint es nicht so. Sprechen Sie noch mal mit ihr, seien Sie nett zu ihr.« Ihre Augen leuchteten. Das Problem wäre gelöst.

»Kleine Miss Fix-it.« Jack schüttelte nachsichtig den Kopf. »Warum müssen Sie für alle das Leben regeln?«

»Aber ich will doch nur ...«

»Kleine Miss Fix-it«, wiederholte er belustigt. »Ich denk mal drüber nach. Und wie ist es mit Ihnen – fahren Sie über das Wochenende weg?«

»Nein.« Ashling wurde sofort scheu, wenn die Kamera auf sie gerichtet war.« Ich werde mich mit meinen Freunden verabreden und so …« Und mit Marcus Valentine ausgehen, hoffentlich, aber das würde sie Jack nicht erzählen.

»Schöne Tage!«

Als Ashling zur Tür strebte, rief Jack plötzlich hinter ihr her: »He! Miss Fix-it! Gucken Sie sich manchmal Star-Trek-Videos an?«

Ashling blickte über die Schulter zurück und schüttelte den Kopf.

»Hätte ich mir denken können«, sagte er.

»Ich habe nichts gegen Star Trek.«

»Das sagen sie alle«, murmelte Jack.

»Ich bin mehr für Doctor Who, muss ich sagen.«

29

Am Samstagabend um sieben Uhr (genau genommen war es elf Minuten nach sieben) kamen Ashling und Ted auf Teds Fahrrad zum Kinderhüten bei Dylan und Clodagh an.

»Das *gehört* ihnen?« Ted sah staunend auf das Backsteinhaus mit Fenstern rechts und links von der Eingangstür.

»Ganz schön beeindruckend, was?« Ashling stieg die Stufen hoch und drückte auf die Klingel.

»Wir müssen hoffentlich keine Windeln wechseln, oder?«, fragte Ted mit plötzlichem Entsetzen.

»Nein, dafür sind sie zu alt. Wir müssen einfach nur mit ihnen spielen, sie bei Laune halten.«

»Na, das dürfte ja kein Problem sein.« Ted räusperte sich und strich sich bedächtig eine Strähne aus dem Gesicht. »Ted Mullins, der witzigste Mann in Dublin, meldet sich zum Dienst, Sir!«

»Vielleicht sind sie ein bisschen zu jung für den postmodernen ironischen Alleinunterhalter.« Ashling klang nicht sehr zuversichtlich. »Ich glaube, *Die drei kleinen Schweinchen* ist das, was ihrem Horizont eher entspricht.«

»Das werden wir ja sehen«, erwiderte Ted. »Die Intelligenz von Kindern wird häufig unterschätzt. Soll ich noch mal klingeln?«

Es dauerte eine Weile, bevor ihnen geöffnet wurde. Es war Dylan, mit Seifenwasser an den Armen und einem nassen T-Shirt, das ihm an der Brust klebte.

»Hallo, wie geht's?« Er schien nicht ganz bei der Sache. Dann hörten Ashling und Ted das Gebrüll aus dem Obergeschoss.

»Craig ist in der Badewanne«, erklärte Dylan.

»Es scheint ihm nicht zu gefallen.«

»Das Schlimmste steht noch bevor: Ich muss ihm nämlich die Haare ausspülen.« Dylan erschauderte. »Dann klingt es, als würde er bei lebendigem Leibe verbrannt, aber macht euch nichts draus. Ich muss wieder nach oben.« Er war schon halb oben, als er sagte: »Clodagh ist in der Küche.«

Clodagh saß am Küchentisch und versuchte verzweifelt, Molly zum Essen zu überreden. Alles, was nicht Keks, Chip oder Bonbon war. In den letzten zwei Wochen hatte Molly die Nahrungsaufnahme verweigert. Einfach so, zum Vergnügen.

Ashling gab Clodagh eine Mappe mit ihrem Lebenlauf in zehnfacher Ausführung.

»Was ist d…? Ach so, danke.« Mit einer fließenden Bewegung schob Clodagh die Mappe unter einige Kinderbücher auf dem Tisch.

»Willst du dich nicht umziehen?«, fragte Ashling, als sie sah, dass Clodagh noch in Jeans und T-Shirt war. »Euer Taxi wird gleich da sein.«

»Ich will einfach, dass sie was isst…«

»Ich könnte es mal versuchen«, bot Ted galant an.

Aber bei dem Vorschlag schob Molly ihre Unterlippe vor und brachte sie dramatisch zum Zittern.

»Danke, aber…« Entnervt versuchte Clodagh wieder, Molly einen Löffel zwischen die wenigen, aber fest zusammengebissenen Zähne zu schieben.

Nichts zu machen. Jetzt hatte Molly ein Publikum und würde auf gar keinen Fall einen Bissen essen.

»Iss doch ein bisschen Rührei, Schatz«, versuchte Clodagh sie zu überreden.

»Warum?«

»Weil es gut für dich ist.«

»Warum?«

»Weil es voller Proteine ist.«

»Warum?«

Nicht nur verweigerte Molly das Essen, sondern sie hatte außerdem das Warum-Spiel gelernt. Am Vormittag hatte sie neunundzwanzig Mal »Warum?« hintereinander gefragt. Clodagh hatte mitgemacht, weil sie aus fatalistischer Neugier sehen wollte, wie weit das ging, aber sie hatte vor Molly aufgegeben.

»Dein Haar sieht sehr schön aus!« Ashling bewunderte Clodaghs dichtes honigblondes Haar.

»Danke. Ich war extra beim Friseur.«

Dann fiel Ashling das neu dekorierte Wohnzimmer ein, und sie machte einen Besichtigungsgang.

»Sieht ja toll aus!«, begeisterte sie sich, als sie wieder in die Küche kam. »Das Zimmer bekommt eine ganz andere Stimmung. Du hast ein gutes Auge für Farben.«

»Kann sein.« Clodagh hatte das Interesse verloren. Als das Zimmer tapeziert wurde, war sie sehr aufgeregt gewesen, aber jetzt, da alles gemacht war, verspürte sie keinerlei Befriedigung oder Erfüllung.

Plötzlich richteten alle den Blick nach oben, wo ein Schrei ertönte, der einem das Blut in den Adern gefrieren lassen konnte. Craigs Haar wurde ausgespült.

»Er klingt wirklich, als würde er bei lebendigem Leibe verbrannt«, kicherte Ashling. »Der Ärmste.«

Nach einer Weile ebbten die schrillen Schreie ab und wurden zu einem hysterischen Gewinsel. Die Aufmerksamkeit richtete sich wieder auf Mollys Zwangsernährung.

»Jeder muss seinen Teller leer essen, wenn er groß und stark werden will.« Clodagh näherte sich erneut Mollys Mund mit einem Löffel voll Rühei.

»Warum?«

»Weil sie es müssen.«

»Warum?«

»Darum.«

»Warum?«

»Darum.«

»Warum?«

»Darum, verdammt noch mal!« Clodagh klatschte mit dem

Löffel in den Teller, so dass Rühreiflöckchen über den Tisch hüpften. »Das ist sinnlos hier. Ich ziehe mich jetzt um.«

Als Clodagh aus der Küche rauschte, warf Ted Ashling einen entsetzten Blick zu.

»Ganz schlecht, wenn man Kindern seine eigenen Schwächen zeigt«, bemerkte er.

Clodagh steckte den Kopf noch einmal um die Ecke. »Das habe ich früher auch gedacht. Aber warte nur, bis du selbst Kinder hast«, warnte sie ihn. »Dann hast du auch alle möglichen Regeln, und keine funktioniert.«

Ted hatte Clodagh nicht *kritisieren* wollen. Er hatte Clodagh nur mit seiner etwas strengeren, aber liebevollen Herangehensweise helfen wollen. Er fühlte sich missverstanden; die Situation war ihm peinlich. Das Gefühl verstärkte sich noch, als Molly mit dem Löffel auf ihn zeigte und – obwohl sie sonst kaum einen ganzen Satz sprechen konnte – klar und deutlich sagte: »Mummy mag dich nicht.«

Clodagh rannte die Treppe hoch. Für das ausgiebige, entspannende Aromabad war es nun zu spät. Sogar zum Duschen und Schminken wurde die Zeit knapp. Dann zog sie sich ehrfürchtig das pink-weiße hautenge Schlauchkleid an, das sie gekauft hatte, als sie mit Ashling unterwegs gewesen war. Es hatte seitdem im Schrank gehangen und sie mit seiner ungetragenen Neuheit daran erinnert, dass sie nie ausging.

Kritisch betrachtete sie sich im Spiegel. Meine Güte, war es kurz! Kürzer, als sie in Erinnerung hatte. Und durchsichtig. Aber als sie, des Anstands wegen, einen schwarzen Halbunterrock darunterzog, sah es nur albern aus, also zog sie ihn wieder aus. Sichtbare Reizwäsche war ganz in Ordnung, sagte sie sich. Besser als in Ordnung. Es war *unabdingbar*, wenn man sich als gut angezogen betrachten wollte. Ihr Problem war, dass sie zu lange in Jeans und T-Shirt herumgelaufen war. Also schlüpfte sie in hochhackige Sandalen, sagte sich, dass sie grandios aussah, und erschien auf dem Treppenabsatz, wie ein Filmstar bei seinem Auftritt.

»Wie sehe ich aus?«

Alle versammelten sich unten an der Treppe und sahen hinauf. Es entstand eine verblüffte Pause.

»Fantastisch«, rief Ashling, aber den Bruchteil einer Sekunde zu spät.

Teds Mund stand offen vor Bewunderung, als er zusah, wie Clodagh ein Bein vors andere setzte und die Treppe herunterkam.

»Dylan?«, fragte Clodagh.

»Fantastisch«, sagte auch er.

Sie war nicht überzeugt. Sie war sicher, sie hatte einen Vorbehalt in seinen Augen gesehen, aber er war so klug, ihn nicht zu äußern. Craig jedoch kannte solche Zurückhaltung nicht. »Mummy, dein Kleid ist zu kurz, und ich kann deine Wunderhose sehen.«

»Das stimmt nicht.«

»Doch, kann ich!«, beharrte er.

»Kannst du nicht«, korrigierte Clodah ihn. »Du kannst meinen Slip sehen. Jungen tragen Wunderhosen und Mädchen tragen Slips.« Dann murmelte sie, in einem ganz ungewohnten Ausbruch von Bissigkeit: »Außer Ashlings Freundin Joy.«

Molly, die dabei war, ihre Hände mit Brombeermarmelade einzureiben, war die Einzige, der es anscheinend gleichgültig war, was Clodagh anhatte.

»Du siehst auch sehr gut aus«, sagte Ashling zu Dylan. Und das tat er auch in seinem dunkelblauen legeren Anzug und dem biskuitfarbenen Hemd.

Er grinste. »Du bist ein Schatz.«

»Lackaffe«, hörte Ashling, so unterdrückt und verächtlich, dass sie dachte, sie hätte es sich eingebildet. Es schien aus Teds Richtung gekommen zu sein.

»Sind wir so weit?«, fragte Dylan mit einem Blick auf seine Uhr.

»Einen Moment noch.« Clodagh beeilte sich, mehrere Telefonnummern aufzuschreiben. »Das ist die von Dylans Mobiltelefon«, sagte sie und kritzelte eine weitere Nummer auf das Blatt,

»und das ist die Nummer von dem Restaurant, falls wir in einem Funkloch sind ...«

»Mitten in Dublin wird das kaum passieren«, warf Dylan ein.

»... und das ist die Adresse von dem Restaurant, wenn ihr uns telefonisch nicht erreicht. Wir kommen nicht so spät zurück.«

»Doch, kommt ruhig spät«, ermunterte Ashling sie.

Clodagh umarmte Molly und Craig und drückte sie fest, dann sagte sie, nicht sehr zuversichtlich: »Seid nett zu Ashling!«

»Und zu Ted«, fügte Ted hinzu und schürzte seine Lippen in, wie er dachte, cooler Manier mit Blick auf Clodagh.

»Und zu Ted«, murmelte Clodagh.

Als sie im Gehen begriffen waren, drückte Molly ihre mit Brombeermarmelade beschmierte Hand auf Clodaghs Po. Leider – oder vielleicht zum Glück – bemerkte Clodagh es nicht.

30

Kaum hatte Clodagh die Tür hinter sich zugemacht, als Molly und Craig in ein jämmerliches Wehgeschrei ausbrachen. Clodagh warf Dylan einen hilflosen Blick zu und wollte umkehren.

»Nein!«, sagte er fest.

»Aber …«

»Die hören nach einer Weile schon auf.«

Mit einem Gefühl, als würde sie in der Mitte zerrissen, stieg sie in das Taxi und ließ sich davonfahren. Das hatte man jetzt von bedingungsloser Liebe, dachte sie bitter. Was war es doch für eine schreckliche Last.

Ihr Tisch im L'Œuf war für halb acht bestellt – sie hatten die Wahl zwischen halb acht und neun Uhr gehabt, und für Clodagh war neun Uhr viel zu spät. Oft war sie dann schon im Bett. Sie brauchte ein paar Stunden ungestörten Schlaf, bevor sie um vier Uhr morgens aufstehen und in der Dunkelheit Lieder vorsingen musste.

Dylan und Clodagh waren die ersten Gäste. Sie durchschritten die ehrfurchtgebietende Stille des leeren, weißen Saals mit den griechischen Säulen, und Clodagh fühlte sich in ihrem Kleid zunehmend unbehaglich. Es schien die Blicke der mit reglosen Mienen herumstehenden Kellner auf sich zu ziehen. Am Rocksaum zipfelnd, um das Kleid länger zu ziehen, eilte sie zu ihrem Sicherheit gewährenden Tisch. Sie war so lange nicht ausgegangen, dass sie vergessen hatte, wie man sich richtig anzog. Sie ließ sich auf den Stuhl sinken, schob die Beine unter die Tischdecke, die barmherzig ihren ansonsten sichtbaren Slip versteckte, und bestellte dankbar einen Gin-Tonic.

Während Clodagh die zeitungsformatgroße Speisekarte studierte, standen zwölf bis vierzehn schwarz-weiß gekleidete Kellner an verschiedenen Punkten des Saals aufmerksam bereit, und jedesmal, wenn sie von der Speisekarte aufblickte, hatten sie die Plätze gewechselt, ohne dass sie oder Dylan gesehen hätten, dass einer sich bewegt hatte.

»Es ist ein bisschen wie in einem Science-Fiction-Film«, flüsterte sie Dylan über den Tisch zu.

Dylan lachte, und seine Stimme hallte in dem leeren Saal, so dass sich Clodaghs Nackenmuskeln abrupt zusammenzogen und sie wieder einmal das eigentümliche Gefühl hatte, dass sie ihn nicht kannte. Aber er war der Mann, den sie damals unbedingt haben musste, sonst wäre sie verrückt geworden. Ein Echo dieses intensiven Liebesgefühls berührte sie und machte sie stumm. Und verwirrt, weil ihr nichts einfiel, was sie zu ihm sagen konnte.

Das dauerte nur eine Sekunde. Dann fiel ihr *natürlich* alles Mögliche ein. *Schließlich ist es Dylan*, dachte sie und fühlte sich gleich wohler.

»Meinst du, ich sollte mit Molly zum Arzt gehen?«

Dylan antwortete nicht.

»Wenn sie mit dem Hungerstreik nicht bald aufhört«, erzählte Clodagh weiter, »bleibt mir nichts anderes übrig. Immer nur Schokolade, da bekommt sie ja keine Vitamine und nichts und –«

»Was für eine Vorspeise nimmt du?«, unterbrach Dylan sie brüsk.

»Oh! Oh, ich weiß nicht.«

»Die Speisekarte ist unglaublich«, sagte Dylan ein bisschen zu pointiert.

»Oh, ja natürlich.«

»Kannst du die Kinder nicht einfach für ein paar Stunden vergessen?«, fragte er, jetzt sanfter.

»Entschuldige. Macht es dich verrückt?«

»Wahnsinnig«, sagte er entnervt.

Sie entspannte sich. Schließlich saß sie mit ihrem attraktiven Mann in einem schönen Restaurant. Sie tranken Gin-Tonic und aßen Tomatenbrot, und schon bald würde man ihnen köstliches Essen und ein paar Flaschen Wein bringen, während zwei Menschen auf Molly und Craig aufpassten, die ihre Kinder weder missbrauchen noch misshandeln würden. Was könnte schöner sein?

»Entschuldige«, sagte sie wieder und wandte sich, diesmal ernsthaft, der Speisekarte zu.

»Jetzt verstehe ich, was du meinst«, sagte sie. »Oh, es gibt Muscheln. Und Ziegenkäse-Soufflée. Meine Güte! *Was soll ich bloß nehmen*?«

»Vorspeise oder Suppe«, sagte Dylan nachdenklich, »das ist hier die Frage.«

»Wieso *oder*?«, fragte Clodagh. »Was ist das für ein Wort, ›oder‹? Ich glaube, du meinst ›und‹.«

Mit der Maßlosigkeit eines Menschen, der selten Gelegenheit auszugehen hat, bestellte Clodagh Unmengen, aus dem Bedürfnis heraus, dem seltenen Abendvergnügen das Höchstmögliche an Genuss abzuringen. Vorspeise und Sorbet und Suppe und Beilage. Hauptgericht und Rotwein und Weißwein und Wasser.

»Mit oder ohne Kohlensäure?«, fragte der Kellner, und schüttelte seine schmerzende Hand. Jetzt wusste er, wie es Tolstoi ergangen war, als er *Krieg und Frieden* schrieb.

Clodagh sah erstaunt zu ihm auf. War das nicht klar?

»Beides!«

»Sehr gut.«

»Sollten wir noch mehr bestellen?«, fragte Clodagh vor Freude erbebend, als der Kellner gegangen war.

»Im Moment nicht.« Dylan lachte; ihre Begeisterung steckte ihn an. »Aber warte, bis wir diese Bestellung verspeist haben.«

»Ob wir Dessert *und* Käse bestellen?«

»Na klar. Irish Coffee?«

»Und Likör. Und Petit Fours.«

»Fanzösischen Kaffee?«

»Mais oui! Vielleicht rauche ich auch eine Zigarre.«

»So kenne ich meine Liebste!«

Als sie die Vorspeise gegessen hatten, wurde Clodagh von dem Essen und dem Wein elegisch, trotzdem konnte sie sich nicht richtig entspannen. Plötzlich ging ihr auf, woran das lag.

»Es ist so lange her, dass ich beim Essen nicht unterbrochen worden bin, und ich finde das ganz komisch«, kicherte sie. »Ich habe dauernd das Bedürfnis, den anderen ihr Essen klein zu schneiden.«

Dann fuhr sie fort: »Siehst du den Mann da drüben?« Sie zeigte auf einen New Yorker Loft-Typen, der in seinem Essen herumstocherte. »Am liebsten würde ich einen Bissen Filet auf die Gabel spießen und sagen: ›Einen für den Papa.‹ Ich glaube, das mache ich jetzt.«

Dylan war halb entsetzt und halb amüsiert, als Clodagh so tat, als wollte sie aufstehen. Dann verharrte sie und drehte sich verlegen um.

»Warum …? Ich klebe am Stuhl fest.«

Sie fühlte mit der Hand nach. »Irgendwas Schwarzes, Klebriges an meinem Po. Vielleicht Teer. Mist, auf meinem schönen neuen Kleid! Wie konnte das passieren?« Zögernd hielt sie ihre Fingerspitzen an die Nase und roch daran, dann brach sie in Lachen aus. »Brombeermarmelade. Das war bestimmt Molly, das kleine Luder. Sie ist zum Schreien, findest du nicht?«

»Sie ist fantastisch.« Auch Dylan war ein wenig elegisch.

»Meinst du, zu Hause ist alles in Ordnung?«, fragte Clodagh und war plötzlich besorgt.

»Natürlich! Und Ashling und Ted haben die Nummer von unserem Mobiltelefon. Sie werden schon anrufen, wenn was passiert.«

»Was könnte denn passieren?«

»Nichts.«

»Gib mir mal das Mobiltelefon, ich rufe mal schnell an.«

Dylan sah sie bittend an. »Kannst du dir nicht einen Abend gönnen? Wir sind kaum eine Stunde weg.«

»Du hast Recht«, stimmte Clodagh ihm zu. »Ich übertreibe.«

Sie wandte sich wieder ihrer Suppe zu.

»Nein, ich halte es nicht aus«, platzte sie heraus. »Gib mir das Mobiltelefon.«

Mit einem Seufzer reichte Dylan es ihr.

»Hallo Ted, Clodagh hier. Ich wollte nur mal hören, ob alles in Ordnung ist.«

»Alles wunderbar«, log Ted, während Ashling Craig und Molly die Münder zuhielt.

»Kann ich mit ihnen sprechen?«

»Sie sind gerade, ehm, beschäftigt. Ja, genau, sie spielen mit Ashling.«

»Oh. Na gut. Bis später dann. – Es ist zu dumm«, sagte Clodagh betrübt und klappte das Gerät zu. »Die ganze Woche über treiben sie mich zum Wahnsinn, so dass ich es kaum erwarten kann, mal fünf Minuten wegzukommen, und wenn ich einen Abend ausgehe, dann mache ich mir Sorgen um sie!«

»Wir können nach Hause gehen, wenn du willst«, sagte Dylan mit schmalen Lippen. »Und uns Ofen-Pommes-frites machen und uns von ihnen in Beschlag nehmen lassen.«

»Wenn du es so sagst … Entschuldige, Dylan, ich genieße meinen Abend sehr. Es ist ein sehr schöner Abend.«

Ganz so schön war der Abend für Ashling und Ted allerdings nicht. Craig und Molly hörten lange nicht auf zu weinen, nachdem ihre Eltern gegangen waren. Schließlich hatten sie sich beruhigt – aber erst, nachdem sie die Befehlsgewalt über den Fernseher an sich gerissen hatten, um *Die kleine Meerjungfrau* zu sehen, so dass Ted auf *Stars in Their Eyes* verzichten musste.

»Und dabei ist heute Celebrity Night«, beschwerte er sich bitterlich.

Um die Zeit rumzubringen, sah Ted sich Dylans riesige Schallplatten- und CD-Sammlung an. Er war neidisch und gleichzeitig voller Bewunderung und gab Ausrufe der Begeisterung von sich, wenn er ein seltenes Exemplar entdeckt hatte.

»Guck dir das an: Bob Marleys *Catch a Fire,* und auch noch im Original-Cover! Wo hat er die nur her, der Glückspilz?«

Ashling war nur schwer zu begeistern. Männer und ihre Plattensammlungen! Phelim war ganz genauso gewesen.

»Heilige Scheiße!«, platzte Ted bewundernd heraus. »Die ersten beiden Alben von Burning Spear auf Studio One! Ich dachte, die kriegt man nur auf Jamaika.«

»Dylan und Clodagh haben ihre Flitterwochen auf Jamaika verbracht«, sagte Ashling, ohne die Miene zu verziehen.

»Haben's manche gut!« Ted schaffte es, eine Welt der Sehnsucht in diese drei Worte zu legen.

»Alle Billy-Holiday-Platten auf Verve.« Ted klang, als würde er sich gleich übergeben. »Wo treibt er so was auf? Ich suche die schon seit *Jahren*.« Und fügte hinzu: »Cool!«

Dann hatte er etwas gefunden. »Aha! Hier haben wir aber eine Leiche im Keller! Was macht Mr. Obercool mit einem Album von Simply Red? Damit ist seine Glaubwürdigkeit hinüber.«

»Tut mir Leid, dich enttäuschen zu müssen, aber die gehört Clodagh.«

»Clodagh steht auf Simply Red?« Teds Gesicht sprach Bände.

»Hat sie, früher jedenfalls.«

»Früher, das ist okay.« Ted war ganz schwach vor Erleichterung. In seinen Augen war Clodagh eine Göttin, aber wenn sie für Mick Hucknall schwärmte, müsste er das überdenken. Eine Göttin würde sich eine solche Geschmacksverirrung nicht zuschulden kommen lassen, oder?

Sobald *Die kleine Meerjungfrau* vorbei war, bestanden Craig und Molly lautstark darauf, unterhalten zu werden. Aber als Ted sie mit seinen Eulen-Witzen erheitern wollte, schickte Molly ihn weg, und Craig fing an zu weinen. Ted war schwer getroffen, besonders auch deshalb, weil die Kinder sich vor Lachen kugelten, als Ashling ihren Kopf hinter einer Papiertüte versteckte und Kuckuck-Da spielte.

»Blöde Blagen«, murmelte er. »Viele würden ihren rechten Arm geben für eine solche Gelegenheit.«

»Aber es sind Kinder!«

Craig zupfte an Ashling herum und verlangte nach 7-up. Als

sie es nicht auf der Stelle hervorzauberte, fing er wieder an zu weinen.

»Verwöhntes Balg«, sagte Ted mit schneidender Stimme.

»Er ist nicht verwöhnt.«

»Und ob. Wenn er in Bangladesch lebte, müsste er achtzehn Stunden in einem Sweatshop arbeiten. Dann hätte er wirklich was, worüber er weinen könnte«, sagte Ted finster.

Der Abend zog sich in die Länge. Ashling und Ted mussten ununterbrochen für Unterhaltung, Geschichten, Süßigkeiten, Kitzeln und Getränke sorgen und Auto-Werfen, Barbie-Fußball und das alte Lieblingsspiel, »Wo ist meine Hand?«, spielen.

»Wo ist Mollys Hand?«, fragte Ted erschöpft, als Molly mit einem Strahlen ihre Hand zum millionsten Mal in ihren Ärmel steckte.

»Oh je«, sagte er tonlos, »Molly hat ihre Hand verloren. Jemand hat sie gestohlen.«

Und als Molly sie triumphierend aus dem Ärmel zog, sagte er mürrisch: »Was für eine Überraschung! Da ist sie ja wieder. – Wo ist Mollys Hand …?«

Als es Schlafenszeit war, erwies sich die Aufgabe, die Kinder ins Bett zu bekommen und zu erreichen, *dass sie da auch blieben*, als mindestens so schwierig, als wollte man Wackelpudding an die Wand nageln.

»Wenn du jetzt nicht schläfst, kommt der schwarze Mann und holt dich«, drohte Ted.

»Es gibt keinen schwarzen Mann«, sagte Craig selbstbewusst. »Das hat Mummy gesagt.«

Ted überlegte. Es musste doch etwas geben, was ihm Angst machte. »Gut, wenn du jetzt nicht schläfst, kommt Mick Hucknall und holt dich.«

»Wer ist das?«

»Ich zeige ihn dir.«

Ted rannte nach unten, nahm die CD aus dem Schrank und rannte wieder nach oben.

»Das ist Mick Hucknall.«

Ashling war unten und schöpfte einen Moment lang Atem, als sie erschrocken bei dem Ausbruch gellender Schreie in dem Zimmer über ihr die Augen hob. Sekunden später kam Ted mit einem schuldbewussten Blick ins Zimmer.

»Was ist passiert?«, wollte Ashling wissen.

»Nichts.«

»Ich guck mal nach.«

Ashling versuchte mehrere Minuten vergeblich, Craig zu beruhigen.

»Was hast du zu ihm gesagt?«, fragte sie Ted vorwurfsvoll, als sie wieder unten war. »Er ist völlig untröstlich.«

Als Dylan und Clodagh zurückkamen, waren sie umhüllt von dem warmen Schein der Liebenden, bei dem sich alle anderen ausgeschlossen und unzulänglich fühlen. Sie wankten ins Haus, Clodaghs Arm war um Dylan geschlungen, Dylan hatte Clodaghs Po fest im Griff (auf der Seite, die nicht mit Brombeermarmelade beschmiert war).

Sobald Ashling und Ted in die Nacht verschwunden waren, zwinkerte Clodagh Dylan zu, nickte in Richtung Schlafzimmer und sagte: »Komm schon.«

Es war genau vier Wochen her, seit sie das letzte Mal miteinander geschlafen hatten, aber in ihrem beschwipsten Zustand hatte sie eine Anwandlung von Großzügigkeit und wäre bereit gewesen, ihm eine Extrazuwendung an Sex zu gewähren, auch wenn es nicht ohnehin fällig gewesen wäre.

»Ich mache nur das Licht aus und schließe die Türen ab«, sagte er.

»Mach schnell«, sagte sie kokett, sicher in dem Wissen, dass er sich Zeit lassen würde.

Das Stadium, in dem sie sich lustvoll gegenseitig entkleidet hatten, gehörte längst der Vergangenheit an. Clodagh lag nackt unter der Bettdecke, als Dylan ins Zimmer kam und sich innerhalb von dreißig Sekunden seiner Kleidung aus Lycra und Baumwolle entledigte. Clodagh legte sich auf den Rücken, schloss die

Augen und ließ es geschehen, dass Dylan sie eine Weile lang küsste, bevor er, wie immer, zu ihren Brustwarzen überging. Als er damit fertig war, gab es ein schweigendes, uneingestandenes Gerangel, denn dies war der Zeitpunkt, da Dylan normalerweise genussvoll an ihrem Körper entlangglitt und Cunnilingus an ihr vollzog, was Clodagh überhaupt nicht mochte. Es war langweilig und verlängerte den ganzen Akt unnötig um mehrere Minuten. Diesmal setzte sie sich durch und schaffte es, seinen Kopf wegzuschieben. Sie ging unmittelbar zu Fellatio über, was sie ihm vier oder fünf Minuten lang zukommen ließ, und als sie damit aufhörte, war das das Zeichen für ihn, ein Kondom überzustreifen. Zu besonderen Anlässen – an Geburtstagen und Jahrestagen – setzte sie sich rittlings auf ihn, aber diesmal war nicht die Luxusvariante dran, sondern die schlichte Missionarsstellung. Sie umklammerte Dylan in bequemer und vertrauter Haltung. Wenn sie erst einmal mitten drin war, fand sie es so schlecht nicht, musste sie sich eingestehen. Es war der Gedanke daran, der sie so sehr bedrückte.

Wie jedesmal wartete Dylan, dass sie einen Orgasmus vortäuschte, bevor er das Tempo beschleunigte und auf ihr vor und zurück wippte, als würde eine Stoppuhr über ihn gehalten. *Dieses Zimmer müsste auch mal neu gemacht werden,* dachte Clodagh, während er sich wie eine Maschine unter Keuchen und Stöhnen hin und her bewegte. *Den Teppich können wir lassen, aber die Wände würde ich gern streichen lassen.*

»Oh, Gott«, rief Dylan aus, schob seine Hände unter ihre Pobacken und vögelte sie noch schneller. »O Gott, o Gott.«

Automatisch half Clodagh mit einem Stöhnen nach. Das würde die Sache beschleunigen. *Vielleicht Lila und Beige für die Wände.* Dann erreichte Dylan den Höhepunkt und ließ sich mit einem ekstatischen Aufschrei auf sie fallen. Das Einzige, das anders war als sonst, war die Tatsache, dass sie nicht von den Kindern unterbrochen worden waren, die unbedingt mitmachen wollten.

Eine Viertelstunde, von Anfang bis Ende, und das wär's für die nächsten vier Wochen. Clodagh seufzte zufrieden. Zum Glück gehörte er nicht zu den Männern, die darauf bestanden, die ganze Nacht hindurch zu vögeln. Wäre das der Fall, hätte sie sich schon vor langer Zeit umgebracht.

Ted und Ashling sausten durch die dunklen Straßen und hielten auf den Cigar Room zu, um einen Schlaftrunk einzunehmen. Als sie vom Fahrrad stiegen, schlug Ted sich mit einer ziemlich einstudiert wirkenden Geste an die Stirn.

»So ein Mist«, rief er aus, und auch sein Ärger konnte nicht richtig überzeugen. »Ich hab mein Jackett bei Clodagh vergessen. Jetzt muss ich nächste Woche bei ihr vorbeigehen und es holen.«

In einem Haus in einer trostlosen Ecke von Ringsend mit Blick aufs Meer beendeten Jack und Mai soeben ihren Versöhnungsfick. Am Abend war Mai verblüfft gewesen, als Jack bei ihr eintraf und sich entschuldigte, dass er sie im Büro nicht mit der Herzlichkeit begrüßt hatte, die sie sich wünschte. Dann hatte er sie zu sich nach Hause gefahren, sie mit Speisen und gutem Wein verwöhnt und war mit ihr ins Bett gegangen.

Er war so unerwartet lieb zu ihr, dass sie während des Aktes nicht – wie sie es sonst oft tat – vorgab, auf die Uhr zu sehen. In letzter Zeit hatte sie sogar manchmal mit der Fernbedienung den Fernseher eingeschaltet, während sie noch dabei waren. Darauf war er wütend geworden. »Es ist allemal interessanter als das, was du mit mir machst«, war ihre Erklärung gewesen, obwohl das nicht stimmte. Aber es verunsicherte ihn und gab ihr die Kontrolle.

Aber es bedeutete für sie Schwerarbeit.

Sie lagen in postkoitaler Zufriedenheit beisammen. »Du bist eine wunderbare Frau«, sagte er unvermittelt.

»Wirklich?« Sie stützte sich auf einen Ellbogen und sah ihn mit einem provozierenden, nichts Gutes verheißenden Lächeln an. »Nur dass ich einen schlechten Geschmack bei Männern habe, stimmt's?«

Sie machte sich auf eine bissige Antwort von Jack gefasst, aber er war einfach damit beschäftigt, sich ihr langes Haar um seine Finger zu drehen.

»Hast du was?«, fragte sie sehr überrascht.

»Nein, mir geht's blendend. Warum?«

»Nichts.«

Mai war völlig verwirrt. Warum schoss Jack nicht zurück? Normalerweise war seine Munition noch schärfer als ihre.

»Morgen nachmittag fahre ich zu meinen Eltern«, sagte er.

Mai verdrehte die Augen. »Na toll! Und was ist mit mir? Das ist dir wohl egal, was?«

Dies war ein besonders beliebtes Streitthema bei ihnen – dass Jack nie Zeit für Mai hatte. Aber Jack schnitt Mais beginnende Tirade ab und sagte: »Hättest du Lust mitzukommen?«

»Wohin?« Sie war überrascht. »Zu deinen Eltern?«

Als Jack nickte, jammerte sie: »Was soll ich denn anziehen? Dann muss ich erst nach Hause und mir was anderes anziehen.«

»Das macht doch nichts.«

Mai sah ihn wieder verwirrt an. Das war sehr seltsam. Vielleicht … sollte das … hieß das, dass ihre Spielchen und Manipulationen tatsächlich funktioniert hatten? Dass sie ihn endlich da hatte, wo sie ihn haben wollte …?

31

Lisa erwachte am Sonntagmorgen und wünschte sich umgehend, sie wäre nicht aufgewacht. Etwas in der Stille vor ihrem Schlafzimmerfenster sagte ihr, dass es noch sehr, sehr früh war. Und sie wollte nicht, dass es noch sehr, sehr früh war. Es sollte möglichst spät sein. Möglichst früher Nachmittag. Idealerweise der Nachmittag des *nächsten Tages*.

Sie lag ganz still und strengte sich an, die Geräusche von rufenden Müttern, streitenden Kindern und lauten Spielen zu hören, die ihr andeuteten, dass die Welt da draußen in Bewegung war. Aber außer ein paar Vögeln in ihrem Garten, die zirpten und zwitscherten, als hätten sie im Lotto gewonnen, hörte sie nichts.

Als sie es nicht länger aushielt, nicht auf die Uhr zu gucken, drehte sie sich in ihrem zerwühlten Bett um und sah auf den Wecker. Halb acht, verdammt noch mal. Halb acht morgens!

Das verlängerte Wochenende verging im Zeitlupentempo. Und dadurch, dass sie ganz allein war, war es noch viel schlimmer.

Irgendwie hatte sie nicht damit gerechnet, dass sie es allein verbringen müsste. Während der Woche hatte sie im Hinterkopf gehabt, dass Ashling sie in den Pub oder zu einer Party oder zu einem Treffen mit diesen beiden Verrückten, Ted und Joy, einladen würde. Oder *irgendwas*. Schließlich lud Ashling sie andauernd zu etwas ein. Aber als sie am Freitag abend nach der Champagner-Orgie schwindlig und beschwipst die Redaktion verließ, merkte sie erst, als sie nach Hause kam und wieder nüchtern geworden war, dass Ashling keine Einladung ausgesprochen hatte. Frechheit, eigentlich! Erst lädt sie Lisa ständig zu Sachen ein, zu denen sie gar nicht gehen will, und dann, wenn sie eine

Einladung gut gebrauchen könnte, versäumte Ashling es, eine auszusprechen!

Missgelaunt zündete Lisa sich eine Zigarette an und verstieß gegen ihre Regel, nicht im Bett zu rauchen.

Was war nur anders in Dublin? In London hatte sie nie Zeit übrig. Da liefen immer jede Menge Termine ein, die darauf warteten, dass sie sie absagte. Und wenn sich in seltenen Fällen wirklich einmal unvorhergesehene Freizeit ergab, konnte sie sie jederzeit mit Arbeit füllen.

Aber hier war das anders. Es war ihr nicht möglich gewesen, irgendwelche Termine aufs Wochenende zu legen. Die Journalisten, die Friseure, die DJs, die Designer – sie waren alle faule Säcke und verreisten über die freien Tage, und die, die da blieben, wollten eine ruhige Kugel schieben und hatten keine Lust auf Termine.

Das Schlimmste war, dass sie am Montag nicht in die Redaktion gehen konnte, weil das Gebäude geschlossen sein würde. Als sie das am Freitag morgen hörte, war sie unverzüglich in Jacks Büro marschiert und hatte ein richtiges Theater veranstaltet. »Kann der Hausmeister – wie heißt er noch? Bill? – nicht herkommen, mir aufschließen und wieder nach Hause gehen?«

»An einem Feiertag?« Jack schien aufrichtig belustigt zu sein. »Bill? Kein Gedanke dran!«

Fauler Hund, hatte Lisa in ohnmächtiger Wut gedacht. In London waren sie immer gekommen, um ihr aufzuschließen.

»Warum machen Sie sich nicht ein paar schöne Tage?«, hatte Jack ihr geraten. »Sie haben in der kurzen Zeit so viel erreicht – Sie haben eine Pause verdient.«

Aber sie wollte keine Pause, sie war zu aufgedreht. Drei komplette Tage, wie sollte sie die ausfüllen?

Und warum schlug *er* nicht vor, dass sie zusammen was unternehmen könnten, fragte sie sich frustriert. Sie wusste, dass er an ihr interessiert war, sie hatte den Ausdruck mehr als einmal in seinem Gesicht gesehen.

»Gehen Sie aus, genehmigen Sie sich ein paar Drinks«, drängte er sie.

Mit wem?

Sie erwog, über das Wochenende nach London zu fahren, war aber zu beschämt. Wo würde sie wohnen? Ihre Wohnung war untervermietet, und ihre Freundschaften hatte sie vernachlässigt – die meisten davon waren ihrem hektischen Karrierestreben der letzten zwei Jahre zum Opfer gefallen, und die einzige Freundin, für die sie überhaupt von ihrer kostbaren Zeit etwas erübrigte, war Fifi. Aber seit sie nach Irland verbannt worden war, fand sie es zu peinlich, sie anzurufen. Wenn sie nach London fahren wollte, müsste sie in einem Hotel übernachten wie – sie schüttelte sich – wie irgendein … *Tourist.*

Aber am Freitagabend, als ihr bewusst wurde, dass sie mit der vielen Zeit, die sie über das Wochenende totzuschlagen hätte, ein veritables Blutbad anrichten würde, fand sie die Vorstellung, als Tourist nach London zu fahren, gar nicht so übel. Und dann musste sie feststellen, dass sämtliche Flüge von Dublin nach London ausgebucht waren. Alle versuchten verzweifelt, diesem kleinen miesen Land zu entkommen, und wer konnte es ihnen verübeln?

Der Samstag war dann gar nicht so schlimm gewesen, wenn sie ehrlich war. Sie hatte sich die Haare schneiden, die Wimpern färben, die Nägel mani- und pediküren lassen und sich eine Gesichtsmassage gegönnt. Alles gratis. Dann machte sie die Einkäufe für die kommende Woche. An den folgenden sieben Tagen würde sie nur Dinge essen, die mit ›A‹ anfingen: Apfel, Avocado, Artischocken, Anschovis, Absinth.

Und weil sie sich ein bisschen bedürftig fühlte, dehnte sie die Regeln und ließ ein Plunderstück mit Aprikosenfüllung in den Korb wandern. Was ihr dann enorm guttat, denn den Samstagabend allein verbringen zu müssen war doch sehr deprimierend und unangenehm gewesen.

Und jetzt war es Sonntagmorgen – vor ihr lagen zwei ganze freie Tage.

Schlaf wieder ein, bettelte sie. *Schlaf wieder ein und schlag zwei Stunden tot.*

Aber sie konnte nicht mehr einschlafen. Was allerdings auch

nicht verwunderlich war, denn schließlich hatte sie am Abend zuvor um zehn Uhr schon in der Falle gelegen.

Sie stand auf, duschte und war, obwohl sie unglaublich viel Zeit unter der Dusche verbrachte und sich fast die Haut abschrubbte, um Viertel nach neun fertig angezogen. Fertig, wofür? Sie war ausgeschlafen und voller Energie und hatte nichts zu tun. Was *tun* die Menschen bloß, fragte sie sich.

Sie gingen ins Fitness-Studio, nahm sie an und verdrehte die Augen. (Sie wünschte sich, jemand würde sie dabei sehen, wie sie die Augen verdrehte.) Lisa war stolz darauf, dass sie nie ins Fitness-Studio ging, besonders in Dublin nicht. Es war extrem passé, die ganzen Übungen auf dem Stairmaster und dem Rudersimulator. Die irische Fitness-Industrie hinkte so hoffnungslos hinterher, dass Jogging hier immer noch als eine innovative Idee galt! Nein, Lisa interessierte sich eher für die weniger anstrengenden und mehr im Trend liegenden Formen der Körperskulptur. Pilates, Power-Yoga, isometrische Übungen. Am besten in einer Einzelstunde mit einem Body-Doktor, der Elizabeth Hurley und Jemima Khan zu seinen Klientinnen zählte.

Das Problem mit Pilates lag darin, dass es den Stoffwechsel nicht sonderlich ankurbelte und deshalb am ehesten Ergebnisse zeitigte, wenn es mit einer strengen Hungerdiät kombiniert wurde. Hier kam die ›A‹-Diät zum Zuge. Erstaunlich, wie wenige Nahrungsmittel mit A begannen. Wäre es ›B‹, sähe es ganz anders aus: Bacon, Bounty, Bacardi, Brie, Brot, Butterkuchen … Wenn sie wirklich rasant abnehmen wollte, müsste sie eine Woche lang eine ›Y‹-Diät machen. Yamswurzel, und damit hatte es sich auch schon. Und Yoghurt, wenn man das gestatten wollte. Oh, sie hatte vergessen, dass es auch noch Yorkies gab. Vielleicht wäre ›Z‹ noch sicherer.

Nachdem sie ihr Frühstück, bestehend aus einem Apfel, einer Aprikose und einem Glas Aqua Libra, beendet hatte, war es immerhin schon zehn Uhr. Aber als es so aussah, als würde sie jeden Moment eine Konversation mit den Wänden anfangen, traf sie eine Entscheidung. Sie würde einkaufen gehen. Doch stand ihr der Sinn nicht nach Freestyle-Konsum zu Therapiezwecken, nein, sie hatte einen Plan. In gewisser Weise, wenigstens ... Sie plante, eine Wand in ihrem Schlafzimmer bis unter die Decke mit einer Holzlamellen-Jalousie zu verkleiden, die das Cottage-Flair abmildern und eine Kubus-artige, urbane Atmosphäre schaffen sollte. Dann würde sie in der Zeitschrift einen Artikel darüber veröffentlichen und sich einen Teil der Kosten erstatten lassen.

Doch als sie in die Grafton Street kam, musste sie schockiert feststellen, dass keins der Geschäfte geöffnet war und außer ihr nur Touristen durch die Straßen gingen und verloren um sich blickten.

Dieses bescheuerte Land, dachte sie zum hundertsten Mal. Wo waren die Menschen nur? Wahrscheinlich in der Kirche, dachte sie verächtlich.

Um eins, sagte der Mann in dem Zeitungsgeschäft. Die Geschäfte machten um ein Uhr auf. Also ging sie in ein Café, trank Amaretto-latte und las, die Beine übereinander geschlagen, die Zeitung. Nur das hektische Wippen ihres Fußes, mit dem sie die Zeit weiterschubsen wollte, deutete auf ihre innere Hysterie hin.

Was sollten diese außergewöhnlichen meteorologischen Zustände bedeuten, fragte sie sich. Es herrschte eine totale Abwesenheit von sintflutartigen Regengüssen oder orkanartigen Stürmen – zweifellos seit Menschengedenken das erste Mal an einem verlängerten Wochenende, oder? Stattdessen schien die Sonne tapfer von einem ziemlich blauen Himmel, und irgendwie erinnerte sie das an andere Zeiten, was sie traurig machte, aber das wollte sie auf keinen Fall. O nein!

Hastig erinnerte sie sich an ihre Theorie – sie war nicht traurig; ihr Leben war im Moment einfach unter den wünschenswerten Glanz-und-Gloria-Pegel gefallen. Es gab kein negatives Gefühl, das sich nicht mit ein wenig Glanz in Ordnung bringen ließ, und es war wichtig, dass sie diesen Grundsatz in den gegenwärtigen turbulenten Zeiten nicht aus den Augen verlor. Sie musste allerdings zugeben, dass er ihr letzten Sonntag, als sie den Tag einsam und verzweifelt verbracht hatte, nicht eingefallen war.

Endlich war es so weit, dass die Jalousien-Läden die Türen öffneten, doch nur kurze Zeit später hatte Lisas das Gefühl, dass sie ihre Unternehmung ebenso gut auch hätte bleiben lassen können. Keins der jämmerlichen Innenausstattungsgeschäfte konnte ihr in der gewünschten Größe etwas zeigen. Man empfahl ihr, ein Kaufhaus aufzusuchen. Und obwohl es normalerweise nicht Lisas Stil war, in Kaufhäusern einzukaufen, kam sie zu dem Schluss, dass ihr kaum eine andere Wahl blieb.

In der vierten Etage – Deko-Stoffe und Vorhänge – bekam sie einen geschäftigen kleinen Mann zu fassen, der ein Maßband um den Hals gelegt hatte.

»Ich brauche nach Maß gefertigte Jalousien.«

»Da sind Sie bei mir richtig«, stellte er selbstbewusst fest.

Aber als sie ihm die Maße sagte und auf die Holzlamellen zeigte, die sie haben wollte, wich ihm die Farbe aus dem Gesicht.

»Zwei Meter siebzig hoch?«, sagte er mit piepsiger Stimme. »Und vier Meter zwanzig breit?«

»Genau«, erwiderte Lisa.

»Aber gnädige Frau«, protestierte er, »das kostet Sie ein Vermögen!«

»Das macht nichts«, sagte Lisa.

»Aber haben Sie eine Vorstellung, was das kosten würde?«

»Nein – sagen Sie es mir!«

Auf braunem Einwickelpapier stellte er eine Rechnung auf und schüttelte dann besorgt den Kopf.

»Wie viel?«

Aber er wollte es ihr nicht sagen. Was immer der Preis, er war zu hoch, hatte er beschlossen.

»Warten Sie, ich überlege gerade. Vielleicht sollten Sie ein billigeres Material nehmen«, sagte er und ließ seinen geübten Blick über die Ware gleiten. »Lassen Sie das mit Holz. Wir könnten Plastik nehmen, wie wär das? Oder Segeltuch?«

»Nein, danke, ich will auf jeden Fall Holz.«

»Es gibt auch fertige Jalousien.« Er nahm einen neuen Anlauf. »Ich weiß, dann hätten sie nicht genau die richtige Größe, und das Material wäre auch nicht so schön, aber es wäre um vieles billiger. Kommen Sie, ich kann Ihnen was Schönes zeigen.«

Er packte sie bei der Hand, zog sie hinter sich her und zeigte ihr eine Auswahl von scheußlichen vertikalen Büro-Jalousien.

Sie entzog ihm die Hand. »Diese will ich nicht! Ich möchte welche aus Holz, und ich versichere Ihnen, dass ich sie bezahlen kann.«

»Verzeihen Sie bitte«, sagte der Mann unterwürfig. »Ich wollte nur vermeiden, dass Sie sich in diese Unkosten stürzen, aber wenn Sie sicher sind …«

Lisa seufzte. Was war das für ein Land! »Ich habe gespart«, beruhigte sie ihn. »Es ist in Ordnung.«

»Sie haben gespart?« Er wurde sichtlich munterer. »Ja, dann ist das was anderes.«

Als sie ihm die genauen Angaben machte, verflog ihre Gereiztheit. Und als er sich dann ganz weit vorbeugte und ihr anvertraute, dass er die Preise in dem Kaufhaus viel zu hoch fand und er und seine Frau auf den Schlussverkauf warteten, war sie fast gerührt von seiner Anteilnahme.

Ich drehe durch, dachte sie plötzlich. Das ist jetzt amtlich, ich schnappe über. Mitleid zu haben mit einem Verkäufer, der mir nicht das verkauft, was ich haben will!

Es war noch nicht sechs, als sie nach Hause kam. Da ihr absolut nicht einfiel, was sie tun könnte, rief sie ihre Mum an und gab ihr ihre neue Telefonnummer. Obwohl sie das genausogut bleiben lassen konnte, denn ihre Mutter rief sowieso nie an. Der Gedanke an die Telefonrechnung hielt sie davon ab. Selbst bei einem Unglücksfall – zum Beispiel wenn ihr Vater stürbe – würde ihre Mum wahrscheinlich warten, bis Lisa sie anrief.

Nachdem sie sich gegenseitig nach ihrer Gesundheit erkundigt hatten, wartete Pauline mit guten Nachrichten für Lisa auf. »Dein Vater sagt, eure komische Hochzeit damals ist wahrscheinlich nicht gültig, so dass es gar nicht zu einer Scheidung kommen muss.«

Das Wort »Scheidung« traf Lisa mit aller Wucht. Es war ein so schweres, endgültiges Wort. Aber sie fasste sich schnell wieder und sagte schnippisch zu ihrer Mum: »Da irrst du dich.«

Pauline schluckte bei dem erwarteten Tadel. Natürlich irrte sie sich. Wenn es um Lisa ging, irrte sie sich dauernd.

»Oliver hat es eintragen lassen, als wir zurückgekommen sind.«

»Na ja, dann ist es was anderes.«

»Das ist in der Tat was anderes.«

In dem darauffolgenden Schweigen musste Lisa an den Freitagmorgen denken, als sie und Oliver im Bett lagen und Oliver plötzlich die Idee hatte, dass sie, ein junges, modernes Londoner Paar, übers Wochenende nach Las Vegas fliegen und dort heiraten könnten.

»Wir kriegen nie einen Flug«, hatte Oliver lachend gesagt. Er war total begeistert von der Idee.

»Klar kriegen wir einen Flug!« Lisa hatte das Selbstvertrauen eines Menschen, der immer das bekommt, was er will. Und natürlich kriegten sie einen Flug – damals, als die Welt noch nach ihren Wünschen funktionierte. An dem gleichen Abend flogen sie nach Las Vegas, berauscht von der Aufregung und der gewagten Tat. Dort angekommen und vom Jetlag wie auch von dem irren blauen Wüstenhimmel benommen, entdeckten sie, dass Heiraten beängstigend leicht war.

»Meinst du, wir sollten es tun?« Lisa kicherte und war drauf und dran, die Nerven zu verlieren.

»Deswegen sind wir hier.«

»Ich weiß, aber … ist es nicht ein bisschen extrem?«

Olivers gereizter Blick traf sich mit ihrem. Lisa kannte diesen Blick. Mit Oliver fing man nichts an, wenn man es nicht durchziehen wollte.

»Also, dann los!« Vor Erregung und Anspannung lachte sie schrill.

In der Vierundzwanzig-Stunden-Chapel-of-Love gaben sie

sich das Treuegelöbnis vor zwei Zeugen, einem Elvis-Presley-Verschnitt und einem Starbucks-Mitarbeiter. Die Braut trug Schwarz.

»Sie dürfen die Braut küssen.«

»Wir sind verheiratet!« Lisa war außer sich vor Aufregung, als sie beiseite traten, um dem nächsten Paar Platz zu machen. »Das ist völlig unwirklich.«

»Ich liebe dich, Babes«, sagte Oliver.

»Ich liebe dich auch.«

Und das stimmte auch. Aber vor allem brannte sie darauf, nach London zu kommen und die Kollegen neidisch zu machen mit Berichten über den kitschigen Prunk ihrer Eheschließung. Eine Trauung am Strand von Santa Lucia konnte damit nicht mithalten – das hier war unübertroffen! Sie konnte es kaum abwarten, dass es Montag wurde und sie zur Arbeit gehen konnte, wo jemand sie fragen würde: »Na, was Schönes gemacht am Wochenende?«, damit sie lässig antworten konnte: »Ach, wir sind nach Las Vegas geflogen und haben geheiratet.«

»Dann musst du dir einen Anwalt nehmen.« Paulines Stimme holte sie in die Gegenwart zurück. »Damit du das bekommst, was dir zusteht.«

»Ja, sicher«, sagte Lisa gereizt.

Wenn sie ehrlich war, hatte sie keine Ahnung, wie eine Scheidung vor sich ging. Obwohl sie normalerweise so pragmatisch und dynamisch war, hatte sie das offizielle Ende ihrer Ehe gar nicht richtig zur Kenntnis genommen. Vielleicht hatte ihre Mum Recht und sie sollte sich tatsächlich einen Anwalt nehmen.

Aber nachdem Lisa aufgelegt hatte, konnte sie nicht aufhören, an Oliver zu denken. Ungebetene Gefühle kamen an die Oberfläche wie Blasen aus dem Nichts, und in einem verrückten Moment der Schwäche war sie schon im Begriff, zum Telefonhörer zu greifen und ihn anzurufen. Der Gedanke, seine Stimme zu hören, sich mit ihm auszusöhnen, ließ Hoffnung in ihr aufsteigen.

Sie hatte schon häufiger Anwandlungen gehabt, ihn anzurufen, aber diesmal war es schlimmer, und sie konnte sich nur davon abhalten, indem sie sich daran erinnerte, dass er derjenige war, der sie verlassen hatte. Auch wenn er gesagt hatte, sie habe ihm keine andere Wahl gelassen.

Sie ging vom Telefon weg, was sie regelrechte körperliche Anstrengung kostete. Ihr Herz klopfte bei dem Gedanken an die verpassten Chancen. Nur wenige Augenblicke zuvor war ihr eine Versöhnung möglich erschienen, und das Tief, das darauf folgte, nahm ihr den Atem.

Sie zündete sich eine Zigarette an – die Flamme zitterte – und sagte sich, sie müsse sich am Riemen reißen und ihn vergessen. Das Alte war vergangen, etwas Neues konnte beginnen. Sie würde an Jack denken. Aber der vögelte wahrscheinlich pausenlos mit der katzenhaften Mai.

Himmel, dachte sie schmachtend, wie gerne würde sie vögeln …

Mit Jack. Oder Oliver. Mit einem von ihnen. Oder mit beiden … In ihrem Kopf entstand das Bild von Olivers hartem Körper, der aussah, als wäre er aus Ebenholz geschnitzt, und bei der Erinnerung stöhnte sie laut auf.

Sie sah auf die Uhr. Zum zigsten Mal. Halb acht. Warum konnte der Tag sich nicht beeilen und zu Ende gehen?

Da klingelte es an der Tür und ihr Herz fing mächtig an zu klopfen. Vielleicht war es Jack, der ihr einen seiner unangekündigten Hausbesuche abstattete! Sie blieb vor dem Spiegel stehen und prüfte, ob sie sich so zeigen konnte; sie rieb sich die Mascara unter dem Auge weg, strich sich über die Haare und eilte zur Tür.

Auf der Stufe vor ihrer Tür stand ein kleiner Junge in einem T-Shirt von Manchester United und mit einer komplizierten Frisur, bei der der Schädel rasiert war und vorn ein langer Pony in die Augen fiel. All die kleinen Jungen in der Straße hatten die gleiche Frisur.

»Wie geht's dir, Lisa?«, fragte er mit erstaunlich lauter Stimme und lehnte sich selbstbewusst an den Türrahmen. »Was machst du so? Kommst du raus und spielst mit uns?«

»Spielen?«

»Wir brauchen einen Schiedsrichter.«

Hinter ihm traten andere Kinder ins Blickfeld. »Ja, Lisa«, drängten sie. »Komm doch raus!«

Sie wusste, es war absurd, aber sie fühlte sich geschmeichelt. Es tat gut, gebraucht zu werden. Sie verdrängte Erinnerungen an andere lange Wochenenden, an denen sie mit dem Helikopter nach Champneys oder erster Klasse nach Nizza geflogen war oder ein paar Tage in einem Fünf-Sterne-Hotel in Cornwall verbracht hatte, und holte sich eine Jacke. Den Rest des Sonntags saß sie auf den Stufen vor ihrem Haus und zählte die Punkte, während die Kinder auf der Straße auf ziemlich aggressive Art und Weise Tennis spielten.

Jack Devine hatte seine Mutter am Sonntagmorgen angerufen. »Ich komme heute nachmittag vorbei«, sagte er. »Und ich möchte gern jemanden mitbringen. Geht das?«

Seine Mutter verschluckte sich fast vor Aufregung. »Jemand weibliches?«

»Jemand weibliches.«

Lulu Devine gab sich größte Mühe, die Frage nicht zu stellen, aber sie schaffte es nicht. »Kommst du mit Dee?«

»Nein, Ma«, seufzte Jack. »Nicht mit Dee.«

»Na ja. Hast du sie mal wieder gesehen?« Einerseits vermisste Lulu die Frau, die ihren geliebten Sohn sitzengelassen hatte, und andererseits war sie ihr aus Gründen der Loyalität zu ihrem Sohn verhasst.

»Doch, ja«, sagte Jack. »Ich habe sie auf dem Parkplatz in der Drury Street gesehen. Sie lässt dich grüßen.«

»Wie geht es ihr?«

»Sie heiratet demnächst.«

Die ewige Hoffnung keimte auf. »Doch nicht etwa dich?«, hauchte Lulu.

»Nein.«

»Wie gemein.«

»Aber nein«, beruhigte Jack sie. Als er die Neuigkeit hörte, war er zwar nicht hellauf begeistert, aber andererseits auch nicht zutiefst betroffen gewesen. »Sie hatte Recht, dass sie mich nicht genommen hat. Wir hatten uns auseinandergelebt. Sie hat es eher gemerkt als ich.«

»Und das Mädchen, das du heute mitbringst?«

»Sie heißt Mai. Sie ist sehr nett, nur ein bisschen nervös.«

»Wir sind bestimmt nett zu ihr.«

In einem unauffälligen taillenlangen Jackett im Fünfziger-Jahre-Stil, das sie, eigentlich mehr aus Witz, in einem Oxfam-Geschäft gekauft hatte, und Sandalen mit nur siebeneinhalb Zentimeter hohen Absätzen saß Mai auf der Fahrt nach Raheny neben Jack.

»Meinst du, es macht ihnen was aus, dass ich halb Vietnamesin bin? Sind sie rassistisch?«

Jack schüttelte entsetzt den Kopf. »Kein bisschen.« Er legte seine Finger auf ihre Hand. »Mai, beruhige dich – es sind anständige Menschen.«

»Und sie sind beide Lehrer, hast du gesagt?«

»Sie sind pensioniert, aber sie waren Lehrer.«

Lulu und Geoffrey zogen das volle Programm ab – sie hießen Mai mit einem doppelhändigen Handschlag willkommen, räumten die Zeitungen vom Sofa, damit Mai sich setzen konnte, und zeigten ihr Fotos von Jack, als er ein kleiner Junge war.

»Er war so *süß*«, seufzte Lulu dahinschmelzend und zeigte Mai ein Bild von Jack als hübschem Vierjährigen an seinem ersten Schultag.

»Und sehen Sie mal hier!« Ein Farbfoto von einem staksigen Jack als Teenager, neben einem kleinen Tisch.

»Den Tisch habe ich gemacht«, erklärte Jack stolz.

»Er hat sehr geschickte Hände«, sagte Lulu vertraulich.

Ich weiß, dachte Mai und fragte sich eine schreckerfüllte Sekunde lang, ob sie es laut gesagt hatte.

Mais Nervosität zerstob angesichts der ihr entgegengebrachten Herzlichkeit, und alles ging gut, bis Mai ein Foto auf dem

Kaminsims entdeckte. Es zeigte einen jüngeren, dünneren, weniger sorgenzerfurchten Jack, den Arm um ein großes, braunhaariges Mädchen gelegt, das aufrecht da stand und selbstbewusst lächelte. Lulu wurde es im gleichen Moment gewahr und fing Mais entsetzten Blick auf. Warum hatte sie es nicht versteckt?

»Wer ist deine Freundin da?«, fragte Mai Jack und empfand fast ein Vergnügen dabei, sich selbst zu quälen. Sie wusste über Jack und Dee Bescheid – dass sie seit dem College zusammengelebt hatten und dass Dee, als sie nach neunjähriger Beziehung beschlossen zu heiraten, einen Rückzieher gemacht hatte. Mai war fasziniert, ein Bild von ihr zu sehen.

Die Situation wurde dadurch gerettet, dass Jacks ältere Schwester Karen mit ihrem Mann und ihren drei Kindern eintraf. Und kaum war die lautstarke Begrüßung überstanden, da stand auch schon Jenny, Jacks jüngere Schwester, mit Mann und Kindern vor der Tür.

»Komm, dann wollen wir mal fahren«, sagte Jack, als er Mais hilflose Blicke bemerkte.

Lulu und Geoffrey sahen dem Auto nach.

»Ein reizendes Mädchen«, sagte Lulu.

»Mit einem höchst ungewöhnlichen Beruf«, fügte Geoffrey hinzu.

»Mobiltelefone zu verkaufen?«

Geoffrey sah sie mit einem überraschten Ausdruck an. »Mobiltelefone? Mir hat sie etwas anderes erzählt!«

32

Haare. Haare an den Beinen. Zu viele Haare. Ashling befand sich in einem Enthaarungs-Dilemma. Sie hatte sich zwei Wochen zuvor, als der Phantom-Sommer Einzug hielt, die Beine mit Wachs enthaaren lassen, und die nachwachsenden Haare waren zu kurz, als dass man die Prozedur wiederholen konnte. Andererseits konnte sie so, wie sie war, mit niemandem ins Bett gehen.

Hatte sie also vor, mit Marcus Valentine zu schlafen? Na ja, wer konnte das schon wissen, dachte sie. Aber keinesfalls wollte sie, dass Haare an den Beinen ein Hindernis waren.

Sie könnte sich die Beine rasieren. Nur ging das leider nicht. Hatte man einmal angefangen, sich die Beine mit Wachs zu enthaaren, war es strengstens verboten, die gute Wirkung zu verderben, indem man sie rasierte, was nämlich dazu führte, dass die Haare hart und borstig nachwuchsen. Julie, das Mädchen, das die Wachsbehandlung bei ihr vornahm, würde ihr den Hals umdrehen.

Sie musste also Enthaarungscreme nehmen, die ihr aber, aufgrund eines schrecklichen Versehens, ausgegangen war. Also wurde Ted mit einem handgeschriebenen Zettel zur nächsten Drogerie geschickt.

»Warum gehst du nicht selbst?«, knurrte er verlegen.

Ashling zeigte auf die Alufolie auf ihrem Kopf. »Ich habe heißes Öl auf meinem Kopf. Wenn ich so auf die Straße ginge, würden alle denken, es wären Außerirdische gelandet.«

»Quatsch! Jeder weiß doch, dass die Außerirdischen in dieser Stadt niemals einen Parkplatz finden würden. Ach, Ashling«, klagte er. »Muss ich der Verkäuferin wirklich den Zettel zeigen? Kann ich das Zeug nicht einfach aus dem Regal nehmen?«

»Nein. Es gibt zu viele verschiedene Sorten, und du bist schließlich ein Mann. Ich will das nicht parfümierte Mousse, und du bringst vielleicht das Gel mit Zitronenduft. Oder noch schlimmer, du bringst mir das, was man mit dem Spatel abmachen muss. Oh, bitte, geh jetzt!«

Erstaunlicherweise war die Mission erfolgreich, und Ashling zog sich ins Badezimmer zurück, wo sie in der Wanne stand, nachdem sie sich die Beine mit der schäumenden, weißen, giftigen Substanz bestrichen hatte, und darauf wartete, dass die Haare sich auflösten. Sie seufzte. Manchmal war es schwer, eine Frau zu sein.

Die Verschönerungshektik hatte am Montag begonnen, als Marcus nachmittags angerufen und gesagt hatte: »Na, wie sieht's aus?«

»Wie sieht was aus?«

»Was auch immer. Ein Drink? Eine Tüte Chips? Ausschweifender Sex?«

»Ein Drink, das hört sich gut an. Eine Tüte Chips ist auch nicht schlecht.«

Er schwieg einen Moment lang. »Und ausschweifender Sex?«, fragte er wie ein süßer kleiner Junge.

Ashling schluckte und versuchte, witzig zu klingen. »Das müssen wir erst mal sehen.«

»Wenn ich brav bin?«

»Wenn du brav bist.«

Dann begann sie mit den rasenden Vorbereitungen: Sie rieb sich Substanzen auf die Haut, rieb sie wieder ab, sie wusch sich im Laufe des Nachmittags die Haare und behandelte sie mit Conditioner, sie enthaarte ihren Körper von oben bis unten, entfernte den abblätternden Nagellack von den Zehennägeln und lackierte sie neu, rieb sich mit Gucci Envy Moisturiser ein, der nur bei besonderen Gelegenheit aus dem Schrank geholt wurde, kämmte sich eine Vierteltube Kopfhaut-Balsam-Fluid in die Haare, trug millimeterdick Make-up auf – Subtilität war jetzt nicht gefragt – und schüttete reichlich Envy Eau de Parfum über sich.

Ted kam herein, um den letzten Vorbereitungen beizuwohnen.

Es war in seinem Interesse, dass eine Verbindung zwischen Marcus und Ashling zustande kam, weil er hoffte, seine Karriere durch engen Kontakt mit Marcus vorantreiben zu können. »Du sollst sexy aussehen«, bedrängte er sie. Er räkelte sich auf Ashlings Bett und sah ihr zu, wie sie die dritte und letzte Schicht Mascara auftrug.

»Das VERSUCHE ich!«, hörte sie sich ausrufen. Sie war eindeutig aufgeregter, als ihr bewusst war.

Was die Hoffnung mit ihr anstellte! Plötzlich meldete sich lautstark ihre Sehnsucht nach Liebe und Sicherheit und machte aus ihr ein nervöses Wrack. Manchmal – wie jetzt, zum Beispiel – dachte sie, ob sie vielleicht zu viel *fühlte*. Ist das normal? Wahrscheinlich. Und wenn nicht? Na, sie hatte eben eine entbehrungsreiche Kindheit hinter sich, dachte sie trocken.

Also gut, richtig entbehrungsreich nicht. Aber sie hatte doch der Routine und der Normalität entbehrt. Nachdem ihre Mutter den ersten Anfall von Depressionen gehabt hatte, war in ihrer Familie nie wieder Normalität eingekehrt. Stattdessen entglitt ihnen das Leben, so wie sie es gekannt hatten. Für immer, obwohl sie das in dem Moment noch nicht wussten.

Komischerweise hatte Ashling es anfangs aufregend gefunden, dass die Mahlzeiten nicht mehr regelmäßig eingenommen wurden. Als sie mit einem Grasflecken auf ihrer Jacke nach Hause kam, war sie froh, dass keiner mit ihr schimpfte. Aber dann vergingen die Tage, und sie konnte nicht umhin zu bemerken, dass die Kleider, die sie morgens anzog, schmutzig waren. Jetzt war sie nicht mehr erleichtert, sondern verängstigt. *Hier stimmt etwas nicht.*

»Soll ich heute das anziehen?«, fragte sie und zeigte sich ihrer Mum in einem ungewaschenen Sommerkleid. *Sieh mich an, sieh mich an!*

Die toten Augen ihrer Mutter sahen sie aus einem vor Kummer ausdruckslosen Gesicht an. »Wenn du willst.«

Janet und Owen gingen auch nicht besser gekleidet. Und ihre Mum auch nicht. Früher hatte sie sich immer so hübsch angezogen, und jetzt bemerkte sie es nicht einmal, wenn sie auf der Straße ein Hemd mit Eiflecken trug.

In dem Sommer verbrachten sie viel Zeit im Park. Monica rief jeden Tag: »Ich halte es im Haus nicht aus«, und scheuchte sie ins Freie. Aber selbst im Park hörte sie selten auf zu weinen, und nie hatte sie ein Taschentuch dabei. Deswegen steckte sich Ashling, die es nicht richtig fand, dass ihre Mutter sich die Tränen mit dem Ärmel abwischte, ein Taschentuch in die Tasche ihrer Strickjacke, wenn sie fortgingen.

Wenn sie im Park ankamen, versuchte Ashling dafür zu sorgen, dass wenigstens Janet und Owen ihren Spaß hatten. Wenn sie um ein Eis bettelten, drängte Ashling darauf, dass sie es bekamen, denn sie fürchtete, es würde zu einem endgültigen Zusammenbruch kommen, falls die beiden anfingen zu weinen. Aber ihre Mutter hatte nie Geld dabei, deshalb nahm Ashling ihr eigenes rosa-braunes Plastikportemonnaie in Form eines Hundekopfes mit.

Im Lauf des Sommers entwickelte Monica eine weitere beängstigende Eigenart. Während sie teilnahmslos auf einer Bank saß, fing sie an, den Schorf von einer Wunde am Arm abzukratzen, und hörte erst damit auf, wenn es blutete. Darauf begann Ashling, einen kleinen Vorrat an Pflastern bei sich zu tragen.

Irgendetwas würde geschehen. Irgendjemand musste etwas bemerken, oder?

Sie fing an dafür zu beten, dass es ihrer Mutter wieder bessergehen würde und dass ihr Vater nicht mehr jeden Montag wegfahren und erst am Freitag wiederkommen würde. Als die Gebete nicht die gewünschte Wirkung hatten, heckte sie die verrücktesten Ideen aus und beschloss, dass sich die Dinge zum Guten wenden würden, wenn sie auf der Toilette dreimal spülte. Dann kam sie auf die Idee, dass sie jedesmal, wenn sie die Treppe herunterkam, am Treppenabsatz eine Umdrehung machen musste. Sie *musste* es tun. Und wenn sie es vergaß, musste sie noch eimal nach oben gehen und das Ritual wiederholen.

Aberglaube bekam für sie eine große Bedeutung. Wenn sie eine Elster sah – sie bedeutete Kummer –, suchte sie den Himmel ängstlich nach einer zweiten ab – die Freude bedeutete. Eines

Tages nahm sie eine Handvoll Salz und warf sie über die linke Schulter, um weitere Tränen zu verhindern. Das Salz landete im Pudding, und ihre Mutter sah mit ausdrucksloser Miene zu, wie die Salzkörner in die Puddingmasse sanken, dann legte sie den Kopf auf den Tisch und weinte. Alles blieb beim Alten.

Teds laute Stimme holte sie wieder in die Gegenwart. »Ashling, sprich mit mir! Was sagen die Tarot-Karten über heute Abend aus?«

Sie schüttelte die Erinnerungen ab und war sehr, sehr froh, dass es jetzt war und nicht damals. »Gar nicht so schlecht. Vier Kelche.« Wozu sollte sie erwähnen, dass sie zunächst die ominösen Zehn Schwerter gezogen und wieder zurückgesteckt hatte?

»Und in zwei der Sonntagszeitungen ist mein Horoskop ganz gut«, fuhr sie fort. Und nicht so gut in zwei anderen, aber was soll's? »Und bei den Engelorakel-Karten habe ich Das Wunder der Liebe gezogen.« Jedenfalls hatte es nach mehreren Versuchen, bei denen sie Reife, Gesundheit, Kreativität und Weisheit gezogen hatte, geklappt.

»Ziehst du das an?«, fragte Ted mit einem Nicken auf die dreiviertellange schwarze Hose und die Wickelbluse.

»Warum?«, fragte Ashling defensiv. Sie hatte ihre Auswahl sorgfältig getroffen und war besonders zufrieden mit der Bluse, weil sie so geschnitten war, dass sie eine Taille vortäuschte.

»Hast du keinen kurzen Rock?«

»Ich trage nie kurze Röcke«, murmelte sie und fand auf einmal, dass sie zu viel Rouge aufgelegt hatte. »Ich finde meine Beine abscheulich. Hab ich zu viel Rouge drauf?«

»Was meinst du mit Rouge? Das rote Zeug auf den Backen? Nein, mach noch mehr drauf.«

Sofort wischte Ashling sich die Wangen ab. Teds Motive waren verdächtig.

»Wo triffst du dich mit ihm? Im Kehoe? Ich begleite dich.«

»Das tust du nicht«, sagte Ashling bestimmt.

»Aber ich will …«

»Nein!«

Das Letzte, was Ashling wollte, war Ted, der mit bewundernden Blicken um Marcus herumschwänzelte und darum bettelte, sein neuer bester Freund zu sein.

»Also dann, viel Glück«, sagte Ted schmollend, als Ashling ihren Glück bringenden Kieselstein in ihre neue bestickte Handtasche gleiten ließ, ihre Füße in Keilsandalen steckte und aufbruchbereit war. »Hoffentlich ist es eine Liebesgeschichte, die im Himmel gemacht ist.«

»Ja, hoffentlich«, sagte Ashling, dann fügte sie als Lippenbekenntnis an Gott oder denjenigen, der himmlischer Minister für Liebe war, rasch hinzu: »Wenn es überhaupt passieren soll.«

»So ein Blödsinn«, sagte Ted hämisch.

Eine kurze Reib-den-Buddha-Orgie, und Ashling war weg.

Ich finde Marcus Valentine toll, und er findet mich toll. Ich finde Marcus Valentine toll, und er findet mich toll … Als sie mit diesen affirmativen Sätzen auf den Lippen in ihren zehenzerquetschenden Sandalen die Grafton Street entlanglief, wurde ihr Louise-L.-Hay-Sprechgesang von einem Pfiff durchbrochen. War Marcus Valentine schon aufgetaucht? Louise L. Hay hatte ein paar gute Sachen drauf!

Aber es war nicht Marcus Valentine. Auf der anderen Straßenseite stand Boo, allerdings ohne seine orangefarbene Decke. Er war mit zwei anderen Männern zusammen, deren unrasierte Gesichter und komische Bekleidung – Sachen, die man nirgendwo kaufen konnte, auch wenn man es versuchte – sie ebenfalls als Menschen ohne Obdach auswiesen. Sie aßen Sandwiches.

Aus einem Gefühl der Höflichkeit heraus ging sie hinüber auf die andere Straßenseite.

»Hallo, Ashling«, sagte Boo und zeigte sein zahnlückiges Grinsen. »Du bist nicht weggefahren übers Wochenende?«

Ashling schüttelte den Kopf.

»Ich auch nicht«, sagte Boo würdevoll. Dann schlug er sich wegen seiner Unhöflichkeit an die Stirn und machte eine ausholende Armbewegung, die den beiden Männern neben ihm galt. Einer war jung, hatte verfilzte Haare und bestand nur aus Haut und Knochen. Der Gummizug seiner Jogginghose hielt sich mit Mühe auf seinen spitzen Hüftknochen. Der andere war älter, sein Gesicht war unter einem enormen Bart und einer wilden Mähne versteckt, und es sah aus, als wären lauter Katzen um seinen Kopf herum festgeklebt. Er trug Segeltuchschuhe, die einst weiß gewesen waren, und einen Smoking, der offenkundig für einen kleineren Mann geschneidert worden war.

Im Vergleich zu seinen Begleitern sah Boo fast normal aus.

»Entschuldigung! Ashling, das hier ist JohnJohn«, sagte Boo und zeigte auf den jüngeren der beiden Männer, »und das ist Hairy Dave. Jungs, das ist Ashling, meine zeitweilige Nachbarin und ein durch und durch anständiger Mensch.«

Etwas verlegen gab Ashling beiden Männern die Hand. Wenn Clodagh sie sähe – sie würde in Ohnmacht fallen! Der Haarige sah besonders schmuddelig aus, und als seine krustige Hand sich um Ashlings legte, hatte sie Mühe, einen Schauder zu unterdrücken.

Ein Passant renkte sich beinahe den Hals aus, um einen gründlichen Blick auf das seltsam anmutende Quartett zu bekommen, Ashling so frisch und wohlduftend, die anderen drei das genaue Gegenteil.

»Du siehst klasse aus«, sagte Boo mit unverhohlener Bewunderung. »Du triffst dich bestimmt mit einem Mann.«

»Richtig«, sagte sie. Dann, aus einem plötzlich Gefühl der Vertrautheit mit Boo, fügte sie hinzu: »Dreimal darfst du raten, mit wem.«

»Mit wem denn?« Alle drei kamen näher und machten große Ohren. Ashling musste die Luft anhalten.

»Marcus Valentine«, sagte sie dann und atmete aus.

Boo brach in fröhliches Gelächter aus.

»Ist das der Komiker?«, fragte Hairy Dave mit tiefer, dröhnender Stimme.

Ashling nickte.

»Der mit den Sachen über die Eulen?« JohnJohn war ganz aufgeregt.

Grundgütiger! War Teds Berühmtheit schon zu den am Rande der Gesellschaft Lebenden vorgedrungen? Das würde sie ihm erzählen!

»Das mit den Eulen ist Ted Mullins«, erklärte Boo. »Marcus Valentine ist der mit der Butter und den Schneeflocken.«

»Den kenne ich nicht.« JohnJohn war enttäuscht.

»Er ist cool. Ashling, das sind ja tolle Neuigkeiten! Na, ich wünsche dir einen schönen Abend.«

»Danke. Ich gehe jetzt, dann könnt ihr in Ruhe weiteressen.« Ashling deutete auf die Sandwiches.

»Marks & Spencer«, erklärte Boo. »Die geben uns, was sie nicht verkauft haben. Die Klamotten sind ja etwas langweilig, aber die Sandwiches sind köstlich!«

Plötzlich erstarrten die drei Männer, als spürten sie eine nahende Gefahr. Ashling sah sich um. Anscheinend waren zwei Polizisten am Ende der Straße der Anlass für die Anspannung.

»Die sehen aus, als hätten sie Langeweile«, sagte JohnJohn besorgt.

»Kommt, wir gehen!«, forderte Boo sie auf und trollte sich. »Mach's gut, Ashling!«

Als sie in den Pub kam, war Marcus schon da. Er trug Armeehosen und ein T-Shirt und hatte ein großes Glas Guinness vor sich stehen. Ihr hüpfte das Herz im Leib, als sie ihn sah. Er war gekommen. Ihre Verabredung fand tatsächlich statt.

Widersprüchliche Gefühle regten sich in ihr – was empfand sie für ihn? War er der begeisterte, sommersprossige Typ, dessen Aufforderung zu einem Bellez-moi sie nicht nachgekommen war? Oder war er der selbstbewusste Entertainer, dessen Anruf sie herbeigesehnt hatte?

Sein Äußeres half nicht, ihre Verwirrung zu sortieren, denn er war weder umwerfend attraktiv, noch sah er lächerlich oder peinlich aus. Es gab nichts dran zu rütteln – er sah ganz normal aus. Seine Haare waren kupferfarben und zu kurzen Stoppeln geschnitten, seine Augen waren von keiner benennbaren Farbe, und dann war da natürlich die Sache mit den Sommersprossen. Aber sie mochte das Normale. Sie hatte das Normale verdient. Es hatte keinen Sinn, sich zu nah an die Sonne heranzuwagen.

Und obwohl er normal war, stellte er aufgrund seiner Größe eine Luxus-Ausführung von normal dar. Er hatte einen guten Körper.

Als er sie sah, stand er auf und winkte sie zu sich. Neben ihm auf der Bank war noch Platz, und sie quetschte sich hinein.

»Hallo«, sagte er ernst, als sie saß.

»Hallo«, gab sie ebenso ernst zurück.

Dann fingen sie beide an zu kichern. Jetzt fing er *auch* damit an.

»Darf ich dir was zu trinken holen?«, fragte er.

»Du darfst. Wodka-Tonic, danke.«

Als er mit dem Glas zurückkam, lächelte sie ihn entspannt an. Er sah so freundlich aus, dass es schwierig war, die Situation ernst zu nehmen. Worauf ein Gefühl der Enttäuschung durch sie hindurchrieselte. Sie war nicht scharf auf ihn. Die ganze Aufregung, als sie auf seinen Anruf gewartet hatte – eine *Verschwendung*! Sie forschte genauer nach, sprang von seinen Sommersprossen zu ihren Gefühlen und wieder zurück. Nein, sie war tatsächlich nicht scharf auf ihn. Sie hätte die Haare an ihren Beinen ruhig dran lassen können. Ted hätte die Demütigung, zur Drogerie geschickt zu werden, erspart werden können. Ach, na ja. Vielleicht könnten sie Freunde sein. Und er könnte Teds Karriere als Entertainer fördern.

Sie warf ihm ein keckes Lächeln zu und fragte: »Und, was hast du in letzter Zeit gemacht?«

In dem Moment fiel ihr wieder ein, dass dies der Mann war, der, wie Lisa gesagt hatte, im Begriff war, »ganz groß rauszukommen«, und ihre unbeschwerte Respektlosigkeit verflog. Nur wenige Augenblicke zuvor hätte sie ihm ohne weiteres von ihren peinlichsten Momenten erzählt, aber jetzt stellte sie verblüfft fest, dass alle Themen für eine Unterhaltung wie weggeblasen waren.

»Mal dies, mal jenes«, erwiderte er.

Sie war dran.

Was sollte sie sagen? Das Letzte, das *Aller*letzte, was sie erwähnen sollte, war seine Karriere als Komiker. Es wäre naiv, und weil er so erfolgreich war, musste er es absolut satt haben, dauernd gepriesen und gelobt zu werden.

Deshalb war es eine richtige Überraschung, als er in die angestrengte Stille hinein sagte: »Hat dir die Show letzten Samstag gefallen?«

»Ja«, sagte sie. »Ihr wart alle sehr lustig.«

Sie spürte, dass er mehr erwartete, und fuhr fort: »Ich fand dich fantastisch.«

»Ah, es war nicht einer meiner besten Abende«, sagte er und zwinkerte auf eine Weise, die seine Bühnen-Unbeholfenheit erahnen ließ. Seine Erleichterung war spürbar.

Ashling war wieder dran: »Hast du auch einen Beruf, ich meine, abgesehen davon, dass du lustig bist.«

»Ich schreibe Software-Programme für Cablelink. Es geht da um die Aktualisierung des Netzes für Faseroptik.«

»Aha? Sehr interessant.«

»Faszinierend, wie?« Er lächelte bedauernd. »Kein Wunder, dass ich Entertainer sein will. Und was machst du?«

Oh, oh. »Ich arbeite bei einer Frauenzeitschrift.«

»Bei welcher?«

»Ehm, eh, *Colleen*.«

»*Colleen*?« Sein Ausdruck veränderte sich. »Die wollen, dass ich eine Kolumne für sie schreibe. Lisa Soundso.«

»Edwards. Lisa Edwards. Sie ist meine Chefin«, gestand Ashling und fühlte sich schuldig, obwohl es dafür keinen Anlass gab.

Plötzlich wechselte sein Gesichtsausdruck und wurde hart und kalt vor Misstrauen. »Hast du dich deswegen mit mir getroffen? Um mich zu überreden, die Kolumne zu schreiben?«

»Nein! Überhaupt nicht!« Sie wollte auf keinen Fall als zu

bestimmend gelten. »Ich habe nichts damit zu tun, und es ist mir auch egal, ob du sie schreibst oder nicht.«

Das stimmte nicht ganz. Wenn er einwilligte, die Kolumne zu schreiben, könnte sie sich damit schmücken, aber sie würde ihn nicht bedrängen.

Seine Unsicherheit rührte sie, und wie aus dem Nichts regte sich ihr Beschützerinstinkt.

»Ehrlich«, sagte sie sanft. »Ich habe mich mit dir getroffen, weil ich es wollte. Es hat mit niemandem sonst etwas zu tun.«

»Na gut«, sagte er und nickte nachdenklich. Dann lachte er. »Ich glaube dir – du hast ein ehrliches Gesicht.«

Ashling zog die Nase kraus. »Gott, das klingt ja furchtbar.« Sie zeigte auf sein leeres Bierglas. »Noch Tee, Herr Pfarrer?«

»Wie? Nein. Ashling, kann ich dich was fragen?« Sein Ton klang entschuldigend. »Hättest du was dagegen, mit mir zu einer Comedy-Show zu gehen? Da tritt einer auf, den ich mir sehr gern ansehen würde.«

»Klar, warum nicht.« Offensichtlich würde es bei dieser Verabredung nicht zu einem teuren Abendessen bei Kerzenlicht kommen. Vielleicht auch besser so.

Die Show war nur ein paar Straßen weiter, in einem anderen Pub. Marcus wurde an der Tür wie ein Mitglied der königlichen Familie begrüßt, und Ashling registrierte amüsiert, dass sie durchgewinkt wurden und nicht bezahlen mussten. In dem zum Bersten vollen Raum kam ständig jemand auf Marcus zu – die meisten ihrerseits Komiker – und Marcus stellte Ashling jedem vor. *Daran könnte ich mich gewöhnen*, dachte sie.

Die Show war nicht anders als die anderen, bei denen Ashling gewesen war: Eine große Menge Menschen füllte einen kleinen dunklen Raum, in dem es in einer Ecke eine winzige Bühne gab. Der Komiker, den Marcus sehen wollte, hatte sich allerhand bei einem manisch-depressiven Kranken abgeguckt und nannte sich Lithium-Mann.

Als sein zehn Minuten dauernder Auftritt vorbei war, berührte Marcus Ashling am Arm. »Meinetwegen können wir gehen.«

»Aber ich habe nichts dagegen, wenn wir bleiben …«

Er schüttelte den Kopf. »Lieber nicht. Ich möchte mich mit *dir* unterhalten.«

Er lächelte ihr in dem dunklen Raum zu, und plötzlich bemerkte sie, dass er zwar normal aussah, aber eindeutig zur attraktiven Seite von normal neigte.

Als sie sich in einem anderen Pub niedergelassen hatten, fragte Marcus: »Und wie fandest du den Lithium-Mann?«

Sie überlegte. »Um ehrlich zu sein, er hat mir nicht besonders gut gefallen.«

»Ach ja? Wieso nicht?« Marcus schien an ihrer Meinung sehr interessiert zu sein, was sie schmeichelhaft fand.

»Ich finde es nicht besonders toll, wenn man sich über psychisch Kranke lustig macht«, sagte sie. »Es sei denn, man ist sehr witzig, und das war er nicht.«

»Und wen findest du lustig?«, fragte er hartnäckig.

»Na, dich, das ist doch klar.« Sie lachte ein bisschen zu schrill, aber das schien ihm nichts auszumachen. »Und du?«

»Na, mich natürlich.« Sie kicherten verschwörerisch. »Und Samuel Beckett.«

Ashling schrie vor Lachen, bis sie merkte, dass er es ernst meinte. *Mist.*

»Ich finde, er ist der beste komische Autor des Jahrhunderts«, begeisterte sich Marcus.

»Ich habe mal *Warten auf Godot* gesehen«, sagte Ashling zögernd. Dass sie mit der Klasse ins Theater gegangen war und kein Wort von dem Stück verstanden hatte, brauchte sie ja nicht zu erzählen. Doch abgesehen von dem Beckett-Missverständnis verlief der Abend glatt. Sie tranken reichlich, und Marcus war charmant und an ihr interessiert. Weil er Sommersprossen hatte, war sie entspannt und erzählte ihm alles Mögliche. Von ihrem Salsa-Kurs – jetzt war sie froh, damit angefangen zu haben, weil sie jetzt ein Mensch mit »Interessen« war –, von ihrer Vorliebe für Handtaschen und davon, dass sie ihren Job bei *Colleen* die meiste Zeit gern machte.

»Aber das ist kein Wink«, fügte sie hastig hinzu.

»Ich weiß. Aber sei ehrlich – setzen sie dich nicht unter Druck, damit du ihnen den Kopf von Marcus Valentine bringst?«

»N-nein«, stammelte sie.

»Du wirst in der Redaktion nicht bedrängt?«, fragte er noch einmal.

»Überhaupt nicht«, sagte Ashling bestimmt. »Es ist gar nicht darüber gesprochen worden, ehrlich gesagt.«

»Ach so.« Nach einem Moment des Schweigens fügte er hinzu: »Verstehe.«

Und dann noch einmal: »Verstehe.«

Er betrachtete sie mit halb gesenkten Lidern und lächelte, und plötzlich merkte Ashling an dem warmen Gefühl in der Magengrube, dass sie ihn attraktiv fand. Er war einer von den Menschen, die man im Lauf der Zeit zunehmend attraktiv fand. Und er war auch nicht wie die Gestalt, die er auf der Bühne verkörperte. Was auch gut war, denn ein unbeholfener Tollpatsch ist nicht besonders gut fürs Bett geeignet.

Dann wandte er sich zu ihr um, senkte den Kopf und sagte mit leiser, bedeutungsvoller Stimme: »Möchtest du eine Tüte Chips?«

»Nein, danke.«

»Jetzt haben wir getrunken, Chips möchtest du nicht, bleibt nur noch …«

Ausschweifender Sex!

Obwohl sie den Überblick über die Anzahl der Wodka-Tonics verloren hatte, ließ der Gedanke an Sex sie plötzlich erstarren. Nicht, dass sie richtig Angst hatte, aber auch nicht richtig *keine* Angst. Sie mochte ihn sehr, sie fand ihn attraktiv, aber …

»Ehm, also, ich dachte … Also, ich hatte eigentlich nicht vor, heute Abend so lange auszugehen, denn ich muss morgen wieder arbeiten.«

»Oh, ach so. Klar«, sagte er glatt, aber er sah sie dabei nicht richtig an. »Dann sollten wir mal aufbrechen.«

Er küsste sie, als er sie vor ihrer Tür absetzte, aber irgendwie war sie nicht recht überzeugt.

33

Weiche, pummelige Hände streichelten ihr Gesicht… Irgendwo zwischen Schlafen und Wachen genoss Clodagh die Wärme von Mollys Händen, die sie streichelten und ihre zarte Haut berührten. Molly lag auf Clodaghs Bauch, atmete konzentriert und fuhr mit ihren zarten, feuchten Fingern über Clodaghs Kinn, ihre Wangen, um ihre Nase herum, über die Stirn… AUA! Autsch! Sterne flackerten vor Clodaghs geschlossenen Augen.

»Du hast mir aufs Auge gehauen, Molly!«, rief Clodagh aus, schockiert, so gewaltsam geweckt zu werden.

»Mummy ist aufgewacht«, sagte Molly und tat überrascht.

»Natürlich ist Mummy aufgewacht.« Clodagh hielt sich die Hand auf das malträtierte Auge, aus dem die Tränen rannen wie Wasser durch einen geborstenen Damm. »Von einem Schlag aufs Auge würde jeder aufwachen!«

Sie schob Molly von sich runter und stolperte vor den Spiegel, um den Schaden zu begutachten. Sie musste heute gut aussehen, denn sie hatte einen Termin bei einer Arbeitsvermittlung.

Die eine Hälfte ihres Gesichts war normal, die andere war eine tränenüberströmte, blutunterlaufene Katastrophe. So ein Mist!

Dann fiel ihr Blick auf den Haufen Kleider auf dem Stuhl, und sie fing in hektischer Vor-Flor-Panik an, die Sachen wegzuräumen und aufzuhängen.

»Zieh dich an, Craig«, rief sie. »Molly, beeil dich, zieh deine Sachen an! Flor kommt gleich.«

Sie donnerte die Treppe hinunter, wo das Frühstück wie üblich einer Schlachtszene glich.

»Ich will keine All-Bran«, kreischte Craig und heulte. »Ich will Coco-Pops.«

»Du kriegst erst Coco-Pops, wenn die All-Bran aufgegessen sind«, sagte Clodagh und tat einen Moment so, als würde man ihr gehorchen.

Zu ihrem Wocheneinkauf gehörten Sechserpackungen mit Frühstücksflocken, von denen die Sugar Puffs und die Coco-Pops immer sofort gegessen wurden, während die langweiligen All-Bran sich stapelten. Solange die nicht gegessen waren, wollte Clodagh sich nicht breitschlagen lassen, eine neue Sechserpackung aufzumachen, aber sie gab jedesmal nach. Heute besonders leicht, weil jede Minute zählte.

Sie riss die Zellophanhülle von der neuen Sechserpackung und knallte die Coco-Pops vor Craig auf den Tisch. Dann rannte sie im Nachthemd zum Auto und holte mehrere Einkaufstüten, die sie im Kofferraum versteckt hatte, ins Haus. Das machte sie oft, wenn sie sich etwas Neues zum Anziehen gekauft hatte. Obwohl sich Dylan nie beklagte, wenn sie Geld für Kleider ausgab, hatte sie trotzdem Schuldgefühle.

Aber das hier war anders. Als Dylan am Feiertag arbeiten musste, hatte Clodagh die Kinder bei ihrer arthritischen Mutter abgegeben und einen Mini-Einkaufsbummel gemacht. Die Tüten, die sie ins Haus schleppte, enthielten jugendliche, modische Ausgehkleidung, von der sie nicht genau wusste, wie man sie trug. Sie hatte außerdem ein Kostüm gekauft, für ihren Termin bei der Arbeitsvermittlung, den sie Dylan verschwiegen hatte. Sie wusste nicht genau, warum sie ihm nichts davon erzählt hatte, aber ein vages, nicht fassbares Gefühl sagte ihr, dass er nicht einverstanden sein würde.

Als sie wieder im Schlafzimmer war, riss sie hektisch die Preisschilder von dem grauen Rock mit passendem Jackett und zog sich an. Das Kostüm war teuer gewesen. So teuer, dass sich einem der Magen umdrehte, aber wenn sie erst eine Stelle hätte, so rechtfertigte sie sich, würde sie es immer wieder tragen können.

Mit 15-Den-Strumpfhosen, hohen schwarzen Schuhen und

einer weißen Bluse vervollständigte sie den Aufzug. Nachdem sie Lippenstift aufgetragen und ihr Haar zu einem ordentlichen Knoten aufgesteckt hatte, fand sie, dass sie gut aussah.

Abgesehen von dem blutunterlaufenen Auge.

Diesmal schaffte sie es nicht, sich rechtzeitig aus dem Staub zu machen. Flor war am Gartentor, als Clodagh Craig und Molly zur Tür hinausbugsierte.

»Wie geht es Ihnen, Flor?«

»Am Freitag war ich bei Frawley«, antwortete Flor. Frawley war ihr Arzt. Obwohl Clodagh ihn nicht kannte, hatte sie das Gefühl, ganz vertraut mit ihm zu sein.

»Was hat er gesagt?«

»Sie muss raus.«

»Wer muss raus?«

»Die Gebärmutter, was sonst?«, sagte Flor mit vor Überraschung hoher Stimme.

»Himmel, das ist ja furchtbar.« Clodagh gab sich Mühe, Mitgefühl und Verständnis zu zeigen, von Frau zu Frau.

»Überhaupt nicht!«

»Macht es Ihnen nichts aus?«

»Warum sollte es?«

»Haben Sie keine Angst, dass Sie …« Clodagh brach ab. Sie hatte sagen wollen: »… sich als Frau beeinträchtigt fühlen?« Aber das war fürchterlich taktlos. Stattdessen sagte sie: »Haben Sie keine Angst vor dem Verlust?«

»Kein bisschen«, sagte Flor fröhlich. »Weg damit. Klar, ist doch sowieso nur Ärger. Hat doch nie was Gutes gebracht. Was ist heute bei Ihnen dran?«

»Oh.« Clodagh war in größter Verlegenheit. »Sie könnten eventuell bügeln. Und vielleicht das Bad putzen. Wozu Sie sich in der Lage fühlen …«

Als Clodagh die Tür zu dem Büro der Arbeitsvermittlung in der Stadt öffnete, zitterten ihre Hände vor Beklommenheit und Aufregung. Sie blieb vor einem jungen Mädchen mit einem blonden

Haarknoten stehen, dessen frische, rosige Gesichtshaut von einer dicken Schicht Grundierung bedeckt war.

»Ich habe einen Termin bei Yvonne Hughes.«

Das Mädchen erhob sich. »Hallo«, sagte sie cool und mit überraschendem Selbstbewusstsein. »Ich bin Yvonne Hughes.«

»Oh.« Clodagh hatte jemand viel älteres erwartet.

Dann schüttelte Yvonne ihr die Hand mit einem Händedruck, der es ohne weiteres mit dem eines männlichen Politikers aufnehmen konnte. »Nehmen Sie Platz!«

Clodagh strich mit der Hand über ihren Lebenslauf, der in ihrer Handtasche etwas geknickt worden war.

»Dann wollen wir mal sehen.« Yvonnes Handbewegungen waren behutsam und sehr bewusst. Sie strich immer wieder mit den Kuppen ihrer gespreizten kindlichen Finger über den Lebenslauf, glättete ihn, fuhr mit der flachen Hand darüber und richtete ihn an der Schreibtischkante aus. Um die erste Seite umzublättern, nahm sie die Ecke mit Daumen und Zeigefinger und rieb die Finger gegeneinander, um sicher zu sein, dass sie nicht zwei Blätter auf einmal aufnahm. Aus irgendeinem Grund irritierte Clodagh das maßlos.

»Sie sind seit einiger Zeit nicht mehr für den Arbeitsmarkt verfügbar?«, sagte Yvonne. »Wie lange jetzt … seit über fünf Jahren?«

»Damals war ich schwanger. Eigentlich wollte ich nicht so lange aussetzen, aber dann bekam ich ein zweites Kind, und der Zeitpunkt schien nie richtig, bis jetzt«, verteidigte Clodagh sich hastig.

»Ich ver… steeeehhhe …« Yvonne zerrte spielerisch an Clodaghs Nerven, während sie deren Werdegang studierte.

»Seit Sie von der Schule abgegangen sind, haben Sie als Rezeptionistin in einem Hotel und in einem Aufnahmestudio gearbeitet, als Kassiererin in einem Restaurant, als Sachbearbeiterin in einer Anwaltskanzlei und in der Anlieferung bei einem Textilhersteller, als Kassiererin im Zoo, als Telefonistin in einem Architekturbüro und als Sachbearbeiterin in einem Reisebüro?«

Clodagh hatte Ashling gebeten, alles aufzuschreiben, was sie je gemacht hatte, um zu zeigen, wie vielseitig sie war.

»Die Stelle im Zoo hatten Sie … drei Tage?«

»Es lag am Geruch«, gestand Clodagh. »Ich konnte die ganze Zeit das Elefantenhaus riechen. Das werde ich nie vergessen. Sogar meine Sandwiches haben danach gerochen …«

»Die längste Zeit waren Sie im Reisebüro«, unterbrach Yvonne sie. »Da waren Sie zwei Jahre?«

»Genau«, sagte Clodagh begierig. Sie war auf ihrem Stuhl nach vorn gerutscht und saß jetzt auf der Kante.

»Sind Sie in der Zeit befördert worden?«

»Ehm, nein.« Clodagh war verdutzt. Wie sollte sie erklären, dass man nur zum Abteilungsleiter befördert werden konnte und dass jeder die Abteilungsleiter verachtete und gleichzeitig bemitleidete?

»Haben Sie eine Prüfung als Reisekauffrau abgelegt?«

Clodagh hätte beinahe gelacht. Was für ein Gedanke! Deswegen ging man doch von der Schule ab, oder? Damit man nie wieder eine Prüfung machen musste.

Yvonne wedelte mit den Fingern in der Luft, legte sie, einen nach dem anderen, auf die Blätter, die sie dann absichtsvoll, wie hypnotisch, wieder flach strich.

»Welche Software haben Sie da benutzt?«

»Ehm.« Clodagh konnte sich nicht mehr erinnern.

»Haben Sie Schreibmaschine und Steno gelernt?«

»Ja.«

»Wie viele Anschläge pro Minute?«

»Oh, das weiß ich nicht. Ich tippe nur mit zwei Fingern«, erklärte Clodagh, »aber ich bin sehr schnell. Fast so schnell wie die, die einen Kurs gemacht haben.«

Yvonnes kindliche Augen wurden schmal. Sie war verärgert, aber nicht so verärgert, wie es den Anschein hatte. Sie spielte nur und hatte ihre Freude daran, Macht auszuüben.

»Kann ich daraus schließen, dass Sie Steno auch nicht können?«

»Na ja, aber ich kann das jederzeit … Nein«, bekannte Clodagh, der die Puste ausgegangen war.

»Haben Sie mal mit einem Textverarbeitungsprogramm gearbeitet?«

»Ehm, nein.«

Und obwohl Yvonne die Antwort wusste, fragte sie: »Und Sie haben keinen College-Abschluss?«

»Nein«, sagte Clodagh wieder und sah Yvonne mit einem normalen und einem blutunterlaufenen Auge an.

»Also gut.« Yvonne stieß den Atem aus wie jemand, dessen Geduld auf eine harte Probe gestellt wurde, dann beleckte sie eine Fingerspitze und strich damit ein Eselsohr des Lebenslaufs glatt. »Was lesen Sie so?«

»Wie meinen Sie das?«

Es entstand eine Pause, die so klein war, dass sie kaum existierte, aber Yvonne hatte sie entstehen lassen, um zu zeigen, was für ein hoffnungloser Fall Clodagh war.

»*Financial Times*? *Time*?«, half Yvonne ihr. Sie seufzte nicht, aber es war fast so, als würde sie seufzen. Dann fügte sie grausam hinzu: »*Bella*? *Hello!*?«

Das Einzige, was Clodagh las, waren Zeitschriften für Design und Inneneinrichtung. Und Bilderbücher. Und gelegentlich einen Unterhaltungsroman über Frauen, die ihr eigenes Unternehmen gründeten und nicht solche demütigenden Gespräche wie dieses hier über sich ergehen lassen mussten, wenn sie eine Stelle suchten.

»Und Sie erwähnen Tennis als eins Ihrer Hobbys. Wo spielen Sie?«

»Oh, ich spiele nicht«, sagte Clodagh und hätte beinahe wie ein Backfisch gekichert. »Ich meine, ich sehe es mir gern an.«

Demnächst fing Wimbledon an, und im Fernsehen hatte es jede Menge Vorankündigungen gegeben.

»Und Sie gehen ins Fitness-Studio?«, las Yvonne vor. »Oder gucken Sie da auch lieber zu?«

»Nein, das mache ich wirklich«, sagte Clodagh und fühlte sich ihrer Sache viel sicherer.

»Obwohl das ja kaum als Hobby zählt, oder?«, sagte Yvonne.

»Das ist ja so, als wollte man Schlafen als Hobby zählen. Oder Essen.«

Das traf Clodagh an einer empfindlichen Stelle.

»Und Sie gehen regelmäßig ins Theater?«

Clodagh zögerte einen Moment, dann gab sie zu: »Eigentlich nicht. Aber irgendwas muss man ja aufschreiben, oder?«

(Als Clodagh und Ashling aufgehört hatten, Witz-Hobbys zu erfinden, wie Rennfahren oder Teufelsverehrung, und eine Liste echter Hobbys zusammenstellen wollten, war ihnen nicht sehr viel eingefallen.)

»Was sind also Ihre Hobbys?«

»Ehh ...« Was waren ihre Hobbys?

»Interessen, Leidenschaften, so in die Richtung«, sagte Yvonne ungeduldig.

Clodaghs Kopf war plötzlich leer. Ihr fiel nur ein, dass sie gern mit ihren gespaltenen Haarenden spielte: Sie zog die offenen Enden auf, um zu sehen, wie weit das Haar gespalten war. Auf diese Weise konnte sie sich stundenlang beschäftigen. Aber irgendwie wollte sie das Yvonne gegenüber nicht erwähnen.

»Sehen Sie, ich habe zwei Kinder«, sagte sie schwach. »Die nehmen meine ganze Zeit in Anspruch.«

Wenn Sie meinen, sagte der Blick, den Yvonne ihr zuwarf. »Wie ehrgeizig sind Sie?«

Clodagh zuckte zurück. Sie war überhaupt nicht ehrgeizig. Ehrgeizige Menschen waren merkwürdig.

»Als Sie im Reisebüro gearbeitet haben, was hat Ihnen da dic größte Befriedigung bereitet?«

Den Arbeitstag überstanden zu haben, soweit Clodagh sich erinnern konnte. Man musste, wenn man zur Arbeit kam – und das ging den anderen jungen Frauen in dem Reisebüro genauso –, das eigentliche Leben acht Stunden lang auf Eis legen und seine Energie auf das Warten richten.

»Mit Menschen zu tun zu haben?«, half Yvonne ihr. »Probleme zu bewältigen? Einen Abschluss zustande zu bringen?«

»Den Gehaltsscheck ausgehändigt zu bekommen«, sagte Clodagh und merkte im gleichen Moment, dass sie das nicht hätte sagen sollen. Es war auch lange her, dass sie ein Vorstellungsgespräch gehabt hatte. Sie hatte vergessen, mit welchen Plattitüden man die Fragen beantworten musste. Und soweit sie sich erinnnern konnte, saß sie früher immer Männern gegenüber, und die waren um einiges netter gewesen als diese dumme Kuh.

»Ich möchte nicht unbedingt wieder in einem Reisebüro arbeiten«, sagte Clodagh. »Ich hätte nichts dagegen, wenn Sie mir eine Stelle bei … einer Zeitschrift anbieten könnten.«

»Sie würden gern bei einer Zeitschrift arbeiten?« Yvonne tat so, als müsste sie mühsam ein Lächeln unterdrücken.

Clodagh nickte bedächtig.

»Da sind Sie nicht allein, meine Gute«, flötete Yvonne.

Clodagh kam zu dem Schluss, dass sie Yvonne hasste, dieses grausame, machtbesessene, erbarmungslose Kind. Und sie »meine Gute« zu nennen, wo sie doch nur halb so alt war wie Clodagh!

»Was hatten Sie sich als Gehalt vorgestellt?«, fragte Yvonne und zog die Schrauben fester.

»Ich weiß nicht … ehm … darüber habe ich nicht … Was meinen Sie?« Clodagh übergab Yvonne auch noch den Rest ihrer Macht.

»Schwer zu sagen. Ich habe nicht genügend Anhaltspunkte. Wenn Sie eine Umschulung in Betracht ziehen würden …«

»Vielleicht«, log Clodagh.

»Wenn ich etwas reinkriege, melde ich mich bei Ihnen.«

Sie wussten beide, dass sie das nicht tun würde.

Yvonne begleitete Clodagh zur Tür. Clodagh empfand eine böse Genugtuung, als sie sah, dass Yvonne etwas x-beinig war.

Draußen auf der Straße, in ihrem hassenswerten, lächerlichen, teuren Kostüm, ging sie langsam zum Auto. Ihr Selbstbewusstsein war zerstört. Der Morgen hatte ihr eine schreckliche Lektion erteilt und gezeigt, dass sie alt und überflüssig war. Sie hatte sich große Hoffnung auf eine Stelle gemacht, aber offensichtlich drehte sich die Welt zu schnell, und sie hatte darin keinen Platz mehr.

Was sollte sie jetzt tun?

34

Am Dienstagmorgen schritt Lisa rastlos und ungeduldig vor dem Büro von Randolph Media auf und ab, weil sie es kaum abwarten konnte, endlich eingelassen zu werden. Nie wieder würde sie ein Wochenende wie das eben vergangene erdulden. Am Montag, dem Feiertag, hatte sie sich so gelangweilt, dass sie allein ins Kino gegangen war. Aber der Film, den sie sehen wollte, war ausverkauft, und sie war in einem Film gelandet, der sich *Rugrats – Teil zwei* nannte und den sie sich mit, wie es ihr schien, zigtausenden von außer Rand und Band geratenen Kindern im Vorschulalter ansah. Sie hatte wirklich nicht gewusst, dass es so viele Kinder auf der Welt gab. Was für eine Ironie, dass so viele der Menschen, mit denen sie in letzter Zeit zu tun hatte, Kinder waren …

Sie funkelte Bill, den Portier, böse an, als der sie, mit den Schlüsseln klimpernd, einließ. Es war alles seine Schuld, dieser faule Sack. Wenn er sie übers Wochenende ins Gebäude gelassen hätte, wäre ihr nie bewusst geworden, wie leer ihr Leben war.

»Himmel, Sie sind ja früh dran«, brummelte er entrüstet.

»Schönes Wochenende?«, fragte sie schneidend.

»O ja, es war wunderbar«, sagte Bill und hob zu einem ausführlichen Bericht an über Besuche, die seine Enkel bei ihm gemacht hatten und die *er* seinerseits bei seinen Enkeln gemacht hatte …

»Ich nämlich nicht«, unterbrach Lisa ihn.

»Das tut mir aber Leid«, sagte er teilnahmsvoll und fragte sich, was das wohl mit ihm zu tun haben könnte.

Das einzig Gute war, dachte Lisa, als sie mit dem Aufzug nach oben fuhr, dass sie ein paar Entscheidungen getroffen hatte. Wenn sie schon in diesem schrecklichen, entsetzlichen Land festsaß, dann würde sie ein Netz von Freunden aufbauen. Also, vielleicht nicht Freunde im eigentlichen Sinne, aber Leute, die sie »Darling« nennen und mit denen sie über andere Leute herziehen konnte.

Und sie würde mit jemandem schlafen. Einem *Mann*, präzisierte sie hastig. Die Neue Bisexualität, die sie in der März-Ausgabe von *Femme* zum Thema gemacht hatte, war nichts für sie – eine unbeholfene Umarmung mit einem Model in der Met Bar war alles, wozu sie sich in der Lage sah. Sensibler Chic und Sex mit Frauen – das war nicht ihr Ding.

Das schreckliche Bedürfnis am Wochenende, Oliver anzurufen, war ein deutliches Zeichen dafür, dass sie einen Kerl brauchte. Aber wenn Jack sich mit Mai wie Burton und Taylor aufführen wollte, sagte sie sich mit wachsender Entschlossenheit, dann würde sie sich einen anderen suchen. Vielleicht würde ihn das zur Vernunft bringen. So wie es war, konnte es nicht weitergehen.

Natürlich war ihr klar, dass sie vielleicht nicht sofort den passenden Mann für eine Beziehung finden würde. Aber sie schwor sich, dass sie vor dem nächsten Wochenende, *und das war das Mindeste,* mit einem Mann schlafen würde.

Aber mit wem? Da war Jasper Ffrench, der gefeierte Chef – er hatte es unmissverständlich darauf angelegt. Aber er war zu grässlich. Dann war da Dylan, den sie mit Ashling gesehen hatte. Er war süß. Verheiratet, leider, sie würde ihm also nicht zufällig in einem Nachtclub begegnen. Vielleicht wäre es geschickter, wenn sie sich am Wochenende in einem Baumarkt herumtriebe.

»Großer Gott«, sagte sie laut und blieb stehen, als sie die Redaktion betrat. Überall lagen Champagnerflaschen, Becher, Alufolie und Drahtverschlüsse herum, und es roch wie in einem Pub. Offensichtlich hatte die Putzfrau es als nicht zu ihren Aufgaben gehörig betrachtet, die Reste der Feierei vom Freitagnachmittag wegzuräumen. Nun denn, aber Lisa würde nicht abwaschen, sie musste auf ihre Nägel Rücksicht nehmen. Das konnte Ashling machen.

Mit Neid und Verachtung stellte Lisa fest, dass alle anderen Mitglieder der Belegschaft zu spät kamen. Sie hatten drei wilde Tage durchgemacht. Sogar Mrs. Morley hatte, nach den zwei Bechern Champagner am Freitag, am Wochenende dem Alkohol kräftig zugesprochen.

Jetzt hatten sie mit den Nachwirkungen zu kämpfen – ein jeder war nörgelig und deprimiert, ganz besonders Kelvin, der bei der tragischen Suchaktion nach einem Kugelschreiber mit seinem Daumenring ein Loch in seinen aufblasbaren, orangefarbenen Rucksack gestochen hatte.

Während alle die schmutzigen Becher zu übersehen versuchten, wurden Vergleiche darüber angestellt, wie sich der Kater jeweils bemerkbar machte.

»Ich krieg es immer im Magen und nicht so sehr im Kopf«, vertraute Dervla O'Donnell der Allgemeinheit an. »Und die Übelkeit gibt sich erst, wenn ich zwei Bacon-Sandwiches esse.«

»Nee, bei mir ist es Paranoia«, sagte Kelvin; zitternd wagte er einen verstohlenen Blick und senkte sofort wieder den Kopf.

Und sogar Mrs. Morley gestand: »Ich habe das Gefühl, mir würde jemand dauernd mit einem Dolch ins rechte Auge stechen.«

Wie gern hätte Lisa sich beteiligt, doch leider konnte sie nicht mitreden. Ihrem Unmut wurde die Krone aufgesetzt, als Mercedes, beladen mit Einkaufstaschen und behangen mit Airline-Anhängern, in die Redaktion rauschte. Offenkundig war sie über das Wochenende nach – man stelle sich das vor – New York geflogen. Verwöhntes Gör, dachte Lisa verbittert. Hatte die es *gut*. Und wie konnte es sein, dass alle darüber im Bilde waren, alle außer ihr?

Mercedes hatte den Auftrag gehabt, verschiedene Dinge zu besorgen: weiße Levi's für Ashling – anscheinend kosteten sie in New York nur die Hälfte –, für Kelvin einen Stussy-Hut, den man in Europa nicht bekommen konnte, und eine Tüte mit

Babe-Ruth-Schokoladenriegel für Mrs. Morley, die in den sechziger Jahren einmal in Chicago gewesen war und sich danach nie mehr an Cadbury-Schokolade gewöhnen konnte. Die glücklichen Empfänger stürzten sich erfreut auf die Dinge, und die Bezahlung erfolgte umgehend.

»Ich hatte schon mit dem Gedanken gespielt, mich umzubringen«, sagte Kelvin, der fröhlich mit seinem neuen Hut herumspazierte, »aber jetzt lasse ich das.«

Lisa sah verbittert zu. Sie hätte Mercedes bitten können, ihr Body-Butter von Kiehl mitzubringen. Natürlich hätte sie es nicht getan, aber es hätte ihr Spaß gemacht, sich zu *weigern,* sie zu bitten.

Abgesehen von den Auftragskäufen hatte Mercedes großzügige Geschenke für die Redaktion mitgebracht – Weingummi in vierzig verschiedenen Geschmacksrichtungen, Tüten von Hershey-Küssen und mehrere Packungen von Reeces-Erdnussbutterförmchen. Doch als Mercedes Lisa eine Tüte mit Hershey-Küssen anbot, schüttelte Lisa sich und sagte: »O nein. Ich finde immer, dass amerikanische Schokolade ein bisschen wie ausgekotzt schmeckt.«

Mrs. Morley, die den Mund voll mit Babe Ruth hatte, verschlug es den Atem bei dieser ketzerischen Bemerkung, und Mercedes' dunkle Augen bohrten sich einen Moment lang in Lisas. Lisa sah in ihnen Verachtung, möglicherweise auch Belustigung. »Whatever«, sagte Mercedes ungerührt und mit einem perfekten New Yorker Akzent. Lisa wäre beinahe geplatzt vor Neid. Mercedes war zwei Tage in New York gewesen. Zwei Tage!

Das letzte Redaktionsmitglied, das eintraf, war Trix, was den verschiedenen Duftnoten ein kräftiges Aroma hinzufügte.

»Hering im Himmel«, rief Mrs. Morley aus und stellte ein ungeahntes Talent für Wortspiele unter Beweis. »Hier stinkt es schollenhaft.«

»Ha ha«, sagte Trix abschätzig.

Das regte die anderen zu ihren eigenen Fisch-Wortspielen an.

»Dieser Geruch ist ja aalerhand«, sagte Kelvin

»Hat man so was schon mal ge-rochen?«, sagte Ashling.

»Da muss man in eine geruchsfreie Zone hechten«, meinte Lisa.

»Am besten, du gehst ganz weit weg, an den Barsch der Welt«, sagte Mercedes, was die anderen überraschte.

Kelvin war besonders erfindungsreich und warf sich in die Brust. »Salmon chanted evening«, sang er aus voller Kehle.

»Ich hab auch ein Lied für dich!«, sagte der langweilige Bernard. Zur Abwechslung hatte er mitgekriegt, worum es ging. Er zog den Kragen seines weißen Hemdes hoch und wagte, trotz seines roten Pullunders und seiner knittrigen Anzughosen, eine kleine Rock-Einlage. »Hake, rattle and roll! I said hake, rattle and roll …«

Da kam Jack herein, die Hände in den Taschen und über das ganze Gesicht strahlend.

»Morgen alle miteinander«, sagte er fröhlich. »Wisst ihr auch, dass es hier aussieht wie im Saustall?«

Trix wandte sich zu ihm um. »Jack – ehm, ich meine, für mich Mr. Devine –, die machen sich über mich lustig, weil ich nach Fisch rieche. Sie singen sogar Lieder darüber.«

»Was für Lieder?«

»Mach schon«, sagte Trix zu Kelvin. »Sing deinem Chef ein Lied.«

Kelvin leistete zögernd Folge.

Jack grinste.

»Und jetzt du«, sagte Trix zu Bernard.

Bernard gab eine halbherzige Wiederholung seines vorherigen Auftritts.

»Das war nicht besonders gut«, meinte Jack.

Trix nickte spöttisch.

»Ich habe da was Besseres«, sagte Jack zu jedermanns Überraschung. Während er mit erstaunlicher Anmut auf seine Bürotür zustolzierte, sang er laut: »I'm a SOLE man. Bababopbabop. I'm a SOLE mah-han.«

Die Tür schloss sich hinter ihm, aber man konnte immer noch hören, wie er seine Trompetengeräusche machte.

Alle sahen sich überrascht an. »Was ist bloß mit ihm los?«

»Habt ihr das aale gehört?« Trix bekam die Wörter kaum über die Lippen. »Hat er ges-?« Sie brach entsetzt ab. »Mist, jetzt mach ich es schon selbst.«

Aus Ashlings Gesicht wich alle Farbe. Gerade war ihr wieder eingefallen, wie sie Jack am Freitag in ihrem beschwipsten Zustand gute Beziehungsratschläge erteilt hatte.

»Oh, Gott«, stöhnte sie und schlug die Hände vors Gesicht.

»Rieche ich so schlimm?« Trix sah sie bekümmert an. Von den meisten anderen erwartete sie, niedergemacht zu werden, aber nicht von Ashling.

Ashling schüttelte den Kopf. Sie roch den Fischgeruch nicht mehr, so peinlich war ihr die Erinnerung an den Freitag. Sie musste sich bei ihm entschuldigen.

»Das Büro ist eine einzige Katastrophe.« Lisa, die Spielverderberin, fing an, die Ordnung wieder herzustellen. »Kelvin, du kannst mal die leeren Flaschen einsammeln, und Ashling, wäschst du mal die Becher ab?«

»Warum soll ich sie abwaschen? Ich wasche sie immer ab«, sagte Ashling, ohne recht Notiz zu nehmen, so groß war ihr Entsetzen über das, was sie zu Jack Devi – Himmel, sie hatte ihn sogar JD genannt!

Lisa war zu verdutzt, um etwas zu sagen. Sie funkelte Ashling drohend an, aber Ashling war meilenweit entfernt, also wandte Lisa sich böse an Trix. »Dann du, Fischfrau, *du* wäschst sie ab.«

Erstaunt, dass Lisa, die sie bisher immer bevorzugt behandelt hatte, so mit ihr sprach, stellte Trix die Becher mit lautem Geklirre auf ein Tablett, spülte sie in der Damentoilette kurz unter laufendem Wasser aus und erklärte sie für gewaschen.

Ashling wartete, bis alle sich an die Arbeit begeben hatten, bevor sie sich mit zitternden Knien auf den Weg zu Jacks Büro machte.

»Morgen, Miss Fix-it.« Jack war fast übermütig, als er sie hereinbat. »Sind Sie auf der Suche nach Zigaretten? Eigentlich hatte ich die Gabe der letzten Woche als einmalige Sache betrachtet, aber wenn Sie darauf bestehen ...«

»O nein! Das ist nicht der Grund.« Sie sprach nicht weiter, weil ihr Blick auf seine Krawatte gefallen war. Sie war übersät mit sonnengelben Bart-Simpson-Figuren. Er trug doch sonst nicht solche verspielten Krawatten, oder?

»Weshalb sind Sie also hier?« Seine dunklen Augen blitzten sie fröhlich an. Komisch, sein Büro schien längst nicht so düster und traurig wie sonst.

»Ich wollte mich dafür entschuldigen, dass ich Ihnen am Freitag einen Rat zu Ihrer Beziehung gegeben habe. Wir hatten, eh«, sie versuchte ein unbefangenes Lächeln zustande zu bringen, was ihr aber eher zu einer verzerrten Grimasse geriet, »wir hatten eine Kleinigkeit getrunken.«

»Kein Problem«, sagte Jack.

»Also, wenn Sie meinen –«

»Sie hatten Recht, wissen Sie. Mai ist ein bezauberndes Mädchen. Ich sollte nicht dauernd mit ihr streiten.«

»Ja, dann, also –«

Ashling verließ das Büro und fühlte sich – sehr verwirrend – fast schlechter als zuvor. Als sie herauskam, starrte Lisa sie an.

Kurz darauf kam ein Kurier und brachte die Fotos von dem Fototermin bei Frieda Kiely. Mercedes versuchte sie zu ergattern, aber Lisa war schneller. Sie riss den Umschlag auf, und heraus purzelten die biegsamen, glänzenden Fotos von Models mit erdverschmierten Gesichtern und Strohhalmen im Haar, die im Moor tanzten.

Lisa blätterte sie durch und verteilte sie in zwei ungleiche Stapel.

Auf dem kleineren Stapel war ein Foto von einem schmutzigen, zerzausten Mädchen in einem eng anliegenden Abendkleid. Über den Gummistiefeln waren ihre Beine von Schlamm überzogen. Auf dem zweiten Foto war dasselbe Mädchen in einem exquisit geschnittenen Hosenanzug zu sehen, das auf einem umgedrehten Eimer saß und eine Kuh zu melken vorgab. Und ein drittes zeigte ein anderes Mädchen, das in einem kurzen silberfarbenen Kleid auf einem Traktor saß. Auf dem anderen Stapel lagen preziöse Fotos von Mädchen in preziöser Gewandung, die in einer preziösen Landschaft herumtanzten.

Lisa nahm den sehr viel kleineren Stapel. »Die sind gerade so annehmbar«, sagte sie mit eisiger Stimme zu Mercedes. »Der Rest ist Ausschuss. Ich dachte, du wärst Modejournalistin.«

»Was ist daran nicht in Ordnung?«, fragte Mercedes mit bedrohlicher Ruhe.

»Sie haben keine Ironie. Keinen Kontrast. Diese hier ...« – sie zeigte auf die Fotos mit den fließenden Gewändern – »... hätten in einer städtischen Umgebung fotografiert werden müssen. Die gleichen Mädchen mit den gleichen schmutzigen Gesichtern und den verrückten Kleidern, aber beim Einsteigen in einen Bus oder vor einem Geldautomaten oder am Computer. Ruf Frieda Kielys Pressebüro an – wir fotografieren noch einmal neu.«

»Aber ...« Mercedes funkelte sie an.

»Mach schon«, sagte Lisa ungeduldig.

Die anderen in der Redaktion fanden plötzlich ihre Schuhspitzen sehr interessant. Niemand mochte Zeuge dieser Demütigung werden, es war zu schrecklich.

»Aber ...«, versuchte Mercedes noch einmal.

»*Mach,* sage ich dir!«

Mercedes starrte sie an, dann sammelte sie die Fotos ein und stampfte zu ihrem Schreibtisch. Als sie an Ashling vorbeikam, murmelte sie ein unterdrücktes »Gemeine Ziege«.

Ashling stimmte ihr zu. Was für ein Mensch war Lisa?

Die Atmosphäre war zum Zerreißen gespannt. Ashling musste ein Fenster öffnen, obwohl es kein warmer Tag war. Sie brauchten frische Luft, um die hässliche Stimmung zu vertreiben.

Jack war der Einzige, dessen gute Laune ungetrübt war. Hin und wieder kam er aus seinem Büro, erledigte, was er zu erledigen hatte, ohne die gespannte Atmosphäre wahrzunehmen, bedachte alle mit einem Grinsen und verschwand wieder.

Langsam verflog die giftige Stimmung, bis alle, außer Mercedes, sich fast wieder normal fühlten.

Um halb eins kam Mai. Sie begrüßte die Anwesenden und fragte, ob sie Jack sprechen könne.

»Gehen Sie rein!« Mrs. Morley nickte kurz.

Die anderen setzten sich erwartungsvoll auf, als die Tür sich hinter ihr schloss.

»Das Grinsen wird ihm gleich vergehen«, bemerkte Kelvin.

Trix hätte fast Hot Dogs von einem Bauchladen verkauft, so festlich und aufgeregt war plötzlich die Stimmung.

Aber es gab keinen Streit; sie kamen zu zweit heraus, heiter und sehr zusammen, Mai grinsend neben Jacks großer Gestalt, und so verließen sie das Büro.

Die anderen wechselten erstaunte Blicke. »Was sollte *das* denn?«

Lisa, die auf dem Sprung war, um die Zimmer im Morrison auf ihre Sex-Eignung zu überprüfen, fühlte sich mit einem Mal beraubt. Sie musste sich wieder setzen und schlucken, um des kalten, schweren Verlustgefühls Herr zu werden. Doch worin bestand das Problem? Sie hatte doch gewusst, dass er eine Freundin hatte. Nur weil es dauernd Streit und Zwist gegeben hatte, hatte sie das nicht so ernst genommen.

Ashling war auch ein wenig verblüfft. *Was habe ich gemacht?*

Als Lisa ein Taxi zum Morrison bestellte, fragte sie – ein bisschen verlegen – nach Liam. In letzter Zeit hatte sie das öfter gemacht. Sie konnte nur annehmen, dass sie ihn mit seinen bodenständigen Dubliner Plaudereien mochte.

Als sie beim Hotel ankam, hatte sie ihre von Jack und Mai verursachte Frustration so umgewandelt, dass sie besser damit umgehen konnte. Hatte sie sich nicht erst am Morgen vorgenommen, einen Mann zu finden? Und beschlossen, dass es nicht unbedingt Jack sein musste? Zumindest nicht gleich beim ersten Mal.

»Wo soll ich Sie rauslassen, Lisa?«, unterbrach Liam ihre Gedanken.

»Gleich hier, bei dem Gebäude mit den schwarzen Fenstern.«

Vor dem Hotel stand ein junger Mann in einem schönen, grauen, maßgeschneiderten Anzug.

»Ach, sehen Sie«, sagte Liam, und seine Stimme nahm einen zärtlichen Klang an. »Da wartet schon Ihr Freund. Und so fein gemacht mit Schlips und Kragen. Haben Sie Geburtstag? Dann herzlichen Glückwunsch. Oder ist es Ihr Jahrestag?«

»Das ist der Portier«, murmelte Lisa.

»Wirklich?« Vor Enttäuschung war Liams Stimme plötzlich schrill. »Und ich dachte, das wäre Ihr Freund. Na, auch gut. Soll ich auf Sie warten?«

»Ja, bitte. Es dauert nur eine Viertelstunde.«

Forsch erprobte Lisa die Sprungfedern der Matratzen, die Glätte der Laken, die Größe der Badewanne – sie war groß genug für zwei –, sie überprüfte die Anzahl der Champagnerflaschen in der Minibar, die aphrodisischen Speisen, die der Zimmer-Service anbot, die Möglichkeiten für Fesselkünstler. Insgesamt, so ihr Eindruck, konnte man sich hier sehr gut vergnügen. Das Einzige, was ihr fehlte, war der richtige Mann.

Auf dem Weg zurück in die Redaktion bemerkte sie ein riesiges Werbeplakat, auf dem ein neues Eis mit dem Namen Truffle angepriesen wurde. An dem Abend sollte sie zu der Präsentation gehen. Ihr Blick wanderte zu dem Prachtexemplar von einem Mann auf dem Bild, dessen sinnlicher Mund an dem Eis lutschte und dessen Augen lustvoll blickten, was aber auch die Wirkung von Mogadon sein konnte.

Mit dem würde ich gern schlafen.

Gott, dachte sie dann. Ich werde noch zu einer traurigen alten Jungfer. Fantasien bei einem Plakat zu haben! Je eher ich mit jemandem ins Bett gehe, desto besser.

35

Die Präsentation für das neue Truffle-Eis war für sechs Uhr an dem Abend angesetzt. Weil es im Grunde genommen ein Eis am Stiel mit Schokoladenüberzug war, hatte es keinen unverwechselbaren Verkaufsvorteil in einem Marktsegment, in dem sich die Produkte mit unverwechselbaren Verkaufsvorteilen drängten. Deswegen steckten die Hersteller jede Menge Geld in das neue Produkt, ließen die Präsentation im Clarence stattfinden und lockten die Journalisten mit der Ankündigung, dass es Champagner geben werde, dorthin. Es versprach eine glanzvolle Sache zu werden.

»Hast du Lust mitzukommen?«, fragte Lisa Ashling.

Ashling hatte die Art und Weise, wie Lisa Mercedes heruntergeputzt hatte, noch nicht verwunden, und war im Begriff abzulehnen. Doch dann dachte sie, dass sie so die Zeit bis zu ihrem Salsa-Kurs überbrücken könnte.

»Meinetwegen«, sagte sie zurückhaltend.

Bevor sie gingen, verschwand Lisa in der Damentoilette, um sich der stündlichen Überprüfung ihres Erscheinungsbildes zu unterziehen. Sie ließ ihren unnachgiebig strengen Blick über ihr schlankes, gebräuntes Spiegelbild in einem weißen Kleid von Ghost gleiten und war zufrieden. Dabei handelte es sich nicht um unangebrachte Arroganz. Selbst ihre ärgste Feindin (und die Konkurrenz war gnadenlos) müsste zugeben, dass sie gut aussah.

Das war auch nur richtig so, fand sie. Schließlich gab sie sich die größte Mühe. Sie war ihr eigenes Meisterstück, ihr Lebenswerk. Dabei war sie nie selbstgefällig, was ihr Äußeres anging: Sie war ihre eigene schärfste Kritikerin. Lange bevor es mit dem bloßen Auge erkennbar war, wusste sie, wann ihr Haaransatz nachgefärbt werden musste. Sie *fühlte* praktisch, wie ihr Haar wuchs. Und sie wusste immer – auch wenn die Waage und das Metermaß nicht derselben Ansicht waren –, wann sie auch nur ein Gramm Fett angesetzt hatte. Sie bildete sich ein, sie könnte hören, wie sich ihre Haut dehnte, um dem Extragewicht Platz zu machen.

Sie hielt inne und kniff die Augen zusammen. War das eine Falte, die sie da auf ihrer Stirn entdeckte? Die kleinste Andeutung einer beginnenden Hauterschlaffung? Tatsächlich! Zeit, sich wieder eine Botulin-Spritze abzuholen. Sie gehörte zu der Schönheitsschule, die nach dem Grundsatz vorging, dass Angriff die beste Verteidigung war. Pack es, bevor es dich packt.

Sie besserte ihr an sich schon perfektes Lippenrot aus und war fertig. Wenn ihre Magnetwirkung sie im Stich ließ, dann lag es nicht an ihr.

Es stellte sich heraus, dass Kelvin und Jack auch zu der Truffle-Präsentation gingen. Da Truffle eine neue Serie auf Channel 9 sponserte, musste Jack widerstrebend die Vertretung der Firma übernehmen.

»Und was ist deine Entschuldigung? Für welche deiner Zeitschriften machst du einen Artikel darüber?«, fragte Lisa Kelvin in sarkastischem Ton.

»Für keine. Aber ich habe Lust, mich volllaufen zu lassen, und nach dem langen Wochenende bin ich pleite.«

Bei der Erinnerung an das schreckliche, unendlich lange Wochenende zuckte Lisa zusammen. Nie wieder!

Als sie ankamen, tauchte Lisa sofort in die gut angezogene Menge ein, Kelvin stürzte sich auf die Bar, und Ashling bewegte sich vorsichtig am Rande des Raumes. Sie kannte niemanden und konnte sich nicht betrinken, weil sie noch zu dem Salsa-Kurs wollte. Und zu dem Salsa-Kurs musste sie *unbedingt*, denn es war erst die zweite Stunde und damit viel zu früh, um mit dem Schwänzen anzufangen. Hin und wieder erspähte sie in der Menge Jack Devine, der sich locker-jovial zu geben versuchte und keine gute Figur dabei machte. Nicht genug Übung, war ihre Einschätzung.

Irgendwie stand sie plötzlich neben ihm, am Rande des Geschehens.

»Hallo«, sagte sie nervös. »Wie geht es Ihnen?«

»Ich habe Kopfschmerzen vom vielen Lächeln«, sagte er mürrisch. »Ich verabscheue diese Veranstaltungen.« Dann versank er in Schweigen.

»Mir geht es auch gut«, sagte Ashling schnippisch. »Danke der Nachfrage.«

Jack machte ein überraschtes Gesicht und drehte sich dann zu einer vorbeikommenden Kellnerin um. »Krankenschwester«, sagte er und schwenkte sein leeres Glas, »haben Sie was gegen die Schmerzen?«

Die Kellnerin, ein junges, hübsches Mädchen, reichte ihm ein Glas Champagner. »Alle halbe Stunde eins, das müsste helfen.«

Sie zeigte Grübchen beim Lächeln, und er lächelte zurück. Ashling beobachtete die Szene muffig.

Als die »Krankenschwester« gegangen war, zerbrach Ashling sich den Kopf, was sie jetzt zu Jack sagen könnte, irgendeine Banalität, aber ihr fiel nichts ein. Ihm erging es nicht besser. Er stand schweigend da, trat von einem Fuß auf den anderen und trank seinen Champagner viel zu hastig.

Wieder kam eine Kellnerin vorbei; diese trug ein Tablett mit Truffle-Eis, von denen Ashling eifrig eins entgegennahm. Nicht nur weil sie Eis gern aß – was sie durchaus tat –, sondern auch, weil ihr Mund dann beschäftigt wäre, wenn sie sich schon nicht mit Jack unterhielt. Sie fing gierig zu lecken an und fuhr mit der Zunge über die Spitze. Plötzlich hatte sie das Gefühl, dass Blicke auf ihr ruhten, und sah aus den Augenwinkeln, wie Jack Devine sie amüsiert und anzüglich beobachtete. Eine prickelnde Röte überzog ihren Hals. Sie sah ihn an und biss die Spitze von ihrem Eis am Stiel – *Knack* – ab. Jack zuckte zusammen, und sie lachte schadenfroh, als wollte sie sagen: Geschieht Ihnen recht!

»Ich gehe«, sagte sie.

»Sie dürfen mich nicht allein lassen«, beschwerte er sich. »Mit wem soll ich denn dann reden?«

»Also, mit mir haben Sie auch bisher nicht geredet!«, rief sie aus und nahm ihre Tasche.

»He! Miss Fix-it, wohin wollen Sie?« Er klang, als wäre er in Panik.

»Ich gehe zu meinem Salsa-Kurs.«

»Oh, Ihr Dirty Dancing. Irgendwann müssen Sie mich mal mitnehmen«, schlug er vor. »Also gehen Sie, überlassen Sie mich diesen Geldmenschen hier.«

Sie ging an Dan »Ich-probier-alles-einmal-aus« Heigel vorbei, der sich seine eigene Version von einem Brown-Cow-Cocktail machte, indem er einen Klumpen Eis in seinem Champagner schmelzen ließ, und verließ das Hotel.

Kaum war sie fort, als Kelvin an Jacks Seite trat. Er trug in beiden Händen ein Glas Champagner, die er beide selbst zu trinken gedachte.

»Guck dir Lisa an! Trägt sie einen Slip oder nicht?«, fragte Kelvin und musterte ihren knackigen Po unter dem weißen Kleid. »Ich kann keine Abdrücke erkennen, aber …«

Jack wollte nicht mitmachen.

»Ich weiß, was du denkst«, sagte Kelvin.

»Das bezweifle ich.«

»Du denkst, sie trägt vielleicht einen Tanga-Slip. Das könnte natürlich sein«, gab Kelvin zögernd zu. »Aber mir wäre es anders lieber.«

Lisa arbeitete sich systematisch durch den Saal auf der Suche nach einem gut aussehenden Mann und hatte schon zwei Fehlanzeigen zu verbuchen.

Der erste war ein mysteriöser, fast schweigsamer Mann, der eine blaue runde Brille trug. Er wirkte sehr cool und hatte einen schönen, wissenden Mund, ein schelmisches Lächeln, prächtige Haare und schicke Kleidung. Dann nahm er die Brille ab, und Lisa erschauderte. Plötzlich war er zum Fürchten. Seine Augen waren klein und standen zu eng zusammen, und er hatte einen dümmlich-verdutzten Blick. Sie gehörten in ein anderes Gesicht, zu einem Menschen mit einer Lernbehinderung.

Sie entfernte sich rückwärts und stieß mit Fionn O'Malley zusammen, der sich selbst zu einem begehrenswerten Junggesellen erkoren hatte. Er betrachtete sich als einer der Männer mit dem höchsten Sexappeal in Irland, weil er dreieckige Augenbrauen hatte wie Jack Nicholson.

»Hallo.« Er bedachte Lisa mit einem durchtriebenen Lächeln und zog seine Augenbrauen dämonenhaft in die Höhe. »Sie sind zum Anbeißen heute Abend.« Dieses Kompliment war von einem neuerlichen Heben und Senken der Augenbrauen begleitet, das in Lisa verwirrende sexuelle Erregung auslösen sollte.

Gelangweilt wandte sie sich ab.

Und dann sah sie ihn. Das Model, das auf den Plakatwänden überall in Irland zu sehen war. Er war ein Prachtexemplar, wie es im Buche steht: Schmollmund, breite Wangenknochen, zarte Haut, glänzendes, schwarz-blaues Haar, von dem eine Strähne in seine gebräunte Stirn fiel. Ein Gesicht so perfekt, dass es einen Millimeter davon entfernt war, langweilig zu sein.

Bingo! Sie hatte ihn gefunden.

Kleiner als ideal, aber daran war jetzt nichts zu ändern.

Das Fantastische an Models war ihrer Erfahrung nach, dass sie richtige Huren waren. Weil sie aufgrund ihrer Arbeit fast pausenlos unterwegs waren, hatten sie zu Sex gewissermaßen eine Urlaubseinstellung. Einerseits hieß das, dass es wahrscheinlich leicht war, ihn sich zu angeln, aber der Nachteil daran war, dass er nur ein Milky-Way-Mann sein konnte, ein Mann für zwischendurch, ein One-Night-Stand.

Doch das war in Ordnung, dachte Lisa und musterte seine straffen Oberschenkel und die seitliche Eindellung an seinem kleinen Po. Nur Sex, das war okay.

Es war schon eine Weile her, dass sie sich an einen Mann herangemacht hatte. Aber es gab nur eine Methode. Es hatte keinen Zweck, um ihn herumzuschleichen, schüchtern zu tun und zu hoffen, dass er einen bemerkte. O nein – sie musste schnurstracks auf das Objekt ihrer Begierde zugehen und ihn mit ihrem Selbstbewusstsein blenden. Es war wie mit Hunden – man durfte seine Angst nicht zeigen.

Sie atmete tief ein und rief sich ins Bewusstsein, dass sie atemberaubend aussah, dann zog sie ihre glänzenden Lippen zu einem strahlenden Lächeln in die Breite und warf sich ihm in den Weg. »Hallo, ich bin Lisa Edwards, Chefredakteurin der Frauenzeitschrift *Colleen.*«

Er gab ihr die Hand. »Wayne Baker, das Gesicht von Truffle-Eis.« Er sagte das ganz ernsthaft. Oje, akuter Ironiemangel! Machte nichts, sie musste den Mann ja nicht mögen. Wahrscheinlich war es sogar besser, wenn sie ihn nicht mochte. Hier ging es um Sex, da konnte es sehr störend sein, wenn man jemanden mochte.

Sie sammelte ihr ganzes Selbstbewusstsein zusammen, denn den nächsten Satz musste sie mit großer Überzeugung hervorbringen. Er durfte gar nicht erst auf die Idee kommen, dass er eine Wahl hatte. Eine Zurückweisung kam nicht in Frage, diese Option bestand einfach nicht.

Sie blickte ihn unverwandt an und säuselte: »Für mich einen Steifen.«

»Was soll es denn sein?« Er sah zur Bar hinüber.

»Ich spreche nicht von einem Drink«, sagte sie bedeutungsvoll.

Zentimeterweise drückte sich in seiner Miene aus, dass er sie verstanden hatte.

»Oh!« Er schluckte. »Also. Wa-?«

»Zuerst Dinner.«

»Okay«, sagte er folgsam. »Sofort?«

»Sofort.«

Sie atmete erleichtert auf. Er hatte angebissen. Sie hatte es angenommen, aber man konnte nie wissen …

Als sie gingen, hielt Lisa Ausschau nach Jack. Er sah zu ihr herüber, sein Ausdruck war verschlossen. »Bis bald«, sagte sie tonlos, worauf er mit einem steifen Nicken antwortete.

Gut.

Im Restaurant des Clarence wetteiferten Lisa und Wayne miteinander, wer am wenigsten essen würde. Sie beobachteten sich argwöhnisch und schoben das Essen auf ihren Tellern hin und her. Einen aufregenden Augenblick lang sah es so aus, als würde Wayne sich einen Bissen von dem Engelbarsch in den Mund stecken, und wenn es so weit käme, würde Lisa sich ein Stück von ihrer Artischocke genehmigen. Doch im letzten Moment entschied er sich dagegen, so dass Lisa zögernd ihre Gabel auf den Teller sinken ließ.

Wayne Baker kam aus Hastings und war jung, doch wahrscheinlich nicht so jung, wie er vorgab. Er behauptete, er sei zwanzig, aber Lisa tippte eher auf zwei- oder dreiundzwanzig. Er nahm seine Karriere als Model sehr, sehr ernst.

»Es ist wohl kaum so was wie Raumfahrtforschung, mein Goldstück, oder?«, nahm Lisa ihn auf den Arm.

Er sah sie beleidigt an. »Ich will das ja auch nicht für immer machen.«

»Lass mich raten«, sagte Lisa. »Später möchtest du gern Schauspieler werden.«

Ein Ausdruck der Überraschung setzte sich in seinem fast lächerlich perfekten Gesicht fest. »Woher wusstest du das?«

Lisa schluckte und seufzte. Obwohl es ihr wehtat, Klischees zu bemühen, war er wohl nicht einer der Hellsten, was seine berauschende Attraktivität deutlich minderte. Es machte ihr nichts aus, wenn andere keine oder nur eine geringe Bildung hatten; schließlich konnte sie selbst kaum ihren Namen mit einem Stock in den Sand schreiben, als sie von der Schule abgegangen war. Aber nicht zu wissen, mit wem Meg Matthews verheiratet war – dafür gab es keinen Grund.

»Wo wohnst du, mein Hübscher?«, fragte Lisa. Irgendwie klang »mein Hübscher«, so wie sie es sagte, abwertend, als wäre er ein Stück Fleisch. Komisch, dachte Wayne vage. So sprach er normalerweise mit den Mädchen.

»Ich habe eine Wohnung in London, aber ich bin fast nie dort.« Er konnte seinen Stolz angesichts dieses Umstands nicht verbergen.

»Und wie lange bist du in Dublin?«

»Ich fahre morgen wieder.«

»Wo bist du untergebracht?«

»Hier, im Clarence.«

»Na, wunderbar.« Lisa wollte ihn nicht in ihre Pine Cottage mitnehmen. Sie fürchtete, die stillose Kiefernausstattung könnte ihn bedrücken, aber noch größer war die Möglichkeit, dass ihr am Ende der Taxifahrt die Lust vergangen war.

Kaum hatte der Kellner die Teller mit dem nur leicht in Unordnung geratenen Essen weggetragen, fand Lisa, dass sie die Befriedigung lange genug aufgeschoben hatte. Ohne Scheu sagte sie zu Wayne: »Zeit, ins Bett zu gehen.«

»Mannometer.« Ihre zielstrebige Art verblüffte ihn, und er stand gehorsam auf.

Als sie im Aufzug nach oben fuhren, spürte Lisa ein Prickeln der Erwartung. Sie kam sich waghalsig und dekadent vor – manchmal brauchte eine Frau das: heftigen, haltlosen Sex mit einem Fremden. Und wozu hatte sie einen hübschen, schlank gehungerten Körper, wenn keiner ihn zu sehen bekam?

Waynes glatte, braune Hand zitterte leicht, als er den Schlüssel ins Schloss steckte, und obwohl Lisa die Rolle der Verführerin nur spielte, war sie von der Macht, die sie über ihn hatte, erregt.

Als sie im Zimmer waren, steigerte sich ihre schwindelmachende Erwartung. Es kam ihr vor wie eine Szene im Film: das modern und stilvoll ausgestattete Zimmer, der junge, stramme, knackige Mann. Er war zweifellos schön.

»Schließ ab und zieh dich aus«, sagte Lisa und begann, ihre Rolle als Domina zu genießen.

In Erwartung ihrer Bewunderung knöpfte Wayne sich langsam das Hemd auf.

»Du wirst begeistert sein«, sagte er grinsend, »ich mache zweihundert Situps am Tag.«

Sein Bauch war glatt und fest, und die straffe, V-förmig gespannte Haut über seine Rippen führte zu seiner harten, gebräunten Brust. Er war so vollkommen, dass Lisas Selbstbewusstsein ins Wanken geriet. Bestimmt war er es gewöhnt, mit superschlanken Models zu schlafen. Gut, dass sie nie was aß.

»Jetzt du«, sagte er.

Mit einem katzenhaften, bedeutungsvollen Lächeln – Haltung war wichtig – zog sie sich das weiße Kleid mit einer fließenden Bewegung über den Kopf. Kelvin hatte Recht gehabt: kein Slip.

»Bei mir das Gleiche«, sagte Wayne lachend und zog den Reißverschluss seiner engen, maßgeschneiderten Hose auf. Sein Penis, schon halb aufgerichtet, sprang hervor. Keine Unterwäsche.

Erregung durchflutete sie. Sie war überfällig für diesen Fick.

Er war nicht der Erste, mit dem sie seit der Trennung von Oliver schlief. Kurz nachdem er ausgezogen war, hatte sie jemanden nach Hause gebracht, um Oliver aus dem Kopf zu bekommen. Aber es war kein großer Erfolg gewesen; wahrscheinlich hatte sie es zu schnell danach versucht. Dies hier war viel schöner.

»Du bist schön«, sagte Wayne und berührte ihre Brustwarzen mit einem professionellen Interesse.

»Ich weiß. Du auch.«

»Ich weiß.«

Sie ergötzten sich an ihrem Lachen, an ihrer Schönheit, und er küsste sie, nicht ganz leidenschaftslos.

»Komm.« Er wollte sie zum Bett führen.

»Nein. Auf dem Fußboden.« Sie wollte es hart und grob und intensiv.

»Pervers«, sagte er.

»Kaum«, sagte sie spöttisch. »Du hast ein behütetes Leben geführt.«

Er war nicht schlecht. Er war auch nicht fantastisch. Das war das Problem mit gut aussehenden Männern. Sie dachten, sie müssten sich einfach nur hinlegen, und schon würden sie einen Orgasmus nach dem anderen auslösen. Zum Glück wusste Lisa genau, was sie wollte.

Sie scheuchte ihn weg, als er versuchte, sich auf sie zu legen. Sie bestimmte hier, wo es langging!

»Langsamer«, sagte sie warnend, als er unter ihr zu lebhaft

wurde. Es war ihr zwar etwas lästig, den Gang der Ereignisse dirigieren zu müssen, aber wenigstens war er willig.

Kurz darauf schob sie ihre Hände unter seinen Po und sagte: »Schneller, schneller!«

»Ich dachte, du wolltest es langsam.«

»Und jetzt will ich es schnell«, keuchte sie, und Wayne erfüllte gehorsam ihren Wunsch. Im Rausch der Ekstase biss sie ihm in die Schulter.

»Nicht«, rief er aus. »In zwei Tagen habe ich einen Termin für Bademoden. Ich kann mir keine Zahnabdrücke leisten.«

»Herrgott!«, rief sie aus. »Fester!«

Wayne wurde heftiger und schneller und stieß seine muskulösen Hüften in sie hinein.

»Ich glaube, ich bin gleich …«, keuchte er.

»Nein, warte gefälligst«, fuhr sie ihn an. Und sie war so furchterregend, dass die Welle seiner Lust gehorsam zurückebbte.

Danach lagen sie auf dem Boden, atemlos und keuchend. Für den Moment befriedigt, betrachtete Lisa die Stuhlbeine aus Buchenholz in Augenhöhe. Das war gut gewesen, dachte sie, genau richtig.

Sie blieben auf dem blauen Teppich liegen, bis sich ihr Atem wieder normalisiert hatte, dann gab Wayne Anzeichen von neuem Leben. Zärtlich strich er ihr über die Haare und sagte verträumt: »Eine wie dich habe ich noch nie kennen gelernt. Du bist so … so stark.«

Sie antwortete mit der knappen Frage: »Gibt es hier eine Minibar? Gib mir was zu trinken – ich geh aufs Klo.«

»Klaro.«

Klaro!

Im Badezimmer war kaum Platz, weil es mit Cremes und Shampoos, Mousse und Gel und Eau de Cologne vollgestellt war. Das erhöhte nicht ihre Achtung vor ihm. *Ein richtiges Mädchen*, dachte sie verächtlich.

Auf der Konsole standen Dusch-Gel und Body-Lotion des Hotels, und sie nahm sich vor, sie später zu klauen.

Als sie aus dem Bad kam, führte er sie zum Bett, zwischen die kühlen Baumwolllaken und reichte ihr ein Glas mit Champagner. Dann kletterte er auch hinein und sagte: »Darf ich dich was fragen?«

Sein verhaltener, ernster Ton deutete darauf hin, dass es eine der blöden Fragen sein würde, die Verliebte sich gegenseitig stellten: Glaubst du an Liebe auf den ersten Blick? Was denkst du jetzt? Wirst du mir treu sein?

»Meinetwegen«, sagte sie knapp.

Er stützte sich auf den Ellbogen, zeigte auf seine Stirn und fragte: »Sieht das aus wie ein Pickel?«

Auf seiner Stirn war nichts zu sehen; sie war glatt wie ein Kinderpopo, wie die Haut eines Pfirsichs, wie ein klarer See, was auch immer …

»Oh, tatsächlich«, sagte sie und runzelte die Stirn. »Sieht ganz schön schlimm aus, wie? Könnte infiziert sein.«

Er quiekte kummervoll und zog einen Spiegel hervor, in dem er sich offenkundig betrachtet hatte, während sie im Bad war. Lisa sah erstaunt und belustigt zu.

»Was gibt's im Fernsehen?«, fragte sie.

Sie hatte keine Lust, sich mit ihm zu unterhalten, während sie wartete, dass er wieder einen Steifen bekam.

Unterbrochen durch kurze Einlagen von hartem, befriedigendem Sex sahen sie fern und tranken Champagner aus der Minibar. Schließlich sanken sie zufrieden und erschöpft in den Schlaf. Lisa schlief tief und fest, wachte prächtig gelaunt auf und bestand auf einem weiteren Fick, bevor sie sich zum Gehen zurechtmachte.

Aber im Badezimmer, wo sie sich mit einem Finger mit Zahnpasta über die Zähne fuhr, bemerkte sie etwas, das ihr vorher nicht aufgefallen war: Mascara und Augenbrauenstift. Igitt. Sie hatte doch *gedacht*, dass seine Wimpern verdächtig üppig waren. Und sie hätte jede Wette abschließen können, dass seine Haare gefärbt waren und das ursprüngliche Mausbraun künstlich in Ebenholzschwarz verwandelt worden war. Plötzlich war er ihr zutiefst zuwider.

Wayne hingegen war ziemlich angetan von Lisa. Sie war im Bett erfinderisch und schien nicht zu sehr an ihm kleben zu wollen.

»Wann sehe ich dich wieder?«, fragte er, als sie sich das weiße Kleid überzog. »Ich bin regelmäßig in Dublin.«

»Wo habe ich meine Handtasche gelassen?«

»Da drüben. Wann sehe ich dich wieder?«

»Bald.« Lisa schob eine Duschhaube, vier Seifenstücke, zwei kleine Flaschen mit Duschgel und drei mit Body-Lotion in ihre Tasche.

»Wann?«

»Ende August. Dann erscheint mein Foto über dem Editorial in *Colleen*.«

Er hielt sich das Betttuch so verschämt vor den Körper, dass Lisa nachgab. »Ich ruf dich an.«

»Wirklich?«, fragte er hoffnungsfroh.

»Der Scheck ist schon in der Post. Morgen früh ist dir mein Respekt sicher«, sagte Lisa grinsend, fuhr sich mit dem Kamm durch die Haare und prüfte ihr Bild im Spiegel. »Nein, natürlich rufe ich dich nicht an.«

»Aber … aber warum hast du es dann gesagt, wenn du es nicht vorhast?«

»Wie soll ich das wissen?« Lisa verdrehte fröhlich die Augen. »Du bist ein Mann – ihr habt die Regeln erfunden. Mach's gut!«

Lisa tänzelte die Stufen hinunter und auf die Straße hinaus – ihre Ellbogen und Knie angenehm aufgeschürft von dem Teppich – und winkte ein Taxi herbei. Die Zeit reichte gerade, um nach Hause zu fahren und sich umzuziehen, bevor sie zur Arbeit ging.

Sie fühlte sich großartig. Prächtig! Wer immer gesagt hatte, dass man sich nach einem One-Night-Stand mit einem Fremden schäbig und billig fühlte, hatte Unrecht. Sie hatte sich seit Ewigkeiten nicht so gut gefühlt.

36

Lisa stieß schwungvoll die Tür zur Redaktion auf; nach ihrer durchsexten Nacht war sie in dynamischer Stimmung.

»Morgen, Jack«, sagte sie fröhlich.

»Morgen, Lisa.«

Sie musterte sein Gesicht. Seine Augen waren verhüllt, sein Ausdruck der gleiche wie immer. Kein Anzeichen, dass er sich daran gestört hatte, weil sie mit Wayne Baker abgezogen war. Aber sie hatte sein Gesicht bei der Präsentation gesehen. Sie wusste Bescheid.

Also, an die Arbeit! Lisa hatte aufgetankt und preschte los; sie beschloss, das Gerüst der neuen Zeitschrift müsse *sofort* erstellt werden, und sprach von einer »Vorlauf-Ausgabe«. Eine harte Woche bahnte sich an.

»Alle regelmäßigen Sparten – Film, Video, Horoskop, Gesundheit, Kolumnen – werden eingegeben. Dann sehen wir, was uns noch fehlt.«

Rezensionsexemplare von Büchern, die im September erscheinen sollten, strömten ein, desgleichen Videos und CDs. Theoretisch war es interessant, Dinge umsonst zu bekommen, aber nicht, wenn man sie gar nicht haben wollte. Es kam zu einem kurzen Gerangel zwischen drei Mitarbeitern um eine AfroCelt-CD, aber niemand interessierte sich für die anderen.

»Gary Barlow, nicht für mich«, sagte Trix mit einem Schniefen und warf die CD klappernd auf den Stapel. »Enya – kaum in diesem Leben.« Wieder Geklapper. »David Bowie, von wegen.« Klapper. »Und wer soll das sein, ›Woebegone‹? Obwohl, die sehen nicht schlecht aus, und der Typ hier ist scharf. ICH NEHME DIESE HIER«, rief sie den anderen im Büro zu.

»Hat jemand was dagegen, wenn ich dies hier nehme?« Ashling hielt einen ›Clogs-und-Schal‹-Unterhaltungsroman in die Höhe.

»Wohl kaum«, sagte Lisa mit hämischem Lachen.

Aber Ashling wollte das Buch nicht für sich, sondern für Boo, der sich so sehr langweilte, dass er alles lesen würde.

Der Kampf um das Layout tobte die ganze Woche. Weder Lisa noch Gerry wollten nachgeben, was das Erscheinungsbild der Bücherseite anging.

»Das ist doch nur Schnickschnack ohne Inhalt«, sagte Gerry erregt.

»Bücher liest doch keiner«, schrie Lisa ihn an. »Deswegen müssen wir die Seite sexy gestalten!«

Alles Mögliche ging schief. Lisa konnte den in Auftrag gegebenen Illustrationen für Trix' Spalte über das Leben eines normalen Mädchens nichts abgewinnen. Angeblich waren sie nicht »sexy« genug. Gerry brachte eine ganze Datei zum Absturz und verlor auf diese Weise die Arbeit eines Vormittags. Und ein Artikel, den Mercedes über einen Kosmetiksalon geschrieben hatte, landete im Papierkorb, als Lisa am Mittwoch aus just diesem Salon mit zu schmal gezupften Augenbrauen aus der Mittagspause wiederkam.

»Aber ich habe mir große Mühe damit gegeben«, beschwerte Mercedes sich. »Du kannst ihn nicht einfach rausnehmen.« »Ich nehme ihn nicht raus«, fuhr Lisa sie an, »ich *kippe* ihn. Wenn du schon bei einer Zeitschrift arbeitest, kannst du wenigstens den Jargon lernen.«

Die Atmosphäre war angespannt, und die Arbeit wurde nicht weniger. Jeder musste sich mindestens um drei Projekte gleichzeitig kümmern.

Ashling gab das New-Age-Horoskop ein, als Lisa einen Packen Haarpflege-Produkte auf ihren Schreibtisch schleuderte. »Tausend Wörter. Sie sollen –«

»– sexy sein, ich weiß.«

Auf der Suche nach einem Aufhänger für den Artikel begutachtete Ashling die Produkte vor sich. Es gab eine Volumen spendende Mousse, ein Styling-Spray, das mehr Stand versprach, ein Pflegeshampoo, das dem Haar mehr Fülle geben sollte – alles Mittel für Frauen, die sich volleres Haar wünschten. Aber es gab auch die Anti-Locken-Packung, die Creme-Spülung für glattes Haar und den Conditioner, den man nicht auszuspülen brauchte – für all die Frauen, die ihr Haar am liebsten eng am Kopf trugen. Wie sollte sie die zwei miteinander kombinieren? Wie sollte sie ihrem Artikel ein einheitliches Thema geben? Sie überlegte hin und her. War es möglich, bauschiges *und* glatt anliegendes Haar zu haben? Oder sollte sie behaupten, dass nur glatt anliegende Haare Fülle haben konnten, was zu einer Reihe von neuen Sorgen für alle Frauen mit vollem Haar führen würde? Doch nein, das wäre zu grausam: Die ihr übertragene Macht brachte auch Verantwortung mit sich. Sie seufzte und brach ein Stück aus ihrem Schokoladen-Muffin. Dann hatte sie – vielleicht war es die Wirkung des Zuckers – eine Eingebung, die nach ihrer Unentschlossenheit die gleiche Bedeutung hatte wie die Entdeckung des Gesetzes der Schwerkraft. Der erste Satz ihres Artikels würde lauten: »Was auch immer Sie sich für Ihr Haar wünschen ...«

»Hurra!«, rief sie zutiefst erleichtert aus.

»Was gibt's?«, rief Jack, der am Fotokopierer stand.

»Ich war so geknickt!« Ashling deutete mit einem Wedeln der Hand auf die Tuben und Flaschen. »Dieses ganze Zeug – und keine einheitliche Linie. Aber alles hat sich plötzlich geordnet, als mir klar wurde, dass jede Frau etwas anderes für ihr Haar will.«

»Jede Frau will etwas anderes für ihr Haar«, wiederholte Jack gutmütig. »Sehr tiefsinnig. Auf derselben Stufe mit Einsteins Relativitätstheorie.« Höhnisch fuhr er fort: »Die Zeit ist keine absolute Größe, sondern hängt von dem Glanz des Haars des Beobachters in der Zeit ab. Was leisten wir doch hier für wichtige Arbeit!«

Ashling zögerte und wusste nicht, ob sie beleidigt sein sollte, aber Jack kam ihr zuvor.

»Tut mir Leid«, sagte er reumütig. »Ich mache mich nur ein bisschen lustig.«

»Das ist es ja gerade«, hörte Ashling Trix neben sich.

»Hast du den Artikel von Jasper Ffrench fertig eingegeben?«, fuhr Lisa Trix an.

»Ja.«

Lisa kam und sah Trix über die Schulter. »Aphrodisiakum wird nicht mit ›f‹ geschrieben, und Kürbis schreibt man mit einem, nicht mit zwei ›s‹; und es heißt R*u*cola, nicht R*o*cola. Benutz gefälligst das Rechtschreibprogramm.«

»Früher musste ich nie die Rechtschreibung prüfen.«

»Die Dinge haben sich verändert. *Colleen* hat Klasse.«

»Ich dachte, wir wären sexy«, beschwerte sich Trix verstockt.

»Es ist möglich, Klasse zu haben und sexy zu sein. He, Mercedes! Wie weit bist du mit dem Artikel über die Hotelbetten?«

Keine sehr herausfordernde Arbeit, aber eine notwendige. Und ermüdende.

Ashling war erschöpft. Nicht nur waren die Tage lang und anstrengend, sondern an ihr nagte auch die Frage, warum die Sache zwischen ihr und Marcus Valentine am Montag zu einem so abrupten Ende gekommen war. Warum war sie nicht mit ihm ins Bett gegangen? Schließlich sparte sie sich ja nicht für ihre Hochzeitsnacht auf, musste sie zugeben. Aber sie hatte sich schon immer schwergetan mit Veränderungen, und es war lange her, dass sie mit jemandem geschlafen hatte, der nicht Phelim war.

Mit einem melodischen Seufzer akzeptierte sie, dass das Leben für die moderne Frau schwer war. Früher galt, dass eine Frau das erste Mal mit einem Mann möglichst lange hinausschieben musste, aber heute war es offenbar so, dass sie ziemlich prompt zur Sache kommen musste, wenn sie ihn halten wollte.

Er rief weder am Dienstag- noch am Mittwochabend an, und obwohl Joy lange und ausführlich von einer Drei-Tage-Regel sprach, sagte Ashling: »Und wenn er gar nicht mehr anruft?«

»Die Möglichkeit besteht, ich gebe es zu – Männer sind geheimnisvolle Wesen. Aber heute Abend ruft er bestimmt nicht an. Mach was anderes, nimm dir was Sinnvolles vor – hast du

Wäsche, die gewaschen werden muss? Hast du was frisch zu streichen, wo du der Farbe beim Trocknen zusehen kannst? Heute ist ein guter Tag dafür.«

Sie nahm sich fest vor, *auf jeden Fall* mit Marcus zu schlafen, wenn er sie anrief.

Als sie während ihrer Schokoladenpause im Büro in der Zeitung blätterte, stieß sie plötzlich auf seinen Namen. Er wurde im Zusammenhang mit einer Bemerkung darüber erwähnt, wie erfolgreich irische Komiker in England waren. Die Buchstaben tanzten vor ihr auf der Seite – M a R c U s. *Mein Freund*. Ashling betrachtete die kleinen, schwarzen Buchstaben und empfand einen warmen, mächtigen Stolz. Der sich im nächsten Moment verflüchtigte. *War er das wirklich?*

Weil Lisa das Tempo hochgeschraubt hatte, waren die Nerven aller Mitarbeiter nach drei Tagen zum Zerreißen gespannt.

Lisa hatte gerade einen Disput mit Mrs. Morley, als Jack mit bedrückter Miene aus seinem Büro stürzte.

»Mrs. Morley, können Sie mir bitte für heute Mittag einen Tisch für zwei Personen reservieren?«

»Wie immer?« Jedesmal wenn einer aus der Zentrale in London kam, eskortierte Jack sie widerstrebend in einen eichengetäfelten, ledergepolsterten Club, wo es blutige Steaks und blutroten Wein gab.

»Um Himmels willen, nein! Irgendwo, wo es nett ist, wo es einer Frau gefallen würde«, sagte er und wirkte charmant in seiner Hilflosigkeit.

Verlegen gab er bekannt: »Anscheinend sind es heute sechs Monate, seit Mai und ich uns kennen gelernt haben.«

Lisa konnte ihre Enttäuschung kaum verbergen. Warum war er nett zu Mai? Warum hatte es keinen Streit gegeben, als Mai am Anfang der Woche ins Büro gekommen war? Mit kaltem Grausen wurde ihr bewusst, dass sich ein neues Muster entwickeln könnte, und das belebende Selbstbewusstsein, auf dem sie seit der Nacht mit Wayne geschwebt war, verpuffte zu einem Nichts.

»Gott sei Dank, dass es mir noch eingefallen ist!«, sagte Jack grinsend.

»Wie haben Sie es gemerkt?«, fragte Mrs. Morley.

»Um ehrlich zu sein, sie hat mich mehr oder weniger daran erinnert«, sagte Jack unbestimmt. »He, wie hieß das Lokal noch, wo wir beide waren, Lisa? Das würde ihr wahrscheinlich gefallen.«

»Halo«, sagte Lisa, aber ihre Stimme war so erstickt, dass Jack nachfragte: »Wie bitte? Können Sie das noch mal sagen?«

»Halo«, wiederholte sie kaum lauter.

»Ach, richtig!«, sagte Jack fröhlich. »Lauter Angeber, raffiniertes Essen und horrende Preise – das wird ihr gut gefallen. Wenn Sie mir die Nummer geben, rufe ich an.«

»Das werden Sie nicht tun«, sagte Mrs. Morley und bäumte sich vor ihm auf. »Das ist meine Aufgabe.«

Vor Wut zitternd verließ Lisa die Redaktion und betete, dass die Zeit zu knapp sein möge, um einen Tisch zu bekommen.

Eine halbe Stunde später kam Mai herein. Sie sah aus wie eine asiatische Barbie-Puppe. Als Lisa sie erblickte, verwandelte sich ihre Wut in eine hoffnungslose Depression.

»Tolles Kostüm«, sagte Trix einschmeichelnd.

»Danke.«

»Von Dunnes?«

»Ehm, ja.«

Mai war distanzierter als an dem Tag, als es den Champagner gegeben hatte. Jacks Verliebtheit der letzten Tage hatte eine Veränderung bewirkt. Sie war anmutig, freundlich, aber eindeutig die Freundin des Chefs.

Mrs. Morley nickte Mai zu, worauf sie mit einem Schwung ihrer kaum vorhandenen Hüften in seinem Büro verschwand. Die Tür schloss sich fest hinter ihr, und in der ganzen Redaktion wurde die Arbeit niedergelegt, weil alle die Ohren spitzten und auf einen Streit hofften, ja, sich danach *sehnten*. Doch Sekunden später traten Jack und Mai heraus und hielten sich lächelnd an den Händen. Während ihnen gierige Blicke folgten, gingen sie auf den Ausgang zu und verschwanden. Selbst als klar war, dass sich nichts weiter ereignen würde, herrschte tiefes Schweigen.

»Früher hat es mir besser gefallen«, erklärte Trix bedauernd und drückte das aus, was die anderen dachten.

Lisa, die sich für ihren Techtelmechtel-Lunch mit Marcus Valentine fertig machte, versuchte, ihre Eifersucht, Verletztheit – und Verwirrung – wegzudrücken. Sie hatte sich Jacks Interesse an ihr nicht eingebildet, sie war sich dessen sicher. Was hatte dies also zu *bedeuten*?

Sie verstand das nicht. Erst gab es pausenlos Streitereien zwischen ihm und Mai, und dann war es ein einziges Liebesgeturtel. Warum? *Warum nur?* Die nutzlosen, unbeantwortbaren Fragen gingen ihr auf dem Weg zum Mao im Kopf herum.

Marcus kam nur zehn Minuten zu spät. Groß, gute Figur, aber… huch, nein! Wie konnte Ashling nur? Lisa brachte ein Lächeln des Willkommens zustande, fand es aber erstaunlich schwierig, ihren üblicherweise exzessiven Charme sprühen zu lassen.

»Lunch, stimmt's?«, sagte Marcus, fast aggressiv, und setzte sich ihr gegenüber. »Ich meine, wir können ja in Ruhe essen, ohne dass Sie mich gleich wegen der Kolumne bombardieren.«

»Klar.« Lisa schaffte es, ihre Mundwinkel nach oben zu ziehen, aber sie fühlte sich plötzlich ganz miserabel und unendlich niedergedrückt. Was von ihr verlangt wurde, konnte sehr demütigend sein. Man musste unglaublich hartnäckig sein und brauchte ein dickes Fell.

Plötzlich war es ihr gleichgültig, ob er die Kolumne übernahm oder nicht. Was machte es schon? Es war schließlich nur für eine dumme Frauenzeitschrift. Nachdem sie ein paar oberflächliche Bemerkungen darüber gemacht hatte, dass sie gern scharf Gewürztes aß, ließ sie die Unterhaltung versiegen.

Interessanterweise wurde Marcus immer lebhafter, je mehr sie in Schweigen versank, und als sie ihr Hauptgericht halb gegessen hatte, begriff sie, was vor sich ging. Und dann beutete sie ihre Zurückhaltung gnadenlos aus.

»Was hatten Sie sich denn vorgestellt, was ich für Ihre Zeitschrift schreiben soll?«, fragte Marcus.

Sie schüttelte den Kopf und wedelte mit der Gabel. »Genießen Sie Ihr Essen!«

»Na gut.« Doch nach ein paar Augenblicken nahm er das Gespräch wieder auf. »Wie lang sollte der Artikel denn jedesmal sein, meinen Sie?«

»Ungefähr tausend Wörter, aber denken Sie nicht dran.«

»Und haben Sie herausgefunden, ob die Kolumne woanders erscheinen könnte?«

»Eine unserer australischen Publikationen würde sie gern übernehmen, desgleichen *Bloke*, unsere Zeitschrift für Männer in Großbritannien.«

Dann setzte sie alles auf eine Karte. »Aber Marcus, wenn Sie keine Lust haben, die Kolumne zu machen, dann lassen Sie es.« Sie lächelte ihm bedauernd zu. »Dann müssen wir uns jemand anders suchen. Das wird dann nicht so gut, aber …«

»Sagen Sie mir, dass ich fantastisch bin, und ich mache es«, sagte er grinsend.

Wie aus der Pistole geschossen sagte Lisa: »Sie sind der komischste Mann, den ich in den letzten drei Jahren gesehen habe. Ihre Show ist eine einzigartige Mischung aus Unschuld und Erkenntnis. Ihr Kontakt mit den Zuschauern ist unerschütterlich und Ihr Zeitgefühl untrüglich. Die Unterschrift kommt hierhin.« Sie zog den Vertrag aus der Tasche und schob ihn über den Tisch.

»Noch ein bisschen mehr«, sagte er augenzwinkernd.

»Obwohl Ihre Show Anleihen bei Tony Hancock und …« Mist! Ihr fielen die anderen Namen nicht ein.

»Woody Allen?«, half er ihr. »Peter Cook?«

»Woody Allen, Peter Cook *und* Groucho Marx macht …«, sagte sie und lächelte ihm verschwörerisch zu. Mit Sicherheit kannte er jede seiner Kritiken auswendig, »… ist Ihr Stil zweifellos am Puls der Zeit und modernistisch.«

Sie hoffte, das würde genügen. Denn wenn er weitere

Erklärungen hören wollte, warum er so komisch war, würde sie sagen: »Und Ihr Gesicht ist zum Schreien.«

Als sie in die Redaktion kam, ging sie zu Ashlings Schreibtisch und sagte mit hämischer Freude: »Soll ich dir was erzählen? Marcus Valentine ist bereit, die Kolumne zu übernehmen.«

»W...wirklich?«, stammelte Ashling. Am Montagabend schien er so entschieden dagegen eingestellt zu sein. Hatte er etwa ...?

»Ja«, sagte Lisa schadenfroh, »er hat unterschrieben.«

Eine Dreiviertelstunde später fiel Ashling, die innerlich schäumte, endlich ein, was sie Lisa hätte antworten sollen. Sie hätte ganz lässig erwidern müssen: »Marcus macht die Kolumne? Das muss damit zu tun haben, dass ich ihm gestern Abend einen geblasen habe.«

Warum fielen ihr solche Antworten nie im richtigen Moment ein? Warum immer erst Ewigkeiten später?

37

Zu Ashlings übergroßer Erleichterung rief Marcus am Donnerstag an und begann das Gespräch mit der Frage: »Hast du am Samstagabend was vor?«

Sie wusste, sie sollte ihn necken, quälen, hinhalten, sich rar machen, ihn ins Schwitzen bringen. »Nein«, sagte sie.

»Gut. Dann lade ich dich zum Essen ein.«

Zum Essen. Am Samstagabend – das war eine bedeutungsträchtige Kombination. Es bedeutete, begriff Ashling, dass er nicht sauer auf sie war, weil sie nicht mit ihm geschlafen hatte. Es bedeutete natürlich auch, dass sie diesmal gut daran täte, mit ihm ins Bett zu gehen. Sie war voller Erwartung. Auch voller Bedenken, aber die scheuchte sie schnell davon.

Sie gestand sich vorsichtig ein, dass die Sache sich gut anließ. Marcus behandelte sie gut, und obwohl sie auch – zwangsweise – voller Befürchtungen war, lag es nicht an irgendetwas, das *er* getan hatte.

Seit Ashling ihn auf der Bühne gesehen hatte, war eine langsame Belebung ihrer inneren Landschaft in Gang gekommen. Nach der Trennung von Phelim hatte sie sich auf keine neue Liebesgeschichte eingelassen und war mehr darauf konzentriert gewesen, sich zu erholen, als ihn zu ersetzen.

Aber sie hatte immer vorgehabt, sich aufs Neue in die Arena zu stürzen, sobald sie wieder fit dafür war. Und als Marcus anrief, öffneten sich kleine Knospen der Hoffnung, die darauf hindeuteten, dass die Zeit möglicherweise reif war. Endlich war der Winterschlaf vorbei.

Interessanterweise gab es eine Menge, was für den Winterschlaf sprach. Denn als sie endlich daraus erwachte, stürzten der Gedanke an ihr Alter, an das Ticken ihrer biologischen Uhr und die geballte Angst der unverheirateten Frau über dreißig auf sie ein. Das Ich-bin-einunddreißig-und-noch-nicht-verheiratet-Syndrom.

Als Joy sie fragte, was sie am Samstagabend vorhatte, beschloss Ashling, ihr neues Leben auszuprobieren.

»Mein Freund führt mich zum Essen aus.«

»Dein *Freund*? Ach, du meinst Marcus Valentine? Und er geht mit dir essen?« Plötzlich klang Joy eifersüchtig. »Mit mir wollen die Männer sich nur betrinken. Sie gehen nie mit mir essen.«

Sie brach ab. Ashling wusste, dass Joy etwas Freches sagen würde, und wurde nicht enttäuscht.

»Außer seinem Schwanz kriege ich von einem Kerl nichts zu beißen«, sagte Joy düster. »Du weißt, dass Marcus zur Sache kommen will, wenn er dich zum Essen ausführt. Und ich meine, zur Sache«, wiederholte sie emphatisch. »Da kannst du dich nicht mehr damit rausreden, dass du am nächsten Morgen arbeiten musst.«

»Ich weiß. Und die Haare auf meinen Beinen haben auch wieder angefangen zu wachsen.«

Ashling wusste genau, was sie am Samstag anziehen würde, bis hin zu ihrer hübschen Unterwäsche. Sie hatte alles komplett unter Kontrolle. Doch plötzlich empfand sie heftigen Widerwillen gegen ihren Lippenstift. Sie benutzte dieselbe Farbe seit, wie ihr schien, Jahren und kaufte immer wieder die gleiche Sorte nach. Und nur, weil sie ihr stand! Was für ein Qautsch!

Wer bei einer Zeitschrift arbeitete, verbrauchte Lippenstifte wie Männer – in großen Mengen. Sie brauchte einen neuen Lippenstift, um sich neu zu definieren. Es war unabdingbar, dass sie den richtigen fand, und bis sie ihn gefunden hatte, fühlte sich alles falsch an.

Am Samstagvormittag ging sie durch alle Geschäfte, aber nichts gefiel ihr. Die Lippenstifte waren entweder zu rosa, zu orange, zu glitzernd, zu glänzend, zu dunkel, zu blass oder zu schimmernd. Sie versuchte, in die Rolle einer anderen Frau zu schlüpfen, trug ein vamphaftes Dunkelrot auf und betrachtete sich im Spiegel. Nein. Sie sah aus, als hätte sie die Nacht durchzecht und roten Wein getrunken, der ihre Lippen verfärbt hatte. Als sie ein Lächeln versuchte, sah sie aus wie Dracula. Die Verkäuferin kam herbeigeeilt. »Die Farbe sieht fantastisch aus bei Ihnen!«

Ashling gelang es zu entkommen, und die Jagd ging weiter. Ihr Handrücken mit den roten Strichen sah aus wie eine offene Wunde. Und gerade, als alle Hoffnung zu schwinden drohte, fand sie den richtigen. Er war perfekt. Es war Liebe auf den ersten Blick, und Ashling wusste mit warmer Gewissheit, dass sich alles zum Guten wenden würde.

Marcus wollte Ashling um halb neun abholen, und um sieben Uhr goss sie sich ein Glas Wein ein und fing mit den Vorbereitungen an. Es war lange her, seit sie mit einem Mann essen gegangen war. Phelim und sie hatten sich an die bequemen Take-aways gewöhnt und waren nur in ein Restaurant gegangen, wenn sie keine Lust mehr auf ins Haus gelieferte Pizza oder Curry hatten. Im Restaurant zu essen diente allein dem Zweck der Nahrungsaufnahme und nicht der Verführung – sie hatten andere Methoden, um sich gegenseitig ins Bett zu bekommen. Wenn Phelim in der Stimmung war, sagte er: »Ein Rüsseltier mit zwei Höckern, will das jemand?«, und wenn Ashling Lust hatte, befahl sie ihm: »Du sollst mich vernaschen!«

Und wie würde es sein, mit Marcus zu schlafen? Angst und Erregung zerrten an ihren Nerven, und sie angelte sich eine Zigarette. Joy kam gerade zum richtigen Zeitpunkt.

Sie sagte etwas Nettes über Ashlings Kleidung, guckte in den Jeansbund und bewunderte den Tanga-Slip und fragte dann: »Hast du daran gedacht, deine Schamhaare mit Conditioner zu waschen?«

Ashling zuckte zusammen, und Joy war beleidigt. »Das ist wichtig! Und? Hast du es gemacht?«

Ashling nickte.

»Brav. Wie lange ist es her, seit du mit einem Mann geschlafen hast? Seit Phelim nach Australien gegangen ist?«

»Seit er zur Hochzeit seines Bruders hier war.«

»Und du hast wirklich vor, mit Marcus Valentine ins Bett zu gehen?«

»Warum sollte ich sonst mein Schamhaar mit Conditioner behandeln?« Die Aufregung machte Ashling gereizt.

»Fantastico! Du magst ihn also?«

Ashling überlegte. »Ich kann mir vorstellen, dass ich ihn mit der Zeit sehr gern mag. Wir verstehen uns gut, und er ist attraktiv, aber nicht zu attraktiv. Frauen wie ich schaffen es nie, sich ein Model oder einen Schauspieler zu angeln oder einen Typ, von dem die anderen sagen: ›Der sieht aber gut aus‹. Du weißt, was ich meine?«

»Ich bin geplättet. Was noch?«

»Wir mögen die gleichen Filme.«

»Und welche sind das?«, fragte Joy.

»Englische.«

Phelim hatte eine irritierende Neigung, sich als Intellektuellen zu betrachten, und sprach oft davon, dass er sich ausländische Filme mit Untertiteln ansehen wollte. Er hatte es nie getan, aber Ashling fühlte sich bedrängt, weil er gern die Kritiken von solchen Filmen vorlas und anregte, sie *könnten* ja ins Kino gehen.

»Marcus ist ziemlich normal«, erklärte Ashling. »Er macht kein Bungee-Springen und er macht auch bei Protestmärschen gegen den Bau von Autobahnen und solchen verrückten Sachen nicht mit. Keine abgedrehten Hobbys – das gefällt mir an einem Mann.«

»Was noch?«

»Mir gefällt ...«, fing Ashling an. Dann sagte sie, plötzlich heftig, zu Joy: »Du sagst das keinem weiter, sonst bringe ich dich um.«

»Versprochen«, log Joy.

»Mir gefällt, dass er gewissermaßen berühmt ist. Dass etwas über ihn in der Zeitung steht und die Leute ihn kennen. Ich weiß, das ist oberflächlich von mir, aber ich bin nur ehrlich.«

»Wie sind seine Sommersprossen?«

»Sommersprossig.« Darauf schwiegen sie einen Moment.

»Ich habe auch ein paar; es ist nichts Anrüchiges dabei«, sagte Ashling defensiv.

»Ich meine ja nur …«

»Da ist Ted, kannst du ihn mal reinlassen?«

Ted kam ganz aufgeregt ins Schlafzimmer.

»Seht euch das an«, keuchte er und rollte ein Poster auf.

»Das bist ja du!«, rief Ashling.

Auf dem Poster war Teds Gesicht auf dem Rumpf einer Eule abgebildet, und darüber standen die Worte: »Eulen-Ted Mullins«.

»Mann, das ist fantastisch!«

»Ich lasse sie drucken – was meint ihr?« Er entrollte ein zweites Poster und hielt sie beide mit Daumen und Zeigefinger hoch. »Roter Hintergrund oder blauer?«

»Rot«, sagte Joy.

»Blau«, sagte Ashling.

»Ich weiß nicht«, überlegte Ted. »Clodagh findet –«

»Welche Clodagh?«, fuhr Ashling dazwischen. »Meine Freundin Clodagh?«

»Ja. Ich bin bei ihr vorbeigefahren …«

»Warum?«

»Um mein Jackett zu holen«, verteidigte Ted sich. »Was ist daran schlimm? Ich hatte es da vergessen, als wir auf die Kinder aufgepasst haben. Das ist ja wohl kein Verbrechen.«

Ashling konnte nicht erklären, warum sie so aufgebracht war, und murmelte: »Ach so. Entschuldigung.«

Ein angespanntes Schweigen folgte. »Gib mir mal meinen neuen Lippenstift«, sagte Ashling knapp.

Sie ließ ihn aus der kleinen Schachtel rutschen und drehte den glänzenden, neuen Stift aus seiner Hülse. Großartig. Doch während sie ihn bewunderte, dämmerte ihr plötzlich eine unangenehme Erkenntnis.

»Ich glaube es nicht«, stöhnte sie. Sie prüfte die Beschriftung am Boden der Hülse des Lippenstifts, kramte in ihrem Make-up-

Beutel, fand einen anderen Lippenstift und prüfte auch dort die Beschriftung.

»Ich fasse es nicht«, rief sie voller Verzweiflung.

»Was denn?«

»Ich habe den gleichen Lippenstift gekauft. Den ganzen Morgen habe ich nach einem neuen Lippenstift gesucht, und dann habe ich haargenau den gleichen gekauft, den ich schon hatte.«

Ashling wollte sich aufs Bett werfen und sich dem leidenschaftlichen Ich-bin-eine-Versagerin-Gefühl hingeben, als es an der Tür klingelte. Der Wecker auf ihrer Kommode zeigte halb neun, und das hieß, es war zwanzig nach acht.

»Wehe, wenn das Marcus Valentine ist«, sagte sie drohend.

Er war es.

»Welche Sorte Mann kommt zu früh?«, fragte Joy.

»Ein Gentleman«, sagte Ted, nicht recht überzeugt.

»Ein Perverser«, sagte Joy, nicht besonders leise.

»Raus, alle beide!«

»Denk dran, ein Kondom zu benutzen«, zischte Joy, dann war sie fort. Sekunden darauf kam Marcus die Treppe rauf, übers ganze Gesicht lächelnd.

»Hallo«, sagte Ashling. »Ich bin fast so weit. Möchtest du ein Bier oder so?«

»Eine Tasse Tee. Ich mach sie mir selbst – kümmer dich nicht um mich.«

Während sie sich eilig fertig machte, hörte sie ihn in der Küche Türen und Schubladen öffnen.

»Hübsche Wohnung«, rief Marcus zu ihr hinein.

Ashling wünschte sich, er würde nichts sagen. Geistreiche Antworten zu geben, während sie sich Lippenstift auftrug, war nicht ihre Stärke.

»Klein, aber perfekt geschnitten«, rief sie zurück.

»Wie die Besitzerin.«

Was weit von der Wahrheit entfernt war, aber nett, dass er es sagte.

Und das bestimmte den Ton ihrer Unterhaltung. Sie schüttelte ihren Missmut ab, ließ die Lippenstift-Schande hinter sich, bürstete sich die Haare und kam aus dem Schlafzimmer, um sich von ihm bewundern zu lassen.

Bevor sie gingen, bestand Marcus darauf, seine Teetasse auszuwaschen.

»Lass sie doch stehen«, sagte Ashling, als er den Wasserhahn aufdrehte.

»O nein.« Er stellte die Tasse auf die Abtropffläche und drehte sich mit einem Grinsen zu ihr um. »Meine Mammy hat mich gut erzogen.«

Wieder regte sich das Gefühl in ihr. Wieder kamen die Knospen zum Vorschein.

Das Restaurant, das er ausgewählt hatte, war klein und intim beleuchtet. An einem Ecktisch, wo ihre Knie sich hin und wieder berührten, tranken sie kalten Weißwein, der so trocken war, dass es ihnen den Gaumen zusammenzog, und bewunderten gegenseitig im Kerzenschein ihre zarthäutige Vollkommenheit.

»He, mir gefällt dein ...« Er zeigte auf Ashlings Schmetterlingshemd. »Ich weiß nie, wie man Frauenbekleidung richtig benennt. Ist es ein T-Shirt? Mein Gefühl sagt mir, ich könnte mich schwer in die Nesseln setzen, wenn ich es ein T-Shirt nenne. Aber wie nennt man es? Top? Bluse? Hemd? Spenzer? Wie es auch heißt, es gefällt mir.«

»Es heißt Schmetterlingshemd.«

»Und was ist eine Bluse?«

Ashling erklärte ihm die verschiedenen Möglichkeiten.

»Du darfst bei einer Frau unter sechzig nie von einer Bluse sprechen«, sagte sie ernsthaft. »Und du kannst einer Frau ein Kompliment über ihr Trägerhemd machen, wenn sie ein ärmelloses T-Shirt trägt. Aber nicht, wenn es tatsächlich ein Unterhemd ist. Wenn es ein echtes Unterhemd ist, würde ich dir empfehlen, sofort zu gehen.«

Marcus nickte. »Ich verstehe. Gott, ist das kompliziert.«

»Warte mal.« Ihr war gerade ein Gedanke gekommen. »Fragst du mich aus, weil du es für deine nächste Show brauchst?«

»Würde ich das tun?«, sagte er lächelnd.

Das Essen war unauffällig, das Gespräch plätscherte leicht dahin, aber Ashling hatte das Gefühl, als wäre es das Vorspiel. Der Vorfilm. Und den Hauptfilm gäbe es später.

Als die Rechnung kam, machte sie einen halbherzigen Versuch, etwas beizusteuern.

»Nein«, beharrte Marcus, »ich will nichts.«

Weil du denkst, du kriegst später noch genug?

Als sie auf der Straße standen, fragte er: »Und jetzt?«

Ashling zuckte die Schultern, dann fing sie an zu kichern. War das nicht offensichtlich?

»Zu mir?«, fragte er sanft.

Im Taxi küsste er Ashling. Und dann im Flur seiner Wohnung. Es fühlte sich schön an, aber als sie sich voneinander lösten, konnte sie nicht anders, als sich umzusehen. Sie war scharf auf ihn, aber sie wollte auch sehen, wie er lebte und was für ein Mensch er war.

Es war eine Zwei-Zimmer-Wohnung in einem neuen Block, und seltsamerweise fand Ashling sie gar nicht scheußlich.

»Es riecht ja gar nicht!«

»Ich habe dir doch gesagt, meine Mammy hat mich gut erzogen.«

Sie ging in sein Wohnzimmer. »So viele Videos«, sagte sie erstaunt. Es waren hunderte an den Wänden entlang aufgereiht.

»Wir können uns etwas ansehen, wenn du magst«, sagte er.

Das passte ihr gut. Einerseits fühlte sie sich zu ihm hingezogen, andererseits hatte sie Angst wie ein Kind und hieß die Verzögerung willkommen.

»Such dir eins aus«, ermunterte er sie.

Aber als sie an den Borden entlangging, fiel ihr etwas auf: Monty Python, Blackadder, Lenny Bruce, Laurel and Hardy, Father Ted, Mr. Bean, The Marx Brothers, Eddie Murphy – es waren alles Comedy-Videos.

Sie war verwirrt. Bei ihrer ersten Verabredung hatten sie sich angeregt über die Filme unterhalten, die sie gern sahen. Er hatte behauptet, die verschiedensten Filme zu mögen, aber wenn man seine Videos sah, mochte man das kaum glauben. Schließlich entschied sie sich für *Das Leben des Brian*.

»Ausgezeichnet gewählt, meine Dame, wenn ich das sagen darf!« Er brachte ihr eine Flasche Weißwein, holte sich selbst ein Bier, und sie kuschelten sich vor dem Fernseher aneinander.

Als der Film zehn Minuten gelaufen war, berührte Marcus ihre nackte Schulter mit seinem Zeigefinger und fing sie langsam an zu streicheln. »Ashling«, gurrte er mit einer Sinnlichkeit, die ihren Magen zum Flattern brachte. Fast ein bisschen verängstigt warf sie ihm einen raschen Blick zu. Er starrte auf den Bildschirm. »Jetzt pass gut auf«, mahnte er sie. »Einer der größten Momente des Comedy-Films überhaupt.«

Leicht enttäuscht, aber wie immer gehorsam passte sie gut auf, und als Marcus sich vor Lachen ausschüttete, konnte sie nicht umhin, selbst auch zu lachen. Dann drehte er sich zu ihr um und fragte sie wie ein süßer kleiner Junge: »Macht es dir was aus, Ashling?«

»Was?« *Mit dir zu schlafen?*

»Wenn wir uns das noch mal ansehen?«

»Oh! Nein, überhaupt nicht.«

Als ihr Herzschlag sich wieder normalisiert hatte, war sie gerührt, dass er das, was ihm wichtig war, mit ihr teilen wollte.

»Waren sie in der Redaktion zufrieden, dass ich zugesagt habe, die Kolumne zu machen?«, fragte er einige Zeit darauf.

»Oh, hoch erfreut.«

»Diese Lisa, die ist ja ein ganz schön harter Brocken, was?«

»Sie hat große Überredungskünste.« Ashling war sich nicht sicher, dass es weise war, mit ihm über Lisa herzuziehen.

»Man sollte es dir anrechnen.«

»Aber ich habe doch gar nichts gemacht.«

Marcus sah sie bedeutungsvoll an. »Du könntest sagen, du hättest mich dazu überredet, als wir zusammen im Bett waren.«

Die klare Absicht in seinem Blick bewirkte, dass ihr der Atem stockte. Dann schluckte sie, als hätte sie eine Auster im Mund. »Aber das wäre nicht wahr.«

Es kam eine lange Pause, in der er ihr tief in die Augen sah. »Wir könnten es wahr machen.«

Ihr Hochgefühl war verflogen. Völlig verschwunden. Es schien ihr zu früh, um mit ihm ins Bett zu gehen, aber sich zu weigern, wäre altmodisch gewesen. Sie konnte die lächerliche Schüchternheit nicht verstehen, die sie befiel – sie war einunddreißig Jahre alt und hatte mit vielen Männern geschlafen.

»Komm mit.« Er stand auf und zog sie sanft an der Hand. Irgendwie verstand sie, dass er ein Nein nicht akzeptieren würde.

»Aber der Film ...«

»Den habe ich schon gesehen.«

Kein Zweifel.

Ihre Schüchternheit rang mit Neugier, Anziehung kämpfte gegen die Angst vor der Nähe. Sie wollte mit ihm schlafen und auch wieder nicht, aber sein Drängen erlaubte keinen Widerstand. Sie kam auf die Füße.

Ein Kuss half, sie zu überreden, und schon war sie in seinem Schlafzimmer. Es war kein geschmeidiger Tanz, bei dem es ohne Unbeholfenheit abging und die Kleider mit elegantem Schwung von ihnen abfielen. Er kam mit dem Verschluss an ihrem Büstenhalter nicht zurecht, und als sie die Größe seiner Erektion zwischen den schmalen Hüften sah, musste die den Blick abwenden. Sie zitterte wie eine furchtsame Jungfrau.

»Was ist los?«

»Ich bin schüchtern.«

»Es hat nichts mit mir zu tun?«

»O nein.« Weil er so verletzbar schien, gab sie sich größere Mühe. Sie zog ihn an sich, was die doppelte Wirkung hatte, dass es ihm gefiel und sie nicht mehr sein steifes Glied sehen musste, das aus dem Nest von Haaren herausragte.

Die Betttücher waren sauber, die Kerzen eine schöne Überraschung, er war vorsichtig und aufmerksam und erwähnte ihre fehlende Taille mit keinen Wort, aber sie musste zugeben, dass sie nicht im siebten Himmel war. Er seinerseits war dankbar, und das gefiel ihr. Es war bei weitem nicht das schlechteste sexuelle Erlebnis ihres Lebens. Und die besten sexuellen Erlebnisse waren immer ein wenig unwirklich gewesen und hatten gewöhnlich stattgefunden, wenn sie und Phelim sich versöhnten und die Freude, wieder vereint zu sein, einer schon bestehenden Übereinstimmung eine gewisse Würze verliehen hatte.

Aber jetzt war sie erwachsen, und die Erwartung, dass die Erde sich auftun würde, war unrealistisch. Und außerdem, als sie das erste Mal mit Phelim geschlafen hatte, hatte das die Welt auch nicht aus den Angeln gehoben.

38

Als Clodagh am Sonntagmorgen erwachte, war sie an den äußersten Rand des Bettes verdrängt worden. Craig hatte ihr den Platz weggenommen, aber es hätte ebenso gut Molly sein können, oder beide. Sie konnte sich nicht erinnern, wann sie und Dylan das letzte Mal ungestört geschlafen hatten. Sie war es gewöhnt, über der Bettkante zu hängen, und war überzeugt, dass sie auf einer Felskante über einem Abgrund prächtig schlafen würde.

Irgendwie hatte sie das Gefühl, dass es sehr früh war. Fünf Uhr, so ungefähr. Die Sonne war schon aufgegangen, und in dem Spalt zwischen den Musselinvorhängen war das Licht gleißend hell, aber sie wusste, dass es zu früh war, um wach zu sein. Die Möwen vor dem Fenster, die sie nicht sehen konnte, schrien in klagendem Ton. Es klang wie die Schreie eines Babys aus einem Horrorfilm. Neben Craig lag Dylan im tiefen Schlaf, seine Arme und Beine waren wild über das Bett geworfen, sein Atem war ein regelmäßiges Pfeifen, und bei jedem Ausatmen flatterte eine Haarsträhne auf seiner Stirn.

Sie spürte eine große Niedergeschlagenheit. Eine schwierige Woche lag hinter ihr. Nach dem unglücklich verlaufenen Besuch bei der Arbeitsvermittlung hatte Ashling sie bedrängt, einen zweiten Versuch zu wagen. Also hatte sie sich das teure Kostüm wieder angezogen und war erneut losgezogen. In der zweiten Vermittlungsstelle wurde sie mit ähnlicher Herablassung behandelt wie in der ersten. Doch zu ihrer Überraschung schlug man ihr in der dritten Agentur vor, sie könne zwei Tage zur Probe in einer Heizkörperfirma arbeiten, wo sie das Telefon bedienen und Tee machen sollte. »Die Bezahlung ist… na, nicht besonders«, hatte der Vermittler gesagt, »aber für jemanden wie Sie, nach einer so langen Unterbrechung, ist es ein guter Anfang. Man wird Sie mögen, also probieren Sie es mal! Viel Glück!«

»Oh, schönen Dank.« Aber kaum hatte Clodagh einen Job, wollte sie ihn nicht mehr. Tee machen und das Telefon bedienen – wo war da der Spaß? Das machte sie zu Hause auch die ganze Zeit.

Und eine Firma für Heizkörper? Das klang so trostlos. Einen Job angeboten zu bekommen und zu merken, dass sie ihn nicht wollte, war seltsamerweise schlimmer, als gesagt zu bekommen, dass sie nicht vermittelbar sei. Obwohl sie nicht zu Selbstreflexion neigte, erkannte sie vage, dass es nicht ein Job war, den sie wollte – keinesfalls brauchte sie das Geld –, sondern Glanz und Aufregung. Und es lag auf der Hand, dass sie nichts davon in einer Heizkörperfirma finden würde.

Deshalb rief sie den Mitarbeiter in der Agentur an und erzählte ihm, sie könne nicht anfangen, weil Craig die Masern habe. Kinder hatten ihren Nutzen, stellte sie fest. Wenn man eine Entschuldigung brauchte, konnte man sagen, sie hätten Fieber und möglicherweise eine Hirnhautentzündung. So hatte sie sich letztes Jahr aus der Weihnachtsfeier in Dylans Firma herausgemogelt. Und im Jahr davor auch. Und sie hatte fest vor, es diesmal genauso zu machen.

Sie bewegte sich. Etwas Hartes bohrte sich ihr in den Rücken. Sie fühlte nach und ertastete Buzz Lightyear. Vor dem Fenster hörte sie wieder die Schreie der Möwen, und der schrille, trostlose Klang fand in ihr ein Echo. Sie fühlte sich gefangen, in eine Ecke verbannt, eingesperrt. Als wäre sie in eine kleine, luftlose Schachtel gesperrt, die sich immer enger um sie schloss – und sie verstand es nicht. Sie war immer zufrieden mit ihrem Schicksal gewesen. Ihr Leben war ganz nach Plan verlaufen, jeder Schritt war nach vorn gerichtet und positiv gewesen. Und dann plötzlich, ohne Warnung, hatte es aufgehört. Sie trat auf der Stelle, sie hatte nichts vor sich. Ein schrecklicher Gedanke nagte an ihr: Würde das jetzt immer so weitergehen?

Sie wurde gewahr, dass Dylans pfeifender Atem immer lauter wurde. Plötzlich konnte sie es nicht mehr ertragen und explodierte: »Hör auf zu atmen!« Mit einem groben Stupser schob sie seinen Kopf herum.

»'tschuldigung«, murmelte er, ohne aufzuwachen. Sie beneidete ihn um seinen sorglosen Schlaf. Auf ihrer Seite des Bettes ausgestreckt hörte sie mit halbem Ohr den Möwen zu, bis Molly neben ihr ins Bett kletterte und ihr ins Gesicht patschte. Zeit aufzustehen.

Eine Blinddarmoperation, dachte sie sehnsüchtig, *oder ein harmloser Schlaganfall.* Nichts Schlimmes. Aber etwas, das einen langen Krankenhausaufenthalt erforderlich machte, mit sehr begrenzten Besuchszeiten.

Nachdem sie geduscht hatte und beim Abtrocknen war, sprach sie knapp und scharf mit Dylan, der gähnend auf der Bettkante saß. »Gib Craig bloß keine Frosties! Er hat die ganze Woche darum gebettelt, und dann hat er sie nicht angerührt. Übrigens, in unserer Straße wird eine neue Spielstube eröffnet, und wir sind alle eingeladen, sie uns heute anzusehen. Ich weiß nicht, ob es gut ist, wenn wir Molly aus ihrer vertrauten Umgebung nehmen, aber sie ist so unbeliebt in ihrer jetzigen Kindergruppe, dass es vielleicht eine gute Idee wäre –«

»Früher haben wir auch über andere Dinge gesprochen.« Dylan klang komisch.

»Zum Beispiel?«, fragte sie defensiv.

»Weiß nicht. Nichts, unterschiedlich. Musik, Filme, Leute ...«

»Was erwartest du denn?«, sagte sie verärgert. »Ich sehe ja niemanden außer den Kindern. Ich kann nichts dafür. Aber wo wir schon über andere Interessen sprechen – ich dachte, wir könnten mal renovieren.«

»Was willst du denn renovieren?«, fragte er angespannt.

»Unser Schlafzimmer.« Sie drückte Körperlotion aus der Tube und verrieb sie rasch auf der Haut.

»Es ist erst ein Jahr her, dass wir das Schlafzimmer gestrichen haben.«

»Mindestens anderthalb.«

»Aber ...«

Sie zog sich die Unterwäsche an.

»Hier ist noch Creme.« Dylan beugte sich vor und verrieb die Creme auf ihrem Oberschenkel.

»Lass das!«, fuhr sie ihn an und schob seinen Arm weg. Seine Hand auf ihrer Haut machte sie wütend.

»Kannst du dich mal abregen?«, rief Dylan erregt. »Was hast du nur?«

Im Nachhinein machte ihre Heftigkeit ihr Angst. Sie hätte das nicht tun sollen. Und Dylans Ausdruck machte ihr noch mehr Angst – Ärger vermischt mit Verletzung.

»Es tut mir Leid, ich bin einfach müde«, sagte sie. »Es tut mir Leid. Kannst du versuchen, Molly anzuziehen?«

Molly anzuziehen, wenn sie nicht angezogen werden wollte, war so, als wollte man einen widerspenstigen Tintenfisch in ein Netz stecken.

»Nein!«, schrie sie und wand und drehte sich.

»Clodagh, hilf mir mal«, rief Dylan, als er versuchte, einen wild rudernden Arm in einen Ärmel zu stecken.

»Mummy, neiiiin!«

Während Clodagh Molly hielt, sprach Dylan mit begütigender, melodischer Stimme auf sie ein und erzählte ihr lauter Unsinn – wie hübsch sie aussehen würde, wenn sie ihre Hosen und das T-Shirt anhatte, und wie schön die Farben seien.

Als auch der zweite Schuh an Mollys sich sträubendem Fuß saß, lächelte Dylan Clodagh triumphierend zu.

»Mission erfüllt«, sagte sie grinsend. »Danke.«

Als Dylan gesagt hatte, sie sprächen über nichts anderes als die Kinder, war sie in Panik geraten. Aber wenn sie ehrlich war, musste sie zugeben, dass das zum Teil stimmte. Sie bewältigten die Aufgaben der Kinderbetreuung, Seite an Seite – fast wie Kollegen. Und warum sollte es nicht so sein, dachte sie, nach Rechtfertigung suchend. Sie hatten zwei Kinder – was sollten sie sonst tun?

Es kamen viele Besucher in den neuen Kindergarten. Als Clodagh durch die bunt angemalten Schwingtüren schritt – und leicht erschauderte –, war die erste Person, der sie begegnete, Deirdre Bullock, die den Schwarzen Gürtel der Müttergilde trug. Ihre Tochter, Solas Bullock, war das begabteste Kind der Welt.

»Du wirst es nicht glauben«, rief Deirdre aus. »Solas spricht jetzt schon in vollständigen Sätzen.«

Sie machte eine hässliche kleine Pause, bevor sie fragte: »Ist Molly auch schon so weit?« Solas war drei Monate jünger als Molly.

»Nein«, sagte Clodagh, und dann fügte sie von oben herab hinzu: »Molly verständigt sich mit uns lieber schriftlich.«

Wahrscheinlich würde man sie aus der Kaffeerunde der Mütter verstoßen, aber es hatte sich gelohnt, den entsetzten Blick auf Deirdres Gesicht zu sehen.

Am Montag hatte Clodagh eine gute Idee, wie sie ihre Stimmung aufhellen könnte. Sie würde sich mit Ashling für den Abend verabreden. Zusammen würden sie sich volllaufen lassen, wie in den guten alten Zeiten, vielleicht würden sie sogar in einen Club gehen, und sie hätte endlich Gelegenheit, ihre schönen neuen Kleider anzuziehen. Vielleicht die Palazzo-Hosen und die Tunika – aber was für Schuhe trug man dazu, fragte sie sich. Sie vermutete, dass klobige Schuhe mit Plateausohlen das Richtige wären, aber damit käme sie sich wahrscheinlich wie der letzte Idiot vor.

Ganz aufgeregt rief sie Ashling in der Redaktion an.

»Ashling Kennedy am Apparat.«

»Hier ist Clodagh. Oh.« Gerade war ihr etwas eingefallen. »Dein Freund Ted kam am Freitag hier vorbei, um sein Jackett abzuholen.«

»Das hat er mir erzählt.«

»Er ist eigentlich ganz nett, nicht? Ich dachte immer, er sei ein kleiner Kindskopf, aber wenn man ihn besser kennt, ist er gar nicht so übel, oder?«

»Hhmm.«

»Er hat mir erzählt, dass er Alleinunterhalter ist. Er hat mir sein Plakat gezeigt.«

»Oh.«

»Ich würde ihn sehr gern mal auf der Bühne sehen. Er hat gesagt, er gibt mir Bescheid, wenn er das nächste Mal auftritt. Aber vielleicht kannst du mich auf dem Laufenden halten.«

»Ja, gut.«

»Wie wär's, wenn wir heute Abend zusammen ausgingen? Wir könnten uns hemmungslos betrinken und vielleicht sogar tanzen gehen. Dylan kann bei den Kindern bleiben.«

»Ich kann leider nicht«, sagte Ashling entschuldigend. »Ich treffe mich mit Marcus. Meinem neuen Freund«, erklärte sie.

»Deinem Freund?«

»Ja, genau.« Der Stolz in Ashlings Stimme verblüffte Clodagh. »Wir haben uns erst zweimal gesehen, aber gestern haben wir den ganzen Tag zusammen im Bett verbracht, und er möchte sich heute Abend mit mir treffen.«

Clodagh fühlte sich in ihre Vergangenheit zurückversetzt und war von einer Welle der Nostalgie überspült. Mit erstaunlicher Klarheit erinnerte sie sich an die erste Erregung der Liebe. Und plötzlich, so schnell, wie das Gefühl gekommen war, verschwand es wieder und hinterließ ein unerklärliches Sehnen.

»Kannst du ihm nicht absagen?«, versuchte sie es.

»Nein«, sagte Ashling verlegen. »Ich habe gesagt, ich helfe ihm mit seiner Show. Er ist nämlich Alleinunterhalter, und –«

»Wie, er auch?«

»Und er möchte mit mir seinen neuen Stoff ausprobieren.«

»Und wie sieht es morgen aus?«

»Da habe ich meinen Salsa-Kurs.«

»Und Mittwoch?«

»Da gehe ich zu der Eröffnung von einem neuen Restaurant.«

»Hast du es gut!« Sie empfand den deutlichen Kontrast zwischen der Eröffnung eines neuen Spielstube, zu der sie selbst eingeladen war, und einer Restaurant-Eröffnung, zu der Ashling ging.

»Wie geht's Dylan?«

Clodagh schnalzte ungehalten mit der Zunge. »Er arbeitet Tag und Nacht. Am Donnerstagabend ist er nicht da. Mal wieder! Er muss schon wieder zu einer blöden Konferenz. Vielleicht kannst du dann vorbeikommen? Wir könnten uns eine Flasche Wein holen und zusammen was essen?«

»Klar. Ein Frauenabend zu Hause.«

»Das ist das Einzige, was in meinem Leben passiert. Aber du sagst mir Bescheid wegen Ted, ja?«

39

Eine Woche verging. Eine zweite und eine dritte. Sie arbeiteten die ganze Zeit mit Höchsteinsatz. Noch während sie ihre ganze Energie in die September-Ausgabe steckten, hatte Lisa schon das Konzept für Oktober, November und sogar Dezember entworfen.

»Aber es ist erst Juni«, beklagte sich Trix.

»Es ist der dritte Juli, um genau zu sein, und in der wirklichen Welt haben Zeitschriften einen Vorlauf von sechs Monaten«, sagte Lisa kalt.

Hindernisse türmten sich vor ihnen auf. Obwohl Lisa buchstäblich hunderte von Telefonaten mit dutzenden von Agenten geführt hatte, war es ihr nicht gelungen, eine Berühmtheit für ihren Berühmtheiten-Brief zu verpflichten. Es war so frustrierend, und ihr war bitter bewusst, dass ihr das bei *Femme* niemals passiert wäre. Dann bekam ein Hotel in Galway Wind davon, dass es in der Sparte über die »Sex-Eignung der Hotel-Schlafzimmer« vorkommen sollte, und drohte mit dem Anwalt.

Die Stimmung verbesserte sich kurzfristig, als es Carina, einer freien Mitarbeiterin, gelang, ein ausführliches Interview mit Conal Devlin zu führen, einem höchst attraktiven irischen Schauspieler, dessen auffälligstes Merkmal seine Wangenknochen und Bartstoppeln waren. Doch die Stimmung sank wieder in den Keller, als im Juli ein Interview mit ihm im *Irish Tattler* erschien, in dem er ausführlich über die Missbrauchserfahrungen in seiner Kindheit sprach – worüber er angeblich exklusiv mit Carina gesprochen hatte.

»Wir sind ausgestochen worden!« Lisa tobte vor Wut. »Dieser

Scheißtyp! Niemand behandelt meine Zeitschrift wie ein minderwertiges Blatt!« Nicht nur musste das Interview gekippt werden, es bedeutete auch, dass die Filmseite, auf der sein neuer Film wärmstens empfohlen wurde, umgeschrieben werden musste. »Wir machen ihn nieder«, befahl Lisa. »Wir schreiben einen Verriss, der sich gewaschen hat. Du, Ashling, mach du das!«

»Aber ich habe den Film gar nicht gesehen.«

»Na und?«

Erfolge waren hart umkämpft. Ein Faktum – wahrscheinlich das einzige –, über das Einigkeit herrschte, war die Tatsache, dass es ein Albtraum war, für Lisa zu arbeiten. Sie hatte sehr klare Vorstellungen von dem, was sie wollte. Und drei Stunden später, wenn der Artikel halb fertig war, hatte sie eine ebenso klare Vorstellung, dass sie ihn so nicht wollte. Bis zum nächsten Tag, dann bestand sie darauf, dass sie ihn doch wollte. Artikel wurden unter Mühen verfasst, weggeworfen, wiederbelebt, unter Tränen umgeschrieben, erneut rausgeschmissen, gekürzt und wieder ins Programm genommen.

Ashlings schöner Artikel mit dem Eingangssatz »Ganz gleich, was Sie sich von Ihrem Haar wünschen«, war so oft fallengelassen, gekürzt, umgeschrieben und gutgeheißen worden, dass Ashling in Tränen ausbrach, als Lisa ihn ein weiteres Mal umgeschrieben haben wollte. »Kannst du das machen?«, fragte Ashling Mercedes unter Schluchzen. »Wenn ich noch einmal was daran machen muss, verbrenne ich mich bei lebendigem Leib.«

»Kein Problem. Wenn du dafür die verrückte Frieda Kiely anrufst wegen des Fototermins am Samstag.«

Lisa hatte ihre Drohung wahr gemacht und auf neuen Modeaufnahmen von Frieda Kielys Kollektion bestanden.

»Ashling, Trix, Mercedes, sagt alle Verabredungen für Freitagabend ab, wir arbeiten am Samstag«, verkündete Lisa. »Ihr werdet gebraucht, zum Tragen, Kaffeeholen und so weiter.«

Es kam zu schockierten Beschwerderufen, doch das nützte niemandem etwas.

»Sie ist eine echte Sklaventreiberin«, beklagte Ashling sich an dem Abend, als sie mit Marcus im Mao beim Essen saß. »Die gemeinste Menschenschinderin aller Zeiten.«

»Kotz dich ruhig aus«, ermunterte Marcus sie und goss ihr ein Glas Wein ein. »Red dir den ganzen Ärger von der Seele!«

»Ach, nein«, sagte Ashling und fuhr sich mit der gestressten Hand durch die wirren Haare. »Sie setzt uns unglaublich unter Druck, und es ist ihr ganz egal, ob wir ein Leben außerhalb ihrer blöden, kostbaren Zeitschrift haben. Und wann sollen wir schlafen? Oder essen? Oder unsere Wäsche machen?«

Als Ashling endlich ihrem ganzen Unmut Luft gemacht hatte, war die Flasche Wein fast ausgetrunken und sie fühlte sich schon viel besser.

»Wenn man mich hört! Ich klinge wie eine Verrückte!«, rief sie mit rosigen Wangen. »Oh, nein. Ich hab genug getrunken.« Sie versuchte Marcus daran zu hindern, den Rest des Weins in ihr Glas zu gießen.

»Mach schon«, beharrte er. »Trink aus – du musst schließlich bei Kräften bleiben.«

»Danke. Gott, ich fühle mich tatsächlich viel besser«, stöhnte sie und ließ sich gegen die Zierleiste sinken. »Der psychotische Anfall ist vorüber, jetzt bin ich wieder normal.«

Als sie ihren Kaffee tranken, stellten sie über die anderen Gäste Spekulationen an. Wenn sie in Gesellschaft waren, spielten sie immer dieses Spiel, das darin bestand, den Menschen Geschichten und ganze Leben anzudichten.

»Was ist mit ihm?«, fragte Marcus und zeigte auf einen wettergegerbten älteren Mann, der Socken und Sandalen trug und gerade hereingekommen war.

Ashling betrachtete ihn aufmerksam. Dann sagte sie: »Ein Priester, der Ferien von der Mission hat.«

Marcus fand das ganz köstlich. »Hhmmm, du bist ganz schön witzig, was?« In seiner Stimme schwang Bewunderung. Dann deutete er mit dem Kopf auf zwei junge Männer, die beide heiße

Schokolade tranken und Käsekuchen aßen. »Was ist mit denen dort drüben?«

Ashling rang mit sich. Vielleicht sollte sie sich zurückhalten, aber der Wein machte sie mutig, so dass sie sagte: »Vielleicht ist es politisch nicht korrekt, aber ich glaube, sie sind schwul.«

»Warum?«

»Weil … na, dafür gibt es viele Gründe. Heterosexuelle Männer gehen nicht zusammen essen, sie gehen in den Pub. Und sie setzen sich nicht gegenüber, sondern nebeneinander, so dass sie sich nicht anzusehen brauchen. Und Kuchen essen – Macho-Männer hätten Angst, dass es zu weibisch aussieht. Schwule Männer haben diese Probleme nicht.«

Doch Marcus sah mit schmalen Augen zu den beiden rüber. »Aber guck mal, Ashling, sie tragen Lederkleidung, und auf dem Fußboden haben sie Helme liegen. Wenn ich nun sage: ›Holländische oder deutsche Motorradfahrer, die eine Tour durch Irland machen‹?«

»Natürlich!« Mit einem Mal war es Ashling völlig klar. »Es sind *Ausländer.* Ausländische Männer können zusammen Kuchen essen, ohne dass jemand denken würde, sie seien schwul.«

»Eigentlich traurig für irische Männer«, sagte Marcus.

»Allerdings.« Sie lachten, und die Wärme in ihrer Magengegend fand ein Echo in dem warmen Ausdruck seiner Augen. *In diesem Moment ist das Leben gar nicht so schlecht*, musste Ashling zugeben.

Am nächsten Morgen um halb acht traf Ashling mit zwei großen Koffern voller Kleider, die sie am Abend zuvor von Frieda Kielys Pressebüro abgeholt hatte, im Studio ein. Sie hatte noch nie bei einem Mode-Fototermin mitgemacht, so dass sie sich zwar einerseits ärgerte, weil sie am Samstag arbeiten musste, aber trotzdem aufgeregt und neugierig war.

Niall, der Fotograf, und sein Assistent waren schon da. Ebenso das für das Make-up zuständige Mädchen. Sogar Dani, das Model, war schon da. Was Lisa mit einem spöttischen Ausdruck registrierte – echte Models kamen mindestens einen halben Tag zu spät.

»Wer ist hier verantwortlich?«, fragte Niall.

»Ich«, sagte Lisa.

Mercedes sah aus, als wollte sie sie umbringen. *Sie* war die Mode-Redakteurin, *sie* war eigentlich verantwortlich.

Lisa, Niall und die Make-up-Dame stellten sich im Kreis um Dani, und Lisa erklärte, wie sie es sich vorstellte. Obwohl Niall erklärte, dass ihre Ideen »genial« seien, waren Ashling und Trix ziemlich erstaunt, als Dani fertig war. Sie trug eins von Friedas verrückten fließenden Gewändern, hatte Schlammspuren im Gesicht und Strohhalme in ihrem langen schwarzen Haar. Sie wurde auf einem Sofa aus Chrom und weißem Leder drapiert, eine halb gegessene Pizza neben sich und eine Fernbedienung in der Hand. Es sollte so aussehen, als würde sie fernsehen.

Es wurde viel von »Ironie« und »Kontrasten« gesprochen.

»Es sieht total blöd aus«, flüsterte Trix Ashling zu.

»Ja, ich komm da auch nicht mit.«

Die Vorbereitungen dauerten ewig: die Ausrüstung, die Beleuchtung, der Winkel, in dem Dani sich aufs Sofa lümmelte, der Fall der Falten ihres Gewandes.

»Dani, Schätzchen, du hältst die Fernbedienung vor den Spitzenbesatz des Oberteils. Etwas tiefer. Noch tiefer. Nein, jetzt wieder etwas höher …«

Endlich, *endlich* waren sie so weit.

»Guck, als würdest du dich langweilen«, verlangte Niall von Dani.

»Keine Angst, ich langweile mich sowieso.«

Auch Ashling und Trix langweilten sich. Sie hatten sich einfach nicht vorgestellt, dass es so langweilig sein würde.

Nachdem Niall den »Level«, wie er es nannte, mehrere Male überprüft hatte, erklärte er endlich, dass die Szene zufriedenstellend sei. Doch als er gerade anfangen wollte zu fotografieren, sprang Mercedes vor und zupfte an Danis Gewand. »Es war zu sehr gerafft«, log sie.

Mercedes ärgerte sich dermaßen über Lisa, die die Verantwortung für den Fototermin an sich gerissen hatte, dass sie sich immer wieder mit kleinen Handgriffen beweisen musste, wie unentbehrlich sie eigentlich war.

Es dauerte eine weitere Viertelstunde, bis Niall wieder so weit war, und genau in dem Moment, als sie dachten, er würde nun endlich den Auslöser an seiner Kamera betätigen und ein Foto machen, hielt er inne, kam hinter seinem Stativ hervor und entfernte eine unsichtbare Haarsträhne aus Danis Gesicht. Ashling unterdrückte einen Aufschrei. Würde er jemals das verdammte Foto machen?

»Langsam verliere ich die Lust am Leben«, sagte Trix mit zusammengebissenen Zähnen.

Schließlich machte Niall ein Foto. Dann wechselte er das Objektiv und machte noch ein paar Fotos. Dann legte er einen Schwarzweißfilm ein. Dann nahm er einen anderen Fotoapparat. Anschließend packte das Team alles zusammen und ging zu einem Supermarkt, um da weiter zu fotografieren. Dort lachten sich die Leute schief und krumm, als sie das bohnenstangendünne Model mit dem schlammverkrusteten Gesicht sahen, das sich über ein tiefgekühltes Hühnchen beugte. Ashling war peinlich berührt – und besorgt. »Die Bilder sind eine einzige Blamage, die können wir nie benutzen.«

Als Lisa und Niall beschlossen, dass sie genügend Fotos im Supermarkt gemacht hatten, war es vier Uhr.

»Wir haben ein paar tolle Bilder im Kasten«, sagte Niall. »Großartige Kontraste. Großartige Ironie.«

»Können wir jetzt bitte nach Hause gehen?«, sagte Trix leise mit verzweifelter Stimme. Ashling hatte den gleichen Wunsch. Ihre Arme taten ihr weh, weil sie Frieda Kielys scheußliche Kleider halten musste, sie war es leid, Danis Mobiltelefon zu bedienen, auf dem unablässig telefoniert wurde, und sie war es leid, wie ein Kuli behandelt zu werden. Hol Batterien für Nialls Blitz, geh und hol eine Runde Kaffee, such den Koffer mit dem Stroh.

»Die Straßenszene«, sagte Lisa zu Niall.

»Sieht nicht so aus, als könnten wir gehen«, zischte Ashling wütend.

Unglücklich trabten alle in die South Williams Street, wo Niall vor einem indischen Restaurant zum – so kam es ihnen vor – millionsten Mal seinen Fotoapparat aufbaute.

»Wir könnten Dani fotografieren, wie sie einen Mülleimer durchwühlt – wie eine Obdachlose«, schlug Lisa vor. Niall gefiel die Idee.

»Nein!«, sagte Dani und war den Tränen nahe. »Auf gar keinen Fall.«

»Aber das ist urban«, beharrte Lisa. »Wir brauchen starke urbane Bilder, als Gegengewicht zu diesen Kleidern.«

»Das ist mir egal, ich mach das auf gar keinen Fall. Meinetwegen könnt ihr mich feuern.«

Lisa sah sie streng an. Die Spannung verdichtete sich. Wenn Boo nicht in dem Moment mit Hairy Dave vorbeigekommen wäre – Ashling mochte gar nicht an den Fortgang der Szene denken.

»Hallo, Ashling«, rief Boo fröhlich.

»Oh, hallo.« Ihr war unbehaglich zumute. Boo mit seiner schmutzigen Decke um die Schultern und Hairy Dave neben ihm waren ganz offensichtlich obdachlos.

»Ich hab *The Blacksmith's Woman* ausgelesen«, erzählte Boo Ashling. »Ich konnte es gar nicht aus der Hand legen, aber das Ende war billig; ich hab das nicht geglaubt, dass der Typ ihr Halbbruder war.«

»Toll!«, sagte Ashling kurz angebunden und hoffte, die beiden würden sich trollen. Da bemerkte sie, dass Lisa Boo mit großem Interesse musterte.

»Lisa Edwards.« Mit einem breiten Lächeln streckte sie ihre Hand aus und – das musste man ihr lassen – erschauderte kaum, als erst Boo und dann Hairy Dave sie ihr drückten.

Lisa ließ ihren Blick über die im Halbkreis stehenden Wartenden gleiten. »Okay«, sagte sie mit einem verschlagenen Grinsen. »Lassen wir das mit dem Mülleimer – ich habe eine bessere Idee.«

Sie wandte sich an Boo und Hairy Dave. »Was meint ihr zwei, habt ihr Lust, mit dieser schönen Frau fotografiert zu werden?« Sie schob die schmollende Dani nach vorn.

Ashling war stocksteif vor Entsetzen. Das war nicht richtig, es war wie … es war eine Form der Ausbeutung. Sie wollte Einwände erheben, aber Boo war über die Maßen erfreut. »Ihr macht Modefotos? Und wir sollen mit drauf? Scharf!«

»Aber …«, wollte Dani protestieren.

»Entweder das oder der Mülleimer«, sagte Lisa knallhart.

Dani verharrte einen wütenden Moment, dann platzierte sie sich zwischen Boo und Hairy Dave.

»Genial!«, erklärte Niall. »Fantastisch! Lächeln ist gar nicht nötig, eh, Dave, einfach ganz natürlich. Und, Boo, könntest du deine, eh, Decke Dani geben? Hervorragend! Dani, Schätzchen, leg sie dir doch um die Schultern. Tu so, als wäre es ein Pashmina-Schal, dann geht es leichter. Wir brauchen ein paar Styropor-Becher! Trix, lauf zu McDonald's rüber und hol ein paar Styropor-Becher …«

Ashling drehte sich zu Mercedes um und fragte staunend: »Das ist doch alles nicht zu gebrauchen, oder?«

»Nein«, gestand Mercedes, und ihre dunklen Augen sahen sie unglücklich an. »Die Fotos sind genial. Wahrscheinlich kriegen sie einen verdammten Preis!«

Es war acht Uhr, als sie fertig waren. Ashling rannte nach Hause, um sich umzuziehen, und als sie die Tür aufsperrte, klingelte das Telefon – es war Clodagh, die den Tag damit zugebracht hatte, sich die Haare zu einer neuen Frisur schneiden und färben zu lassen, die so extrem war, dass Dylan sich weigerte, mit ihr zu sprechen. Dann hatte sie sich eine weiße, hautenge Hose mit abgeschnittenen Beinen gekauft, und zwar in Größe sechsunddreißig, in die sie seit ihrer ersten Schwangerschaft nicht mehr hineingepasst hatte. Die Schuh-Situation war endlich gelöst (Pantoletten mit Keilabsätzen), und sie konnte es nicht erwarten auszugehen. Doch bevor sie Ashling auch nur ein Wort davon erzählen konnte, flüsterte Ashling: »Ich bin völlig fertig! Wir haben den ganzen Tag Modefotos gemacht.«

Clodagh war wie vor den Kopf geschlagen, ihre Ausgelassenheit erstarb ihr auf den Lippen, und dann kam finsterer Groll in ihr hoch. Ashling hatte es gut. Sie hatte ein aufregendes, glanzvolles Leben. Und sie rieb es Clodagh absichtlich unter die Nase, damit die merkte, wie langweilig ihr eigenes Leben war.

»Ich habe jetzt keine Zeit«, entschuldigte sich Ashling. »Ich muss mich umziehen. Ich hätte vor fünf Minuten bei Marcus sein sollen.«

Clodagh war am Boden zerstört. Sie würde mit ihrer neuen Frisur und ihren neuen Kleidern und ihren neuen Schuhen zu Hause vor dem Fernseher bleiben müssen. Sie fühlte sich so idiotisch, dass sie mehrere Sekunden brauchte, bevor sie sagte: »Wie läuft es denn mit ihm?«

Ashling hatte Clodaghs tiefe Enttäuschung nicht bemerkt. Ihre Gedanken waren bei Marcus, und sie überlegte, ob sie das Schicksal herausfordern sollte. »Sehr gut«, sagte sie, »Wirklich wunderbar.«

»Es klingt, als wäre es was Ernstes«, hakte Clodagh nach.

Wieder zögerte Ashling. »Vielleicht.« Dann fügte sie hinzu, weil es ihr angemessen schien: »Aber es ist ja noch der Anfang.«

Es kam ihr jedoch nicht so vor. Sie trafen sich mindestens dreimal in der Woche und empfanden eine Nähe und Vertrautheit, die zu einer länger bestehenden Beziehung gehörte. Und der Sex war auch viel besser geworden ... Sie guckte nur noch selten in ihre Tarot-Karten, und der Glück bringende Buddha wurde schändlich vernachlässigt.

»Ich habe in der Zeitung gelesen, dass Ted nächsten Sonntag auftritt«, sagte Clodagh.

Ashling zögerte und versuchte, die aufsteigenden unguten Gefühle zurückzudrängen. Sie wollte Clodagh *nicht* dazu ermutigen, sich mit Ted anzufreunden.

»Richtig«, sagte sie und versuchte, lässig zu klingen. »Er tritt mit Marcus zusammen auf.«

»Ruf mich in der Woche an, dann können wir uns verabreden.«

»Ist gut. Ich muss jetzt los.«

Als sie zu Marcus kam, wusste sie sofort, dass etwas geschehen war. Statt sie zu küssen, wie er es normalerweise tat, war er bedrückt und schlecht gelaunt.

»Was ist los?«, fragte sie. »Es tut mir Leid, dass ich zu spät komme, ich musste arbeiten –«

»Guck dir das an!« Er warf ihr die Zeitung hin.

Sie las beklommen. Es stellte sich heraus, dass Bicycle Billy einen Buchvertrag abgeschlossen hatte. Er wurde als »Einer der besten Komiker Irlands« beschrieben und hatte einen Vertrag für zwei Bücher sowie eine »sechsstellige Vorschusssumme« bekommen. Ein Sprecher des Verlags beschrieb den Roman als »sehr düster, sehr finster, und nicht vergleichbar mit seiner Show«.

»Aber du hast kein Buch geschrieben«, sagte Ashling in dem Bemühen, ihn zu beschwichtigen.

»Er wird als einer der besten Komiker Irlands bezeichnet.«

»Aber du bist viel besser als er. Das bist du«, beharrte sie, »das weiß jeder.«

»Und warum steht das dann nicht in der Zeitung?«

»Weil du kein Buch geschrieben hast.«

»Na toll«, sagte er kalt, »jetzt fang du auch noch damit an!«

»Aber …« Sie wusste nicht, was sie sagen sollte. Sie hatte seine Unsicherheit schon häufiger gespürt, aber nie in diesem Ausmaß. Sie verstand ihn nicht, wollte ihn aber unbedingt aus seiner Stimmung herausholen.

»Du bist der Beste«, wiederholte sie ernsthaft. »Das weißt du doch. Warum würde Lisa dich sonst für die Kolumne haben wollen? Sie hat überhaupt keinen anderen erwähnt. Und du siehst doch, wie die Leute dich mögen!«

Er zog schmollend die Schultern hoch, und Ashling merkte, dass er ihr glaubte.

»Ich habe bei keinem anderen diese Begeisterung erlebt«, bemühte sie sich.

»Hatte Lisa wirklich Angst, ich würde ihre Kolumne nicht machen?«, fragte er mürrisch.

»Sie war echt besorgt!«

Er sagte nichts.

»Sie hat gesagt, du kämst ganz groß raus.«

Er nahm ihre Hand und gab ihr den ersten Kuss an diesem Abend.

»Entschuldige bitte, aber Comedy ist ein hartes Geschäft, und man ist immer nur so gut wie die letzte Show. Manchmal flippe ich aus, wenn ich daran denke.«

Nach dem Fototermin war Lisa in Hochform. Ihr Gefühl – auf das immer Verlass war – sagte ihr, dass diese Fotos ziemlich ungewöhnlich waren und Aufsehen erregen würden.

Im vergangenen Monat hatte sie sich ein enormes Arbeitspensum auferlegt, und die beunruhigenden Anfälle von Depressionen, die ihr in den ersten Wochen in Dublin zu schaffen gemacht hatten, schienen nachgelassen zu haben. Immer, wenn der schwarze Schatten sich über sie zu schieben drohte, kam sie mit einer Idee für einen neuen Artikel oder für ein neues Interview oder für ein Produkt, das sie bewerben könnten. Sie hatte keine *Zeit*, deprimiert zu sein, und erlebte Momente der Zufriedenheit, als die Zeitschrift mehr und mehr Gestalt annahm. Im Hinblick auf Anzeigenkunden hatten sie ihr Ziel noch nicht erreicht, aber sie vermutete, dass die neuen Fotos auch die letzten Kosmetikfirmen, die sich noch nicht entschieden hatten, überzeugen würden. Jack wäre beeindruckt.

Sofort umwölkte sich ihre klare Stimmung. Jack und Mai spielten auch weiterhin das perfekte Paar. Seit einem Monat hatten sie sich nicht in der Öffentlichkeit gestritten, und die Funken, die zwischen Lisa und Jack gesprüht hatten, waren zerstoben. Zumindest auf Jacks Seite. Nicht dass es je sehr deutliche Funken gewesen waren, musste Lisa, immer gnadenlos realistisch, zugeben. Aber doch immerhin so viel, dass sie Hoffnung geschöpft hatte.

Als sie versuchte, sich mit einem kleinen Flirt wieder ins Geschehen zu bringen, brachte das keine Reaktion von Jack. Er blieb höflich und professionell, und Lisa begriff, dass sie zusehen müsste, wie die Sache mit Mai verlief. Und sie hoffte, das würde sie tun – *sich* verlaufen.

Solange sie wartete, hielt sie Ausschau nach einem halbwegs passablen Mann. An dem Abend war sie mit Nick Searight zu Drinks verabredet, einem Künstler, der mehr für sein attraktives Aussehen als für seine künstlerischen Meriten bekannt war. Lisa vermutete, er war einer der Milky-Way-Männer und kein richtiger Mann, aber Sex ist Sex ist Sex, und im Moment müsste ihr das genügen.

Als Lisa nach Hause kam, war Kathy gerade im Gehen begriffen. Ihr Haar war so stark gekraust, dass es aussah, als wäre es frittiert worden.

»Hallo, Lisa, ist alles fertig, gebügelt, alles. Ehm, und schönen Dank für den Nagellack.« In Kathys Leben gab es nicht viele Gelegenheiten für gelben Glitzer-Nagellack, aber ihre achtjährige Tochter Francine würde sich bestimmt freuen. »Soll ich nächste Woche wie immer kommen?«

»Ja, bitte.«

In einer Woche würde es auch wieder ganz schön schmutzig sein, sagte Kathy sich, als sie nach Hause ging. Vertrocknete Apfelreste unter dem Bett, im Badezimmer überall schmieriges Zeug, das Spülbecken voll gestellt mit dem Geschirr von einer Woche. Unglaublich, ehrlich gesagt. Für eine so hübsche junge Frau war sie eine sehr schlampige Hausfrau.

In einem Haus in einer düsteren, dem Meer zugewandten Ecke von Ringsend sah Mai über die leeren Schachteln und Reste ihres indischen Essens hinweg Jack an und sagte das Unsagbare: »Du magst mich nicht genügend, um dich mit mir zu streiten.«

Jack ließ seine ruhigen, ernsten Augen auf ihr ruhen und wartete eine ganze Weile, bis er die nicht von der Hand zu weisende Wahrheit aussprach: »Aber Menschen, die sich mögen, sollten sich nicht andauernd streiten.«

»Unsinn«, sagte Mai heftig. »Wenn man sich nicht streitet, gibt es keine Versöhnung. Wenn wir die Türen schlagen und uns anbrüllen, halten wir die Leidenschaft wach.«

Jack überlegte sich seine nächsten Worte ganz genau. Mit unerträglicher Sanftheit sagte er: »Oder vielleicht vertuschen wir nur, dass eigentlich nicht viel da ist.«

Mais Augen füllten sich mit wütenden Tränen. »Du verdammter Arsch!« Dann sagte sie noch einmal: »Du verdammter Arsch«, aber nicht mit voller Inbrunst.

Er legte seine Arme um sie, und sie schluchzte ein wenig an seiner Brust, aber sie merkte, dass sie sich nicht hineinsteigern konnte.

»Du Mistkerl«, beschimpfte sie ihn außer Atem.

»Ja«, sagte er traurig.

»Ist es vorbei?«, fragte sie dann.

Er löste sich von ihr und sah sie an. Er nickte leicht. »Das weißt du selbst.«

Sie schluchzte noch ein bisschen länger. »Wahrscheinlich hast du Recht«, sagte sie dann. »Ich habe mich nie mit jemandem so viel gestritten.« So, wie sie es sagte, klang es positiv.

»Wir haben mehr Versöhnungen gehabt als Liz Taylor und Richard Burton«, stimmte er ihr zu, obwohl es ihm nie Spaß gemacht hatte, sich mit ihr zu streiten.

Sie lachten unsicher und hatten die Köpfe aneinander gelegt.

»Du bist eine tolle Frau, Mai«, sagte er, und in seinen dunklen Augen stand Zärtlichkeit.

»Du bist auch kein schlechter Typ«, sagte sie schniefend. »Bestimmt wirst du eine nette Frau unglücklich machen. Vielleicht Lisa aus der Redaktion.«

»Lisa?«

»Die harte, mit der glänzenden Aufmachung. Gott«, sagte Mai

und fing an zu kichern. »Das klingt, als wäre sie ein M&M. Sie kann dir bestimmt das Wasser reichen. Oder wenn nicht Lisa, dann die andere.«

»Welche andere?«

»Die Latina-Braut.«

»Ach, Mercedes. Abgesehen von allem anderen ist sie verheiratet.«

»Hhmm.« Mai gab sich burschikos, um ihren Kummer zu verbergen. »Du bist so eigenwillig, du machst sie wahrscheinlich trotzdem an. Fährst du mich nach Hause?«

»Ach, bleib noch ein Weilchen.«

»Nein. Ich habe genug Zeit mit dir verschwendet.« Unter Tränen lächelte sie ihm tröstlich zu.

Ohne zu sprechen, fuhren sie durch die nächtlichen Straßen, und Mai ließ den Verlust auf etwas zusammenschrumpfen, das sie handhaben konnte. Jack war ein besonderer Mann: groß und hart und klug und fordernd. Am Anfang hatte es ihr gefallen, mit ihm zu spielen. Aber dann hatte sie sich heftig in ihn verliebt und vermutete, dass Jack sich aus dem Staub gemacht hätte, wenn er das gewusst hätte.

Nur wenn sie ihn in einen Zustand der Verunsicherung drängte, so glaubte sie, konnte sie die Oberhand behalten. Lediglich in den kurzen Phasen nach einem Streit, wenn er sich für sein Verhalten entschuldigt hatte und ihr unterwürfige Verehrung entgegenbrachte, war sie sich seiner sicher. Aber das war harte Arbeit – und wurde immer schwieriger. Und da er aufgehört hatte, sich mit ihr zu streiten, blieb ihr nur noch ihre geheimnisvolle Exotik. Und sie war es leid, exotisch und geheimnisvoll sein zu müssen.

Viel zu schnell kamen sie bei ihrer Wohnung an. Jack hielt vor dem Haus und schaltete sogar den Motor ab. Aber Mai verweilte nicht.

»Mach's gut«, presste sie heraus und schwang sich aus dem Wagen.

»Ich rufe dich an«, sagte er.

»Besser nicht.«

Mit einem dumpfen Schmerz in der Magengrube sah Jack zu, wie sie sich entfernte, eine zähe kleine Kindfrau, in ihren lächerlich hohen Schuhen. Sie steckte den Schlüssel ins Schloss und ging hinein.

Sie sah sich nicht um.

40

Als Lisa vom Lunch zurückkam und aus dem Lift trat, stolperte Trix an ihr vorbei. Sie war auf dem Weg zur Damentoilette, um eine neue Schicht Make-up aufzulegen.

»Hallo«, sagte Trix. »Da ist ein Typ, der will dich sprechen.«

Ein Typ, dachte Lisa verärgert. Hätte sie nicht herausfinden können, wer es war und was er wollte? Bei *Femme* hatte Natasha, ihre persönliche Sekretärin, darauf bestanden, den Mädchennamen der Großmutter eines Besuchers zu erfahren, bevor sie ihn zu einer Audienz mit Lisa vorgelassen hatte.

Und dann passierte es.

Denn als sie durch den Empfangsbereich in die Redaktion ging, saß auf dem Sofa der letzte Mensch, den sie zu sehen erwartete.

Oliver.

Sie prallte gegen eine unsichtbare Wand. Der Schock kehrte ihr Innerstes nach außen, ein Rauschen füllte ihre Ohren.

Das letzte Mal hatte sie ihn am Neujahrstag gesehen, und jetzt war der 13. Juli. Die Zeit der Trennung schnurrte zu einer Sekunde zusammen.

»Hallo«, sagte sie mit einer Stimme, die ihre war und gleichzeitig ihr Echo.

»He, Babes.« Er sah zu ihr auf, cool und seiner selbst sicher.

Sie fing an zu zittern. Ihre Gedanken überstürzten sich in ihr. Was hatte sie an? Sah sie gut aus? War sie dünn genug? Warum musste er in die Redaktion kommen? Hatte er bemerkt, was für eine mickrige, improvisierte Angelegenheit dieses Projekt war, das sie leitete?

»Was machst du hier?«, hörte sie sich fragen.

Sie starrte ihn unentwegt an und konnte nicht feststellen, warum er sowohl vertraut als auch fremd wirkte. Sie wusste nicht, wie sie sich bewegen sollte, und war in dem Moment erstarrt, als sie ihn sah. Mit einiger Verzögerung stellte sie die Beine nebeneinander und warf die Schultern zurück. Es war eine richtige Anstrengung.

»Wir müssen miteinander reden.« Er lächelte und funkelte sie an; seine Zähne, seine Ohrringe, das schwere silberne Uhrenarmband.

Er nahm den Fuß, den er auf dem Knie des anderen Beins abgelegt hatte, herunter und setzte sich aufrecht hin. In jeder seiner Bewegungen lag Anmut.

»Worüber?«, murmelte sie.

Dann lachte er. Ein großes, tiefes Lachen, das beinahe die Fensterscheiben zersplitterte. »Worüber?«, rief er aus und grinste belustigt. »Was meinst du wohl?«

Die S-C-H-E-I-D-U-N-G.

»Ich habe zu tun, Oliver.«

»Arbeitest du immer noch bis zum Umfallen, meine Süße?«

»Das hier ist meine Arbeit, Oliver. Wenn du mit mir sprechen willst, ruf mich zu Hause an.«

»He, dann brauche ich deine Nummer.«

»Wir sehen uns nach der Arbeit.« Besser, sie erledigten das schnell.

»Sehr großzügig von dir. – Ich wohne im Clarence.«

»Ziemlich vornehm.«

»Ich habe einen Fototermin.«

Aus irgendeinem Grund tat das weh. »Du bist also gar nicht meinetwegen hier?«

»Sagen wir, ich habe es gut abgepasst.«

Zitternd versuchte sie zu arbeiten, aber sie fand es fast unmöglich, sich zu konzentrieren. Sie hatte vergessen, welche Wirkung Oliver auf sie hatte.

»Post für dich!« Sie sprang auf, als Trix ihr eine Versandtasche auf den Schreibtisch warf. Es waren die Abzüge von den Modeaufnahmen, und Lisas Instinkt hatte nicht getrogen. Die Fotos waren erstaunlich, aber Lisa konnte sie kaum erkennen. Es war, als wäre ihr Blickfeld am Rand feucht und grau. Die ganze Zeit dachte sie nur an Oliver. Ihre Trennung war so bitter gewesen, voller Hässlichkeit. Er war so grausam gewesen. Und hatte lauter schreckliche Dinge gesagt. Warum war er hier?

»He, Ashling!« Mit großer Anstrengung versuchte sie, die Beherrschung wiederzugewinnen. »Nimm dieses Foto … nein, das hier …« Sie wählte das beste Bild aus, auf dem Dani wie bei einer Reportage als schmollende Schönheit zwischen Boo und Hairy Dave stand. »Lass dir von Niall zwanzig Abzüge machen und schick sie an alle Kosmetikhersteller. Schreibt drauf: ›Frieda Kiely, Autumn Collection. *Colleen*, September-Ausgabe.‹ Das wird einiges Aufsehen erregen«, murmelte sie vor sich hin und bemerkte gar nicht, dass Ashling sie entgeistert anstarrte.

Sekunden später wurde sie erst gewahr, dass Ashling immer noch vor ihrem Schreibtisch wartete.

»Was ist?«

»Können wir nicht … ich meine … Boo und Hairy Dave –«

»Wer?«

»Die beiden Obdachlosen. Die auf dem Foto«, erklärte Ashling, als ihr klar wurde, das Lisa keine Ahnung hatte, von wem sie sprach. »Können wir ihnen was geben?«

»Zum Beispiel?«

»Ein Geschenk oder … irgendwas. Weil sie auf dem Bild sind – es ist ja wegen ihnen so gut.«

Unter normalen Umständen hätte Lisa Ashling angefahren und gesagt, sie solle sich zum Teufel scheren und Vernunft annehmen, aber sie war zu abgelenkt.

»Frag Jack«, sagte sie heftig. »Ich habe zu tun.«

Mit dem Foto unterm Arm klopfte Ashling beklommen an Jack Devines Tür. Als ein lautes »Herein« erschallte, ging sie zögernd in sein Büro und erklärte verzagt ihr Anliegen: »... sie haben es ohne ein Wort des Widerspruchs gemacht und haben auch nichts dafür verlangt, und ich dachte, wir sollten ihnen eine kleine Anerkennung geben –«

»In Ordnung«, unterbrach Jack sie.

»Wirklich?«, fragte sie argwöhnisch. Sie hatte erwartet, dass er sie wegen ihrer Bitte verspotten würde.

»Unbedingt. Sie machen aus dem Foto einen Erfolg. Was hätten die beiden am liebsten, meinen Sie?«

»Eine Wohnung«, sagte sie scherzend.

»Das übersteigt mein Budget«, erwiderte Jack. Es klang bedauernd. »Haben Sie eine andere Idee?«

Sie dachte einen Moment nach. »Wahrscheinlich Geld.«

»Fünfzig Pfund für jeden? Mehr kann ich nicht lockermachen, fürchte ich.«

»Ehm, fantastisch.« Es war mehr, als sie sich erhofft hatte.

»Hier«, sagte er und unterschrieb einen Auszahlungsschein für die Tageskasse. »Gehen Sie damit zu Bernard.«

»Danke.«

Seine dunklen Augen ruhten zwei, drei Sekunden lang auf ihrem Gesicht. »Gern geschehen.«

Um sieben Uhr ging Lisa wie verabredet in die Bar des Clarence. Oliver erhob sich, als er sie sah. »Was möchtest du trinken? Weißwein?«

Sie hatte immer Weißwein getrunken, wenigstens in der Zeit, in der sie zusammengewesen waren. Er hatte es nicht vergessen.

»Nein«, sagte sie und hoffte, ihm wehzutun. »Einen Cosmopolitan.«

»Das hätte ich mir denken können.«

Sie sah zu ihm hinüber, wie er groß und muskulös an der Bar stand und auf seine laute, unbekümmerte Art mit dem Barkeeper scherzte. Wie kam es, dass er immer mehr Platz in Anspruch nahm, als er tatsächlich brauchte? Ihre Kopfhaut zog sich zusammen – er war ihr so vertraut, dass sie ihn fast nicht kannte.

Als er mit ihren Getränken zurückkam, steuerte er sofort auf das Thema zu. »Hast du dir einen Anwalt genommen, Babes?«

»Alsoooo …«

»Wir brauchen beide einen Anwalt«, erklärte er geduldig.

»Für die Scheidung?« Sie versuchte, lässig zu klingen, aber es war das erste Mal, dass sie das Wort als tatsächliche Möglichkeit aussprach.

»Richtig.« Er sprach ohne Umschweife, geschäftsmäßig. »Du weißt ja, wie die Sache steht –«

Sie wusste es nicht, ehrlich gesagt.

»Unsere Ehe ist zerrüttet, aber das reicht nicht, um geschieden zu werden. Wir müssen Gründe angeben. Wenn wir seit zwei Jahren getrennt wären, ginge es auch ohne. Aber bis dahin muss einer von uns den anderen verklagen. Wegen böswilligen Verlassens, unzumutbaren Benehmens oder Ehebruch.«

»Ehebruch!« Lisa sträubte sich. In der Zeit, in der sie zusammen waren, war sie treu gewesen. »Ich habe nie …«

»Ich auch nicht«, sagte Oliver ebenso emphatisch. »Was das böswillige Verlassen angeht –«

»Klar, du hast *mich* verlassen.« Sie war bereit, ihm die Schuld zu geben.

»Du hast mir keine Wahl gelassen, Babes. Aber du könntest mich deswegen verklagen. Dagegen spricht, dass wir zwei Jahre getrennt sein müssen, bevor wir das als Scheidungsgrund angeben können, und wir wollen das hier aber schnell klären, oder?« Er warf ihr einen fragenden Blick zu und wartete auf ihre Zustimmung.

»Na klar«, sagte sie schnippisch. »Je eher, desto besser.«

»Also bleibt uns nur unzumutbares Benehmen. Dafür brauchen wir fünf Beispiele.«

»Unzumutbares Benehmen? Was ist das denn?« Sie lachte schon fast und vergaß für einen Moment, dass es sie betraf. »Wenn man morgens um drei Uhr Staub saugt?«

»Oder wenn man jedes Wochenende und an den Feiertagen arbeitet.« Er klang bitter. »Oder wenn man so tut, als wollte man schwanger werden, aber weiter die Pille nimmt.«

»Ich verstehe.« Ihr Ausdruck war feindselig.

»Wir haben die Wahl: Du kannst Klage gegen mich einreichen, oder ich gegen dich.«

»Du gibst also zu, dass dein Benehmen auch unzumutbar war?«

Er seufzte schwer. »Es ist nur eine Formalität, Lees, es geht nicht darum, jemandem die Schuld zu geben. Der Beklagte wird ja nicht bestraft. Wie wollen wir es also machen? Du bist die Klägerin?«

»Du kannst entscheiden, wo du schon so viel darüber weißt«, sagte Lisa unfreundlich.

Er sah sie lange an, als wollte er sie verstehen, dann änderte er seine Sitzhaltung. »Gut, wenn du meinst. Jetzt die Kosten. Jeder bezahlt seinen Anwalt, und die Gerichtskosten teilen wir uns?«

»Warum brauchen wir Anwälte? Wir sind nach Las Vegas geflogen und haben formlos geheiratet. Warum können wir nicht nach Reno fliegen und uns formlos scheiden lassen?«

»So leicht ist das nicht, Babes. Denk mal nach, wir haben eine Wohnung gekauft.«

»Ja, aber wir wissen, wie viel jeder von uns reingesteckt hat ... Also gut, ich nehme mir einen Anwalt.« Sie hielt das nicht eine Sekunde länger aus, also rückte sie sich in ihrem Sessel zurecht und fragte mit gespielter Fröhlichkeit: »Und was macht die Arbeit?«

»Ziemlich verrückt. Bin gerade aus Frankreich zurückgekommen, und davor war ich in Bali.«

Glückspilz.

»Wenn ich hier fertig bin, wird es etwas ruhiger, bis die Modeschauen anfangen.« Mit einem Nicken auf Lisas Kostüm sagte er: »Das Kostüm kenne ich noch nicht.«

Sie sah an sich herunter. »Nicole Farhi.« Sie hatte es im vergangenen Januar bei einem Fototermin mitgehen lassen und versucht, die Tat Kate Moss anzuhängen.

»Es gefällt mir nicht«, sagte Oliver.

»Was gefällt dir daran nicht?« Sie hatte seine Meinung, was ihre Kleider und ihr Haar anging, immer geschätzt.

»Es ist okay. Mir gefällt nicht, dass ich es nicht kenne.«

Das verstand sie. Es schmerzte sie sehr, dass sein Haar länger war und seine Uhr neu, dass er um die halbe Welt gereist war, seit sie ihn das letzte Mal gesehen hatte, und sie nichts davon gewusst hatte.

»Du siehst anders aus«, sagte er.

»Wirklich?«

»Nein.« Er schüttelte den Kopf und lachte, seltsam atemlos. »Ich weiß auch nicht, verdammt.«

Sie wusste genau, was er meinte. Sie empfanden gleichzeitig große Vertrautheit und leere Fremdheit, beide Gefühle existierten auf merkwürdige Weise nebeneinander, und es fühlte sich an, als wären zwei Wirklichkeiten zerschnitten und falsch zusammengesetzt worden.

»Entschuldige mal!« Er nahm ihr Handgelenk und drehte die Finger ihrer Hand zu sich herum. Er wollte etwas sehen. Er war grob und drehte ihr Handgelenk, dass es wehtat.

»Du trägst deinen Ehering nicht mehr?«, sagte er vorwurfsvoll, und in seinen braunen Augen stand Verachtung.

Sie entzog ihm ihre Hand und blitzte ihn an. Dann rieb sie sich das schmerzende Handgelenk und beschuldigte ihn: »Du hast mir wehgetan!«

»*Du* hast *mir* wehgetan!«

»Was machst du so ein Theater wegen des Rings?« Sie war erregt und wütend. »Du bist doch derjenige, der von Scheidung spricht.«

»Du warst diejenige, die davon angefangen hat!«

»Nur, weil du mich verlassen hast.«

»Nur, weil du mir keine Wahl gelassen hast.«

Sie funkelten sich zornig an und atmeten schwer, während ihre Gefühle überzuborden drohten.

»Willst du«, fragte er mit einem wilden Gesichtsausdruck, ohne den Blick von ihr abzuwenden, »mit in mein Zimmer kommen?«

»Los.« Sie war schon auf den Füßen.

Beim ersten Kuss verbissen sie sich mit klirrenden Zähnen ineinander. Oliver wollte alles auf einmal machen; er zog an ihren Haaren, zerrte an ihrem Jackett, küsste sie brutal und riss sich das Hemd vom Leib.

»Warte, warte, warte.« Erschöpft lehnte er sich mit seinem nackten Rücken an die Tür.

»Was?«, murmelte sie, ganz benommen von dem Anblick seiner harten, glänzenden Brust.

»Wir fangen noch mal von vorne an.« Er streckte die Hand aus und zog Lisa mit großer Zärtlichkeit zu sich. Sie verbarg ihr Gesicht an seiner Brust. Der spezielle Oliver-Geruch! Vergessen, aber die Erinnerung war von berauschender, sinnlicher Wirkung. Pfeffrig, süß-würzig und eine einzigartige, unbeschreibliche Note, die nicht von einer Seife oder aus einer Flasche oder von seiner Kleidung herrührte. Es war *sein* Geruch.

Die Vertrautheit trieb ihr die Tränen in die Augen.

Mit unerträglicher Zartheit küsste er sie auf den Mundwinkel. Als wäre es das erste Mal. Dann noch ein Schmetterlingskuss. Und noch einer. Langsam bewegte er sich auf ihren Lippen zur Mitte und erregte eine Lust in ihr, die kaum zu unterscheiden war von Schmerz.

Ohne sich zu bewegen und nur leise atmend ließ sie es zu, dass er sie so küsste.

Nur wenn sie Sex mit Oliver hatte, überließ sie sich einer passiven Rolle. Und hörte auf, bestimmend oder dominierend, herrschsüchtig oder provozierend zu sein. Sie hatte ihm immer die Führung überlassen, und das gefiel ihm.

»Ich sehe dir in die Augen, und du bist gar nicht da«, hatte er oft gesagt. »Du bist einfach nur ein wimmerndes, hilfloses kleines Mädchen.«

Sie wusste, dass ihn der Gegensatz zwischen ihrem normalen forschen Ton und ihrer Passivität im Schlafzimmer erregte, aber das war nicht der Grund, warum sie sich so verhielt. Mit Oliver war es nicht nötig, die Führung zu übernehmen. Er wusste genau, was zu tun war. Keiner konnte es besser.

Seine Küsse bewegten sich von ihrem Mund zu ihrem Hals zu ihrem Haaransatz. Sie schloss die Augen und stöhnte lustvoll. Sie könnte sterben, einfach sterben. Sie hörte ihn flüstern, sein Atem heiß an ihrem Ohr: »Du bist ganz weit weg, Babes.«

Wie eine Schlafwandlerin wurde sie zum Bett geführt. Gehorsam streckte sie die Arme aus, damit er ihr das Jackett ausziehen konnte, hob sie den Po, damit er ihren Rock abstreifen konnte. Die glatten, kühlen Laken glitten über ihren nackten Rücken. Ihr ganzer Körper bebte, aber sie bewegte sich nicht. Als er ihre Brustwarze mit dem Mund streifte, zuckte sie, als hätte sie einen elektrischen Schlag bekommen. Wie hatte sie nur vergessen können, wie sinnlich das war?

Die Küsse führten nach unten, immer weiter nach unten. Er küsste ihren Bauch, so zart, dass es kaum die kleinen, weichen Härchen bewegte, aber es durchzuckte sie mit schwellender Lust.

»Oliver, ich glaube, ich …«

»Warte!«

Das Kondom brachte einen Missklang. Es erinnerte sie daran, dass die Dinge nicht mehr so waren wie früher. Aber sie weigerte sich, darüber nachzudenken. Also schlief er mit anderen? Nun ja, sie tat das auch.

Als er in sie eindrang, empfand sie einen tiefen Frieden. Sie atmete lange aus, ganz sauber, und alle Anspannung wich von ihr. Einen Moment lang genoss sie das Fehlen jeder Bewegung, bis er anfing, sich mit langen, langsamen Stößen in ihr zu bewegen. Sie wollte es genießen. Sie wusste, dass sie es genießen würde.

Danach weinte sie.

»Warum weinst du, Babes?« Er umfing sie und presste sie an sich.

»Eine rein körperliche Reaktion«, sagte sie und gewann wieder die Kontrolle über sich. Sie hatte genug von der passiven Rolle. »Viele Leute weinen, wenn sie gekommen sind.«

Aller Zorn und aller Groll war von der Leidenschaft vertrieben. Jetzt lagen sie im Bett, sprachen ein wenig und hielten sich umschlungen mit einer Zärtlichkeit, die betörend angenehm war. Es war, als wären sie nie getrennt gewesen, als hätten sie sich nie heftig bekämpft, als hätten sie nie bittere Gedanken gehabt.

Dennoch war keiner von ihnen so naiv zu denken, dass die sexuelle Wiederbegegnung zu einer Versöhnung führen würde. Auch dann, wenn sie sich auf hässlichste Art und Weise gestritten hatten – sie hatten immer zusammen geschlafen. Sex war wie ein Ventil für all die aufgestauten Gefühle.

Verträumt strich sie mit den Händen über die Schwellungen seines Bizeps. »Du trainierst immer noch. Wie viele Liegestütze schaffst du jetzt?«

»Einhundertdreißig.«

»Sehr beeindruckend!«

Nach Mitternacht wurde das Gespräch immer zähflüssiger, bis er schließlich gähnend sagte: »Lass uns schlafen, Babes.«

»'kay«, sagte sie, schon ganz schläfrig. Es war keine Frage, dass sie blieb, das wussten sie beide. »Ich gehe mal eben aufs Klo.«

Nachdem sie sich das Gesicht gewaschen hatte, benutzte sie seine Zahnbürste. Sie tat es automatisch, und erst als sie fertig war, wurde es ihr bewusst.

Als sie wieder ins Bett kam, schob sie ihre kalten Füße zwischen seine Oberschenkel, um sie zu wärmen, so wie früher. Dann schliefen sie, so wie sie vier Jahre lang fast jede Nacht geschlafen hatten, in der Löffelstellung. Sie rollte sich zu einem C zusammen, und er rollte sich zu einem größeren C um sie herum und presste sich mit seiner Vorderseite an sie; seine Hand lag warm auf ihrem Bauch.

»Schlaf gut.«

»Du auch.«

Stille.

In die Dunkelheit hinein sagte Oliver: »Das kommt mir richtig komisch vor.« Sie hörte Schmerz und Verwirrung in seiner Stimme. »Ich habe eine Affäre mit meiner Frau.«

Sie schloss die Augen und drückte ihren Rücken gegen seinen Bauch. Die Anspannung, mit der sie die Backenzähne permanent zusammenpresste, löste sich, wurde weniger und schwand. Sie schlief so gut wie seit sehr langer Zeit nicht mehr.

Am Morgen verfielen sie mit alarmierender Leichtigkeit in ihre alte Routine. Das Muster des Zusammenlebens, das sie vier Jahre lang jeden Morgen geteilt hatten. Er stand zuerst auf und kümmerte sich um den Kaffee. Dann schloss sie sich im Bad ein, während er ungeduldig davor wartete und sie zur Eile antrieb. Als er an die Tür schlug und brüllte: »Komm jetzt, Babes, ich verspäte mich noch!«, war das Déjà-vu so intensiv, dass sie einen schwindelerregenden Moment nicht wusste, wo sie war. Sie wusste, sie war nicht zu Hause, aber ...

Als sie in mehrere Handtücher gehüllt herauskam, grinste sie ihn an und sagte: »Tut mir Leid.«

»Du hast mir hoffentlich ein trockenes Handtuch übrig gelassen«, sagte er warnend.

»Na klar.« Sie nahm sich von dem Kaffee und stürzte ihn hinunter. Und dann wartete sie.

Sie hörte das Rauschen des Wassers, und eine Weile später wurde es wieder abgedreht. Jetzt gleich, jeden Moment ...

»Mensch, Lisa.« Mit hallender Stimme beklagte Oliver sich, wie erwartet. »Babes! Du hast mir nur einen armseligen Waschlappen gelassen! Das machst du jedesmal.«

»Das ist kein Waschlappen.« Sich krümmend vor Lachen kam Lisa ins Badezimmer. »Es ist *viel* größer.«

Oliver warf einen spöttischen Blick auf das kleine Handtuch, das Lisa vor ihm ausbreitete. »Damit kriege ich nicht mal meinen Pimmel trocken!«

»Das tut mir Leid«, neckte sie ihn zärtlich und löste eins der Handtücher, das sie um sich geschlungen hatte. »Guck, für dich gebe ich mein letztes Hemd.«

»Du bist unmöglich«, brummte er.

»Ich weiß«, sagte sie nickend.

»Du bist wirklich verdammt unmöglich.«

»Oh, ich *weiß*«, sagte sie mit treuherzigem Blick.

Während sie ihn abwechselnd aufzog und beschwichtigte,

trocknete sie seinen harten, glänzenden Körper ab. Sie hatte das immer gern gemacht, und dabei wurden einige Körperregionen mit größerer Aufmerksamkeit bedacht als andere.

»He, Lees«, sagte Oliver schließlich.

»Mmmm?«

»Ich glaube, meine Oberschenkel könnten inzwischen trocken sein.«

»Oh … ach ja.« Sie wechselten verständnisvolle Blicke.

Während sie sich anzogen, bemerkte sie plötzlich einen Gegenstand, der ihr fast so vertraut war wie sie sich selbst. Bevor sie sich bremsen konnte, rief sie aus: »He, das ist meine L.-V.-Tragetasche!«

Tatsächlich, sie war es. An dem Tag, als er sie verlassen hatte, hatte er sie genommen, um ein paar Sachen einzupacken.

Sofort war das Zimmer angefüllt mit hässlichen Gefühlen. Oliver wütend – *wieder.* Lisa erregt und in Abwehrhaltung – *wieder.* Oliver, der behauptete, dass ihre Ehe keine richtige mehr sei. Lisa, die ihm sarkastisch entgegnete, dann solle er sich doch scheiden lassen.

»Ich geb sie dir zurück.« Oliver hielt ihr hoffnungsvoll die Tasche hin, aber es nützte nichts. Die Stimmung war getrübt, und sie zogen sich schweigend für die Arbeit an.

Als Lisa es nicht länger herauszögern konnte, sagte sie: »Also dann, mach's gut.«

»Mach's gut«, sagte auch er. Überrascht stellte sie fest, dass sie Tränen in den Augen hatte.

»Och, weine nicht«, sagte er und nahm sie in den Arm. »Komm, meine kleine Chefredakteurin, dein Make-up verläuft.«

Sie schaffte ein kleines Kichern unter Tränen, aber ihre Kehle tat ihr weh, so als steckte ein großer, runder Stein darin fest. »Es tut mir Leid, dass es mit uns nicht gutgegangen ist«, sagte sie leise.

»Na ja«, sagte er achselzuckend. »So was passiert. Wusstest du, dass –«

»– zwei von drei Ehen mit einer Scheidung enden«, sagten sie beide wie aus einem Munde.

Es gelang ihnen zu lachen, dann lösten sie sich voneinander.

»Und wenigstens ist es jetzt freundschaftlich zwischen uns«, sagte sie verlegen, »und wir, wie soll ich sagen, sprechen wieder miteinander.«

»Recht hast du«, stimmte er ihr fröhlich zu. Sie war einen Moment lang abgelenkt von seinem fliederfarbenen Leinenhemd unter dem glatten Schokoladenbraun seines Halses. Sie musste schon sagen, der Mann wusste, wie man sich kleidete!

Als sie die Tür hinter sich zuzog, rief er ihr nach: »He, Babes, denk dran!«

Ihr Herz machte einen Sprung und sie öffnete die Tür. *Woran sollte sie denken? Dass er sie liebte?*

»Dass du dir einen Anwalt nimmst!« Er drohte ihr mit dem Zeigefinger und grinste.

Es war ein wunderschöner, sonniger Morgen. Sie ging durch den milden Sonnenschein zur Arbeit. Sie fühlte sich beschissen.

41

Lisa wurde mit einem Mal bewusst, dass niemand bisher die Modeschauen erwähnt hatte. Oder sollte sie sagen: die MODESCHAUEN! Immer wenn sie daran dachte, sah sie den Schriftzug in Neon. Sie waren der Höhepunkt im Leben einer Redakteurin. Zweimal im Jahr jettete man in das quirlige Getriebe von Mailand und Paris. (Sonst sprach sie vom Fliegen, aber die Modeschauen waren dermaßen glanzumwoben, dass in ihrem Zusammenhang natürlicherweise von »Jetten« die Rede war.) Ein Zimmer im George V oder im Principe di Savoia zu haben, wie ein Mitglied der königlichen Familie behandelt zu werden, bei Versace, Dior, Dolce & Gabbana oder Chanel in der ersten Reihe zu sitzen, Blumen und Geschenke zu bekommen, einfach nur, weil man erschienen war! Es war ein vier Tage währender Zirkus mit egomanischen Designern, neurotischen Models, Rock-Stars, Filmidolen, finsteren Millionären mit klotzigem Goldschmuck und Zeitschriftenredakteuren, die sich gegenseitig mit bösem Hass musterten und herauszufinden versuchten, an welcher Stelle in der Hierarchie jeder stand. Und Partys ohne Unterlass, in Kunstgalerien, Nachtclubs, Lagerhallen, Schlachthäusern (einige der besonders avantgardistischen Modedesigner fanden einfach keine Grenze). Nirgendwo war man näher am Mittelpunkt des Universums, daran gab es keinen Zweifel, Schätzchen!

Natürlich war es oberste Pflicht, sich die Mäuler darüber zu zerreißen, dass die Kleider untragbar und schlichtweg Unsinn waren, von frauenhassenden Wichsern entworfen, dass die Geschenke bei den Modeschauen längst nicht so opulent waren wie im Vorjahr, dass das beste Hotelzimmer immer von Lily Headley-Smythe in Beschlag genommen wurde, und wie lästig es war, sich eine Meile aus der Stadt hinaus begeben zu müssen, um die Show eines jungen Modeschöpfers zu sehen, der seine atemberaubende Kollektion in einer stillgelegten Bohnenkonservenfabrik vorstellte, aber es war undenkbar, nicht dabei zu sein. Und es traf sie wie eine Lawine von Kurt-Gieger-Mokassins, dass bei *Colleen* die Modeschauen bisher mit keinem Wort erwähnt worden waren. Ihre Wiederbegegnung mit Oliver musste sie wohl darauf gebracht haben.

Sie beruhigte sich mit dem Gedanken, dass sicherlich für alles gesorgt war. Bestimmt gab es einen Etat für Mercedes und sie selbst. Aber wenn nicht? Ihr Etat für freie Mitarbeiter konnte die Kosten nicht decken, nicht einmal annähernd. Er würde kaum für ein Croissant im George V reichen. Mit einem Gefühl steigender Panik klopfte sie an Jacks Bürotür und ging hinein, ohne eine Antwort abzuwarten.

»Die Modeschauen«, sagte sie mit einem ungewollten Schniefen.

Jack, der tief über Tonnen – so kam es ihr vor – juristischer Dokumente gebeugt war, sah überrascht auf. »Was für Modeschauen?«

»Mailand und Paris. Im September. Ich fahre doch, oder?« Ihr Herz klopfte und zersprengte ihr fast die Brust.

»Setzen Sie sich«, forderte Jack sie freundlich auf, und sie spürte auf der Stelle, dass die Worte schlechte Nachrichten verhießen.

»Als ich Chefredakteurin bei *Femme* war, bin ich immer gefahren. Für das Ansehen der Zeitschrift ist es wichtig, dass wir dort dabei sind. Anzeigenkunden und so«, sprudelte es wild durcheinander aus ihr hervor. »Man wird uns nicht ernst nehmen, wenn wir nicht gesehen werden …«

Jack beobachtete sie und wartete, bis sie aufhörte. Sein verständnisvoller Blick sagte ihr, dass ihre Worte verschwendet waren, aber man soll nie aufgeben.

Sie nahm einen tiefen Atemzug. »Ich fahre doch, oder?«

»Es tut mir Leid«, sagte Jack mit honigmilder Stimme. »Unser Budget reicht dafür nicht aus. Dieses Jahr wenigstens nicht. Wenn die Zeitschrift etabliert ist, wenn wir mehr Anzeigen haben.«

»Aber ich …«

Er schüttelte traurig den Kopf. »Wir haben kein Geld dafür.«

Es war sein mitleidiger Blick und weniger seine Worte, der es unmissverständlich klarmachte. Mit voller Wucht wurde ihr die ganze schreckliche Tatsache bewusst. Alle anderen würden fahren. Die ganze Welt. Und dann würden sie merken, dass sie, Lisa, nicht da war, und sich darüber amüsieren. Plötzlich kam ihr ein noch schrecklicherer Gedanke: Vielleicht würde es keinem auffallen.

Zu allem Überfluss goss Jack noch Öl ins Feuer, indem er versprach, Bilder von den verschiedensten Agenturen zu kaufen, und ihr versicherte, dass *Colleen* trotzdem fantastische Modeseiten bringen könnte und den Lesern niemals der Verdacht kommen würde, dass die Chefredakteurin gar nicht dabei gewesen war …

Erst da merkte Lisa, dass sie weinte. Nicht die bösen Tränen eines Wutanfalls, sondern reine, süße Tränen der Trauer, die sie nicht aufzuhalten vermochte. Unendliche Wehmut strömte mit jedem Schluchzer aus ihr hervor.

Es sind doch nur ein paar dumme Modeschauen, sagte ihr Kopf.

Aber sie konnte nicht aufhören zu weinen, und aus dem Nichts kam eine Erinnerung in ihr hoch, völlig ohne Zusammenhang. Damals war sie fünfzehn und hing rauchend und gelangweilt mit zwei anderen Mädchen in Hemel Hempstead herum und beschwerte sich darüber, dass alles die letzte Scheiße war. »Lauter Spastiker« sagte Carol und verzog angewidert den geschminkten Mund, während ihr Blick die High Street auf und ab wanderte.

»Und Scheißleute mit bekloppten Klamotten und einem miesen Leben«, stimmte Lisa ihr gehässig zu.

»Guck mal, ist das nicht deine Mum?« Andreas Augen, die

Wimpern dick geschminkt mit blauem Mascara, blickten böse und belustigt, und sie nickte mit dem toupierten Haarturm zu einer Frau auf der anderen Straßenseite hinüber. Mit einem schrecklichen Gefühl in der Magengrube sah Lisa ihre Mutter, hausbacken und lächerlich in ihrem »guten« Mantel. »Die?« hatte Lisa hämisch gesagt und den Rauch in einer langgezogenen Wolke ausgeblasen. »Das ist nicht meine Mum.«

Doch sie saß in Jacks Büro und sagte immer wieder mit erstickter Stimme: »Ich habe so hart gearbeitet. Ich habe so hart gearbeitet.«

Sie nahm kaum wahr, dass Jack in seinen Taschen wühlte. Man hörte das Rascheln einer Schachtel, das Klicken eines Feuerzeugs, roch den scharfen Geruch des Tabaks.

»Kann ich eine haben?« Sie hob kurz ihr tränenüberströmtes Gesicht.

»Die ist für Sie.« Er reichte ihr die angezündete Zigarette, die sie dankbar entgegennahm, und sie zog daran, als hinge ihr Leben davon ab. Sie rauchte sie in sechs gierigen Zügen auf.

Jack wühlte weiter. Teilnahmslos sah sie, wie er ein Rubbellos aus der einen und eine Quittung aus der anderen Tasche zutage beförderte. Dann fand er in einer Schreibtischschublade, wonach er suchte. Eine Papierserviette mit dem SuperMac-Logo, die er ihr in die Hand drückte.

»Ich wünschte, ich wäre einer von den Männern, die für solche Gelegenheiten ein großes, weißes, sauberes Taschentuch bei sich hätten«, sagte er sanft.

»'s geht schon.« Sie rieb sich mit dem Zellstoff über die salzigen Wangen. Mit jedem Zug an der Zigarette wurde ihr Schluchzen weniger, bis sie nur noch ein-, zweimal nach Luft schnappte.

»'s tut mir Leid«, sagte sie dann. Alles war langsamer geworden: ihr Puls, ihre Reaktionen, ihre Gedanken. Sie könnte einfach immer weiter in seinem Büro sitzen, zu benommen, um verlegen zu sein, zu erschöpft, um sich zu fragen, was eigentlich passiert war.

»Noch eine?«, fragte Jack, als sie die Zigarette ausdrückte. Sie nickte.

»Sie wissen, dass man Sie für den Job genommen hat, weil Sie die Beste sind«, sagte Jack, gab ihr die angezündete Zigarette und steckte dann sich selbst eine an. »Keine andere könnte eine Zeitschrift aus dem Nichts schaffen.«

»Komische Art, mich zu belohnen«, sagte sie mit einem erneuten trockenen Schluchzer.

»Sie sind erstaunlich«, sagte Jack voller Ernst. »Ihre Energie, Ihre Vision, Ihre Fähigkeit, Mitarbeiter zu motivieren. Ihnen entgeht nichts. Ich wünschte, Sie könnten sehen, wie sehr wir Sie schätzen. Sie gehen wieder zu den Modeschauen. Nicht dieses Jahr, aber bald.«

»Es ist nicht nur der Job, oder die Modeschauen.« Die Worte kamen ihr unbedacht über die Lippen.

»Sondern?«, sagte Jack, und seine Augen verdunkelten sich interessiert.

»Ich habe mich mit meinem Mann getroffen ...«

»Ihrem ... hhm?« Die verschiedenen Gefühle, die sich in Jacks Miene spiegelten, interessierten sie. Er war bekümmert. Obwohl sie im Moment keine Empfindung hatte, wusste sie, dass es ein gutes Zeichen war.

»Ich wusste nicht, dass Sie verheiratet sind«, sagte er schließlich.

»Das bin ich auch nicht. Also, eigentlich doch, aber wir haben uns getrennt.« Es tat ihr weh hinzuzufügen: »Wir lassen uns scheiden.«

Jack sah sie voller Unbehagen an. »Himmel! Ich habe so etwas nie durchgemacht, ich kann Ihnen also keine guten Ratschläge geben und so ... Ich meine, es hat Trennungen gegeben, das ist ja auch schlimm, aber nicht das Gleiche, denke ich mir. Auf jeden Fall, also, es klingt ...« Er suchte nach dem richtigen Wort, fand aber nichts, das dramatisch genug wäre. »... es klingt hart, es klingt sehr hart.«

Sie nickte. »Allerdings. Ich weiß nicht, warum ich Ihnen das erzähle.« Plötzlich hatte sie die Beherrschung über sich wieder; sie putzte sich die Nase, kramte in ihrer Tasche und klappte einen Spiegel auf. »Ich sehe zum Fürchten aus«, sagte sie forsch.

»Sie sehen gut aus, in meinen Augen ...«

Nach einer hastigen Reparatur mit Beauty Flash und All About Eyes sagte sie: »Ich sollte wieder an die Arbeit gehen. Ashling zusammenstauchen, Gerry zur Schnecke machen.«

»Sie brauchen nicht ...«

Einen kleinen Moment lang schlüpfte sie hinter ihrer Chefredakteurinnen-Maske hervor. »Sie waren sehr freundlich zu mir«, sagte sie aufrichtig. »Danke.«

42

»Der da, der große.« Ashling zeigte durch die Menge im River Club.

»Das ist dein Freund?«, fragte Clodagh ungläubig. »Der ist doch süß – ein bisschen wie Dennis Leary.«

»Ah, gar nicht wahr«, winkte Ashling ab, insgeheim aber war sie geschmeichelt.

Plötzlich fühlte sie sich so gut wie Clodagh. Zwar brauchte Clodagh offensichtlich eine Brille, aber was soll's? Und wenn sie Marcus erst einmal auf der Bühne erlebte!

Es war Samstagabend, und im River Club standen lauter Stars auf dem Programm. Nicht nur Marcus und Ted traten auf, sondern auch Bicycle Billy, Mark Dignan und Jimmy Bond.

»Schnell, beleg so viele Plätze wie möglich mit deiner Jacke und deiner Tasche«, sagte Ashling und stürzte sich auf einen freien Tisch. Die Komiker gaben ihnen die Ehre und würden an ihrem Tisch sitzen, und Joy und Lisa kamen auch noch. Sogar Jack Devine hatte gesagt, er würde vielleicht vorbeischauen.

Von der anderen Seite des Raumes hatte Ted Clodagh erspäht und kam herüber.

»Hallo«, rief er und strahlte über das ganze Gesicht. »Danke, dass ihr gekommen seid.«

Ted zog einen Stuhl heran und setzte sich so neben Clodagh, dass klar war, sie waren »spezielle« Freunde. Ashling beobachtete besorgt die Unterhaltung der beiden. Ein Blinder konnte sehen, dass Ted in Clodagh verschossen war, aber was war mit Clodagh? Sie hatte darauf bestanden, ohne Dylan auszugehen.

Ted plauderte wild drauf los, bis ihm auf einmal speiübel

wurde. Seine übliche Nervosität wurde durch Clodaghs Anwesenheit noch verstärkt. Mit bleichem Gesicht hastete er zur Herrentoilette.

Ashling sah zu. Clodagh folgte ihm nicht mit den Augen, als er im Zickzack davoneilte. Zum Glück! Ashling hielt ihre verrückten Gedanken im Zaum. Clodagh und Ted, das war doch lächerlich!

»Hallo.« Joy kam herein und bedachte Clodagh mit einem zurückhaltenden Nicken.

»Hallo«, sagte Clodagh und bemühte sich angespannt, ein Lächeln zustande zu bringen. In Joys Anwesenheit fühlte sie sich noch minderwertiger als sonst. Doch laut Ashling war Joy kürzlich von ihrem Typen sitzengelassen worden und musste mit Zartgefühl behandelt werden.

Dann fiel Clodaghs Blick auf jemanden, der sich ihrem Tisch näherte. Eine so strahlende, glänzende Frau, so schick und elegant, dass Clodagh in einen Abgrund der Unzulänglichkeit gestürzt wurde. Sie hatte sich stundenlang mit der Frage gequält, was sie an dem Abend, für das so sehr herbeigesehnte Vergnügen, anziehen sollte, und war mit dem Ergebnis eigentlich zufrieden, aber ein Blick auf die fantastischen Kleider und die auffallenden Accessoires dieser Frau führte dazu, dass Clodagh sich ganz jämmerlich vorkam. Als wäre ihr Erscheinungsbild naiv und ahnungslos zusammengeschustert. Es sah so aus, als käme die Frau zu ihnen. Jetzt zog sie sich das Jackett aus und begrüßte Ashling. Verdammt! Es musste …

»Meine Chefin, Lisa«, stellte Ashling sie vor.

Clodagh gelang ein stummes Kopfnicken, dann sah sie mit Eifersucht, dass Lisa Joy wie eine alte Freundin begrüßte. »Michael Winner, Prinz Edward oder Andrew Lloyd Webber. Und du *musst* mit einem von ihnen schlafen!«

»Dann schon Prinz Edward.« Joy war eher still. »David Copperfield, Robin Cook oder Wurzel Gummidge?«

»Igitt.« Lisa runzelte die Stirn. »Wurzel Gummidge – ich bitte dich! Robin Co… niemals. David Copperf… nein, das kann ich nicht. Dann muss ich doch Wurzel Gummidge nehmen. Igitt.«

Aus dem Bedürfnis heraus, dazugehören zu wollen, wandte sich Clodagh zu Ashling und sagte: »Brad Pitt, Joseph Fiennes oder Tom Cruise. Und du *musst* mit einem von ihnen schlafen!«

Lisa und Joy wechselten Blicke. Clodagh hatte das Spiel ganz offensichtlich nicht verstanden. Erst da merkte Clodagh, dass sie einen Fehler gemacht hatte.

»Oh«, sagte sie und spürte einen Stich, weil sie so dumm gewesen war. »Sie müssen unattraktiv sein, ja? Wer will was trinken?«

»Clodagh, darf ich vorstellen?«, sagte Ashling. Marcus war an ihren Tisch gekommen. »Marcus, das ist Clodagh, meine beste Freundin.«

Als Marcus Clodagh die Hand gab, fühlte sie sich ein bisschen besser. Er war nett und freundlich, nicht so gemein wie diese beiden Ziegen, Joy und Lisa.

»Ich wollte gerade eine Runde holen«, sagte Clodagh mit einem Lächeln. »Was möchtest du?«

»Nur einen Red Bull. Ich trinke nie vor einem Auftritt«, erklärte er freundlich.

»Ist gut, nachher hole ich dir einen richtigen Drink.« Steif fragte sie Joy: »Was möchtest du?«

»Red Square.«

»Red … wie?« Clodagh hatte nie von dem Getränk gehört.

»Das ist Wodka und Red Bull«, erklärte Ashling. »Ich nehme auch einen.«

»Ich auch«, sagte Lisa.

Dann will ich auch einen, beschloss Clodagh. Wenn in Rom … He, wer war das? Ein großer Mann mit unordentlicher Mähne kam herein und hielt sich befangen am Rande der Gruppe. Wunderbar! Nicht unbedingt ihr Typ – ein bisschen zu unordentlich –, aber trotzdem … Dann sah sie, wie Lisa sich an ihn heftete, als wäre sie mit Saugnäpfen ausgestattet.

»Was würde … ehm … Lisas Freund wohl gern trinken?«, fragte Clodagh Ashling.

»Wer? Oh, der, das ist nicht Lisas Freund, das ist unser Boss.«

»Und was möchte euer Boss trinken?«

Ashling schluckte einen Seufzer hinunter und sagte nicht besonders höflich: »Mr. Devine, das hier ist meine Freundin Clodagh, sie geht gerade zur Bar.«

Jack lächelte Clodagh zu, nahm ihre Hand und sagte: »Nennen Sie mich doch Jack.« Dann bestand er darauf, die Runde zu holen.

Ashling konnte sich eines Anflugs von Eifersucht nicht erwehren. Warum war er zu ihr nicht auch nett? Dann wandte sie ihre Aufmerksamkeit Marcus zu und fühlte sich augenblicklich besser. Vor der Vorstellung kamen seine Fans in einem steten Strom zu ihm. Hauptsächlich weibliche Fans. Als sie die Mädchen an den Tisch treten sah, schwoll ihr die Brust vor Stolz, weil er ihr Freund war. Sie empfand plötzlich große Genugtuung, dass sie ihn sich geangelt hatte. *Er hätte jede haben können*, dachte sie, *und er hat mich genommen.*

Es war Clodaghs Abend, daran gab es keinen Zweifel. Die Komiker – die von Lisa eingeschüchtert waren, von Joy die Nase voll hatten und Ashling gegenüber, als Marcus' Freundin, einen respektvollen Abstand hielten – umschwärmten Clodagh mit ihrem schwingenden neuen Haarschnitt, ihrem hübschen Gesicht und den engen weißen Hosen. Teds schmales, dunkles Gesicht war von Trauer überschattet, aber er wurde hoffnungslos an den Rand gedrängt.

Clodagh trank einen Red Square nach dem anderen und amüsierte sich prächtig. In einer der Pausen hörte Ashling, wie sie zu einer Gruppe Verehrer sagte: »Bevor ich geheiratet habe, war ich Jungfrau«, und mit einem Augenzwinkern hinzufügte: »Allerdings lange davor.«

Alle kugelten sich vor Lachen, und Ashling konnte nicht umhin zu denken, dass es so lustig nicht war. Jedoch verscheuchte sie den Gedanken; schließlich konnte Clodagh nichts dafür, dass sie so schön war. Und es war wirklich gut zu sehen, dass sie ihren Spaß hatte.

Dann schlug Clodagh die Beine übereinander, und die Blicke

aller verfolgten ihre Bewegung. Geistesabwesend ließ sie ihre bestickte Pantolette am großen Zeh schwingen, und Ashling beobachtete, wie mehrere Augenpaare – alles männliche – im Takt dazu hin und her pendelten, als wären sie hypnotisiert.

Teds Auftritt war ein Bombenerfolg, und als er, umgeben von dem Glanz des Triumphs, zu ihrem Tisch kam, sah Ashling, wie Clodagh Teds Schulter rieb und sagte: »Du warst spitze!«

Eine Weile später sah sie, wie Clodagh Jack Devine zulächelte und dabei ihre Zungenspitze zwischen den Zähnen hervorblitzen ließ. Dann wurde Bicycle Billy ebenso bedacht. O nein! Es war ihr Ich-bin-wunderbar-und-weiß-das-auch-Lächeln, zumindest hielt Clodagh es dafür, aber Phelim hatte es immer den »lüsternen Blick der verrückten Schreckschraube von Benny Hill« genannt.

Als Ashling das nächste Mal guckte, war Clodagh schon ziemlich hinüber. Anschmiegsam wie eine zutrauliche Katze rieb sie ihr Gesicht an den Schultern der Männer und erklärte allen mit einem charmanten Lallen: »Ich habe zwei Kinder, ich komme nicht viel raus.«

Sie umarmte Lisa und sagte mit großem Ernst: »Ich bin besoffen! Das liegt daran, dass ich nicht oft rauskomme.«

Dann bemerkte sie Ashlings Blick und rief: »Oh, Ashling, ich bin besoffen! Bist du jetzt sauer?« Aber bevor Ashling etwas erwidern konnte, hatte Clodagh sich abgewandt und erklärte Mark Dignan mit breiiger Stimme: »Isch hab swei Kinner und komm nich viel raus.«

Marcus war als Letzter dran mit seiner Nummer, und als er auf die Bühne ging, flüsterte und kicherte Clodagh mit Jack Devine. Ashling war verärgert. Sie hatte sich darauf gefreut, allen zeigen zu können, wie gut ihr Freund war.

»Psst«, sagte sie zu Clodagh, stieß ihr in die Rippen und nickte in Richtung Bühne.

»'tschuldigung«, sagte Clodagh – zu laut. Dann kreischte sie vor Lachen über alles, was Marcus sagte. Als er unter tosendem Applaus an den Tisch zurückkam, warf Clodagh sich ihm in die Arme und sagte: »Du warst ganz GROSSARTIG!«

Marcus befreite sich sanft von ihr und führte sie zurück zu ihrem Platz neben Ashling. Als er sich setzte, drückte er Ashlings Hand und lächelte ihr verschwörerisch zu.

»Sie hat Recht«, murmelte Ashling. »Du warst wirklich großartig.«

»Danke«, sagte er, und sie sahen sich einen fast unanständig langen Moment in gegenseitiger Bewunderung an.

»Ist das alles?«, wollte Clodagh wissen. »Keine witzigen Sachen mehr? Müssen wir jetzt nach Hause gehen?«

»Himmel, nein!« Jimmy Bond sah sie entsetzt an. »Die Bar ist bis zwei Uhr geöffnet.«

»Fantastisch!«, rief Clodagh und stieß an ein Glas auf dem Tisch. Es fiel um und entleerte seinen Inhalt über Bicycle Billys Oberschenkel.

»Tut mir Leidleidleidleid«, sagte Clodagh benommen. »Gott, tut mir so Leid.«

»Ah, die Ärmste«, sagte Ted mitfühlend, und alle um den Tisch sagten im Chor: »Sie kommt nicht viel raus.«

Mark Dignan war soeben an ihren Tisch zurückgekommen und registrierte Bicycle Billy, der sich mit dem Ärmel den durchnässten Oberschenkel rieb, und Clodagh, die sich mit schwerer Zunge entschuldigte. Bevor jemand sie kritisieren konnte, erklärte er den anderen, wobei er die Stirn mitleidvoll zusammenzog: »Sie hat zwei Kinder und kommt nicht viel raus.«

Dann fing Clodagh eine lange, intensive Unterhaltung mit einer Frau vom Nebentisch an. Es sah aus, als würden sie die Probleme der Welt erörtern, aber anscheinend wiederholten sie immer nur: »Wer selbst keine Kinder hat, kann das nicht verstehen«, und: »Genau, wenn du keine Kinder hast, verstehst du das nicht.«

Als Clodagh zur Toilette ging und zehn Minuten später noch nicht zurück war, suchte Ashling mit den Augen den Raum ab. Sie entdeckte Clodagh in angeregtem Gespräch mit einer Dreiergruppe von Mädchen. Beim nächsten Mal sprach Clodagh mit einem Mann und lachte. Kurz darauf redete sie mit zwei Jungen, und ihren Handbewegungen nach zu urteilen zeigte sie ihnen, wie man Milch aus der Brust drückte. Aber anscheinend war sie glücklich und die beiden Jungen ebenfalls, also beschloss Ashling, sich nicht einzumischen.

Kurz darauf ging Ashling zur Bar, und als sie ihre Bestellung aufgab, sah sie, wie Clodagh sich zwischen den Tischen hindurchschlängelte, gegen einen Tisch stieß und ein gutes Dutzend Gläser zum Wackeln brachte. »Hoppla!«, rief sie aus.

Zwei Männer an der Bar beobachteten Clodagh.

»Das ging gerade noch mal gut«, bemerkte der eine, als die Gläser sich wieder aufrichteten.

»Ah, ja«, sagte der andere, »aber sie hat zwei Kinder und kommt nicht viel raus.«

»Entschuldigung, könnten Sie aus einem Red Square einen Red Bull machen?«, fragte Ashling spontan den Barkeeper. Clodagh hatte genug getrunken.

Doch so betrunken Clodagh auch war, sie bemerkte sofort, dass man sie mit einem alkoholfreien Drink abgespeist hatte, und wurde etwas garstig.

»Du denks wohl, ich bin blöd«, beschwerte sie sich. »Du denks wohl, ich hab sie nich alle.«

»Sollten wir sie nach Hause bringen?«, fragte Marcus leise.

Ashling nickte voller Dankbarkeit.

»Ich gehe erst, wenn ich noch einen Dink gekriegt habe«, sagte Clodagh aufsässig.

Marcus erklärte ihr geduldig, wie einem Kind: »Weißt du, Ashling und ich wollen nach Hause gehen, und da scheint es eine gute Idee zu sein, wenn wir dich absetzen.«

»Geht doch nach Hause«, forderte Clodagh sie auf.

»Aber wir würden dich gern im Taxi mitnehmen.«

»Vielleicht komme ich«, sagte Clodagh schmollend, »aber nur, weil ich dich mag.«

»Braucht ihr Hilfe?«, fragte Ted hoffnungsvoll.

»Nein«, sagte Ashling bestimmt. »Wir bringen sie nur zu ihrem Mann nach Hause.«

Clodagh umfing Ted und drückte ihn, dann küsste sie ihn – wobei Ashling zusammenzuckte – auf die Stirn. »Du bist süß«, sagte sie warm. »Vergiss nicht, mich zu besuchen!«

»Bestimmt nicht.«

»Komm jetzt.« Ashling nahm ihren Arm, aber Clodagh hatte sich umgedreht und wollte sich von jemandem verabschieden.

»Bis bald, Jack«, rief sie.

»Bis bald, Clodagh. Hat mich gefreut, Sie kennen zu lernen«, sagte Jack lächelnd.

»Ich hab mich auch gefreut«, sagte Clodagh mit butterweicher Stimme. »Hoffentlich sehen wir uns ba – aua! Ashling! Du reißt mir noch den Arm aus!«

Mit grimmiger Miene bugsierte Ashling sie auf den Ausgang zu.

Im Taxi auf der Rückbank beklagte Clodagh sich bitter und ausgiebig darüber, dass Ashling und Marcus Spielverderber seien, dass sie nicht nach Hause wolle, dass sie sich sehr gut amüsiert habe und dass sie zwei Kinder habe und nicht viel rauskomme ... Dann, mitten in ihrer Tirade, verstummte sie. Das Kinn sank ihr auf die Brust – sie war eingeschlafen.

Als Dylan zur Haustür kam, sagte Marcus fröhlich: »Lieferung einer Betrunkenen. Bitte hier unterschreiben!«

Unter Stolpern und Hieven wurde Clodagh ins Haus gebracht, dann setzten Marcus und Ashling sich wieder ins Taxi.

»Hast du einen Stift?«, fragte Marcus, als sie durch die dunklen Straßen zu Ashlings Wohnung fuhren.

»Ja.«

»Und einen Zettel?«

Ashling suchte schon danach.

Aus dem Augenwinkel beobachtete sie, wie Marcus etwas aufschrieb. Es sah ziemlich genau so aus wie: »Lieferung einer Betrunkenen. Bitte hier unterschreiben.« Aber bevor sie sich versichern konnte, hatte er den Zettel weggesteckt.

Am Tag danach läutete um Viertel nach acht Ashlings Telefon.

Zu der frühen Stunde konnte es nur Clodagh sein, mit einem deftigen Kater. Und so war es auch.

»Ich bin seit halb sieben wach«, sagte sie reumütig, »und wollte mich entschuldigen für gestern Abend. Es tut mir wirklich Leid. Wirklich sehr Leid. Habe ich mich ganz fürchterlich danebenbenommen? Wahrscheinlich liegt es daran, dass ich zwei Kinder habe und nicht viel rauskomme.«

»Du warst gut in Form«, sagte Ashling. »Alle fanden dich toll.«

Clodagh? fragte Marcus stumm. Ashling nickte.

»Du warst wunderbar«, rief Marcus von seinem Kissen. »Total süß.«

»Wer ist das? Marcus? Wie nett von ihm. Sag ihm, dass ich ihn ganz großartig gefunden habe.«

»Sie fand dich großartig«, sagte Ashling zu Marcus.

Clodagh war nicht lange von ihrem Kummer abgelenkt. »Ich kann dir gar nicht sagen, wie sehr ich mich gefreut hatte auszugehen, und ich habe mich so gut amüsiert, aber jetzt wirst du mich nie mehr mitnehmen wollen. Es war der beste Abend seit Jahren, und ich habe ihn vermasselt.«

»Red keinen Unsinn. Du kannst jederzeit wieder mit uns ausgehen!«

»Jederzeit«, kam das Echo von Marcus.

»Ehm, Ashling, hast du eine Ahnung, wie ich nach Hause gekommen bin?«

»Marcus und ich haben dich im Taxi mitgenommen.«

»Ach ja«, sagte Clodagh erleichtert. »Ich erinnere mich.« Dann war sie wieder ganz klein: »Das stimmt gar nicht, ich erinnere mich nicht. Ich hab das schreckliche Gefühl, dass ich ein Bierglas umgestoßen habe, aber ich glaube, das bilde ich mir nur ein.«

»Ehm, genau.«

»Aber es ist schlimm, dass ich mich nicht erinnern kann, wie ich nach Hause gekommen bin.« Clodagh verstrickte sich weiter in Schuldgefühle. »Oh, mein Gott«, sagte sie mit einer Stimme, die vor Entsetzen in den Keller sank. Ihr war plötzlich etwas

Schreckliches eingefallen. »Ich habe das furchtbare Gefühl … ah, nein, das habe ich nicht gemacht.«

»Was denn?«

»Diese Mädchen, mit denen ich auf dem Klo gesprochen habe – eine von denen war schwanger. Ich glaube, ich habe ihr gezeigt, wie gut meine Dammstiche geheilt sind. Oh, großer Gott, hoffentlich stimmt das nicht«, stöhnte sie leise. »Ich muss mir das einbilden – es kann nicht anders sein.«

»Das glaube ich auch«, log Ashling prompt.

»Auch wenn ich es mir nicht einbilde, ich tue einfach so, als ob ich es mir einbilde. Das liegt alles an dem Red Bull«, behauptete sie. »Das Zeug rühr ich nie wieder an!«

Nachdem sie aufgelegt hatte, küsste Marcus Ashling sanft und fragte: »War ich gestern Abend gut?«

»Na ja … nein.« Ashling war überrascht. Sie hatten nicht miteinander geschlafen, als sie nach Hause kamen.

»Nein?« Seine Stimme war schrill.

O nein! Zu spät wurde Ashling bewusst, wovon der sprach. »Ach, auf der *Bühne*! Ich dachte, du meinst im Bett. Auf der Bühne warst du großartig, das habe ich dir gleich gesagt.«

»Besser als Bicycle Billy, ›einer der besten Komiker Irlands‹?«

»Du weißt, dass du besser bist.«

»Wenn ich es wüsste, brauchte ich nicht zu fragen.«

»Besser als Billy, besser als Ted, besser als Mark, besser als Jimmy, besser als alle anderen.« Ashling wollte gern weiterschlafen.

»Bist du sicher?«

»Ja.«

»Jimmys Show über Fußball-Fans war aber grandios.«

»Sie war okay«, sagte Ashling, auf der Hut.

»Wie okay?« Marcus ließ nicht locker. »Auf einer Skala von eins bis zehn?«

»Eins«, sagte Ashling gähnend. »Er war Scheiße. Lass uns weiterschlafen.«

43

Olivers Besuch hatte Lisas fragiles Gleichgewicht erschüttert. Bei der Arbeit war sie unaufmerksam, und die Anzahl ihrer bissigen Bemerkungen ging drastisch zurück. Schlimmer wurde alles noch dadurch, dass er sie nicht anrief. Sie hatte gehofft, er würde es tun, wenn auch nur, um eine witzige Mitteilung zu überbringen, wie: »Danke für den Fick.« Besonders, da er jetzt ihre Nummer hatte. Aber die Tage vergingen und die Hoffnung schwand.

Am fünften Tag war ihre Sehnsucht so groß, dass sie ihn anrief, doch sie wurde sofort mit dem Anrufbeantworter verbunden. Er war unterwegs, nahm sie an, er hatte seinen Spaß und lebte so, wie sie früher gelebt hatte. Mit einem Gefühl der Hoffnungslosigkeit legte sie auf; sie war zu aufgewühlt, um eine Nachricht zu hinterlassen.

Sie hätte wissen sollen, dass er nicht anrufen würde. Es war vorbei, das wussten sie beide, und wenn er einmal eine Entscheidung traf, blieb er dabei.

Sie war niedergeschlagen und unkonzentriert und konnte nicht aufhören, über die Fragen nachzudenken, mit denen sie sich vor sechs Monaten, vor neun Monaten, ja, vor einem Jahr hätte beschäftigen sollen. Was war mit ihrer Ehe geschehen? Was war alles schiefgegangen?

Wie so viele Beziehungen war auch ihre an der Kinderfrage zerschellt. Aber bei ihnen war es eine besondere Variante: Er wollte Kinder, sie nicht.

Sie hatte ge*glaubt*, dass sie Kinder wollte. Es gab eine Phase, da war absolut jede, die irgendwie zählte, schwanger: verschiedene

Spice Girls, jede Menge Models, mehrere Schauspielerinnen. Ein runder Bauch war ebenso eine Aussage des Stils wie ein Pashmina-Schal oder eine Gucci-Handtasche: Schwangerschaft war in. Sie hatte es sogar auf einer Liste stehen: Schwangerschaft ist in, Edelsteine sind out.

Kurz darauf war es in, mit einem kleinen süßen Baby in einem schwarzen Jogging-Buggy gesehen zu werden – ohne ihn ging man nicht auf die Straße. Lisa, deren Argusauge auch noch das winzigste Auf und Ab der Trends registrierte, bemerkte auch diese Entwicklung.

»Ich will ein Kind«, sagte sie zu Oliver.

Oliver war nicht so scharf darauf. Er mochte ihr schickes, schnelles Leben und wusste, dass ein Kind wie eine Bremse wirken würde. Keine Partys mehr bis zum Morgengrauen, keine weißen Sofas mehr, keine spontanen Last-minute-Trips nach Mailand. Oder nach Las Vegas. Selbst nach Brighton nicht. Schlaflose Nächte gäbe es dann nicht mehr dank einer Dosis außerordentlich reinen Kokains, sondern dank eines schreienden Kindes. Das ganze verfügbare Einkommen könnte nicht mehr für Jeans von Dolce & Gabbana verpulvert werden, sondern würde für Berge von Zellstoffwindeln draufgehen.

Doch Lisa machte sich an die Arbeit und überzeugte ihn nach und nach. Sie appellierte an seinen Macho-Stolz: »Willst du nicht, dass deine Gene weitergetragen werden?«

»Nein.«

Und dann, eines Tages, als er neben ihr im Bett lag, sagte er: »Okay.«

»Was ist okay?«

»Okay, wir machen ein Kind.« Bevor Lisa ihrer Freude Ausdruck verleihen konnte, hatte er die Blisterpackung mit der Pille von dem Bord hinter dem Bett genommen und sie mit großem Zeremoniell in der Toilette runtergespült.

»Kein Sicherheitsnetz, Babes.«

In ihrer Fantasie trug Lisa bereits ein süßes schokoladenfarbenes Baby auf ihren schlanken Hüften. »Ein Baby ist keine Puppe«, erläuterte Fifi. »Es ist ein menschliches Wesen und bedeutet viel Arbeit.«

»Das weiß ich«, hatte Lisa grob erwidert, aber eigentlich wusste sie es nicht.

Dann wurde jemand in der Redaktion schwanger. Arabella, eine scharfzüngige, etwas gefährliche Frau, zackig wie eine Peitsche und immer tadellos gekleidet. Von einem Tag zum nächsten war ihr ständig hundeelend. Einmal übergab sie sich sogar in den Papierkorb. Wenn sie nicht gerade auf der Toilette war oder sich übergeben musste, saß sie über ihren Schreibtisch gebeugt, knabberte an einem Stück Ingwerwurzel und war zu erschöpft, um zu arbeiten.

Und das Essen! Trotz ihrer ständigen Übelkeit vertilgte sie Berge von Essen. »Das einzige, was mir die Übelkeit nimmt, ist Essen«, murmelte sie und schob sich noch eine Fleischpastete in den Schlund. In kürzester Zeit sah sie aus, als wäre sie bis zum Kopf in Sand eingebuddelt. Es wurde noch schlimmer. Ihr einst glänzendes Haar wurde plötzlich aus unerklärlichen Gründen kraus, und am Mund bildete sich ein Herpes. Im Gesicht hatte sie eine Schuppenflechte, und ihre Nägel fingen an abzubrechen. In Lisas überkritischen Augen ähnelte sie eher einem Pestopfer als einer Schwangeren.

Besonders verstörend war die Tatsache, dass Arabellas Konzentration nachließ. Mitten in einem Interview vergaß sie Nicole Kidmans Namen und konnte sich nur noch an deren Spitznamen erinnern: Nicole Skidmark. Sie vergaß, ob ihr John-Rocha-Wickelrock aus Velcro aus dieser Saison oder aus der letzten stammte. Und diese Dinge waren von elementarer Wichtigkeit, stellte Lisa alarmiert fest. Es kam der Tag, da Arabellas Fähigkeit, sich zwischen einem White Magnum und einem Classic Magnum zu entscheiden, sie gänzlich verließ. »Wei… nein, Class… nein, nein, warte. Weiß. Eindeutig Weiß. Nein, Classic …« Auf diese Weise hätte sie England verloren.

»Mein Gehirn ist zu Gelee geworden«, klagte sie.

Voller Entsetzen ging Lisa zu einer anderen Frau, die ihr Kind schon bekommen hatte. Eloïse war Redakteurin in dem Unterhaltungsressort von *Chic Girl.*

»Wie geht es dir?«, fragte Lisa.

»Ich bin ein Wrack, akuter Schlafmangel«, sagte Eloïse.

Und schlimmer noch, obwohl es schon sechs Monate her war, dass Eloïse ihr Baby bekommen hatte, sah sie *immer noch* aus, als wäre sie bis zum Hals in einem Sandhaufen eingebuddelt.

Und da war noch etwas. Sie interessierte sich nicht mehr für die Dinge, sie hatte ihren Biss verloren. Sie war die Redakteurin, die ehemals als Attila bekannt war. Aber jetzt kam sie einem eher vor wie ein scheues Reh.

Von einem Moment zum nächsten verwarf Lisa die Idee. Sie wollte kein Kind haben, Kinder zerstörten das Leben. Für Models und Spice Girls mochte es angehen. Die hatten Heerscharen von Kinderfrauen, die darauf achteten, dass man genug Schlaf bekam, einen persönlichen Trainer, der darauf bestand, dass man wieder schlank wurde, und einen Privatfriseur, der einem die Haare kämmte, wenn man selbst keine Energie dazu hatte.

Aber inzwischen war Oliver sehr angetan von der Idee. Und es war eine von Olivers Eigenschaften, dass er eine einmal getroffene Entscheidung höchst selten umstieß.

Heimlich fing sie wieder an, die Pille zu nehmen. Auf keinen Fall würde sie ihre kostbare Karriere zerstören.

O ja, Lisas Karriere.

Oliver hatte auch dagegen Einwände gehabt, stimmt's?

»Du bist ein Workaholic«, beschuldigte er sie ein ums andere Mal, während Frustration und Zorn in ihm wuchsen.

»Das sagen Männer immer über erfolgreiche Frauen.«

»Nein, ich meine nicht, dass du zu viel arbeitest, obwohl du das tust. Babes, du bist *obsessiv*. Du sprichst nur von der Redaktion, von den Auflagenzahlen, von der Konkurrenz. ›Wenigstens haben wir die besseren Anzeigenkunden.‹ ›Den Artikel haben wir schon vor sechs Monaten gebracht.‹ ›Ally Benn hat es auf mich abgesehen.‹«

»Das stimmt ja auch.«

»Nein, es stimmt nicht.«

Wütend, weil er sie nicht verstand, funkelte Lisa Oliver an. »Du hast keine Ahnung, wie es ist. Sie wollen alle meine Position, die ganzen Zwanzigjährigen. Sie würden mich packen und mir ein Messer in den Rücken stoßen, wenn sich ihnen die Möglichkeit bieten würde.«

»Nur weil du so denkst, heißt das nicht, dass alle anderen auch so denken. Du bist paranoid.«

»Das stimmt nicht. Ich sage nur, wie es ist. Sie sind nur sich selbst gegenüber loyal.«

»Wie du auch, Babes. Du bist zu hart geworden, du hast zu viele Menschen an die Luft gesetzt. Du hättest Kelly nicht rauschmeißen dürfen – sie ist süß und war auf deiner Seite.«

Für den Bruchteil einer Sekunde war sie beschämt. »Sie konnte nicht mithalten, sie hatte nicht den richtigen Biss. Ich brauche eine Unterhaltungsredakteurin, die nicht davor zurückschreckt, die Axt zu schwingen. Nette Menschen wie Kelly behindern eine Zeitschrift.«

Sie pflanzte sich vor Oliver auf. »Es hat mir keinen Spaß gemacht, sie zu feuern, wenn du das denkst. Ich fand sie nett, aber ich hatte keine Wahl.«

»Lisa, ich finde, du bist top. Das habe ich immer getan. Ich ...« Er brach ab und suchte nach den richtigen Wörtern. »... Ich bewundere dich, ich respektiere dich ...«

»Aber?«, unterbrach Lisa ihn mit scharfem Ton.

»Aber es gibt mehr im Leben, als die Beste sein zu wollen.«

Ein spöttisches Lachen. »Das finde ich nicht.«

»Aber du *bist* die Beste. Du bist so jung und so erfolgreich, warum reicht dir das nicht?«

»Das ist das Problem mit dem Erfolg«, murmelte Lisa, »man muss sich ständig selbst übertreffen.«

Wie sollte sie erklären, dass sie immer mehr wollte, je mehr sie hatte? Nach jedem Erfolg fühlte sie sich leer, deswegen jagte sie dem nächsten hinterher, in der Hoffnung, vielleicht diesmal ans

Ziel zu kommen. Befriedigung war flüchtig und vergänglich, und der Erfolg bewirkte nur, dass sie nach immer mehr gierte.

»Warum ist das alles so wichtig?«, hatte Oliver verzweifelt gefragt. »Es ist doch nur ein Job.«

Lisa zuckte zusammen. Oh, da irrte er sich sehr. »Es ist mehr. Es ist … alles.«

»Du wirst anders darüber denken, wenn du schwanger bist.«

Augenblicklich brach ihr bei dem entsetzlichen Gedanken der Schweiß aus. Sie würde nicht schwanger werden, sie musste es ihm sagen. Aber sie hatte es versucht, und er hatte sie ins Leere laufen lassen.

»Lass uns am Wochenende wegfahren, Babes«, hatte Oliver vorgeschlagen, doch der fröhliche Ton entsprach nicht seiner Stimmung. »Nur du und ich, wir lassen die Seele baumeln, wie früher.«

»Am Samstag muss ich für ein paar Stunden in die Redaktion. Das Layout muss geprüft werden, bevor es in den Druck geht …«

»Das kann doch Ally machen.«

»Auf gar keinen Fall! Sie würde es vermasseln, nur um mich reinzulegen.«

»Da hast du es«, sagte er bitter. »Du bist wie besessen, und ich sehe dich nie, außer bei Redaktionspartys.« Dann fügte er hinzu: »Und es macht auch keinen Spaß mehr mit dir.«

Es gab eine stetige Reihe von bitteren Ernüchterungen und Enttäuschungen, eine nicht abreißende Litanei von Anschuldigungen und Vorwürfen, eine zunehmende Entfremdung und Isolierung voneinander. Zwei Menschen, die zu einem verschmolzen waren, wurden wieder zwei scharf konturierte Einzelwesen.

Irgendetwas würde reißen, und so war es auch.

Am Neujahrstag fand Oliver eine Packung Pillen in Lisas Handtasche. Nach einem heftigen und ausgedehnten Wortwechsel verfielen sie in Schweigen. Oliver packte seine Taschen (und eine von Lisas) und ging.

44

»Wer holt heute die Sandwiches?«, fragte Lisa
»Ich«, sagte Trix schnell. Verdächtig schnell.

Trix liebte nichts mehr, als die Sandwiches zu holen, und zwar nicht, weil sie ihren Kollegen gern einen Dienst erwies, sondern weil sie so in den Genuss einer zweistündigen Mittagspause kam. Der Weg zum Sandwich-Shop dauerte vier Minuten, sechs weitere brauchte sie, um die Bestellung aufzugeben, zu bezahlen und die Sandwiches an der Ausgabe abzuholen. Das hieß, sie hatte noch fünfundvierzig Minuten, um durch die Geschäfte in Temple Bar zu gehen, bevor sie ins Büro zurückkam und sich lauthals über die unentschlossenen Kunden in der Schlange vor ihr und über die Vollidioten, die dort arbeiteten und den Unterschied zwischen Hühnchen und Avocado nicht kannten, beschwerte oder von dem Mann erzählte, der einen Herzinfarkt bekam, woraufhin sie ihm den Kragen lockern und bei ihm warten musste, bis der Krankenwagen kam …

Obwohl alle bis über die Ohren in Arbeit steckten – schließlich war es nur noch ein Monat bis zum Erscheinungsdatum von *Colleen* – hatten sie ihre Freude an den zunehmend wilden Geschichten, die Trix ihnen erzählte.

Dann aß sie eine Viertelstunde lang ihr Sandwich, bevor sie auf die Uhr sah und verkündete: »Ein Uhr siebenundfünfzig, ich gehe jetzt in die Mittagspause, um zwei Uhr siebenundfünfzig bin ich wieder da.«

»Heute möchte ich etwas anderes als sonst zum Lunch«, sagte Lisa.

»Ah, einen Burger King.« Trix nickte verständnisvoll.

»Nein.«

»Nein?«

»Lunch bedeutet nicht nur Sandwiches und Burger Kings.«

Trix sah sie verdutzt an.

»Willst du etwa Obst haben?« Sie zog die Stirn mit der dicken Make-up-Schicht kraus. Sie wusste, das Lisa manchmal Äpfel und Weintrauben und solche Sachen aß. Trix aß nie Obst. Niemals. Darauf war sie stolz.

»Ich möchte Sushi.«

Die Vorstellung war für Trix so abstoßend, dass es ihr einen Moment lang die Sprache verschlug. »Sushi?«, platzte es dann aus ihr heraus. »Meinst du rohen Fisch?«

Am Wochenende hatte Lisa gelesen, dass eine Sushi-Kette eine Filiale in Dublin eröffnet hatte, und nun hoffte sie, dass eine Kostprobe des Angebots sie aus ihrer durch Oliver ausgelösten Depression herausholen würde. Aber sie hatte auch gehofft, dass der Comedy-Abend am Samstag das bewirken würde, was jedoch vergebens gewesen war, und das, obwohl Jack gekommen war und sich den Abend über viel mit ihr befasst hatte – wenn er nicht gerade mit Clodagh beschäftigt war.

»Einige deiner besten Freunde sind Fische«, sagte Lisa matt.

»Wie oft soll ich dir noch erzählen, dass im Wagen keine Fische sind, wenn ich drin bin?«

»Hier, ich habe einen kleinen Plan gezeichnet«, sagte Lisa. »Bestell einfach eine Bento-Box.«

»Eine Bento-Box? Hast du dir das ausgedacht?«

»Nein, Sushi zum Mitnehmen wird so eingepackt. Im Geschäft wissen sie schon, was du meinst.«

»Eine Bento-Box«, wiederholte Trix misstrauisch.

»Wer will eine Bento-Box?« Jack stand in der Tür seines Büros.

»Sie«, jammerte Trix, und im selben Moment sagte Lisa: »Ich.« Trix hob zu einer lautstarken Klage, dass Lisa sie durch die ganze Stadt schickte, um rohen Fisch zu holen, und dass ihr schon bei dem Gedanken ganz schlecht würde …

»Jemand anders kann ja die Sachen holen, wenn dir das lieber ist«, sagte Jack sanft.

»Nein, ist schon gut«, sagte Trix schmollend – aber ohne zu zögern.

Dann sagte Jack, zur Überraschung aller: »Du kannst mir auch eine holen.«

Mit offenem Mund sah Lisa zu, wie Jack in seiner Hosentasche nach Geld kramte, wobei er seine Schulter bis zum Kinn hochzog. Aus irgendeinem Grund hatte sie Jack als jemanden eingestuft, der Braten mit Gemüse und Kartoffeln aß. Nach dem Motto: »Wenn ich es nicht aussprechen kann, dann esse ich es auch nicht.« Aber er hatte in den Staaten gelebt. Er zog seine Hand hervor. Zwischen den Fingern hielt er einen Parkschein, den er traurig musterte.

»Der nützt mir nichts«, sagte er und begann von neuem zu kramen. Diesmal förderte er eine Fünf-Pfund-Note zutage, die schon bessere Zeiten gesehen hatte, und reichte sie Trix.

»Die nehmen sie vielleicht nicht«, gab Trix zu bedenken. »Was haben Sie damit gemacht? Die sieht aus, als wäre sie im Krieg gewesen.«

»Wahrscheinlich ist das der Schein, der in der Wäsche war«, erklärte Jack. »Ich habe ihn in meinem Hemd stecken gelassen.«

Trix war entsetzt. Wie konnte jemand sein Geld in einer Tasche vergessen? Sie wusste immer, wie viel Geld sie hatte, bis auf die letzten zehn Pence. Geld war zu kostbar, als dass man es in einer Tasche vergessen konnte.

Jack ging zurück in sein Büro, gerade als Kelvin hereinkam. Er war bei einer Presseveranstaltung gewesen und kam erst jetzt in die Redaktion. »Soll ich euch mal was sagen?«, keuchte er.

»Was denn?«

»Mit Jack und Mai ist es aus.«

»Nicht gelogen, Sherlock.« Trix klang höhnisch.

»Nein, ich meine, wirklich aus. Ganz wirklich. Diesmal ist es nicht aus wie in *Who's Afraid of Virginia Woolf?* Ganz vorbei, wirklich aus, sie haben sich seit einer Woche nicht gesehen.«

»Woher weißt du das?«

»Ich, eh, ich habe Mai am Wochenende getroffen. Im Globe. Ihr könnt mir glauben«, sagte er und nickte bedeutungsvoll in die Runde. »Es ist aus.«

»Gott, du bist zu albern«, höhnte Trix. »So zu tun, als hättest du mit ihr geschlafen.«

»Nein, ich – gut, das stimmt zwar, aber es ist trotzdem aus.«

»Warum?«, fragte Ashling.

Kelvin zuckte die Schultern. »Es ging einfach nicht weiter.«

Lisa war erstaunt, welche Verwandlung diese Information in ihr bewirkte. Plötzlich erschien ihr das Leben nicht mehr so öde. Jack war frei, und sie *wusste,* dass sie eine Chance hatte. Er hatte sie von Anfang an gemocht, aber seit dem Tag letzte Woche, als sie in seinem Büro geweint hatte, waren die Dinge zwischen ihnen verändert. Ihre Verletzbarkeit und sein Einfühlungsvermögen hatten sie einander nähergebracht.

Und noch etwas fiel ihr auf. Sie mochte ihn. Nicht so, wie damals, als sie neu in Dublin war, mit ihrer aggressiven Ich-kriege-immer-was-ich-will-Haltung. Damals waren es sein Aussehen und seine Position gewesen, die sie interessierten, und indem sie sich an ihn ranmachte, hatte sie sich von ihrem Unglück abgelenkt.

Als er aus seinem Büro kam, um etwas zu fotokopieren, stellte sie sich neben ihn und sagte mit glänzenden Augen: »Das hätte ich nie gedacht.«

»Was denn?«

»Dass Sie ein Sushi-Sozialist sind«, sagte sie neckend und schwang ihr Haar herum.

Seine Pupillen weiteten sich, so dass seine Augen fast schwarz wurden, und ihre Blicke trafen sich. Ihrer war provozierend, seiner eher missmutig – aber auch intim. Ein Blick zwischen Gleichen.

Fünfzig Minuten später klapperte Trix wieder ins Büro. Sie hatte den Griff des Sushi-Beutels über den kleinen Finger gehängt und hielt ihn so weit weg vom Körper wie möglich.

»Und wie ist es dir heute ergangen?«, fragte Jack sie. »Bist du in einen Banküberfall geraten? Oder von Außerirdischen gekidnappt worden?«

»Nein«, sagte Trix, »Ich musste bei O'Neills reingehen und mich übergeben.«

»Hier.« Fast warf sie Lisa die Tüte zu und trat dann einige Schritte zurück und schüttelte sich ausgiebig. »Igitt.«

Lisa hatte gehofft, Jack würde ihr vorschlagen, gemeinsam mit ihm hinter geschlossenen Türen ihr Sushi zu essen. Sie hatte sich ausgemalt, wie sie sich gegenseitig die Bissen in den Mund steckten und mehr als nur rohen Fisch miteinander teilten. Stattdessen zog er einen Stuhl an Lisas Schreibtisch heran und holte mit seinen großen, geschickten Händen die Essstäbchen, Papierservietten und Bento-Boxen aus der Tiefe der Tüte. Er stellte eine Bento-Box vor Lisa auf den Tisch, öffnete mit einem Knistern den Deckel und präsentierte ihr mit großartiger Geste eine Reihe Sushi. »Madame, Ihr Lunch«, sagte er gut aufgelegt. »Passen Sie nur auf, dass Ihnen nicht übel wird.«

Sie konnte die Gefühle, die seine Handgriffe in ihr auslösten, nicht exakt benennen, sie waren verflogen, sobald sie nach einem Namen dafür suchte. Aber es waren gute Gefühle: Sie fühlte sich sicher, beachtet, zugehörig. Unter den Augen der anderen im Büro aßen Lisa und Jack ihr Sushi wie Erwachsene.

Ashling war entgeistert, konnte aber die Augen nicht abwenden. Immer wieder wanderte ihr Blick hinüber, wie zu einem schrecklichen Autounfall, und dann zuckte sie zusammen und wünschte, sie hätte nicht geguckt.

Was sie sah, war nicht nur roher Fisch. Sie sah kleine Reispäckchen mit rohem Fisch in der Mitte, die nach einem komplizierten Ritual verspeist wurden.

Eine grüne Paste wurde in einer braunen Soße – mit Sicherheit Sojasoße – verrührt, und die Unterseite des Sushi wurde hineingestippt. Fasziniert sah Ashling zu, wie Jack mit seinen Stäbchen eine durchsichtige rosafarbene Scheibe aufhob und gekonnt auf ein Reis-mit-Fisch-Päckchen legte.

Sie sprach, bevor sie sich dessen richtig bewusst wurde. »Was ist das?«

»Eingelegter Ingwer.«

»Warum macht man das?«

»Weil es gut schmeckt.«

Ashling sah noch ein paar Momente zu, bevor sie herausplatzte: »Und wie schmeckt es? Das Ganze da?«

»Köstlich«, erklärte Jack. »Man hat den pikanten Geschmack von Ingwer, die Schärfe von Wasabi – das ist die grüne Paste – und die Süße des Fischs. Es ist unvergleichlich und es macht süchtig.«

Neugier regte sich in Ashling. Sie wollte es unbedingt schmecken, probieren, aber mal ehrlich, es war *roher Fisch* … also, er war *roh*!

Fisch!

»Probieren Sie mal«, sagte Jack und hielt ihr die Stäbchen entgegen, zwischen denen er ein in Soße getunktes Sushi hielt.

Spontan wich Ashling zurück und wurde über und über rot. »Nein, danke.«

»Warum nicht?« Seine dunklen Augen lachten über sie. Schon wieder!

»Weil es roh ist.«

»Aber Räucherlachs essen Sie?«, fragte Jack und konnte seine Belustigung nicht verbergen.

»Ich nicht«, erklärte Trix störrisch aus sicherer Entfernung. »Lieber würde ich mir Nadeln in die Augen stecken.«

»Zum letzten Mal. Möchten Sie nicht doch probieren?«, beharrte Jack und sah sie dabei unentwegt an. Steif schüttelte Ashling den Kopf und biss von ihrem Käse-Schinken-Sandwich ab; sie war erleichtert, fühlte sich aber auch seltsam beraubt.

Lisa war froh, als Ashling sich abwandte. Sie genoss die Nähe zu Jack und war voller Bewunderung für die Art und Weise, wie er die Stäbchen handhabte. Gekonnt und mit Stil, als wäre er damit aufgewachsen. Mit ihm konnte man zu Nobu gehen; er würde einen nicht in Verlegenheit bringen, weil er sich Messer und Gabel bringen ließ. Sie selbst kam auch ganz gut mit Stäbchen zurecht. Schließlich hatte sie lange genug geübt, bei sich zu Hause, und Oliver hatte sie ausgelacht: »Wen willst du damit beeindrucken, Babes?«

Der Gedanke an Oliver war schmerzlich, aber das würde vergehen. Jack würde ihr dabei helfen.

»Ich tausche meinen Aal gegen eine California-Roll«, bot Lisa an.

»Ist der Aal zu fett für Sie?«, fragte Jack.

Lisa wollte protestieren, dann sagte sie lachend: »Ja.«

Wie sie geahnt hatte, war Jack damit zufrieden, ihren rohen Aal zu essen. Selbst für eine Stilbesessene wie sie war roher Aal zu viel. Aber Männer, die aßen alles, je ekliger, desto besser: Kaninchen, Emu, Schlangen, Känguru …

»Das sollten wir öfter machen«, schlug Lisa vor.

»Klingt gut«, sagte Jack, lehnte sich auf seinem Stuhl zurück und sah sie an. »Das sollten wir tun.«

45

»Du wirst es nicht glauben!« Es war Donnerstagabend. Marcus war gerade bei Ashling angekommen, ein Video unter dem Arm. Seine Augen leuchteten vor Aufregung. »Ich trete am Samstag in der Show von Eddie Izzard auf.«

»W… wie denn das?«

»Steve Brennan war dafür vorgesehen, aber er musste ins Krankenhaus mit Verdacht auf Creutzfeldt-Jakob. Wie sich das so ergibt! Es ist eine riesige Show.«

Ashlings Gesicht verdunkelte sich vor Enttäuschung. »Ich kann nicht kommen.«

»Was?«, fragte Marcus scharf.

»Ich hab dir doch gesagt, dass ich am Wochenende zu meinen Eltern nach Cork fahre.«

»Sag ab!«

»Das geht nicht. Ich habe es so lange aufgeschoben, dass ich nicht schon wieder absagen kann.«

Ihre Eltern hatten sich so gefreut, als sie endlich einen Besuch bei ihnen ankündigte, dass ihr bei dem Gedanken, ihnen abzusagen, ganz heiß wurde.

»Fahr das Wochenende drauf!«

»Das geht nicht – ich muss arbeiten. Wir haben wieder einen Fototermin.«

»Es ist sehr wichtig für mich, dass du dabei bist«, sagte Marcus mit fester Stimme. »Es ist ein großer Auftritt, und ich will ein paar neue Sachen ausprobieren. Ich brauche dich.«

Ashling wand sich im Widerstreit der Gefühle. »Es tut mir Leid. Jetzt bin ich mich so weit, dass ich zu ihnen fahren will, und es ist Ewigkeiten her… Ich hab sogar schon meine Fahrkarte«, fügte sie noch hinzu. Als sich sein Ausdruck verletzt verfinsterte, krampfte sich ihr Inneres zu einem Knoten zusammen.

Es war furchtbar für sie, ihn enttäuschen zu müssen, aber entweder das, oder sie enttäuschte ihre Eltern. Sie wollte es gern allen recht machen, so dass dies für sie die schrecklichste Situation überhaupt war: Was immer sie tat, sie würde jemanden verletzen.

»Es tut mir wirklich Leid«, sagte sie aufrichtig. »Aber meine Beziehung zu meinen Eltern ist so schon schwierig genug, und wenn ich jetzt nicht fahre, wird alles nur noch schlimmer.«

Sie wartete darauf, dass er sie fragen würde, inwiefern die Beziehung schwierig war. Sie würde es ihm erklären, beschloss sie. Aber er sah sie nur verletzt an.

»Es tut mir Leid«, sagte sie noch einmal.

»Ist schon gut.«

Aber es war nicht gut. Obwohl sie eine Flasche Wein aus dem Kühlschrank holten und es sich mit dem Video, das er gebracht hatte, bequem machten, war die Stimmung gedrückt. Der Wein brachte ihnen keinen Rausch und Ardal O'Hanlon war nie weniger lustig. Schuldgefühle lasteten auf Ashling, so dass all ihre Versuche, ein Gespräch in Gang zu bekommen, fehlschlugen. Es war das erste Mal, seit sie Marcus kennen gelernt hatte, dass ihr nichts zu sagen einfiel.

Als es nach zwei angespannten Stunden zehn Uhr war, stand Marcus auf, tat, als müsste er sich strecken, und sagte: »Ich sollte wohl besser gehen.«

Ein Klumpen bildete sich in ihrem Magen. Normalerweise blieb er über Nacht.

Plötzlich hatte sie einen schrecklichen Gedanken: Wenn dies nicht einfach ein Streit war, sondern das Ende? Während sie Marcus in großen Schritten zur Tür gehen sah, überlegte sie in Windeseile, welche Möglichkeiten ihr blieben. Vielleicht sollte sie ihren Besuch in Cork verschieben; was machten ein, zwei Wochen schon aus, ihre Beziehung mit Marcus war viel wichtiger…

»Marcus, lass mich mal überlegen«, sagte sie mit panikerfüllter Stimme. »Vielleicht kann ich meine Eltern ein paar Wochen später besuchen.«

»Ach, ist schon in Ordnung.« Er brachte den Hauch eines Lächelns zustande. »Ich krieg das schon hin. Aber ich werde dich vermissen.«

Die Erleichterung dauerte nur einen kurzen Moment. Vielleicht war doch noch nicht alles vorbei, aber er wollte trotzdem gehen. »Wir können uns morgen Abend sehen«, schlug sie vor in dem Bemühen, etwas zu retten. »Ich fahre erst Samstagmorgen.«

»Ach nein«, sagte er und zuckte die Schultern. »Wir warten, bis du wieder da bist.«

»Na gut«, stimmte sie zögernd zu. Sie hatte Angst, dass es zu einem tieferen Bruch kommen würde, wenn sie darauf beharrte. »Ich bin am Sonntagabend wieder da.«

»Ruf mich an, wenn du angekommen bist!«

»Klar. Der Zug soll um acht ankommen, sofern es keine Zwischenfälle gibt, und manchmal muss man Schlange stehen für ein Taxi; ich weiß also nicht ganz genau, wann ich nach Hause komme, aber ich rufe dich sofort an, wenn ich wieder da bin.« In dem Wunsch, es ihm recht zu machen, plapperte sie hilflos drauflos.

Ein Kuss – nicht lang oder leidenschaftlich genug, um sie zu beruhigen – und weg war er.

Wie ein Alkoholiker, der wieder zum Stoff greift, sobald Schwierigkeiten auf ihn zukommen, holte Ashling als Erstes ihre Tarot-Karten hervor. Sie hatte sie in letzter Zeit übel vernachlässigt, und wenn Joy sie nicht hin und wieder konsultiert hätte, nachdem sie von dem Halb-Mann-halb-Dachs-Typen hängengelassen worden war, hätte sich auf ihnen schon längst eine dicke Staubschicht gebildet. Aber die nicht besonders aussagekräftigen Karten, die sie zog, gaben ihr keinen Trost.

Ashling war aufgebracht und erregt und spürte – wie so oft – heftigen Ärger auf ihre Familie. Wenn ihre Familie normal wäre, würde so etwas nicht passieren. Sie dachte über Marcus nach. Dass er unsicher war, warf sie ihm nicht vor. Wie er sich auf eine

Bühne stellen und seine Sachen machen konnte, war ihr unbegreiflich.

Bitterkeit und Bedauern bewirkten, dass sie nicht schlafen konnte. Sie musste mit jemandem sprechen. Aber Joy war nicht die Richtige, und das lag nicht nur daran, dass zur Zeit »alle Halb-Mann-halb-Dachs-Typen sind Schweine« ihr einziges Thema war. Clodagh oder Phelim waren die Einzigen, die in Frage kamen, denn sie wussten alles, was es über Ashlings Familie zu wissen gab. Bei ihnen könnte sie mit Verständnis und der gewünschten Anteilnahme rechnen. Aber in Australien meldete sich nur Phelims Anrufbeantworter, also beschloss Ashling, trotz fortgeschrittener Stunde Clodagh anzurufen. Nachdem Ashling sich entschuldigt hatte, weil sie Clodagh geweckt hatte, sprudelte die ganze Geschichte nur so aus ihr heraus, und am Schluss rief Ashling aus: »Dabei habe ich gar keine Lust, meine Eltern zu besuchen.«

Clodagh jedoch sprach nicht die erwünschten tröstenden Worte. Stattdessen sagte sie verschlafen: »Ich gehe hin und seh mir Marcus' Show an.«

»Nein, ich meine nicht …«

»Ich kann mit Ted gehen.« Clodaghs Stimme wurde munterer, als sie sich mit dem Gedanken anfreundete. »Ted und ich gehen an deiner Stelle hin und leisten moralische Unterstützung.«

Ashling fühlte sich nur noch schlechter. Sie wollte nicht, dass Clodagh und Ted sich zu nahe kamen.

»Und was ist mit Dylan?«

»Einer muss bei den Kindern bleiben.«

»Aber ich habe gar keine Lust, meine Eltern zu besuchen.« Ashling wollte auf das ihr zustehende Mitleid nicht verzichten.

»Aber deiner Mum geht es doch viel besser. Es ist bestimmt nicht so schlimm.«

Es ist keiner da, der aufpasst, erkannte die neunjährige Ashling, bevor der lange, schreckliche Sommer vorüber war. Sie machte es sich zur Gewohnheit, am Freitagabend am Ende ihrer Straße mit einem schrecklichen Gefühl der Übelkeit im Bauch zu warten, dass das Auto ihres Vaters um die Ecke bog. Während sie wartete, versuchte sie den Schreckgedanken, dass er nie mehr kommen könnte, zu ersticken, indem sie ein Spiel mit sich spielte. *Wenn das nächste Auto rot ist, wird alles gut. Wenn das nächste Auto eine Autonummer hat, die mit einer geraden Zahl aufhört, wird alles gut.*

Schließlich kam der Montagmorgen, an dem sie ihren Vater bat, nicht wegzufahren.

»Ich muss fahren.« Er war kurz angebunden. »Wenn ich meine Arbeit verliere, dann weiß ich nicht, wie wir durchkommen sollen. Versuch einfach, auf sie aufzupassen.«

Ashling nickte ernsthaft und dachte: *Das soll er nicht zu mir sagen – ich bin doch noch ein kleines Mädchen.*

»... Natürlich, Ashling ist sehr verantwortungsbewusst. Sie ist erst neun, aber sie ist sehr reif für ihr Alter.«

Die Erwachsenen sprachen mit gedämpften Stimmen untereinander. Sie kamen zu ihnen ins Haus und hörten auf zu sprechen, wenn Ashling in der Nähe war.

»... seine Eltern sind nicht mehr die Jüngsten, die würden mit drei lebhaften Kindern nicht zurechtkommen ...«

Seltsame fremde Wörter wurden benutzt. Depression. Nervliche Belastung. Zusammenbruch. Man sprach von ihrer Mutter, davon, dass sie »irgendwohin kommt«.

Schließlich wurde ihre Mutter tatsächlich »irgendwohin gebracht«, und ihr Vater musste die Kinder auf seine Fahrten mitnehmen. Sie fuhren lange Strecken, waren krank vom Autofahren und langweilten sich. Janet und Owen saßen auf dem Rücksitz neben einem Muster-Staubsauger, Ashling saß auf dem Beifahrersitz, während sie über das Land fuhren und in kleinen Städten vor kleinen Elektrowaren-Geschäften anhielten. Gleich bei dem ersten Halt übertrug sich Mikes Angespanntheit auf sie.

»Wünsch mir Glück«, sagte er, als er nach dem Ordner mit den Broschüren griff. »Dieser Mensch ist knausrig. *Und dass ihr mir nichts anrührt!*«

Vom Auto aus sah Ashling zu, wie ihr Vater den Kunden vor dem Laden begrüßte, und wurde Zeugin, wie er aus ihrem reizbaren, sorgenzerfurchten Vater ein sorgloser, gesprächiger Vertreter wurde. Plötzlich hatte er alle Zeit der Welt zu einem Plausch. Da machte es nichts aus, dass er noch acht weitere Termine hatte und in Zeitdruck war, weil sie verspätet aufgebrochen waren. Er bewunderte mit dem Mann zusammen dessen neuen Wagen, betrachtete ihn von allen Seiten und schlug dem Besitzer bewundernd auf die Schulter. Während ihr Vater angeregt mit seinem Kunden sprach, lächelte und Witze machte, hatte Ashling eine Erkenntnis, für die sie viel zu jung war. Sie wurde sich bewusst, dass es für ihren Vater zu schwer war.

Als Mike sich wieder ins Auto setzte, verschwand das Lächeln, und er war wieder der mürrische Vater.

»Hat er was bestellt, Dad?«

»Nein.« Die Lippen fest aufeinander gepresst, stieß er den Wagen rückwärts aus der Einfahrt und schlug mit kreischenden Reifen die Richtung zum nächsten Kunden ein.

Manchmal bestellten die Kunden etwas, aber nie so viel, wie er sich erhoffte, und jedesmal, wenn er wieder ins Auto stieg und weiterfuhr, schien er entmutigter und kleiner.

Als das Ende der Woche kam, weinten Janet und Owen fast ununterbrochen und wollten nach Hause. Und Ashling hatte sich eine Ohrinfektion zugegezogen, etwas, das sich später in ihrem Leben jedesmal, wenn sie in eine Stress-Situation geriet, wiederholte.

Nachdem Monica drei Wochen lang weggesperrt gewesen war, tauchte sie wieder auf, ohne dass eine merkliche Besserung eingetreten war. Das Anti-Depressivum machte sie träge und teilnahmslos, und als sie das Präparat wechselte, hatte das auch nicht die gewünschte Wirkung.

Obwohl sie immer wieder neue Medikamente versuchte und Ashlings Rituale immer ausgeklügelter wurden, änderte sich ihr Zustand nicht wesentlich. Monicas Kummer konnte von den kleinsten Kleinigkeiten ausgelöst werden, angefangen bei einer Naturkatastrophe bis hin zu kleinen Akten der Grausamkeit. Ein Schuljunge, der um sein Taschengeld betrogen wurde, konnte ebenso die Tränen zum Strömen bringen wie ein Erdbeben im

Iran, bei dem tausende von Menschen ums Leben kamen. Aber die Tage, die sie still im Bett liegend und vor sich hin weinend verbrachte, wurden unterbrochen von Schreianfällen und heftigen Zornesausbrüchen, die gegen ihren Mann, ihre Kinder und meistens gegen sich selbst gerichtet waren.

»Ich will mich nicht so fühlen«, kreischte sie dann. »Wer will das denn? Du hast Glück, Ashling, du wirst nie so leiden wie ich, du hast keine Fantasie.«

Ashling hielt an dieser Tatsache fest als wäre sie ein Schild. Mangelnde Fantasie war wunderbar, wenn sie verhinderte, dass man wahnsinnig wurde.

Monicas Stimmungen waren so furchtbar, dass Ashling große Teile ihrer Zeit als Teenager praktisch als Familienmitglied in Clodaghs Haus verbrachte.

Gelegentlich gab es zwischen Phasen der Dumpfheit und der Hysterie Momente der Normalität. Die eigentlich überhaupt nicht normal waren. Mit jedem Hemd, das Monica sorgfältig gebügelt in den Schrank legte, mit jeder Mahlzeit, die sie pünktlich auf den Tisch brachte, spannten sich Ashlings Nerven ein bisschen mehr, während sie auf den Augenblick wartete, da alles wieder abstürzte. Und wenn der Moment kam, war es fast eine Erleichterung.

Mit siebzehn zog Ashling zu Hause aus und mietete sich eine Wohnung. Drei Jahre später trat Mike eine neue Stelle in Cork an, so dass Ashling ihre Eltern kaum noch sah. In den letzten sieben Jahren war Monicas Zustand stabiler geworden: Die Depressionen und Wutausbrüche waren so plötzlich und unangekündigt verschwunden, wie sie gekommen waren. Ihr Arzt sagte, es hätte mit dem Ende ihrer Wechseljahre zu tun.

»Ihr geht es doch gar nicht so schlecht«, sagte Clodagh und holte Ashling in die Wirklichkeit zurück.

»Ich weiß«, sagte Ashling mit einem Seufzer. »Aber ich will sie trotzdem nicht sehen. Ich weiß, es klingt schrecklich, wenn ich das sage. Ich liebe sie, aber ich kann es kaum ertragen, sie zu sehen.«

46

Ashling sollte am Samstag gegen Mittag in Cork ankommen, und am Sonntag würde sie den Zug um fünf Uhr zurück nach Dublin nehmen. Das Wochenende war also lediglich achtundzwanzig Stunden lang, von denen sie acht schlafend verbringen würde. Es blieben also nur zwanzig Stunden, die sie mit ihren Eltern zusammen sein müsste. Das war doch eine Kleinigkeit!

Zwanzig Stunden! Voller Panik dachte sie, ob sie genügend Zigaretten dabei hatte. Und Zeitschriften. Und wo war ihr Mobiltelefon?

Eine vollkommen verrückte Idee, sich zu dem Besuch bereitzuerklären.

Während sie die Landschaft vor dem Fenster vorbeiruckeln sah, betete sie, dass der Zug gnädig sein und unterwegs liegenbleiben würde. Aber nein. Natürlich nicht. Das passierte nur, wenn man es verdammt eilig hatte. Dann blieb der Zug immer wieder ohne Erklärung auf einem Nebengleis stehen, man musste umsteigen in einen anderen Zug, und von dem anderen Zug in einen wartenden, eiskalten Bus, und die Fahrt, die ursprünglich drei Stunden dauern sollte, dauerte acht.

Ashling jedoch kam schreckliche zehn Minuten zu früh in Cork an. Natürlich waren ihre Eltern schon am Bahnhof und sahen mit Entschlossenheit normal aus. Ihre Mutter hätte irgendeine irische Mutter in einem gewissen Alter sein können: die nicht mehr frische Dauerwelle, das nervöse Lächeln zur Begrüßung, die Strickjacke aus Acryl, die sie sich um die Schultern gelegt hatte.

»Du bist die reinste Augenweide«, sagte Monica und war im Begriff, vor Stolz in Tränen auszubrechen.

»Du aber auch.« Ashling hatte Gewissensbisse.

Dann kam die Umarmung, bei der Monica nicht wusste, sollten sie sich damenhaft auf die Wangen küssen oder sich herzlich drücken, so dass ein unbeholfenes Gerangel entstand.

»Hallo, Dad!«

»Ehm, willkommen, willkommen, willkommen!« Mike war unbehaglich zumute – wurde von ihm eine Zärtlichkeitsbekundung erwartet? Zum Glück war da Ashlings Tasche, die er tragen konnte, wozu er alle freien Hände brauchte.

Die Fahrt zum Haus ihrer Eltern, das Gespräch darüber, was Ashling während der Zugfahrt gegessen hatte, und die Diskussion, ob sie eine Tasse Tee *und* ein Sandwich oder nur eine Tasse Tee haben wollte, füllten vierzig Minuten aus.

»Einfach nur eine Tasse Tee.«

»Ich habe auch Penguins«, wollte Monica sie verlocken, »und Flügelbrötchen. Ich backe sie selbst.«

»Nein, ich … oh …« Die Vorstellung von Flügelbrötchen verschlug Ashling die Sprache. Monica machte die Keksdose auf und zeigte ihr kleine, unförmige Küchlein, jedes mit einem kleinen Paar Flügel, das in einem Klecks Creme obenauf saß. Über die Creme waren bunte Zuckerstreusel gestreut, und als Ashling ein Stück von dem Brötchen – einen Flügel, um genau zu sein – aß, schluckte sie mit dem Bissen auch einen Kloß im Hals hinunter.

»Ich muss noch in die Stadt«, verkündete Mike.

»Ich komme mit«, sagte Ashling und schoss hoch.

»Oh, wirklich?« Monica sah sie enttäuscht an. »Na, seid aber pünktlich zum Essen wieder da!«

»Was gibt's denn?«

»Kotelett.«

Kotelett! Ashling hätte beinahe gekichert – sie hatte fast vergessen, dass es solche Sachen noch gab.

»Warum fahren wir in die Stadt?«, fragte sie ihren Vater, als er den Wagen aus der Einfahrt setzte.

»Um eine Heizdecke zu kaufen.«

»Im Juli?«

»Der Winter kommt im Handumdrehen.«

»Am besten, man ist gerüstet.«

Sie lächelten einander zu, doch dann musste Mike die gute Stimmung zerstören, indem er sagte: »Wir sehen dich nicht oft, Ashling.«

Oh, verdammt!

»Deine Mutter freut sich so, dass du da bist.«

Eine Reaktion war erforderlich, also sagte Ashling: »Wie, eh, geht es ihr denn?«

»Prächtig. Du solltest öfter zu Besuch kommen. Jetzt ist sie wieder die Frau, die ich geheiratet habe.«

Wieder Schweigen, dann hörte Ashling, wie sie eine Frage stellte, die, soweit sie wusste, nie zuvor gestellt worden war: »Wieso ist das alles gekommen, diese schreckliche Zeit? Was war passiert?«

Mike wandte den Blick von der Straße und sah sie mit einer beunruhigenden Mischung aus Abwehr und hartnäckiger Unschuld an – er war kein schlechter Vater gewesen. »Nichts war passiert.« Seine Fröhlichkeit erschien ihr plötzlich mitleiderregend. »Depression ist eine Krankheit, das weißt du doch.«

Als sie Kinder waren, hatte man ihnen erklärt, dass sie nichts für die Krankheit ihrer Mutter konnten. Natürlich hatten sie es nicht geglaubt.

»Ja gut, aber wie kriegt man eine Depression?« Sie wollte es verstehen.

»Manchmal wird es von einen Verlust oder – wie heißt das noch mal? – einem Trauma ausgelöst«, murmelte er. Sein Unbehagen breitete sich im Auto aus. »Aber das muss nicht so sein«, fuhr er fort, »manchmal ist es auch vererbbar, sagen sie.«

Bei diesem aufbauenden Gedanken verging Ashling die Lust an der Unterhaltung. Sie suchte in ihrer Tasche nach ihrem Mobiltelefon.

»Wen rufst du an?«

»Niemanden.«

Er sah zu, wie Ashling die Knöpfe auf ihrem Mobiltelefon drückte. Empört sagte er: »Meinst du, ich bin blind?«

»Ich rufe niemanden an, ich rufe meine Nachrichten ab.«

Marcus hatte sie seit Donnerstagabend, als er ihre Wohnung verlassen hatte, nicht angerufen. In den zwei Monaten, seit sie miteinander gingen – nicht, dass sie darüber Buch führte –, hatten sie sich täglich angerufen. Sie spürte die Nicht-Kommunikation mit ihm sehr deutlich. Mit angehaltenem Atem hoffte sie auf eine Nachricht von ihm, aber auch diesmal war keine da. Enttäuscht klappte sie das Telefon zu.

Am Abend, nach dem Abendessen, das wie eine Reise in die Vergangenheit war – Koteletts, Kartoffelpüree, Erbsen aus der Dose –, beschloss sie, ihn anzurufen. Sie hatte einen guten Grund: Sie wollte ihm Glück wünschen für seinen Auftritt mit Eddie Izzard.

Aber sie war – auch diesmal – mit seinem Anrufbeantworter verbunden. Sie hatte die schreckliche Vision, dass er in seiner Wohnung stand und zuhörte, während sie sprach, aber sich weigerte, den Hörer abzunehmen. Sie konnte sich nicht bremsen und wählte die Nummer seines Mobiltelefons: Auch hier war sie mit dem Anrufbeantworter verbunden. *Merkur ist rückläufig*, sagte sie sich. Dann gestand sie sich ein: *Vielleicht ist mein Freund auch einfach sauer auf mich.*

Klar, er war empfindlich getroffen, weil sie ihre Eltern besuchen wollte, aber war der Schaden wirklich so groß? Einen Moment lang erwog sie die Möglichkeit, dass er irreparabel war, was ihr ziemliche Übelkeit verursachte. Sie mochte Marcus wirklich *sehr gern*. In letzter Zeit hatte sie keinen anderen kennen gelernt, der ihrer Vorstellung von »dem Richtigen« für sie so nahe gekommen wäre.

Sie sehnte den Sonntagabend herbei, denn er hatte sie gebeten, dann anzurufen. Und wenn er dann immer noch nicht ans Telefon ging …? Himmel!

»Normalerweise gucken wir uns am Samstagabend ein Video an«, erklärte ihr ihre Mutter.

Verdammt in alle Ewigkeit – wie passend, dachte Ashling, als sich der Abend vor ihr wie Kaugummi ausdehnte. Sie fühlte sich ausgeschlossen und hätte alles gegeben, in Dublin zu sein, bei ihrem Freund. Während Burt Lancaster seine Liebesspielchen mit Deborah Kerr trieb, war Ashling in Gedanken in Dublin und fragte sich, wie der Abend wohl für Marcus verlief und ob Clodagh und Ted zu der Show gegangen waren. Sie war beschämt, weil sie hoffte, sie wären nicht gegangen, damit sie sich nicht noch mehr ausgeschlossen fühlte.

Ihre Eltern gaben sich sehr große Mühe. Sie holten eine Tüte mit gemischten Nüssen hervor, die sie nur wegen Ashling gekauft hatten, boten ihr verlegen einen »Drink« an, während sie selbst Tee tranken, und als Ashling beschämend früh um halb elf ins Bett ging, bestand ihre Mutter darauf, ihr eine Wärmflasche zu machen.

»Es ist doch Juli. Ich werde vergehen vor Hitze!«

»Ah, aber nachts kann es ganz schön kalt werden. Und in zwei Tagen fängt der August an, das ist der offizielle Herbstbeginn.«

»O nein, schon fast August!« Ashling schloss die Augen, ihr stockte der Atem vor Angst. *Colleen* sollte Ende August erscheinen, und es standen ihnen noch Berge von Arbeit bevor, sowohl was die Startparty anging als auch die Zeitschrift selbst. Solange es Juli war, hatte sie sich damit beruhigen können, dass sie noch massenhaft Zeit hatten. Aber August war viel, viel zu nah, jetzt hätte sie keine ruhige Minute mehr.

Sie nahm einen zerfledderten Agatha-Christie-Roman aus dem Regal und las eine Viertelstunde, bevor sie die Lampe mit dem pfirsichfarbenen Schirm ausknipste. Sie schlief, so gut man unter einem pfirsichfarbenen Oberbett schlafen konnte, und schaltete am nächsten Morgen als Erstes ihr Mobiltelefon an. Sie betete, dass sie eine Nachricht von Marcus hatte. Sie hatte keine – dies war ihre dunkelste Stunde. Die Tapete mit den pfirsichfarbenen und weißen Streifen, die sie umzingelte, machte alles nur noch schlimmer. Als sie nach ihren Zigaretten griff, stieß sie eine Schale mit Potpourri um. Pfirsichgeruch, was sonst?

Sie konnte ihn nicht *noch einmal* anrufen. Er würde denken, sie sei in heller Verzweiflung. Natürlich *war* sie in heller Verzweiflung, aber sie wollte nicht, dass er das dachte. Stattdessen rief sie Clodagh an, halb, weil sie sich von ihr neue Informationen erhoffte, halb, weil sie hoffte, Clodagh würde ihr nichts Neues sagen können.

»Hast du gestern Marcus gesehen?« Sie ballte die freie Hand zur Faust und hoffte, Clodagh würde nein sagen.

»Ja –«

»Bist du mit Ted gegangen?«

»Na klar.« Das stürzte Ashling in noch größeres Unbehagen. Sie glaubte eigentlich nicht, dass Clodagh jemals was mit Ted anfangen würde, es war einfach ...

Clodagh erzählte munter weiter. »Es war richtig gut, und Marcus war großartig. Es war umwerfend komisch, mit einer Nummer über Frauenklamotten. Die Unterschiede zwischen einer Bluse, einem Top, einem Unterhemd, einem T-Shirt –«

»Wie bitte?« Ted und Clodagh waren ihr plötzlich egal. Dies hatte mit ihr selbst zu tun.

»Er wusste sogar, was ein Schmetterlingshemd ist«, rief Clodagh aus.

»Das glaube ich gerne.« Eigentlich hätte Ashling sich geschmeichelt fühlen sollen, statt dessen fühlte sie sich ausgenutzt. Marcus hatte nicht einmal erwähnt, dass er vorhatte, ihr Gespräch in seiner Show zu verwenden.

»Wie er bloß auf diese Dinge kommt?«, sagte Clodagh bewundernd.

Eine berechtigte Frage.

»Und danach?«, fragte Ashling eifersüchtig. Sie wusste nicht, ob sie für weitere unwillkommene Nachrichten gewappnet war. »Seid ihr nach Hause gegangen?«

»Natürlich nicht, wir sind alle hinter die Bühne gegangen, haben Eddie Izzard kennen gelernt und uns volllaufen lassen. Es war großartig!«

Der Abschied von ihren Eltern, der sie jedesmal, auch wenn er glimpflich verlief, bedrückte, war diesmal besonders schlimm. »Hast du überhaupt einen Freund?«, fragte Mike fröhlich und rieb, ohne es zu ahnen, Salz in Ashlings Wunde. »Bring ihn doch nächstes Mal mit!«

Oh, bitte nicht.

Alle Waggons waren brechend voll, und sie war erschöpft und hatte ihre Sonntagabend-Depression, als der Zug drei Stunden später in Dublin ankam. *Die alte Heimatstadt sieht aus wie immer, als ich aus dem Zug aussteige, und da begegnet mir …* »Marcus!«

Ihre Augen leuchteten vor Freude, als sie ihn mit einem verlegenen Lächeln auf dem Bahnsteig stehen sah.

»Was machst du hier?«

»Ich hole meine Freundin ab. Ich habe gehört, dass es oft lange Schlangen am Taxistand gibt.«

Ein befreites Lachen perlte aus ihr hervor. Plötzlich war sie außer sich vor Glück.

Er nahm ihre Tasche in eine Hand und legte den anderen Arm um sie. »He, es tut mir Leid wegen …«

»Macht doch nichts! Mir tut es auch Leid.«

Unser erster Streit, dachte sie verträumt, als er sie zu seinem Auto führte. Unsere erste richtige Auseinandersetzung. Jetzt sind wir *wirklich* ein Paar.

47

Der Haufen der nicht in Frage kommenden Sachen auf Clodaghs Bett wuchs. Das enge schwarze Kleid? Zu sexy. Palazzo-Hosen und Tunika? Zu auffallend. Das durchsichtige Kleid? Zu durchsichtig.

Und die weißen Hosen? Darin hatte er sie schon gesehen. Die Armeehosen mit Turnschuhen? Nein, darin kam sie sich zu dumm vor. Von allen modischen Sachen, die sie in letzter Zeit gekauft hatte, waren die ihr größter Fehler.

Einen Moment lang lichtete sich der Dunst der Bekleidungsfrage und eröffnete einen klaren, unwillkommenen Blick auf das Geschehen. Was mache ich nur?

Nichts, dachte sie defensiv. Es war nichts. Sie war mit jemandem auf eine Tasse Kaffee verabredet. Mit jemandem, den sie kannte. Zufälligerweise war es ein Mann.

Wo war das Problem? Sie lebte nicht in einem muslimischen Land, wo Frauen gesteinigt wurden, wenn sie in der Öffentlichkeit mit einem Mann, der nicht ihr Ehemann oder ihr Bruder war, gesehen wurden. Außerdem war er nicht ihr Typ. Sie wollte einfach ein bisschen Spaß. Es war alles ganz harmlos.

Doch als sie ihr volles Haar zurückwarf, fühlte sie sich belebt, beschwingt, übermütig.

Schließlich entschied sie sich für Hosen und ein enges pinkfarbenes T-Shirt. Sie blickte in den Spiegel und sah sich durch seine Augen. Dass er sie attraktiv fand, war offensichtlich und rührte sie, sie fühlte sich schön und mächtig.

Kaffee, sagte sie sich fest, als sie auf die Straße trat. Nur Kaffee. Was gab es daran auszusetzen? Und sie schob die Schuldgefühle und die Vorahnung, die ihr das komische Gefühl in der Magengrube verursachten, beiseite.

Ashling stürzte in den Pub. Sie kam – mal wieder – zu spät.

»Marcus«, keuchte sie. »Es tut mir Leid! Lisa, diese gemeine Ziege, hat im letzten Moment beschlossen, dass ich meinen Artikel über den Reitunterricht abliefern soll. Sie will sich ein Bild von der November-Ausgabe machen können.«

Sie verdrehte verächtlich die Augen, und zum Glück machte Marcus mit. Er war also nicht zu sauer auf sie, weil sie ihn fast eine halbe Stunde hatte warten lassen.

»Ich genehmige mir nur schnell einen vierfachen Wodka-Tonic, und dann gehen wir was essen, okay? Möchtest du noch ein Bier?«

Marcus stand auf. »Bleib sitzen, du Schwerstarbeiterin der Zeitschriftenbranche, ich gehe zur Bar. Willst du wirklich einen vierfachen?«

Ashling ließ sich dankbar auf den Stuhl fallen. »Nein, danke, ein doppelter reicht auch.«

Als Marcus mit den Getränken zurückkam und sich wieder gesetzt hatte, sagte er: »Hör zu, ich will dich nur dran erinnern, dass ich am sechzehnten nach Edinburgh fahre, zum Festival.«

»Am sechzehnten *August*?« Ashling war entsetzt. Sie erinnerte sich vage, dass er vor langer Zeit davon gesprochen hatte. »Aber das ist in zwei Wochen!«

Sie war in einer furchtbaren Zwickmühle. »Es tut mir ungeheuer Leid, Marcus, aber ich werde nicht mitkommen können. Wirklich, du hast keine Vorstellung, wie es in der Redaktion zugeht. Wir arbeiten pausenlos und haben alle Hände voll zu tun mit der Party, ganz abgesehen von der Zeitschrift ...«

Man sah Marcus an, dass er verletzt war.

»Ich könnte versuchen, das Wochenende freizubekommen«, überlegte Ashling atemlos. »Lisa hat zwar gesagt, dass wir jedes Wochenende arbeiten müssen, aber wenn ich sie frage, sagt sie vielleicht ...«

»Lass es.«

Sie mochte es kein bisschen, wenn er in diese Stimmung geriet. Die meiste Zeit war er freundlich und lieb, aber wenn er verunsichert war oder sich nicht richtig verstanden fühlte, wurde er kalt und aggressiv, und sie konnte Konfrontation nicht ertragen.

»Ich versuch's«, sagte sie. »Ich werd sehen, was sich machen lässt.«

»Lass es.«

»Hör zu«, sagte sie mit unsicherer Stimme. »Wenn der August vorbei ist, wird es für mich um vieles ruhiger. Vielleicht könnten wir zusammen verreisen, mit einem Last-Minute-Flug nach Griechenland oder so. Sei nicht so traurig«, bedrängte sie ihn, der mit versteinerter Miene dasaß.

Keine Reaktion. »Ach, komm«, lockte sie ihn. »Einer der besten und witzigsten Komiker Irlands, erzähl mir eine lustige Geschichte.«

Marcus schoss von seinem Sitz hoch. »Eine lustige Geschichte?«, fragte er voller heftiger, unvorhergesehener Wut. »Das hier ist mein freier Abend. Ich bitte dich doch auch nicht, einen Artikel darüber, wie man einen Orgasmus vortäuscht, zu schreiben, wenn *du* deinen freien Abend hast, oder?«

Ashling erstarrte.

Dann lehnte Marcus seine Stirn in die Hände. »He, es tut mir Leid«, sagte er bedrückt. »Es tut mir wirklich Leid.«

»Verstehe«, sagte Lisa mit eisiger Höflichkeit. »Ja, ich melde mich wieder.« Dann knallte sie den Hörer auf und schrie: »Arschlöcher, diese verdammten Arschlöcher!«

Bernard machte tut-tut-tut, aber sonst zuckte niemand auch nur mit der Wimper.

»Ronan Keatings Manager«, informierte sie die völlig desinteressierte Redaktion, »ist in einer verdammten Besprechung. Zum hundertmillionsten Mal. Nur noch drei Wochen bis zum Termin, und wir haben immer noch keinen Berühmtheiten-Brief.«

Verzweifelt warf sie sich über ihr Telefon, da bemerkte sie Jack, der sie beobachtete. Er hob die Augenbrauen. Alles in Ordnung?

drückte seine besorgte Miene aus. Das tat er oft. Seitdem sie in seinem Büro in Tränen ausgebrochen war, spürte sie seine stumme, unerschütterliche Unterstützung. Eine Wir-teilen-ein-Geheimnis-Nähe, die kein anderer bemerkte.

Aber was nützte ihr das Auf und Ab seiner Augenbrauen, dachte sie gereizt. Das Auf und Ab anderer Körperteile wäre viel interessanter für sie, bitte sehr. Sicher, er hatte gerade eine Beziehung hinter sich und brauchte vielleicht Zeit, um sich davon zu erholen. Aber es waren inzwischen, ach, mindestens zwei Wochen vergangen – wie lange brauchte er denn noch?

Traurig lächelte sie vor sich hin. Nach der Begegnung mit Oliver war es ihr auch nicht so gut gegangen. Sie hatte ihm nach London folgen, sich zu ihm ins Bett legen und nie mehr aufstehen wollen. Er hatte sie nicht angerufen – anscheinend hatte er es auch nicht vor –, aber das Leben musste weitergehen …

»Wird der Druck zu stark?« Jack setzte sich auf ihren Schreibtisch.

Sie war zutiefst beleidigt. »Nein, nur« – sie seufzte – »diese Promis.«

»Sie geben nie auf.« Man hätte seine Bewunderung fotografieren können. »Sie sollten sich mal was gönnen. Wie wär's mit Sushi zum Lunch? Ich lade ein.«

»Wenn …« Sie hatte spontan gesprochen, angeregt von dem plötzlichen Bild in ihrem Kopf, wie sie Sushi von seinem nackten Körper aß.

»Ja, was wollten Sie sagen?« Er lachte angenehm anzüglich.

»Nichts.« Sie sah ihn ausdruckslos an, konnte aber ein süffisantes Lächeln nicht verhindern. Einen Moment lang waren ihre Blicke ineinander versunken, dann löste sich die Flirtstimmung in Lachen auf.

»Meinten Sie, Sie wollen mit mir ausgehen?«, fragte sie.

»Oh, nein, tut mir Leid, so viel Zeit habe ich nicht. Aber wir könnten uns einen Take-away holen, wie beim letzten Mal.«

»Heute müssen Sie sich jemand anders suchen, der die Drecksarbeit für Sie macht«, sagte Trix unhöflich.

»Ich gehe selbst«, sagte Jack und überraschte die Anwesenden. »Wer möchte noch was? Ashling, Sie?«

»Nein, danke«, sagte Ashling hochnäsig. Sie argwöhnte, dass er sich über sie lustig machte.

»Sicher?«

»Ganz sicher.«

»Auch nicht, wenn ich Ihnen ein paar von den harmloseren Sachen bringe und sie Ihnen erkläre?«

»Nein.«

»Gut, ich gehe«, verkündete Jack. Dann wandte er sich an Lisa und sagte: »Und bleiben Sie ganz ruhig. Die Zeitschrift nimmt doch langsam Form an.«

Obwohl sie ihren Mitarbeitern sagte, dass sie den größten Blödsinn fabrizierten und die Zeitschrift »wie der letzte Dreck« aussah, musste Lisa doch zugeben, dass es Fortschritte zu verzeichnen gab. Die Buch-, Film-, Musik-, Video- und Internet-Seiten waren fertig. Desgleichen das Horoskop, Trix' Stück aus dem Leben eines normalen Mädchens, der Artikel über die Sex-Eignung der Hotelzimmer, Ashlings Salsa-Artikel, eine wunderbare Seite über Essen und Trinken von Jasper Ffrench, ein Artikel über eine irische Schauspielerin, die in einem kontroversen erotischen Stück aufgetreten war, ein Artikel aus dem wirklichen, ungeschminkten Leben einer Autorin und der Artikel von Marcus mit dem Titel »Eine Männerwelt«, der auf große Begeisterung gestoßen war. Und natürlich die Modestrecke.

Acht Seiten im ersten Teil der Zeitschrift waren vier hippen irischen Stars auf dem Weg nach oben gewidmet – einem Handtaschen-Designer, einem DJ, einem Privat-Trainer und einem wortgewandten, attraktiven Öko-Krieger, der sich sehr gut darstellen konnte.

Die Liste mit den Sachen, die »IN und OUT« waren, war auch schon fast fertig. Lisa hatte sie in fünf Minuten zusammengestellt und gab sie Ashling, damit sie ihr den letzten Schliff geben konnte. Lisa hatte geschrieben, dass Hillwalking in sei, und Hilfiger out.

»Ist Hillwalking wirklich in?«, fragte Ashling überrascht.

Lisa zuckte die Achseln. »Keine Ahnung, aber es passt gut zu Hilfiger.«

Nicht nur konnte sich der Inhalt sehen lassen, sondern auch das Erscheinungsbild. Hinsichtlich der Farben, der Bilder und der Typographie hob sich *Colleen* von anderen Frauenzeitschriften ab und wirkte kesser und frecher. Lisa hatte Gerry bis an die Grenzen seiner Geduld strapaziert, bevor sie mit dem Resultat zufrieden war.

»Wo gehen Sie Segeln?«, fragte Lisa, als Jack ihr Sushi auf ihrem Schreibtisch aufgebaut hatte.

»Dun Laoghaire, wo die Schiffe ankommen.«

»Dun Laoghaire«, sagte sie bedeutungsvoll. »Da war ich noch nie.«

»Es würde Ihnen gefallen.«

»Ich sollte da mal rausfahren.«

»Das sollten Sie wirklich.«

Oh, Herrgott im Himmel! Wie deutlich musste man hier mit dem Zaunpfahl winken, um verstanden zu werden?

Vielleicht war er von ihrer Kombination aus Dynamik und Attraktivität etwas eingeschüchtert, überlegte sie. Das wäre nicht das erste Mal. Dazu kam die Tatsache, dass sie zusammenarbeiteten. Und dass sie verheiratet war. Und dass er gerade eine Beziehung hinter sich hatte …

Also gut! dachte sie. Sie musste die Dinge eben selbst in die Hand nehmen und sagte: »Sie könnten mich mitnehmen, wenn Sie das nächste Mal rausfahren.«

»Hätten Sie dazu Lust?« Seine Begeisterung war so – nun – so *begeistert*, dass Lisa wusste, sie hatte richtig gehandelt.

»Vielleicht am Freitagabend?«, sagte er. »Wir können auf dem Pier spazieren gehen, und ich zeige Ihnen die Schiffe. Es tut gut, wenn man den ganzen Tag im Büro war.«

Na jaaa. Auf dem Pier spazierengehen. *Spazierengehen!* Eigentlich war sie nicht der Typ zum Spazierengehen. »Das wäre wunderbar!«

48

Sie bohrte ihre Fersen in seinen Hintern und rammte ihn tiefer und tiefer in sich hinein. Jedesmal, wenn er in sie hineinstieß, entwich ihrer Brust in heiserem Flüstern ein Wort.

»Gott!«

Er stieß wieder zu.

»Mehr!«

Und noch einmal.

Das Kopfteil des Bettes prallte im regelmäßigen Rhythmus an die Wand, Clodaghs Haare waren wild zerzaust und verschwitzt. Sie hielt ihn eng umklammert, während die Lust sich in Wellen in ihr aufbaute und sich immer höher schraubte. Mit jedem Stoß dachte sie, sie sei so weit, aber immer kamen neue Wellen, jede noch lustvoller als die zuvor. Sie zitterte auf dem Höhepunkt, spürte die Lust in den Fingerspitzen, in den Haarwurzeln, in den Fußsohlen.

»Gott!«, keuchte sie.

Anscheinend war er auch gekommen, denn er lag ächzend und schweißüberströmt auf ihr und hielt sie mit seinem Gewicht auf dem Bett fest. Sie lagen still, keuchend und verausgabt, bis sie spürte, dass ihr Schweiß abkühlte, dann bäumte sie sich unter ihm auf und schob ihn von sich runter.

»Zieh dich an«, befahl sie. »Beeil dich, ich muss Molly aus der Kindergruppe abholen.«

Das war das dritte Mal, und sie war jedesmal kurz angebunden – fast kalt –, wenn der Sex vorüber war.

»Kann ich schnell duschen?«

»Mach aber schnell«, antwortete sie knapp.

Als er aus dem Bad kam, war sie angezogen und weigerte sich, ihm in die Augen zu sehen. Dann erstarrte sie, schnupperte und rief ungläubig: »Ist das etwa Dylans Aftershave?«

»Kann schon sein«, murmelte er und ärgerte sich über seinen Fehler.

»Reicht es nicht, dass du seine Frau in seinem Bett fickst? Hast du gar keinen Respekt?«

»Tut mir Leid.«

In zerknirschtem Schweigen zog er sich die Sachen an, die sie ihm kaum eine Stunde zuvor vom Leib gerissen hatte.

»Wann können wir uns wiedersehen?« Er verabscheute sich selbst, weil er fragte, aber er konnte nicht anders. Er war ihr verfallen.

»Ich rufe dich an.«

»Ich kann mir jederzeit freinehmen, wann immer du willst.«

»Ich habe Nachbarn«, sagte sie mit schmalen Lippen. »Irgendwann merken die was.«

»Du kannst ja zu mir kommen.«

»Ich glaube kaum.«

Sie schwiegen.

»Du behandelst mich, als würdest du mich hassen«, sagte er vorwurfsvoll.

»Ich bin verheiratet«, sagte sie und erhob ihre Stimme. »Ich habe Kinder. Du machst alles kaputt.«

Als er sich an der Haustür zu ihr herunterbeugte und sie küssen wollte, sagte sie: »Himmelherrgott, jemand kann uns sehen.«

»Entschuldigung«, murmelte er. Aber als er sich umdrehte, packte sie ihn am Hemd und zog ihn zu sich.

Sie küssten sich gierig, verzweifelt. Als sie voneinander ließen, war seine Hand in ihrer Bluse und knetete ihre Brust. Ihre Brustwarzen waren geschwollen und fest wie Kirschen, und sein Penis war aufs Neue steif.

»Mach schnell«, drängte sie und zog hastig den Reißverschluss seiner Hose auf. Sie nahm seinen Schwanz heraus und hielt ihn glänzend und steif in der Hand. Sie sank auf den Fußboden im

Flur, riss sich die Jeans vom Leib und zog ihn auf sich drauf. »Schnell, wir haben nicht viel Zeit.«

Sie spannte ihre Pobacken an und bäumte sich ihm gierig entgegen. Er drang in sie ein und stieß mit kurzen, intensiven Schüben in sie hinein. Sofort breitete sich die Lust in Wellen in ihr aus, stieg an, wogte vor und zurück und gipfelte in fast unerträglicher Lust.

Nachdem er gekommen war, weinte er in ihr goldenes Haar.

49

Am Freitagabend wartete Lisa, bekleidet mit Sportschuhen, seidenen Cargo-Hosen und einem ärmellosen Viskose-Top von Prada vor ihrer Haustür auf Jack. Sie hatte eine Verabredung mit ihm und spürte ein unbekanntes warmes Prickeln.

Ein Wagen fuhr vor, ein Mann lehnte sich über den Beifahrersitz und öffnete die Tür, und Lisa – die sich ein bisschen wie eine Prostituierte vorkam, die von einem Freier aufgegabelt wird – stieg ein. Sie verschloss ihre Ohren vor den begeisterten Schreien und Rufen auf der Straße, die von Francine und den anderen Kindern kamen: »Jippi, Lisa hat einen Freund!«

»He, Sie sind gekommen.« Jack grinste.

»So sieht es aus.« Sie sah aus dem Fenster und verkniff sich ein Grinsen. Er war nervös gewesen. Na gut, dann waren sie beide nervös gewesen.

Während der Fahrt veränderte sich der Himmel, der in der Stadt von pfirsichfarbener Klarheit gewesen war, und als sie am Dun-Laoghaire-Pier ankamen, hingen schwere grau-blaue Wolken über dem Wasser. Als sie ausstiegen, sah Jack sich zweifelnd um.

»Es könnte Regen geben. Wollen wir auf den Spaziergang verzichten?«

Aber Lisa war von unbekümmertem Optimismus erfüllt. »Nein, gehen wir.« Und sie machten sich auf den Weg.

Ein paar gleißende Sonnenstrahlen, die durch die zusammengeballten Wolken drangen, gaben der Szene ein unwirkliches Licht. Grasbüschel waren von einem so grellen Grün, dass sie fluoreszierend wirkten. Die grauen Steine des Piers warfen einen violetten Schein zurück. Jeder Idiot hätte erkannt, dass es im nächsten Moment anfangen würde zu schütten, aber Lisa war fest entschlossen, dass Regen unmöglich war.

Das war also ein Spaziergang, dachte sie, als sie am Pier entlanggingen. Na, so schlecht war es gar nicht. Obwohl, die Luft roch komisch.

»Frisch«, erklärte Jack ihr.

»Sehen Sie das da drüben«, sagte er und zeigte stolz auf ein Boot. »Das gehört mir.«

»*Das* da?« Aufgeregt zeigte Lisa auf eine elegante, glänzend weiße Jacht.

»Nein, das andere.«

»Oh.« Erst in dem Moment bemerkte Lisa das schäbige kleine Boot davor. Sie hatte es zunächst für ein Stück Treibholz gehalten.

»Großartig!«, brachte sie hervor. Wenn es ihm gefiel, warum sollte sie nicht so tun, als gefiele es ihr auch? *Meine Güte*, dachte sie, *anscheinend mag ich ihn wirklich.*

Bevor sie die Hälfte des Piers abgeschritten hatten, fielen die ersten dicken Tropfen. Lisa hatte bei ihrer Bekleidung die verschiedensten Eventualitäten berücksichtigt – die Möglichkeit, dass es regnen könnte, allerdings nicht. Eine Gänsehaut überzog ihren nackten Arm.

»Hier, ziehen Sie das über!« Jack streifte seine hüftlange Lederjacke ab.

»Nein, das kann ich nicht.« Natürlich konnte sie, und sie würde es anziehen, aber es schadete nicht, wenn sie sich etwas zierte.

»Natürlich können Sie.« Und schon drapierte er die knisternde Jacke über ihre Schultern, und die Wärme seines Körpers umfing sie. Sie ließ ihre Arme in die noch warmen Ärmellöcher gleiten, die Manschetten bedeckten ihre Hände, das breit geschnittene Jacke hing lose über ihre Schultern. Die Jacke war viel zu groß und fühlte sich gut an.

»Wir sollten umkehren«, sagte er, und als der Regen heftiger wurde, fingen sie an zu laufen. Dabei war es nur natürlich, dass sie sich an den Händen hielten.

»Sie werden nie wieder mit mir hierher kommen«, keuchte er, während sie rannten.

»Da haben Sie Recht.« Sie warf ihm ein Lächeln zu und genoss die trockene Wärme seiner großen Hand um ihre.

Als sie beim Auto ankamen, war Jack durch und durch nass. Sein Haar glänzte schwarz und klebte ihm am Kopf, sein Hemd war von der Nässe halb durchsichtig und haftete an seiner Haut, so dass sein Brusthaar verlockend sichtbar war. Sie war nicht viel trockener.

»Himmel.« Er lachte laut auf und sah an sich hinunter.

Voller Ausgelassenheit keuchte Lisa: »Machen Sie das Auto auf, schnell!«

Sie wollte um das Auto herumrennen und erwartete, dass er den Schlüssel ins Loch stecken würde, doch dann sah sie zu ihm auf…

Später, als sie darüber nachdachte, war sie sich nicht sicher, wer angefangen hatte, er oder sie.

Sie wusste nur, dass sie sich plötzlich in den Armen lagen und sie an seinen harten Brustkorb gepresst war und seine nassen Oberschenkel gegen ihre spürte. Auf seinem Gesicht waren Regentropfen, und sein Haar stand in Büscheln ab, aus denen es in seine Augen tropfte. Dann senkte er seinen Mund zu ihrem.

Lisa registrierte viele Eindrücke: den salzigen Geruch des Meeres, die kühlen Tropfen auf ihrem Gesicht, die Wärme seiner Lippen auf ihren, den Kitzel der Erregung in ihrem Slip. Alles ziemlich sexy. Sie kam sich vor wie in einer Calvin-Klein-Werbung.

Der Kuss war nicht sehr ausgiebig und endete, bevor er richtig begonnen hatte. Qualität statt Quantität. Jack löste zärtlich seine Lippen von ihren, führte sie zum Auto und flüsterte: »Schnell, hinein!«

Sie fuhren in die Stadt zurück und gingen in ein Café, wo Lisa sich unter dem Händetrockner die Haare trocknete.

Dann besserte sie ihr Make-up aus und ging mit einem strahlenden Lächeln zur Bar. Bei einem Glas Wein und einem Bier sprachen sie leise und gelöst miteinander und tauschten Klatsch über die anderen in der Redaktion aus.

»Sagen Sie mir, geht Marcus Valentine mit unserer Ashling?«, fragte Jack.

»Mmhmm. Und was halten Sie von Kelvin und Trix?«

»Sagen Sie nur, zwischen denen spielt sich was ab!« Jack schien ziemlich erschüttert bei dem Gedanken. »Ich dachte, sie geht mit einem – wie nennt sie ihn noch – einem Fischschänder?«

»Das stimmt, aber ich habe das Gefühl, dass aus ihr und Kelvin irgendwann ein Paar wird.«

»Aber sind sie sich nicht spinnefeind? – Ach so, ich verstehe«, sagte Jack nickend. »Eine Verbindung von der Sorte.«

»Sie klingen, als wären Sie nicht einverstanden?« Lisa war äußerst neugierig.

Jack wurde verlegen. »Jedem das Seine. Aber«, fuhr er fort und wurde noch verlegener, als er seine öffentlichen Zankereien mit Mai erwähnte, »es entspricht nicht unbedingt meinen Vorstellungen, wenn man sich die ganze Zeit anschreit. Obwohl das bestimmt nicht leicht zu glauben ist.«

»Warum haben Sie und Mai …?«

Jack rutschte auf seinem Sitz hin und her. »Ich weiß es nicht. Wahrscheinlich aus Gewohnheit. Am Anfang hat es Spaß gemacht, und dann wussten wir nicht so recht, wie wir miteinander umgehen sollten. Wie auch immer!« Er wollte die Beziehung nicht weiter sezieren. Irgendwie empfand er immer noch eine gewisse Loyalität gegenüber Mai, deswegen wandte er sich mit einem Lächeln an Lisa und sagte: »Lisa, noch ein Glas Wein?«

»Nein, ich glaube nicht –«

Aber als sie im Begriff war, ihre Hand bedeutungsvoll auf seinen Oberschenkel zu legen und ihn zu fragten: »Hätten Sie Lust, auf einen Kaffee zu mir zu kommen?«, sagte Jack: »Gut, dann bringe ich Sie jetzt nach Hause.« Und sie wusste, dass er das ganz wörtlich meinte.

Auch gut, dachte sie, wie immer optimistisch, er mochte sie. Wie konnte es anders sein, schließlich hatte er sie geküsst.

Er hätte nicht netter sein können. Sie verschloss ihre Ohren vor der leisen Stimme, die sagte: *Oh, doch, er hätte netter sein können – er hätte mit dir ins Bett gehen können.*

Clodagh schwebte durch die Küche und war in ihren Gedanken bei dem Sex vom Nachmittag. Es war unglaublich gewesen, besser als je zuvor.

Während sie den Zucker in die Mikrowelle stellte und die Milch in die Waschmaschine, beobachtete Dylan sie. Und wunderte sich. Und hatte schreckliche Gedanken. Unaussprechliche Gedanken.

»Ich will das nicht essen«, sagte Craig und warf den Löffel mit einem Klirren auf den Tisch. »Ich will SÜSSES.«

»Süßes«, summte Clodagh, suchte im Schrank und brachte eine Tüte Malteser zum Vorschein. »Hier ist was Süßes.«

Sie schien sich zu einer Musik zu bewegen, die nur sie hören konnte.

»Ich will auch Süßes«, nörgelte Molly.

»Ich will auch Süßes«, sang Clodagh vor sich hin und holte eine zweite Tüte heraus.

Dylan sah ensetzt zu.

Mit einer spielerischen Geste riss sie Mollys Tüte auf und nahm mit Daumen und Zeigefinger einen Malteser heraus.

»Für dich?«, sagte sie und funkelte Molly an. »Nein, für mich.«

Ohne weiter auf Mollys empörten Aufschrei zu achten, steckte Clodagh sich den Malteser zwischen die geschürzten Lippen, saugte daran und zog ihn in den Mund. Dort rollte sie ihn herum und lutschte an ihm, was ihr offensichtlich großen Genuss bereitete.

»Clodagh?«, sagte Dylan mit unsicherer Stimme.

Sofort war sie bei der Sache und zerbiss den Malteser mit einem heftigen Knacken.

»Was?«

»Ist alles in Ordnung?«

»Bestens.«

»Du scheinst irgendwie abgelenkt.«

»Wirklich?«

»Woran denkst du?«, fragte er, ohne es zu wollen.

Blitzschnell antwortete sie: »Ich habe daran gedacht, wie sehr ich dich liebe.«

»Ist das wahr?«, fragte Dylan misstrauisch. Er war verunsichert. Er hatte das Gefühl, dass er ihr nicht glauben sollte, aber er wollte es so sehr …

»Ja, ich liebe dich sehr, wirklich sehr.« Sie zwang sich, die Arme um ihn zu legen.

»Ehrlich?« Dylan sah ihr in die Augen.

Sie erwiderte seinen Blick in aller Ruhe. »Ehrlich.«

50

Die Augusttage vergingen und der Druck baute sich auf. In der ersten Ausgabe waren immer noch Lücken, und jedes Bemühen, sie zu schließen, schlug fehl. Ein Interview mit Ben Affleck musste abgesagt werden, als er sich eine Lebensmittelvergiftung zuzog, ein Artikel über ein Schuhgeschäft musste gekippt werden, als der Laden plötzlich dichtmachte, und ein Artikel über sexuell aktive Nonnen wurde als aus juristischen Gründen zu riskant zurückgezogen.

Ein Tag insbesondere war so gespickt mit Hindernissen, dass sowohl Ashling als auch Mercedes in Tränen ausbrachen. Sogar Trix' Augen schienen irgendwie feucht, doch dann stürmte sie aus dem Büro und klaute in einem Geschäft in der Nachbarschaft ein paar Ohrringe, und als sie danach in die Redaktion kam, ging es ihr viel besser.

Was die Belastung für alle noch größer machte, war die Tatsache, dass sie der ersten Ausgabe nicht ihre uneingeschränkte Aufmerksamkeit schenken konnten, denn gleichzeitig mussten sie auch an dem Oktober- und dem Novemberheft arbeiten. Und mitten in dem allgemeinen Chaos berief Lisa eine Redaktionskonferenz für das Dezemberheft ein.

Doch trotz des heftigen Widerstands war es falsch, sie als »gemeine Sklaventreiberin« zu bezeichnen. Die Pressevorführungen der Filme, die im Dezember herauskamen, fand im August statt, und wenn der Star eines Films in der Stadt war, musste man auf der Stelle ein Interview mit ihm arrangieren, und nicht zwei Wochen später, wenn die Arbeitsbelastung für *Colleen* sich verringert hatte, der Star aber längst auf dem Weg in ein anderes Land war.

Und dann war da die Startparty, Lisas besondere Obsession. »Wir müssen damit Zeichen setzen! Es muss Aufsehen machen, ich will, dass die Leute in Tränen ausbrechen, wenn sie keine Einladung bekommen haben. Ich will eine spektakuläre Gästeliste, fantastische Geschenke, geniale Getränke und großartiges Essen. Lass uns mal sehen«, sagte sie und trommelte mit den Fingern auf den Tisch. »Was soll es zu essen geben?«

»Wie wär's mit Sushi?«, schlug Trix sarkastisch vor.

»Hervorragend!« Lisa atmete auf, ihre Augen glitzerten. »Natürlich, was sonst?«

Ashling wurde beauftragt, eine Liste mit den Namen der tausend Macher und Mächtigen in Irland zusammenzustellen.

»Ich bin mir nicht sicher, dass es in Irland tausend Macher und Mächtige gibt«, sagte sie zweifelnd. »Und du willst ihnen allen etwas schenken? Woher bekommen wir den Etat dafür?«

»Wir suchen uns einen Sponsor, wahrscheinlich eine der Kosmetikfirmen«, sagte Lisa unwirsch.

Lisa war noch misslauniger als sonst. Drei Tage nach dem Mini-Knutscher mit Jack war er nach New Orleans zu einer Welt-Tagung von Randolph Communications geflogen. Für zehn Tage! Er entschuldigte sich, dass er sie in diesen turbulenten Zeiten allein ließ, aber Lisa war viel mehr verärgert darüber, dass seine Abwesenheit die Entwicklung ihrer Liebesgeschichte bremsen würde.

»Seht euch mal die Einladung zu der Party an.« Lisa warf Ashling und Mercedes eine glatte silberfarbene Karte zu.

»Ehm, sehr schön«, sagte Ashling.

»Wo ist der Text«, höhnte Mercedes.

Lisa seufzte gereizt. »Er steht drauf.«

»Schön wär's, wenn man ihn mit dem bloßen Auge sehen könnte.«

Ashling und Mercedes drehten und wendeten die Karte so lange, bis in einem bestimmten Licht die Wörter erkennbar waren – auch sie silberfarben, winzig, und in eine Ecke gezwängt.

»Das macht die Leute neugierig«, sagte Lisa grimmig.

Ashling war besorgt. Es schien ihr ein bisschen zu überdreht. Wenn sie eine solche Karte mit der Post bekäme, würde sie sie in den Papierkorb werfen.

Lisa flog für einen Tag nach London, um mit einem »Mixologen« über die Getränke für die Party zu sprechen.

»Was ist ein Mixologe?«, fragte Ashling.

»Ein Barkeeper«, sagte Mercedes trocken. »Davon gibt es in diesem Land wahrlich genug.«

Mercedes hatte mitgehört, als Lisa einen Termin für eine Botulin-Injektion machte, und argwöhnte, dass das der eigentliche Grund für den Londontrip war. Und so war es auch. Als Lisa am nächsten Tag in die Redaktion kam, war ihre Stirn starr wie ein Schild. Aber sie brachte auch eine Liste von extra-coolen Getränken mit. Die Gäste würden zur Begrüßung einen Champagner-Cocktail bekommen, danach würden der Reihe nach Lemon-Martinis, Cosmopolitans, Manhattans, Go-Go-Rum und schließlich Wodka-Espresso serviert.

»O ja, und das mit den Geschenken ist auch geklärt«, sagte Lisa vorwurfsvoll. War sie eigentlich die Einzige, die hier etwas auf die Beine stellte? »Jeder Gast bekommt zum Abschied eine Flasche Mist.«

»Eine Flasche womit?« Ashling war verdutzt – wenn Lisa das für einen Witz hielt, dann war es ein sehr armseliger.

»Mist, eine Flasche Mist.«

»Du willst den tausend Machern und Mächtigen in Irland eine Flasche Mist aushändigen?« Sie hatte nicht die Energie zu lachen. »Das ist eine enorme Menge Mist. Woher willst du das nehmen? Sollen wir alle welchen anbringen?«

Lisa betrachtete Ashling mit offenem Mund. »Von DKNY, natürlich.«

Sie hielt eine kleine Flasche Cashmere Mist von Donna Karan hoch.

»Ach so«, sagte Ashling und verstand. »Du meinst Cashmere Mist von Donna Karan.«

»Ja, Mist. Was hattest du denn gedacht?«

Ich halte das nicht mehr aus, dachte Ashling.

Sie rief Marcus an. Zur Begrüßung sagte er: »Hallo, Stranger.«

»Oh, ja, ehhm. Sehen wir uns zum Lunch?«

»Kannst du die Zeit erübrigen? Ich fühle mich geehrt.«

»Halb eins bei Nearys.« Sie könnte gut darauf verzichten.

»Komm zu mir, ich erzähl dir eine lustige Geschichte!« Ashling wollte Marcus unbedingt die Mist-Geschichte erzählen, da sagte er: »Ich bin doch hier der mit den lustigen Geschichten, oder?«

Erstaunt starrte Ashling ihn an. »Was hast du bloß?«

»Nichts.« Marcus war plötzlich ganz betreten. »Gott, es tut mir Leid.«

»Es hat damit zu tun, dass ich so viel arbeite, stimmt's?« Ashling schnitt das Problem direkt an. In letzter Zeit gab es zu viele dieser kleinen Auseinandersetzungen, die ihren Grund darin hatten, dass er sich vernachlässigt fühlte. »Marcus, wenn es dir ein Trost ist, du bist der Einzige, den ich überhaupt noch sehe. Ich habe weder Clodagh noch Ted noch Joy noch sonst jemanden gesehen und ich war seit Ewigkeiten nicht bei meinem Salsa-Kurs. Aber in zwei Wochen kommt die Zeitschrift endlich raus, und danach wird sich das Leben normalisieren.«

»Ja natürlich«, sagte er leise.

»Komm heute Abend zu mir«, drängte sie ihn. »Bitte. In ein paar Tagen fährst du nach Edinburgh, dann sehe ich dich eine ganze Woche nicht. Ich verspreche dir, nicht einzuschlafen.«

Er brachte ein halbes Lächeln zustande. »Irgendwann musst du ja schlafen.«

»Ich werde schon so lange wach bleiben, bis, ehm, ich bleibe schon wach«, versprach sie mit einiger Anzüglichkeit.

Sie hatte ihn wirklich vernachlässigt. Sie konnte sich nicht erinnern, wann sie das letzte Mal zusammen geschlafen hatten. Wahrscheinlich war es erst eine Woche her, aber das war zu lange. Aber sie konnte nichts dafür, sie war so ausgepowert, so erschöpft. Es war eine richtige Erleichterung, dass er wegfuhr.

»Wenn du zu müde bist, möchte ich dich nicht unter Druck setzen.« Er sah sie besorgt an.

»Ich bin nicht zu müde.« Eine Nacht würde sie doch schaffen, oder?

Hoffentlich war bald der einunddreißigste August. Danach würden sich die Dinge wieder normalisieren.

Mit rot geränderten Augen und fast hysterisch sah Clodagh sich in der Küche um. Es gab nichts mehr zu bügeln. Die ganze Wäsche war fertig: Dylans T-Shirts, seine Oberhemden, seine Unterhosen, sogar seine Socken.

Die Schuldgefühle, die schrecklichen Schuldgefühle. Sie konnte sich nicht ausstehen, sie wollte sich am liebsten die Haut abreißen vor lauter Selbsthass.

Sie würde alles wieder gutmachen. Sie würde eine treu sorgende Ehefrau und die beste Mutter der Welt sein. Craig und Molly würden ihr Essen ganz aufessen müssen. Sie stöhnte – was war sie bloß für eine Mutter? Sie hatte ihnen dauernd Kekse gegeben, sie hatte die Kinder aufbleiben lassen, solange sie wollten. Das war jetzt vorbei. Sie würde sehr streng sein. Streng und völlig unnachgiebig.

Und der arme Dylan. Der arme, treu sorgende, fleißige Dylan – er hatte das nicht verdient. Der Betrug, die schreckliche Grausamkeit, der kalte Liebesentzug: Sie hatte seine Berührung nicht ertragen, seit Beginn ihrer Affäre.

Affäre. Der Atem stockte ihr in der Brust – sie hatte eine *Affäre.* Ihr wurde schwindelig bei der Ungeheuerlichkeit des Gedankens.

Wenn sie entdeckt würde? Wenn Dylan es herausfinden würde? Fast blieb ihr dabei das Herz stehen. Sie würde damit aufhören. Jetzt sofort.

Sie hasste sich, sie hasste das, was sie tat, und wenn sie damit aufhörte, bevor jemand es herausfand, könnte sie alles wieder gutmachen, und es wäre fast so, als wäre es nie geschehen. Von ihrer wilden Entschlossenheit beflügelt griff sie zum Telefonhörer.

»Ich bin's.«

»Hallo.«

»Es muss aufhören!«

Er seufzte. »Schon wieder?«

»Ich meine, ich will dich nicht mehr sehen. Ruf mich nicht an und komm hier nicht vorbei! Ich liebe meine Kinder, ich liebe meinen Mann.«

Nach einer knisternden Pause sagte er: »Okay.«

»Okay?«

»Okay, ich verstehe. Mach's gut.«

»Mach's gut?«

»Was soll ich sonst sagen?«

Sie legte den Hörer auf und fühlte sich unerwartet betrogen. Wo war die warme Belohnung für ihr edelmütiges Verhalten? Sie war unzufrieden, fühlte sich leer – und verletzt. Er hatte nicht protestiert. Und dabei war er angeblich verrückt nach ihr. Dieser Mistkerl!

Eben erst hatte sie überlegt, ob sie die Löcher in Dylans Socken stopfen sollte, in einem weiteren verzweifelten Versuch, ihm ihre Liebe zu zeigen. Aber als sie missmutig in die Küche ging, waren ihre guten hausfraulichen Vorsätze verflogen. Scheiß drauf, dachte sie, Dylan kann sich neue Socken kaufen.

Fast gegen ihren Willen rannte sie in den Flur, nahm den Hörer auf und presste die Wiederholungstaste.

»Hallo«, sagte er.

»Komm sofort her«, sagte sie mit tränenerstickter, wütender Stimme. »Die Kinder sind bei der Kinderfrau – wir haben bis vier Uhr.«

»Ich bin auf dem Weg.«

Als Ashling aus der Redaktion kam, war es halb neun. Ihr war fast übel vor Erschöpfung, und da ihr der zehnminütige Fußweg nach Hause zu lang erschien, nahm sie sich ein Taxi. Sie ließ sich in die Polster sinken und prüfte die Nachrichten auf ihrem Mobiltelefon. Es war nur eine drauf. Von Marcus. Er würde nicht zu ihr kommen. Irgendwas von einer Show, zu der er gehen musste. Gott sei Dank – sie atmete auf. Jetzt konnte sie Clodagh anrufen und dann sofort ins Bett gehen. Und in zwei Wochen, wenn alles überstanden war, wäre sie wieder ganz für Marcus da …

Als sie aus dem Taxi stieg, sah sie Boo. Er hatte ein blaues Auge.

»Was ist passiert?«

»Saturday Night Fever«, witzelte er. »Vor ein paar Tagen war da ein Typ, der wollte sich unbedingt prügeln. Das sind die Freuden des Lebens auf der Straße!«

»Das ist ja furchtbar!«

Dann sprach Ashling weiter, bevor sie sich bremsen konnte: »Darf ich dich mal fragen, warum du, ehm, obdachlos bist?«

»Eine Karriereentscheidung«, sagte er, ohne mit der Wimper zu zucken. »Ich kriege zweihundert Pfund am Tag mit Betteln zusammen, das kriegen alle, die betteln – hast du das nicht in der Zeitung gelesen?«

»Stimmt das?«

»Nein«, sagte er höhnisch. »Wenn ich Glück habe, sind es zweihundert *Pence*. Es ist die alte Geschichte: Ohne Wohnung keine Stelle, ohne Stelle keine Wohnung.«

Ashling wusste von der Theorie, aber sie hatte nie geglaubt, dass das wirklich so passierte.

»Aber hast du keine, na ja, keine Familie, die dir helfen kann? Eltern, zum Beispiel?«

»Ja und nein.« Mit einem dünnen Lächeln erklärte er: »Meine arme Ma ist nicht gerade bei guter Gesundheit. In geistiger Hinsicht. Und mein Dad hat eine sehr überzeugende Vorführung von dem Mann, der verschwinden kann, gegeben, als ich fünf war. Deswegen bin ich in Pflegefamilien aufgewachsen.«

»Oh je.« Ashling tat es Leid, dass sie mit dem Gespräch angefangen hatte.

»Na ja, ich bin ein wandelndes Klischee«, sagte Boo bedauernd. »Sehr peinlich. Und weil ich unbedingt bei meiner Ma sein wollte, habe ich mich bei den Pflegefamilien nie richtig wohl gefühlt, und das Schulsystem habe ich durchlaufen, ohne eine einzige Prüfung abzulegen. Selbst wenn ich eine Wohnung hätte, würde ich wahrscheinlich trotzdem keine Arbeit finden.«

»Warum kriegst du keine Wohnung über das Sozialamt?«

»Frauen und Kinder zuerst. Wenn ich schwanger werden könnte, wären meine Chancen besser. Aber kinderlose Männer können angeblich für sich selbst sorgen, also stehen wir ganz unten auf der Liste.«

»Und was ist mit einer Obdachlosenunterkunft?« Ashling hatte gehört, dass es dergleichen gab.

»Kein Platz in der Herberge. In der Stadt gibt es mehr Obdachlose, als man glaubt.«

»O nein. Das ist ja schrecklich. Alles ist schrecklich.«

»Tut mir Leid, Ashling, jetzt hab ich dir den Tag verdorben, stimmt's?«

»Nein«, seufzte sie. »Er war schon vorher ziemlich im Eimer.«

»He, ich habe *Sinister Days* ausgelesen«, rief Boo ihr nach. »Diese Serienkiller kennen sich ja bestens aus mit Verstümmelungen. Und *Sorted!* habe ich halb durch. Auf einer Seite habe ich dreizehn Mal das Wort ›ficken‹ gezählt.«

»Ach, wirklich?« Sie hatte nicht die Energie, Boos ›Bücherbesprechung‹ ihre Aufmerksamkeit zu schenken.

Sie schleppte sich die Treppe rauf, goss sich ein Glas Wein ein und hörte ihren Anrufbeantworter ab. Nach längerer Unterbrechung gab es wieder Nachrichten von Cormac. Anscheinend würden die Hyazinthenzwiebeln nächste Woche geliefert, aber die Tulpenzwiebeln brauchten länger.

Dann wählte sie Clodaghs Nummer. Sie hatte seit zwei Wochen nicht mit ihr gesprochen. Seit dem Wochenende in Cork, um genau zu sein.

»Es tut mir wirklich Leid«, nahm Ashling die ganze Schuld auf sich. »Und wahrscheinlich werde ich auch so lange keine Zeit haben, bis die Zeitschrift endlich erschienen ist. An den meisten Tagen bin ich bis neun in der Redaktion, und dann bin ich so müde, dass ich meinen eigenen Namen nicht mehr weiß.«

»Ist nicht so schlimm. Ich fahre sowieso weg.«

»Ferien?!«

»Ja, übernächste Woche fahren wir nach Korfu. Und dann«, fuhr Clodagh mit angespannter Stimme fort, »fahre ich nächste Woche für ein paar Tage allein weg. In ein Spa in Wicklow. Weil ich so gestresst und überarbeitet bin.« Anscheinend hatte sie das Bedürfnis, sich zu verteidigen.

Plötzlich fiel Ashling wieder ein, welche Sorgen sich Dylan am Anfang des Sommers um Clodagh gemacht hatte. Plötzlich hatte sie ein sehr, sehr schlechtes Gefühl. Eine unheilvolle Vorahnung. Clodagh war in einer Klemme und stand kurz davor, in eine Katastrophe zu stürzen. Schuldgefühle und Angst nagten heftig an Ashling. »Clodagh, irgendwas ist im Busch, habe ich Recht? Es tut mir so Leid, dass ich in letzter Zeit nicht bei dir war. Lass mich helfen, bitte, ich helfe dir! Es ist gut, wenn man über die Dinge spricht.«

Clodagh fing leise an zu weinen, und Ashling war plötzlich von mächtiger Angst gepackt. Irgendwas war ganz und gar nicht in Ordnung.

»Erzähl es mir«, drängte Ashling.

Aber Clodah schluchzte einfach. »Ich kann es nicht, ich bin so furchtbar.«

»Das stimmt nicht, du bist großartig.«

»Du hast keine Ahnung! Ich bin so schlecht, und du weißt ja nichts, und du bist so gut ...« Sie weinte so heftig, dass ihre Worte nicht mehr zu verstehen waren.

»Ich komme zu dir«, bot Ashling an.

»Nein! Nein, bitte, tu das nicht.« Nachdem Clodagh eine Weile weiter geschluchzt hatte, schniefte sie und verkündete. »Es ist in Ordnung. Es ist alles gut. Wirklich.«

»Ich weiß, dass das nicht stimmt.« Ashling spürte, dass Clodagh sich ihr entzog.

»Doch, es ist alles in Ordnung.« Sie sprach sehr bestimmt.

Als Ashling aufgelegt hatte, fing sie an zu zittern. Ted. Scheiß-Ted. Sie hatte da ein Gefühl ...

Mit zitternden Fingern wählte sie seine Nummer und sagte vorwurfsvoll: »Ich habe dich in letzter Zeit kaum gesehen.«

»Und an wem liegt das?« Er klang verletzt. Oder war er defensiv?

»Ja, eh, tut mir Leid; es ist meine Arbeit. Warum treffen wir uns nicht mal auf ein paar Drinks?«

»Großartig! Heute?«

»Eh, nein. Geht nächste Woche?«

»Da kann ich nicht.«

»Warum nicht?«

Sag es nicht, sag es nicht …

»Ich fahre ein paar Tage weg.«

O Gott. Es verschlug ihr den Atem, als hätte sie einen Schlag in die Magengrube bekommen.

»Mit wem?«

»Mit keinem. Ich fahre nach Edinburgh und mache bei ein paar Shows mit.«

»Ach, wirklich?«

»Ja, wirklich.« Feindselige Gefühle schwirrten durch die Leitung.

»Also, dann viel Glück bei deinem Trip nach *Edinburgh*, mit keinem«, sagte Ashling sarkastisch und legte auf.

Sie würde Marcus bitten, die Augen offenzuhalten und ihr zu berichten, ob er Ted und Clodagh gesehen hatte oder ob er – noch verräterischer – Ted gar nicht gesehen hatte.

51

In einem Wirbel hektischer, hysterischer Tage und schlafloser Nächte kam der einunddreißigste August, der Erscheinungstag von *Colleen*, viel zu schnell heran.

Ashling erwachte mit einem stechenden Schmerz im Ohr. Es war, als würde mit einer Hutnadel immer wieder hineingestochen – ein ihr sehr vertrauter Schmerz. Sie hätte es wissen können. Sie konnte sich darauf verlassen, dass sich ihr Montagsohr zu den ungelegensten Zeitpunkten melden würde – am ersten Prüfungstag ihrer Schulabschlussprüfung, am ersten Tag bei einer neuen Arbeit. Wenn es heute nicht aufgemuckt hätte – »dem wichtigsten Tag in ihrem Arbeitsleben bisher«, wie Lisa behauptete –, wäre sie fast enttäuscht gewesen.

Fast, aber nicht ganz, dachte Ashling grimmig, als sie vier Paracetamol schluckte und sich einen Wattebausch ins Ohr stopfte. Denn es brachte alles durcheinander: Sie konnte sich nicht selbst die Haare waschen, falls sie Wasser ins Ohr bekam; sie musste vor der Arbeit zum Arzt gehen und sie musste einen Friseurtermin in ihre Mittagspause quetschen, die sie eigentlich gar nicht machen wollte.

Erst fiel sie vor der Sprechstundenhilfe von Dr. McDevitt praktisch auf die Knie, damit sie ihr einen frühen Termin gab, dann flehte sie den Doktor an, dass er ihr ein schnell wirkendes Schmerzmittel gab. »Die Antibiotika brauchen immer zwei Tage, bis sie eine Wirkung haben, und ich kann vor Schmerzen nicht klar denken.«

»Sie sollten nichts denken müssen«, schimpfte er mit ihr. »Sie sollten zu Hause sein, im Bett.«

Das wär ja was! Als sie ihr Rezept in Empfang genommen hatte, musste sie ins Kino zu einer Pressevorführung, wo jeder, mit dem sie sprach, auf ihre fettigen Haare guckte. Der Film dauerte drei endlose Stunden, in denen sie ungeduldig zappelte und daran dachte, wie viel sie in der Zeit in der Redaktion hätte schaffen können. Und früher hatte sie immer gedacht, die Arbeit bei einer Zeitschrift sei glamourös!

Als der Nachspann anfing, riss sie dem PR-Manager die Pressemappe aus der Hand und machte sich im Laufschritt auf den Weg in die Redaktion. Nach rekordverdächtigen zehn Minuten stieß sie die Tür zu dem menschenleeren Büro auf, wo sie über Partyschuhe auf dem Boden stolperte und sich in Partykleidern verhedderte, die auf Bügeln von Türen und Aktenschränken hingen. Lisas Telefon klingelte, aber als Ashling abnahm, hatte der Anrufer aufgelegt. Sie hängte sich an ihr eigenes Telefon und musste sehr schnell feststellen, dass sie keine Chance hatte, einen Donnerstagmittag-Termin beim Friseur zu bekommen. Auch nicht, als sie die Salons anrief, die *Colleen* verpflichtet waren.

Bei dem Ersten erhielt sie die Antwort: »Ein Notfall? Das wissen wir schon. Lisa ist gerade bei uns.«

Damit war das erledigt. Lisa würde sich eine Gratis-De-Luxe-Behandlung geben lassen und die ihnen zustehende Quote ganz aufbrauchen. Als sie bei verschiedenen anderen Friseursalons anrief, stellte sie fest, dass Mercedes, Trix, Dervla und sogar Mrs. Morley und das Honeymonster Shauna sich mit dem Namen *Colleen* Termine ergattert hatten.

Also wirklich! Ich bin wohl der letzte Trottel hier!

Aber sie hatte keine Zeit, sich zu ärgern – sie war im Begriff, in Panik auszubrechen. Ihr Haar war einfach *ranzig*. Sie würde es in der Redaktion waschen müssen. Zum Glück gab es im Büro massenweise Haarpflegemittel. Aber sie brauchte Hilfe, und buchstäblich der Einzige im Büro war Bernard, zu Ehren des Anlasses in seinen besten Pullunder mit Rautenmuster gekleidet.

»Bernard, würdest du bitte mein freundlicher Helfer sein und mir beim Haarewaschen assistieren?«

Er sah sie entgeistert an.

»Ich habe eine Ohrentzündung«, erklärte sie geduldig, »und jemand muss mir helfen, damit ich kein Wasser ins Ohr bekomme.«

Er wand sich unbehaglich. »Kann nicht eines der Mädels dir helfen?«

»Sie dich doch um – es ist niemand da. Und in weniger als einer Stunde soll ich Niamh Cusack interviewen. Es muss jetzt geschehen.«

»Und danach?«

»Muss ich sofort ins Hotel und beim Aufbauen helfen. Bitte, Bernard!«

»Ah, nein«, sagte er sich windend. »Das kann ich nicht, das wäre nicht richtig.«

Verdammt! Ein Tag in der Hölle könnte nicht schlimmer sein!

Aber was konnte man schon erwarten? Bernard war fünfundvierzig und lebte immer noch bei seiner Mutter.

»Außerdem muss ich zur Credit Union«, log er und floh.

Ashling ließ sich auf ihren Stuhl sinken; sie war den Tränen nah. Ihr Ohr tat weh, sie war erschöpft, sie müsste mit ungewaschenen, angeklatschten Haaren zu der Party gehen, und alle anderen würden fantastisch aussehen. Sie hielt eine Hand an ihr pochendes Ohr und verdrückte probeweise ein paar Tränen.

»Was ist los?«

Sie sprang auf. Es war Jack Devine, der sie mit so etwas wie Besorgnis musterte.

»Nichts«, murmelte sie.

»Was ist los?«

»Die Party heute Abend«, fing sie an aufzuzählen. »Meine Haare müssen gewaschen werden, ich kann für alles Geld der Welt keinen Friseurtermin bekommen, ich kann mir die Haare nicht selbst waschen, weil ich eine Ohrentzündung habe, und keiner will mir beim Waschen helfen.«

»Wer ist keiner? Bernard? Ist er deswegen in diesem halsbrecherischen Tempo abgehauen? Er hätte mich beinahe umgerannt, als ich aus dem Aufzug kam.«

»Er muss zur Credit Union.«

»Das stimmt nicht – da geht er immer freitags hin. Sie müssen ihm wirklich Angst eingejagt haben.«

Jack lachte herzlich bei dem Gedanken, während Ashling ihn verstimmt betrachtete. Dann legte er seinen Stapel Papiere hin und sagte: »Also gut, kommen Sie mit!«

»Mit wohin?«

»In den Waschraum, damit wir Ihnen die Haare waschen.«

Sie sah ihn erstaunt an.

»Sie haben zu tun«, sagte sie. Er hatte immer zu tun.

»Es wird ja nicht lange dauern, das Haarewaschen. Kommen Sie!«

»Welcher Waschraum?«, fragte sie dann.

»Die Herr-«, begann er, dann brach er ab. Ihre Blicke trafen sich. Jeder zerrte in eine andere Richtung.

»Aber –«

»Nicht die Herrentoilette«, sagte sie, so bestimmt sie konnte.

»Aber –«

»Nein.« Schlimm genug, dass Jack Devine ihr die Haare waschen würde, aber dabei auch noch eine Reihe Pissbecken vor Augen zu haben – nein, danke!

»Also gut«, seufzte er und lenkte ein.

»Es sieht ganz anders aus als bei uns.« Jack verharrte auf der Schwelle und sah in den harmlosen Waschraum hinein, als wäre er irgendwie bemerkenswert oder gar zum Fürchten.

»Kommen Sie schon«, sagte sie brüsk und versuchte, ihr Unbehagen nicht zu zeigen. Sie nahm den Gummischlauch mit Brausekopf, den sie als Werbegeschenk von einem Shampoo-Hersteller bekommen hatten, und versuchte ihn an dem Wasserhahn zu befestigen. Aber er schnappte immer wieder zurück wie eine Ziehharmonika.

»Blödes, nutzloses Zeug.« Sie biss die Zähne zusammen. Konnte dieser Tag noch schlimmer werden?

»Geben Sie her!« Er beugte sich vor, und sie machte schnell einen Schritt zur Seite. Mit einem einzigen festen Griff hatte er den Schlauch auf den Wasserhahn aufgesetzt.

»Danke«, murmelte sie.

»Und jetzt?« Er sah zu, wie sie ihre Hand unter den Strahl hielt und den Wasserhahn so einstellte, bis das Wasser die richtige Temperatur hatte.

Sie senkte den Kopf nach vorn in das weiße Porzellanbecken. »Erst müssen Sie es nass machen. Und passen Sie auf mein Ohr auf.« Gott, sie hätte gern darauf verzichtet.

Unsicher nahm er den Schlauch und richtete den Strahl probeweise auf ihren Kopf. Ihr braunes Haar wurde sofort zu einer dunklen, glatten Masse.

»Sie müssen es ganz nass machen«, rief sie mit vom Waschbecken gedämpfter Stimme.

»Ich weiß!« Sie merkte, wie er bei ihrem linken, dem guten Ohr anfing, ihr Haar anhob und es systematisch in dicke Strähnen aufteilte, dann zu ihrem Haaransatz vorkam und zurück in ihren Nacken. Es kitzelte, nicht unangenehm.

Als er sich streckte und über ihren runden Rücken beugte, um überall ranzukommen, war sein Oberschenkel ganz nah an ihrer Seite. So nah, dass sie seine Körperwärme spürte, und im selben Moment wurde ihr bewusst, dass die Tür geschlossen war. Sie waren allein. Ihr brach der Schweiß aus.

Aber als sie spürte, wie ein Rinnsal auf ihr rechtes Ohr zurann, lenkte die Angst sie von ihren Gedanken ab. »Vorsicht!«

»Okay!« Jack war enttäuscht. Er fand, für einen Mann, der bisher immer nur sein eigenes Haar gewaschen hatte, stellte er sich recht geschickt an.

»Entschuldigung«, sagte sie mit erstickter Stimme, »aber wenn Wasser ins Ohr gerät, wird das Trommelfell perforiert. Das ist schon zweimal passiert.«

»Ach so, ich verstehe.« Er ging jetzt bedächtiger vor und zog mit den Fingern kleine Furchen durch ihr Haar, damit das Wasser von der Gefahrenzone weglief. Zu seiner Überraschung hatten die Wölbungen hinter ihren Ohren etwas, was ihn seltsam berührte. Die kleine Linie glatter Zartheit vor dem Ansatz, wo das Haar spross. Es sah so mitleiderregend, so süß und unerklärlich mutig aus. Und der große, plumpe Wattebausch, der aus ihrem Ohr quoll ... Er schluckte.

»Shampoo«, sagte sie. »Drücken Sie Shampoo aus der Tube und verteilen Sie es –«

»Ashling, ich weiß, wie man das mit dem Shampoo macht.«

»Oh, natürlich.«

Langsam fing er an, mit den Fingern das Shampoo auf ihrer Kopfhaut zu Schaum zu reiben. Es war unerwartet wohltuend. Sie schloss die Augen und gab sich dem guten Gefühl hin, und die Anspannung des letzten aufreibenden Monats mit dem enormen Arbeitspensum fiel von ihr ab.

»Mache ich es richtig?«, fragte er.

»Sehr gut.«

»Ich wollte immer geschickt mit den Händen sein«, gab er zu. Er klang verlegen.

»Zum Friseur würden Sie nicht taugen«, murmelte sie und hätte am liebsten gar nicht gesprochen, so sehr genoss sie dies. »Sie sind nicht gestylt genug.«

Ihre Kopfhaut vibrierte, während seine harten, festen Hände sie massierte. Sie würde um vieles zu spät zu dem Interview kommen, und das war ihr, ehrlich gesagt, gleichgültig. Ein angenehmes Pulsieren entlang des Haaransatzes nahm die Spannungen aus ihrem überarbeiteten Körper, und das einzige Geräusch in dem Raum war Jacks Atem. Sie war über das Becken gebeugt und von seiner Wärme umfangen. Sie war selig ...

Aber als sie spürte, wie sich weiter unten ihr Körper einem Drängen öffnete, wurde ihr mulmig. Er wusch nicht einfach nur ihr Haar mit Shampoo, das merkte sie plötzlich. Auch er musste das merken. Es war viel zu intim.

Und dann war da noch etwas. Eine Anwesenheit. Eine aufrichtige Härte, die in der Nähe ihrer Leber schwebte, ziemlich genau da, wo Jack Devines Lenden waren. Oder bildete sie sich das ein ...?

»Vielleicht können Sie es jetzt ausspülen?«, sagte sie mit dünner Stimme. »Und etwas Conditioner benutzen, aber machen Sie schnell, ich komme zu spät.«

Sie sprach mit Jack Devine. Dem Chef ihrer Chefin. Sie wusste nicht, was hier vor sich ging, aber was es auch war, es war ziemlich unheimlich.

Er war kaum fertig mit dem Spülen, da drückte sie schon das Wasser aus ihren Haaren, und als er mit dem Handtuch auf sie zukam, sagte sie: »Trocknen kann ich es selbst.« Sie war außer Atem.

Im Spiegel sahen sie sich an. Sie wandte ihren Blick von seinen beerendunklen Augen ab. Sie war verlegen, verwirrt … so wie sie sich immer in seiner Gegenwart fühlte, nur hoch zehn.

»Danke«, sagte sie höflich. »Sie haben mir sehr geholfen.«

»Keine Ursache.« Dann lächelte er, und die Stimmung schlug um, so dass sie sich später fragte, ob sie sich das surrende Etwas nur eingebildet hatte. »Ich bin nicht das böse Ungeheuer, für das Sie mich alle halten.«

»Aber wir –«

»Ich bin nur ein Mann, der einen schwierigen Job zu tun hat.«

»Eh, genau.«

»Und was wetten wir, dass Trix mich ertappt, wenn ich die Tür aufmache?«

Ashling stutzte einen Moment, dann sagte sie: »Einen Zehner.«

52

Als Jack im Herbert Park Hotel ankam, war die Party schon voll im Gange. Der Saal war zum Bersten voll, auf den Tischen lagen *Colleen*-Hefte in dicken, glänzenden Stapeln, und die Frauen aus der Redaktion hatten ein effizientes menschliches Fließband eingerichtet, um dem Ansturm der erwarteten Macher und Mächtigen der irischen Gesellschaft Herr zu werden.

Als Erstes musste man sich von Lisa begrüßen lassen, die in all ihrem Glanz und Schein wahrscheinlich nie schöner ausgesehen hatte. Dann verglich Ashling, etwas unsicher im Kleid und auf hohen Absätzen, die Einladungen mit der Gästeliste. Mercedes, schlangenartig dünn in schwarzer, gelackter Robe, versah die eintreffenden Gäste mit einem Namensschild, und Trix, ihre Blöße nur dürftig bedeckt, führte die Gäste zur Garderobe. Attraktive Männer und Frauen gingen mit Tabletts im Saal herum, auf denen sie Erwachsenen-Cocktails anboten – nirgendwo war ein Papierschirmchen in Sicht.

»Die Frau Chefredakteurin.« Jack blieb vor Lisa stehen.

»Hi, ich bin die Begrüßerin!« Sie grinste.

»Dann begrüßen Sie mich.«

Sie küsste ihn auf die Wange und rief aus, indem sie den Tonfall einer Illustrierten-Redakteurin parodierte: »Darling, so fabelhaft fantastico, Sie zu sehen! Und wer sind Sie genau?«

Jack lachte und ging weiter zu Ashling, die von ihrer Gästeliste aufblickte. »Oh, hallo«, rief sie, unerwartet kess. »Devine, Jack. Kann Sie auf meiner Liste nicht finden. Was sind Sie, ein Macher oder ein Mächtiger?«

»Weder noch.« Er deutete auf ihr schwarzes Etuikleid. »Sie sehen gut aus!«

Aber was er meinte, war eher: »Sie sehen anders aus.«

»Normalerweise trage ich keine Kleider«, vertraute Ashling ihm an. »Und eine Laufmasche habe ich auch schon.«

»Sind Sie mit Ihren Haaren zufrieden?«

»Sehen Sie doch selbst!« Sie machte eine beschwipste Drehung.

Bei einer anderen Frau würde ein schwingender Pagenkopf geschmeidig und katzenhaft wirken, aber an ihr sah er ergreifend normal aus, was in ihm ein Gefühl der Rührung auslöste.

»Und das Ohr?«

»Welches Ohr?«, fragte Ashling fröhlich und hob ihren Champagner-Cocktail. »Zum Wohl! Keine Schmerzen. Wenn Sie jetzt bitte weitergehen könnten?«

Lisa nahm den ganzen Abend Glückwünsche entgegen. Die Party war ein Triumph: Alle waren gekommen. Eine gründliche Suche hatte nur sechshundertvierzehn Macher und Mächtige in Irland zutage befördert, aber es machte den Eindruck, als sei jeder Einzelne von ihnen erschienen. Lob und Wohlwollen wurde in Wogen des Hochgefühls überall im Saal zum Ausdruck gebracht.

Und obwohl es bis zur Drucklegung an Katastrophen nicht gemangelt hatte, war *Colleen* ein durchschlagender Erfolg. Ihr Am-Puls-der-Zeit-Gefühl sprang einem praktisch von jeder Seite entgegen. Um fünf Minuten vor zwölf war es Lisa sogar gelungen, einen Berühmtheiten-Brief unter Dach und Fach zu kriegen. Laddz, die neue Boy-Group, hatte gerade ihren Durchbruch gehabt, und der Lead-Singer, Shane Dockery, der nervöse junge Mann, den Lisa vor Monaten bei der Morocco-Präsentation kennen gelernt hatte, war inzwischen zu einem anerkannten Mädchenschwarm mutiert, dem die Teenager an der Fassade hoch ins Haus stiegen wie kleine Äffchen.

Shane erinnerte sich an Lisa. Wie konnte er den einzigen Menschen vergessen, der in den Monaten der Ungewissheit freundlich zu ihm gewesen war? Wenn er bloß die Trauben von Mädchen aus seiner Schreibtischschublade verscheuchen könnte, würde er gern einen Brief verfasssen. Und alle waren sich einig, dass sein Beitrag eine einnehmende Frische hatte, die erprobte alte Rocker nicht aufgebracht hätten.

Lisa konnte nicht aufhören zu lächeln, ein Lächeln von Ohr zu Ohr. Wer hätte vor vier Monaten gedacht, dass sie erfolgreich sein würde? Und dass sie so glücklich darüber sein würde?

Sogar die Frage der Anzeigen war geklärt – den Ausschlag hatten die Frieda-Kiely-Obdachlosen-Bilder gegeben. Die Pressebüros aller größeren Modehersteller hatten erkannt, dass *Colleen* kein provinzielles Käseblatt war, sondern eine Macht, mit der man rechnen musste. Nicht nur hatten sie große, teuere Anzeigen geschaltet, sondern sie hatten auch angefragt, ob ihre Kollektionen in kommenden Heften berücksichtigt werden könnten.

»He, Lisa!« Lisa drehte sich um und sah Kathy, ihre Nachbarin, die ein Tablett mit Sushi trug.

»Oh, hallo, Kathy!«

»Schönen Dank, dass Sie mir diesen Job verschafft haben.«

»Gern geschehen.«

»Das Problem ist nur – die Leute fragen mich ständig, wo denn die Cocktail-Würstchen sind.«

Lisa musste tatsächlich lachen. »Dann haben sie hier nichts zu suchen.«

»Ich habe von dem Sushi-Zeug selbst probiert, und wissen Sie was? So übel ist das gar nicht.«

Marcus Valentine, der schon arg mitgenommen aussah, schlich vorbei, und Lisa schenkte ihm automatisch ein blendendes Lächeln. Jasper Ffrench, noch ärger alkoholisiert, stolperte hinterher. Und hier war Calvin Carter, der speziell aus New York eingeflogen worden war.

Calvin schüttelte allen die Hände und redete sie beim Vornamen an.

»Grandios, Lisa«, sagte er und betrachtete die gut aussehenden

Gäste. »Absolut grandios. Also dann, Lisa, lassen Sie uns Reden schwingen!«

Er sprang auf die kleine Bühne und begann mit einem irischen Satz, den Ashling für ihn in Lautschrift aufgeschrieben hatte.

»Kade Miela Foll-che«, rief er aus, was, dem aufbrausenden Gelächter nach zu urteilen, gut ankam. Aber natürlich hatte Calvin immer Mühe gehabt zu unterscheiden zwischen Leuten, die über ihn lachten, und Leuten, die mit ihm lachten.

Dann hielt er eine Rede über Dublin, über Zeitschriften und darüber, wie fabelhaft *Colleen* war.

»Und die Frau, die das alles möglich gemacht hat...« – er streckte den Arm aus und deutete auf Lisa – »meine Damen und Herren, hier ist die Chefredakteurin aller Chefredakteurinnen, Lisa Edwards!«

Als feuchtfröhlicher Applaus durch den Saal brandete, stieg Lisa auf die Bühne.

»Du musst klatschen«, zischte Ashling Mercedes zu. »Sonst wirst du gefeuert.«

Mercedes lachte dunkel und hielt die Arme verschränkt. Ashling sah sie besorgt an, konnte sich aber nicht damit aufhalten. Ihr oblag es, die Blumen zu überreichen. Sie war außerdem ziemlich beschwipst – eine Mischung aus Erschöpfung, Schmerztabletten und Alkohol, natürlich – und hoffte nur, dass sie nicht einschlief, bevor sie die Blumen die paar Stufen raufgetragen hatte.

Als Lisa ihre hübsche Rede hielt, fiel ihr Blick auf Jack – oder, wie sie ihn heimlich für sich nannte, »die Sahnehaube auf dem Kuchen dieses Abends«. Er lehnte an der Wand, hatte die Arme verschränkt, und sein leichtes Lächeln strahlte große Wärme und Würdigung aus.

Ihr berauschtes Gefühl verstärkte sich noch. Dies war ihr Abend. Seit er aus New Orleans zurückgekommen war, hatte Hochbetrieb geherrscht, und ihr war kaum Zeit geblieben, mit ihm zu flirten. Aber nach diesem Abend konnten sie sich auf ihren Lorbeeren ausruhen, und ihr Plan sah fest vor, dass er neben ihr ruhen würde.

Sie ließ ein entrücktes Lächeln über die Zuhörer gleiten. Wo zum Teufel war Ashling? Ach, da. Lisa nickte ihr zu – Zeit für die Blumen.

Nach den Reden schaltete das Party-Getriebe einen Gang höher. Calvin sah sich entsetzt um: In New York trank man nicht so viel. Und wohin war Jack entschwunden?

Jack war erschöpft vom Händeschütteln und hatte in einer ruhigen Ecke einen Sessel gefunden, in den er sich sinken ließ. Auf dem Tisch standen ein paar aufgegebene Sushi-Stücke – offenbar hatte sich jemand von ihnen überfordert gefühlt.

Die ihn umgebende Stille wurde plötzlich durchbrochen, als die Schwingtüren in der Nähe aufgestoßen wurden und Ashling, im Takt der Musik, hereingetanzt kam, Zigarette und Glas in der Hand. Sie war eine überraschend gute Tänzerin, ihr ganzer Körper bewegte sich geschmeidig im Rhythmus. Vielleicht lag das daran, dass sie sehr betrunken war, dachte er.

Sie kam auf Jack zu und warf ihre Tasche mit einer betrunkenen Geste auf den Boden, als sie auf ihrem Knie etwas entdeckte.

»Laufmaschen-Alarm!«, verkündete sie. »Geben Sie mir meine Tasche!« Die Zigarette im Mund, die Augen gegen den Rauch zusammengekniffen, holte sie eine Dose Haarspray aus der Tasche und besprühte die Strumpfhose von Schienbein zu Oberschenkel geschickt mit Haarspray.

Jack sah ihr gebannt zu. »Was machen Sie mit dem Haarspray?«

»Das hält die Laufmasche auf.« Sie verzog akrobatisch den Mund, indem sie ihre Zigarette auf der einen Seite hielt und auf der anderen Seite ausatmete und sprach. Er beobachtete sie ehrfürchtig.

Als er zusah, wie sie die Dose wieder in der Handtasche verstaute, hatte er mit einem Mal die feste Gewissheit, dass er ihr sein Leben anvertrauen könnte.

Ein spitzer Schrei ertönte, als wäre ihr plötzlich etwas Großartiges eingefallen, dann tauchte sie wieder in ihre Handtasche ein und beförderte unter einem Lachanfall ein kleines Flakon zutage.

Unaufhörlich lachend, sprühte sie sich von dem Inhalt auf das Handgelenk, streckte es Jack entgegen und sagte: »Hier – ich rieche nach Mist!«

So wie sie sich krümmte, war es offensichtlich, dass sie das urkomisch fand, und er musste auch lachen, obwohl er den Witz nicht verstand.

Sie zeigte ihm die Flasche mit Cashmere Mist. »Kapiert? Das Geschenk des heutigen Abends. Schade, dass es erst am Ende ausgegeben wird, sonst könnten wir jetzt alle rumgehen und zueinander sagen: ›Du riechst nach Mist‹.«

»He«, sagte sie plötzlich, »Sie knabbern an Ihren Fingernägeln.« Sie nahm seine Hand und betrachtete sie.

»Ehhm, ja«, gab er zu.

»Warum?«

»Weiß auch nicht.« Er wollte eine Begründung geben; es fiel ihm aber keine ein.

»Sie machen sich zu viele Sorgen«, sagte sie und streichelte seine nackten, zarten Fingerkuppen.

»He«, sagte sie und sah ihn eindringlich an. »Haben Sie mal eine Zigarette? Jasper Ffrench hat meine gestohlen.«

»Ich hätte gedacht, Sie hätten noch eine Ersatzpackung.« Es sollte humorvoll klingen, aber sein Mund fühlte sich betäubt an, als wäre er beim Zahnarzt gewesen.

»Hatte ich auch, aber die hat er auch gestohlen.«

Von der anderen Seite des Saals erhob Lisa ihr Glas zu ihm. In ihrer ganzen Körperhaltung drückte sich eine Einladung aus. Als er nach den Zigaretten kramte, fühlte sich sein Kopf wie Watte an – er konnte nicht klar denken. Lisa war schön. Sie war smart und clever, und er war voller Bewunderung für ihre Vision und ihre Energie. Und da war mehr, er mochte sie tatsächlich gern. Es musste so sein – hatte er sie nicht geküsst? Obwohl er immer noch nicht ganz verstanden hatte, wie es passiert war.

Lisa hatte gewisse Pläne für ihn, aber mit klarer Sicherheit wusste er plötzlich, dass er nicht darauf eingehen wollte. Warum nicht? Lag es daran, dass Lisa verheiratet war? Weil sie zusammen arbeiteten? Weil er Mai nicht überwunden hatte? Oder lag es daran, dass er Dee noch nicht überwunden hatte? Aber es war keiner dieser Gründe.

Es hatte mit Ashling zu tun. Der Frau, die auch als Little Miss Fix-it bekannt war.

Was um alles in der Welt passierte hier mit ihm? War es der Jetlag, fragte er sich beklommen. Aber er war seit zwölf Tagen zurück; Jetlag konnte es nicht sein.

Dann blieb ihm eigentlich nur noch eine andere Schlussfolgerung. Eine einzige, unvermeidliche Schlussfolgerung.

Er stand kurz vor einem Nervenzusammenbruch.

53

Als Ashling aufwachte, hatte sie ein Gefühl, als wäre ein Lastwagen über sie hinweggedonnert. In ihrem Ohr pochte es, alle Knochen taten ihr weh, aber was machte das schon? Die Party war nicht nur ein großer Erfolg gewesen, sondern hatte auch Spaß gemacht.

Einen Moment lang wusste sie nicht, ob sie allein im Bett war, aber dann fiel ihr ein, dass sie irgendwann im Laufe des Abends Marcus aus den Augen verloren hatte und ohne ihn nach Hause gekommen war. Kein Problem. Jetzt, da die Zeitschrift groß war und laufen konnte, würde das Leben in normale Bahnen zurückkehren.

Sie schleppte ihren mitgenommenen Körper aus dem Bett zum Sofa, wo sie rauchte und sich das Morgenprogramm im Fernsehen ansah. Ihr Gehirn fühlte sich lädiert an. Sie war entsetzlich spät dran fürs Büro, aber der allgemeine Konsens war, dass heute jeder dann kann, wenn es ihm passte. Schließlich wusch sie sich und zog sich langsam an, und als sie auf die Straße trat, war es elf Uhr. Es regnete. Schmutzig-dunkle Septemberwolken hingen über der Stadt, das Licht war grün-grau.

Ein paar Schritte vor Ashlings Haustür saß Boo auf dem nassen Bürgersteig. Er kauerte am Boden, das nasse Haar war ihm wie an den Kopf gekleistert, und kleine Rinnsale rannen an seinem Gesicht herunter. Als Ashling näher kam, merkte sie, dass es nicht der Regen war, der sein Gesicht nass machte. Er weinte.

»Boo, was hast du? Ist was passiert?«

Er sah zu ihr hinauf, dann öffnete sich sein Mund weit und ein lautloser Schluchzer drängte sich heraus.

»Sieh mich an!« Er legte eine Hand über die Augen und deutete mit der anderen auf sich, in seinen nassen, schmutzigen Sachen, dem Regen ausgesetzt.

»Es ist so demütigend«, sagte er mit einem Beben.

Ashling erstarrte. Boo war normalerweise so fröhlich.

»Ich habe Hunger, ich friere, ich bin nass, ich bin schmutzig, ich bin missmutig, ich bin einsam und ich habe Angst!« Sein Gesicht war vom Weinen verzerrt. »Ich will nicht mehr von der Polizei angemacht werden, ich will nicht mehr, dass Betrunkene auf mich draufpissen, ich will nicht wie das letzte Stück Dreck behandelt werden. Jetzt lassen sie mich nicht mal mehr in das Café gegenüber, um einen Becher Tee zu kaufen. Dabei ist es ein *Takeaway*!«

Ashling hatte nicht gedacht, dass es Boo Freude machte, obdachlos zu sein, aber sie hatte nicht gewusst, dass er es so sehr hasste.

»Ich werde dauernd beschimpft. Die Leute nennen mich ein faules Schwein und sagen, ich soll mir Arbeit suchen. Ich würde *gerne* arbeiten. Ich hasse es zu betteln – es ist so erniedrigend.«

»Ist irgendwas passiert?«, fragte Ashling. »Das dies ausgelöst hat?«

»Nein«, sagte er mit belegter Stimme. »Ich habe einfach einen schlechten Tag.«

Während Ashling überlegte, was zu tun sei, tropfte der Regen von ihrem Schirm auf ihr Jackett und machte es kalt und nass. Sie war frustriert. Aber sie war nicht für Boo verantwortlich. Sie zahlte ihre Steuern; der Staat sollte sich um Menschen wie ihn kümmern.

Wenn sie ihm Unterschlupf im Eingang ihres Wohnblocks gewährte? Aber das ging nicht: Sie hatte das einmal, bei einem heftigen Gewitter, gemacht, und die anderen Bewohner hatten sich beschwert. Sollte sie ihn in ihre Wohnung lassen? Ja, das sollte sie tun, aber so sehr sie ihn auch mochte, sie zögerte dennoch. Aber er war so unglücklich …

Sie traf ihre Entscheidung. »Komm zu mir hoch! Da kannst du

duschen und etwas essen. Und deine Sachen kannst du in die Waschmaschine stecken.«

Sie hoffte, er würde ablehnen, so dass sie mit reinem Gewissen ihrer Wege gehen konnte, aber er sah sie mit hilfloser Dankbarkeit an. »Danke«, schluckte er und fing wieder an zu weinen.

»Ich lasse es nicht zur Gewohnheit werden«, versprach er, als sie mit ihm die Treppe hinaufging.

Als sie ihn in ihrer einigermaßen sauberen Wohnung betrachtete, wurde ihr erst bewusst, wie schmutzig er war. Seine dreckstarrenden Jeans schlackerten an seinem mageren Körper, sein schmales, koboldhaftes Gesicht war schmutzverkrustet, und an den Fingerknöcheln sprang die Haut auf vor Schmutz.

»Ich stinke«, gab er betreten zu. »Es tut mir Leid.«

Etwas brach in ihr auf. Trauer, Wut.

»Handtücher.« Sie hatte die Kiefer zusammengepresst, als sie ihm den weichen Stapel in die Hand drückte. »Shampoo, Zahnbürste. Hier, die Waschmaschine, Waschpulver. Da drüben Wasserkocher, Tee, Kaffee. Wenn du was Essbares im Kühlschrank findest, bedien dich.«

Sie gab ihm eine Fünf-Pfund-Note. »Ich muss zur Arbeit, Boo, wir sehen uns später.«

»Das werde ich dir nie vergessen!« Bevor sie die Tür schloss, sah sie zuletzt Boo mit zitternden Knien in seinen regentriefenden Jeans mit dem duftigen Bündel Handtücher so blendendweiß und watteweich darüber.

Als Ashling im Büro ankam, sagte Jack Devine: »Jemand möchte Sie sprechen.« Er deutete auf den Mann, der vornübergesackt an ihrem Schreibtisch saß.

Als Ashling Dylan sah, wusste sie, dass etwas Schreckliches passiert war. Etwas durch und durch Entsetzliches. Seine Züge waren so verändert, dass sie ihn fast nicht erkannt hätte, diesen Mann, den sie seit elf Jahren kannte. Er war kalkweiß; aus seiner Haut, seinem Haar, seinen Augen war alle Farbe gewichen.

Er richtete seinen benommenen, verwundeten Blick auf sie

und sagte laut und deutlich, dass alle es hörten: »Clodagh hat eine Affäre.«

Die Wahrheit traf Ashling unmittelbar. Sie glaubte ihm. Ein Gedanke schlich sich durch ihr Bewusstsein: Welch schreckliche Dinge tun Menschen denjenigen an, die sie lieben.

Die Ehre gebot ihr, dass sie nach den Regeln vorging. Auf gar keinen Fall konnte sie zu Dylan sagen: »So was Ähnliches hatte ich mir schon gedacht.« Stattdessen musste sie so tun, als bestünde die Möglichkeit, dass er sich geirrt hatte. Also fragte sie: »Wie kommst du darauf?«

»Ich habe sie ertappt.«

»Wann? Wo?«

»Ich bin heute um zehn von der Arbeit gekommen. Ich habe mir Sorgen um sie gemacht«, sagte er niedergeschlagen.

Eher war es ein Verdacht. Aber Ashling verstand ihn.

»Und da habe ich sie im Bett erwischt.« Dylans Stimme wurde plötzlich hoch und schrill, und zum zweiten Mal an dem Morgen wurde Ashling Zeuge, dass ein erwachsener Mann wie ein Kind weinte.

»Und ich kenne ihn«, sagte Dylan. »Du kennst ihn auch.«

Ihre Befürchtung wuchs, als ihr die Erkenntnis dämmerte. Ashling wusste, wen Dylan nennen würde.

»Dieser Scheiß-Komiker.«

Ich weiß.

»Dieser Bekannte von dir.«

Ted!

»Marcus Arschloch.« Dylan schluckte. »Wie er auch heißt. Valentine oder so. Marcus Valentine.«

»Nein, du meinst Ted, den kleinen dunklen.«

»Nein, ich meine deinen schlaksigen Bekannten, Marcus Valentine.«

Ashlings Albtraum taumelte plötzlich in eine andere Richtung.

»Das ist nicht mein Bekannter«, kam ihre Stimme aus einer entfernten Ecke, »das ist mein Freund.«

Die wenigen, die schon in der Redaktion waren – Jack, Mrs. Morley, Bernard –, waren starr vor Entsetzen. Das einzige Geräusch war Dylans Schluchzen.

»Wahrscheinlich darf man sich nicht wundern«, sagte er mit belegter Stimme. »Es ist ja nicht das erste Mal, dass sie dir einen Freund wegnimmt.«

Er sah sie lange und fest an und sagte dann: »Ich hätte bei dir bleiben sollen, Ashling. – Ich muss gehen.« Er nahm eine Tragetasche vom Boden.

»Was hast du da?«, murmelte Ashling.

»Was zum Anziehen.«

»Du *verlässt* sie?«

»Was denkst du denn?«

»Und wohin gehst du?«

»Zu meiner Mutter, fürs Erste.«

Reglos sah sie zu, wie er ging.

Ein Gewicht senkte sich auf ihre Schultern. Ein Arm. Er gehörte Jack Devine. »Kommen Sie in mein Büro.«

Lisa erwachte und erlebte die schale Leere, die auf ein Hoch folgte. All das Geglitzer des vorherigen Abends war verflogen. Klar, die Zeitschrift war toll. Klar, die Party war ein durchschlagender Erfolg, aber es war nur eine Publikation mit einer Auflage von dreißigtausend in einer hinterwäldlerischen Gegend. Was war daran so fabelhaft?

Zu ihrem Leeregefühl kam eine noch größere Enttäuschung – Jack. Sie war sich sicher gewesen, dass er mit ihr nach Hause kommen würde. Sie fand, dass sie das verdient hatte, als Belohnung für ihre harte Arbeit und dafür, dass alles so gut geklappt hatte.

Obwohl sie sich nicht getroffen hatten, seit er aus New Orleans zurück war, hatte sie angenommen, dass es zwischen ihnen eine unausgesprochene Vereinbarung gab: Sie würden warten, bis die Zeitschrift erschienen war. Doch als sie den Hauptpreis einfordern wollte, war Jack verschwunden.

Gegen Mittag kam sie in die Redaktion, ihre Stimmung auf dem Nullpunkt. Sie ging schnurstracks zu Jacks Büro, zum einen, um mit ihm über die Party zu sprechen, zum anderen, um die Bande zwischen ihnen zu testen. Sie öffnete die Tür …

Vor ihr lag eine unglaubliche Szene. Mit untrüglicher Intuition erkannte sie die Situation und blieb wie angenagelt stehen.

Es lag nicht daran, dass Ashling und Jack allein im Büro waren, es lag auch nicht daran, dass Jack Ashling im Arm hielt, als sei sie die kostbarste aller Porzellanpuppen. Es lag an dem Blick auf Jacks Gesicht. Noch nie hatte Lisa einen solchen Ausdruck von Zärtlichkeit gesehen.

Sie wich zurück, fassungslos drehte sie sich um zu der unwirklich gewordenen Redaktion.

Trix kam mit einem Zettel auf sie zu. »Jemand hat für dich angerufen –«

»Jetzt nicht.«

Einige Minuten später kam Ashling aschfahl und mit gesenktem Blick aus dem Büro. Sie nahm ihre Sachen und ging.

Dann kam Jack heraus, sein Ausdruck spiegelte Erschöpfung. »Lisa!«, rief er. »Ashling hat einen schlimmen Schock erlebt, ich habe sie nach Hause geschickt.«

Ihn anzusprechen erforderte eine enorme Anstrengung. »Was hat sie denn?«

»Sie hat erfahren, dass ihr Freund eine Affäre mit ihrer besten Freundin hat.«

»Was? Marcus Valentine mit dieser Clodagh?«

»Ja.«

Lisa verspürte das hysterische Bedürfnis zu lachen.

»Könnten Sie kurz in mein Büro kommen?«, fragte Jack. »Ich muss etwas mit Ihnen besprechen.«

Würde er sich entschuldigen? Und ihr erklären, dass er Ashling nur getröstet hatte, sein Interesse aber eigentlich ihr, Lisa, galt?

Aber er wollte nur von der Arbeit sprechen.

»Erst einmal möchte ich Ihnen zu der Party und zu der ersten Ausgabe gratulieren. Was Sie erreicht haben, geht weit über das hinaus, was wir uns erhofft hatten, und die gesamte Geschäftsleitung gratuliert Ihnen sehr herzlich.«

Lisa nickte, sie registrierte eine Unterströmung des Verlusts. Ihr entspannter Umgang mit ihm schwand dahin, wurde ihr unter den Füßen weggezogen. Jack fühlte sich sichtlich befangen.

»Es tut mir Leid, Sie jetzt damit behelligen zu müssen, wo Sie Ihren Erfolg genießen sollten«, sagte er, »aber ich habe schlechte Nachrichten.«

Sie haben sich in Ashling verliebt?

»Mercedes hat heute morgen gekündigt.«

»Oh. Oh, warum?«

»Sie verlässt Irland.«

Zicke, dachte Lisa böse. Sie hatte nicht die Aufrichtigkeit zu sagen, dass es mit Lisas machthungriger, tyrannischer Art zu tun hatte und sie nicht mehr für sie arbeiten wollte.

»Sie hat eine Stelle in New York«, erklärte Jack. »Anscheinend ist ihr Mann dorthin versetzt worden.«

»New York?« Lisa erinnerte sich an die Reise, die Mercedes vor ein paar Monaten gemacht hatte. »Ihre neue Stelle – sie geht nicht … nicht … zu *Manhattan*?«

»Ich weiß nicht, zu welcher Zeitschrift, sie hat es nicht gesagt.«

»Und wo ist sie?«, sagte Lisa zähnebleckend.

»Schon weg. Sie hatte noch eine Woche Urlaub und hat den statt ihrer Kündigungsfrist genommen.«

Lisa verbarg ihr Gesicht in den Händen. »Ich möchte nach Hause gehen.«

Sie rief ein Taxi und war eine Viertelstunde später, immer noch mit dem Gefühl, in einem Traum zu sein, zu Hause. Sie steckte den Schlüssel ins Schloss und öffnete die Tür. Die Post war schon da gewesen – ein großer brauner Umschlag lag im Flur. Ohne viel Notiz davon zu nehmen, hob sie ihn auf, und während sie sich die Schuhe von den Füßen streifte, riss sie ihn auf. Sie entfaltete das steife Papier, während sie gleichzeitig die Handtasche auf die Küchentheke schleuderte. Dann erst warf sie einen Blick auf die Blätter, die sie in der Hand hielt.

Im nächsten Augenblick wusste sie, was es war. Der Schmerz zwang sie in die Knie, sie sank zu Boden.

Clodagh machte die Tür auf und wich zurück, als Ashling sie anfuhr: »Du Schlange!«

»Ashling!«

»Hast du mich nicht erwartet?«

Nein. Sie hatte nur an Dylan denken können und daran, dass er es herausgefunden und sie verlassen hatte. Irgendwo im Hinterkopf wusste sie, dass sie auch mit Ashling sprechen musste, aber sie hatte noch keinen klaren Gedanken fassen können.

»Nun, meine beste Freundin«, sagte Ashling und bahnte sich einen Weg in die Küche. »Hast du auch mal an mich gedacht, als du mit meinem Freund gevögelt hast?«

Clodagh war hilflos vor Kummer. Wie konnte sie die Schuldgefühle und die Qualen erklären? »Ich habe auch an dich gedacht, Ashling«, sagte sie niedergedrückt. »Doch, aber es war alles so schwierig. Du denkst vielleicht, dass nur Menschen in Seifenopern Affären haben, aber auch normale Menschen haben Affären. Es passiert einfach.«

»Aber mir? Wie konntest du es mir antun?«

»Ich weiß auch nicht. Aber du warst noch nicht lange mit ihm zusammen, und ihr wart ja nicht verheiratet, und ich war so lange so unglücklich. Ich habe mich so gefangen gefühlt, als würde ich verrückt –«

»Versuch nicht, Mitleid bei mir zu erregen! Du hast alles«, sagte Ashling heftig. »Warum musstest du ihn mir wegnehmen? Du hast doch alles.«

Clodagh konnte nur sagen: »Manchmal ist alles eben nicht genug.«

»Wann hat es mit Marcus angefangen?«

»Als du in Cork warst«, sagte Clodagh steif. »Er hat mir einen Zettel mit seiner Telefonnummer gegeben –«

»Bellez-moi.« Ashling freute sich über Clodaghs überraschten Gesichtsausdruck. »Du und die meisten anderen Mädchen in

Dublin haben mal einen von diesen Zetteln bekommen. Warum hat er mich vom Zug abgeholt?«

Clodagh zuckte unglücklich mit den Achseln. »Vielleicht hatte er Schuldgefühle.«

»Und wie ging es weiter?«

»Am Montag ist er hier vorbeigekommen. Da ist nichts passiert. Er hat mit mir Tee getrunken, und als er ging, hat er seine Tasse ausgewaschen. Es war nur eine Kleinigkeit –«

»Er hat gesagt: ›Meine Mammy hat mich gut erzogen‹«, fiel Ashling ihr ins Wort. »Ja, ich fand das auch sehr charmant.«

»Er liebt mich«, verteidigte Clodagh sich.

Wahrscheinlich stimmte das, erkannte Ashling, als der Schmerz sich durch die Schutzhülle ihrer Wut stieß. »Wie ging es dann weiter?«

»Er hat mich zum Kaffee eingeladen …«

»Und dann?«

»Und dann … ist er am nächsten Tag wieder hier vorbeigekommen.«

»Und dann hat er nicht nur seine Tasse abgewaschen.« *Dieses Gespräch findet nicht tatsächlich statt; ich bilde mir das nur ein.*

Clodagh nickte und vermied es, Ashling anzusehen.

»Bist du mit ihm in Edinburgh gewesen?«

Wieder nickte Clodagh niedergedrückt.

»Ich hätte nicht gedacht, dass er dein Typ ist«, sagte Ashling und wurde sich bewusst, dass ihr Gesicht vor Schmerz und Wut verzerrt war. Wie sie sich eine glatte, würdevolle Maske wünschte!

»Ich hätte das auch nicht gedacht«, gab Clodagh zu. »Aber seit dem ersten Abend, als ich ihn in dieser Show gesehen hatte, mochte ich ihn. Ich wollte das nicht, ich konnte nichts dafür.«

»Und was ist mit Dylan?«

Clodagh ließ den Kopf hängen. »Ich weiß es nicht, ich weiß es einfach nicht … Ashling, ich habe unsere Freundschaft verraten, und das tut bestimmt mehr weh als das Ende deiner, ehm, Liebschaft.«

»Da irrst du dich«, berichtigte Ashling sie zornig, »es tut mehr weh, meinen Freund zu verlieren.«

Clodagh sah in Ashlings blasses, wütendes Gesicht und sagte unsicher: »So habe ich dich noch nie gesehen.«

»Wie? Wütend? Das ist ja längst mal fällig.«

»Was meinst du damit?«

»Du hast das schon einmal gemacht«, sagte Ashling. »Dylan war erst mein Freund.«

»Ja, aber … er hat sich in mich verliebt.«

»Du hast ihn gestohlen.«

»Warum hast du denn nie was gesagt?«, sagte Clodagh, plötzlich heftig. »Warum musst du immer das Opfer sein?«

»Ich bin also schuld?« Ashling war unerbittlich. »Ich sage dir eins. Wegen Dylan habe ich dir verziehen, aber diesmal verzeihe ich dir nicht.«

54

»Verdammt«, dachte sie, »ich glaube, das hier ist ein Nervenzusammenbruch.«

Sie sah sich im Bett um, in dem sie hingestreckt war. Ihr kraftloser Körper war längst fällig für ein Bad, die Bettwäsche hätte längst gewechselt werden müssen. Feuchte, zusammengeknüllte Taschentücher lagen auf der Bettdecke verstreut. Auf der Kommode verstaubte unangetastet ein Vorrat an Schokolade. Mehrere Zeitschriften, auf die sie sich nicht hatte konzentrieren können, lagen über den Fußboden verteilt. Der Fernseher in der Ecke strahlte unbarmherzig sein Tagesprogramm direkt in ihr Bett aus. Stimmt, es sah nach Nervenzusammenbruch aus.

Aber irgendwas war nicht richtig. Was war es?

»Ich hatte immer gedacht …«, versuchte sie. »Also, ich hatte mir immer vorgestellt …«

Und dann wusste sie es. »Ich hatte immer gedacht, es würde schöner sein …«

55

Clodagh dachte, sie hätte einen Zusammenbruch; sie war sich dessen sicher, aber sie musste aufstehen und Molly von der Kindergruppe abholen. Als sie zurückkam, legte sie sich wieder ins Bett und wollte da weitermachen, wo sie unterbrochen worden war, aber Molly quengelte, dass sie Nudeln essen wollte.

Es hatte Clodagh sowieso keinen Spaß gemacht – was sie ziemlich überrascht hatte. Als Kind hatte sie mitbekommen, wie Ashlings Mutter sich ins Bett gelegt hatte, und hatte gedacht, wie glorreich hingegossen das gewirkt hatte. Aber in Wirklichkeit machte das untätige Herumliegen und das Gefühl, zu nichts in der Lage zu sein, zusätzlich zu dem Selbsthass und der Verwirrung, längst nicht so viel Spaß, wie sie sich vorgestellt hatte.

Seit zehn Uhr an dem Morgen – war es wirklich erst an dem Morgen geschehen? – war ihr ihr ganzes Leben plötzlich ganz fremd geworden. Von dem Moment an, als sie Dylans Schlüssel in der Tür hörte, wusste sie: Das Spiel war aus.

Sie hörte auf, sich unter Marcus rhythmisch zu bewegen, und legte eine Hand ans Ohr, um besser zu hören. »Psst!« Mit einer fließenden Bewegung war er von ihr heruntergerollt: Erstarrt und mit weiten Augen hörten sie, wie Dylan die Treppe raufkam.

Sie hätte die Möglichkeit gehabt, aus dem Bett zu springen, sich einen Bademantel überzuziehen und Marcus im Wandschrank verschwinden zu lassen. Marcus hatte sogar versucht, aus dem Bett zu gleiten, aber sie hatte sein Handgelenk umfasst. Dann hatte sie mit schrecklicher Ruhe gewartet – die Szene, die ihr Leben verändern sollte, war vorbereitet.

In den sechs Wochen davor hatte sie schlaflose Nächte verbracht und sich mit der Frage gequält, wohin ihre Affäre mit Marcus führen würde. Sie hatte geschwankt zwischen der Möglichkeit, die Sache mit ihm zu beenden und ein normales Leben mit Dylan wieder aufzunehmen, und der Fantasievorstellung, dass Dylan plötzlich verschwinden würde, ohne dass sie ihm gesagt hatte, dass es mit ihm vorbei war.

Aber als sie auf Dylans Schritte lauschte, die immer näher kamen, wurde ihr klar, dass die Entscheidung schon gefallen war. Und plötzlich war sie sich nicht sicher, ob sie bereit dafür war.

Die Tür zum Schlafzimmer öffnete sich, und obwohl sie wusste, dass es Dylan war, versetzte es ihr einen Schock, als sie ihn sah.

Sein Gesicht. Der Ausdruck auf seinem Gesicht war viel schlimmer, als sie es sich hätte ausmalen können. Fast war sie überrascht von dem Ausmaß des Schmerzes. Und die Stimme, als er sprach, war nicht seine. Sie hatte einen dumpfen Klang, als hätte ihm jemand einen Schlag in die Magengrube versetzt. »Auch wenn das jetzt wie eine Zeile aus einem Song klingt«, sagte er und rang mit trauriger Würde nach Atem, »wie lange geht das schon?«

»Dylan …«

»Wie lange?«

»Sechs Wochen.«

Dylan wandte sich an Marcus, der sich ein Laken vor die Brust hielt. »Würden Sie bitte gehen? Ich möchte mit meiner Frau sprechen?«

Seine Genitalien verschämt mit der Hand bedeckend, robbte Marcus zum Bettrand, griff nach seinen Sachen und murmelte Clodagh zu: »Ich ruf dich später an.«

Dylan sah ihm nach, dann wandte er sich wieder zu Clodagh und fragte leise: »Warum?« Hunderttausend Fragen lagen in diesem einen Wort.

Sie suchte nach den richtigen Worten. »Ich weiß es selbst nicht.«

»Bitte, sag mir, warum. Sag mir, was nicht in Ordnung ist. Wir können eine Lösung finden – ich werde alles tun.«

Was konnte sie sagen? Mit plötzlicher Sicherheit *wollte* sie gar nicht, dass es eine Lösung gab. Aber sie schuldete ihm Aufrichtigkeit. »Ich glaube, ich war einsam …«

»Einsam? Wie das?«

»Ich weiß nicht, ich kann es nicht beschreiben. Ich war einsam, ich habe mich gelangweilt.«

»Gelangweilt? Mit mir?«

Sie zögerte. So grausam konnte sie nicht sein. »Mit allem.«

»Möchtest du, dass wir eine Lösung finden?«

»Ich weiß nicht.«

Er musterte sie, während sich das Schweigen schmerzlich ausdehnte. »Das heißt nein. Liebst du diesen … ihn?«

Ein unglückliches Nicken. »Ich glaube, ja.«

»Gut.«

»Gut?«

Aber Dylan sagte nichts darauf. Stattdessen holte er eine Tragetasche vom Schrank herunter, schleuderte sie aufs Bett, riss Schubladen auf und schob sie zu und fing an, Unterwäsche und Hemden in die Tasche zu werfen. Nichts hatte sie darauf vorbereitet, wie schockierend das war.

»Aber …«, sagte sie, während sie mit ansah, wie Krawatten, Rasierzeug und Socken in der Tasche landeten. Alles passierte sehr schnell.

Dann war die Tasche prallvoll. Als Dylan den Reißverschluss zuzog, sagte er mit piepsiger Stimme: »Den Rest hole ich später.«

Er hastete aus dem Zimmer, und nach einer panikerfüllten Sekunde warf sie sich einen Bademantel über und eilte ihm nach.

»Dylan, ich liebe dich doch immer noch«, sagte sie flehentlich.

»Was sollte das dann?« Er deutete mit dem Kopf nach oben.

»Ich liebe dich doch immer noch«, sagte sie mit leiser Stimme, »aber …«

»Du bist nicht mehr verliebt in mich?«, beendete Dylan den Satz grausam.

Sie zögerte. Aber sie musste ehrlich sein. »Wahrscheinlich …«

Sein Gesicht war plötzlich verschlossen. »Ich komme heute

Abend, um mit meinen Kindern zu sprechen. Du kannst vorerst in dem Haus bleiben.«

»Vorerst?«

»Das Haus werden wir verkaufen müssen.«

»Wirklich?«

»Ich kann mir nicht zwei Häuser leisten, und wenn du glaubst, du kannst hier wohnen bleiben, während ich in einem Schuhkarton in Rathmines hause, dann irrst du dich gewaltig.«

Und damit war er weg.

Sie wand sich unter dem Schock; alles war so schnell passiert. Sie hatte Dylan aus ihrem Leben herausfantasiert, aber jetzt, da er gegangen war, gefiel es ihr nicht. Elf Jahre, in einer halben Stunde ausgewischt, und Dylan voller Schmerz. Und er hatte gesagt, das Haus müsse verkauft werden! Ja, sie war verrückt nach Marcus, aber so einfach waren die Dinge auch nicht.

Sie war zu benommen, um zu weinen, zu verschreckt, um zu trauern, und saß lange, lange in der Küche. Erst ein Klingeln an der Haustür holte sie in die wirkliche Welt zurück. Vielleicht war es Marcus. Aber nein.

Es war Ashling.

Sie hatte sie nicht erwartet. Mit Sicherheit war sie nicht darauf vorbereitet. Und Ashlings untypische Feindseligkeit machte alles nur noch schrecklicher. Clodagh war immer von Liebe umgeben gewesen, und plötzlich hassten sie alle, sie hasste sich selbst. Sie war eine Ausgestoßene, ein nutzloser Mensch, sie hatte gegen alle Regeln verstoßen, und man würde ihr nicht verzeihen.

Erst nachdem Ashling gegangen war, weinte Clodagh. Sie kroch wieder ins Bett, zwischen die Laken mit dem Geruch nach abgebrochenem Sex. Nie hatte sie so oft die Bettwäsche gewaschen wie in den letzten sechs Wochen. Nun, heute brauchte sie das nicht zu tun, es gab nichts mehr zu verbergen.

Sie griff nach dem Telefon, um Marcus anzurufen. Er sollte sie daran erinnern, dass sie eigentlich nichts Schlimmes getan hatten. Dass sie verrückt nacheinander waren, dass sie nichts dafür konnten, dass ihre Verliebtheit nobel war. Aber er war nicht bei der

Arbeit, und er ging nicht an sein Mobiltelefon, also musste sie ihren Kummer allein ertragen.

Es ist nicht meine Schuld, wiederholte sie immer wieder wie ein Mantra. *Ich konnte nichts dafür.* Aber als würde sich die Hölle einen Spalt breit öffnen, sah sie immer wieder einen kleinen Ausschnitt der Ungeheuerlichkeit, die sie begangen hatte. Was sie Dylan angetan hatte, war unverzeihlich. *Unglaublich.* Mit zitternden Händen griff sie nach einer Zeitschrift und suchte in einem Artikel über Wandbordüren nach Vergessen. Aber der Spalt öffnete sich erneut – diesmal noch schlimmer. Sie hatte nicht nur Dylan etwas angetan, sondern auch ihren Kindern. Und Ashling.

Ihr Herz klopfte heftiger, und mit schwitziger Hand nahm sie die Fernbedienung und drückte so lange auf die Knöpfe, bis sie die Jerry-Springer-Show gefunden hatte. Doch das reichte nicht aus, um sie von sich selbst abzulenken – normalerweise kamen ihr die Leute in seiner Show mit ihren lächerlich aufgeblasenen Leben wie Cartoon-Figuren vor, aber heute konnte sie keinen Unterschied zu sich selbst entdecken.

Sie schaltete auf *Emmerdale* um, dann auf *Home and Away*, aber nichts half. Sie zitterte vor Entsetzen angesichts ihres eigenen Handelns und der verheerenden Wirkung, zu der es geführt hatte, und konnte es nicht begreifen. Dann fiel ihr ein, dass sie Molly vom Kinderladen abholen müsste, und in einem Anflug von Panik war sie wie gelähmt. Sie konnte nicht rausgehen. Es ging nicht. Es war unmöglich.

Sie konnte nicht allein sein und sie konnte nicht unter Menschen sein, und einen schrecklichen Moment lang fragte sie sich, ob sie einem Zusammenbruch nah war. Dieser unerträgliche Gedanke plagte sie wie ein Albtraum, dann kämpfte sie sich aus dem Bett. Einen Zusammenbruch zu haben war noch schrecklicher, als sich der Welt zu stellen.

Marcus rief am Nachmittag an, und trotz allem, was passiert war, fing jede Faser in ihrem Körper an zu vibrieren. Sie war verrückt nach ihm, es war ein Gefühl, das sie seit Jahren nicht für Dylan gehabt hatte. Falls überhaupt jemals. Die Liebe würde alles besiegen.

»Wie ist es?«, fragte er mit sorgenerfüllter Stimme.

»Scheiße!« Halb lachte sie, halb war es ein Weinen. »Dylan ist ausgezogen, alle hassen mich, es ist so furchtbar.«

»Es wird sich alles regeln«, beschwichtigte er sie.

»Wirklich?«

»Wirklich.«

»He, ich habe vorhin angerufen, aber du bist nicht rangegangen.«

»Ich halte mich bedeckt.«

»Ashling weiß Bescheid. Dylan hat mit ihr gesprochen.«

»Das hatte ich mir schon gedacht.«

»Wirst du mit ihr sprechen?«

»Ich glaube, das hat keinen Zweck«, sagte er und versuchte, seine Beschämung zu überspielen. »Ich möchte bei dir sein. Was kann ich ihr schon sagen? Sie weiß doch alles!«

Sechs Wochen lang hatte Marcus seine Liebschaft mit Clodagh gerechtfertigt, indem er sich sagte, Ashling habe ihn vernachlässigt. In Wahrheit jedoch waren seine Gefühle viel komplexer. Er hatte seinem Glück bei Clodagh kaum getraut. Sie war so schön, und er fand sie viel begehrenswerter als Ashling. Aber er mochte Ashling sehr und verabscheute sich, weil er sie so gemein behandelt hatte. Doch wollte er auf gar keinen Fall in einer Konfrontation mit Ashling über sein rücksichtsloses Verhalten Rechenschaft ablegen müssen.

Viel besser war es, sich auf das Positive zu konzentrieren. Mit einer Stimme, in der sein ganzes Verlangen schwang, fragte er Clodagh. »Können wir uns sehen?«

»Dylan kommt nach der Arbeit. Er will mit den Kindern sprechen. Himmel, ich fasse es nicht…«

»Und wenn er weg ist? Ich könnte die Nacht über bleiben, jetzt brauchen wir uns ja nicht mehr zu fürchten, oder?«

Ihr Herz machte einen Sprung. »Ich rufe dich an, wenn er weg ist.«

»Gut, ruf mich zu Hause an! Lass es dreimal klingeln, leg dann auf und wähle noch einmal. Dann weiß ich, dass du es bist.«

Dylan kam nach der Arbeit. Er war anders. Nicht mehr so offensichtlich verletzt, sondern vielmehr wütend.

»Du wolltest, dass ich es herausfinde, stimmt's?«

»Nein!« Oder doch?

»O ja. In letzter Zeit warst du sehr merkwürdig.«

Das mochte sein, gab sie zu.

»Haben meine Kinder dich mit dem Arsch im Bett gesehen?«

»Nein, natürlich nicht!«

»Das ist auch besser so, wenn du das Recht haben möchtest, sie zu sehen.«

»Was meinst du damit?«

»Ich bekomme natürlich das Sorgerecht – du hast da keine Chance. *Unter den gegebenen Umständen*«, sagte er unfreundlich.

Seine Worte und sein verschlossener Gesichtsausdruck machten ihr plötzlich klar, wie ernst die Situation war. Sie sah eine Seite von Dylan, die sie nicht kannte.

»Herr im Himmel«, explodierte sie, »warum bist du so –!«

Beinahe hätte sie ihn ein Arschloch genannt. Aber warum sollte er kein Arschloch sein, in Anbetracht der Dinge?

Er schien von ihrer Hilflosigkeit amüsiert – falls es möglich war, dass jemand sie gleichzeitig auslachte und verhöhnte.

Sie musste daran denken, dass Dylan Geschäftsmann war. Ein sehr erfolgreicher. Ein Mann, der Härte beweisen konnte. Vielleicht würde er sich nicht einfach auf die Seite rollen und totstellen, bloß weil sie das wollte.

»Ich bekomme das Sorgerecht«, wiederholte er.

»Ja, gut«, sagte sie demütig.

Doch obwohl ihr Gesicht Demut ausdrückte, ging ihr wie wild im Kopf herum: *Meine Kinder kriegt er nicht, auf keinen Fall.*

»Gut, und jetzt will ich mit ihnen sprechen.« Dylan ging ins Wohnzimmer, wo Craig und Molly vor dem Fernseher saßen. Offensichtlich spürten sie, dass etwas nicht in Ordnung war, denn sie waren den ganzen Nachmittag ungewöhnlich still gewesen.

Als Dylan wieder herauskam, sagte er kalt: »Ich habe ihnen gesagt, dass ich eine Weile verreisen muss. Ich brauche Zeit, mir zu überlegen, wie ich das regeln will.« Er rieb sich mit der Hand über den Mund und sah plötzlich so *erschöpft* aus.

Aber ihr Mitleid mit ihm schwand, als er hinzufügte: »Ich hätte ihnen sagen können, dass ihre Mutter eine abscheuliche Ehebrecherin ist, aber anscheinend richtet das eher Schaden an. Also, ich gehe zu meinen Eltern. Ruf mich an –«

»Mache ich –«

»– wenn mit den Kindern was ist.«

Sie sah ihm zu, wie er die Kinder fest in die Arme nahm und die Augen dabei geschlossen hatte. Es war zu schrecklich. Gestern um diese Zeit hätte das Leben nicht normaler sein können. Sie hatte ein chinesisches Pfannengericht gekocht, Craig hatte alles wieder auf seinen Teller gespuckt, dann hatte sie sich *Coronation Street* angesehen und Dylan so lange bearbeitet, bis er eine Glühbirne auswechselte, und Molly hatte eine Wand in ihrem Zimmer mit Erdnussbutter beschmiert. Rückblickend kam es ihr wie das goldene Zeitalter vor, frei von Sorgen und Schmerz. Wer hätte ahnen können, dass ihr gemeinsames Leben so schnell aus den Angeln gehoben und durcheinander gewirbelt werden konnte, von Bitterkeit umschleiert?

»Also dann.« Dylan schloss die Tür hinter sich. Sie hatte gesehen, wie er seine Tasche packte, er hatte ihr gesagt, dass er auszog, aber sie hatte es sich nicht vorstellen können, bis es tatsächlich geschehen war.

Das kann alles nicht wahr sein, dachte sie, als sie im Flur stand, *dass kann nicht wahr sein.*

Sie drehte sich von der Tür um und sah Craig und Molly, die sie schweigend anblickten. Sie wussten, dass etwas Schreckliches geschehen war. Voller Scham wandte sie sich von ihnen und ihren Fragen ab und griff nach dem Telefonhörer.

Sie hörte das Klingelzeichen, dann stellte sich der Anrufbeantworter ein. Wo war er? Dann fiel ihr wieder ein, dass er gesagt hatte, sie solle es dreimal klingeln lassen, auflegen und noch einmal anrufen. Zögernd tat sie es – sie kam sich vor wie eine Ausgestoßene.

Als sie das zweite Mal seine Nummer wählte, nahm er sofort ab, und augenblicklich ließ ihr Schmerz nach und machte einem erhebenden, berauschenden Gefühl Platz.

»Ist Dylan weg?«, fragte er.

»Ja –«

»Okay, ich komme sofort.«

»Nein, warte!«

»Was?« Seine Stimme klang plötzlich unfreundlich.

»Ich würde dich liebend gern sehen«, erklärte sie, »aber nicht heute Abend. Es geht zu schnell. Ich will die Kinder nicht verwirren. Weißt du, Dylan hat von allen möglichen schrecklichen Dingen gesprochen, zum Beispiel, dass ich das Sorgerecht nicht bekommen würde.«

Alles war still, dann fragte Marcus leise: »Möchtest du mich nicht sehen?«

»Marcus, ich würde alles dafür geben! Das weißt du doch, aber ich glaube, es ist besser, wenn wir bis morgen warten. He, ich wette, es tut dir Leid, dass du dich je mit mir eingelassen hast, oder?« Sie schniefte mit einem kleinen Lachen.

»Sag nicht so was«, sagte er, wie sie erwartet hatte.

»Komm morgen Nachmittag vorbei«, lud sie ihn schüchtern ein. »Hier gibt es zwei, mit denen ich dich bekannt machen möchte.«

Am folgenden Nachmittag kam Marcus mit einer Barbie-Puppe für Molly und einem großen roten Lastauto für Craig. Trotz der Geschenke betrachteten die Kinder ihn mit Misstrauen. Sie spürten beide, dass ihre Welt nicht mehr in Ordnung war, und fühlten sich von diesem Fremden zusätzlich verunsichert. Marcus versuchte, ihren Widerstand zu brechen, und spielte mit den beiden. Ehrfürchtig bürstete er Barbies Haare und schob das Lastauto auf dem Teppich zwischen sich und Craig hin und her. Nachdem er ihnen eine Stunde lang seine uneingeschränkte Aufmerksamkeit geschenkt und eine Tüte mit Percy Pigs hervorgezogen hatte, ließ ihre Wachsamkeit endlich nach.

Mit einem intensiven Gefühl der Hoffnung sah Clodagh zu und wagte kaum zu atmen. Vielleicht würde alles besser. Vielleicht würde sich alles regeln. Ihre Gedanken rasten davon, in die Zukunft: Marcus könnte zu ihr ziehen, er könnte die Hypothek übernehmen, sie würde das Sorgerecht für die Kinder bekommen, Dylan würde als Kinderschänder oder Drogenhändler entlarvt, so dass alle ihn hassten und ihr verzeihen würden …

Als Craig und Molly einen Moment lang mit sich selbst beschäftigt waren, berührte Marcus Clodagh zärtlich. »Wie geht es dir?«, fragte er sanft. »Kommst du zurecht?«

»Alle hassen uns.« Sie lachte unter Tränen. »Aber wenigstens haben wir ja uns.«

»Das stimmt«, bestätigte er und nahm sie in die Arme.

»Wann kann ich mit dir ins Bett?«, murmelte er, schmuggelte eine Hand unter ihr T-Shirt und nahm die Brust, die von den Kindern weggerichtet war. Er zwickte ihre Brustwarze, und ihr Mund drückte Verlangen aus.

»Mammmiiii«, jammerte Craig, stand vom Boden auf und versuchte Marcus von Clodagh wegzuschubsen. Er schlug mit dem roten Lastauto um sich und erwischte Marcus an seinem linken Hodensack. Nicht fest genug, um größeren Schaden anzurichten, aber doch so, dass Marcus einen Moment der Übelkeit verspürte.

»Darling, du musst lernen zu teilen«, sagte Clodagh sanft.

»Will ich aber nicht!«

Nach einer beklommenen Pause sagte Clodagh: »Marcus, ich habe das zu Craig gesagt.«

56

Lisa hockte am Boden und hielt die Scheidungsklage in der Hand. Die Welle der Depression, die sie immer aufs Neue umspült hatte und wieder abgeebbt war, seit sie in Dublin war, hatte sie endlich unter sich begraben.

Ich bin eine Versagerin, gestand sie sich ein. *Ich bin eine kolossale Versagerin. Meine Ehe ist kaputt.*

Es klang verrückt, aber sie hatte nie wirklich geglaubt, dass es passieren würde. Das sah sie jetzt mit schmerzlicher Klarheit. Das war auch der Grund, warum sie sich keinen Anwalt genommen hatte. In der ganzen Trennungsgeschichte mit Oliver hatte sie sich untypisch verhalten: Normalerweise war sie aktiv und dynamisch. Sie erledigte die Dinge, und zwar prompt. Aber diesmal nicht, warum auch immer.

Nun, jetzt würde sie sich einen Anwalt nehmen müssen.

Aber wenn sie die Augen vor den Tatsachen verschlossen hatte, dann hatte Oliver das Gleiche getan, beharrte sie, damit sie nicht allein die … *Dumme* wäre. Er war im Januar ausgezogen und hatte eine Wohnung, für die er Miete zahlte, während er gleichzeitig seinen Teil der Rückzahlungen für ihre Wohnung leistete. Das war nicht das Verhalten eines Mannes, der alle Bindungen kappen wollte.

Sie sah sich plötzlich, wie sie so auf dem Boden hockte, in all ihrer Jämmerlichkeit. Sie kam sich albern vor, richtete sich auf – und schon war ihre Energie verpufft. Sie schaffte es bis ins Schlafzimmer, fiel dort ins Bett und zog sich die Decke über den Kopf.

Als sich die Decke weich und warm um sie schmiegte, gab sie

ihren Gefühlen nach und weinte – Tränen des Verlusts, des Versagens und – ja, auch! – des Selbstmitleids. Sie hatte ein Recht darauf, sich selbst zu bemitleiden, verdammt noch mal. Wenn man an all die beschissenen Dinge dachte, die ihr passiert waren. Von Jack zurückgewiesen zu werden – obwohl nicht vergleichbar mit dem Schmerz, Oliver zu verlieren – kam noch zu allem hinzu. Und Mercedes – wenn die eine Stelle bei *Manhattan* hatte, dann, dann … Na, was würde sie dann tun? Absolut gar nichts. Nie war sie sich ihrer eigenen Machtlosigkeit so sehr bewusst gewesen. Und obwohl sie Trix dauernd bei dem Kaufhaus anrufen ließ, waren ihre Holzlamellen-Jalousien immer noch nicht fertig. Wahrscheinlich würden sie *nie* fertig werden, wenn das so weiterging.

Das war der letzte Strohhalm. Das damenhafte Schluchzen steigerte sich, bis es ein babyhaftes Brüllen war. »… in schlechten wie in guten Zeiten …«

»… Ashling hat einen schlimmen Schock erlebt …«

»… Sie können die Braut jetzt küssen …«

»… sie hat eine Stelle in New York …«

»… die Fabrik ist für die Sommerferien geschlossen …«

Heulend streckte sie die Hand aus und zog einen Karton Papiertaschentücher zu sich ins Bett.

Die Stunden vergingen, und das Licht vor ihrem Schlafzimmerfenster verblasste zu einem schwachen Rosa. Tiefblau zog die Dunkelheit in ihr Zimmer, dann nachtschwarz mit dem violetten Schein der Stadtlichter. Sie erlaubte sich noch einen gelegentlichen Schluchzer, als die Morgendämmerung mit einem Perlgrau aufzog. Das wich langsam dem klaren, harten Blau eines Septembermorgens. Draußen waren Geräusche zu hören, die zum Tagesbeginn gehörten, aber Lisa zog es vor, da zu bleiben, wo sie war, besten Dank.

Irgendwann – vielleicht war es Nachmittag – wurde ihre wattegleiche Wirklichkeit durchbrochen. Ein Geräusch auf dem Flur, Schritte, und dann schrak sie hoch, als Kathy ihren geschredderten weizenblonden Kopf durch die Tür steckte.

»Was machen Sie hier?« Lisa sah sie aus rotgeränderten Augen an.

»Es ist Samstag«, sagte Kathy. »Ich putze samstags immer bei Ihnen.«

Die zerknüllten Papiertücher auf der Bettdecke, der deutliche Dunsthauch tiefer Niedergeschlagenheit und die Tatsache, dass Lisa voll bekleidet im Bett lag, versetzten Kathy in große Sorge. »Ist alles in Ordnung?«

»Ja.«

Offensichtlich glaubte Kathy ihr nicht. Dann kam Lisa in ihrem Trübsinn eine Idee: »Ich habe die Grippe.«

Sofort war Kathy voller Mitleid. Sollte sie Lisa ein Glas Sprite ohne Kohlensäure bringen, eine heiße Zitrone mit Honig, einen heißen Whisky?

Lisa schüttelte den Kopf und starrte wieder ins Nichts. Eine anstrengende Tätigkeit.

Grippe? fragte Kathy sich. Sie hatte von niemandem sonst gehört, der die Grippe hatte. Aber eigentlich kein Wunder, dass Lisa sich was eingefangen hatte, so wie sie lebte, nämlich in einem Saustall. Kathy fing in der Küche mit ihrer Putzaktion an; sie wischte die klebrigen Flächen sauber – wie schaffte Lisa das nur? – und legte ein Papier zur Seite. Natürlich warf sie einen Blick darauf – sie war schließlich keine Heilige! – und im selben Moment war ihr alles klar. Grippe? Lisa hatte keine Grippe. Gott bewahre: Grippe wäre viel schöner.

Nach einiger Zeit kam Kathy wieder ins Schlafzimmer. »Ich mache hier schnell sauber.«

»Nein, bitte nicht.«

»Aber die Bettwäsche ist schmutzig, Lisa.«

»Das ist mir egal.«

Kathy ging, und Lisa hörte, wie die Tür ins Schloss fiel. Gut. Sie war wieder allein.

Aber nach wenigen Minuten hörte sie, wie die Haustür wieder aufgeschlossen wurde und Kathy mit einer Einkaufstüte ins Zimmer kam. »Zigaretten, Schokolade, ein Rubbellos und eine

Fernsehzeitung. Wenn Sie noch was brauchen, sagen Sie einfach Bescheid. Wenn ich nicht da bin, geht Francine. Sie hat gesagt, sie macht es umsonst.«

Normalerweise verlangte Francine ein Pfund, wenn sie für Lisa einkaufen ging.

»Ich gehe jetzt zur Arbeit«, sagte Kathy. »Möchten Sie eine Tasse Tee?«

Lisa schüttelte den Kopf, aber Kathy brachte den Tee trotzdem.

»Stark und süß«, sagte sie bedeutungsvoll, als sie die Tasse auf den Nachttisch stellte.

Lisas Blick wanderte zu Kathys Turnschuhen. Sie waren abgestoßen, aus grauweißem Plastik, und an der Innenseite hatte die Sohle einen Riss. Lisa zerrte ein neues Taschentuch aus dem Karton und presste es sich auf die Augen.

Nachdem Ashling Clodagh den Fehdehandschuh zugeworfen und geschworen hatte, ihr nie zu verzeihen, eilte sie, von unbändiger Wut erfüllt, davon. Nächster Halt Marcus.

Mit starrer Miene ging sie rasch, fast hastig, in die Stadt und schlug den Weg zu Marcus' Büro ein. Als sie sich durch die Massen in der Leeson Street schlängelte, stieß sie mit einem Mann zusammen, der, auch im Eilschritt, in die andere Richtung ging und sie heftig an der Schulter anrempelte. Er war schon fort, als Ashling im Zeitlupentempo einen Schritt zurückstolperte und das Echo des Stoßes durch ihren ganzen Körper hindurch spürte. Plötzlich zerstob ihre ganze Wut, zersplitterte wie eine Glaskugel und war nichtig und nutzlos. Der Lärm der Stadt ergoss sich über sie in einem großen Brüllen: hupende Autos, harte, hämische Gesichter. Plötzlich war sie nirgendwo mehr sicher.

Ein Angstbeben durchfuhr sie, und der Wunsch, sich Marcus vorzuknöpfen, war vergessen. Sie könnte sich nicht einmal ein Marshmallow vorknöpfen.

Und überhaupt, was fiel ihr ein, so wütend zu sein? Wut war nicht ihr Stil. Erst zwanzig Minuten waren vergangen, seit sie

Clodagh gegenübergesessen hatte, und schon jetzt mochte sie nicht mehr glauben, dass sie tatsächlich so hart mit ihr ins Gericht gegangen war.

Sie hastete nach Hause∞ sie musste sich schützen. Die Welt hatte sich in ein Hieronymus-Bosch-Gemälde verwandelt: Schmutzige Straßenkinder sangen Lieder, ohne die Worte zu kennen, Paare blickten sich wütend an, weil keiner die Leere des anderen füllen konnte, eine zahnlose Alkoholikerin schrie unsichtbaren Feinden eine Losung zu, Obdachlose lungerten in Hauseingängen, ihre Münder Höhlen der Verzweiflung.

Obdachlose!

Bitte, lass Boo weg sein, und bitte mach, dass er mich nicht ausgeraubt hat.

Sie glaubte nicht, dass er das tun würde, aber so wie der Tag bisher gelaufen war, musste sie auf alles gefasst sein.

Er hatte nichts mitgenommen. Ihre Wohnung war ziemlich genau so, wie sie sie verlassen hatte, abgesehen von dem Zettel auf dem Tisch, auf dem er sich bedankte.

Sie legte sich ins Bett. Sie würde sich eine Weile ausruhen und den Schock verdauen.

Aber sie war immer noch im Bett, als Joy sich am Freitagabend mit Ashlings Zweitschlüssel Zugang zur Wohnung verschaffte. Mit sorgenerfüllter Miene stürzte sie ins Schlafzimmer. »Ich hab in der Redaktion angerufen und mit Divine Jack gesprochen. Er hat mir erzählt, was passiert ist. Es tut mir so Leid.« Joy nahm sie in die Arme, und Ashling ließ es, unbeweglich wie ein zusammengerollter Teppich, geschehen.

Eine halbe Stunde später wagte Ted sich vorsichtig in die Wohnung. Er und Ashling hatten seit über drei Wochen, seit Ashling ihn nach seinem Trip nach Edinburgh ausgefragt hatte, nicht miteinander gesprochen.

»Ted, es tut mir Leid«, sagte Ashling matt. »Ich dachte, du hättest eine Affäre mit Clodagh.«

»Wirklich?« Sein dunkles, schmales Gesicht leuchtete erfreut auf. Doch sofort setzte er eine ernste Miene auf. »Ich habe dir einen Karton Taschentücher mitgebracht«, sagte er. »Da steht ›Groovy Chick‹ drauf.«

»Stell sie dahin, neben den Karton, den Joy gebracht hat.«

Als sich der Schlüssel im Schloss drehte, erwachte Lisa halb aus ihrer Benommenheit. Schon wieder Kathy! Aber es war nicht Kathy, es war Francine, Kathys achtjährige Tochter.

»Hallo, Lisa.« Francine schwang ihren kleinen runden Körper ins Schlafzimmer. »Meine Ma sagt, ich soll dir Gesellschaft leisten.«

»Ich will keine Gesellschaft.« Lisa schaffte es kaum, den Kopf vom Kissen zu heben.

»Kann ich das mal ummachen?« Francines Blick war auf eine rosafarbene Federboa gefallen.

»Nein.«

Sie schlang die Boa trotzdem um sich herum und bewunderte sich in dem langen Spiegel, eine pummelige kleine Gestalt in geblümten Leggings und einem gelben T-Shirt.

»Müsstest du nicht in der Schule sein?«, fragte Lisa schlapp.

»Nee.« Francine schüttelte verächtlich den Kopf. »Es ist doch Sonntag.«

Mein Gott, dachte Lisa benommen, ich habe den Überblick über die Tage verloren.

»Aber wenn es nicht Sonntag wäre und ich nicht zur Schule gehen wollte, würde ich auch nicht gehen«, prahlte Francine.

»Aber dann lernst du nichts, und dann kriegst du keinen guten Job.« Lisa war es völlig gleichgültig, ob Francine etwas lernte, aber sie wollte sie sauer machen, damit sie verschwand.

»Ich brauche nichts zu lernen. Ich mache nämlich in einer Girl-Group mit, und mein Da sagt, die sind sowieso alle strohdoof. Hier, soll ich dir mal zeigen, wie ich tanzen kann?«

»Nein. Hau ab und lass mich in Ruhe!«

»Hast du eine Stereoanlage?« Hartnäckig ignorierte Francine Lisas abweisende Haltung. »Nicht? Dann muss ich eben summen. Du musst dir vorstellen, dass ich in der Mitte bin, und auf der Seite von mir sind zwei Mädchen, und auf der Seite auch. Warte mal.« Francine rollte ihr T-Shirt zu einem improvisierten Bustier hoch und entblößte ihren kindlich runden Bauch.

»Was hast du da Goldenes auf dem Bauch?«, fragte Lisa. Plötzlich war sie trotz allem neugierig.

»Mein Bauchnabel-Piercing.« Francine war defensiv.

»Nein, das kann nicht sein.«

»Ich musste es eben malen«, beharrte Francine. »Meine Ma sagt, ich kann mir ein Piercing machen lassen, wenn ich dreizehn bin. – Obwohl, bis dahin bin ich tot«, fügte sie düster hinzu.

Dann riss sie sich zusammen. »Zwei, drei, vier.« Sie schlug mit dem Fuß auf den Boden und gab sich den Einsatz, dann fing sie an zu tanzen. Rechter Ellbogen, nach Art eines flatternden Huhns, zweimal zur Seite, linker Ellbogen zweimal zur Seite. Zwei Hopser auf dem rechten Fuß, zwei Hopser auf dem linken Fuß, dann schwang sie sich, mit einem scharfen Klaps auf den eigenen Po, herum und drehte Lisa ihre Rückseite zu. Während sie immer weiter summte, ließ sie sich mit kreisenden Hüften zum Boden hinab. Eine exotische Bauchtänzerin könnte nicht suggestiver sein. Dann zwirbelte sie sich wieder hoch, machte einen unbeholfenen Hüpfer nach vorn, während ihre Miene allerhöchste Konzentration ausdrückte. »Jetzt kommt das Beste«, versprach sie. »Shimmmmmm-eeeee.«

Sie reckte beide Arme in die Höhe, so hoch sie konnte, ließ ihre Schultern rotieren und machte einen busenfreien Shimmy vor Lisa.

»Tra-rah!« Zum Abschluss versuchte sie einen Spagat, aber sie kam nicht richtig runter.

»Erstaunlich«, sagte Lisa. Erstaunlich war es wirklich.

»Danke.« Francine war atemlos und rot vor Freude. »Natürlich muss ich auch singen. Ich bin die Lead-Sängerin. Da kriegt man mehr Geld. Und ich schreibe die Songs. Da kriegt man noch mehr Geld.«

Lisa nickte, beeindruckt von so viel Unternehmergeist.

»Und die Werbung, die mache ich auch selbst«, versprach Francine. »Da ist nämlich das meiste Geld drin.«

Sie sah Lisa streng an. »Wie ist deine Grippe? Besser?«
»Nein. Geh jetzt!«
»Isst du das Kitkat noch?«
»Nein.«
»Kann ich es haben?«

Erst als Lisa es am nächsten Morgen nicht schaffte, aufzustehen und zur Arbeit zu gehen, wurde ihr richtig bewusst, dass die Sache ernst war. Abgesehen davon, dass sie am Freitag vor Büroschluss nach Hause gegangen war, konnte sie sich nicht erinnern, wann sie das letzte Mal nicht zur Arbeit erschienen war. Hatte sie jemals gefehlt? Sie war immer zur Arbeit gegangen, ganz gleich, ob sie Regelschmerzen, eine Erkältung oder einen Kater hatte oder ob ihre Haare nicht richtig lagen. Selbst in ihren Ferien war sie erschienen. Sie war zur Arbeit gegangen, als ihr Mann sie verlassen hatte – was sollte das also jetzt?

Und warum machte es keinen Spaß?

Sie war immer ein Musterbeispiel der Selbstbeherrschung gewesen und konnte diejenigen nicht verstehen, die zusammengebrochen waren, weinend von ihren Schreibtischen weggeführt wurden und nie wieder zur Arbeit kamen. Aber sie hatte solche Nervenkrisen immer mit perverser Neugier betrachtet und vermutet, dass darin ein Trost lag. Müsste es nicht ein herrlich befreiendes Gefühl sein, völlig hilflos zu sein und keine Wahl zu haben, als sich der Führung anderer zu überlassen?

Nun, anscheinend nicht, denn jetzt erlebte sie, dass sie sich nicht richtig in der Gewalt hatte, und fand es abscheulich.

Sie sollte zur Arbeit gehen. Man brauchte sie dort. Die Belegschaft von *Colleen* war zu klein, um ein Fehlen von Mitarbeitern zu verkraften, und jetzt war auch Mercedes gegangen und Ashling nicht einsatzfähig. Aber sie konnte sich nicht aufraffen; sie *schaffte* es einfach nicht. Ihr Körper war zu schwer, ihre Gedanken waren zu schwermütig.

Irgendwann registrierte sie das Bedürfnis, aufs Klo zu gehen. Sie widerstand und tat so, als spürte sie nichts, aber schließlich war der Drang so groß, dass sie gehen musste. Als sie auf dem Rückweg an der Küche vorbeikam, fiel ihr Blick auf die Scheidungsklage auf der Theke. Sie hatte sie seit Freitag nicht angesehen, sie wollte nie wieder einen Blick darauf werfen, und doch wusste sie, dass ihr keine Wahl blieb.

Sie nahm sie mit ins Bett und zwang sich dazu, sie zu lesen. Sie sollte Oliver hassen. Diese Unverschämtheit, sich von ihr scheiden zu lassen! Aber was erwartete sie denn? Ihre Ehe war kaputt, »unwiderruflich zerrüttet«, wenn man das technisch ausdrücken wollte, und das wollte er ja, wie ihr bekannt war.

Die Sprache auf der Scheidungsklage war hochtrabend und unverständlich. Wieder wurde ihr bewusst, wie dringend sie einen Anwalt brauchte und wie beängstigend ahnungslos sie in diesen Dingen war. Sie überflog die Seiten und gab sich Mühe zu verstehen, und das Erste, was sie verstand, war Olivers Antrag auf Scheidung wegen ihres »unzumutbaren Benehmens«. Die Worte sprangen sie an und taten ihr weh. Es war nicht ihre Schuld, dass ihre Ehe zerrüttet war, dachte sie böse. Sie wollten einfach unterschiedliche Dinge. Dieser Dreckskerl! Sie konnte ihm auch ein paar Beispiele unzumutbaren Benehmens an den Kopf werfen, wenn sie sich bemühte. Sie barfuß und schwanger in der Küche anketten zu wollen – wenn das nicht unzumutbar war!

Aber ihr Zorn ließ nach, als ihr einfiel, dass der Vorwurf des »unzumutbaren Benehmens« eine reine Formsache war. Das hatte er ihr bei seinem Besuch in Dublin erklärt – sie mussten dem Gericht einen Grund angeben; genauso gut hätten sie es auch anders herum machen können.

Als sie weiterlas, kam sie zu den fünf Beispielen, so wie er es gesagt hatte. Dass sie neun Wochenenden hintereinander gearbeitet hatte. Dass sie den dreißigsten Hochzeitstag seiner Eltern aufgrund ihrer Arbeitsverpflichtungen nicht beachtet hatte. Dass sie ihren Urlaub auf Santa Lucia in letzter Minute storniert hatte, weil sie arbeiten musste. Dass sie vorgetäuscht hatte, ein Kind zu wollen. Dass sie zu viele Anziehsachen hatte. Jedes Beispiel traf sie wie ein spitzes Messer. Abgesehen von dem Vorwurf mit den

Kleidern. Vermutlich war ihm bei Punkt fünf nichts Gutes mehr eingefallen.

Die Kosten würden sie teilen, und beide verzichteten auf Unterhaltsforderungen.

Anscheinend musste sie ein Blatt unterschreiben, auf dem sie den Erhalt der Klage bestätigte, und an Olivers Anwalt zurückschicken. Aber sie würde nichts unterschreiben. Und nicht nur, weil sie nicht willens war, einen Stift in die Hand zu nehmen. Ihr Selbsterhaltungstrieb ging sehr tief.

Es klopfte an der Tür. Das entlockte ihr ein stummes Lächeln. Der Gedanke, dass sie aus dem Bett steigen könnte, war so unvorstellbar, dass er schon komisch war. Es klopfte wieder. Ihr war das vollkommen gleichgültig. Ausgeschlossen, dass sie zur Tür gehen würde. Stimmen vor der Tür. Wieder Klopfen – eher ein durchdringendes Hämmern. Dann ein Quietschen, als der Briefschlitzdeckel angehoben wurde.

»Lisa?«, fragte eine Stimme.

Sie nahm sie kaum wahr.

»Lisa«, rief die Stimme wieder.

Es war *überhaupt* kein Problem, das Rufen zu überhören.

»Liiiisaaaa«, donnerte die Stimme. Jetzt erkannte sie sie. Es war Beck. Also, das war nicht sein richtiger Name, aber er war einer der kleinen Manchester-United-Fans, der in der Straße wohnte. Der mit der extrem lauten Stimme.

»Ich weiß, dass du zu Hause bist. Ich schwänze heute auch. Hier ist ein riesiges Paket mit Blumen. Willst du sie haben?«

»Nein«, rief Lisa schwach.

»WAS?«

»Nein.«

»Ich höre nichts. Hast du ja gesagt?«

Verärgert hievte Lisa sich aus dem Bett. Himmel, Sack! Ihr ganzes Leben lang war sie stark gewesen. Nie hatte sie sich prämenstruellen Spannungen hingegeben, nie war sie ausgeflippt oder sonst etwas. Und jetzt, da sie sich entschlossen hatte, einen Nervenzusammenbruch zu haben, kamen dauernd Leute und störten sie dabei. Sie riss die Tür auf und brüllte Beck an: »Ich habe NEIN gesagt!«

»Ach so.« Er drückte ihr ein zellophanverpacktes Bouquet in die Hand und huschte an ihr vorbei in den Flur. »Schnell, bevor mich jemand sieht! Ich muss eigentlich in der Schule sein.«

Lisa sah dumpf auf die Blumen. Es waren gute. Keine Nelken oder anderes billiges, einfallsloses Zeug, sondern lauter ungewöhnliche Sachen – eine violette Distel und Orchideen, die aussahen, als kämen sie von einem anderen Planeten. Von wem waren sie? Plötzlich zitterten ihr die Hände, und sie riss den Umschlag auf. Vielleicht von Oliver?

Sie waren von Jack.

Auf der Karte stand nur: »Wir finden Sie großartig. Bitte kommen Sie wieder zur Arbeit!« Aber in plötzlicher Einsicht erkannte Lisa darin eine Entschuldigung. Jack hatte gewusst, dass sie ein Auge auf ihn geworfen hatte, und er war nicht an ihr interessiert. Er wusste, dass sie das wusste. Und sie wusste, dass er wusste, dass sie es wusste, und plötzlich war das alles sowieso ohne Bedeutung. Trotz seines attraktiven Äußeren und seines harten Körpers hätte er ihr den Verstand geraubt. Ihm waren die Dinge, die für sie essentiell waren, nicht wichtig genug. Sie hatte sich mit ihren Fantasien über ihn nur abgelenkt, denn Oliver war derjenige, dessentwegen sie wirklich unglücklich war.

Beck versuchte ihre Aufmerksamkeit auf sich zu lenken. »Ich will dich was fragen.«

»Was?« Es fiel ihr sehr schwer, das Wort hervorzubringen.

»Kannst du mir helfen, das in mein Haar zu machen?« Aus der Tasche seiner Sweatpants brachte er eine Packung zum Vorschein. Es war *Sun-In*.

»Erzähl mir bloß nicht, dass du in einer Boy-Group sein willst«, sagte Lisa.

Beck sah sie an und suchte nach dem richtigen Wort. »Du hast wohl ’ne verdammte Meise!«, rief er. »Ich werde Rechtsaußen bei Manchester United.«

»Und dazu brauchst du blonde Strähnen?«

»Mann«, stöhnte er angesichts ihrer Blödheit. »Natürlich!«

»Aber jetzt nicht, Beck. Ich habe die Grippe.«

»Das stimmt gar nicht.« Er war schon auf dem Weg in ihr Bad und drehte sich mit einem verschwörerischen Zwinkern von Schwänzer zu Schwänzer um. »Aber wenn du mich nicht verpetzt, dann verpetze ich dich auch nicht.«

Sie lehnte sich an die Wand und erwog einen Moment lang, ob sie schreien sollte. Dann fügte sie sich einfach in ihr Schicksal. Eine Stunde später verließ ein blond gesträhnter Beck ihr Haus. »Danke, Lisa, du bist echt cool.«

Nachdem er gegangen war, saß sie in der Küche und rauchte. Sie fror und wollte sich eigentlich etwas überziehen, aber immer wenn sie eine Zigarette ausdrückte, zündete sie sich eine neue an.

In dem stillen Zimmer klingelte das Telefon, und das Herz pochte ihr bis zum Hals, ihre Nervenenden standen senkrecht. Der Anrufbeantworter sprang an. Es ging nicht darum, nur manche Anrufe zu beantworten, sondern alle Anrufe auflaufen zu lassen. Aber jede Zelle in ihrem Körper war in Alarmbereitschaft, als Olivers Stimme das Zimmer füllte.

»Babes, ich bin's, ehm, Oliver. Ich dachte, ich ruf mal an wegen der –«

Sie nahm den Hörer auf. »Ich bin's. Ich bin zu Hause.«

»He«, sagte er freundlich. »Das hatte ich mir gedacht. Ich habe in der Redaktion angerufen, und da haben sie mir gesagt, dass du zu Hause bist. Hast du, ehm …?«

»Ja.«

»Ich habe Donnerstag und Freitag versucht, dich in der Redaktion zu erreichen, um dir zu sagen, dass es auf dem Weg ist, aber du hattest keine Zeit. Ich habe deiner Sekretärin eine Nachricht für dich gegeben – hast du die bekommen?«

»Nein.« Oder vielleicht doch. Vage erinnerte sie sich, dass Trix ihr am Freitagmorgen einen Zettel geben wollte.

»Und ich hätte auch am Wochenende angerufen, aber ich habe gearbeitet. Verrückter Termin in Glasgow, lauter psychotische Models. Zwanzig Stunden durchgehend.«

»Ist schon in Ordnung.«

»Also, ehm, wir haben ja gewusst, was kommt. Fühlt sich ziemlich blöd an, oder?«

»Na ja.« Sie schluckte.

»Aber einer von uns musste es tun.« Er klang sehr verlegen. »Ehrlich gesagt, Babes, ich dachte, du würdest es tun. Ich habe mich schon gefragt, warum es so lange dauert.«

»Viel zu tun.« Sie schluckte wieder. »Neue Zeitschrift und so.«

»Klar! Aber he, ich hab mich echt mies gefühlt, als ich die fünf Dinge aufgezählt habe. Ich meine, Schlechtes über dich zu verbreiten, verstehst du? Also, damals war ich stinkig, aber jetzt nicht mehr – du weißt, was ich meine. Aber das sind die Regeln. Wir sind noch keine zwei Jahre getrennt, und Ehebruch ist ja nicht der Grund für die Trennung, und wir müssen dem Gericht Gründe angeben.«

Lisa war noch nicht so weit, dass sie sprechen konnte. Sie musste warten, bis der Weinkrampf, der in einem verschlossenen Teil in ihrem Inneren ausgebrochen war, verebbte. Wenn sie jetzt den Mund aufmachte, würde alles herausplatzen.

»Lies«, sagte er und klang sehr besorgt.

»Ich ...«, brachte sie mühsam hervor, dann überkam sie das Schluchzen.

»He«, beschwichtigte er sie.

»Es ist so traurig«, sagte sie bebend.

»Ich weiß, ich weiß, das brauchst du mir nicht zu sagen.« Nach einer Pause schien Oliver laut vor sich hin zu denken: »Warum komme ich nicht bei dir vorbei? Wir können alles vorbereiten, es klären und so.«

»Du spinnst.«

»Ich spinne nicht. Du musst das so sehen: Wir können beide ein hübsches Sümmchen an Anwaltskosten sparen, wenn wir die Sachen, die mit der Wohnung zu tun haben, untereinander ausmachen. Hast du eine Vorstellung, wie viel es jedesmal kostet, wenn dein Anwalt meinem Anwalt einen Brief schreibt? Jede Menge, ich sage es dir, Lies.«

Er gab nicht nach. »Komm schon, Babes, wir können das alles freundschaftlich regeln. Du und ich. Mano a mano.«

Als sie nichts sagte, fuhr er fort: »Hombre a hombre.«

Mit dem dünnsten Lachen sagte sie schließlich: »Okay.«

»Wirklich? Meinst du es ernst? Wann?«

»Am Wochenende?«

»Du arbeitest nicht?«

»Nein.«

»Sieh an, sieh an«, sagte er in einem Ton, den sie nicht richtig deuten konnte, dann fuhr er in einem leichteren Ton fort: »Ich versuche, einen Flug für Samstag zu bekommen, und bringe den ganzen Kram mit.«

»Ich komme zum Flughafen.«

Nur eine Nacht, versprach sie sich. Eine Nacht, in der sie sich an ihn schmiegen würde, dann würde sie das alles hinter sich lassen.

Sie legte den Hörer auf und war sich nicht sicher, was sie als Nächstes tun sollte. Sie könnte sich wieder ins Bett legen, aber stattdessen wählte sie, einer wilden Eingebung folgend, Jacks Nummer.

»Danke für die Blumen.«

»Keine Ursache. Sie sollten Ihnen nur sagen, dass wir … ich … den größten Respekt vor Ihnen habe und dass ich –«

»Jack, die Entschuldigung ist akzeptiert«, unterbrach Lisa ihn.

»Ehm, wie meinen S…« Jack brach ab und seufzte. »Gut, danke.«

»Was gibt es aus dem Büro zu berichten?« Es gelang ihr fast, interessiert zu klingen.

Jacks Ton wurde fröhlicher: »Jede Menge guter Sachen. Wir mussten nachdrucken. Ich weiß nicht, ob Sie das gesehen haben, aber am Wochenende waren in fünf Zeitungen Bilder von der Party, und wir haben eine Anfrage bekommen für ein Interview mit Ihnen im Radio. Wir haben vier unaufgeforderte Bewerbungen für Mercedes' Position erhalten; Dublin ist eine kleine Stadt. Und ich habe herausgefunden, zu welcher Zeitschrift Mercedes gegangen ist. Nicht zu *Manhattan*, sondern zu einem Teenie-Blatt – es heißt *Froth.*«

Vielleicht hatte es damit zu tun, dass Oliver kommen wollte, vielleicht auch mit den guten Nachrichten über *Colleen*, mit Sicherheit konnte es an der Information über Mercedes liegen, aber etwas in Lisa hatte sich verändert, denn als Jack fragte: »Meinen Sie, Sie kommen wieder zur Arbeit?«, antwortete sie: »Möglich.«

»Gut«, sagte er. »Dann kann ich ja aufhören, diesen Artikel über Hautpflege für Männer zu schreiben.«

»Waas?«

»Trix hat ihn mir aufgedrückt. Da Sie und Ashling nicht in der Redaktion sind und Mercedes gegangen ist, ist sie die Rangälteste beim *Colleen*-Team. Die Macht ist ihr zu Kopf gestiegen. Sie überlegt, ob sie Bernard zu einer Gesichtsbehandlung schickt, weil sie sehen möchte, ob er weint.«

»In einer Stunde bin ich da.«

Auf dem Weg zum Bad – sie war lange überfällig für die Dusche – kam Lisa an ihrem Schlafzimmer vorbei und war schockiert. Was hatte sie sich nur dabei gedacht? Sie gehörte einfach nicht zu den Menschen, die ausflippten. Das passierte anderen, und viel Glück dabei. Aber nicht Lisa – sie war eine Kämpferin, ob ihr das gefiel oder nicht. Es war nicht so, dass sie Gefühle von Empfindlichkeit, Einsamkeit und Unglücklichsein nicht kannte. Sie kannte sie sehr gut. Aber Nervenzusammenbrüche waren wie farbige Kontaktlinsen – wunderbar für andere, aber nicht das Richtige für sie.

57

Ashling rollte im Bett zur Seite und zog das Telefon unter sich hervor. Seit vier Tagen schlief sie damit. Zum zigtausendsten Mal wählte sie Marcus' Nummer. Anrufbeantworter. Dann die Nummer von seiner Arbeit. Voicemail. Schließlich sein Mobiltelefon.

»Immer noch nichts?«, fragte Joy mitleidig, als sie und Ted sich auf Ashlings muffelndem Bett zurechtsetzten.

»Nein. Himmel, ich will ihn sprechen! Ich will einfach ein paar Sachen wissen.«

»Er ist ein feiger Hund. Geh hin zu seinem Büro! Belästige ihn bei seinen Shows. Das wär doch was«, begeisterte Joy sich. »Du tust so, als wolltest du applaudieren, und stattdessen störst du ihn mit Zwischenrufen. Du könntest ihn fertigmachen und schreien, dass er im Bett eine Niete ist und dass sein Pimmel –«

»– viel zu klein ist«, beendete Ashling müde den Satz für sie.

»Sommersprossig, wollte ich sagen, aber ›viel zu klein‹ geht auch«, sagte Joy.

»Nein. Nein, niemals. Beides kommt nicht in Frage.«

»Also vergiss das mit der Show. Aber warum gehst du nicht in sein Büro? Wenn du ihn zurückhaben willst, musst du um ihn kämpfen.«

»Ich weiß nicht, ob ich ihn zurückhaben will. Außerdem habe ich keine Chance. Nicht gegen Clodagh.«

»So schön ist sie auch nicht«, sagte Joy heftig.

Automatisch drehten sich ihrer beider Köpfe zu Ted um, der errötete. »So schön nicht«, log er, ohne mit der Wimper zu zucken.

»Siehst du?«, sagte Ashling zu Joy. »Er findet sie schön.«

Als ein unbehagliches Schweigen sich auf sie senkte, sah Ashling sich nüchtern um. Seit Freitagnachmittag war sie in diesem Zimmer. Inzwischen war es Montagabend, und sie war nur hin und wieder aufgestanden, um zur Toilette zu gehen. Sie hatte die Absicht gehabt, sich auszuschlafen und den Schock zu überwinden und dann Marcus aufzusuchen und zu sehen, was zu retten war. Aber irgendwie war sie nicht aus dem Bett rausgekommen. Inzwischen gefiel es ihr da, und vielleicht würde sie einfach drin liegen bleiben.

Ihr leerer Blick fiel auf einen Stapel Papiertaschentücher. Alle unbenutzt. Warum weinte sie nicht? Die Traurigkeit, die sie in sich trug, war so groß, dass sie eigentlich ständig in Tränen aufgelöst sein müsste. Aber ihre Augen blieben trocken. Es gab nicht einmal eine Andeutung – kein Stocken in der Stimme, keinen Kloß in der Kehle, kein Ziehen in ihren Gesichtsmuskeln.

Dabei war sie nicht gefühllos. Wäre sie es doch nur.

Sie sprach langsam, mehr zu sich selbst als zu den anderen: »Ich frage mich dauernd, was ich falsch gemacht habe, und ich glaube, ich habe mir nichts vorzuwerfen. Ich habe ihm zugehört, wenn er neue Sachen ausprobieren wollte. Ich bin zu allen seinen Shows gegangen. Fast allen, jedenfalls.« Und was war passiert, als sie einmal nicht gehen konnte? Er hatte sich ihre beste Freundin geschnappt. »Ich habe ihm zehnmal am Tag bestätigt, dass er der beste Komiker ist und alle anderen Scheiße sind.«

»Ich auch?«, fragte Ted verunsichert. »Findet er mich auch Scheiße?«

»Nein«, log Ashling. An dem Abend, als sie Marcus kennen lernte, hatte er sich begeistert über Ted geäußert, aber nur – das wurde ihr rückblickend klar –, weil er ihn nicht ernst nahm. Als es deutlich wurde, dass Ted eine kleine, aber treue Fangruppe hinter sich hatte, fing Marcus an, Ted schlechtzumachen. Da er genau wusste, dass Ashling keine üblen Beleidigungen erlauben würde, begnügte er sich mit Bemerkungen wie: »Nicht schlecht für Ted Mullins. Wir brauchen ein paar Leichtgewichte in dem

Zirkus.« Als Ashling gewahr wurde, dass er Ted runtermachte, war sie schon zu sehr in der Rolle der Gehilfin etabliert, um Einspruch dagegen zu erheben.

»Alles hat sich nur um Marcus Valentine gedreht«, bemerkte Joy. »Was ist er doch für ein mieser, egoistischer Scheißer.«

»So war es aber nicht. Es hat Spaß gemacht, ihm zu helfen. Wir waren uns nah, wir waren gute Freunde.« Das war es, was so weh tat. Aber er hatte eine kennen gelernt, die er lieber mochte. Das passierte ständig.

»Hast du gespürt, dass irgendwas in der Luft lag?«, fragte Joy. »War er irgendwie anders?«

Es tat Ashling weh, im Licht der Enthüllungen über die letzte Zeit nachzudenken, aber dann gab sie zu: »In den letzten Wochen, als ich so viel zu tun hatte, war er sehr nörgelig. Ich dachte, es läge daran, dass er mich vermisste. Wirklich!«

»Und waren die, ehm«, begann Joy in dem Versuch, die Frage vornehm zu formulieren, gab dann aber auf. »Habt ihr wie sonst gevögelt?«

Ted hielt sich die Ohren zu.

»Nein«, seufzte Ashling. »Es war weniger geworden. Ich dachte, das sei meine Schuld. Aber wir haben zusammen geschlafen, seit ich aus Cork zurückgekommen bin. Eine Zeitlang hat er also uns beide gevögelt. Wieso hat Clodagh das hingenommen?«, fragte sie, als wäre Clodagh eine Gestalt aus einer Seifenoper.

»Vielleicht wusste sie es nicht«, vermutete Joy. »Vielleicht hat er sie belogen. Oder vielleicht hat er dich benutzt, um sie dazu zu bewegen, dass sie Dylan verlässt.«

Zu spät ging Joy auf, wie grausam sich das anhörte. »Es tut mir Leid«, sagte sie bedrückt. »Das war unbedacht gesprochen ... Und was ist mit Clodagh? Wenn ich zwischen Marcus und Dylan zu wählen hätte, dann wüsste ich aber, welchen ich nehmen würde! Oh, Mist. Tut mir Leid. Magst du vielleicht ein paar Chips?«

Ashling schüttelte den Kopf.

»Vielleicht was anderes? Schokolade? Popcorn? Was du willst.« Joy zeigte auf die große Auswahl auf Ashlings Kommode.

»Nein, und bringt mir nichts Neues.«

»Hast du vor, jemals wieder aufzustehen?«

»Nein«, sagte Ashling. »Ich fühle mich so ... gedemütigt.«

»Gib ihnen nicht diese Genugtuung«, sagte Joy entschieden.

»Ich habe das Gefühl, dass sie mich alle hassen.«

»Warum? Du hast doch gar nichts gemacht!«

»Ich habe das Gefühl, dass die ganze Welt gegen mich ist und ich nirgendwo in Sicherheit bin. Und ich bin so traurig«, fügte sie hinzu.

»Das ist doch kein Wunder.«

»Nein, ich bin traurig aus den falschen Gründen. Ich muss dauernd an Boo denken und wie traurig das ist. Und an all die anderen Obdachlosen, die frieren und Hunger haben. Der Verlust der Würde, es ist so entmenschlichend ...«

Sie brach ab. Sie hatte gesehen, wie Ted und Joy sich mit Blicken *Jetzt ist sie völlig übergeschnappt* signalisierten.

Sie dachten, der Schock hätte etwas bei ihr durcheinandergebracht. Wie konnte sie an Obdachlose denken, an Menschen, die sie nicht kannte, wenn sich in ihrem eigenen Leben eine solche Katastrophe ereignete?

Sie verstanden das nicht. Es gab einen Menschen, der es verstehen würde.

Wenn sie nicht so katatonisch gewesen wäre, hätte sie sich vor Entsetzen geschüttelt. *So war es für meine Mutter.*

Und erst dann stellte sie die schockierende Verbindung her. *Verdammt, ich glaube, das hier ist ein Nervenzusammenbruch.*

Blumen hin oder her – als Lisa in die Redaktion kam und Jack sah, war sie plötzlich doch wütend, dass er sie abgewiesen hatte.

»Wie geht es Ihnen?« Er sah sie aufmerksam an.

»Gut«, sagte sie leicht gereizt.

»Wir haben Sie vermisst.« Seine Augen blickten freundlich – jedoch nicht mitleidig –, und ihr Zorn verpuffte. Sie benahm sich albern.

»Möchten Sie meinen Hautpflege-Artikel lesen?« Er reichte

ihr einen Ausdruck, in dem er erklärte, dass die Aveda-Sachen »gut« waren, dass die Produkte von Kiehl »gut« waren und dass die von Issey Miyake auch »gut« waren.

Lisa ließ das Blatt auf den Schreibtisch flattern, zwinkerte ihm freundlich zu und sagte: »Bleiben Sie lieber bei Ihrem alten Job.«

Es musste echte Panik in der Redaktion geherrscht haben, wenn jemand wie Jack sich an einem Artikel versuchte.

»Und Ashling ist noch krank?« Sie konnte sich eine kleine Selbstgefälligkeit nicht verkneifen. Ihr stand immerhin eine Scheidung bevor, und sie war trotzdem zur Arbeit gekommen.

Erst jetzt, da sie in der Redaktion war, merkte sie, wie viel Trubel um die Zeitschrift gemacht wurde, und erkannte, dass all ihre Anstrengungen, das Projekt zum Erfolg zu bringen, Früchte getragen hatten. Während sie im Bett gelegen hatte, überzeugt, die größte Versagerin aller Zeiten zu sein, war sie zu einer Art Star geworden – natürlich nur in Irland, aber immerhin.

Sie hatte ein Stellenangebot von einer konkurrierenden irischen Zeitschrift bekommen, und mehrere Journalisten hatten angerufen. Manche wollten ein richtiges Interview mit ihr machen, andere hatten vor, sie für Füllartikel zu benutzen, wie »Meine besten Ferien« und »Mein Traummann«.

Sie gestattete sich ein kleines warmes Gefühl, aber wichtiger als der Erfolg der Zeitschrift war das kommende Wochenende mit Oliver. Sie musste absolut umwerfend aussehen – sie würde eine umfassende Suche nach fantastischen Sachen zum Anziehen in die Wege leiten und sich die Haare machen lassen. Und ihre Beine. Bis dahin würde sie natürlich keinen Bissen zu sich nehmen, damit sie normal essen könnte, wenn er da war …

»Die *Sunday Times* am Apparat«, sagte Trix und wedelte mit dem Hörer vor Lisa herum. »Sie wollen wissen, welche Farbe dein Slip hat.«

»Weiß«, sagte Lisa zerstreut, und Kelvin hätte fast einen Orgasmus gehabt.

»Das war ein Witz«, sagte Trix. »Sie wollen was über deine Haarpflege wissen …«

Aber Lisa hörte nicht zu. Sie hatte die Nummer der Pressestelle von DKNY in London gewählt. »Wir wollen in unserer Weihnachtsausgabe Ihre Wintermode vorstellen, aber wir müssen die Sachen *bis Freitag* haben.«

»Lisa, können wir über die Mercedes-Nachfolge sprechen?«, fragte Jack.

Dass Mercedes sie im Stich gelassen hatte, versetzte sie erneut in Wut, die sie erst einmal bezähmen musste. »Trix, ruf bei Ghost, Fendi, Prada, Paul Smith und Gucci an! Sag ihnen, dass wir im Dezember ein paar Seiten über sie bringen, aber nur, wenn sie die Sachen bis Freitag schicken können. Kommen Sie«, sagte sie und war vor Jack in seinem Büro.

»Die führt was im Schilde«, sagte Trix – in die Luft hinein. Sie vermisste Ashling und Mercedes. Es machte keinen Spaß, wenn man niemanden zum Spielen hatte.

Jack und Lisa sahen sich die vier unaufgefordert eingesandten Bewerbungen für die Stelle der Moderedakteurin an und beschlossen, alle vier zu einem Vorstellungsgespräch einzuladen.

»Und wenn die nichts taugen, dann schalten wir eine Anzeige«, sagte Lisa. »Kann ich Sie was fragen? Wie finde ich einen Anwalt?«

Jack dachte einen Moment lang nach. »Wir geben unsere Sachen immer an dasselbe Anwaltsbüro. Sie könnten sich dorthin wenden. Und wenn die Anwälte Ihre, ehm, Angelegenheit nicht übernehmen können, geben sie Ihnen sicherlich eine Adresse.«

»Danke.«

»Und wenn ich Ihnen helfen kann, dann sagen Sie es nur«, versprach Jack.

Lisa musterte ihn misstrauisch. Es ließ sich nicht leugnen: Sie mochte ihn. Er bot ihr auch weiterhin die herzliche, unterstützende Freundschaft an, wie seit dem Tag, als sie in seinem Büro geweint hatte, weil sie nicht zu den Modeschauen gehen konnte. Er konnte nichts dafür, dass sie etwas hineingedeutet hatte.

Am Dienstagnachmittag klingelte Ashlings Telefon. Sie riss den Hörer hoch. *Lass es Marcus sein*, betete sie, *lass es Marcus sein*!

Aber das Herz wurde ihr schwer, als sie eine Frauenstimme hörte. Es war ihre Mutter. »Ashling, Liebes, wir wollten gern hören, wie die Startparty war, und da habe ich bei deiner Arbeit angerufen. Die haben mir gesagt, dass du nicht in der Redaktion bist. Was ist los – bist du krank?«

»Nein.«

»Was denn?«

»Ich bin …« Ashling zögerte vor dem Tabuwort, dann gab sie mit Angst und Erleichterung nach. »Ich bin deprimiert.«

Monica wusste sofort, dass Ashling nicht »deprimiert« meinte im Sinne von »Ich bin deprimiert, weil ich gestern vergessen habe, den Film aufzunehmen«. Ashling hatte immer darauf geachtet, dass sie nie, niemals das Wort Depression in Hinblick auf sich selbst benutzte. Dies hier war ernst. Die Geschichte wiederholte sich.

»Mein Freund hat eine Affäre mit Clodagh«, erklärte Ashling schwach.

»Clodagh *Nugent*?« Monica klang erzürnt.

»Seit zehn Jahren heißt sie Clodagh Kelly. Aber das ist ja nicht alles.«

Monica überlegte. »Wie schlecht geht es dir?«

»Ich liege im Bett. Es ist der fünfte Tag. Ich habe vorerst nicht vor aufzustehen.«

»Isst du?«

»Nein.«

»Wäschst du dich?«

»Nein.«

»Denkst du an Selbstmord?«

»Noch nicht.« Das kam also noch auf sie zu.

»Ich setze mich morgen in den Zug, Liebes, und kümmere mich eine Weile um dich.«

Sie wartete darauf, dass Ashling sagte, sie solle sich auf keinen Fall unterstehen, wie sie es sonst immer tat, aber stattdessen sagte Ashling: »Gut.«

Die Angst legte sich wie eine kalte Klammer um Monicas Herz. Es musste Ashling sehr schlecht gehen.

»Mach dir keine Sorgen, Liebes! Wir finden jemanden, der dir helfen kann. Ich werde nicht zulassen, dass du das Gleiche durchmachst wie ich«, versprach Monica heftig. »Heute ist das alles anders.«

»Weniger Stigma«, sagte Ashling mit kalten Lippen.

»Bessere Medikamente«, entgegnete Monica.

Am Dienstagabend versuchten Joy und Ted Ashling mit frischer Schokolade und neuen Zeitschriften aufzumuntern, als es an der Tür klingelte. Sie alle erstarrten.

Zum ersten Mal seit Tagen hellte Ashlings teilnahmsloses Gesicht sich auf. »Vielleicht ist es Marcus!«

»Ich gehe und sag ihm, er soll sich verpissen.« Joy war schon auf dem Weg zur Tür.

»Nein«, widersprach Ashling heftig. »Nein, ich will mit ihm sprechen.«

Sekunden später war Joy wieder da.

»Es ist nicht Marcus …«, zischte sie.

Ashling sank sofort wieder in ihren Sumpf zurück.

»… es ist Divine Jack. Und er macht seinem Namen alle Ehre.«

Dieser überraschende Besuch holte Ashling halb aus ihrem betäubten Zustand heraus. Was wollte er? Wollte er ihr kündigen, weil sie nicht zur Arbeit kam?

»Wasch dich um Himmels willen!« bedrängte Joy sie. »Du riechst.«

»Ich kann nicht«, sagte Ashling mit einem tiefen Seufzer. Er kam aus solcher Tiefe, dass Joy wusste, es war vergebliche Liebesmüh. Als Kompromiss bestand sie darauf, dass Ashling sich einen frischen Schlafanzug anzog, sich die Haare kämmte und die Zähne putzte. Dann nahm Joy zwei Parfumflakons zur Hand und fragte: »*Happy* oder *Oui*?« Dann beschloss sie: »*Happy*. Bauen wir auf die Macht der Suggestion.«

Sie besprühte Ashling von oben bis unten mit *Happy* und schob sie dann, als wäre sie eine Aufziehpuppe, in Richtung Wohnzimmer. »Geh schon!«

Jack saß auf ihrem blauen Sofa, seine Hände hingen zwischen den Knien herab. Es war ein bemerkenswerter Anblick. Trotz ihrer Depression bohrte sich dieser Gedanke durch ihre Dumpfheit. Jack gehörte zu der Welt der Arbeit, aber hier war er und ließ ihre Wohnung noch kleiner erscheinen, als sie ohnehin schon war.

Mit seinem dunklen Anzug, dem unordentlichen Haar und der schiefsitzenden Krawatte sah er sorgenerfüllt und sehr beschäftigt aus. Sie blieb in der Tür stehen und beobachtete ihn bei einem intensiven Gedankenaustausch mit dem Ahornlaminat-Fußboden. Dann legte er den Kopf auf die Seite, sah auf und lächelte.

Im Zimmer wurde es heller, als er aufstand.

»Hallo«, sagte Ashling, »es tut mir Leid, dass ich heute und gestern nicht zur Arbeit gekommen bin.«

»Ich wollte nur nach Ihnen sehen – ich will Sie gar nicht bereden, dass Sie wieder zur Arbeit kommen.«

Dann fiel Ashling ein, dass er unerwartet sanft und freundlich gewesen war, nachdem Dylan seine schreckliche Nachricht überbracht hatte.

»Ich versuche, morgen zu kommen«, schlug sie vor. Das war genauso unwahrscheinlich, wie dass sie den Kilimandscharo besteigen würde.

»Warum bleiben Sie diese Woche nicht zu Hause?«, schlug er vor. »Versuchen Sie, nächsten Montag wieder zur Arbeit zu kommen.«

»Oh gut, danke.« Die Erleichterung, nicht sofort wieder der Welt gegenübertreten zu müssen, war so groß, dass sie gleich einverstanden war. »Meine Mutter kommt für ein paar Tage. Wahrscheinlich wird das bewirken, dass ich wieder zur Arbeit kommen möchte, wenn schon sonst nichts.«

»Ach ja?« Jack lächelte verständnisvoll. »Das müssen Sie mir mal erzählen.«

»Ja.« Ashling konnte sich nicht vorstellen, dass sie genügend Energie haben würde, um ihm auch nur einen guten Tag zu wünschen.

»Und wie geht es Ihnen?«, fragte er.

Sie zögerte. Es war nicht unbedingt eine Frage, die man mit seinem Chef erörterte, aber Herr im Himmel, was machte es schon? Was war noch wichtig? »Ich bin sehr traurig.«

»Das war zu erwarten. Das Ende einer Beziehung, der Verlust einer Freundschaft.«

»Aber es ist mehr als nur das.« Sie versuchte, ihren überwältigenden Kummer in Worte zu fassen. »Ich bin traurig wegen der ganzen Welt.«

Sie sah Jack an. Dachte er, sie sei ausgeflippt?

»Sprechen Sie weiter«, sagte er sanft.

»Ich kann nur das Traurige sehen. Und es ist überall. Wir alle wandern gramgebeugt durch die Welt, die ganze Menschheit.«

»Weltschmerz«, sagte er

»Gesundheit«, sagte sie zerstreut.

»Nein.« Er lachte leise. »*Weltschmerz*. Das deutsche Wort dafür. Für Ihr Gefühl.«

»Es gibt ein Wort dafür?«

Sie wusste, dass sie nicht der erste Mensch war, der diese Gefühle hatte. Ihre Mutter hatte sie auch gehabt. Aber wenn sogar ein Wort erfunden worden war, um das Gefühl zu beschreiben, mussten viele andere auch so gefühlt haben. Das war ein Trost.

Jack raschelte mit einer weißen Papiertüte. »Ich, eh, habe Ihnen etwas mitgebracht.«

»Was? Papiertücher? Ich könnte ein Geschäft aufmachen. Oder Weintrauben? Ich bin nicht krank, nur … gedemütigt.«

»Nein, es ist … also, es ist Sushi.«

Sie sah ihn beleidigt an. »Wollen Sie sich über mich lustig machen?«

»Nein! Es hat Sie aber interessiert, als wir es in der Redaktion hatten.« Als Ashling nichts sagte, sprach er weiter: »Ich dachte, es würde Ihnen vielleicht schmecken. Es ist nichts Bedrohliches dabei, nicht einmal roher Fisch. Das meiste ist vegetarisch – Salatgurke, Avocado, ein bisschen Krabbenfleisch. Eine Sushi-für-Anfänger-Box. Ich kann es Ihnen erklären …«

Aber bei Ashlings misstrauischem Gesichtsausdruck gab er den Versuch auf. »Ehm, also gut, ich lasse sie Ihnen hier. Gute Besserung. Und bis Montag.«

Nachdem er fort war, kamen Ted und Joy ins Wohnzimmer.

»Was ist in der Tüte da?«

»Sushi.«

»Sushi? Komisch, so was mitzubringen.«

Argwöhnisch umkreisten sie die Papiertüte, als wäre sie radioaktiv.

»Sollen wir mal reingucken?«, fragte Ted schließlich.

Als Ashling sagte: »Meinetwegen«, holte er die lackierte Schachtel heraus und starrte fasziniert auf die kleinen Reispäckchen, die in hübschen Reihen angeordnet waren.

»So hatte ich mir das gar nicht vorgestellt«, sagte Joy.

»Und was ist das alles hier?« Ted zeigte auf ein Schälchen.

»Sojasoße«, sagte Ashling gleichgültig.

»Und das?« Ted zog den Deckel von einem kleinen Styropor-Behälter.

»Eingelegter Ingwer.«

»Und das hier?« Er zeigte auf den Klumpen grüner Knete.

»Ich weiß nicht mehr, wie es heißt«, sagte Ashling missmutig, »aber es ist scharf.«

Nachdem sie die Dinge noch eine Weile lang misstrauisch beäugt hatten, packte Ted den Stier bei den Hörnern. »Ich versuche eins.«

Ashling zuckte die Achseln.

»Das hier sieht aus wie Salatgurke.« Er beförderte das Röllchen in seinen Mund. »Jetzt reinige ich meinen Gaumen mit einer Scheibe von dem eingelegten Ingwer, und dann –«

»So macht man das nicht«, sagte Ashling gereizt.

»Dann zeig es mir.«

58

Bei dem sanften Klopfen am Fenster sprang Clodagh auf. Ein Glücksgefühl durchströmte sie. Er war da. Sie flog zur Haustür und öffnete sie leise.

»Der Hahn kräht in der Dämmerung«, sagte Marcus mit einem kräftigen russischen Akzent.

»Pssst!« Mit einer übertriebenen Geste legte sie den Finger an den Mund, während sie beide übersprudelten vor Lachen und Freude.

»Schlafen sie?«, flüsterte Marcus.

»Sie schlafen.«

»Halleluja!« Fast vergaß er, dass er leise sein musste. »Jetzt kann ich es ja mit dir treiben.« Er kam in den Flur und nahm sie in den Arm, sie kicherten und stießen gegen den Garderobenständer, und er fing an, ihr die Kleider auszuziehen.

»Komm mit ins Wohnzimmmer«, sagte sie.

»Ich möchte es hier machen«, sagte er verwegen. »Auf den Gummistiefeln und den Schultaschen.«

»Tja, das geht leider nicht!« Als sie sein Schmollgesicht sah, bog sie sich vor Lachen. »Du siehst aus wie Craig.«

Er schob die Unterlippe noch weiter vor, und sie lachte noch mehr.

»Aber im Ernst«, flüsterte sie, »wenn jetzt einer von ihnen aufsteht und aufs Klo muss und uns dann sieht, wie wir uns uns auf dem Fußboden im Flur wälzen? Komm, ab ins Wohnzimmer!«

Gehorsam nahm er sein Hemd und folgte ihr. »Es erinnert mich an meine Teenagerzeit, diese Heimlichtuerei. Irgendwie sexy.«

Dylan hatte Clodagh mit seiner Androhung, dass ihr das Sorgerecht entzogen werden würde, erschreckt, und sie war entschlossen, dass Molly und Craig sie nicht mit Marcus im Bett erleben würden. Aber in dieser Woche hatte Marcus im Büro viel zu tun, deshalb war Sex am Tag ausgeschlossen. Die einzige Möglichkeit war also die Zeit, in der beide Kinder schliefen. Pro Tag ungefähr zwanzig Minuten.

Auf dem Sofa zogen sie sich gegenseitig die Kleider vom Leib, und als sie sich einen Moment lang tief in die Augen sahen, seufzte Clodagh: »Ich bin so froh, dich zu sehen.«

Die fünf Tage, seit Dylan ausgezogen war, waren seltsam und albtraumähnlich gewesen. Schuldgefühle rissen sie in Stücke, besonders da die Kinder immer wieder fragten, wann Daddy nach Hause kommen würde. Sie war zunehmend isoliert. Sogar ihre eigene Mutter war wütend auf sie. Und es war beängstigend, wie sehr sie die Dinge nicht unter Kontrolle hatte – das Ausmaß der Zerstörung, die sie herbeigeführt hatte, erschreckte sie.

Nur wenn sie mit Marcus zusammen war, wich das Entsetzen von ihr. Er war der Diamant in dem Schutthaufen, der ihr Leben darstellte. Sie hatte diesen Satz irgendwo gelesen – in einem Roman über eine Frau, die einen Second-Hand-Laden mit Designer-Sachen aufmacht – und er war ihr im Gedächtnis geblieben.

»Nicht so glücklich wie ich, dich zu sehen.« Marcus musterte ihren nackten Körper, dann schob er seine Hand unter sie und drehte sie auf den Bauch. Bevor er in sie eindrang, wartete er, beinahe ehrfürchtig, einen kurzen Moment. Es war fast eine Woche her, dass sie miteinander geschlafen hatten. Am Samstagnachmittag war es völlig ausgeschlossen gewesen. Nachdem Craig Marcus mit dem roten Lastauto geschlagen hatte, ließ er ihn nicht mehr in Clodaghs Nähe.

»Mach schon«, flehte Clodagh mit erstickter Stimme. Marcus rieb ein, zweimal seinen Penis und bezog dann genau vor ihrem Eingang Stellung. Nichts konnte den ersten Stoß in sie hinein übertreffen. Weil ihre Zeit zusammen immer knapp bemessen war, hatte ihr Sex etwas Feuriges, Heftiges: Am liebsten drang er beim ersten Mal ganz in sie ein, wobei er die Andeutung eines Widerstands überwand und gleich in eine berauschende Ekstase geriet. Und wenn Clodagh dabei ein unterdrücktes Keuchen ausstieß, das halb zwischen Lust und Schmerz lag, erregte ihn das über die Maßen.

Doch diesmal wurde sein langer, gleichmäßiger Stoß auf halbem Weg abgebrochen, weil Clodagh die Muskeln spannte, den Kopf hob und »Pssst!« machte.

Sie drehte ihren Kopf zur Decke und erstarrte. »Ich dachte, ich hätte ... War doch nichts«, sagte sie und entspannte sich wieder. »Ich dachte, ich hätte was gehört.«

Beim zweiten Mal konnte er bis zum Heft eindringen, aber irgendwie hatte er das Gefühl, dass ihm etwas entgangen war.

Nach einem wilden Fick machten sie es noch einmal, weniger heftig, wobei Clodagh rittlings auf ihm saß.

Schweißgebadet lag sie anschließend auf ihm und murmelte: »Du machst mich glücklich.«

»Du machst mich auch glücklich«, antwortete er. »Aber weißt du, was mich noch glücklicher machen würde? Wenn wir nach oben ins Bett gehen könnten. Dieses Sofa bricht mir noch das Rückgrat.«

»Eigentlich geht das nicht. Wenn sie uns sehen?«

»Du kannst ja die Tür abschließen. Komm schon«, sagte er grinsend. »Ich hab noch was vor mit dir heute Nacht.«

»Ja, aber ... Also gut, aber du kannst nicht über Nacht bleiben, abgemacht?«

»Abgemacht.«

Dr. McDevitt schreckte auf, als eine Frau in sein Behandlungszimmer marschiert kam und unter Drohungen von ihm verlangte, er solle Prozac verschreiben. »Und wir gehen erst, wenn wir es bekommen!«

»Mrs. –« Er sah auf der Karteikarte nach. »Ah, Mrs. Kennedy, ich kann nicht einfach Rezepte ausstellen ...«

»Nennen Sie mich ruhig Monica, und es ist nicht für mich, es ist für meine Tochter«, sagte Monica und deutete auf Ashling.

»Oh, Ashling, ich habe Sie gar nicht gesehen! Was ist denn los?« Er mochte Ashling.

Sie wand sich hilflos und sagte, als ihre Mutter ihr den Ellbogen in die Rippen stieß: »Mir geht es schlecht.«

»Ihr Freund hat sich mit ihrer besten Freundin zusammengetan«, erklärte Monica, als klar war, dass Ashling es nicht tun würde.

Dr. McDevitt seufzte. Vom Freund sitzengelassen zu werden, das war das Leben, oder? Aber die Leute wollten für alles Prozac – wenn sie einen Ohrring verloren hatten, wenn sie auf einen Lego-Baustein getreten waren …

»Es ist nicht nur der Freund.« Monica setzte sich für Ashling ein. »Sie hat auch Familienprobleme.«

Das konnte sich Dr. McDevitt gut vorstellen. Eine übermächtige Mutter, zum Beispiel?

»Ich habe fünfzehn Jahre mit Depressionen zu tun gehabt und war mehrfach im Krankenhaus –«

»Kein Grund, damit anzugeben«, murmelte er.

»– und Ashling zeigt das gleiche Verhalten wie ich damals. Liegt im Bett, hat keinen Appetit, befasst sich obsessiv mit Obdachlosen.«

Dr. McDevitt spitzte die Ohren. Das klang schon eher danach. »Was hat das mit den Obdachlosen auf sich?«

Wieder ein Stoß in die Rippen und ein gezischtes: »*Sag's ihm*!« von Monica, bevor Ashling ihre blassen, steifen Lippen öffnete und murmelte: »Ich kenne einen obdachlosen Jungen, um den habe ich mich die ganze Zeit gekümmert, aber jetzt machen mich all die anderen traurig, auch die, die ich gar nicht kenne.«

Das reichte, um Dr. McDevitt zu überzeugen.

»Warum habe ich diese Gefühle?«, fragte Ashling. »Werde ich verrückt?«

»Nein, Sie werden nicht verrückt, aber Depressionen sind seltsam«, sagte er vage. In anderen Worten, er hatte nicht viel

Ahnung. »Aber ich vermute – und nach dem, was Ihre Mutter sagt, klingt es so –, dass Sie eine Neigung zu Depressionen geerbt haben, und das Trauma, einen Ohrr… ich meine, einen Freund verloren zu haben, hat sie vermutlich ausgelöst.«

Er gab ihr ein Rezept für die schwächste Dosierung. »Unter der Bedingung«, sagte er und kritzelte noch etwas auf den Block, »dass Sie auch eine Beratung aufsuchen.«

Beratungen waren seiner Meinung nach eine gute Sache. Wenn die Menschen glücklich sein wollten, sollten sie ruhig etwas dafür tun.

Draußen sagte Ashling: »Kann ich jetzt nach Hause?«

Monica hatte sie nur zum Arzt schleppen können, indem sie ein Taxi bestellte. »Wir gehen bis zur Apotheke, und dann fahren wir zurück.«

Widerstrebend ließ Ashling es zu, dass ihre Mutter ihr den Arm unterschob. Sie musste dauernd Dinge tun, die sie nicht tun wollte, aber sie war zu schwach, um sich dagegen zu wehren. Das Problem war jetzt, dass Monica sich Ashlings Glück zu ihrem Projekt gemacht hatte, weil sie so froh war, eine Gelegenheit zu haben, die Jahre der unbeabsichtigten Vernachlässigung wieder gutzumachen.

Es war ein Tag im Frühherbst, und als sie langsam durch den milden Sonnenschein gingen, lehnte sich Ashling gegen den Ellbogen ihrer Mutter, rund und warm von mehreren Lagen Kleidung.

Nach dem Besuch in der Apotheke wurde Ashling durch Stephen's Green geführt, wo sie auf einer Bank Platz nehmen und den See im schräg einfallenden Licht betrachten musste. Enten planschten im Wasser, und Ashling fragte, wann sie nach Hause gehen würden.

»Bald«, versprach Monica.

»Bald? Gut.« Dann betrachtete sie weiter die Vögel.

»Enten«, sagte sie mit bleierner Stimme.

»Richtig! Enten!« Monica war so begeistert, als wäre Ashling zweieinhalb. »Bald brechen sie zu der Reise in den Süden auf. In ein warmes Klima.«

»Ich weiß.«

»Sie packen Bikinis und Sonnencreme ein.«

Schweigen.

»Und bestellen ihre Reiseschecks«, fuhr Monica fort.

Ashling starrte weiter vor sich hin.

»Malen sich die Zehennägel an«, spann Monica die Geschichte weiter, »und kaufen sich Sonnenbrillen und Strohhüte.«

Das hatte die gewünschte Wirkung. Die Vorstellung von einer Ente, die eine Sonnenbrille trug und wie ein Mafioso aussah, war so komisch, dass sie Ashling ein Fast-Lächeln entlockte. Und dann durfte sie endlich nach Hause gehen.

Als Liam Lisa am Samstagmorgen abholte, um sie zum Flughafen zu fahren, war er voll unverhohlener Bewunderung.

»Grundgütiger«, rief er väterlich aus. »Sie sehen fantastisch aus!«

Berechnend fantastisch, genauer gesagt. »So sollte es auch sein, Liam. Ich bin seit sieben dabei, mich fertig zu machen.«

Sie musste selbst zugeben, dass ihr ein Kunstwerk gelungen war. Alles war perfekt: Haare, Haut, Augenbrauen, Nägel. Und die Kleider. Am Mittwoch und Donnerstag hatten Kuriere ein paar der bezauberndsten Stücke unter der Sonne geliefert, und sie hatte sich die absoluten Rosinen herausgepickt und angezogen.

Als Lisa Liam auf der Fahrt erklärte, wie die Dinge standen, wurde er ganz traurig.

»Eine Scheidung«, murmelte er. »Ihr Mann muss verrückt sein! Und blind.«

Um möglichst nah am Eingang zu halten, blieb Liam an einer Stelle stehen, an der es sowohl verboten als auch gefährlich war. »Ich warte hier auf Sie.«

Lisa war schon außer Atem, noch bevor sie in die Ankunftshalle lief. Obwohl der Monitor anzeigte, dass Olivers Flug angekommen war, konnte sie ihn nirgendwo entdecken. Also blieb sie am Meeting Point stehen, heftete ihre Augen auf die Glastür und wartete. Ihr Herz klopfte zum Zerspringen und ihre Zunge blieb an ihrem trockenen, watteartigen Gaumen kleben. Sie wartete weiter. Die Menschen kamen in kleinen Trüppchen und schlängelten sich durch die Wartenden, aber kein Oliver. Nach einer Weile prüfte sie mit fliegenden Fingern per Fernabfrage, ob er auf ihrem Anrufbeantworter eine Nachricht hinterlassen hatte, dass er später kommen würde, aber nichts.

Sie war ein nervöses Wrack und überzeugt, dass er nicht kommen würde, als sie ihn schließlich mit geschmeidigen Schritten durch die Glastür kommen sah. Ihr wurde schwindlig, der Boden unter ihr wankte.

Er war ganz in Schwarz: lange schwarze Lederjacke über einem schwarzen Polohemd, dazu enge schwarze Hosen. Dann sah er sie und lächelte sein extra breites Lächeln. Das einzige menschengemachte Objekt, das die Außerirdischen vom Weltall aus erkennen konnten, hatte sie in einem anderen Leben zu ihm gesagt.

Sie rannte zu ihm. »Ich hatte dich schon aufgegeben.«

»Tut mir Leid, Babes.« Seine Lippen wölbten sich um seine schockierend weißen Zähne. »Aber ich wurde beim Zoll aufgehalten. Der Einzige im ganzen Flugzeug.« Er legte eine Hand auf die Hüfte und sagte mit gespielter Naivität: »Woran das wohl gelegen haben mag?«

»Scheißkerle!«

»Ja, irgendwie konnte ich sie nicht davon überzeugen, dass ich Brite bin. Obwohl ich einen britischen Pass habe.«

Mit einem Schnalzen bekundete sie ihre Missbilligung. »Bist du sauer?«

»Ach wo, ich bin das doch gewöhnt. Das letzte Mal, als ich hier war, war es dasselbe. Du siehst fantastisch aus, Babes!«

»Du auch.«

Kathy war gerade mit einer größeren Putzaktion fertig, als Liam Lisa und Oliver absetzte. Sie wollte sich still davonstehlen, aber Lisa hielt sie fest.

»Oliver, das ist Kathy. Sie wohnt auf der anderen Straßenseite. Und Kathy, das ist Oliver, mein Ehe – Freund.«

»Sehr erfreut«, sagte Kathy und fragte sich, was wohl ein Ehefreund war. Vielleicht so etwas Ähnliches wie eine Busenfreundin.

Als Kathy gegangen war, verfielen sie in eine sehr freundliche, halbwegs entspannte Beklommenheit – obwohl sie zuvorkommend miteinander umgingen, war es zweifellos eine sehr merkwürdige Situation, für die es keinen Verhaltenskodex gab. Oliver zeigte sich übertrieben begeistert von dem Haus, und Lisa schilderte ihm ihre hochfliegenden Pläne und erwähnte insbesondere die Holzlamellen-Jalousien.

Schließlich beruhigten sie sich ein wenig und fingen an, sich fast normal zu verhalten. »Wir sollten die Sache mal angehen, Babes«, sagte Oliver und zog aus seiner Tasche etwas, das sie einen Herzschlag lang für ein Geschenk hielt, aber dann richtig als Dokumentenordner erkannte: Urkunden, Bankunterlagen, Kreditkarten-Abrechnungen, Papiere über die Wohnungsfinanzierung. Er setzte sich eine silbergeränderte Brille auf, und obwohl er damit absolut verführerisch aussah, wich ihre aufgeregte, nervöse, mädchenhafte Erwartung. Was dachte sie bloß? Dies hier war kein Rendezvous – es war ein Treffen, bei dem sie ihre Scheidung besprechen sollten.

Plötzlich sank ihre Stimmung auf den Nullpunkt. Sie ließ sich schwer auf einen Stuhl am Küchentisch sinken und begann, ihre finanzielle Existenz zweizuteilen, um einen jeden von ihnen wieder in den Status des Alleinstehenden zurückzuführen und als solchen funktionsfähig und vollständig zu machen. Der Vorgang war so heikel und kompliziert wie die Trennung siamesicher Zwillinge.

Bei einer Schnitzeljagd durch die Bankkonten versuchten sie die verschiedenen Zahlungen zuzuordnen, die jeder für die Wohung gemacht hatte. Zwischen Anzahlung, Versicherungspolice und Notarkosten verwirrten sich die beiden Stränge immer wieder.

Hin und wieder gab es hässliche Ausbrüche, wie das in Gelddingen oft der Fall ist. Lisa bestand hartnäckig darauf, dass sie alle Notarkosten bezahlt hatte, doch Oliver war sich sehr sicher, dass er auch dazu beigetragen hatte.

»Hier.« Er kramte herum und fand einen steifen Bogen von ihrem Anwalt, »eine Rechnung über fünfhundertzwölf Pfund und sechzehn Pence. Und hier«, er zeigte auf einen Kontoauszug, »ein Scheck für fünfhundertzwölf Pfund sechzehn Pence, drei Wochen später ausgestellt. Ein Zufall? Das glaube ich nicht!«

»Zeig!«

Sie verglich die Papiere, dann murmelte sie: »Entschuldigung.«

Es klingelte an der Tür, und Francine schlenderte herein. »Hallo, Leeeeesa. Äh, hallo.« Sie nickte Oliver zu und verlor plötzlich ihr natürliches Selbstvertrauen. Sie wandte sich wieder Lisa zu. »Wir machen heute Abend eine Slumber Party, ich und Chloe und Trudie und Phoebe. Kommst du auch?«

»Danke, aber ich habe schon etwas vor.«

»Okay. Hast du noch Gesichtsmasken, die wir benutzen können?«

Lisa unterdrückte ihren aufkommenden Ärger. »Entschuldige, Oliver, einen Moment, ja? Komm mit ins Schlafzimmer, Francine.«

»Barmherziger!«, rief Oliver aus, als Francine mit einem Beutel voller Gesichtsmasken, Nagellackfläschchen, Lotion und ähnlichen Slumber-Party-Utensilien davonzog.

Lisa war irritiert. »Sie ist nur gekommen, um dich aus der Nähe zu betrachten.«

Sie setzten die Schnitzeljagd fort und stolperten über Erinnerungen.

»Was haben wir um Himmels willen bei Aero gekauft, das so teuer war?«

»Unser Bett«, erwiderte Oliver knapp.

Schweigen senkte sich auf sie, angefüllt mit unausgesprochenen Gefühlen.

»Ein Scheck für Discovery Travel?«, fragte Lisa eine Weile später.

»Zypern.«

Dieses eine Wort war wie eine Bombe der Emotionen. Wohltuende Wärme, ineinander verschlungene Glieder, und die Nachmittagssonne, die schattenreiche Muster auf ihr Laken warf: Sie war über alles verliebt gewesen, in ihren ersten »verheirateten« Ferien, und konnte sich nicht vorstellen, jemals ohne Oliver zu sein.

Und jetzt das: der Scheck an das Reisebüro, während sie ihre Papiere für die Scheidung vorbereiteten. War das Leben nicht eigenartig?

Ein paar Stunden später klingelte es wieder an der Tür. Diesmal war es Beck. »Lisa, kommst du raus? Wir kicken den Ball ein bisschen rum.«

»Ich habe zu tun, Beck.«

»He – hallo.« Beck versuchte ein Nicken von Mann zu Mann, war aber voller Ehrfurcht. »Und du?«

»Er hat auch zu tun.« Lisa fand das sehr ärgerlich. Für die Kinder war Oliver wie eine Sondervorstellung.

»Warte mal«, sagte Oliver, legte den Stift hin und nahm die Brille ab. »Ich könnte eine Pause gebrauchen. Das hier macht mich ganz fertig. Halbe Stunde?«

Mit einer fließenden Bewegung erhob er sich, und Lisa betrachtete seine muskulöse Anmut.

»Kommst du auch, Lisa?«

»Also gut.«

»Am Anfang hat sie immer geschummelt«, vertraute Beck Oliver an, »aber das macht sie jetzt nicht mehr.«

»Sie spielt mit euch Fußball?« Oliver klang erstaunt.

»Natürlich.« Jetzt war es Beck, der erstaunt klang.

Mit großen Augen sagte Oliver – fast vorwurfsvoll: »Hast du dich verändert!«

»Gar nicht wahr.« Lisas Stimme verriet nichts.

Eine halbe Stunde lang den Ball in einer Sackgasse herumzukicken war eine gute Idee.

Sie waren außer Atem und belebt, als sie wieder an den mit Papieren übersäten Küchentisch zurückkehrten.

»Oje«, sagte Oliver geknickt, als er den Tisch sah. »Das hatte ich schon ganz vergessen.«

»He, wir können es doch für heute gut sein lassen.«

»Besser nicht, Babes. Wir haben noch viel vor uns.«

Lisa verbarg ihre Enttäuschung und bestellte zwei Pizzen ins Haus, und sie machten weiter. Es war Mitternacht, als sie aufhörten.

»Wie sieht der Zeitplan eigentlich aus?«, fragte Lisa.

»Sobald wir uns geeinigt haben, reichen wir das Ganze bei Gericht ein, und das vorläufige Scheidungsurteil ergeht innerhalb von zwei bis drei Monaten. Das endgültige kommt dann sechs Wochen später.«

»Oh. So schnell.« Lisa fiel nichts anderes dazu ein.

Am Ende des Tages war sie erschöpft, verwirrt und traurig. Ihr Nacken tat ihr weh, ihr Herz tat ihr weh, es war Zeit ins Bett zu gehen, und ihr stand der Sinn auf keinen Fall nach Sex.

Ihm auch nicht. Sie waren beide viel zu traurig.

Er zog sich ohne nachzudenken aus und ließ vor Müdigkeit die Kleider da liegen, wo sie hinfielen, dann stieg er in Lisas Bett, als hätte er sich schon millionenmal hineingelegt. Er streckte die Arme nach ihr aus, und sie legte sich zu ihm. Haut an Haut nahmen sie ihre erprobte Schlafposition ein, ihr Rücken fest an seine Brust gepresst, ihre Füße zwischen seinen Oberschenkeln. Intimer und zärtlicher als Sex.

In der Dunkelheit weinte sie. Er hörte sie und konnte in sich nichts finden, was sie trösten würde.

Am nächsten Tag setzten sie sich wieder an den Küchentisch und arbeiteten, bis es um drei Uhr Zeit für seinen Aufbruch war. Sie fuhr mit ihm im Taxi zum Flughafen, und als sie in das leere, öde Haus zurückkehrte, winkte verlockend das Bett. Sie war so deprimiert. Aber sie widerstand der Versuchung, hineinzusteigen und sich die Decke über den Kopf zu ziehen. Das Leben musste weitergehen.

59

Am Montagmorgen brachte Monica Ashling zur Arbeit. »Jetzt sei ein braves Mädchen und geh rein!« Es war wie der erste Schultag. Ashling ging zur Tür hinein und sah sich um, und Monica machte eine Bewegung mit der Hand: *Geh nur!* Widerstrebend ging Ashling zum Aufzug.

Als sie sich an ihren Schreibtisch setzte, sahen die anderen sie mitleidig an und waren dann plötzlich auf demütigende Weise besonders freundlich.

»Möchtest du eine Tasse Tee?«, fragte Trix verlegen.

»Trix, du machst mich ganz fertig«, erwiderte Ashling und starrte auf die Dinge auf ihrem Schreibtisch. Als sie einen Moment später aufblickte, sah sie, wie Trix lautlos mit einem Kopfschütteln zu Mrs. Morley sagte: *Sie will keinen Tee.*

Jack kam hereingestürzt, unter dem Arm ein Packen Dokumente. Er wirkte angespannt und missmutig, aber als er Ashling sah, verlangsamte er seine Schritte, und seine Miene hellte sich auf.

»Wie geht es Ihnen?«, fragte er sanft.

»Nun, ich bin aufgestanden«, sagte sie. Aber ihr kalkweißes, starres Gesicht zeigte an, dass sie über diesen Umstand nicht eben hocherfreut war. »Damals, als Sie zu mir gekommen sind … Danke für das Sushi – ich war ein bisschen, ehm, schwierig.«

»Das macht doch nichts. Wie geht's dem *Weltschmerz*?«

»In bester Verfassung.«

Er nickte schweigend; er wollte ermutigen, war aber machtlos.

»Ich sollte mit der Arbeit anfangen«, sagte sie.

»Die Traurigkeit, die Sie bedrückt«, sagte Jack. »Ist sie allgemein oder richtet sie sich auf etwas Bestimmtes?«

Ashling überlegte und sagte nach einer Weile: »Sie richtet sich auf etwas Bestimmtes, glaube ich. Ich kenne da einen obdachlosen Jungen. Boo, der von den Fotos – erinnern Sie sich? Durch ihn ist mir klargeworden, was es bedeutet, obdachlos zu sein, und es zerbricht mir das Herz.«

Nach einem Moment des Schweigens sagte Jack nachdenklich: »Wissen Sie, wir könnten ihm einen Job geben. Er könnte mit einem einfachen Job als Laufbursche beim Sender anfangen.«

»Aber Sie können jemandem, den Sie gar nicht kennen, keine Arbeit anbieten.«

»Ich kenne Boo.«

»Woher?«

»Ich bin ihm einmal auf der Straße begegnet. Ich hatte ihn von dem Foto her erkannt, und wir haben uns eine Weile unterhalten. Ich wollte mich bei ihm bedanken; die Fotos haben dem Profil von *Colleen* enorm geholfen. Ich fand, dass er sehr intelligent und interessiert wirkte.«

»Oh, das ist er auch, er interess – Moment mal, meinen Sie das ernst?«

»Klar. Warum nicht? Wir verdanken ihm einiges, weiß der Himmel. Wenn man bedenkt, wie viele Anzeigenkunden uns diese Bilder eingebracht haben.«

Ashling wurde einen kurzen Augenblick lang froher, dann sank sie wieder in ihr schwarzes Loch. »Und was ist mit all den anderen Obdachlosen? Die nicht auf den Bildern waren?«

Jack musterte sie und lachte dann traurig. »Ich kann nicht allen Arbeit anbieten.«

Mit großem Geklapper ging plötzlich die Tür auf, und ein peppiger junger Mann bedachte alle Anwesenden mit einem breiten Strahlen. »Morgen, ihr Hübschen!«, sagte er.

»Wer ist das?«, fragte Ashling mit einem Blick auf sein strähnen gefärbtes Haar, die magentafarbene Hose, das durchsichtige T-Shirt und die winzige Lederjacke, aus der er sich soeben herausschälte.

»Das ist Robbie, unser Neuer. Er tritt an Mercedes' Stelle«, sagte Jack. »Er hat am Donnerstag angefangen. Robbie! Kommen Sie – ich stelle Ihnen Ashling vor.«

Robbie fasste sich mit flatternder Hand an die fast nackte Brust und sagte mit gespielter Überraschung: »Wie bitte, mein Typ ist gefragt?«

»Ich glaube, er ist schwul«, zischte Kelvin.

»Nein, wirklich, Sherlock«, erwiderte Trix mit schneidendem Sarkasmus.

Robbie schüttelte Ashling feierlich die Hand und stürzte sich dann mit einem Seufzer auf ihre Handtasche. »Sehr Gucci! Ich glaube, ich erlebe gerade eine Fashion-Sekunde.«

Ashling gelang es tatsächlich zu arbeiten – was sie überraschte. Allerdings landeten auch keine schwierigen Aufgaben auf ihrem Schreibtisch. Und was entschiedenermaßen nicht auf ihrem Schreibtisch landete, weder zum Redigieren noch zum Korrigieren noch zum Eingeben, war der monatliche Artikel von Marcus Valentine.

Bei Büroschluss holte ihre Mutter sie von der Arbeit ab und erlaubte ihr, sich zu Hause sofort ins Bett zu legen.

Auch am Dienstag schaffte sie es, nachdem ihre Mutter ihr endlos zugeredet und sie ermutigt hatte, aufzustehen und zur Arbeit zu gehen. Ebenso am Mittwoch und am Donnerstag.

Am Freitag fuhr Monica nach Cork zurück. »Ich sollte besser fahren. Dein Vater hat wahrscheinlich das Haus in Brand gesteckt. Also, nimm schön deine Tabletten – es macht nichts, wenn dir davon schwindlig oder übel wird –, dann kümmer dich um eine Beratung, und du wirst schon sehen!«

»Ist in Ordnung.« Ashling ging zur Arbeit und hatte das Gefühl, ganz gut zurechtzukommen, als gegen Mittag Dylan ins Büro kam. Sofort nahm das Gefühl der Übelkeit zu. Er hatte bestimmt Neuigkeiten für sie. Neuigkeiten, nach denen sie hungerte, die ihr aber auch Schmerzen zufügen würden.

»Hast du Zeit, mit mir zum Lunch zu gehen?«, fragte er.

Sein Eintritt erregte die Gemüter in der Redaktion. Diejenigen, die Marcus Valentine nicht kannten, fragten sich gegenseitig stumm: *Ist er das?* Waren sie im Begriff, einer leidenschaftlichen Versöhnung beizuwohnen? Es gab also einige Enttäuschung, als die besser Informierten stumm zurücksignalisierten: *Nein, das ist der Ehemann der Freundin.*

Als Ashling ihre Tasche holte, begegneten sich Dylans und Lisas Blicke – ein rascher Austausch zwischen zwei schönen Menschen.

Dylan sah verändert aus. Er war immer attraktiv gewesen, wenn auch eine Spur langweilig. Aber praktisch über Nacht hatte er eine glitzernde Härte gewonnen, eine verwegene Anziehung. Er legte eine Hand auf Ashlings Taille und führte sie aus der Redaktion, und die Augen aller folgten den beiden Gehörnten.

Sie gingen in den Pub nebenan und fanden einen freien Tisch in einer Ecke. Ashling wollte nur eine Cola Light, aber Dylan holte sich ein großes Bier.

»Das beste Gegenmittel«, sagte er. »War gestern ein richtiges Besäufnis.«

»Bist du noch bei deiner Mutter?«, fragte Ashling.

»Ja.« Ein bitteres Lachen.

Das hieß, dass Clodagh und Marcus noch zusammen waren. Es war also nicht einfach verpufft und als Verrücktheit des Augenblicks entlarvt. Sie verspürte ein körperliches Bedürfnis, sich zu übergeben. »Was ist passiert?«

»Nicht viel, außer dass wir beschlossen haben, dass ich die Kinder am Wochenende sehen kann und am Samstagabend im Haus bin.« Mit einem beschämten Ausdruck gab er zu: »Ich habe Clodagh gesagt, dass ich auf sie warte; hoffentlich lässt sie sich darauf ein. Obwohl sie mir gesagt hat, dass sie diesen Mistkerl liebt. Weiß der Himmel, warum.« Im nächsten Moment dämmerte es ihm. »Entschuldigung.«

»Macht nichts.«

»Und wie geht es *dir*?« Er richtete seine ganze Aufmerksamkeit auf ihren Kummer und war einen Moment lang der alte Dylan.

Sie zögerte. Was sollte sie sagen? Ich hasse die Welt, ich will nicht mehr leben, ich nehme Anti-Depressiva, meine Mutter hat mir jeden Morgen die Zahnpasta auf die Zahnbürste gedrückt, und jetzt ist sie wieder nach Cork gefahren, und ich weiß nicht, wie ich mir die Zähne putzen soll?

»Gut«, sagte sie.

Er sah nicht sonderlich überzeugt aus, also versicherte sie ihm: »Doch, wirklich. Komm, erzähl mir, was passiert ist!«

Dylan stieß unglücklich den Atem aus. »Es sind die Kinder, um die ich mir Sorgen mache. Sie sind so verwirrt, es ist zum Verzweifeln. Aber sie sind zu klein – man kann ihnen nicht die ganze Geschichte erzählen. Und ich sollte sie nicht gegen ihre Mutter aufbringen, auch wenn ich sie hasse.«

»Du hasst sie gar nicht.«

»Oh, glaub mir, Ashling, ich hasse sie.«

Ashling fand seine Sturheit jämmerlich. Er hasste Clodagh nur, weil er sie so sehr liebte.

»Vielleicht ist es bald alles vorbei«, sagte Ashling, weil sie das für sich ebenso hoffte wie für Dylan.

»Ja, wir müssen abwarten. Hast du mal mit einem von den beiden gesprochen?«

»Ich habe Clodagh vor zwei Wochen, damals, an dem … Freitag, gesehen, aber ich habe …« Sie zögerte: »… Marcus habe ich bisher nicht erreicht. Ich habe versucht, ihn anzurufen, aber er geht nicht ans Telefon.«

»Du könntest bei ihm vorbeigehen.«

»Nein.«

»Sehr weise. Bewahr dir deine Würde!«

Ashling rutschte verloren auf ihrem Sitz herum. Das war nicht der Grund. Sie hatte einfach nicht den Mut.

Als Oliver nach London zurückkehrte, rief er nicht bei Lisa an, und genauso wenig rief sie bei ihm an. Es gab nichts zu sagen. Ihre Anwälte würden jeweils die finanziellen Fragen prüfen, und dann würde das vorläufige Scheidungsurteil in wenigen Monaten gefällt.

Sie brachte die Woche hinter sich, aber obwohl sie funktionierte, war sie keineswegs auf der Höhe. Sie schloss das Oktoberheft ab, aber es hatte sich angefühlt, als hätte sie eine Kugel aus Klebstoff bergauf geschoben. Erschwert war die Situation noch, weil Ashling wie ein Zombie durch die Gegend lief.

Robbie jedoch war gut. Er hatte jede Menge wilder Ideen für zukünftige Hefte. Viele davon waren zu übertrieben, aber wenigstens eine, eine Modestrecke als Sado-Maso-Session gestylt zu fotografieren, war genial.

Als die Vorlagen am Freitagabend zum Drucker geschickt worden waren, fragten Trix und Robbie sie, und dann sogar Jack, ob sie noch zusammen den »Abschluss des Oktoberhefts« feiern wollten. Aber sie war bedient und wollte nach Hause.

Kaum war sie im Haus, als Kathy zur Tür kam. In letzter Zeit schien Kathy dauernd bei ihr anzuklopfen. Und wenn nicht Kathy, dann Francine. Oder irgendjemand anders aus der Straße.

»Kommen Sie doch heute Abend zu uns zum Essen«, lud Kathy sie ein.

Lisa hätte beinahe aufgelacht, doch dann sagte Kathy: »Es gibt Hühnchen«, und Lisa überraschte sich selbst, als sie zusagte. Warum nicht, versuchte sie sich zu rechtfertigen. Sie könnte mit der Scarsdale-Diät anfangen, die hatte sie seit Ewigkeiten nicht gemacht, und Hühnchen würde wunderbar dazu passen.

Zehn Minuten später betrat sie Kathys Küche und wurde von der Wärme und der Geräuschkulisse, bestehend aus dem plärrenden Fernseher und den lärmenden Kindern, fast erschlagen.

Kathy war voller hektischer Betriebsamkeit. »Wir sind fast so weit. Hier, rühr mal die Soße um!« Das war an ihren gutmütigen, phlegmatischen Ehemann gerichtet. »Etwas zu trinken, Lisa?«

Lisa wollte gerade um ein Glas trockenen Weißwein bitten, als Kathy ihr vorschlug: »Johannisbeersaft? Tee? Milch?«

»Oh, Milch bitte.«

»Hol Lisa ein Glas Milch!« Kathy zielte mit dem Fuß nach Jessica, die sich mit Francine am Fußboden wälzte. »Nimm eins von den guten Gläsern. Setzt euch an den Tisch, alle miteinander!«

Lisa bemerkte, dass auf ihrem Teller ungefähr dreimal so viel aufgehäuft war wie bei den anderen. Bevor sie den Mund aufmachen konnte, um zu sagen, dass sie keine Kartoffeln aß, hatte Kathy ihr mindestens vier Röstkartoffeln gegeben. Sie versuchte so zu tun, als wären sie gar nicht auf ihrem Teller, aber sie sahen so gut aus und rochen so köstlich … Sie widerstand noch ein bisschen, dann gab sie sich geschlagen, und zum ersten Mal seit zehn Jahren verzehrte sie eine Röstkartoffel. *Morgen fange ich mit der Diät an.*

»Hör auf, gegen das Tischbein zu treten!«, fuhr Kathy Lauren, den Jüngsten, an. Lauren zog eine Grimasse, hörte auf und fing drei Sekunden später wieder an.

»Du stößt mich dauernd mit dem Ellbogen«, beschwerte Francine sich bei Lisa.

»Entschuldigung.«

»Du musst nicht Entschuldigung sagen«, sagte Francine zerknirscht. »Du musst sagen, wenigstens schmatzt du nicht beim Essen.«

»Ach so, verstehe.«

»Oder du bist wenigstens nicht so verfressen«, schlug Jessica vor.

»Oder ich furze wenigstens nicht dauernd«, sagte Lisa.

»Genau!«

Sie saßen um den kleinen Küchentisch gedrängt, der Fernseher lief und alle, Lisa wahrscheinlich eingeschlossen, hatten einen Milchbart, und plötzlich fühlte Lisa sich zurückversetzt. Aber wohin? Woran erinnerte sie das hier?

Und dann stieg ein schreckliches Bild in ihr auf. Es war wie ihr Zuhause in Hemel Hempstead.

Die Enge, der Lärm, die harmlosen Zankereien – alles fühlte sich genauso an. *Wie war sie nur da wieder gelandet?*

»Ist alles in Ordnung, Lisa?«, fragte Kathy.

Lisa nickte. Aber sie musste hart gegen den intensiven Wunsch, von ihrem Platz hochzuschießen und aus dem Haus zu rennen, angehen.

Sie war ein Kind aus der Arbeiterschicht und hatte ihr Leben lang versucht, etwas anderes zu sein. Und obwohl sie jahrelang gebuckelt und sich abgemüht hatte, obwohl sie ständig aufgepasst und nie einen Moment in ihrer Wachsamkeit nachgelassen hatte, war sie doch wieder da gelandet, wo sie angefangen hatte.

Das machte sie sprachlos.

Sie hatte sich nie Gedanken darüber gemacht, was sie zurückließ, als sie sich von ihren eigenen Wurzeln wegkatapultiert hatte. Es hatte Belohnungen gegeben, für die es sich immer gelohnt hatte. Aber als sie an Kathys Küchentisch saß, war kein äußeres Zeichen ihres glanzumwobenen Lebens, das sie für sich aufgebaut hatte, sichtbar. Stattdessen war sie erschüttert, als sie erkannte, was sie aufgegeben hatte – Freunde, Familie und, am schlimmsten von allem, Oliver.

60

Es war Mitternacht, und Jack Devine war erschöpft und entmutigt. Er war zwei Stunden lang durch die Straßen Dublins gelaufen und hatte nach Boo Ausschau gehalten, jedoch ohne Erfolg. Er kam sich nutzlos vor, wie ein kaputter Gummistiefel. Abgesehen davon, dass er die Hauseingänge in der Nähe von Ashlings Wohnung abgesucht hatte, wusste er nicht, wohin er sich wenden sollte. Wo hielten sich Obdachlose auf?

Jeder einzelne Obdachlose, den er nach Boo gefragt hatte, hatte geleugnet, ihn zu kennen. Vielleicht kannten sie ihn wirklich nicht, aber Jack vermutete eher, dass sie ihn schützen wollten. Hätte er ihnen eine Zehn-Pfund-Note zustecken, Qualm in die Augen blasen und sagen sollen: »Vielleicht hilft das deinem Gedächtnis auf die Sprünge«? So passierte es jedenfalls in Raymond-Chandler-Krimis.

Seine Ohnmacht und seine mangelnden Kenntnisse vom Leben auf der Straße verfluchend ging er weiter. Bog von der Hauptstraße ab, in schmale Gassen hinein, in Liefereinfahrten … Vielleicht war er das? Auf mehreren Schichten Pappe lag ein mageres Bündel Knochen zusammengekrümmt unter einem Mantel.

»Entschuldigen Sie bitte.« Jack hockte sich neben die Gestalt, und ein dünnes, sehr junges Gesicht sah zu ihm auf. Wachsam und ängstlich. Es war nicht Boo.

Er kehrte zur Hauptstraße zurück, er wusste nicht mehr weiter. Es reichte ihm für einen Abend; er würde ein andermal weitermachen. Auf dem Weg zu seinem Wagen hörte er plötzlich jemanden rufen: »He, Jack! Hier drüben.«

Und da, auf den Stufen zu einem Friseurgeschäft saß, mit einem Buch auf den Knien, kein anderer als Boo.

»Kleine Kneipentour?«, fragte Boo mit seinem zahnlückigen Grinsen.

»Ehm, nein.« Jack war verdutzt, dass Boo *ihn* gefunden hatte. »Ich habe in den letzten zwei Stunden nach dir gesucht.«

»Also *Sie* waren das.« JohnJohn hatte ihn gewarnt, dass ein Typ nach ihm gefragt hatte. Boo nahm an, es war ein Polizist in Zivil – wer konnte es sonst sein? –, aber ganz sicher war er sich nicht.

»Ja, ich war das.« Jack hockte sich neben ihn, und plötzlich, als hätte er eine unsichtbare Linie überschritten, traf ihn der Geruch wie ein Schlag mit dem Hammer. Mit enormer Kraftanstrengung zwang er sich, keine Reaktion zu zeigen.

»Was gibt es denn?« Boo war auf der Hut. Jack hatte ihm damals gefallen, als er mit ihm über die Modefotos geplaudert hatte. Aber normalerweise suchte niemand nach Boo, es sei denn, es gab irgendwelchen Ärger.

Jack tat so, als würde er den Geruch nicht bemerken, und versuchte, die richtigen Worte zu finden. Er wollte nicht herablassend klingen. Er wollte, dass Boo sein jetziges Leben mit Würde hinter sich lassen könnte.

»Ich habe ein Problem«, begann Jack.

Millimeterweise verschloss sich Boos Gesicht.

»Bei dem Fernsehsender, wo ich arbeite, gibt es eine freie Stelle, und ich suche nach jemandem, der dafür geeignet wäre. Dein Name wurde von einer Kollegin erwähnt.«

»Was soll das heißen?« Boos Augen waren schmal wie Schlitze vor Misstrauen.

»Ich biete dir einen Job an. Wenn du ihn möchtest«, sagte Jack rasch.

Boo begriff offenbar überhaupt nichts. Dies hier überstieg seinen Erfahrungshorizont.

»Warum?«, brachte er schließlich hervor. Die Menschen waren so selten freundlich zu ihm, dass er nicht bereit war, ihnen zu vertrauen.

»Ashling dachte, du wärst vielleicht geeignet, und ich halte viel von ihrer Meinung.«

»Ashling...« Wenn sie damit zu tun hatte, war das hier vielleicht keine Falle. Aber was könnte es sonst sein? In scharfem Ton sagte er: »Das ist wohl ein Scherz, oder?«

»Nein, wirklich nicht. Warum kommst du nicht zum Sender, dann können wir darüber sprechen, und vielleicht glaubst du mir dann.«

»Sie würden mich reinlassen?«

Bei der Frage wäre Jack fast das Herz zerbrochen. »Natürlich. Wie willst du denn sonst für uns arbeiten?«

Ab dem Moment wandte Boo sich gegen seinen natürlichen Instinkt und fing an, Jack zu glauben. »Aber warum...?« Seine Augen waren feucht, und er sah so jung aus, wie ein Kind. Jack spürte, wie auch er von Rührung überkommen war.

»Ich hatte noch nie einen Job.« Boo schluckte.

»Na, ist es dann nicht an der Zeit, damit anzufangen?«

»Ich kann ja schließlich nicht mein Leben lang auf der faulen Haut liegen.«

»Ehm, genau.« Jack wusste nicht genau, ob er lachen oder weinen sollte.

»Oh, seien Sie nicht so traurig.« Boo stieß ihm mit dem Ellbogen in die Rippen und grinste mit Tränen in den Augen. »Und sind es nur Buchbesprechungen, oder soll ich auch andere Sachen machen?«

»Ehm...« Darauf war Jack nicht vorbereitet. »Auch andere Sachen, denke ich.«

Am nächsten Morgen kam Jack mit seiner guten Nachricht zu Ashling, als wäre es ein Geschenk. »Ich habe Boo gefunden und mit ihm über den Job beim Sender gesprochen. Er wirkte sehr interessiert.«

»Schön!« Ihre begeisterte Stimme passte nicht zu ihrem bleichen Gesicht.

»Er hat nichts Rechtes anzuziehen, deswegen habe ich gesagt, er soll zu Kelvin kommen. In der ›Fashion-Abteilung‹ sind so viele Männersachen, die niemand will, damit kann er sich ja ausstatten.«

Ashling wurde sehr still. Sie hatte immer noch nicht geweint, aber das hier reichte fast, um sie in Tränen aufzulösen.

»Das ist sehr freundlich von Ihnen«, sagte sie zu ihrer Brust.

»Was ich nicht verstanden habe«, sagte Jack verwirrt, »anfangs schien Boo zu denken, wir wollten, dass er Buchbesprechungen für *Colleen* schreibt. Wie kommt er darauf?«

Sie zuckte mit den Schultern. »Was weiß ich.« Plötzlich wünschte sie sich, sie hätte das nicht gesagt, denn bei den Worten war etwas über Jacks Gesicht gehuscht, was ihr Schulterzucken in der Mitte erstarren ließ. Etwas Intensives, ihr Unbekanntes, und irgendwie fühlte sie sich plötzlich lebendig. Und verängstigt.

»Buchbesprechungen?« Sie überlegte, dann fiel es ihr wieder ein. »Ich habe ihm immer mal wieder Rezensionsexemplare gegeben. Bücher, die keiner wollte«, fügte sie hastig hinzu. »Und er hat mir immer seine Meinung dazu gesagt.«

»Oh, ach so. Also, er fängt am Montag beim Sender als Laufbursche an. Für die Buchbesprechungen bei *Colleen* ist Lisa zuständig. Aber wir können sie ja mal fragen«, schloss er fröhlich.

Tränenüberströmt öffnete Clodagh die Tür.

»Was ist los?«, fragte Marcus entsetzt.

»Dylan, dieser Mistkerl.«

»Was hat er gemacht?«, fragte Marcus und folgte ihr in die Küche. Seine Miene drückte grimmigen Zorn aus.

»Oh, ich habe es nicht anders verdient.« Clodagh setzte sich an den Tisch und wischte sich die Tränen aus den Augen. »Das sehe ich ja ein. Aber es ist so schwer. Immer, wenn ich ihn sehe, hat er noch mehr Hiobsbotschaften für mich, und dann fühle ich mich so elend.«

»Was hat er gemacht?«, fragte Marcus wieder.

»Ich musste ihm alle meine Kreditkarten aushändigen. Dann hat er unser gemeinsames Konto aufgelöst, und stattdessen gibt er mir jeden Monat eine Summe für den Unterhalt. Rate mal, wie viel?«

Sie fing erneut an zu schluchzen und nannte einen so niedrigen Betrag, dass Marcus ausrief: »Unterhalt? Das hört sich eher nach Unter*gang* an!«

Sie lohnte es ihm mit einem zittrigen Lächeln. »Na ja, ich war eben böse – was kann ich da erwarten?«

»Aber er ist verpflichtet, für dich zu sorgen. Du bist seine Frau!« Die Heftigkeit in Marcus' Stimme fand keine Entsprechung in dem, was er tat, denn er fuhrwerkte in den Kästen auf der Fensterbank herum.

»Aber wahrscheinlich hat er keine Lust, mich zu versorgen …« Sie brach ab. »Was machst du da?«

»Ich suche einen Stift.«

»Hier.« Sie fand einen in Craigs Federmäppchen. »Und jetzt?«

»Ich will nur …« Er kritzelte etwas auf einen Zettel. »Schon gut. – Lass uns ins Bett gehen«, murmelte er in ihren Nacken.

»Ich dachte schon, du würdest nie fragen«, sagte sie mit einem weniger feuchten Lächeln und ging ihm voran ins Wohnzimmer. Aber Marcus blieb stehen und wollte nicht eintreten. Das Aufregende am Teenager-Sex auf der Couch zog nicht mehr.

»Lass uns nach oben gehen.«

»Das geht nicht.«

»Wie lange soll das mit dem Versteckspielen noch weitergehen? Komm schon, Clodagh«, überredete er sie. »Es sind doch nur Kinder. Die verstehen das noch nicht.«

»Du Bösewicht«, kicherte sie. »Dann must du versprechen, ganz leise zu sein.«

»Dann musst du versprechen, nicht so verdammt sexy zu sein.«

»Ich gebe mir Mühe«, sagte sie grinsend.

Der Sex war fantastisch, so wie immer. Sie vergaß sich und ihre Scham und ihre Mittellosigkeit mit jedem Stoß, den Marcus in sie hinein machte. Bis sich sein Rhythmus veränderte.

»Schneller!«, zischte sie.

Aber er wurde langsamer und hörte dann ganz auf.

»Was ist?«

»Clooodaaaagh.« Seine Stimme war eine Warnung, seine Augen waren auf etwas anderes gerichtet, und sie zog sich schnell unter ihm hervor. *Ich habe die Tür nicht abgeschlossen.*

Es war einerseits ein Schock, andererseits auch keiner, als sie Craig in der Tür stehen sahen, der Marcus anstarrte.

»Daddy?«, fragte er unsicher und verwirrt.

»Mum, ich bin's, Lisa.«

»Hallo, Liebes«, sagte Pauline herzlich. »Wie schön, von dir zu hören!«

»Schön, *dich* zu hören.« Lisa schnürte es die Kehle zu, als sie die Liebe in der Stimme ihrer Mutter heraushörte. »He, ich hab überlegt, ob ich euch nächstes Wochenende mal besuchen komme. Wenn es euch recht ist«, fügte sie hastig hinzu.

»Weißt du«, sagte Pauline sinnend, »wir könnten uns nichts Schöneres vorstellen! Es wäre wunderbar, wenn du uns besuchen kämst.«

Als Lisa am Freitagabend von Kathy weggegangen war, hatte sie sich verwundet, nackt und angreifbar gefühlt, als wäre sie all dessen beraubt worden, was sie als Person ausmachte. Und plötzlich sehnte sie sich nach ihrer Mutter.

Es war eine unerwartete Reaktion – genau wie das, was am Tag danach folgte, nachdem der erste Schock der Erkenntnis vorüber war und es sich nicht mehr so schrecklich anfühlte. *Man kann ein Mädchen aus seinem Arbeitermilieu rausnehmen, aber man kann das Arbeitermilieu nicht aus dem Mädchen rausnehmen*, dachte sie mit einem halben Lachen. Sie war darüber nicht gerade glücklich, aber sie war auch nicht gerade unglücklich.

Unmittelbar im Anschluss an ihre klare Einsicht in ihr Leben hatte sie den starken Wunsch verspürt wegzulaufen. Doch dieser Drang war verschwunden, stattdessen wollte sie jetzt zu ihren Ursprüngen zurückkehren.

»Ich freue mich riesig darauf, dich zu sehen, Lisa! Der Gedanke macht mich richtig glücklich.« Pauline sprach mit solcher Wärme und Herzlichkeit, dass Lisa sich fragte, ob sie sich die unbehagliche Ehrfurcht ihrer Eltern immer nur eingebildet hatte. Waren das etwa ihre eigenen Projektionen gewesen?

Ashlings Tage vergingen, einer nach dem anderen. Die Welt war immer noch ein Jammertal, und wenn sie morgens aufwachte, hatte sie das Gefühl, am Abend zuvor zu viel getrunken zu haben – auch an den Tagen, an denen sie nichts getrunken hatte. Aber nach ein paar Wochen fiel ihr auf, dass die kleinen Dinge wie das Zähneputzen und Duschen nicht mehr eine so schreckliche Last waren. »Das liegt an den Anti-Depressiva«, erklärte Monica bei einem ihrer vielen Telefongespräche. »Diese Serotonin-Hemmer sind eine wunderbare Erfindung. Viel besser als die altmodischen Drei-Phasen-weiß-der-Kuckuck-wie-die-Dinger-hießen.«

Ashling war überrascht. Sie hatte nicht erwartet, dass die Anti-Depressiva anschlagen würden, und merkte daran, dass sie in nichts Vertrauen hatte. Schließlich war ihre Mutter nicht wieder gesund geworden. Oder es hatte vielmehr sehr, sehr lange gedauert.

Nicht nur brachte sie es fertig, sich zu waschen, sie schaffte es auch zu arbeiten, solange sie nichts besonders Schwieriges zu tun hatte. Ihr war ihre Gewissenhaftigkeit immer peinlich gewesen, aber jetzt begann sie zu verstehen, dass darin wahrscheinlich ihre Rettung lag.

»Das November-Horoskop ist da«, rief Trix und wedelte mit ein paar Blättern. »Kommt alle zu mir, und ich lese es euch vor.«

Die gesamte Redaktion hörte auf zu arbeiten. Jede Entschuldigung war recht. Selbst Jack blieb in der Tür stehen. Eigentlich sollte er sich mit dem Streikrecht vertraut machen. Das würde er auch tun, beschloss er, sobald Trix Waage vorgelesen hatte.

»Lies Skorpion«, sagte Ashling zu Trix.

»Aber du bist Fisch!«

»Mach, bitte. Erst Skorpion, dann Steinbock.«

Clodagh war Skorpion und Marcus war Steinbock, und Ashling wollte wissen, wie es mit ihnen im November weiterging. Jack Devine sah sie mit einem seltsamen Blick an – eine Mischung aus Tadel und Trauer. Er wusste, was sie vorhatte. Hochmütig wandte sie den Kopf ab. Sie konnte das Horoskop von jedem lesen, wenn sie wollte, und es gab noch viel Schlimmeres, was sie tun könnte. Joy hatte nämlich vorgeschlagen, Marcus und Clodagh mit einem Fluch zu belegen.

Dem Horoskop nach zu urteilen würde es für Clodagh und Marcus im November auf und ab gehen. Das konnte Ashling sich sehr gut vorstellen.

»Was sind Sie, JD?«, fragte Trix.

»Mr. Devine für Sie.«

Als er merkte, dass sie auf seine Auskunft wartete, seufzte er: »Waage. Aber ich glaube sowieso nicht an diese Sternzeichensachen. Waage-Menschen glauben nicht daran.«

Ashling fand das irgendwie komisch. Sie warf Jack unter ihrem Haarschleier hervor einen Blick zu. Seine Augen ruhten auf ihr. Sie lächelten sich zu, dann tauchte Ashling hastig unter den Schreibtisch. Sie kam, einigermaßen verwirrt, mit ihrer Handtasche wieder hoch. Es war unklar, ob sie etwas aus der Tasche brauchte. Hatte sie die Tasche nur hervorgeholt, um Jack Devine nicht länger ansehen zu müssen? Dann bemerkte sie, dass es fast Mittagszeit war und Zeit für ihren Termin bei Dr. McDevitt.

Der zehnminütige Weg zur Praxis war so, als würden überall Heckenschützen auf sie lauern. Sie hatte Angst, auf der Straße zu sein, falls sie etwas sah, was ihr Schmerzen verursachte. Die meiste Zeit waren ihre Augen zu Boden gerichtet, so dass sie die Menschen nur bis zur Höhe ihrer Knie sah. So blieben ihr schlimme Anblicke erspart, bis ein bosnisches Flüchtlingsmädchen ihr ein altes Exemplar von *Big Issues* verkaufen wollte. Sofort überströmte sie eine Welle der Hoffnungslosigkeit.

Und es kam noch schlimmer. Dr. McDevitt selbst war der Verursacher.

»Wie kommen Sie mit dem Prozac zurecht?«, fragte er.

»Sehr gut.« Mit einem kleinen Lächeln sagte sie dann: »Bitte, kann ich noch etwas haben?«

»Nebenwirkungen?«

»Nur ein bisschen Übelkeit und Zittern.«

»Appetitverlust?«

»Den hatte ich schon vorher verloren.«

»Und Sie wissen, dass Sie keinen Alkohol trinken dürfen, solange Sie die Medikamente nehmen?«

»Ehm, ja.« Ihr den Alkohol zu verbieten – das ging zu weit.

»Wie klappt es mit der Beratung?«

»Eh, ich bin noch nicht da gewesen.«

»Aber ich habe Ihnen eine Nummer gegeben.«

»Ich weiß, aber ich kann da nicht anrufen. Ich bin zu deprimiert.«

»Ach wo!« Er klang verärgert, griff zum Telefon und führte ein Gespräch, dann noch eins. Er legte die Hand auf die Sprechmuschel und fragte: »Wann kommen Sie am Dienstag von der Arbeit?«

»Es kommt drauf an …«

»Fünf?« Er war gereizt. »Sechs?«

»Sechs.« Wenn sie Glück hatte.

Er legte auf und gab ihr einen Zettel. »Jeden Dienstag um sechs. Wenn Sie nicht hingehen, gibt es kein Prozac mehr.«

Der gemeine Kerl!

Als sie lustlos durch Temple Bar zurückging, hörte sie jemanden rufen: »He, Ashling!« Ein junger, modegeiler Mann in total lächerlichen Schuhen klapperte hinter ihr her, und sie brauchte einen Moment, um Boo zu erkennen. Sein Haar glänzte, sein Gesicht hatte Farbe, und mit einem Mal lachte sie.

»Sieh dich an«, sagte sie.

»Ich gehe zur Arbeit. Ich bin in der Schicht von zwei bis zehn.« Dann krümmte er sich vor Lachen. »Kannst du es glauben, dass ich das gerade gesagt habe?«

Er bedankte sich lange und ausführlich. »Es ist toll beim Sender. Ich habe einen Vorschuss auf mein Gehalt bekommen und kann jetzt in einer Unterkunft wohnen.«

»Und ist die Arbeit auch nicht zu schwierig?« Ashling hatte sich Sorgen gemacht, dass Boo sich nach einem Leben ohne Zwänge nicht an die Arbeitswelt mit ihrer Disziplin und Verantwortung gewöhnen könnte.

Boo sagte wegwerfend: »Als Laufbursche? Nichts ist leichter.«

»Scharfe Klamotten«, sagte Ashling mit einem Blick auf das verrückt geschnittene Jackett, das knallbunte Hemd und die *sehr* merkwürdigen Schuhe. Sie sahen aus wie *Raumschiff Enterprise* hoch zwei.

»Ich sehe irre aus.« Boo lachte wieder. »Die Schuhe sind am schlimmsten. Kelvin bei euch in der Redaktion hat mir diese ganzen abgedrehten Sachen gegeben, die er nicht wollte, aber wenigstens sind sie sauber, und ich kann mir normale Sachen kaufen, wenn ich mein Gehalt bekomme. Warte mal! Ich sage das eben noch mal.«

Er schmatzte mit den Lippen und sagte genussvoll: »Wenn ich mein Gehalt bekomme.«

Seine Freude war ansteckend. »Ich freue mich, dass alles so gut für dich geklappt hat«, sagte Ashling aufrichtig.

»Ja, und wem habe ich dafür zu danken, wenn nicht dir?« Boo zeigte sein zahnlückiges Grinsen. Kelvin hatte ihm offenbar noch keinen neuen Zahn verschaffen können. »Und Jack. Er ist super.«

Boo sah sie an und wartete auf ihre Zustimmung.

»Das stimmt.« Aber sie war verwirrt. Seit wann war Jack Devine so freundlich?

»Hast du gehört, dass ich dachte, ich sollte für euch Buchbesprechungen schreiben?«, erzählte Boo.

»Eh …«

»Ich hab das alles falsch verstanden. Und jetzt will ich keine Bücher mehr besprechen.«

»Aha?«

»Ich will Kameramann werden. Oder Tontechniker. Oder Nachrichtensprecher!«

Als Ashling ins Büro kam, musste sie allen Mut zusammennehmen und Lisa erklären, dass sie dienstags früher gehen müsste. »Der Arzt gibt mir kein Prozac mehr, wenn ich nicht zu einer Beratung gehe.«

Lisa war offensichtlich verärgert. »Ich muss das mit Jack klären, und du wirst früher kommen müssen, um die Zeit wieder reinzuholen«, sagte sie gereizt.

Doch dann verflog ihre Gereiztheit. Ashling war gar nicht so übel.

Und Lisa konnte es sich leisten, rücksichtsvoll zu sein. *Wenigstens muss ich nicht zu einer Beratung*, dachte sie selbstzufrieden. *Und Prozac brauche ich auch nicht zu nehmen.*

61

Eines Samstagabends, ungefähr einen Monat nach dem großen Zusammenbruch, hatte Ted eine Comedy-Show. Marcus sollte auch auftreten.

»Ich hoffe, es macht dir nichts aus«, sagte Ashling mit tonnenschwerer Fröhlichkeit, »wenn ich nicht mitkomme, um dich zu unterstützen.«

»Kein Problem, kein Thema, wirklich nicht! Keiner würde das von dir erwarten.«

»Aber irgendwann musst du wieder anfangen auszugehen«, bedrängte Joy sie.

Ashling schüttelte sich. Allein der Gedanke!

»Es gibt keine Fremden«, sagte Ted schmeichlerisch, »nur Freunde, denen du noch nicht begegnet bist.«

»Oder noch besser«, sagte Joy, »es gibt keine Fremden, nur *Liebhaber*, denen du noch nicht begegnet bist.«

Mürrisch sagte Ashling: »Es gibt keine Fremden, nur *Ex*-Liebhaber, denen ich noch nicht begegnet bin.«

Ihre Anspannung war noch nicht gewichen, als sie Ted am Sonntagnachmittag sah. Sie bemühte sich sehr, sich die Frage zu verkneifen, aber am Schluss konnte sie nicht anders.

»Es tut mir Leid, Ted, aber war er da?«

Als Ted nickte, fragte Ashling in noch bedrückterem Ton: »Hat er nach mir gefragt?«

»Ich habe nicht mit ihm gesprochen«, sagte Ted schnell. Warum hatte er das Gefühl, sich über ein Minenfeld zu bewegen?

Ashling war verärgert. Ted hätte mit ihm sprechen sollen, damit Marcus nach ihr hätte fragen können. Aber wenn er tatsächlich mit ihm gesprochen hätte, dann hätte sie sich hintergangen gefühlt.

Und mit noch leiserer Stimme zwang sie sich zu sagen: »Und war sie da?«

Mit schuldbewusster Miene nickte Ted.

Ashling verfiel in dumpfes Schweigen. Obwohl sie das Gegenteil gehofft hatte, war ihr klar, dass Clodagh bei der Show dabei sein würde, weil Dylan den Samstag mit den Kindern verbrachte und sozusagen der mitgelieferte Babysitter war. Ashling verfluchte ihr gutes Gedächtnis, in dem sie jedes kleine Detail über die beiden Turteltauben speicherte.

Sie fühlte sich besser, wenn sie nicht alles wusste, aber es war unwiderstehlich, wie das Knibbeln an einer verschorften Wunde.

In ihrem einsamen Schweigen stellte sie sich vor, dass Clodagh bewundernd zu Marcus hochblickte und Marcus bewundernd zu ihr blickte. Das Schweigen dauerte so lange, dass Ted sich schon in Sicherheit wähnte und dachte, es würden keine weiteren Fragen kommen. Langsam entspannte er sich – jedoch zu früh. Mit erstickter Stimme fragte Ashling: »Sahen sie sehr verliebt aus?«

»Ach, kein bisschen«, höhnte er und unterließ es zu erwähnen, dass Marcus zu Beginn seiner Nummer gesagt hatte: »Dies hier ist für Clodagh.«

Nachdem sie von Craig im Bett ertappt worden waren, überredete Marcus Clodagh, dass sie jetzt auch aufs Ganze gehen konnten. Er verbrachte fast jede Nacht bei ihr, und es klappte besser, als sie erwartet hatten. Die Kinder schienen ihn zu akzeptieren, und es gab Zeiten – wie gerade eben –, da dachte Clodagh, alles sei in schönem Einklang.

Sie saßen alle um den Küchentisch. Molly malte Blumen (auf den Tisch), Craig machte seine Hausaufgaben, Clodagh half ihm und Marcus arbeitete seine Gags aus.

Die Stimmung war wohlwollend, es herrschte Eintracht und ernstes Bemühen.

»He, Clodagh, kann ich das mal an dir ausprobieren?«, fragte Marcus.

»Warte noch zehn Minuten – ich mache mit Craig noch die Aufgabe zu Ende.«

Kurz darauf, als Clodagh Craig zum x-ten Mal zeigte, wie man ein großes Q schrieb, unterbrach Marcus sie wieder. »Kann ich es dir jetzt vorführen, Clodagh?«

»Noch zehn Minuten, Liebling, dann bin ich ganz für dich da.«

Im nächsten Moment wurde die Küchentür zugeknallt, und Clodagh riss den Kopf hoch. Was war passiert? Sie zählte die am Tisch Sitzenden durch und stellte fest, dass Marcus aus der Küche gestürmt war.

Es war halb acht an einem Donnerstag Ende Oktober, und Ashling und Jack waren die Letzten in der Redaktion. Jack schaltete die Lichter in seinem Büro aus, schloss die Tür hinter sich und blieb vor Ashlings Schreibtisch stehen.

»Wie kommen Sie klar?«, fragte er zaghaft.

»Bestens. Ich bin gerade mit diesem Artikel hier über Prostitution fertig.«

»Nein, ich meinte … allgemein. Mit der Beratung und so? Hilft Ihnen das?«

»Ich weiß nicht. Vielleicht.«

»Meine Mutter sagt immer: ›Die Zeit heilt alle Wunden‹«, sagte er ermutigend. »Als ich an gebrochenem Herzen litt, dachte ich auch, ich würde nie darüber hinwegkommen –«

Ashling unterbrach ihn. »Jemand hat Ihnen das Herz gebrochen?«

»Und Sie haben gedacht, ich hätte gar kein Herz!«

»Nein, aber …«

»Kommen Sie, geben Sie es zu!«

»Das stimmt nicht.« Aber sie musste ihr Gesicht abwenden, als sich ein Lächeln darauf ausbreitete.

»War es Mai?«, fragte sie neugierig.

»Die Frau vor Mai. Dee. Wir waren viele Jahre zusammen,

dann hat sie mich verlassen, und irgendwann hatte ich es überwunden. Sie werden es auch überwinden.«

»Ja, aber Jennifer – sie ist die Beraterin – sagt, ich muss nicht nur ein gebrochenes Herz überwinden.«

»Was denn noch?«, fragte er so sanft und freundlich, dass sie ihm plötzlich von ihrer Mutter und den Depressionen und den Mechanismen erzählte, die sie entwickelt hatte, um damit zurechtzukommen.

»Little Miss Fix-it«, sagte sie zum Schluss.

Jack sah völlig zerknirscht aus. »Entschuldigung«, sagte er rasch. »Es tut mir Leid, dass ich –«

»Es macht nichts. Es stimmt ja.«

»Wirklich? Deswegen tragen Sie den ganzen Kram in Ihrer Handtasche herum, deswegen sind Sie so hilfsbereit?«

»So sieht Jennifer das.«

»Und was denken Sie darüber?«

»Ich sehe das wohl genauso«, sagte sie seufzend.

Dass Jennifer außerdem der Meinung war, Ashling würde immer Männer wählen, die sie versorgen konnte, erwähnte Ashling jedoch nicht. Und dass Ashling ihr nach wütendem und beharrlichem Leugnen zugestimmt hatte: Sie war all ihren Geliebten nützlich gewesen, auch denen, die sie vor Phelim, dem süßen Tollpatsch, hatte, bis hin zu Marcus, dem bedürftigen Komiker, und es hatte ihr gutgetan.

»Und was sagt Jennifer über Ihren *Weltschmerz*?«

»Sie sagt, er wird besser, auch wenn ich das selbst nicht sehen kann. Und sie sagt, dass ich auch in Zukunft Anfälle davon haben könnte, dass ich sie aber unter Kontrolle halten kann. Indem ich karitative Sachen mache und all den anderen Boos helfe. – Denen, die nicht das Glück hatten, dass ihnen ein Jack Devine über den Weg gelaufen ist«, fügte sie fröhlich hinzu.

»Oh, stimmt ja.« Jack spielte den Schüchternen und sah sie unter seinen Wimpern her an – dann versenkten sich ihre Blicke ineinander. Die fröhliche Stimmung verflog einen Moment lang, und ein vergessenes Lächeln klebte noch in ihren verwirrten Mundwinkeln.

Jack hatte sich als Erster wieder im Griff. »Ich muss schon sagen«, erklärte er übertrieben begeistert, »mir geht das ziemlich nahe! Und Boo macht sich wirklich gut beim Sender, wissen Sie.«

»Es war toll von Ihnen, dass Sie ihm geholfen haben.« Ihr wurde bewusst, dass sie ihm nie richtig gedankt hatte, weil sie in den vergangenen zwei Monaten so betäubt durchs Leben gegangen war.

»Keine Ursache!« Sie liefen Gefahr, sich wieder tief in die Augen zu sehen. Wenn im Zweifel, sprich über das Wetter! »Es schüttet draußen. Soll ich Sie nach Hause bringen?« Er stützte sich mit den Händen auf ihrem Schreibtisch ab, und plötzlich erinnerte sie sich, wie er ihr die Haare gewaschen hatte. Seine Fingerspitzen auf ihrer Haut, das wunderbare, warme Gefühl, das diese großen Hände hervorgerufen hatten, die harte Wärme seines Körpers an ihrem …

Mmmmmmm.

»Eh, nein«, sagte sie hastig und riss sich zusammen. »Ich mache das noch fertig hier.«

Zu ihrer Überraschung fragte er sie: »Gehen Sie noch zu Ihrem Salsa-Kurs?«

Sie schüttelte den Kopf. Ihr stand nicht der Sinn danach. »Vielleicht fange ich wieder an, wenn, na ja, wenn es wieder …«

»Könnten Sie mir mal die Grundschritte zeigen?«

Um ehrlich zu sein, konnte sie sich nichts weniger vorstellen. »Wir machen einen Sushi-und-Salsa-Abend«, witzelte sie.

»Ich komme darauf zurück.«

Als Jack sich auf den Weg machte, fragte Ashling: »Wie geht es Mai?«

»Gut. Wir sehen uns gelegentlich.«

»Sagen Sie hallo von mir. Ich mochte sie sehr.«

»Das tue ich. Sie ist jetzt mit einem Landschaftsgärtner zusammen.«

»Heißt der Cormac?« Ashling warf das so hin.

Jack sah sie erstaunt und entgeistert an. »Woher wissen Sie das?«

Mitten in der Nacht klingelte Lisas Telefon. Mit pochendem Herzen schoss sie im Bett hoch. Konnte ihren Eltern etwas passiert sein? Bevor sie zum Telefon kam, war der Anrufbeantworter angesprungen. Jemand sprach eine Nachricht auf das Band.

Oliver. Und er klang noch lauter als sonst. »Entschuldige, Lisa Edwards«, sagte er angriffslustig. »Du hast dich wirklich verändert.«

Sie nahm den Hörer auf. »Was ist los?«

»Und hallo auch. An dem Tag in Dublin, als du mit den Kindern gespielt hast. Ich habe gesagt, du hast dich verändert, und du hast gesagt, nein. Du hast mich belogen, Babes.«

»Oliver, es ist zwanzig vor fünf. *Morgens.*«

»Ich wusste, dass das alles keinen Reim ergab, und es hat mich die ganze Zeit gewurmt. Jetzt habe ich es plötzlich. Du bist anders, Babes – du arbeitest nicht so viel, du bist nett zu den Kindern – warum sagst du, dass es nicht stimmt?«

Sie wusste, warum. Sie wusste es seit jenem Tag, aber sollte sie es ihm sagen? Ach, was würde es jetzt noch ändern?

»Weil es zu spät ist. Zu spät, um uns zu retten«, erklärte sie, als er nichts sagte. »Da ist es besser, wenn ich sage, dass ich immer noch die bin, die nie die Kontrolle aus der Hand gibt, oder?«

Oliver ließ sich diese seltsame Logik durch den Kopf gehen. »Ist das deine letzte Antwort?«

»Ja.«

»Okay, Babes.« Er klang völlig niedergeschmettert. »Es ist deine Entscheidung.«

Ted und Joy waren in der Videothek.

»*Sie liebt ihn, sie liebt ihn nicht?*«, schlug Ted vor.

»Hat da nicht einer eine Affäre?«

»Und *Die Hochzeit meines besten Freundes*?«

»Schon der Titel wird sie unglücklich machen«, erklärte Joy.

Schließlich wählten sie *Pulp Fiction*.

»Sehr gut«, sagte Joy zufrieden. »Nein, schlecht. Ganz schlecht. Wird da nicht jemand untreu? Uma Thurman?«

»Du hast Recht«, sagte Ted erschüttert. Das war ja noch mal gutgegangen. »Vielleicht sollten wir das *Teletubbies*-Video nehmen, und fertig.«

»Nein, hier haben wir's«, kreischte Joy erleichtert und holte *Der Exorzist* aus dem Regal. »Das wir niemanden unglücklich machen.«

»Gut«, sagte Ted. »Eine Wiederauflage vom letzten Mal könnte ich auch nicht ertragen.«

Rückblickend musste Joy zugeben, dass es ein Fehler gewesen war, Ashling zu dem Film *Damage* zu überreden. Obwohl inzwischen zwei Monate vergangen waren, seit die Sache mit Marcus und Clodagh aufgeflogen war, konnte Ashling Filme, in denen jemand eine Affäre hatte, nur schwer verkraften.

Später versammelten sich alle drei um den Fernseher in Ashlings Wohnung; um sie verstreut lagen Weinflaschen, Korkenzieher, Popcorntüten und Mammuttafeln von Schokolade. Zur Erleichterung der beiden war Ashling ganz vertieft in den Film – bis es an der Tür klingelte. Sofort zeichnete sich Erwartung auf ihrer Miene ab: Sie hoffte immer noch, dass Marcus seinen längst überfälligen Besuch abstatten würde.

»Ich mache auf«, sagte sie und rappelte sich hoch.

Sie war nicht schlecht überrascht, als derjenige, der ihr entgegenfiel, Dylan war. In den letzten zwei Monaten war sie vielleicht einmal pro Woche mit ihm zum Lunch gegangen, aber dies war das erste Mal, dass er sie abends besuchte.

»Es macht dir hoffentlich nichts aus, dass ich unangekündigt vorbeikomme.« Er lächelte, doch das Dröhnen seiner Stimme und sein verschleierter Blick gaben ihr zu erkennen, dass er betrunken war.

»Sieh dich an, du Schöne!« Er fuhr ihr mit der Hand über das

Haar und hinterließ eine Wärmespur von ihrem Scheitel bis zum Nacken hinunter. »Schön«, sagte er gedehnt.

»Danke.«

Er blickte ihr länger als sonst in die Augen.

»Komm rein! Ted und Joy sind auch hier.«

Er goss sich ein Glas Wein ein, und Ashling sah zu, wie er Joy mit seinem Charme umgarnte. Dass er betrunken und zerzaust war, machte ihn nicht weniger attraktiv. Er war nur anders.

Als das Video zu Ende war, schaltete Dylan durch die Programme, bis er etwas fand, was ihm gefiel. »Großartig! *Casablanca.*«

»Ich guck mir diesen romantischen Kram nicht an«, sagte Ashling, und Dylan lachte.

»Bist du nicht wunderbar?«, sagte er gefühlvoll.

»Kann sein, aber ich gucke es mir trotzdem nicht an.«

»Wunderbar«, sagte er wieder. Er hatte ihr immer massenhaft Komplimente gemacht, aber Ashling wurde sich bewusst, dass jetzt ein anderer Ton mitschwang.

»Trotzdem.«

»Ich habe aber die Fernbedienung in der Hand!«

»Gleich nicht mehr, mein Freund.«

In dem darauf folgenden Gerangel um die Fernbedienung fiel eine Rotweinflasche um.

»Tut mir Leid, ich hole einen Lappen«, sagte Dylan. Aber als er in der Küche war, rief er: »Ich finde keinen.«

»Im Badezimmer sind ein paar alte Handtücher.« Ashling ging ins Badezimmer und suchte dort in dem Schrank, als seine Stimme hinter ihr sie erschreckte. Überrascht drehte sie sich um.

»Ashling«, sagte er.

»Was?« Aber sie wusste schon, dass etwas im Busch war. Der Ausdruck in seinen Augen, der Klang seiner Stimme, seine extreme Nähe – alles deutete auf Sex hin.

»Süße Ashling«, sagte er fast flüsternd. »Ich hätte bei dir bleiben sollen.« Das war etwas anderes als die onkelhafte Art, mit der er sie in den letzten elf Jahren behandelt hatte.

Er berührte ihre Wange.

Ich könnte ihn haben, dachte sie. Elf Jahre danach, und er könnte meiner sein.

Und warum nicht? Er gab ihr das Gefühl, schön zu sein. Das hatte er immer getan, selbst als er ihre ehemalige beste Freundin geheiratet hatte. Und sie fand ihn bezaubernd. Sie war neugierig auf ihn und wüsste gern, wie es war, mit ihm zu schlafen. Eine Gier, die vor langer Zeit geweckt, aber nie befriedigt worden war.

In ihrem Kopf spielte sie die Szene durch. Sie hatte sich die Beine enthaaren lassen. Sie war zum Herzerweichen dünn. Sie sehnte sich nach Zärtlichkeit. Sex wäre auch nicht so schlecht.

Dann, ganz plötzlich, war es ihr nicht mehr wichtig.

Sie drückte ihm ein Handtuch in die Hand und sagte: »Los, wisch die Flecken weg.«

Die Augen unter dem wirren blonden Haar sahen sie überrascht an, aber er tat, wie ihm geheißen, dann setzte er sich neben Joy und erzählte ihr die ganze Zeit, was im Film passieren würde, bevor es passierte.

»Sei still«, kicherte Joy, und als der Film zu Ende war, drehte sie sich zu Dylan um und sagte: »Ich gehe jetzt ins Bett. Wenn du magst, kannst du mitkommen.«

Seine haselnussbraunen Augen musterten sie, dann erhob er sich mit einem eher harten Lächeln. »Wäre hocherfreut.«

Ted und Ashling sahen erstaunt zu. Ashling dachte erst, es sei ein Witz. Aber als die beiden nach einiger Zeit nicht wieder um die Ecke kamen, wurde ihr klar, dass es keiner war.

Am nächsten Morgen rief Ashling Joy bei der Arbeit an.

»Hast du mit Dylan geschlafen?« Sie dachte, sie hätte es leise gefragt, aber in der ganzen Redaktion schossen die Köpfe hoch.

»Allerdings.«

»Ich meine, hattet ihr Sex?«

»Ja, sicher.«

Ashling schluckte. »Wie war es?«

»Spitze. Er ist umwerfend. Unglaublich bitter, was Frauen

angeht, und es ist völlig ausgeschlossen, dass er mich anruft –« Plötzlich hielt Joy inne, und als sie fortfuhr, klang sie entsetzt. »Herr im Himmel, es macht dir doch nichts aus, oder? Daran habe ich überhaupt nicht gedacht … Ich dachte, du wärst untröstlich wegen Marcus, und weil ich Clodagh so verabscheue …«

»Es macht mir nichts aus«, beharrte Ashling.

Oder doch?

Vielleicht doch? fragten sich die anderen in der Redaktion.

Um ehrlich zu sein, ich glaube, es macht mir wirklich nichts aus.

Anfang Dezember fand sich ein Käufer für Lisas und Olivers Wohnung in London. Da die Möbel mit verkauft wurden, musste Lisa nur ein paar persönliche Dinge abholen.

Oliver war an dem Wochenende, als sie nach London kam, auf einem Fototermin. Sie hätte warten können, bis er wieder da war, aber sie hatte sich absichtlich dagegen entschieden. Sie musste sich von ihm lösen.

Die Überbleibsel ihres gemeinsamen Lebens durchzusehen war extrem schmerzlich. Aber ihre Eltern kamen aus Hemel Hempstead angefahren und halfen ihr. Besonders hilfreich waren sie nicht, aber ihre fürsorgliche Wärme erleichterte Lisa die Situation. Am Schluss packten sie Lisa und alle Sachen in ihren zwanzig Jahre alten Rover und fuhren zurück nach Hemel. An dem Abend hatten sie als besondere Überraschung einen Tisch in ihrem Pub, dem Harvester, reserviert. In gewisser Weise wäre Lisa lieber zu Hause geblieben und hätte sich kasteit, aber auf der anderen Seite war sie auch nicht dagegen.

Als Ashling in den Pub kam, war Ted schon da.

»Hallo«, sagte er. »Er war da. Sie war da. Sie sahen nicht besonders verliebt aus.« Am Abend zuvor war er bei einer Comedy-Show gewesen, und weil Ashling immer nach Marcus und Clodagh fragte, wollte Ted ihr helfen, die Würde zu wahren, indem er ihr das Bulletin gleich selbst überbrachte.

»Er hat was Neues über Kinder gemacht. Ich könnte mir denken, er schläft mit Clodagh nur, um Material zu sammeln«, witzelte Ted. Und da es eine so offenkundige Lüge war, berührte es Ashling zutiefst.

»Und anscheinend«, fuhr Ted ermutigt fort, weil Ashling ihm offenbar gern zuhörte, »gibt Dylan Clodagh kaum Geld, was man zwischen den Zeilen lesen konnte, denn Marcus hat was erzählt, dass seine Freundin – entschuldige.« Er brach ab, damit Ashling zusammenzucken konnte. »Dass der Eheman seiner Freundin ihr Geld für den Unterhalt gibt, was aber nur für den Untergang reicht.«

Joy kam hinzu. »Worüber sprecht ihr?«

»Marcus' Auftritt gestern Abend.«

»Dieser Arsch!« Joy kräuselte die Lippen und sprach mit piepsiger Stimme. »Diese Show ist Molly und Craig gewidmet. Wenn das nicht bescheuert ist!«

Ashlings Gesicht nahm eine schwach grüne Färbung an. »Er widmet seine Show ihren *Kindern*?«

Verwirrt sah Joy zu Ted. »Ich dachte, das hättest du Ashling gerade ... Mist! Ich setze mich immer in die Nesseln.«

Ashling war von einem Gefühl der Erniedrigung überkommen, so frisch wie beim ersten Mal. »Glückliche Familien«, sagte sie und versuchte, trocken zu klingen.

»Es wird nicht dauern«, sagte Joy entschieden.

»Nein, sie bleiben zusammen«, beharrte Ashling. »Die Männer bleiben immer bei Clodagh.«

Dann stellte Joy eine komische Frage: »Vermisst du Marcus?«

Ashling überlegte. Ihre Gefühle waren vielfältig und alle unangenehm, aber ein Sehnen nach Marcus war nicht mehr dabei. Zorn, ja. Und Traurigkeit, Demütigung und ein Verlustgefühl. Aber sie vermisste ihn nicht, vermisste seine Gesellschaft, seine körperliche Gegenwart nicht mehr, wie sie es am Anfang getan hatte.

»Natürlich sind mir deine Kinder wichtig!«, behauptete Marcus. »Habe ich ihnen nicht meine Show gestern gewidmet?«

»Und warum liest du Molly dann nicht eine Gute-Nacht-Geschichte vor?«

»Weil ich zu tun habe. Ich habe zwei Vollzeitjobs.«

»Aber ich bin völlig erledigt. Ich schaffe das nicht, mit zwei Kindern ganz allein.«

»Aber du hast gesagt, Dylan sei nie zu Hause gewesen, er habe immer gearbeitet.«

»Er hat nicht immer gearbeitet«, entgegnete Clodagh missmutig. »Er war oft hier.«

Sie reichte Marcus eine Bilderbuchfassung von *Rotkäppchen*, die er nicht nahm. »Tut mir Leid, aber ich muss eine Stunde an meinem Roman arbeiten.«

Sie sah ihn lange und durchdringend an. »Meine Ehe ist deinetwegen kaputtgegangen.«

»Und meine Beziehung mit Ashling ist deinetwegen kaputtgegangen. Wir sind also quitt.«

Clodagh kochte innerlich. Sie glaubte nicht, dass Marcus Ashling besonders gern gehabt hatte, aber er behauptete immer, dass es so war – was sollte sie da machen?

62

Und dann stand, wie jedes Jahr völlig überraschend, Weihnachten vor der Tür. Alle Welt verbrachte den größten Teil des Monats in einem Alkoholrausch, und am dreiundzwanzigsten Dezember wurde die *Colleen*-Redaktion für elf Tage geschlossen. »Freigang«, nannte Kelvin es.

Phelim kam aus Australien und wunderte sich ein wenig, dass Ashling nicht mit ihm schlafen wollte. Doch er nahm es gelassen und gab ihr trotzdem das Didgeridoo, das er für sie mitgebracht hatte. Ashling fuhr über Weihnachten zu ihren Eltern – was durchaus eine Erwähnung verdiente, denn in den vorangegangenen fünf Jahren hatte sie Weihnachten bei Phelims Eltern verbracht. Ashlings Bruder Owen kam aus dem Amazonas-Becken und machte seine Mutter glücklich, weil er sich keinen Holzteller in die Unterlippe hatte nähen lassen. Ashlings Schwester Janet flog aus Kalifornien ein. Sie war größer, schlanker und blonder, als Ashling sie in Erinnerung hatte, und weigerte sich, irgendwelche Wege zu Fuß zu machen.

Clodagh verbrachte den Tag allein. Dylan nahm die Kinder mit zu seinen Eltern, und sie boykottierte ihre Eltern, weil die sich weigerten, Marcus zu empfangen. Doch in letzter Minute beschloss Marcus, zu *seinen* Eltern zu gehen.

Lisa fuhr nach Hemel und war froh, von ihren Eltern verhätschelt zu werden. Sie hatte die Scheidungspapiere ein paar Wochen vor Weihnachten abgeschickt und fühlte sich immer noch so labil, dass es lachhaft war. Der nächste Schritt war das vorläufige Scheidungsurteil.

An dem Abend, als Ashling aus Cork zurückkam, stellte sie fest, dass sie einen neuen Nachbarn hatte. Ein blonder, sehniger Junge saß im Eingang, vor sich ein Sandwich und eine Dose Budweiser.

»Hallo«, sagte Ashling, »ich bin Ashling.«

»George.« Er bemerkte ihren Blick auf der Bierdose. »Es ist Silvester«, verteidigte er sich. »Ich gönne mir einen Schluck, wie alle anderen auch.«

»Ich habe nichts dagegen«, sagte sie sanft.

»Nur weil ich auf der Straße bin, heißt das nicht, dass ich ein Alkoholproblem habe«, erklärte er, etwas besänftigt. »Ich trinke nur in Gesellschaft.«

Sie gab ihm ein Pfund, und als sie ins Haus ging, spürte sie, wie die Verzweiflung sie zu überwältigen drohte. Obdachlosigkeit war wie ein vielköpfiges Monster: Wenn man ihm einen Kopf abgeschlagen hatte, wuchsen an seiner Stelle zwei neue. Boo war ein gelöster Fall – er hatte eine Stelle, eine Wohnung, sogar eine Freundin, aber er war einer der wenigen, die Glück hatten: Er war intelligent, sah nett aus und war noch jung genug, um sich in das Leben in der Gesellschaft einzugliedern. Es gab so viele andere, die nichts hatten und die auch nie etwas haben würden – sie waren vom Leben in die Knie gezwungen und auf die Straße geworfen worden, wo sie von Hunger, Verzweiflung, Angst, Langeweile und dem Hass der anderen erneut gebeutelt wurden.

Es klingelte an der Tür. Es war Ted, der stolz eine kleine, adrette junge Frau hereinführte. »Du bist wieder da«, verkündete er, dann wandte er sich zur Seite und deutete auf das Mädchen. »Das ist Sinead.«

Sinead streckte eine hübsche kleine Hand aus. »Erfreut, dich kennen zu lernen«, sagte sie mit properem Selbstbewusstsein.

»Kommt rein!« Ashling war überrascht. Sinead sah nicht wie ein Komiker-Groupie aus. Ted ging männlich voran und klopfte die Sofakissen glatt, bevor er Sinead einlud, Platz zu nehmen.

Sie setzte sich ordentlich auf das Sofa, Knie und Knöchel hübsch nebeneinander, und dankte Ashling anmutig, als sie ihr ein Glas

Wein anbot. Die ganze Zeit beobachtete Ted sie wie ein verliebter Falke.

»Hast du, ehm, Ted bei einer Show kennen gelernt?« Ashling suchte nach einem Konversationsthema, während sie auf dem Fußboden nach dem Korkenzieher fahndete. Sie war sich sicher, dass er am Abend vor ihrer Abreise da gelegen hatte …

»Einer Show?« Sinead klang, als hätte sie das Wort nie zuvor gehört.

»Einer Comedy-Show.«

»O nein!«, sagte Sinead mit einem glockenklaren Lachen.

»Sie hat mich nie auf der Bühne gesehen und sagt, sie will es auch nicht.« Ted himmelte sie mit einem Ist-sie-nicht-wunderbar-Blick an.

Es stellte sich heraus, dass Sinead und Ted zusammen, Schulter an Schulter, im Landwirtschaftsministerium arbeiteten. Bei der Weihnachtsparty hatten sie beschwipst zu *Rock Around the Clock* getanzt, und da war es um sie geschehen – die Liebe war geweckt.

Ashling hatte die vage Vermutung, dass Sineads Eintritt in Teds Leben das Ende seiner Karriere als Komiker ankündigte. Doch da er immer nur Komiker werden wollte, um ein Mädchen zu finden, würde es ihm vielleicht nichts ausmachen. Zumindest sah er kein bisschen geknickt aus.

»Heute Abend? Du willst schon wieder ausgehen?«, fragte Clodagh. »Aber du warst gestern Abend und vorgestern und am Mittwochabend aus.«

Marcus erklärte ihr geduldig: »Ich muss die neuen Komiker im Auge behalten. Das ist meine Karriere – ich muss mich darum kümmern.«

»Was ist dir wichtiger, ich oder deine Karriere?«

»Beides ist mir wichtig.«

Das war die falsche Antwort.

»So schnell finde ich keinen Babysitter. Ich muss das früher wissen.«

»Also gut.«

Und damit wäre das geklärt, dachte Clodagh. Bis Marcus um neun Uhr aufstand und sagte: »Ich geh dann mal. Es wird bestimmt spät, und ich gehe anschließend nach Hause, statt wieder herzukommen.«

Clodagh war überrascht. »Du *gehst*?«

»Das hatte ich doch gesagt.«

»Nein, du hattest ›gut‹ gesagt, als ich erklärt habe, dass ich keinen Babysitter finden könnte. Ich dachte nicht, dass du ohne mich gehen würdest.«

»Aber ich meinte, ich *würde* ohne dich gehen.«

»Ashling, ich muss dir was erzählen«, sagte Ted.

»Was?« Es war ein eiskalter Tag im Januar, und Ted und Joy standen, Graupelkörner auf ihren Mantelkragen, wie eine Abordnung vor der Tür.

»Setz dich besser hin«, riet Joy ihr.

»Ich sitze doch schon.« Ashling klopfte auf das Sofa, auf dem sie saß.

»Das ist gut, denn ich weiß nicht, ob dich das unglücklich machen wird.«

»Was denn?«

»Ich habe lange überlegt, ob wir es dir überhaupt sagen sollen.«

»Sagt es mir!«

»Du kennst doch Marcus Valentine.«

»Könnte sein, dass ich von ihm gehört habe. Mann, Ted, mach bitte!«

»Ja, tut mir Leid. Also, ich habe ihn in einem Pub gesehen. Mit einem Mädchen. Und es war nicht Clodagh.«

Alles war still, dann sagte Ashling: »Na und? Er darf ja wohl mit einer anderen Frau gesehen werden.«

»Da hast du ganz Recht. Aber darf er auch seine Zunge einer anderen Frau in den Rachen stecken?«

Ein seltsamer Ausdruck ging über Ashlings Gesicht. Schock – und noch etwas. Joy sah sie beunruhigt an.

»Du kennst das Mädchen«, erklärte Ted weiter. »Es ist Suzie.

Auf einer Party in Rathmines habe ich mal mit ihr gesprochen, und dann bin ich mit dir nach Hause gegangen. Erinnerst du dich?«

Ashling nickte. Sie erinnerte sich an einen hübschen kleinen Rotschopf. Ted hatte sie ein Komiker-Groupie genannt.

»Ich habe mich also ein bisschen umgehört«, fuhr Ted fort.

»Und?«

»Und er steckt wohl nicht nur seine Zunge in sie rein, wenn du weißt, was ich meine.«

»Oh, mein Gott.«

»Für einen sommersprossigen Mistkerl ist er ein ziemlicher Hit bei den Mädchen«, konstatierte Joy trocken.

»Oh, mein Gott«, wiederholte Ashling.

»Jetzt krieg nicht deine Mitleidstour wegen Clodagh«, drang Joy in sie. »Bitte, geh bloß nicht hin und tröste sie!«

»Red keinen Unsinn«, sagte Ashling. »Ich bin hocherfreut.«

»Ich komme vorbei und hole meine Sachen«, sagte Marcus.

»Jederzeit«, sagte Clodagh erregt.

Innerlich tobte sie; sie stapfte lärmend durchs Haus und warf seine Sachen in einen schwarzen Müllbeutel.

Sie konnte kaum glauben, wie schnell alles in die Binsen gegangen war. Aus gegenseitiger Besessenheit war in wenigen Wochen gegenseitiger Hass geworden; die Spirale ihrer Leidenschaft hatte sich von dem Moment an rasant nach unten gedreht, seit es nicht mehr nur um Sex, sondern um das richtige Leben ging.

Sie hatte gedacht, sie liebte ihn, aber das stimmte nicht. Er war ein langweiliger Sack. Der langweiligste aller langweiligen Säcke. Er wollte immer nur über seine Shows reden und darüber, dass keiner der anderen Komiker so gut war wie er.

Und er brauchte so viel Aufmerksamkeit. Sie fand es abstoßend, dass er sich jedesmal aufregte, wenn sie sich um Craig und Molly kümmerte. Manchmal kam es ihr vor, als hätte sie drei Kinder.

Und dann noch dieser blöde Roman, den er angefangen hatte zu schreiben. Der reinste Mist! *Unglaublich* deprimierend. Außerdem konnte er keine Kritik ertragen, nicht einmal konstruktive Vorschläge. Dabei hatte sie nur gesagt, dass die Frau in dem Roman ja ihr eigenes Geschäft aufziehen könnte – eine Konditorei oder eine Töpferei –, und er war *ausgeflippt*.

Und in letzter Zeit wollte er jeden Abend ausgehen. Hatte sich schlichtweg geweigert zu verstehen, dass sie ihre zwei Kinder nicht allein lassen konnte. Es war schwer, einen Babysitter zu finden. Es war noch schwerer, sich einen Babysitter zu leisten, mit dem Geld, das Dylan ihr bewilligte. Aber dazu kam, dass sie gar nicht jeden Abend ausgehen *wollte*. Sie vermisste Craig und Molly, wenn sie von ihnen getrennt war.

Zu Hause zu bleiben war schön. Es war doch keine Schande, wenn man *Coronation Street* guckte und dabei ein Glas Wein trank.

Und dann der Sex. Sie wollte es nicht mehr dreimal jede Nacht machen. Das konnte keiner von ihr erwarten. Niemand wollte das nach der ersten verrückten Leidenschaft. Aber er wollte es die ganze Zeit, und sie war ganz geschafft davon.

Aber das alles war ja Kleinkram verglichen mit der Bombe, die er gerade hatte platzen lassen – er »hatte eine andere kennen gelernt«.

Sie kochte vor Zorn und fühlte sich zutiefst gedemütigt. Besonders, da sie irgendwo im Hinterkopf immer den Verdacht gehabt hatte, dass es ihm enorm geschmeichelt hatte und es einer der glücklichsten Tag in seinem Leben war, als sie aus einer beengenden Ehe in seine Arme gefallen war.

Es kränkte sie sehr, dass er sie sitzenließ. Das war nicht mehr passiert, seit Greg, der amerikanische Hecht, einen Monat bevor er in die Staaten zurück musste, das Interesse an ihr verloren hatte.

Die letzte Unterhose wanderte soeben in den Plastiksack, als es an der Tür klingelte. Sie marschierte zur Tür, machte sie auf und streckte ihm den Sack entgegen. »Hier.«

»Ist mein Roman auch drin?«

»O ja, *Black Dog*, das Meisterwerk, ist auch drin. Ein Müllbeutel ist genau der richtige Ort dafür«, sagte sie in einem Unterton, der kein Unterton war.

Seine finstere Miene verriet ihr, dass er sie gehört hatte und eine Antwort vorbereitete.

»Ach, übrigens«, sagte er beim Weggehen über die Schulter. »Sie ist zweiundzwanzig und hat noch keine Kinder gehabt.«

Dabei zwinkerte er ihr zu. Clodagh genierte sich wegen ihrer Schwangerschaftsstreifen, was er ja wusste.

Zutiefst getroffen zog sie sich ins Haus zurück. Mit der Zeit hörte der übelste Zorn auf zu toben, und sie versuchte, die Dinge positiv zu sehen. Wenigstens war sie Marcus los, mit seinen Witzen und seinem Roman und seinen Launen – das musste als positiv gelten.

Erst dann fiel ihr auf, dass sie in einer ziemlich miesen Situation war, denn jetzt hatte sie weder einen Ehemann noch einen Geliebten.

So ein Mist.

Der Jack-Devine-Fanclub war in Aufruhr. Robbie, das Honeymonster und Mrs. Morley standen zusammen und übertrafen sich gegenseitig mit Bekundungen sentimentaler Fürsorge.

Als Jack kurz zuvor durch die Redaktion gekommen war, hatte er besser ausgesehen als sonst. Was, wenn man Trix Glauben schenkte, nicht schwierig war.

»Manchmal frage ich mich«, sagte sie, »ob ihm Leute auf der Straße manchmal zehn Pence zustecken, damit er sich eine Tasse Tee leisten kann.«

Aber an dem Morgen war er geschniegelt und gestriegelt, der dunkle Anzug gebügelt, das Baumwollhemd schneeweiß. Sogar sein wildes Haar war passabel – manchmal kam er zur Arbeit und hatte nur die Seiten gekämmt, während der Hinterkopf noch das Muster des Kopfkissens aufwies.

Er hatte sich geputzt, darüber bestand kein Zweifel. Aber als er vor Mrs. Morleys Schreibtisch stehen blieb, um seine Nachrichten abzuholen, klaffte sein Hemd da, wo ein Knopf fehlte, und gab den Blick auf seine Brust frei.

Das erregte den Fanclub umso mehr.

»Ein gequälter Mann – er kann die Welt retten, aber er braucht eine gute Frau, die für ihn sorgt«, erklärte das Honeymonster Shauna. Sie hatte wieder zu viele Groschenromane gelesen.

»Ja, und dann umgibt er sich mit diesem deliziösen Chic«, sagte Robbie.

»Ganz richtig, das stimmt«, sagte Mrs. Morley, die deliziösen Chic bestimmt nicht von einem Stück Seife unterscheiden konnte.

»Wenn man ihn sieht, möchte man ihn am liebsten vögeln, meint ihr nicht?«, fragte Robbie. »Ashling?«

Die anderen signalisierten ihm: *Frag sie bloß nicht.*

Aber dazu war es zu spät. Gehorsam versuchte Ashling sich vorzustellen, dass sie Jack Devine vögelte, und verschiedene Emotionen huschten über ihr Gesicht, doch nichts diente dazu, die besorgten Kollegen zu beruhigen.

»Sie hat eine schwere Enttäuschung hinter sich«, zischte Mrs. Morley. »Ich glaube, sie will nichts mehr mit Männern zu tun haben.«

»Hätte ich bloß nichts gesagt!«, rief Robbie. »Ich glaube, es bahnt sich ein Valiummoment an.« Jede Entschuldigung war ihm recht. Er warf ständig Valium, Librium, Beta-Blocker ein, »wegen der Nerven«.

»Möchten Sie eine?«, fragte er Mrs. Morley. »Ich hatte heute morgen schon drei.«

Ihre Augen leuchteten. »Schaden kann es ja nicht.«

Den Rest des Tages schlich sie herum wie ein Zombie, stieß sich an Schreibtischkanten und klemmte sich den Finger in der Tastatur, während bei Robbie die Gewöhnung schon so weit fortgeschritten war, dass er gänzlich unbeeinträchtigt seine Arbeit tat.

Auch Ashling verfiel in einen Zustand der Benommenheit,

ähnlich wie Mrs. Morley. Robbies Frage hatte sie fast umgehauen, und sie konnte nicht aufhören, an Jack Devine zu denken.

Ihr Herz schwoll an wie ein Ballon, als sie an seine Gereiztheit und seine Freundlichkeit dachte, seine zerkrumpelten Anzüge und seine klaren Gedanken, sein harten Bedingungen und sein weiches Herz, seine mächtige Position und seine fehlenden Knöpfe.

Er hatte ihr die Haare gewaschen, als er eigentlich keine Zeit hatte. Er hatte Boo, ein Stück Abfall der menschlichen Gesellschaft, mit der ihm gebührenden Würde behandelt. Er hatte sich geweigert, das Honeymonster Shauna zu entlassen, als sie versehentlich eine Null zu viel in einem Strickmuster in *Gaelic Knitting* angab, so dass die Leserinnen Taufschals strickten, die sechs Meter lang waren statt neunzig Zentimeter.

Robbie hatte Recht, wurde ihr da klar: Man wollte ihn am liebsten vögeln, wenn man ihn sah.

»Ashling!«, durchbrach Lisa mit gereizter Stimme ihre Träumerei. »Zum fünften Mal, diese Einführung ist verdammt noch mal zu lang! Was hast du bloß? Hast du etwa auch von dem Valium genommen?«

Sie sahen beide zu Mrs. Morley hinüber, die zusammengesunken auf ihrem Stuhl saß und verträumt ihren Daumennagel mit Tippex anmalte.

»Nein.«

Lisa seufzte. Sie sollte freundlicher sein. Ashling war seit langem nicht mehr so gewesen, nicht seit den ersten Wochen, nachdem Marcus sie verlassen hatte. Vielleicht hatte sie gerade etwas Unangenehmes erfahren – zum Beispiel, dass Clodagh schwanger war. »Ist irgendwas mit Marcus und deiner Freundin?«

Ashling zwang sich, ihre Aufmerksamkeit von Jack Devine abzulenken. »Ehrlich gesagt, ja. Marcus hat eine andere.«

»Das überrascht mich nicht«, sagte Lisa höhnisch. »Den Typ Mann kennt man ja.«

Lisa schaffte es immer wieder, Ashling das Gefühl zu vermitteln, dass sie naiv war.

»Welchen Typ?«

»Du weißt schon – kein schlechter Kerl, aber unsicher. Will dauernd geliebt werden, ist aber nur mäßig attraktiv.« Wenn das nicht höflich ausgedrückt war! »Plötzlich mögen ihn die Frauen, weil er berühmt ist, und er ist wie ein Kind, das im Süßigkeitenladen frei rumläuft.«

Doch diese Worte halfen Ashling auch nicht weiter. Eher hatten sie die entgegengesetzte Wirkung. Ashling schien davonzudriften, in eine andere Welt, dann murmelte sie: »Oh, mein Gott«, in einem irgendwie überraschten Ton. Und dann wurde ihr Gesicht klar.

»Erkenntnisse sind wie Busse«, sagte sie verwundert. »Erst kommt Ewigkeiten keiner, dann kommen mehrere auf einmal.«

Lisa unterdrückte einen Aufschrei und wandte sich ab.

Den Rest des Nachmittags wartete Ashling ungeduldig, bis sie die Redaktion verlassen und sich mit Joy treffen konnte. Sie wollte ihr ihre erschütternden Erkenntnisse mitteilen. Oder wenigstens eine davon. Die andere müsste warten, bis sie sie selbst besser verstand.

Kaum hatte Joy die Bar betreten, da wurde sie auch schon von Ashling mit einem Schwall von Worten bombardiert.

»... selbst wenn Marcus Clodagh nicht kennen gelernt hätte, hätte er sich trotzdem bald aus dem Staub gemacht– er ist zu unsicher und zu bedürftig, und ich hätte die Anzeichen sehen müssen.«

»Oh. Und was waren das für Anzeichen?« Joy zog sich den Mantel aus und gab sich redlich Mühe, Ashling zu folgen.

»Ich wusste, dass er einem anderen Mädchen einen Zettel mit Bellez-moi gegeben hatte. Sag du mir doch, was das für ein Typ ist, der rumgeht und Zettel mit seiner Telefonnummer verteilt. Wenn einer an dir interessiert ist, fragt er dich nach deiner Nummer, oder? Statt nach ... nach ... wie nennt man das denn? Einer positiven Reaktion zu fischen, indem er seine Nummer aushändigt und abwartet, wer anbeißt.«

»Was noch?«

»Ja, ich habe ihm meine Nummer zweimal gegeben, und das erste Mal hat er nicht angerufen. Jetzt ist mir klar, dass es so eine Art Spiel war. Er wollte sehen, ob ich ihn so gern mag, dass ich ihm meine Telefonnummer gebe. Er war nicht so sehr an mir interessiert, als an dem, was ich von ihm dachte. Erst als ich bei seiner Show aufgekreuzt bin, hat er sich herabgelassen, mich anzurufen. Und als ich am ersten Abend nicht mit ihm schlafen wollte, da hat er geschmollt! So ein Baby! Und ständig dieses: ›Bin ich der Beste?‹ ›Wer ist der Komischste von allen?‹ Und ich erzähl dir noch etwas, Joy: Ich bin auch nicht gerade das Unschuldslamm. Ein Grund, warum ich mich mit ihm eingelassen habe, war, dass er berühmt war. Das hat also auf mich zurückgeschlagen, und ich kann mir selbst die Schuld geben.«

»Aber so klingt es, als wäre es eine einzige Katastrophe gewesen«, wandte Joy ein. »Dabei habt ihr euch richtig gut verstanden. Ich weiß, dass du ihn mochtest, und man konnte sehen, wie sehr er dich mochte.«

»Er mochte mich«, gab Ashling zu. »Ich weiß, das stimmt, aber er mochte sich selbst mehr. Und ich mochte ihn, aber teilweise aus den falschen Gründen.«

Leise fügte sie hinzu: »Clodagh hat gesagt, ich wäre immer das Opfer.«

»Gemeine Ziege!«

»Nein, es stimmt. Oder es hat gestimmt«, korrigierte sie. »Damit ist es jetzt vorbei.«

»Aber nur, weil Marcus' Unsicherheit der Grund für alles ist, wirst du die Freundschaft mit Clodagh nicht wieder aufnehmen, oder?«, fragte Joy besorgt. »Du hasst sie doch noch immer, oder?«

Ein kurzer, scharfer Schmerz des Verlusts musste erst verebben, bevor Ashling mit einem Schulterzucken sagen konnte: »Natürlich.«

63

Am Valentinstag landete ein großer, dicker Umschlag auf dem Flur in Lisas Haus. Eine Karte? Von wem? Ihr Blut rauschte vor Aufregung, sie riss den Umschlag auf, dann blieb sie reglos stehen …

Oh.

Es war das vorläufige Scheidungsurteil.

Sie wollte lachen, schaffte es aber nicht ganz. Die Urkunde war so schnell vom Gericht an ihren Anwalt weitergeleitet worden, dass es ihr den Atem verschlug. Alles in allem hatte es zwei Monate gedauert, und sie hatte sich vorgestellt, dass es mindestens drei dauern würde.

Mit panikhafter Klarheit erkannte sie, dass sie und Oliver das letzte Stück Wegs vor sich hatten. Alle Hindernisse waren aus dem Weg geräumt, das Ende ihrer Ehe kam mit Riesenschritten auf sie zu.

Nur noch sechs kurze Wochen, bevor das endgültige Scheidungsurteil ausgesprochen werden würde.

Dann würde sie sich besser fühlen. Wenn es erst endgültig vorbei war.

An dem Abend ging sie mit Dylan aus. In den letzten zwei Monaten hatte er sie jedesmal, wenn er ins Büro kam, um sich mit Ashling zu treffen, gefragt, und sie hoffte, es würde sie aufheitern. Besonders, da sie keine Silbe von Oliver vernommen hatte.

Dylan holte sie nach der Arbeit ab und fuhr mit ihr in einen Pub in den Dublin Mountains, von wo aus sie auf die Lichter der Stadt unter sich blickten, die wie Juwelen funkelten. Sie gab ihm die volle Punktzahl für die Ortswahl. Für seine Haare bekam er sieben von zehn Punkten, und acht von zehn für sein attraktives Aussehen. Und technisch gesehen war er charmant und voller aufmerksamer Komplimente, so dass er dafür auch sieben oder acht Punkte bekam. Aber sie wurde nicht warm mit ihm. Sie fand ihn glatt und hart und entdeckte unter seinem galanten Konversationstalent einen herben Zynismus, der ihren weit in den Schatten stellte

Aber vielleicht lag das Problem auch an ihr. Sie konnte das Verlustgefühl, das sie den ganzen Tag bedrückt hatte, nicht abschütteln.

Sie trank eine Menge, wurde aber nicht betrunken, sondern zunehmend deprimierter. Der Abend, der sie aus ihrer Niedergeschlagenheit herausholen sollte, hatte die gegenteilige Wirkung. Und als Dylan sehr klare Andeutungen machte, dass er mit ihr schlafen wollte, deprimierte sie das nur noch mehr.

Sie murmelte etwas wie: »Ich bin nicht so eine.«

»Ach, wirklich?« Dylan verzog die Mundwinkel auf eine Weise, die Bedauern und Verachtung ausdrückte, und plötzlich wollte sie einfach allein sein.

Schweigend fuhr Dylan sie wieder in die Stadt, mit quietschenden Reifen raste er zu schnell über die engen ländlichen Straßen. Vor ihrem Haus dankte sie ihm, wie es sich gehörte, konnte aber nicht schnell genug aus seinem Wagen steigen. Als sie in der Sicherheit ihrer Küche war, genehmigte sie sich ein Walnusseis (sie machte die W-Diät und hatte ein willkommene Lücke entdeckt) und grübelte. Was sollte aus der Welt noch werden, wenn selbst ein One-Night-Stand sie nicht mehr reizte?

Clodagh saß auf einem Stuhl, hatte die Beine übereinandergeschlagen und wippte aufgeregt mit dem Fuß. Dylan war mit den Kindern unterwegs und würde jeden Moment zurücksein, und obwohl er es noch nicht wusste, würden sie miteinander *reden.*

Jedesmal, wenn sie sich begegneten, waren sie höflich miteinander, aber die Situation war unangenehm. Er war verbittert, und sie in einer Verteidigungshaltung, doch das würde sich jetzt ändern.

Wie hatte sie je denken können, dass Marcus ein angemessener Partner war? Dylan war *hinreißend*: geduldig, freundlich, großzügig, treusorgend, arbeitsam, und *viel* attraktiver. Sie wollte ihr altes Leben zurückhaben. Doch sie musste mit Dylans Widerstand und Bitterkeit rechnen und freute sich nicht, ihn demütig bitten zu müssen, damit er zu ihr zurückkam.

Laute Kinderstimmen an der Tür zeigten die Rückkehr an. Sie stand rasch auf, öffnete die Tür und lächelte Dylan freundlich an, was er mit frostiger Miene erwiderte.

»Kann ich einen Moment mit dir sprechen?« Sie zwang sich, entgegenkommend zu klingen.

Als er mit einem kühlen Schulterzucken »meinetwegen« sagte, legte sie für die Kinder ein Video ein, schloss die Tür und ging in die Küche, wo Dylan wartete.

Sie schluckte hart. »Dylan, in den letzten Monaten ... Es war falsch von mir, es tut mir sehr Leid. Ich liebe dich immer noch, und ich möchte«, sagte sie mit erstickter Stimme, »ich möchte, dass du nach Hause kommst.«

Sie beobachtete sein Gesicht und wartete darauf, dass das goldene Licht des Glücks aufgehen und die kalte Härte wegnehmen würde, die dort eingezogen war, seit all dies geschehen war. Er sah sie ungläubig an.

»Ich weiß, dass es eine Weile dauern wird, bis sich alles wieder normalisiert hat und du mir wieder vertrauen kannst, aber wir können zu einer Eheberatung gehen und so«, versprach sie. »Ich war nicht bei Sinnen, als ich dir all diese Dinge angetan habe, aber wir können alles wieder gutmachen. – Oder?«, fragte sie, als er nichts sagte.

Schließlich sprach er und sagte nur ein einziges Wort: »Nein.«

»Wie ... nein?«

»Nein, ich komme nicht zurück.«

Damit hatte sie nicht gerechnet. Das kam in keinem ihrer Szenarien vor. »Aber warum nicht?« Sie konnte ihm nicht richtig glauben.

»Ich möchte es einfach nicht.«

»Aber du warst völlig niedergeschmettert von dem, was ich – ehm – getan habe.«

»Ja, und ich dachte, es würde mich umbringen«, stimmte er ihr nachdenklich zu. »Aber anscheinend habe ich es überwunden, denn wenn ich jetzt darüber nachdenke, dann möchte ich nicht mehr mit dir verheiratet sein.«

Sie fing an zu zittern. Das konnte nicht wahr sein. »Was ist mit den Kindern?«

Da hatte sie ihn. »Ich liebe meine Kinder.«

Gut.

»Aber ich komme nicht ihretwegen zu dir zurück. Es geht nicht.«

Die Dinge entglitten ihr. Alle Macht, die sie zu besitzen geglaubt hatte, entpuppte sich als hohl. Und dann kam ihr ein unwahrscheinlicher, fast lachhafter Gedanke. »Hast du … hast du … eine andere?«

Er lachte unfreundlich. *Das habe ich gemacht*, dachte sie plötzlich beschämt. *Ich habe ihn so gemacht.*

»Ich habe viele andere kennen gelernt«, sagte er.

»Meinst du … willst du damit sagen …, du hast mit anderen Frauen geschlafen?«

»Viel geschlafen wohl nicht.«

Es war wie ein Schlag in die Magengrube, sie fühlte sich betrogen, getäuscht, hintergangen. Und sein kühler, kränkender Ton ließ einen schrecklichen Verdacht in ihr aufkommen. »Kenne ich sie?«

Sein Lächeln war grausam. »Ja.«

Erneut ein Schlag in die Magengrube. »Wer?«

»Solche Fragen stellt man einem Gentleman nicht«, höhnte er.

»Du hast gesagt, du würdest auf mich warten«, sagte sie leise.

»Wirklich? Dann habe ich gelogen.«

Erst als Lisa von der Konkurrenz von Randolph Media einen Job angeboten bekam, fing sie an, über ihre Zukunft nachzudenken. In den zehn Monaten bei *Colleen* hatte sie die Zeitschrift dorthin gebracht, wo sie sie hinsichtlich der Auflagenzahl und des Anzeigenvolumens haben wollte. Es war Zeit zu gehen.

Ihr war klar, dass sie wieder nach London wollte – dort gehörte sie hin, und sie wollte in der Nähe ihrer Eltern sein. Aber als sie die verschiedenen Möglichkeiten erwog, war sie sich nicht sicher, ob sie noch einmal Chefredakteurin einer monatlich erscheinenden Hochglanz-Zeitschrift sein wollte. An einem schlüpfrigen Pfahl nach oben zu klettern, andere zu demütigen und sich mit fremden Lorbeeren zu schmücken, hatte nicht mehr den Reiz wie einst. Auch der Gedanke an die rücksichtslose Konkurrenz zwischen den Zeitschriften zog sie nicht mehr an, und die Vorstellung von dem mörderischen Gerangel um Positionen ließ sie kalt. Einst hatte diese Art des Wettbewerbs sie erregt und zu Höchstleistung angesport.

Doch das war vorbei, und bei der Erkenntnis verspürte sie Panik – war sie ein Schwächling geworden, saft- und kraftlos, eine, die unter »ferner liefen« rangierte? Aber sie fühlte sich nicht schwach. Bloß weil es ein paar Sachen gab, die sie nicht mehr tun wollte, hieß das nicht, dass sie schwach war – sie hatte sich einfach verändert.

Natürlich nicht grundlegend, das gab sie trocken zu: Sie liebte die Oberflächlichkeit von Zeitschriften nach wie vor. Die Kleider, das Make-up, die Spalte mit Beziehungsfragen. Ihr nächster Karriereschritt würde darin bestehen, sich nach einer Position im Unternehmensberatungs-Bereich umzusehen.

Irgendwas war im Gange, stellte Ashling fest. Anfangs hatte sie nicht weiter Notiz davon genommen und es für einen einmaligen Vorfall gehalten. Auf den ein weiterer einmaliger Vorfall folgte. Und dann noch einer. Aber ab wann wird aus einer Reihe von einmaligen Vorfällen ein *Muster*?

Sie hatte davor zurückgescheut, diesen Vorfällen zu viel Bedeutung beizumessen, weil sie so dringend wollte, dass sie eine Bedeutung hatten.

Es hatte mit Jack Devine zu tun. Er hatte sie zu einem Drink eingeladen, um mit ihr das Ende ihrer Prozac-Phase zu feiern. Dann, eine Woche darauf, als feststand, dass sie nicht wieder ausgeflippt war, hatte er sie wieder zu einem Drink eingeladen, um auch das zu feiern. Dann hatte er sie zu einem Drink *und einer Pizza* eingeladen, um zu feiern, dass sie wieder mit ihrem Salsa-Kurs angefangen hatte. Dann hatte er sie zu einem richtigen Essen bei Cookes eingeladen, um Boos Einzug in seine erste Wohnung zu feiern. Doch als Ashling vorschlug, dass es nur angemessen sei, Boo auch einzuladen, war Jack nicht so begeistert. »Ich gehe morgen Abend mit ihm und ein paar Typen vom Sender auf ein Bier aus«, fügte er hinzu.

Und jetzt kam er an ihren Schreibtisch und schlug schon wieder vor, dass sie ausgingen.

»Was feiern wir diesmal?«, fragte sie misstrauisch.

Er überlegte. »Ehm, dass es Donnerstag ist?«, schlug er dann fröhlich vor.

»In Ordnung«, sagte sie. Denn es *war* Donnerstag. Aber es verwirrte sie. Warum war er so freundlich zu ihr? War er immer noch um sie besorgt, nach den dramatischen Ereignissen? Aber all das lag doch in der Vergangenheit. Und jeder andere Grund für seine Aufmerksamkeit erschien ihr vermessen.

Lisa war es, die sie aufklärte.

»Ihr habt euch also endlich gefunden, Jack und du?«, fragte sie so unbeteiligt sie konnte. Dass sie nicht die Erwählte war, pikste sie noch immer; so war sie nun mal und so würde sie immer sein.

»Wie bitte?«

»Du und Jack. Du magst ihn doch, oder?«, neckte Lisa sie. »Im Sinne von *mögen*.«

Das heiße Rot, das sich über Ashlings Gesicht ergoss, war ihre Antwort auf diese Frage.

»Und er mag dich«, erklärte Lisa.

»Das stimmt nicht.«

»Das stimmt wohl.«

»Das stimmt nicht.«

»Ach, sei doch nicht so naiv, Ashling«, fuhr Lisa sie an. Ashling sah sie entgeistert an. Dann, nach längerem Schweigen, sagte sie schwach: »Ich werd's versuchen.«

An dem Abend im Restaurant beschloss Ashling, den Stier bei den Hörnern zu packen. Eigentlich wollte sie das nicht, aber sie vermutete, dass sie es tun müsste. Um sich Mut zu machen, zündete sie sich eine Zigarette an, und Jack sah ihr dabei mit einem Blick zu, als täte sie etwas Bemerkenswertes.

Hör auf, mich so anzusehen, ich kann nicht richtig denken.

»Jack, darf ich Sie etwas fragen? Wir sind zusammen in einem Restaurant. Ist das …« Sie erstarrte. Vielleicht sollte sie es nicht sagen. Wenn sie sich nun irrte?

»Ist es …?«, ermunterte er sie mit einem Ausdruck, der seine Bereitschaft zu antworten signalisierte.

Sie atmete den Rauch aus. Mist, warum eigentlich nicht? »Ist das ein Rendezvous?«

Er betrachtete sie eindringlich. »Möchten Sie, dass es eins ist?«

Sie tat so, als dächte sie darüber nach. »Ja.«

»Dann ist es eins.«

Sie ließen ihre Blicke durch das Restaurant schweifen. »Möchten Sie wieder ein Rendezvous mit mir haben?«, fragte Jack übertrieben nonchalant.

»Ja.«

»Samstagabend?«

Himmel. Die erste Verabredung an einem Wochenende. Sie begab sich auf neues Terrain. »Ja.«

Wieder wanderten ihrer beider Blicke im Restaurant umher, und beide vermieden es tunlichst, sich gegenseitig zu betrachten.

Ashling hörte sich eine weitere Frage stellen. »Jack, kann ich Sie fragen, warum Sie ein … Sie wissen schon … mit mir haben wollen?«

Sie hob ihre Augen zu ihm, und in dem Moment trafen sich ihre Blicke mit aller Macht. Es verschlug ihr den Atem, und Erregung breitete sich in ihr aus, wie kleine Fische, die an ihrer Haut knibbelten. »Weil«, sagte Jack sanft, »weil Sie meine Pläne, die Weltherrschaft an mich zu reißen, durchkreuzen.«

Was sollte *das* nun wieder heißen?

»Woran ich auch denke, ich denke an Sie«, sagte er. Er klang ganz sachlich. »Es zieht sich durch alles hindurch.«

Ihr schwirrte der Kopf; sie konnte nicht sprechen. Konnte nicht das kleinste passende Wort finden. Sie hatte vermutet, dass er sie mochte, aber jetzt, da er es gesagt hatte …

»Sagen Sie doch etwas«, drängte er sie.

Sie murmelte: »Wie lange geht das schon so?« *Ich klinge wie Dr. McDevitt.*

»Seit Ewigkeiten«, seufzte er. »Seit der Startparty.«

»So lange?«

»Ja.« Er seufzte wieder.

»Aber das ist Monate her!«

»Sechs, um genau zu sein.«

»Die ganze Zeit …« Sie dachte an das letzte halbe Jahr, in dem ihr Leben in ganz anderen Bahnen verlaufen war.

Meinte er es ernst? Also, *gesagt* hatte er es, aber sie fürchtete sich ein bisschen davor, ihm zu glauben. Im Moment noch.

»Kein Wunder, dass Sie so freundlich zu mir waren«, brachte sie hervor.

»Ich wäre sowieso freundlich zu Ihnen gewesen.«

»Wirklich?«

»Na klar.« Er lächelte verschämt. »Na ja, vielleicht. Wahrscheinlich … Und Sie?«

»Ich?«

»Wie ist es bei Ihnen?«

Immer noch wollten die Worte nicht richtig kommen, und das Beste, was sie zustande brachte, war: »Ich würde gern am Samstagabend ein Rendezvous mit Ihnen haben.«

»Ist gut«, sagte er und verstand die versteckte Botschaft. »Vielleicht haben Sie Lust, zu mir zu kommen? Sie haben gesagt, Sie würden mir ein paar Tanzschritte beibringen.«

Sie hatte es nicht versprochen, aber sie sagte nichts.

»Und ich glaube, Sie würden Sushi mögen, wenn Sie mir nur vertrauen«, fügte er verschmitzt hinzu.

»Ich vertraue Ihnen.«

Als Lisa am folgenden Tag ihre Kündigung einreichte und ihre Absicht verkündete, nach London zurückzugehen, reagierte Jack sehr freudlich und sagte: »Wir hatten Glück, dass Sie so lange bei uns geblieben sind.« Aber sie war klug genug, zu bemerken, dass ihr nicht seine uneingeschränkte Aufmerksamkeit galt.

»Und Sie könnten Trix meine Stelle geben«, schlug sie in aller Unschuld vor.

»Darüber werden wir nach –! Ahahaha, sehr gut!« Er lachte nervös.

64

In einem Haus in einer düsteren, dem Meer zugewandten Ecke von Ringsend fand eine nervöse Begrüßung zwischen Mann und Frau statt. Durch die vorhangfreien Fenster sah das Meer zu, wie der Mann die Frau in ein Zimmer führte, in dem er zuvor mehrere Stunden lang geputzt hatte. Das Meer kannte Jack Devine schon ziemlich lange, und noch nie hatte es ihn einen solchen Wirbel veranstalten sehen. Allerdings hätte er auch sein Flanellhemd bügeln und ein paar heile Jeans anziehen können, wenn er schon den ganzen Aufstand machte.

Die Frau saß auf dem erst kürzlich gesaugten Sofa und strich sich mit der Hand über das speziell geföhnte Haar. Sie rückte sich zurecht und spürte die scharfe Spitze und frische Baumwolle ihrer neuen Reizwäsche.

»Hungrig?«, fragte Jack und reichte ihr ein Glas Wein.

»Am Verhungern«, log sie.

Auf einem kleinen Tisch hatte Jack Essstäbchen, Sojasoße, Ingwer und die anderen Sushi-Zutaten aufgebaut und mit großer Sorgfalt die kleinen Reispäckchen für Ashling vorbereitet. »Es ist nichts besonders Exotisches«, versprach er. »Es ist Sushi für –«

»– Anfänger, ich weiß.« Und es berührte ihre Seele, so wie es vor sechs Monaten nicht möglich gewesen wäre, als ihre Seele in Unordnung geraten war.

»Vielleicht, wenn ich beim ersten Mal kein Wasabi nehme? Und mich langsam daran gewöhne?«, schlug sie vor.

»Gut.« Aber sie sah den Hauch einer Enttäuschung über sein Gesicht huschen, und das machte sie traurig. Er gab sich so viel Mühe.

»Ich werde es wagen«, sagte sie. »Am besten ist es, wenn man alles zusammen probiert, oder? Der Geschmack der verschiedenen Sachen ergänzt sich ja.«

»Nur wenn Sie sicher sind«, sagte er. »Ich will Sie nicht verschrecken.«

Sorgfältig platzierte er eine kleine, durchsichtige Scheibe eingelegten Ingwer genau in die Mitte ihres Tellers. Mit den Essstäbchen glättete er die Ränder, und sie staunte, wie sorgfältig er war, ihretwegen.

»Sind Sie bereit?«, fragte er und hielt das Sushi für sie hoch.

Einen winzigen Augenblick lang war sie verstört. War sie bereit? In dem Gefühl, dass sie nicht nur ihren Mund für ihn öffnete, erlaubte sie ihm, das kleine Päckchen auf ihre Zunge zu legen.

Angespannt beobachtete er ihre Reaktion.

»Köstlich«, sagte sie dann mit einem Lächeln. »Zum Fürchten, aber köstlich.« *So ähnlich wie Sie.*

Sie versuchte ein Sushi mit Gurke, eins mit Tofu, eins mit Krabbe und Avocado, und dann warf sie die Rettungsleine weg und nahm eins mit Lachs.

»Sie sind großartig«, begeisterte sich Jack, als hätte sie eben etwas wirklich Erstaunliches geschafft, zum Beispiel ihren Führerschein bestanden. »Sie sind großartig! Und wenn Sie so weit sind, dass wir mit dem Salsa beginnen können …«

O nein.

»Also, es ist nicht ganz leicht, wenn ich Ihnen das zeigen soll«, sagte sie schnell, »denn der Mann führt eigentlich.«

»Versuchen Sie es trotzdem«, bedrängte er sie.

»Aber …«

»Nur die Grundschritte«, sagte er grinsend.

»Wir haben ja keine Musik.«

»Was brauchen wir? Kubanische Musik?«

»Jaaa«, sagte sie gedehnt, als sie ihren Irrtum erkannte. Sie hatte angenommen, dass er etwas so Ausgefallenes nicht haben würde, aber da hatte sie nicht bedacht, dass er ein Mann war.

Sie würde ihm die Tanzschritte zeigen müssen.

»Okay, die Musik ist nicht so wichtig. Das, was gerade läuft geht auch. Gut, wir stehen beide auf.«

Er war sofort auf den Füßen, und sie fühlte sich von seiner Größe eingeschüchtert.

»Und wir drehen uns zueinander.«

Sie stellten sich einander gegenüber. Nur dass zwischen ihnen ungefähr drei Meter Abstand waren.

»Vielleicht ein bisschen näher«, schlug Ashling vor.

Er machte einen Schritt, sie machte einen Schritt. Schließlich stand sie vor ihm, wollte ihm aber nicht zu nah kommen. Doch da, wo sie war, konnte sie seinen Geruch wahrnehmen.

»Sie legen Ihren Arm um mich. Wenn Sie wollen«, sagte sie hastig dazu.

Er legte seinen Arm um ihre Mitte, und sie ließ ihre Hand über seiner Schulter schweben, gab dann nach und senkte sie. Sie spürte seine Körperwärme durch das Hemd.

»Und diese Hand?« Er wedelte mit der freien Hand.

»Damit halten Sie meine.«

»Gut.« Er war so sachlich, als seine große, trockene Hand ihre nahm, dass sie beschloss, sich zu entspannen. Sie zeigte ihm ein paar Tanzschritte, da war es völlig akzeptabel, dass sie sich berührten.

»Wenn ich mein Bein nach hinten setze, folgen Sie mit Ihrem, okay?«

»Machen Sie es vor!«

»Gut.« Sie setzte ihr Bein zurück, und er folgte im Gleichmaß.

»Und jetzt andersherum«, sagte Ashling. »Sie setzen Ihr Bein zurück, und ich folge. Und noch einmal.«

Sie übten das mehrere Male und führten die Bewegungen schneller und anmutiger aus, bis Jack mitten in der Bewegung innehielt und Ashling mit ihrem Bein an seinen harten Oberschenkel prallte.

Sie bremste, zog das Bein aber nicht zurück. Sie standen ganz still, mitten im Tanz zu einer Statue erstarrt. Ihre Augen waren in Höhe seines Kinn, und sie dachte vage: *Er muss sich rasieren.* Es war wichtig, in Momenten wie diesen normale Gedanken zu denken, denn in anderen Ecken ihres Bewusstseins liefen ganz andere Gedanken ab.

»Ashling, würdest du mich bitte ansehen?« Jacks Stimme an ihrem Haar klang bekümmert.

Ich kann nicht.

Und dann konnte sie plötzlich doch. Sie richtete ihr Gesicht nach oben, und seine beerendunklen Augen strahlten zu ihr herunter und ihre Lippen trafen sich in einem harten, heftigen Kuss. Viele Monate des Wartens lagen darin. Tief in sich spürte Ashling ein Sich-Öffnen: Normalerweise geschah das langsam, doch dieses Mal war es wie ein abrupter Stoß des Verlangens.

Seine Hände hielten ihr Gesicht, und sie küssten sich, bis sie sich wehtaten.

»Entschuldigung«, flüsterte Jack.

»Macht nichts«, murmelte sie zurück.

Allmählich wurden die Küsse ruhiger, zarter, zärtlicher, bis seine Lippen wie Federn waren, die an ihrem wehen, wunden Mund tupften. Die Musik auf der Stereoanlage lief noch, und sie drehten sich langsam im Kreis.

Das Meer sah zum Fenster herein und dachte: Ein langsamer Tanz in seinem Wohnzimmer – jetzt haben wir wirklich alles gesehen.

Ashling ließ ihre Hand unter Jacks Hemd gleiten und fuhr über die köstliche, unbekannte Haut. Ihre Körper waren aneinander gepresst, seine Hände auf ihrem Hintern zogen sie noch näher, und sie fühlte sich geschmeidig, flüssig, beseligt. Sie wusste nicht, wie lange sie so verharrt hatten. Zehn Minuten vielleicht, vielleicht auch zwei Stunden, aber mit einem Mal hatte Ashling Jack das Hemd ausgezogen. Nun, dazu brauchte sie nur einen Knopf zu öffnen.

»Du Luder«, sagte er. »Ziehe mit – ein Hemd. Erhöhe um ein Paar Stiefel.«

»Okay.« Ihr Herz pochte heftig in ihrer Brust. »Was heißt das genau? Ich ziehe meine Stiefel aus?«

»Und das Hemd. Ich sehe schon, du spielst nicht Poker – ich werde dir die Regeln beibringen müssen. Runter mit dem Hemd!« Er half ihr schon, es auszuziehen. »Jetzt sagst du: Ich erhöhe um eine Jeans.«

»Ich erhöhe um eine Jeans.« Sie schluckte vor Aufregung, als Jack die Knöpfe an seinem Hosenschlitz aufknöpfte. Ihre Hände zitterten, und sie zögerte den Moment heraus, bevor sie den Reißverschluss an ihrer schwarzen Hose herunterzog und sich aus ihr herausschlängelte.

»Socken!«, rief er. Aber sein fröhlicher Ton fand keine Entsprechung in dem konzentrierten Ausdruck seiner Augen. Ihre Kehle war wie zugeschnürt, sie fühlte sich dahinschmelzen vor Verlangen, als sie voreinander standen. Jack in weißen Calvins, Ashling in ihrem neuen, hochgeschnittenen Body (mit Taillenvortäuschung).

»Hast du die Regeln verstanden?«, fragte Jack mit belegter Stimme.

Sie nickte langsam und betrachtete seine perfekten Beine, seine gut geformten Arme, die schwarzen Haare auf seiner flachen Brust, die sich in einer Kordel bis zum Bauch schlängelten. »Ich glaube schon. Und was ist wild?«

»Du?«

Sie überraschte sich mit einem Lachen. Taille hin oder her, sie hatte sich ohne Kleider nie selbstbewusster gefühlt.

Sie streckte die Hand aus und berührte die dicke Wulst, die sich gegen die weiße Unterhose drängte, was er mit einem Erschaudern lohnte. Dann steckte sie die Finger unter den Gummizug und zog. Worte waren unnötig. Was sie wollte, war offensichtlich.

Er griff hinein und befreite sich. Schwarzes Schamhaar wurde sichbar, als er die Calvins abstreifte und dabei seine Erektion in der Hand hielt. Ashling war wie gebannt von dem erotischen Anblick.

Oben, auf Jacks frisch bezogenem Bett, streifte er ihr in Zeitlupe den Body vom Körper. Er ließ sich so viel Zeit und ging so langsam und sachte vor, dass sie dachte, sie müsste schreien. Schließlich gab es keine weiteren Hindernisse.

»Bist du dir sicher, dass du es tun möchtest?«, fragte Jack besorgt.

»Was meinst du?« Sie lächelte ihn träge an.

»Vielleicht belastet dich das andere noch.«

»Nein, es belastet mich nicht mehr«, sagte sie zärtlich. »Wirklich nicht.«

Plötzlich hielt er inne. »Du machst es auch nicht, weil du eine Wette abgeschlossen hast?«

Sie lachte auf; sie fand das witzig.

»Nein? Ich habe mir gerade vorgestellt, dass Trix Wetten auf dich und mich abschließt.«

Sie schmiegten sich aneinander, und jede Berührung, jede Geste war eine zärtliche Erforschung. Ihr Atem ging rascher, und als ihre Bewegungen schneller wurden und die Lust zunahm, waren sie nicht länger zärtlich, sondern wild und gierig und heftig. Sie krallte ihre Nägel in seine Pobacken, er biss in ihre Brustwarze. Sie rollten zusammen herum, aneinander geschmiedet, als er in sie eindrang, und sie nahm ihn ganz in sich auf.

Danach lagen sie ineinander verschlungen und in warmem Einvernehmen. Doch plötzlich spürte Ashling eine Unsicherheit. Wenn er nun seine Ansicht änderte? Wenn er, nachdem er mit ihr geschlafen hatte, sie nicht mehr mochte?

Da sagte Jack sanft: »Ashling, du bist das Beste, das mir je passiert ist«, und all ihre Zweifel schwanden.

»Natürlich, es bleibt die Frage«, sprach Jack in die Dunkelheit hinein, »ob du am Morgen noch Respekt für mich haben wirst.«

Ashling sagte schläfrig: »Keine Angst, ich hatte sowieso keinen Respekt vor dir.«

Er kniff sie.

»Natürlich habe ich am Morgen Respekt vor dir«, versicherte sie ihm. »Am Nachmittag könnte es sein, dass ich etwas abschätzig bin«, fügte sie hinzu, »aber am Morgen kannst du dir meines ungeteilten Respekts sicher sein.«

65

Am ersten Montag im April, eine Woche vor ihrer Rückkehr nach London, erhielt Lisa das endgültige Scheidungsurteil mit der Post. Bevor sie den Umschlag öffnete, wusste sie schon, was er enthielt – es war zwar dumm, aber irgendwie hatte sie das Gefühl, dass ein schlechter Duft von ihm ausging.

Instinktiv wollte sie sich davon abwenden, das Schreiben unter ein Telefonbuch schieben und so tun, als hätte sie es nie erhalten. Dann riss sie den Umschlag mit einem Seufzer auf. Sie hatte in ihrem Leben viele unangenehme Dinge tun müssen; wenn sie sich ihnen nicht gestellt hätte, wäre sie nie weitergekommen. Aber man musste sie schnell machen, so als würde man ein Pflaster abziehen.

Sie hatte einen völlig klaren Kopf und registrierte das Zittern ihrer Finger, als sie die Seiten herauszog. Dann glitt der Text so rasch an ihren Augen vorbei, dass sie ihn nicht lesen konnte. Als die Wörter langsamer wurden und sich nicht mehr bewegten, zwang sie sich, die harten, schwarzen Buchstaben auf der weißen Seite zu lesen. Einer nach dem anderen, bis sich die Mitteilung, die sie schon längst kannte, ganz enthüllt hatte – es war vorbei. Vorbei das Leben halb in der Ehe, halb draußen, stattdessen war alles sauber bereinigt. Das Ende. *Fin.* Aus.

Die Klarheit hielt an, und ihr wurde bewusst, dass sie nicht plötzlich angefangen hatte, mit dem Gefühl der neu gewonnenen Freiheit in der Wohnung herumzuhüpfen. Sie bemerkte stattdessen, dass ihr heiß geworden war – schwitzte sie etwa? – und sich keineswegs frei und erleichtert fühlte.

Solange die Scheidung lief, hatte sie sich vorgestellt, dass sie sich, sobald das nächste Stadium erreicht war, besser fühlen würde. Doch jetzt war das Ende da, und sie hatte ihren früheren Zustand der Zufriedenheit noch nicht wieder erreicht. Wenn überhaupt, so fühlte sie sich *schlechter.*

Vielleicht verschwand die Traurigkeit nicht, die mit einer Scheidung kam, dachte sie. Vielleicht musste man sie mit ins Leben nehmen und lernen, mit ihr zu existieren – und das kam ihr so schwer vor, dass sie sich am liebsten ins Bett gelegt hätte.

Fifi hatte eine Party veranstaltet, als ihre Scheidung durch war, warum hatte sie also nicht den Wunsch, das Gleiche zu tun? Der Unterschied bestand darin, musste sie sich eingestehen, dass sie Oliver nicht hasste. Bedauerlich, dass es nicht so war, mokierte sie sich. Bitterkeit hatte ihre Vorteile.

Sie faltete das Dokument zusammen und zwang sich, mit Hoffnung in die Zukunft zu blicken. Es würde alles gut werden. Irgendwann. London war der richtige Ort für sie. Sie würde einen neuen Mann kennen lernen. Auch wenn es sie manchmal deprimierte zu sehen, wie beschissen die meisten Männer waren. *Im Vergleich*, sagte sie sich. Vielleicht half es, wenn sie sich Oliver nicht länger als Maßstab setzte.

Wenn sie wieder in London war, würde sie sich Mühe geben, ihm nicht in die Arme zu laufen. Ihre Wege könnten sich im Rahmen ihrer Arbeit hin und wieder kreuzen, und dann würden sie sich höflich zulächeln. Bis vielleicht eine Zeit kam, da sie sich treffen und zusammen arbeiten konnte, ohne daran zu denken, wie es hätte gehen, welches Leben sie hätten haben können. Die Zeit würde vergehen, und irgendwann würde es nichts mehr ausmachen.

Aber ich bin gescheitert, gab sie in einem Anfall erbarmungsloser Ehrlichkeit vor sich selbst zu. Ich habe versagt, und ich bin schuld. Ich kann das nicht wieder gutmachen, ich kann es nicht fortzaubern, und ich muss für den Rest meiner Tage damit leben.

Sie war immer die Summe ihrer Triumphe gewesen. Ein Erfolg war auf den anderen gefolgt und hatte aus ihr die Person gemacht, die sie war. Wie passte also dieses Scheitern hinein? Und hineinpassen müsste es, denn sie hatte erkannt, dass das Leben aus allen möglichen Erfahrungen besteht und dass die missglückten Erfahrungen ebenso zählen wie die wunderbaren.

Der Schmerz hat mich verändert, gab sie zu. Der Schmerz wird noch lange bleiben und er hat mich zu einem besseren Menschen gemacht. Auch wenn ich gar kein besserer Mensch sein will. Selbst wenn es mir wie ein schlimmeres Schicksal als der Tod selbst erscheint, so bin ich doch weicher, freundlicher, besser.

Und ich bin *froh*, dass ich mit Oliver verheiratet war, dachte sie aufbegehrend und beachtete die Tränen in ihren Augen gar nicht. Ich hasse diese Trauer, aber ich bin froh, dass ich mit ihm verheiratet war. Es tut mir Leid und ich bin traurig und unglücklich, dass ich es kaputtgemacht habe, aber ich kann daraus lernen und dafür sorgen, dass es nicht wieder passiert.

Und das, erkannte sie, war das Beste, was sie machen konnte.

Sie seufzte schwer, nahm ihre Handtasche und machte sich auf den Weg zur Arbeit. Schließlich war sie eine, die immer weitermachte. Manchmal wünschte sie sich, sie wäre es nicht.

Als sie in die Redaktion kam, herrschte ein einziger Wirbel – die Vorbereitungen für Lisas Abschiedsparty am Freitag. Das Fest würde fast so überwältigend sein wie die Startparty. Lisa wollte Dublin auf einer Welle des Ruhm verlassen. Sie hatte Trix schon gesagt, dass sie sie persönlich für ihr Abschiedsgeschenk verantwortlich machen würde, und wenn sie einen Gutschein für Next bekam, würde sie Trix erwürgen.

»Lisa.« Trix hielt ihr den Telefonhörer entgegen. »Tomsey von der Deko-Abteilung bei Hensards. Deine Holzlamellen-Jalousien sind endlich fertig.«

Am Ende des Arbeitstages passte Lisa Ashling ab, und sie fuhren zusammen mit dem Aufzug nach unten. Lisa hatte noch etwas auf dem Herzen.

»Ich wollte dir noch sagen«, begann Lisa, »dass ich dich für die Stelle der Chefredakteurin vorgeschlagen und vor der Geschäftsleitung in höchsten Tönen gerühmt habe. Es tut mir Leid, dass du es nicht geworden bist.«

»Es macht nichts; ich würde es hassen, Chefredakteurin zu sein«, sagte Ashling. »Ich bin eine von denen, die immer in der zweiten Reihe stehen. Und wir sind genauso wichtig wie die Anführer.«

Lisa lachte über Ashlings gelassene Selbsteinschätzung. »Die Frau, die sie eingestellt haben, ist in Ordnung. Es hätte schlimmer kommen können – sie hätten Trix nehmen können.«

Lisa hatte keinen Zweifel, dass Trix eines Tages Chefredakteurin sein würde – und eine Rücksichtslosigkeit an den Tag legen würde, gegen die Lisa einem wie Mutter Teresa vorkäme. Doch im Moment war Trix mit anderen Dingen beschäftigt. Der Fischige war abgeschoben worden, Kelvin war an seine Stelle getreten, und eine wilde Büroliebschaft hatte begonnen. Es war ein »Geheimnis«.

Als die Aufzugtür sich öffnete, stieß Lisa Ashling in die Rippen und sagte in abfälligem Ton: »Guck mal, wer da ist!«

Es war niemand anders als Clodagh. Sie wirkte extrem nervös.

»Was sie wohl will?«, fragte Lisa aggressiv. »Dir etwa Jack wegstehlen? Miststück! Soll ich ihr erzählen, dass ihr Mann mich ins Bett kriegen wollte?«

»Das ist ein sehr schönes Angebot.« Ashlings Stimme kam aus weiter Ferne. »Aber danke, nein, es ist nicht nötig.«

»Sicher? Dann bis morgen.«

Clodagh kam auf sie zu, als Lisa weggegangen war. »Sag mir ruhig, dass ich abhauen soll, wenn du möchtest, aber ich wollte fragen, ob wir uns unterhalten könnten.«

Ashling war sprachlos vor Schock, und es dauerte eine Weile, bis sie wieder etwas sagen konnte. »Wir können in den Pub nebenan gehen.«

Sie fanden einen Tisch und bestellten etwas zu trinken, und die ganze Zeit konnte Ashling nicht aufhören, Clodagh anzustarren. Sie sah gut aus. Sie hatte sich die Haare kürzer schneiden lassen, und es stand ihr.

»Ich wollte mich entschuldigen«, sagte Clodagh unbeholfen. »Ich bin in den letzten Monaten sehr viel erwachsener geworden. Ich bin anders geworden.«

Ashling nickte steif.

»Ich sehe jetzt, wie egoistisch und ichbezogen und grausam ich war«, sprudelte es aus Clodagh heraus. »Und meine Strafe besteht darin, dass ich mit der Zerstörung, die ich angerichtet habe, leben muss. Du hasst mich, und ich weiß nicht, ob du Dylan in letzter Zeit gesehen hast, aber er ist sehr verbittert. Er ist wütend und … hart.«

Ashling stimmte ihr zu. Sie mochte nicht mehr in seiner Nähe sein.

»Weißt du, dass ich ihn gebeten hatte zurückzukommen, und er hat sich geweigert?«

Ashling nickte. Dylan war kurz davor gewesen, es über das nationale Fernsehen verkünden zu lassen.

»Geschieht mir recht, wie?« Clodagh schaffte ein schwaches Lächeln.

Ashling antwortete nicht.

»Wir haben das Haus in Donnybrook verkauft, und ich wohne jetzt mit den Kindern in Greystones. Weit draußen, aber was anderes konnten wir uns nicht leisten. Ich bin jetzt eine allein erziehende Mutter; ich habe viel gelernt –«

»Was sollte das eigentlich alles?«, unterbrach Ashling sie scharf.

Clodagh zuckte zusammen, als sie den Zorn in Ashlings Stimme hörte. »Das habe ich mich auch schon oft gefragt.«

»Und? Bist du zu irgendeinem Schluss gekommen? Schwierige Phase in der Ehe? Die gibt es überall, musst du wissen.«

Clodagh schluckte. »Ich glaube nicht, dass es das allein war. Ich hätte Dylan niemals heiraten sollen. Das kommt dir wahrscheinlich komisch vor, aber ich glaube, ich war nie richtig in ihn verliebt. Ich dachte einfach, er ist der Typ Mann, den man heiratet – er sah gut aus und war charmant, er hatte einen guten Job und war so verantwortungsvoll …«

Sie sah ängstlich zu Ashling hinüber, deren finstere Miene nicht gerade ermutigend war.

»Ich war zwanzig und egoistisch und hatte von nichts eine Ahnung.« Clodagh wollte unbedingt verstanden werden.

»Und was war mit Marcus?«

»Ich hatte ein riesiges Bedürfnis nach Spaß und Aufregung.«

»Du hättest Bungee-Springen machen können.«

Clodagh nickte unglücklich. »Oder Wildwasser-Kanufahren.« Aber Ashling lachte nicht. Clodagh hatte ernsthaft damit gerechnet.

»Ich war unerfüllt und frustriert«, versuchte Clodagh es erneut. »Manchmal hatte ich das Gefühl, ich müsste ersticken –«

»Viele Mütter langweilen sich und sind frustriert«, fuhr Ashling sie an. »Viele Menschen sind es. Aber sie fangen keine Affäre an. Schon gar nicht mit dem Freund ihrer besten Freundin.«

»Ich weiß, ich weiß, ich weiß! Ich verstehe das jetzt, aber damals hatte ich keinen Schimmer. Es tut mir Leid, ich fand einfach, mir stand alles zu, weil ich so unglücklich war.«

»Aber warum Marcus? Warum *mein* Freund?«

Clodagh wurde rot und senkte den Blick in den Schoß. Sie ging ein großes Risiko ein, als sie zugab: »Es hätte wahrscheinlich jeder sein können.«

»Aber du hast meinen Freund genommen! Weil du keinen Respekt vor mir hattest.« Ashling kam zum Kern der Sache.

Beschämt gestand Clodagh: »Nicht genug. Ich verabscheue mich dafür. Ich habe mich die letzten Monate so schuldig und scheußlich gefühlt. Ich würde mir meine linke Brust abschneiden, wenn du mir verzeihen könntest.«

Nach einer langen, schwierigen Pause sagte Ashling mit einem schweren Seufzer: »Ich verzeihe dir. Schließlich, wie komme ich dazu, über dich zu richten? Ich bin auch nicht unfehlbar. Du hattest ganz Recht, ich war immer das Opfer.«

»Oh, es tut mir Leid.«

»Nicht nötig, du hattest Recht.«

Clodaghs Gesicht hellte sich auf. »Heißt das, wir können wieder befreundet sein?«

Noch eine lange Pause. »Nein«, sagte Ashling. »Ich verzeihe dir, aber ich vertraue dir nicht. Einen Freund zu verlieren ist Pech, aber zwei ist ein Zeichen von Sorglosigkeit.«

»Aber ich habe mich verändert, wirklich.«

»Das tut nichts zur Sache«, sagte Ashling traurig.

»Aber ...«, wandte Clodagh ein.

»Nein!«

Clodagh erkannte, dass es keinen Zweck hatte. »Okay«, flüsterte sie. »Ich gehe dann besser. Es tut mir wirklich Leid – ich möchte, dass du das weißt ... Bis dann.«

Als sie ging, merkte sie, dass sie zitterte. Es war nicht so verlaufen, wie sie gehofft hatte. Die letzten Monate waren extrem unangenehm für Clodagh gewesen. Sie war schockiert und auch *überrascht*, wie schmerzlich sie ihr neues Leben fand. Nicht nur ihre neuen, düsteren Lebensumstände als allein erziehende Mutter, sondern auch die Einsichten in ihr selbstsüchtiges Verhalten, denen sie sich nicht verschließen konnte.

Zerknirschung war eine neue Erfahrung für sie, und sie hatte damit gerechnet, dass man ihr verzeihen würde, wenn sie erklärte, dass sie ihre Selbstsucht erkannt hatte, und beteuerte, wie Leid ihr alles tat. Sie hatte erwartet, dass ihr Leben fortan wieder im Lot sein würde. Aber sie hatte Ashling unterschätzt, und sie hatte eine neue Lektion gelernt: Bloß weil ihr Verhalten ihr Leid tat, hieß das noch lange nicht, dass die anderen ihr verziehen. Und wenn sie ihr verziehen, hieß das nicht, dass es ihr besserging.

Traurig und einsam und immer noch von der Last ihrer Zerstörung gebeugt, fragte sie sich, ob es ihr je gelingen würde, all das, was sie kaputtgemacht hatte, wieder heil zu machen. Würde das Leben je wieder normal sein?

Als sie bei Hogans vorbeikam, sah eine Gruppe junger Männer hinter ihr her; sie pfiffen und riefen ihr Komplimente nach.

Erst ignorierte sie sie, dann warf sie ihr Haar über die Schulter und bedachte die Männer mit einem strahlenden Lächeln, worauf die noch lauter grölten. Mit einem Mal wurde ihr leichter ums Herz.

He, das Leben geht weiter.

Nachdem Lisa Ashling und Clodagh sich selbst überlassen hatte, ging sie zu Fuß nach Hause. Sie tat das als Gegenmaßnahme für all die Abendessen, die sie bei Kathy vorgesetzt bekam. Während sie so ging, arbeitete sie daran, die Traurigkeit in Schach zu halten: *Ich bin fabelhaft. Ich habe fabelhafte Eltern. Ich habe eine fabelhafte neue Stelle als Medien-Consultant. Ich habe fabelhafte Schuhe.*

Als sie in ihre Straße einbog, saß einer ihrer Nachbarn auf den Stufen vor ihrem Haus. Sie war erstaunt, dass wer immer es war sich nicht den Schlüssel von Kathy geholt und ins Haus gegangen war.

Sie würde sie alle vermissen, wenn sie wieder in London war. Obwohl Francine ihr erklärte, dass sie keinen vermissen würde, weil sie alle ständig zu Besuch kommen würden.

Wer war es nur, der da auf ihren Stufen saß? Francine? Beck? Aber wer immer es war, hatte nicht das richtige Geschlecht, um Francine zu sein, und war zu groß, um Beck zu sein … Lisa blieb wie angewurzelt stehen, denn wer immer es war, hatte auch die falsche Farbe sowohl für Francine als auch für Beck. Es war Oliver.

»Was machst du hier?«, rief sie voller Erstaunen.

»Ich bin gekommen, um dich zu besuchen«, rief er zurück.

Sie kam bei ihrem Haus an, und er stand mit einem breiten, weißen Grinsen auf. »Ich bin gekommen, um dich zurückzugewinnen, Babes.«

»Warum?« Sie steckte den Schlüssel ins Schloss, er folgte ihr ins Haus. Sie war verwirrt – und seltsam verärgert. Sie hatte sich den ganzen Tag dazu überredet, »nach vorn zu schauen«, und er machte alles zunichte.

»Weil du die Beste bist«, sagte er schlicht. Und lächelte wieder strahlend.

Sie warf das Schlüsselbund auf den Küchentisch. »Du hast ein bisschen lange damit gewartet«, sagte sie schnippisch. »Wir sind gerade geschieden worden.«

»Weißt du«, sagte er nachdenklich, »ich fühle mich so beschissen. Es hat mir meinen Kopf so durcheinandergebracht, das kannst du dir gar nicht vorstellen! – Außerdem spricht nichts dagegen, dass wir wieder heiraten«, sagte er grinsend.

»Ich meine es ernst«, sagte er, als sie ihm einen Du-spinnst-ja-wohl-Blick zuwarf. Sie warf ihm noch einen zu, aber auf einmal verwirrten sich ihre Gedanken und gerieten außer Kontrolle. Die Vorstellung, Oliver noch einmal zu heiraten, war lächerlich und sehr verführerisch. Äußerst verführerisch – ungefähr eine Nanosekunde lang, dann war sie wieder in der Realität.

Brüsk fragte sie ihn: »Weißt du nicht mehr, wie furchtbar es war? Am Ende haben wir die ganze Zeit gestritten, und es war *bitter.* Du hast mich gehasst, und meinen Job.«

»Richtig«, gab er zu. »Aber ich war auch nicht gerade ein Engel. Ich war zu hochnäsig. Als du dir das mit dem Kind anders überlegt hast, hätte ich dir zuhören sollen. Ich weiß, du hast es mir erklären wollen, aber ich wollte es einfach nicht hören. Deswegen war es ein solcher Schlag, als ich herausfand, dass du wieder die Pille nimmst. Aber wenn ich dir zugehört hätte … Und du bist nicht so hart wie früher. Tut mir Leid, Babes«, sagte er, als er sah, wie sie sich sträubte, »aber du bist weicher.«

»Und das ist was Gutes?«

»Klar.«

In ihr skeptisches Gesicht hinein sagte er: »Lisa, wir sind seit über einem Jahr getrennt, und es ist für mich kein bisschen besser geworden. Ich habe niemanden kennen gelernt, der auch nur annähernd an dich heranreicht.«

Er sah sie fragend an und wartete auf eine Ermutigung oder eine Bestätigung von ihr, aber sie verweigerte beides.

Der ganze Schwung, den er bei seiner Ankunft hatte, war wie weggeblasen, plötzlich war er bedrückt. »Es sei denn, du hast einen anderen kennen gelernt. Dann verzieh ich mich sofort«, bot er freundlich an. »Dann vergessen wir, dass ich dich zurückgewinnen wollte.«

Mit undurchdringlicher Miene sah Lisa ihn an und überlegte, ob sie ihm einen Vielleicht-vielleicht-aber-auch-nicht-Blick zuwerfen sollte. Das würde diese verrückte, gefährliche Situation sofort zum Stillstand bringen. Doch dann entschied sie sich dagegen. Mit Oliver hatte sie nie irgendwelche Spielchen getrieben – warum sollte sie also jetzt damit anfangen? »Nein, Oliver, es gibt keinen anderen.«

»Gut.« Er nickte langsam und bedächtig. »Gut, dann kann ich ruhig weitermachen und mir hier vor dir die Eingeweide rausreißen.«

Nach einer nervösen Pause fuhr er fort: »Ich liebe dich immer noch. Und da wir jetzt älter und weiser sind –« ein unsicheres Lachen –, »kann ich mir vorstellen, dass es diesmal klappt.«

»Wirklich?« Ihre Frage klang kühl.

»Ja«, sagte er fest. »Und wenn du Interesse hast, könnte ich auch nach Dublin kommen.«

»Das wäre nicht nötig. Ich ziehe Ende der Woche wieder nach London«, murmelte sie.

»Dann, Lisa«, sagte Oliver mit einem todernsten Gesicht, »dann bleibt nur noch die Frage, ob du Interesse hast.«

Es folgte eine lange, spannungsvolle Pause, bis Lisa endlich sprach. »Jaaa, ich denke schon.« Plötzlich war sie scheu.

»Bist du dir sicher?«

»Ja!« Ein nervöses Kichern brach aus ihr heraus.

»Babes!«, rief er mit gespielter Entrüstung. »Was machst du da? Warum hältst du mich hin?«

Immer noch scheu, gab sie zu: »Ich hatte Angst – ich *habe* Angst.«

»Wovor?«

Sie zuckte die Schultern. »Vor der Hoffnung, wahrscheinlich. Ich wollte nicht ja sagen, falls du vorübergehend verrückt geworden warst. Ich musste mir sicher sein, dass du dir sicher warst, bevor ich nur darüber nachdenken konnte. Es ist nämlich so«, sagte sie verschämt, »ich liebe dich.«

»Dann brauchst du keine Angst zu haben«, versprach er.

»Seit wann bist du so weise?«, brummelte sie.

Er lachte laut und hart, ein echtes Oliver-Lachen, und plötzlich waren ihre Gedanken wie eine Meute Windhunde, die aus dem Käfig freigelassen werden. Sie stoben einfach davon.

Was für ein Glück, dass sie eine zweite Chance bekam! Das ganze Ausmaß ihres unverschämten Glücks wurde ihr klar, und sie schwebte fast schwerelos auf diesem Glücksgefühl. Nicht jeder bekam eine Chance wie diese, dachte sie und erfreute sich – endlich – an dem Moment.

Diesmal mache ich es anders, gelobte sie sich. Sie beide würden es anders machen. Und da war noch etwas, der Zuckerguss auf dem Kuchen, sozusagen: Wenn Burton und Taylor zweimal heiraten konnten, dann konnten sie das auch. Lisa konnte ihre frohen, davoneilenden Gedanken nicht aufhalten und plante schon eine zweite Hochzeit mit großem Prunk. Diesmal würden sie nicht nach Las Vegas entschwinden, nein, diesmal würden sie es richtig machen. Ihre Mum wäre überglücklich. Und *Hello!* könnte die Fotos machen …

Als könnte er ihre Gedanken lesen, rief Oliver mit besorgter Miene aus: »Nicht so eilig, Tiger!«

Epilog

Jack und Ashling gingen auf dem Pier spazieren. Es war ein Abend im Mai und immer noch hell. Arm in Arm schlenderten sie dahin.

»Möchtest du ein Toffo?«, fragte Ashling.

»Und ich dachte, es könnte gar nicht mehr besser werden«, sagte Jack.

Ashling versenkte die Hand in die Tasche. »Wo hab ich sie nur?« Sie zog eine Blisterpackung Aspirin und eine Flasche mit Notfalltropfen hervor, bevor sie die Toffos fand.

»Hast du immer noch das ganze Zeug da drin?« Jack klang traurig. »Die Heftpflaster und alles?«

»Gewohnheit, vermutlich.« Aber zum ersten Mal kam es ihr ziemlich dumm vor, dass sie den ganzen Katastrophenabwehrkram bei sich trug.

»Könntest du dir vorstellen, es wegzuwerfen? Du brauchst das nicht mehr. Es ist alles anders.«

Ashling sah ihn lange an. Er hatte Recht. Es war alles anders. »Ist gut; ich lasse es verschwinden, wenn wir nach Hause kommen.«

»Warum nicht jetzt? Komm, wirf deine Tasche ins Meer!«

»Meine Tasche ins Meer werfen? Na klar.«

»Ich meine es ernst. Lass fahren dahin!«

»Bist du verrückt? Meine Kreditkarten? Und was ist mit der Handtasche selbst?«

»Nimm die Kreditkarten raus, und ich kaufe dir eine neue Tasche, versprochen.«

»Oh, mein Gott, du meinst es ernst.« Ashling sah ihn mit

einem Ausdruck, der halb wachsam, halb erregt war. Die Vorstellung reizte sie sehr, obwohl ihr dabei auch schlecht wurde.

»Lass fahren dahin«, wiederholte er mit froher Miene.

»Das kann ich nicht.«

»Doch, du kannst es!«

Konnte sie es wirklich?

»Wenn es meine Pythonschlangenhaut-Tasche wäre, würde ich es weit von mir weisen«, sagte Ashling, um Zeit zu gewinnen.

»Aber diese ist alt und abgestoßen«, überredete Jack sie. »Und der Griff ist zerfleddert. Ich kaufe dir eine neue. Oh, mach doch!«

Die Symbolik war verführerisch. Aber eine Handtasche wegwerfen, mit all den Sachen, die sie brauchte – wie konnte sie das tun? Aber brauchte sie die Sachen wirklich …?

Vielleicht nicht … Die Vorstellung wurde schärfer, die Tat möglich, wahrscheinlich, machbar.

»Also gut, ich tue es! Ich tue es! Halt mal.« Sie gab ihm ihre Brieftasche, ihr Mobiltelefon, ihre Zigaretten und die Packung Toffos.

»Ich kann es kaum glauben!« Mit einem ausgelassenen Juchzer schwang sie die Tasche einmal, zweimal über dem Kopf. Und dann, voller Angst und Frohlocken, ließ sie einfach los. Die Tasche flog in einem fröhlichen Bogen in den dämmrigen Himmel – eine kleine Ladung mit Sicherheitsnadeln und Pflastern und Stiften – und neigte sich dann nach unten, wo sie mit einem kleinen Platsch im Meer versank.

Danksagung

Ich danke meiner fantastischen Lektorin Louise Moore und allen bei Michael Joseph und Penguin für ihre harte Arbeit und ihre Begeisterung.

Ich danke allen bei Poolbeg.

Ich danke Jonathan Lloyd und allen bei Curtis Brown.

Ich danke Caitríona Keyes, Mammy Keyes, Rita-Anne Keyes und Louise Voss. Sie haben dieses Buch während seiner Entstehung gelesen und immer wieder nach mehr verlangt.

Ich danke Eileen Prendergast. Ich bin ihr besonders dankbar für den Titel dieses Buchs!

Ich danke Siobhan Coogan für ihre Insider-Informationen über das Mutterdasein.

Ich danke der Simon Community für ihre Zeit und die großzügigen Informationen über Obdachlosigkeit.

Ich danke Morag Prunty und allen beim *Irish Tatler*, die mich in die Welt der Zeitschriften eingeweiht haben.

Ich danke allen Komikern, die ich kenne. Keiner von ihnen ist so wie die, die hier beschrieben werden!

Ich danke dem Clarence Hotel.

Ich danke den folgenden Personen, die mich mit Rat und Begeisterung unterstützt haben: Suzanne Benson, Jenny Boland, Susie Burgin, Ailish Connelly, Gai Griffin, Suzanne Power und Annemarie Scanlan. Wenn ich jemanden vergessen habe, bitte ich um Nachsicht.

Ich danke, wie immer, meinem geliebten Tony, für alles.